A. J. Cross

Die Kunst der Täuschung

Buch

Das neue Jahr beginnt für die Rechtspsychologin Dr. Kate Hanson alles andere als ruhig. Sie und ihre Kollegen von der Unsolved Crime Unit der Birminghamer Polizei werden zu einem Fall hinzugezogen, den ausgerechnet die Hunde eines Spaziergängers im Woodgate Country Park ans Tageslicht befördert haben. Denn dort in einem verlassenen Haus sind sie unter den alten Dielen auf etwas Grausames gestoßen: eine mumifizierte Leiche. Schnell ist klar, dass es sich bei dem Toten um Nathan Troy handelt, einen Kunststudenten am Woolner College – der allerdings bereits vor zwanzig Jahren spurlos verschwand. Kates Nachforschungen führen sie in Nathans Vergangenheit – doch eine Mauer des Schweigens ist vorerst alles, auf das sie stößt. Wieso weigern sich Nathans frühere Mitbewohner, über den Toten zu reden? Was ist damals vorgefallen? Als ein Teenager ermordet wird und ein weiterer Junge verschwindet, ist Kate überzeugt: Nathans Mörder ist zurückgekehrt …

Autorin

A. J. Cross ist forensische Psychologin und häufig als Gutachterin vor Gericht tätig. Sie studierte und promovierte an der Universität in Birmingham. In ihrer Eigenschaft als forensische Psychologin arbeitete sie in ihrer Heimatstadt u.a. mit Bewährungshelfern der Abteilung für Sexualstraftäter zusammen. A. J. Cross lebt mit ihrem Ehemann in den West Midlands, England.

Von A. J. Cross bereits bei Blanvalet erschienen
Kalter Schlaf (37991)

A. J. CROSS

Die Kunst der Täuschung

Thriller

Deutsch von Wulf Bergner

blanvalet

Die Originalausgabe erschien 2013 unter dem Titel »Art of Deception«
bei Orion Books, London.

MIX
Papier aus verantwortungsvollen Quellen
FSC® C014496
FSC
www.fsc.org

Verlagsgruppe Random House FSC® N001967
Das für dieses Buch verwendete FSC®-zertifizierte
Papier *Holmen Book Cream* liefert
Holmen Paper, Hallstavik, Schweden.

1. Auflage
Deutsche Erstausgabe Juli 2015 bei Blanvalet Verlag, München,
in der Verlagsgruppe Random House GmbH

Dieses Werk wurde vermittelt durch die Literarische Agentur
Thomas Schlück GmbH, 30827 Garbsen.

Umschlaggestaltung: © Johannes Wiebel | punchdesign,
unter Verwendung eines Motivs von Shutterstock.com
Redaktion: Eva Seifert
ue · Herstellung: sam
Satz: KompetenzCenter, Mönchengladbach
Druck und Einband: GGP Media GmbH, Pößneck
Printed in Germany
ISBN: 978-3-7341-0009-3

www.blanvalet.de

NOVEMBER 1993

Ich bin verletzt, und mir ist so kalt, dass ich kaum richtig denken kann … Ich habe Angst. Ich sehe keinen Ausweg mehr. Komisch … ich weiß noch gut, wie du mir in meiner Jugend oft erklärt hast, wie clever ich sei, wie »aufgeweckt«. Das würdest du nicht sagen, wenn du mich jetzt sehen könntest. Ich bin hier, weil ich etwas Schreckliches gesehen und dann etwas wirklich Dummes getan habe. Vielleicht habe ich eine Zeit lang nicht klar gedacht? Ich weiß, was geschehen wird. Was geschehen muss. Weil er mir nicht glauben wird, auch wenn ich verspreche zu schweigen. Denn ich werde reden. Irgendjemand muss es tun …

Eben dachte ich, ich hätte etwas gehört … Ich versuche ruhig zu bleiben. Mein Verstand driftet ständig ab … muss über alles nachdenken. Vielleicht erreichen dich meine Gedanken? Du weißt schon – dieses spezielle Band zwischen uns? Ich hoffe, dass du sie irgendwie aufnimmst, dass du erkennst … Entschuldige mich bei ihm, ja? Sag ihm, dass ich da sein wollte, dass ich gekommen wäre, wenn ich gekonnt hätte …

Ich habe etwas gehört …

Mom, ich bin erledigt.

1

Im schwindenden Nachmittagslicht machte er lautlos einen Schritt vorwärts und beobachtete, wie die Gestalt den Arm hob und mit zwei aneinandergelegten Fingern auf die glänzend schwarzen Saatkrähen und großschnäbligen Raben jenseits des Wassers zielte. Als ein lautes *Peng!* ertönte, sah er die Vögel in einem einzigen Schwarm auffliegen und bewegte sich dann weiter – trotz seiner Masse lautlos –, bis er fast den Rücken der hellgrauen Outdoorjacke berühren konnte. Noch ein lautloser Schritt, dann streckte er eine Hand aus und packte den vor ihm Stehenden an der Schulter. »*Ha!*«

Die Gestalt in der grauen Jacke fuhr herum, wäre beinahe im Schlamm ausgerutscht. »Was soll dieser Scheiß, du fetter *Idiot?*«

Bradley Harper grinste und zeigte nach vorn. »Sieh mal da oben, Stuey. Schau dir das an!«

Stuey ignorierte seine Aufforderung. Er hatte es gesehen. Er brauchte keinen weiteren Blick auf das ebenerdige Gebäude mit dem tief heruntergezogenen Dach zu werfen, das geduckt zwischen knorrigen Eichen stand. Stattdessen konzentrierte er sich darauf, die schmutzigen Sohlen seiner Sportschuhe an Grasbüscheln abzuwischen. »Die haben hundertfünfzig Eier gekostet, du *Schwachkopf.*« Er zeigte auf den jungen Baum neben ihm. »Brich ein paar dünne Zweige ab, damit wir eine Falle bauen können.«

Harper sah widerstrebend zu dem Baum hinüber. Er kannte diese Vorliebe seines Freundes für Wildtiere recht gut. Und auch für weniger wilde. Die Lehrer in der Schule wussten noch immer nicht, was mit den drei Meerschweinchen passiert war, die im Laborgebäude der Schule gelebt hatten, aber Harper wusste es: Stuey war ihnen passiert. Harper ließ sich nicht beirren und streckte erneut die Hand aus. »Das ist eines dieser Sommerhäuser. Meine Mom hat mir erzählt, dass hier ein paar große alte Häuser gestanden haben, bevor die Gegend als Naturschutzgebiet ausgewiesen wurde. Ich wette, dass es zu einem davon gehört hat.«

Aber Stuey war bereits unterwegs. Seine unberechenbare Laune hatte sich durch diesen weiteren Hinweis auf das geduckte Gebäude und die plötzlich einsetzenden schweren Regentropfen sprunghaft verschlechtert. »Yeah, und deine Alte ist 'ne fette Schlampe und ihr Kerl ein Fettsack, der vom Klauen lebt!«, rief er über die Schulter zurück.

»Nein, sie … Hey, wo willst du hin?«

»Ich werde wohl kaum hier in Kälte *und* Regen rumhängen. Wenn du hierbleiben willst, bis es dunkel wird und die Kinderficker zum Spielen rauskommen, kannst du das meinetwegen tun.« Um eine letzte boshafte Bemerkung anzubringen, drehte er sich sogar um. »Vielleicht ist das ja dein Ding.«

Harpers blasses rundes Gesicht lief rot an, während er dem Weggehenden nachsah. »Das ist schon ewig lange her.«

Stuey vergrößerte den Abstand zwischen ihnen weiter. »Soll sich nur einer trauen, sich an mich ranzumachen! Ich schneid ihm die …«

Harper hatte diese Äußerungen oft genug gehört, und während er sie ausblendete, starrte er hinter der teuren

Jacke und den Sportschuhen her und beschloss, auf Stueys ausgeprägte Habgier einzugehen. »*Denk* darüber nach, ja?«, rief er. »Vielleicht finden wir dort drinnen was, das wir …« Ohne Vorwarnung wurde der Regen plötzlich zu einer Sintflut. Harper machte kehrt, zog die Kapuze über sein zerzaustes blondes Haar und trabte zu dem etwas erhöht liegenden kleinen Haus hinüber. Er stapfte die wenigen Stufen zum Eingang hinauf, rüttelte an den beiden Türgriffen und warf sich atemlos herum. »Abgesperrt! Los, komm schon, hilf mir!«

Ob Geräteschuppen oder Sommerhaus, jedenfalls würde der kleine Bau Schutz vor dem Unwetter bieten, und Stuey war schon umgekehrt. Er kam die Stufen heraufgestürmt und warf sich mit geübtem Schulterschwung gegen die Tür. Die Angeln kreischten laut, als die beiden Türflügel erzitterten und dann krachend nachgaben.

Sie traten ein, und Harper, dessen geflüsterte Worte als Atemwolken sichtbar waren, brach das Schweigen als Erster. »Ich find's klasse, Stu. Vor allem trocken. Keiner weiß, dass wir hier waren, und …«

Stuey schlurfte über den Fußboden, hauchte sich in die Hände. »Hier ist's scheißkalt, und es gibt nichts zu holen.« Seine Aggressivität wich jäher Listigkeit. Er drehte sich um. »Weißt du, was diese Bude braucht?«

»Nein, was?«

Auf dem glatten Gesicht unter dem modisch geschnittenen dunklen Haar erschien ein Grinsen. »Ein … nettes … warmes … Feuer«, sagte er langsam und nachdrücklich.

Harper musterte seinen Freund mit raschem Blick. Auch er sprach jetzt nachdrücklich langsam. »Lass das, ja? Beruhig dich ein bisschen. Ich weiß, dass …«

»Scheiße, halt die Klappe. Du weißt überhaupt nichts.«

»Okay … okay«, sagte Harper beschwichtigend. Er fuchtelte nervös mit seinen pummeligen Händen herum, während er beobachtete, wie Stuey wieder begann, rastlos herumzutigern. Wahrscheinlich hatte er seine Medizin wieder nicht genommen. »Wir bleiben 'ne Weile hier, ja? Hier ist's hübsch nett und ruhig. Zieh'n uns ein paar Kippen rein, und wenn der Regen aufhört … *Nein,* Stu, *lass das!*«

Der teure Sportschuh trat krachend ein Loch in die kahle Wand. »Feuer braucht Holz. Siehst du? Furztrocken.«

»*Lass das,* Stu. Ich will nicht …«

Stuey brach seinen jähen Vandalismus ab und fixierte den anderen mit starrem Blick. »Was? Du willst *was* nicht?« Dann stürzte er sich ohne Vorwarnung auf Harper, und die beiden gingen zu Boden. Das Gewirr aus um sich schlagenden und tretenden Gliedern kam erst zum Stillstand, als Holz mit lautem Krachen unter einem schweren Stiefel zersplitterte. Sie setzten sich auf und betrachteten den Fußboden an der Stelle, an der er an die Holzwand stieß. »Sieh dir an, was du gemacht hast!«, krähte Stuey.

Harper starrte schwer atmend zu dem Loch in der Nähe der morschen Sockelleiste hinüber, auf die Stuey zeigte. Er beobachtete, wie Stuey dort hinüberging und sich auf ein Knie niederließ, um die beschädigten Dielenbretter zu packen und hochzuziehen. Harper war jetzt müde. Ihm war kalt. Er wollte keinen weiteren Ärger mehr. Er hatte genug von Stuey und wollte nicht mehr hier sein. Er wollte nach Hause. Wenn er heimkam, würde er seine Mutter bitten, ihm Pommes zu machen. »Du hast recht. Komm, wir gehen. Weiß du was?« Er sah sich nach den dunkler werdenden Fenstern um. »Ich hab was gehört, glaub ich.«

Stuey war noch immer mit dem Loch beschäftigt, ließ

seine Finger über das zersplitterte Holz gleiten und zeigte dabei jene starre Konzentration, die Harper und jeden anderen, der sie aus der Nähe erlebte, immer nervös machte. »Dieses Zeug ist furztrocken. Los, komm schon! Wir reißen den Boden noch mehr auf.« Er riss an einem weiteren Fußbodenbrett, das ein hohes Kreischen von sich gab, als es zersplitterte. Stuey schnalzte mit den Fingern. »Her mit der Taschenlampe, die dein Alter geklaut hat.«

Harper rappelte sich auf, weil er Ärger witterte. *»Nein.* Er hat gesagt, dass ich sie nirgendwohin mitnehmen darf. Er kommt heute Abend meine Mom besuchen, also muss ich sie ...« Er sah hilflos zu, wie Stuey, dessen blaue Augen ihn unverwandt fixierten, auf ihn zutrat, spürte, wie ihm die kleine Taschenlampe aus der Hüfttasche gezogen wurde, und wusste, dass Widerstand zwecklos war.

Er beobachtete, wie Stuey zu dem Loch zurückkehrte, die Taschenlampe neben sich auf den Fußboden legte und weitere Bretter hochzog. Als eines mit durchdringendem Knirschen widerstand, funkelte Stuey ihn an. »Willst du nur glotzen oder mithelfen?«

Er trat widerstrebend näher heran, griff nach einer Diele und ließ sie wieder los. »Was ist, wenn jemand kommt? Was ist, wenn ...«

Stuey schüttelte verächtlich den Kopf. »Du bist so ein *Wichser.*«

Harper ließ sich beiseiteschieben, beobachtete, wie Stuey eines der längeren Bretter packte und fast augenblicklich wieder losließ – *Scheiße!* –, und sah, wie die blutende Fingerkuppe in Stueys Mund verschwand.

Binnen Minuten und ganz ohne Harpers Mithilfe war ein Loch entstanden, das an der breitesten Stelle etwa einen Meter maß. Harper sah zu, wie Stuey die zersplitterten

Bretter mit Tritten zur Seite beförderte, bevor er sich auf den Fußboden legte und den Kopf in das dunkle Loch steckte. Er schob sich näher heran und versuchte, sich etwas als Ablenkung einfallen zu lassen. »Was hältst du vom Gemeindezentrum, Stu? Wir könnten dort hingehen, ein bisschen rumalbern, 'ne Runde Billard spielen, den Laden ein bisschen aufmischen. Wie wär's damit?«

Er hörte das leise Klicken, mit dem die Taschenlampe angeknipst wurde, dann kam Stueys Stimme. »Hier ist was ... ich kann's ... fast ... *erreichen* ...« Im nächsten Augenblick holte er zischend Luft, während er mit Armen und Beinen um sich schlagend nach oben kam und von dem Loch zurückwich, wobei er die Taschenlampe weiter umklammert hielt. Schließlich stoppte er mit starrem Blick und rasselndem Atem.

Harper sah erst ihn, dann das Loch und schließlich wieder ihn an. »Was hast du? Was ist dort unten?« Er beobachtete unsicher, wie Stuey, dessen Gesicht aschfahl war, sich den Mund am Ärmel abwischte und dann rasch aufstand, wobei ihm die Taschenlampe aus der Hand fiel. Harper, der zu träge reagierte, hörte sie aufschlagen und sah sie über den Fußboden zu dem Loch rollen, an dessen gezacktem Rand sie für Zehntelsekunden verharrte, bevor sie hineinkippte. Er bewegte sich viel zu spät. »Oh, Mann, ich bin *erledigt*! Wenn mein Dad ...« Er warf sich herum. »Hey, wohin willst du?« Er beobachtete, wie Stuey eilig durch die aufgebrochene Tür verschwand und in die herabsinkende Nacht davonhastete, hörte das leiser werdende Geräusch seiner Schritte. Und noch etwas anderes? Er runzelte die Stirn, horchte angestrengt. Nein. Nichts. Nur Stille.

Nach Stueys Flucht war in dem Haus am See Ruhe eingekehrt. »*Wichser!*«, schrie Harper, dem die Entfernung, die

Stuey zwischen sie gebracht hatte, wieder Mut machte. Er machte zögernd einen Schritt auf das Loch zu. Aber es würde seine Geheimnisse nicht ohne weiteres preisgeben – *falls* es welche besaß. Stuey hatte ihn nur erschrecken wollen. Stuey war ein Arsch. Das meinten alle, bloß keiner wollte es ihm direkt ins Gesicht sagen. Harper ließ sich auf seine breiten Knie nieder, senkte den Kopf und bemühte sich, im Dunkel etwas zu erkennen. Stuey war ein Lügner. Man durfte ihm kein Wort glauben. Stuey war nicht ganz richtig im Kopf. Auch das sagten alle. Er setzte sich auf, ohne das dunkle Loch aus den Augen zu lassen. Irgendwo dort unten lag die Taschenlampe seines Dads. Er musste sie sich zurückholen.

Er legte sich auf den Fußboden, streckte den rechten Arm in das Loch und bewegte die Finger, bis sie etwas ertasteten, das sich lederartig glatt anfühlte. Seine Hand zuckte zur Seite, sodass die Armsehnen geräuschvoll protestierten, und berührte dabei den schlanken Zylinder der Lampe. Ihm schwindelte fast vor Erleichterung, als er ihn umfasste. Jetzt konnte sein Alter ihm nichts mehr anhaben. Er musste nur noch vor ihm zu Hause sein.

Als er die Taschenlampe heraufgeholt hatte, zögerte er kurz, dann schaltete er sie ein. Das sanfte Klicken produzierte einen schwachen, flackernden Lichtstrahl. Er richtete ihn nach unten und verfolgte den winzigen Lichtpunkt, als er über den sandigen Boden zu einem kleinen Gegenstand glitt, der in dem kümmerlichen Licht glänzte. Zunehmend aufgeregter starrte er das kleine …

Harper hob den Kopf und sah zur Tür hinüber. »Stuey?« Keine Antwort. Er versuchte es nochmals, diesmal lauter. »Bist *du's,* Stuey?« Wieder nur Stille. Ihm fiel ein, was Stuey über die Kerle gesagt hatte, die sich hier nach Einbruch der

Dunkelheit herumtrieben. Aber er reagierte darauf wie auf die meisten unerfreulichen Informationen, die ihm zu Ohren kamen: Er schottete sich dagegen ab. Als draußen ein Schatten an den Fenstern vorbeihuschte, steckte sein Kopf bereits wieder in dem Loch, diesmal noch tiefer, um zu versuchen, mit der schwächer werdenden Taschenlampe das glänzende kleine Objekt wiederzufinden. Wenn er es erreichen könnte …

Er schoss hoch, imitierte Stueys erschrockenes Zurückweichen von dem Loch, machte in zwei Metern Entfernung mit jagendem Herzen halt. Nun wusste er, was Stuey gesehen hatte. Während er darauf wartete, dass das Pochen in seinen Schläfen abklang, starrte er das schwarze Loch an und kämpfte mit dem Konflikt, etwas zu wollen, aber Angst davor zu haben, es sich zu holen. Es konnte ein paar Pfund wert sein. Vielleicht würde er es sogar behalten. Doch dafür müsste er zu dem Loch zurückkehren und erneut hineingreifen. Stirnrunzelnd erinnerte er sich daran, wie er mit seiner Mom seine aufgebahrte Oma besucht hatte. Wie seine Mom ihren Blumenstrauß in die andere Hand genommen, den Arm um ihn gelegt und ihm versichert hatte, tote Menschen könnten einem nichts tun.

Mit zielstrebiger Entschlossenheit, die er in seinen bisher sechzehn Lebensjahren noch auf keinem anderen Gebiet an den Tag gelegt hatte, kehrte Harper zu dem Loch zurück, knipste die flackernde Taschenlampe wieder an und steckte den Kopf mit abgewandtem Blick wieder in das Loch. Er wollte das unheimliche Ding nicht noch mal sehen. Als er den gesuchten Gegenstand entdeckt hatte, machte er den Arm noch länger, bis seine Finger sich um ihn schlossen.

Er richtete sich schwitzend und vor Anstrengung keuchend mit dem kleinen kalten Objekt in der Faust auf, wich zurück und blieb dann sitzen, ohne das schwarze Loch aus den Augen zu lassen. Das mussten Leute erfahren. Die Polizei. Er runzelte die Stirn. Er wollte nicht noch mehr Ärger. Nein, er würde keinem davon erzählen. Niemals. Würde nicht mal Stuey erzählen, dass er dieses Ding gesehen hatte. Er öffnete die Faust und betrachtete das Objekt im schwachen Schein der Taschenlampe. Er wischte etwas Sand ab. Nicht übel. Vielleicht bekam er dafür …

Harper fuhr herum. »Wer ist da?«, flüsterte er und starrte die aufgebrochene Tür an. Das musste Stuey sein, der zurückgekommen war, um sich noch mal umzusehen. Um sich *dies* zu holen. Er zog den Reißverschluss der Geheimtasche seiner Parka auf, ließ es hineinfallen, verschloss die Tasche wieder und schlug mit der flachen Hand leicht von außen auf den Stoff. Jetzt wieder zuversichtlich, rief er lauter als zuvor: »Wie steht's also damit? Bleibt's beim Gemeindezentrum, ja?«

Demolierte Türangeln quietschten, als feuchter Nebel und kalte Luft hereinkrochen. Er rappelte sich mit ängstlich geweiteten Augen auf, begann zurückzuweichen und hörte eine Stimme, die er kaum als seine erkannte; ein zitterndes Tremolo am Rande der Panik. »Ich hab nichts getan …«

In den folgenden Minuten flatterten Vogelschwingen, und der Nebel, die Bäume und das stille, dunkle Wasser verschluckten alle Geräusche aus dem Haus am See.

2

»Bei Fuß, Jungs!« Der Mann in der Barbour-Jacke schnalzte mit der Zunge und hängte sich die aus Leder geflochtenen Hundeleinen über den Arm, um in die Hände klatschen zu können. Aber er hörte weiter nur gedämpftes Bellen. Wo zum Teufel steckten sie? Er zog den linken Ärmel zurück, um auf seine Armbanduhr sehen zu können: 6.50 Uhr. Dienstags gab es im Büro immer viel Arbeit. Um rechtzeitig dort sein zu können, musste er das Haus spätestens um 8.30 Uhr verlassen, nachdem er geduscht und gefrühstückt hatte. Er suchte die nähere Umgebung ab, wobei seine Augen in der beißenden Kälte tränten. Zunehmend irritiert ging er in die Richtung weiter, aus der das Bellen zu hören war, und rief wieder: »Barney! Zac! *Bei Fuß!* Sofort!«

Er erreichte den See, an dem er sie zu sehen befürchtete, und hoffte, dass sie nicht hineingegangen waren. Er hatte wirklich keine Zeit, sie abzutrocknen. Aber im Wasser waren sie nicht. Auch sonst waren sie nirgends zu sehen. Er hörte genauer hin. Das Bellen kam aus dem etwas erhöht stehenden Holzhaus auf dem jenseitigen Seeufer. Während er in raschem Tempo darauf zuhielt, fragte er sich, wie sie's geschafft hatten, dort reinzukommen. Als er näherkam, begutachtete er die Tür und stellte fest, dass ein Flügel halb offen stand und beide beschädigt waren. Dann stieg er die wenigen Stufen hinauf und drückte gegen den halb geöffneten Türflügel, der nicht gleich aufging. Er musste noch mal kräftig drücken, um eintreten zu können.

Barney und Zac, die jetzt nicht mehr kläfften, standen mit zitternden Körpern, heraushängenden Zungen und hochgereckten Schwänzen fast an der Rückwand des Raums. Als er auf sie zuging, sah er, dass sie mit den Vorderpfoten kleine Sprünge machten. Er kannte dieses Verhalten, wusste genau, was es bedeutete: extreme Frustration. »*Bei Fuß,* Jungs. Los jetzt!« Sie blieben, wo sie waren. Er ließ sich auf ein Knie nieder, tätschelte Zacs Schultern und Barneys Flanke. »He, he, was ist los mit euch? Was regt euch so auf?«

Sein Blick fiel auf den Holzfußboden unmittelbar vor ihnen, aus dem ein Stück fehlte. Er vermutete, dass die Hunde es durch ihr frustriertes Scharren gelockert hatten, sodass es in den Hohlraum darunter gefallen war. Weil seine Neugier geweckt war, beugte er sich nach vorn, um das Loch näher zu betrachten, und die Hunde wurden noch aufgeregter, als ein weiteres Stück Fußboden verschwand. Er schob zwei Finger unter ein hochstehendes Brett und zog es zur Seite, während die Hunde jaulend um seine Beine strichen.

Er starrte in die kleine Öffnung, ohne im Dunkel darunter etwas erkennen zu können. Dann richtete er sich auf, griff in eine Tasche der Barbour-Jacke, zog eine Taschenlampe heraus und beugte sich wieder nach vorn, um in den Hohlraum zu leuchten. Er brauchte einige Sekunden, um zu verarbeiten, was er sah, während die Hunde winselten und jaulten. »Ruhig … ganz ruhig, ihr beiden. Alles … okay … okay«, sagte er beschwichtigend, obwohl er recht gut wusste, dass das nicht stimmte.

Nachdem er tief durchgeatmet hatte, schaltete er die

Taschenlampe aus und tauschte sie gegen sein Handy. Die Notrufzentrale meldete sich fast augenblicklich. »Notruf. Welchen Dienst brauchen Sie?«

»Hallo?«

»*Notruf.* Welchen Dienst brauchen Sie?«

Er brachte die Hunde zum Schweigen, fuhr sich mit dem Handrücken über seine feuchte Stirn. »Als Notfall würde ich's nicht direkt bezeichnen …«

Die Stimme der Polizeibeamtin klang müde, aber nachdrücklich. »Weswegen rufen Sie an, Sir?«

»Meine Hunde …« Er spürte Ungeduld am anderen Ende, stellte sich vor, wie die Polizeibeamtin die Lippen zusammenpresste. Sie hatte es vermutlich satt, dass Leute anriefen, um Hilfe wegen einer auf einem Baum sitzenden Katze anzufordern. »Sie haben … ich denke … ich denke …, sie haben eine Leiche gefunden.«

Die krachend auffliegende Tür, als Chief Superintendent Ganders beträchtliche Masse hereingestürmt kam, sicherte ihm die sofortige und ungeteilte Aufmerksamkeit von Detective Sergeant Bernard Watts. Bernies buschige Augenbrauen gingen unter ergrauendem Haar nach oben, als er zu seinem Kollegen Lieutenant Joe Corrigan hinübersah, der aus Boston, Massachusetts, in die als Rose Road bekannte Zentrale der West Midlands Police abkommandiert war.

»Wo ist Kate?« Ohne eine Antwort abzuwarten, sprach Gander weiter: »Im Woodgate Country Park ist ein Toter aufgefunden worden. In der Nähe des Sees.«

Bernie musterte Gander prüfend. »Ist das ein Fall für uns? Für die KUF?«

»Ersten Berichten nach liegt sie schon länger dort. Sie könnte mit einem halben Dutzend kalter Fälle aus früheren

Jahren zu tun haben. Sehen Sie zu, dass Sie schleunigst hinkommen. Pathologie und Spurensicherer sind schon dort. Lassen Sie sich von denen erzählen, was sie schon wissen.« Er war wieder in Bewegung, drehte sich aber überraschend leichtfüßig noch mal um und hob den Zeigefinger, um seinen Worten Nachdruck zu verleihen. »Rufen Sie Kate an. Hat sie Zeit, möchte ich sie ebenfalls dort haben.«

Bernie griff nach dem Telefonhörer, als der massige Körper des Chiefs durch die Tür verschwand.

Kate Hanson saß an diesem ersten Tag des neuen Trimesters im neuen Jahr in tiefem Wasser. Der leichte Rauch einer in der Nähe brennenden Duftkerze mischte sich in Dampfschwaden, die zu dem summenden Lüfter an der Decke aufstiegen. Bis zu den Schultern eingetaucht, ihr volles dunkelrotes Haar auf dem Kopf zusammengefasst, hob sie den Badeschwamm und beobachtete das hypnotisierend herausplätschernde Wasser, während sie plötzlich wieder daran denken musste, wie ihr Exmann sie am Heiligabend spätabends angerufen hatte. Kevin hatte sich mit Arbeitsüberlastung und einer bevorstehenden Parisreise entschuldigt und Kate gebeten, Maisie in seinem Auftrag ein Geldgeschenk zu machen. Während im Hintergrund Flughafendurchsagen und leises Frauenlachen zu hören gewesen waren, hatte sie seufzend aufgelegt, Geld aus ihrer Handtasche geholt, eine Karte herausgesucht, Grüße aufgeschrieben und seine Unterschrift gefälscht und alles in einen Umschlag gesteckt, auf den sie den Namen ihrer Tochter geschrieben hatte.

Kate ließ den Schwamm ins Wasser zurückfallen, atmete tief durch und konzentrierte sich auf den kommenden Tag: es würde ein durch Verwaltungsarbeit abgefedertes sanftes Hineingleiten ins neue Studienjahr an der Universität werden. Die erste Vorlesung hatte sie erst … *Entspann dich. Neues Jahr, neues Ich … Alle meine Verantwortlichkeiten sind gut durchorganisiert …*

Ein dringend klingendes Klopfen an die Badezimmertür unterbrach ihre Gedanken, und eine dieser Verantwortlichkeiten sprach. »Mom?«

… Alles gut durchorganisiert, und zum Teufel mit Kevin und seiner …

»Mom!«

Kate setzte sich auf und schickte eine Bugwelle aus Wasser ans Ende der Wanne, wo sie über den Rand schwappte. »Schrei nicht so, Maisie.«

»Telefon! Für *dich.*«

Sie sank ins warme Wasser zurück. »Dafür ist's noch zu früh. Wer anruft, möchte bitte noch einmal anrufen.«

»Bernie ruft an. Er will dich sprechen. Er sagt, dass es wichtig ist.« Kate hörte rasch weglaufende Schritte.

»Verdammt …« Kate stand auf und angelte nach dem Badetuch. Sie wickelte es um sich und schlüpfte in die rosa Pantoffeln, die Maisie ihr zu Weihnachten geschenkt hatte. Dann zog sie die Tür auf, ging über den Flur und die Treppe hinunter und griff nach dem Hörer neben dem Telefon. *»Was?«*

»Fröhliches neues Jahr, Doc!«

»Gleichfalls. Was willst du?«

»Hast du heute Morgen schon was vor?« Sie hielt das Badetuch an sich gepresst und bekam eine Gänsehaut an ihren nackten Schultern und Armen, während sie die Treppe hinaufsah. »Corrigan und ich fahren zu einem Fundort hinaus. Goosey will, dass wir ihn uns zu dritt ansehen.«

Kate befand sich sofort im Alarmzustand. »Gut, ich komme. Wo liegt er? Was …«

»Am See im Woodgate Country Park. Kennst du den?«

»Ich finde ihn. Was weißt du bisher?«

»Nur dass Goosey sagt, dass es sich um einen kalten Fall handeln dürfte.«

Wieder oben im Bad massierte sie rasch Feuchtigkeitscreme ein, vor allem an der verheilenden zehn Zentimeter langen Schnittwunde am Oberschenkel – ein Andenken an zu engen Kontakt mit Bandstacheldraht bei Ermittlungen zu dem letzten Fall der Kommission für ungeklärte Fälle. Die Narbe reagierte mit einem Stechen. Nachdem sie versucht hatte, ihre rote Mähne mit einem weiten Kamm zu bändigen, gab sie auf und fasste die schwere Masse mit einem Haarband zusammen. Sie hastete in ihr Schlafzimmer, holte eine warme Tweedhose und einen Mantel aus dem Schrank und wurde dabei auf ruhelose Bewegungen auf dem Treppenabsatz aufmerksam. »Maisie?« Weil sie sich an Bernies Beschreibung des Fundorts erinnerte, steckte sie ihre Lederstiefel in eine Tragetüte und zog glänzend schwarze Hunters an. »Maisie!«

Maisie hockte im Schlafanzug mit untergeschlagenen Beinen auf der niedrigen Holzkommode im Flur, hielt eine Schale mit Cornflakes in den Händen, hatte die Ohrhörer ihres iPods eingesteckt und nickte unter dichten dunkelroten Locken mit dem Kopf. Kate zog ihr die Ohrhörer heraus.

»*Hey!* Oh.«

»Ich hab's eilig, und *du* solltest längst angezogen sein.«

»Wie kann ich denn, wenn ich dauernd rumrennen und *deine* Telefongespräche entgegennehmen muss und …«

Kate zeigte auf Maisies Tür, während sie selbst zur Treppe ging. »Ich rufe Chelseys Mutter an und sage ihr, dass wir in … *spätestens* sieben Minuten bei ihr sind.«

Maisie spähte durch die gedrechselten Stäbe, die das Treppengeländer trugen, und beobachtete, wie ihre Mutter die Treppe hinabhastete. Als sie die Schale auf den Boden stellte und in ihrem Zimmer verschwand, schoss Mugger über den Treppenabsatz und nutzte die Gelegenheit, um die Milch aufzuschlabbern.

Nach zehn Minuten Fahrt unterhielten Maisie und Chelsey sich in dem kleinen Wagen so laut quietschend, dass Kates Kopfhaut sich nervös zusammenzog. Sie sah rasch zu Maisies Freundin auf dem Beifahrersitz hinüber – mit ihrem makellosen Teint ein Bild blühender Gesundheit. Letztes Jahr hätte die Sache schlimm ausgehen können, als Chelsey von dem Mann entführt worden war, den Kate und ihre Kollegen von der Kommission für ungeklärte Fälle gejagt hatten. Harry Creed.

Sie sah wieder nach vorn. Blieb der Verkehr flüssig, konnte sie in zwanzig Minuten bei ihren Kollegen sein. Während sie sich auf die Straße konzentrierte, dachte sie an Detective Sergeant Bernard Watts, einen gebürtigen Birminghamer. Er war groß und schwer und sprach so direkt, wie er dachte. Oft allzu direkt. Als aus dem Süden stammende Akademikerin hatte Kate ihn anfangs für ein regelrechtes Großmaul und einen politisch inkorrekten Albtraum gehalten. Inzwischen kannte sie seine Stärken als erfahrener Kriminalbeamter und seine Loyalität, obwohl Bernies Widerstand gegen psychologische Theorien sie noch immer ärgerte.

Kate setzte die beiden Mädchen direkt vor dem Schuleingang ab, bevor sie wieder auf die Edgbaston Park Road hinausfuhr. Als sie am Haupttor der Universität – ihrem gewöhnlichen Ziel – vorbeikam, war sie in Gedanken bei

Lieutenant Joe Corrigan. Seine Hauptrolle in der Rose Road war die eines Schießausbilders – ein schlagender Beweis dafür, wie sehr britische Polizeiarbeit sich im letzten Jahrzehnt verändert hatte. Er war so groß wie Bernie, aber sportlich schlank, schwarzhaarig und Anfang vierzig. Joe Corrigan. Sein Name war fast ein Synonym für Ruhe. Kate musste unwillkürlich lachen. Ruhig hatten die in der Rose Road beschäftigten Frauen nicht gerade reagiert, als er erstmals dort aufgekreuzt war.

Der Verkehr stockte, und sie trommelte ungeduldig mit den Fingern aufs Lenkrad, als sie das Navi einschaltete und mit klarer, deutlicher Stimme ihr Fahrtziel nannte: »Woodgate Country Park.«

3

Kate fuhr auf den Behelfsparkplatz und fand eine Lücke neben dem Range Rover, der zwischen mehreren Polizeifahrzeugen stand, zu denen auch ein schwarzer Kombi mit getönten Scheiben gehörte. Während sie den Motor abstellte, begutachtete sie das sanft vor ihr abfallende Gelände. Durch die leichten Nebelschwaden, die den See teilweise verdeckten, bewegten sich Gestalten in weißen Schutzanzügen. Im Zentrum ihrer methodischen Arbeit stand ein niedriges dunkelgrünes Holzhaus unter kahlen Laubbäumen und dichten Nadelbäumen auf einer kleinen Anhöhe über dem See.

Beim Aussteigen hörte sie nicht nur Stimmen, ohne verstehen zu können, was sie sagten, sondern auch ein stetes Rauschen: den Lärm des dichten Berufsverkehrs auf der in der Nähe vorbeiführenden Autobahn M5. Als sie den Rand des Parkplatzes erreichte, sah sie etwas tiefer unter sich Bernies breiten Rücken, den seine Daunenjacke noch massiver wirken ließ als sonst. Er ging neben dem großen schwarzhaarigen Amerikaner in dem blauen Mantel her. Sie machte sich an den Abstieg.

»Verdammt, ist das heute kalt!« Bernie Watts, der die Hände tief in den Jackentaschen vergraben hatte, stieß beim Reden kleine Atemdampfwolken aus. Er nickte zu der zierlichen Gestalt in einem weißen Schutzanzug hinüber, die gerade hinter der offenen Tür des kleinen Holzhauses sichtbar wurde. »Hoffentlich hat Connie ihre Thermounterwäsche an.« Er sah sich um, weil er Schritte gehört zu haben glaubte. »Da kommt Kate.« Auch Joe sah sich beim Weitergehen kurz um. Als sie die zur Haustür hinaufführenden Stufen erreichten, winkte die Gestalt im Haus ihnen mit einer in einem blauen Latexhandschuh steckenden Hand zu. »Dürfen wir reinkommen?«, fragte Bernie, wobei er sich mit einer Hand übers Haar fuhr – besonders dort, wo es dazu neigte, widerspenstig vom Kopf abzustehen.

Die aus Hongkong stammende Pathologin nickte ihm zu. »Kommt nur rein. Die Spurensicherer sind mit der näheren Umgebung fertig.« Sie traten ein, wobei sie die Arme verschränkten, um versehentliche Kontakte zu vermeiden, und blieben bei Dr. Connie Chong stehen, die vor einem großen Loch im Holzboden kniete. Alle drei sahen hinein, während sie sprach. »Ein Mann, der mit seinen Hunden unterwegs war, hat diesen Fund heute Morgen gemeldet. Ah, da ist eure forensische Psychologin. Hi, Katie.«

Kate kam herein, erwiderte Connies Gruß mit einem Winken und nickte ihren beiden Kollegen zu. Sie sah, wie Joes Blick nach unten ging, und sah ihn über ihre in Gummistiefeln steckende Hose grinsen. »Hoffentlich habe ich nichts verpasst.«

»Ich wollte gerade anfangen«, sagte die Pathologin. »Gegen halb sieben war hier ein Mann mit seinen Hunden unterwegs. Aus seiner kurzen Aussage, die Police Constable Whittaker zu Protokoll genommen hat, geht hervor, dass die Tür schon aufgebrochen war, sodass die nicht angeleinten Hunde ins Haus konnten.« Ihre ausgestreckten Hände zeigten auf den Mittelbereich des großen Lochs. »Die Hunde haben hier gescharrt und waren nicht wegzubringen.

Also ist er reingekommen, um selbst nachzusehen. Der Fußboden war mehr oder weniger intakt – bis auf ein kleines Stück, das die Hunde losgekratzt hatten und das ich heraufgeholt habe, zusammen mit einem weiteren Stück.« Sie deutete in das Loch. »Der Hundehalter war neugierig genug, wissen zu wollen, weshalb die Hunde so aufgeregt waren. Also hat er das Loch vergrößert, und weil er als vernünftiger Mann eine Taschenlampe dabeihatte, konnte er hineinleuchten. Dabei hat er genug gesehen, um die Notrufnummer zu wählen.« Sie ging in die Hocke und sah zu ihnen auf. »Als ich um halb acht mit den Spurensicherern angekommen bin, haben wir weitere Bretter entfernt und …« Sie griff nach einer Schachtel und hielt sie ihnen hin. »Wenn ihr die hier anzieht, zeige ich euch, was er gesehen hat.«

Nachdem die drei sich blaue Latexhandschuhe übergestreift hatten, kauerten sie am Rand des Lochs und machten lange Hälse, während Connie einen fahrbaren Scheinwerfer heranzog und einschaltete. Ihre Augen brauchten eine Sekunde, um sich an das helle Licht zu gewöhnen.

Bernie wich unwillkürlich etwas zurück. *»Verdammt!«*, sagte er zum zweiten Mal an diesem Morgen.

Kate, die sich auf die Hände stützte, brachte den Oberkörper näher an das Loch heran. Der schreckliche Anblick, der sich ihr bot, ließ auch sie zurückweichen. Sie begegnete Joes Blick, als auch dieser sich aufrichtete, und sah, dass er den Kopf schüttelte.

Connie sprach weiter. »Schrecklich, ja. Und mitleiderregend.« Die Pathologin sah einem nach dem anderen direkt ins Gesicht. »Seit wann er dort liegt, lässt sich noch nicht abschätzen, aber jedem dürfte klar sein, dass das länger her sein muss.« Ihr Blick ging wieder in das Loch.

»Genaueres lässt sich erst sagen, wenn wir ihn in der Rose Road haben, aber ich *tippe* auf jung und männlich.«

Die drei schwiegen betroffen. Kate beobachtete, wie Bernie mit gegen die Kälte hochgezogenen schweren Schultern aufstand, um den Rest des Fußbodens in Augenschein zu nehmen. Auch Joe stand auf, um die beschädigte Tür, die Kate beim Hereinkommen aufgefallen war, zu begutachten.

Als sie zurückkamen, sprach Connie weiter. »Was kann ich euch noch sagen? Ah, richtig – die Sache mit dem Fußboden. Der ist *sehr* interessant. Möchtet ihr wissen, weshalb?« Alle drei nickten. »Ich vermute, dass die Dielen schon vor dem heutigen Besuch des Hundebesitzers herausgerissen, aber wieder eingesetzt worden sind. Ich behaupte sogar, dass das erst vor Kurzem, wahrscheinlich erst vor wenigen Tagen passiert ist. Jemand hat sie herausgebrochen und anschließend wie die Teile eines Puzzlespiels wieder zusammengesetzt. Und so haben die Hunde und ihr Besitzer sie heute Morgen vorgefunden.«

Kate hob den Kopf und sah zu der Pathologin hinüber. »Moment. Du meinst, dass in letzter Zeit jemand hier drinnen war und diesen Teil des Fußbodens herausgerissen und dann wieder eingesetzt hat?«

»Ja, das vermute ich. Seht euch die Dielen mal selbst an.« Sie nickte zu den sauber aufgestapelten Brettern unterschiedlicher Länge hinüber.

Sie traten darauf zu. Kate griff nach einem Brett und fuhr mit den Fingern über die Bruchstellen, bevor sie es auf den Stapel zurücklegte und wieder Connie ansah. »Was wir … dort unten gesehen haben. Es liegt seit Jahren dort?«

»Bestimmt.«

»Hast du eine Idee, wie lange?«, fragte Bernie.

»Ich wusste, dass du nachbohren würdest«, sagte sie kopfschüttelnd. »Nein. Nicht die Geringste.«

Kates ganze Aufmerksamkeit galt den Fußbodendielen, die sie stirnrunzelnd betrachtete. »Ich versuche, mir vorzustellen – anhand deiner Erklärungen und allem, was wir sehen –, was sich hier abgespielt haben muss.« Sie streckte die Arme aus. »Du sagst also, dass der Fußboden in diesem *gesamten* Bereich vor unbestimmt langer Zeit aufgerissen worden ist, damit jemand es – ihn – dort unten verstecken konnte? Anschließend ist der Fußboden wiederhergestellt worden und hat jahrelang dagelegen – bis er vor einigen Tagen *erneut* aufgerissen und wieder zusammengesetzt wurde. Und heute Morgen haben die Hunde hier angeschlagen und alles noch mal in Gang gesetzt.« Kate machte einige kleine Schritte auf das Loch zu. »Und nun sind wir hier.«

Die Pathologin sah zu ihr auf. »Das ist eine ziemlich gute Zusammenfassung.«

Kate ging am Rand des Lochs auf und ab. »Weshalb sollte der Täter, der die Leiche hier versteckt hat, erst vor wenigen Tagen zurückgekommen sein und den Boden erneut aufgerissen haben?«

Bernie schüttelte den Kopf. »Wer sagt, dass es die gleiche Person gewesen sein muss?«

»Weshalb sonst hätte sich jemand die Mühe machen sollen, den Boden so zu rekonstruieren, dass niemand die Leiche dort unten finden kann?«

Das trug ihr einen aufgebrachten Blick ein. »Wer den Fußboden aufgerissen hat, hat wahrscheinlich nichts mit dem zu tun, was wir eben gesehen haben. Das war vermutlich nur der übliche hirnlose Vandalismus.«

Kate sah ihn an. »Und dein ›hirnloser‹ Vandale ist ein

Ordnungsfanatiker?« Sie beobachtete, wie Bernie die Augen verdrehte, und schüttelte den Kopf. »Vandalismus ist vor allem eine Jugendstraftat. Ich bezweifle, dass ein jugendlicher Gelegenheitsvandale die Geduld oder die Motivation besäße, diesen Fußboden wieder zusammenzusetzen.«

Er verzog das Gesicht. »Du analysierst alles ein bisschen schnell, Doc, selbst für deine Verhältnisse. Was hältst du davon, noch etwas zu warten, bis wir mehr über diesen Fund wissen, bevor du mit den Theorien anfängst?«

Sie erwiderte seinen Blick unerschrocken. »Aber für die KUF *ist* dies der nächste Fall?«

»Das schließe ich daraus, was Goosey heute Morgen gesagt hat – und wie dringend er es gesagt hat.«

Connie sah amüsiert lächelnd zu ihnen auf. »Ich finde euren Arbeitseifer lobenswert, aber vorläufig ist dies noch *mein* Fall. Als Nächstes muss dieses Loch im Fußboden vergrößert werden, damit wir besser an den Fund herankommen.« Alle vier sahen sich um, als hinter ihnen Schritte zu hören waren. »Und da kommt die Spurensicherung, um mir zu helfen.« Sie lehnte sich in Richtung Tür. »Guten Morgen, Adam! Kommen Sie nur rein.«

Adam Jamison, der stets ernste Leiter der Spurensicherung in der Rose Road, kam herein, nickte allen zu, bevor er sich an Connie wandte. »Wie groß soll das Loch werden?«

Connie verzog kurz das Gesicht, als sie aufstand. »Niemand warnt einen davor, wie sehr Pathologie auf die Knie gehen kann. Lassen Sie mir einen Augenblick Zeit, dann markiere ich den Bereich.« Sie griff in einen Gerätekoffer aus Aluminium, holte eine Rolle neongelb und schwarz gestreiftes Klebeband heraus und machte sich an die Arbeit, indem sie das Band mit einer behandschuhten Hand auf dem Holzboden festdrückte.

Adam beobachtete sie bei der Arbeit, dann nickte er. »Also gut, ich sage meinen Leuten Bescheid. Und Sie fotografieren bestimmt alles, bevor wir den Fußboden aufreißen?«

Connie, die sich ganz auf ihre Arbeit konzentrierte, nickte wortlos.

»Ich hole die Kamera und den Aufnahmeplan.«

Joe hatte während des Gesprächs in das Loch gestarrt. Jetzt wandte er sich an Connie. »Dort unten liegt noch was. Sieht wie eine kleine Taschenlampe aus.«

»Genau das ist es, Joseph.«

Er trat einen Schritt zur Seite, um Kate in das Loch sehen zu lassen. »Gleich dort drüben. Siehst du sie?«

Kate stand so dicht neben ihm, dass sie eine angenehme Mischung aus guter Seife und dezentem Rasierwasser riechen konnte. Sie suchte den Boden des Lochs ab, bis sie einen kleinen Zylinder entdeckt hatte, und sah dann zu ihm auf. »Hat der Täter sie fallen lassen?« Als Joe nur mit den Schultern zuckte, betrachtete sie nochmals die sterblichen Überreste, wobei sie auf ein winziges, gut beleuchtetes, herzzerreißendes Detail aufmerksam wurde: dunkle, leicht geschwungene Wimpern. Sie richtete sich auf, trat mit um den Oberkörper geschlungenen Armen an die Tür und sah über den See hinaus. Hatte ihn einst jemand geliebt? Trauerte jemand noch immer um ihn? Sie seufzte. *Konzentrier dich auf deine Arbeit.*

Sie wandte sich von der Tür ab, ging zu den aufgestapelten Fußbodenbrettern zurück und machte sich daran, sie nochmals zu untersuchen. Während sie vor dem Stapel kniete, nahm sie jedes Stück einzeln in die Hand und untersuchte die Bruchstellen, um zu sehen, wie die Teile zusammengehörten. Nach einigen Minuten stand sie auf und klopfte die Knie ihrer Hose ab. »Meine Hypothese lautet, dass derjenige, der den Fußboden vor ein paar Tagen aufgerissen und wieder verschlossen hat, schon wusste, was darunter lag – und sicherstellen wollte, dass es versteckt bleibt.«

Bernie sah auf sie hinab und rieb sich das Kinn. »Ich tippe weiter auf einen gewöhnlichen Idioten, der sich hier austoben wollte und nach diesem Fund schleunigst verpisst hat.«

Kate schüttelte den Kopf. »Er hat sich nicht ›verpisst‹. Er ist dageblieben und hat sich die Zeit genommen, den Fußboden wieder zusammenzubauen, um das Aufreißen zu tarnen. Weshalb sollte er das tun, wenn er nicht derjenige war, der die Leiche ursprünglich versteckt hatte?« Sie ging am Rand des Lochs auf und ab, sprach mit leiser Stimme weiter. »Um ein Puzzle aus zersplitterten Holzstücken zu komplettieren, braucht man bestimmte Voraussetzungen: räumliches Denken, gutes Vorstellungsvermögen und geschickte Hände.« Sie sah erst Bernie, dann Joe an. »Jemand, der geduldig und methodisch vorgeht und manuell begabt ist.«

Sie drehten sich um, als sie Schritte auf der Treppe hörten, und sahen Igor, Connies Pathologieassistenten, einen großen Metallbehälter hereinschleppen. Sein langes Haar war zu einem Pferdeschwanz zusammengefasst, sein breites Gesicht vor Anstrengung gerötet.

Bernie konzentrierte sich wieder auf Connie, die jetzt auf dem Bauch liegend die Leiche inspizierte. Er ging neben ihr in die Hocke. »Wann weißt du mehr?«

Sie streckte eine Hand nach der Kamera aus, die Igor ihr hinhielt. »Meiner Erfahrung nach schlägt der Arbeitseifer der KUF immer in Aufdringlichkeit um. Im Augenblick muss ich festhalten, was wir dort unten haben, und mir dann überlegen, wie die Bergung ablaufen soll. Sobald ich mehr weiß, rufe ich dich an.«

Die drei verließen das Holzhaus und gingen zu ihren Autos hinauf. Bernie, der kaum genug Luft bekam, sprach abgehackt. »Was glaubst du, Corrigan ... wie weit müssen wir zurückgehen ... wenn wir uns die Vermisstenmeldungen der letzten Jahre ansehen? Fünf, sechs Jahre?«

»Nach allem, was wir gesehen haben, tippe ich auf zehn«, warf Kate ein.

Joe wandte sich ihr lächelnd zu. »Na, wie ist das Leben zu dir, Red?«

Sie erwiderte sein Lächeln. »Kaum anders als wir uns das letzte Mal gesehen haben. Viel Arbeit. Aber das gefällt mir. Als Bernie heute Morgen angerufen hat, war ich gerade dabei, Neujahrsvorsätze in Bezug auf Leben und Arbeit zu fassen.«

Bernie musterte sie erstaunt. »Was, *vor* dem Frühstück?«

Kate starrte den Boden vor ihren Stiefeln an. »Und jetzt gibt es Leute, die dieser Fund betrifft, ohne dass sie ahnen, welche schlechten Nachrichten ihnen bevorstehen.«

Bernie schüttelte den Kopf. »Wenn du mich fragst, Doc, sind das viel zu tiefsinnige Gedanken so früh am Morgen.«

4

Kates Audi rollte in weitem Bogen über den Chancellor's Court, fuhr an der wuchtigen Klinkerfassade des Aston Webb Buildings vorbei und erreichte sein Ziel: die reservierten Parkplätze vor der Psychologischen Fakultät. Sie stieg mit ihrem Aktenkoffer in der Hand aus, sperrte den Wagen ab und hastete die Treppe hinauf. In der riesigen Eingangshalle erwiderte sie die Grüße einiger Studenten, die schon früh da waren, und fuhr in den zweiten Stock hinauf. *Ein weiterer kalter Fall.* Als sie die Tür ihres Büros öffnete, brannte sie schon darauf, ihren Terminkalender einzusehen, um Zeiten zu identifizieren, in denen sie bei den Ermittlungen mitwirken konnte …

Sie blieb erstaunt stehen. Die Schreibtischlampe brannte schon, und ein glühendes Halogenheizgerät, das sich von einer Seite zur anderen drehte, hatte den Raum mit der hohen Decke bereits gemütlich erwärmt. Sie trat langsam ein, ließ ihre Habseligkeiten auf den alten Sessel fallen, öffnete ihren Aktenkoffer und nahm zwei Päckchen Magermilch heraus. Sie ging um den riesigen Schreibtisch herum, öffnete das Fenster mit Bleiverglasung und stellte die Päckchen auf die schmale äußere Fensterbank. »*Hallo,* Jungs«, sagte sie zu den beiden grotesken Wasserspeiern, die dort mit aufgerissenen Mündern zähnefletschend hockten.

Kate schloss das Fenster schnell, bevor noch mehr kalte Luft hereinströmen konnte, und als sie sich dann umdrehte, sah sie an der Verbindungstür ins Vorzimmer eine schlanke junge Frau mit blonder Punkerfrisur und knallroten Lippen und Fingernägeln stehen, die ganz in Schwarz – Top, Minirock, Strumpfhose und Stiefel – gekleidet war.

»Dr. Hanson?« Kate nickte. »Crystal Devine.«

Kate kniff die Augen zusammen. »Aber natürlich! Die Personalstelle hat mir gesagt, dass Sie im neuen Jahr anfangen würden.« Der Vizekanzler hatte ihr in einem Memo mitgeteilt, wegen ihrer Doppelbelastung an der Uni und in der Rose Road sei ihr eine Assistentin bewilligt worden. Sie ging mit ausgestreckter Hand auf die junge Frau zu, die einen Kopf größer war als sie selbst. »Tut mir leid, aber ich werde Ihnen heute nicht allzu viel erklären können. Ab Mittag habe ich …«

Crystal nickte. »Ja, ich weiß, Sie haben Tutorien. Anhand der Eintragungsliste an der Tür habe ich eine Namensliste getippt und lasse Anrufe bis halb drei – einschließlich einer halben Stunde Lunch ab ein Uhr – auf meinen Anschluss umlegen. Soweit ich gehört habe, brauchen Sie die Unterlagen der Studenten nicht, aber ich habe sie trotzdem rausgesucht.« Sie strahlte. »Damit Sie sich darin Notizen machen können, während Sie mit ihnen üben.«

Kate starrte sie an. *So tüchtig … Und was genau hast du noch über mich gehört?* »Danke, Crystal. Das ist sehr hilfreich, aber ich erwarte nicht, dass Sie …«

Die junge Frau lächelte erneut, als sie sich abwandte, um in das kleine Büro nebenan zurückzugehen. »Ach, das waren nur Kleinigkeiten. Sie müssen mir sagen, was Sie sonst noch brauchen. Es ist sicher nicht einfach, als Alleinerziehende Ihre Arbeit hier und bei der Polizei zu bewältigen.« Damit verschwand sie und überließ es Kate, die sich ausspioniert fühlte, den leeren Durchgang anzustarren. *Diese verdammte Gerüchteküche!*

Kate holte tief Luft, dann ging sie nach nebenan. »Crystal, ich möchte etwas unmissverständlich klarstellen. Hier wird schrecklich viel geklatscht, aber ich kann es nicht leiden, wenn …«

»Logo!« Die Punkerin nickte nachdrücklich. »Keine Sorge, ich *weiß*, dass meine Arbeit für Sie vertraulich bleiben muss. Darauf können Sie sich verlassen.« Sie sah strahlend zu Kate auf. »Sonst noch was?«

Kate fuhr sich verlegen mit einer Hand durchs Haar. »Nein. *Ja.* Sollte ein Detective Sergeant Watts oder ein Lieutenant Corrigan anrufen …«

»Stelle ich sie sofort durch.« Die junge Frau nickte mit ernster Miene.

Kate ging in ihr Büro und setzte sich an den Schreibtisch. Sie bemühte sich, nicht mehr an Crystals Kommentare zu denken, als sie damit begann, den Stapel unkorrigierter Hausarbeiten auf ihrem Schreibtisch abzuarbeiten. Ihre neue Assistentin war vielleicht ein bisschen aufdringlich, aber mit ihrer Tüchtigkeit konnte sie sich als ein Geschenk des Himmels erweisen. Besonders wenn das, was Kate und ihre Kollegen an diesem Morgen gesehen hatten, der nächste kalte Fall der KUF werden sollte.

5

Später an diesem Nachmittag saßen Kates Studenten aus dem ersten Studienjahr in einem Halbkreis bei ihr im Büro, während das Halogenheizgerät behagliche Wärme verbreitete. Kate musste dabei an Maslows *Bedürfnishierarchie* denken. Psychologie aus den Vierzigerjahren, aber in diesem Punkt unbestreitbar wahr: Wer sich behaglich fühlte, konnte sich besser konzentrieren.

Sie saß auf der Kante ihres Schreibtischs und sah in die erwartungsvollen Gesichter. »Im vorigen Trimester haben wir mit unserer Exploration visueller Wahrnehmungen begonnen. Für diejenigen unter Ihnen, die sich der Kriminologie widmen wollen, haben Aussagen von Augenzeugen ihren Wert *und* ihre Grenzen. Visuelle Eindrücke sind weniger zuverlässig, als wir glauben, weil das menschliche Gedächtnis nun mal keine Festplatte ist. Wir speichern Konstrukte dessen, was wir sehen, reichern sie durch Eigenschaften an, deren Existenz wir vermuten, und werden dabei immer durch unsere jeweiligen Emotionen beeinflusst.«

Sie drehte sich um und griff nach den zur Verteilung bereitliegenden Ausdrucken. »Ich habe hier die wichtigsten Quellen zusammengestellt und einige Fallbeispiele angehängt, die klar illustrieren, welche Schwierigkeiten bei Zeugenaussagen auftreten können.« Kate gab den Packen einem Studenten, der ihn durchreichte, und wartete, bis alle ein Exemplar hatten, bevor sie lebhaft weitersprach. »Nehmen wir das Fallbeispiel auf Seite zwei: Eine Vierzehnjährige wird in Utah nachts aus ihrem Zimmer entführt. Augenzeugin ist ihre im gleichen Zimmer schlafende neunjährige Schwester, die den Täter als Mann zwischen dreißig und vierzig in heller Kleidung und mit Mütze beschreibt. Bei den polizeilichen Ermittlungen zeigte sich, dass der Mann dunkel gekleidet gewesen war, keine Mütze getragen hatte und fast fünfzig war.« Kate betrachtete die stummen Studenten. »Woher diese Diskrepanzen?«

Eine Hand schoss hoch. »Sie war erst neun. Kleine Kinder sind keine verlässlichen Zeugen.«

Kate schüttelte den Kopf. »Kindern fällt es manchmal schwer, das Alter von Erwachsenen richtig zu schätzen, aber viele Untersuchungen haben gezeigt, dass sie so gute Augenzeugen sein können wie Erwachsene.« Sie sah nochmals die Reihe entlang. »Irgendwelche anderen Ideen?«

»Es war Nacht, also kann es nicht allzu viel Licht gegeben haben.«

»Ein gutes Argument.«Sie nickte einem anderen Studenten zu. »Ja?«

»Emotionen, wie Sie vorhin gesagt haben? Die Kleine hatte bestimmt Angst.«

Kate nickte zustimmend. »Starke Emotionen beeinträchtigen die Wahrnehmung. Ja, Ashley?«, sagte sie zu der jungen Frau in der Mitte der Reihe.

»Hat die Polizei sie aufgespürt? Das Mädchen, das entführt worden war?«

Kate nickte. »Entschuldigung, dass ich das nicht deutlich gemacht habe. Ja, sie ist befreit worden – nach monatelangen intensiven Ermittlungen. Eine nützliche Lehre für alle, die später zur Polizei gehen wollen: Als Ermittler darf man *nie* aufgeben.« Die Studenten wechselten rasche Blicke, weil sie natürlich von Kates Polizeiarbeit wussten.

Sie stand auf, sah ihre Studenten nacheinander an. »Ich habe Ihnen eine Leseliste aufgeschrieben. Sie kennen ja das Motto dieser Einrichtung: *Per ardua ad alta*. Sehr locker übersetzt heißt das: ›Hängt euch rein.‹ Mit anderen Worten: Fangt an zu lesen.«

Als sie ihre Sachen zusammenpackten, warf Kate einen Blick auf ihren Terminplaner. »Wie ich sehe, habe ich morgen wieder das Vergnügen, mit Ihnen zusammen zu sein. Denken Sie daran, dass diese Vorlesung um 16.30 Uhr beginnt. Ich weiß, ich weiß ... aber für den Mangel an Hörsälen kann ich nichts. Das haben Sie davon, dass Sie sich an einer erstklassigen Uni beworben haben. Und seien Sie *pünktlich!*«

Sie war noch im Büro, als eine Stunde später das Telefon schrillte. Sie nahm den Hörer ab. »Kate Hanson.«

Der Anrufer war Bernie. »Ich bin in der Rose Road. Hättest du zufällig Zeit?«

Sie spürte die Dringlichkeit hinter seiner lockeren Frage. »Ich bin in zwanzig Minuten da.«

Igor quietschte in Gummischuhen über die Fliesen, öffnete die Tür mit der Milchglasscheibe und deutete auf die an der Wand montierten Spender. Kate und ihre Kollegen traten ein und wurden trotz der auf Hochtouren laufenden Lüftung von dem Chemikaliengestank fast übermannt. Mit Gesichtsmasken und Latexhandschuhen näherten sie sich Connie Chong, die einen blassgrünen Overall und ebenfalls Latexhandschuhe trug und mit einem Klarsichtvisier vor dem Gesicht arbeitete. Sie sprach mit gedämpfter Stimme und hatte nur Augen für das, was auf dem Untersuchungstisch vor ihr lag. »Hallo, KUF. Heute kein cleverer junger Psychologiestudent mit dabei?«, fragte sie und meinte damit Julian Devenish, Kates studentischen Helfer, der einst vertrauliche Daten der Universität gehackt hatte und nun kurz davor war, seinen Abschluss zu machen.

»Er ist an der Uni«, antwortete Kate, während Bernie sich unruhig mit einer Hand übers Haar fuhr und es vermied, sich die Gestalt auf dem Untersuchungstisch genauer anzusehen.

Connie musterte sie durch ihr Klarsichtvisier. »Vormittags war hier unten die Hölle los, aber inzwischen sieht's besser aus: Ich habe einen Assistenten bekommen. Für eine ganze Woche.« Sie deutete mit ihrem Skalpell auf die sterblichen Überreste vor ihnen. »Deshalb konnte ich mich heute auf ihn konzentrieren. Es handelt sich tatsächlich um einen Mann, den ich inzwischen besser kenne. Ich kann euch jetzt sagen, wer er ist – oder vielmehr *war* – und dass er vor ungefähr zwei Jahrzehnten gestorben ist.«

Kate, die ihre Überraschung nicht verbarg, betrachtete die vertrocknete nussbraune Gestalt, ihre zu einem Urschrei gefletschten Zähne und die dunklen Wimpern, die ihr schon am Vortag aufgefallen waren.

»Ich weiß, was ihr jetzt alle denkt«, fuhr Connie fort. »Wie hat er es bloß geschafft, nach so langer Zeit noch so adrett auszusehen?«

Kate runzelte die Stirn. Als »adrett« hätte sie das, was vor ihnen lag, vielleicht nicht beschrieben.

Connie musterte die Gestalt von Kopf bis Fuß. »Sein guter Zustand ist darauf zurückzuführen, dass er mumifiziert ist. Er hat zwei Jahrzehnte lang auf einer dicken Schicht aus feinem Sand gelegen. Dieser Sand und das gemauerte Fundament des auf einer leichten Anhöhe stehenden Holzhauses haben bewirkt, dass er trocken und relativ warm gelegen hat und vor Tierfraß sicher war. Wollt ihr die ausführliche Tour?« Ohne ihre Antwort abzuwarten, fuhr sie fort: »Seine Sehnen sind so getrocknet und geschrumpft, dass er praktischerweise ein fast perfektes Gebiss vorweist. Übrigens ein kleiner Hinweis darauf, dass er jung gestorben ist. Jung genug, um von Zahncreme mit Fluor profitiert zu haben.« Sie nickte zu einem Tisch hinüber, der mit dickem Packpapier belegt war. »Das sind die Überreste seiner Haare. Dunkelbraun. Bis zu fünfunddreißig Zentimeter lang.« Sie deutete auf weitere dort liegende Gegenstände. »Und seine Kleidung. Chucks von Converse, Größe 44, graue Socken. T-Shirt von Nirvana, Aufdruck gut erhalten. Boxershorts von Marks & Spencer, dunkelblau. Jeans, leicht angeschimmelt, aber ich habe der Vollständigkeit halber im Rivet Book nachgeschlagen. Modell Levi's 501.«

In dem nun folgenden Schweigen konzentrierten alle sich wieder auf die Mumie. »Sonst keine Kleidungsstücke?«, fragte Joe. Die Pathologin schüttelte den Kopf. »Wie hast du ihn identifiziert? Zahnstatus?«

Sie nickte. »Nur sehr wenige junge Erwachsene hatten nie etwas mit dem Zahnarzt zu tun. Unser Junge hat seine Zähne gut gepflegt, aber er hatte trotzdem eine winzige Plombe.« Sie winkte ihre Kollegen näher heran. »Kommt und seht sie euch selbst an.« Joe und Kate traten näher und beugten sich nach vorn, als die Pathologin auf die fast unsichtbare Plombe zeigte. »Ich habe den Zahnstatus von als vermisst Gemeldeten überprüft. Nur ein Treffer, aber mehr brauchen wir nicht.« Connie richtete sich auf und ließ ihren Blick über ihre Kollegen gleiten. »Gestattet mir, euch Herrn Nathan Troy vorzustellen, KUF.« Sie sah von Bernie zu Joe hinüber. »Der Name kommt euch bekannt vor?«

Bernie nickte. »Wir haben die Vermisstenmeldungen nach jungen Männern durchforstet. Sind bis in die Neunzigerjahre zurückgegangen. Auf unserer Liste stehen drei bis vier Namen, seiner ist mit dabei. Wegen seines Verschwindens ist in den letzten Monaten des Jahres 1993 ermittelt worden.«

Sie betrachtete wieder die Mumie. »Hätte er ein Vierteljahr länger gelebt, hätte er seinen zwanzigsten Geburtstag feiern können.«

»Irgendwelche Erkenntnisse über die Todesursache?«, fragte Bernie.

Connie schüttelte kaum merklich ihren Kopf mit der modischen Kurzhaarfrisur. *»Bernard.«* Der sanfte Tadel brachte etwas Farbe in sein blasses Gesicht zurück. »Und dabei hast du dich so gut beherrscht.« Sie griff nach ihrem Schreibbrett und konzentrierte sich auf die farbig markierten Begriffe. »Dazu kann ich noch nichts Bestimmtes sagen. Bestätigen kann ich nur, was ihr bestimmt schon wisst, dass Nathan Troy im zweiten Studienjahr am Birmingham Institute of Art and Design eingeschrieben war. Genauer gesagt am Woolner College in Bournville.«

Kate blickte auf Nathan Troy hinab. Er war groß gewesen, als er noch lebte. Jung und groß, mit vielversprechender Zukunft. Bis der Tod ihn ereilt und ihm die Zukunft geraubt hatte.

In dem nun folgenden Schweigen zog Connie ein grünes Laken über die sterblichen Überreste, und sie beobachteten, wie Igor zur Tür ging, an die eben jemand geklopft hatte. »Adam will mich über die Ergebnisse seiner Ermittlungen auf dem Laufenden halten. Das ist er vermutlich.«

Adam Jamison kam herein und blieb mit einem A4-Blatt in der Hand in einigem Abstand von dem Untersuchungstisch stehen. »Sorry, ich habe leider nicht viel Zeit. Hier ist, was wir bisher haben: In dem weichen Boden vor der Treppe des Hauses am See waren eine Menge Fußabdrücke zu finden – teils überlappend, teils undeutlich –, aber von einem konnten wir einen vollständigen Abguss machen.« Er nickte Joe grinsend zu. »Ich habe ihn mit den Abdrücken in unserer Datenbank verglichen. Er stammt von einem klassischen Laufschuh: Adidas Originals ZX 750. Größe 45. Das schließt übrigens den Hundehalter aus. Er hat Wanderschuhe getragen. In Größe 44.«

Bernie nickte zu der zugedeckten Gestalt hinüber. »Und die bei ihm gefundene Taschenlampe?«

»Die passt nicht zu den Überresten. Sie ist viel zu modern, höchstens ein paar Jahre alt. Die Batterien tragen das Herstellungsdatum – fast unlesbar klein, aber wir sind dabei, es zu entziffern. Am Lampengehäuse haben wir viele schlechte Fingerabdrücke gefunden, mit denen nichts anzufangen ist, aber wir konnten auch einen winzigen Tropfen Blut isolieren.«

Kate und ihre Kollegen hoben ruckartig den Kopf.

»Wann bekommen wir Ergebnisse?«, fragte Joe.

Adam hob abwehrend die Hände. *»Langsam!* Bei solch winzigen Spuren ist das nicht so einfach.« Er betrachtete einen nach dem anderen mit mildem Blick. »Ihr wisst hoffentlich, dass ihr ohnehin von Glück sagen könnt, dass wir überhaupt noch hier sind.«

Alle wussten, was er damit meinte. In den letzten Monaten hatte die Kriminaltechnik gewaltige Umwälzungen erlebt, als sie sich von einer Behörde in eine ausgelagerte Privatfirma verwandelt hatte. Mit einer in die Zentrale integrierten Spurensicherung war die Rose Road ihrer Zeit voraus gewesen und hatte sie deshalb trotz aller Veränderungen behalten dürfen.

»Ausnahmsweise stehen wir mal auf der richtigen Seite des ›Fortschritts‹, von dem wir immer hören«, sagte Bernie. »Hast du sonst noch was für uns?«

»Die Spuren auf dem Fußboden haben nichts hergegeben, aber wir haben alle Stadien der Bergung mit Fotos dokumentiert. Wie ihr schon wisst, sind die Fußbodenbretter erst kurz vor der Auffindung der Leiche entfernt und dann wieder eingebaut worden.«

Kate beobachtete, wie Joe sich nachdenklich mit dem Zeigefinger an die Lippen tippte. »Was eine verrückte Kombination aus Impulsivität und Geduld nahelegt?«, sagte sie.

Adam schüttelte lächelnd den Kopf. »Dazu darf ich mich nicht äußern. Meine Spezialität sind die stummen Beweise, die zurückgelassenen Spuren. Ich kümmere mich nicht darum, was die Täter denken oder wie sie sich verhalten, obwohl ich mir vorstellen kann, dass eine KUF-Angehörige dazu bestimmte Ansichten hat.« Er sah mit hochgezogenen Augenbrauen zu Kate hinüber.

Sie erwiderte sein Lächeln. »Schon möglich.«

Adam hielt seinen Bericht Bernie hin, dann wandte er sich ab und ging zur Tür. »Was die Untersuchung der Blutspur ergeben hat, erfahrt ihr, sowie und falls es Ergebnisse gibt.« Damit verschwand er.

Wenig später gingen auch die drei. Zurück in den Räumen der KUF, brach Joe das kurze Schweigen. »Wir müssen die Originalakten sehen.«

»Und Nathan Troy hat Angehörige, die benachrichtigt werden müssen«, ergänzte Bernie mit einem Blick zu Kate hinüber. »Wann kommt der junge Devenish wieder?«

»Morgen Nachmittag.«

Er stand auf und ging zur Tür. »Dann schicke ich

Whittaker in den Keller, damit er die Ermittlungsakten im Fall Troy aus dem Archiv holt.«

Joe drehte sich mit seinem Stuhl nach Kate um, als auch sie aufstand. »Hast du schon eine Idee, wie du die Sache angehen möchtest, Red?«

Sie befreite ihr Haar aus dem Mantelkragen und griff nach Handtasche und Autoschlüsseln. »Klar habe ich eine. Wir müssen möglichst viel über Nathan Troys Leben in Erfahrung bringen, um seinen Tod verstehen zu können. Und was denkst du?«

»Ich möchte wissen, was er dort gemacht hat. Andererseits muss jeder sich irgendwo aufhalten, nicht wahr?«

6

Im gedämpften Licht des kleinen Hörsaals betrachtete Kate die vor ihr sitzenden Studenten im ersten Studienjahr aus all ihren Studiengruppen. 17.30 Uhr und sie war für heute fast fertig. Sie lächelte. »Okay, genug Wahrnehmungstheorie, wie wär's mit einer kleinen Übung im *Nicht*sehen?« Sie tippte auf eine Taste des neben ihr stehenden Laptops, damit der Beamer das Gemälde *Die Gesandten* von Hans Holbein dem Jüngeren auf die riesige Projektionsfläche hinter ihr warf. Kate sah zu den dargestellten beiden jungen Männern auf, zwischen denen ein Regal stand, das zahlreiche Gegenstände enthielt, zu denen auch das Bilderrätsel des Künstlers im Vordergrund gehörte. Nachdem sie es einige Sekunden lang stumm betrachtet hatte, wandte sie sich wieder an ihre Studenten. »Sagen Sie mir, was Sie sehen.«

Nach einigen Sekunden wurden mehrere Hände gehoben. Kate nickte einem hinten sitzenden Studenten zu.

»Zwei reich aussehende Typen. Der Kerl links hat Ähnlichkeit mit Heinrich VIII.«

»Dieses ganze Zeug auf dem Tisch zwischen ihnen – die beiden sind kluge Männer, frühe Wissenschaftler«, schlug sein Nachbar vor.

Eine weitere Stimme kam von rechts außen. »Könnten sie nicht Musiker sein? Oder Forschungsreisende?«

Nach dem ersten halben Dutzend Ideen lenkte Kate die

Diskussion in eine bestimmte Richtung, als ihr Laserzeiger den langen, schmalen Gegenstand im Vordergrund bezeichnete. »Und dies hier? Was ist das?«

Nach kurzer Pause wurden weitere Hände gehoben. »Eine Art Schnitzerei?«

Eine andere Stimme: »Nein, das ist eine Muschel.«

»Oder vielleicht … ein Ruder?«

Kate nickte der Studentin zu, die das vorgeschlagen hatte. »Ich verstehe, wie Sie darauf kommen, aber leider stimmt es nicht.«

»Es *ist* eine Muschel.«

Sie wartete, bis das Stimmengewirr sich gelegt hatte, dann musterte sie die ratlosen Gesichter. »Jedes Gemälde enthält eine Aussage, aber in diesem Fall hat Holbein seine Kunst darauf verwendet, sie zu verstecken. Die Lösung liegt darin, was wir über das *ganze* Bild wissen.« Als die Mienen ratlos blieben, drückte sie erneut eine Taste, und alle sahen schweigend zu, wie das riesige projizierte Gemälde langsam eine halbe Drehung machte. Kates Laserzeiger beschrieb einen Kreis um das rätselhafte Objekt. »Wir haben das Bild jetzt absichtlich verzerrt. Holbein muss eingerechnet haben, dass das Gemälde – vielleicht neben einer Treppe – schräg gesehen werden würde.« Sie wandte sich wieder ihren Studenten zu. »Verstehen können wir Dinge *nur* vom richtigen Standpunkt aus. Sehen Sie, wie das ›Ruder‹, die ›Muschel‹ sich verkürzt hat?« Inmitten von aufgeregtem Gemurmel suchte sie den Blick eines bestimmten jungen Mannes. »In was hat Ihr ›Ruder‹ sich verwandelt, James?«

»In einen *Totenschädel.* Clever.«

Kate machte ein paar Schritte und blieb neben dem Gemälde stehen. »Holbein hat diese Technik nicht nur angewandt, weil er's konnte. Er hat sie dazu benutzt, seine Botschaft, seine Idee vom Leben zu übermitteln: Auch wenn diese beiden Männer jung und reich sind, ist der Tod doch stets gegenwärtig.« Sie kehrte an den vorderen Rand des Podiums zurück. »So, das war's für heute. Danke für Ihre Aufmerksamkeit. Und allen ein schönes Wochenende.«

Als die Studenten ihre Rucksäcke einpackten und den Hörsaal verließen, klingelte ihr Telefon. »Kate Hanson.«

»Hi, Red«, sagte Joe. »Was machst du gerade?«

Sie sammelte ihre Notizen ein und legte sie in ihren Aktenkoffer. »Ich bin mit einer Vorlesung fertig und fahre nach Hause. Und du?«

»Wir haben die Ermittlungsakten im Fall Troy aus dem Archiv geholt. Seine Eltern wohnen noch im selben Haus wie damals. Ich habe sie angerufen und möchte dir jetzt einen Vorschlag machen. Was hältst du davon, wenn wir sie zu zweit besuchen? Ihnen ein paar Fragen stellen.«

»Früher habe ich bessere Einladungen bekommen.«

»Das glaube ich dir, Red. Ich hatte den Montag vorgeschlagen, um ihnen etwas Zeit zu geben, über die Nachricht von dem Leichenfund hinwegzukommen, aber sie bestehen auf morgen früh. Vermutlich haben sie das Gefühl, lange genug gewartet zu haben. Ich hole dich um acht Uhr ab, okay?«

Während Kate hastig das Abendessen zubereitete, war sie in Gedanken bei dem, was sie bisher über den Fall Troy wusste. *Vielleicht hat jemand den Fußboden aufgerissen, der Nathan Troy nach zwei Jahrzehnten in seiner Gruft umbetten wollte? Aber weshalb? Er hat dort unentdeckt und ungestört zwanzig Jahre lang gelegen …*

Maisie war wieder bei ihrem Lieblingsthema. »Also sage

ich: ›Ersetzen wir x durch minus zwei … ‹ Mom!« Kate sah schuldbewusst auf. »Du hörst nicht zu!«

»Sorry. Ich war in Gedanken woanders. Bitte weiter.«

Maisie kniff die Augen zusammen. »Du denkst an die Leiche, die im Woodgate Country Park gefunden worden ist.«

Kate hörte auf zu arbeiten und starrte sie an. »Woher weißt du davon?«

»Im Radio wurde kurz darüber berichtet. Es hieß, er sei ein neunzehnjähriger Student gewesen und habe dort schon *ewig* gelegen. Was ist ihm zugestoßen?«

»Zerbrich dir darüber nicht den Kopf«, wehrte Kate ab und zerzauste ihr das Haar, obwohl sie wusste, dass ihre Tochter das nicht leiden konnte. »Erzähl mir weiter von Professor Dallow.« Maisie war eines der drei Mathematikgenies ihrer Schule, die einmal pro Woche an einem Seminar des Professors teilnahmen.

Maisie machte eine wegwerfende Handbewegung. »Er musste zugeben, dass ich recht hatte, und hat mich angeschnauzt, weil ich vorausgelernt hätte. Ich habe ihm gesagt, dass ich das nicht getan habe, dass ich's einfach gewusst habe, aber er hat mir nicht geglaubt. Das habe ich ihm angemerkt. Hast du den Toten gesehen? Ist er im See ertrunken?«

Katie holte Knoblauchbrot aus dem Backofen und begutachtete es kritisch. »Ich habe nicht vor, mit dir darüber zu sprechen, Maisie. Räumst du bitte deine Bücher vom Tisch?«

»Stell dir das bloß vor! Vielleicht will ich beruflich in deine Fußstapfen treten – dann könnte alles, was du mir erzählst, für meine spätere Karriere nützlich sein.«

»Ich dachte, du wolltest Ingenieurin werden? Und mein

Ratschlag für beruflichen Erfolg lautet: ›Hör auf, Leute so offensichtlich zu manipulieren.‹« Sie schob das Knoblauchbrot noch mal in den Backofen und drehte sich mit errötetem Gesicht um. Ein Wort, das Maisie gesagt hatte, ging ihr nicht mehr aus dem Kopf. *Ertrunken.* »Was hast du eben gesagt? Über den Park?«

»Was?«

»Ich will wissen, was du eben gesagt hat. Über den See im Park. Es hörte sich so an, als würdest du den kennen.«

Maisie verdrehte ihre blauen Augen. »Nein, wie kommst du bloß darauf? Ich *weiß,* dass es ihn gibt, aber seit wann ist das ein Verbrechen?«

»Lass die frechen Antworten und deck bitte den Tisch.« Sie sah zu, wie Maisie widerwillig zwei Sets aus Leinen und das Besteck auflegte. »Geh ja niemals in diesen Park, verstanden?«

»Mom, er ist *meilenweit* entfernt, und die einzigen Leute, von denen ich weiß, dass sie dorthin gehen, sind Beatrice und Violet Miller …«

»Aha, jetzt kennst du schon zwei Mädchen, die oft dort hingehen?«

Maisie schnaubte. »Das sind die fiesen Zwillinge, die nicht wirklich für *zwei* zählen, und ich hab nie gesagt, dass sie *oft* hingehen.«

Kate, die sich in die Enge getrieben fühlte, öffnete den Ofen erneut und nahm das Knoblauchbrot vom Backblech. »Das ist mein *Ernst.* Geh nicht dorthin.«

»Wozu denn auch?« Maisie stolzierte aus der Küche und ließ Kate erhitzt und verwirrt zurück.

Als Kate viel später nach oben ging, hörte sie eine Stimme halblaut »Mom!« rufen. Sie öffnete die Tür von Maisies

Zimmer und sah ihre Tochter, neben der ihr Kater Mugger zusammengerollt schlief, mit untergeschlagenen Beinen auf dem Bett sitzen. »Sieht dir das hier an, Mom.«

Sie trat ans Bett und betrachtete das komplizierte Muster aus feinem rosa Garn. »Sehr hübsch! Ich wusste gar nicht, dass du häkeln kannst. Wo hast du das gelernt?«

»Die alte Mrs. Hetherington hat's mir gezeigt«, antwortete Maisie, die damit ihre Nachbarin meinte.

»Wie nett von ihr … aber ich finde, dass ›Mrs. Hetherington‹ genügt.«

»Okay, aber sie ist *echt* alt.«

Kate breitete die Steppdecke aus. »Marsch ins Bett, kleines Biest.« Sie beugte sich über Maisie und küsste ihre roten Locken. »Liebe dich, Schatz.«

»Liebe dich auch, Mom.«

Mugger stellte sich schlafend, aber sie nahm ihn trotzdem mit, als sie das Zimmer verließ. Dabei musste sie daran denken, dass Maisie erzählt hatte, zwei Mädchen aus ihrer Schule würden ab und an in den Woodgate Park gehen. Sie würde ihre Ermahnung wiederholen müssen.

7

Katie war oben am Telefon, als um acht geklingelt wurde. Sie sah auf ihre Armbanduhr. »Candice, ich muss jetzt Schluss machen, aber wir sind uns darüber einig, dass ich es Maisie sage. Okay, bis bald.«

Als sie aus ihrem Zimmer auf den Treppenabsatz trat, hörte sie, wie die Haustür geöffnet wurde, Dann war Joes tiefe Stimme in der Diele zu hören. »Hi, Rotschopf. Gibst du heute den Unterricht?«

»Hey, *das* wär klasse! Als Erstes würde ich so langweiliges Zeug wie Hauswirtschaftslehre abschaffen.«

»Das kann ich mir vorstellen. Wo ist deine Mama?«

»Oben, macht bestimmt noch mit ihrem Haar rum.«

Kate verdrehte die Augen und kam die Treppe herunter. »Hi, Joe. Ich bin gleich bereit für die Troys, aber vorher muss ich noch kurz mit …«

»Wer sind ›die Troys‹?«

»Darüber brauchst du dir nicht den Kopf zu zerbrechen. Und denk daran, was ich gestern Abend gesagt habe. Lass dir ja nicht einfallen, in den Woodgate Park zu gehen!«

Maisie verdrehte die Augen. »Ja, schon gut.«

»Ich habe mit Candice gesprochen, und wir sind uns einig: Chelsey und du dürft ab heute mit dem Bus in die Schule fahren. Aber vorerst nur *probeweise*.«

Maisie machte ein finsteres Gesicht, als sie zur Treppe

ging. »Wir sind fast dreizehn, *Mutter*. Mach daraus bitte nicht so eine große Sache.«

Kate, die das lieber ignorierte, sah zu Joe hinüber. »Können wir fahren?«

»Klar doch, Red.«

Maisies Stimme drang von oben an ihre Ohren. »Überlass ihr nicht die Zügel, Joe.«

Kate schlüpfte in den Mantel, nahm die Handtasche mit und blieb noch mal an der Treppe stehen. »Dein Bus fährt in genau zwanzig Minuten am Ende der Straße ab, und wenn du ihn verpasst, ist niemand da, der dich fahren kann.« Sie horchte scharf und glaubte etwas zu hören, das wie Zustimmung klang.

Im nächsten Augenblick ging die große eichene Haustür auf, und Phyllis, die ihre Strickmütze tief in die Stirn gezogen hatte, kam herein. »Morgen zusammen.«

»Hi. Phyllis, wir fahren gerade weg, und ich wäre Ihnen sehr dankbar, wenn Sie dafür sorgen könnten, dass Maisie das Haus spätestens um acht Uhr zwanzig verlässt.«

»Wird gemacht.«

Beim Einsteigen sah Kate Joes Blick. »Was?«

Er zuckte mit den Schultern. »Das geht mich nichts an, aber mir kommt's vor, als wärst du zu streng mit Maisie.«

»Du meinst die Sache mit dem Bus?« Sie schüttelte den Kopf. »Ich habe meine Gründe dafür. Du warst 2002 noch nicht in England. Damals ist ein Mädchen in Maisies Alter verschwunden. Die Kleine war auf dem Heimweg von der Schule. Erst mit dem Bus, dann noch ein kurzes Stück zu Fuß. Ein gutes Wohngebiet. Bei Tageslicht.« Kate schnallte sich an, dann sah sie zu ihm auf. »Sie hat alles richtig gemacht, aber sie ist nie zu Hause angekommen. Sag jetzt bitte nicht, dass schlimme Sachen immer mal wieder passieren. Ich weiß, dass Maisie etwas Bewegungsfreiheit braucht, aber ich muss wissen, dass sie damit umgehen kann.«

»Deine Entscheidung, Red. Komm, wir fahren zu Mr. und Mrs. Troy.«

Joe, der seine Ray-Ban-Sonnenbrille aufgesetzt hatte, fuhr gleichmäßig und folgte der vom Navi vorgeschlagenen Route, während der Verkehr sich stadteinwärts auf den Gegenfahrbahnen staute. Aus den Lautsprechern kam leise Musik. Kate fiel nicht zum ersten Mal auf, wie entspannt sie sich in seiner Gegenwart fühlte – jedoch nur, solange er seine Aufmerksamkeit nicht ganz auf sie konzentrierte. Dann dachte sie wieder an das bevorstehende Gespräch mit Nathan Troys Eltern.

Als sie in Castle Vale auf eine Straße mit modernen Häusern abbogen, hatte Kate eine klare Vorstellung davon, was sie von Nathan Troys Eltern brauchten. Sie fasste ihre Gedanken für Joe zusammen. »Was hältst du davon?«

»Einverstanden. Gemeinsam müssten wir's schaffen, diese Informationen zu bekommen.« Er sah wieder nach vorn. »Es ist das Reihenhaus mit der grünen Haustür«, sagte er und zeigte auf ein kleines Haus hinter Grünstreifen, Bürgersteig und Ligusterhecke.

Sie stiegen aus, überquerten den Gehsteig und folgten dem kurzen Plattenweg zur Haustür. Als Kate klingelte, löste sie damit eine Kakophonie schriller Kläfflaute aus, während das Scharren harter Krallen auf Parkettboden zu hören war. Das hysterische Kläffen verstummte, als eine Männerstimme barsch Ruhe verlangte. Schließlich öffnete ein Mann, den Kate auf Ende fünfzig schätzte, die Haustür.

»Mr. Troy? William Troy?« Der Mann nickte kaum

merklich, als Joe seinen Dienstausweis vorzeigte. »Lieutenant Joe Corrigan von der West Midlands Police in der Rose Road, Harborne. Wir haben gestern miteinander telefoniert. Dies ist meine Kollegin Dr. Kate Hanson.«

»Kommen Sie bitte herein. Passen Sie auf den Hund auf«, sagte er, bevor er sich abwandte und scharf *»Platz,* Flossie!« sagte.

Kate trat über die Schwelle und sah sich nach dem Kläffer um. Auf der Treppe saß ein kleiner Yorkshireterrier, der mit hochgezogenen Lefzen zwei Reihen nadelspitzer Zähne fletschte.

»Fassen Sie sie lieber nicht an«, warnte Troy. »Meine Frau ist die Einzige, der sie wirklich gehorcht. Sie ist in der Kirche am Ende der Straße. Sie kommt aber bald zurück. Ich bin im Garten.«

Sie folgten ihm den Flur entlang, durch die kleine Küche und in den Garten hinaus. Selbst im Januar lag kein abgefallenes Laub in irgendwelchen Ecken, waren die Ritzen zwischen den Terrassenplatten unkrautfrei. Den Garten beherrschte ein geräumiger Schuppen, in den Troy sie führte. Kate stellte überrascht fest, dass er behaglich war, und sah weitere Anzeichen von häuslichem Komfort wie einen alten Sessel und einen Wasserkocher. Ein unauffälliger Rundumblick zeigte ihr, dass dies kein bloßer Schuppen, sondern ein Zufluchtsort war. Nathan Troys Verschwinden musste das Leben seiner Eltern so durcheinandergebracht haben, dass sie noch zwei Jahrzehnte später versuchten, jeder für sich über diesen Verlust hinwegzukommen. Sie beobachtete, wie Troy an die Werkbank trat, um eine begonnene Arbeit fortzusetzen, und hatte den Verdacht, dass teilnahmslos zu wirken für ihn ein Mittel war, schmerzvolle Gefühle zu vermeiden.

Jetzt sprach er, ohne die Besucher anzusehen. »Sie wollen mehr über unseren Nathan erfahren.«

Joe antwortete. »Wir bedauern die schlimmen Nachrichten über Ihren Sohn und sprechen Ihnen unser Beileid aus, Sir. Und wir sind Ihnen und Ihrer Frau für dieses Gespräch dankbar, denn wir brauchen Ihre Hilfe.«

Ohne von der Arbeit aufzusehen, schüttelte Bill Troy langsam den Kopf. »›Hilfe.‹ Das ist etwas, das mein Sohn nicht mehr braucht, meinen Sie nicht auch?« Seine Hand mit dem Schraubenzieher zitterte sichtbar.

Kate und Joe wechselten einen Blick, dann ergriff sie das Wort. »Wir müssen Sie nach Nathans … Situation zum Zeitpunkt seines Verschwindens befragen, Mr. Troy«, sagte sie, um das Wort »Leben« zu vermeiden. »Können Sie uns etwas darüber erzählen?«

»Nicht viel, nein. Als er sein Studium am College begonnen hatte, haben wir ihn nicht mehr oft gesehen.« Jetzt wandte er sich ihnen zu, und sie sah den Schmerz in seinem Gesicht, hörte ihn in seinem barschen Tonfall. »Ich kann Ihnen sagen, wie das Leben meines Sohnes war, wenn Sie das interessiert: Er war intelligent, mit rascher Auffassungsgabe, handwerklich geschickt und … voller *Leben*!« Die Worte brachen aus ihm hervor, zerschellten an den Wänden, dem Sessel und den übrigen Gegenständen, mit denen er sich etwas Komfort zu sichern versucht hatte. Sein blasses Gesicht war finster geworden. »Er hätte *alles* erreichen können, was er wollte. Er hätte eine Lehre beginnen können, wenn er auf *mich* gehört hätte. Aber nein, er hatte nichts als diese Kunstschule im Kopf.« Troy hielt die Schultern steif, drehte das Gesicht zur Seite.

Kate bemerkte hektisches Kläffen, das vom Haus herüberkam. Sie wollte ihn nicht unter Druck setzen, aber sie wusste, dass die Zeit drängte. »Sie waren mit seiner Berufswahl nicht einverstanden?«

»Macht jetzt keinen Unterschied mehr, stimmt's? Aber ich hab nie verstanden, was ihn dort hingezogen hat. Ich versteh's immer noch nicht.« Er wandte sich ihnen wieder zu. »Nicht meine Welt, wissen Sie. Ich weiß nur, dass er einen guten Beruf hätte erlernen können. Bei Jaguar Land Rover war meine Abteilung bereit, ihn zu nehmen ...«

»Aber das war nicht, was Nathan wollte, Bill.« Sie drehten sich nach der ruhigen Stimme um. Eine schwarzhaarige Frau in Troys Alter stand an der Tür. Sie hatte die Hände in den Taschen ihres langen schwarzen Mantels vergraben; in dem kalten Winterlicht war ihr Gesicht sehr blass. Sie nickte Kate und Joe zu. »Kommen Sie doch bitte ins Haus. Ich habe den Wasserkessel aufgesetzt.«

Als sie verschwand, konzentrierte ihr Ehemann sich bereits wieder auf das Werkstück, an dem er zuvor gearbeitet hatte. »Tun Sie, was sie sagt. Das ist einfacher.«

Sie folgten dem Weg aus Natursteinen zum Haus zurück und betraten die Küche. Flossie war nirgends zu sehen. Mrs. Troy stellte eben einen Teller mit Plätzchen auf den Tisch. »Tee oder Kaffee? Das wäre allerdings nur löslicher.« Sie wandte sich einem kleinen Stapel Papier auf der Ablage zu, kramte darin und hielt ihnen dann ein großes Foto hin. Kate nahm es entgegen. »Ich habe es für Sie herausgesucht. Es ist so ähnlich wie das Foto, das die Polizei hatte, als er ... verschwunden war. Wir wollen alles nur Mögliche tun, um die neuen Ermittlungen zu unterstützen.« Sie betrachtete das Foto in Kates Händen. »Ich hätte es nur gerne irgendwann zurück.«

Kate studierte das Porträt von Nathan Troy. Sein dunkles Haar fiel bis auf die Schultern herab, sein Blick war klar und offen, sein Lächeln ließ blendend weiße Zähne sehen. Er war längst über das Entwicklungsstadium hinaus, in dem das männliche Gesicht auf sanfte, geschlechtslose Weise schön ist, aber Kate glaubte, noch immer Spuren davon erkennen zu können.

Mrs. Troy legte den Kopf leicht schief. »Auf diesem Foto war er achtzehn. Das war kurz bevor er ans Woolner gegangen ist.«

Kate nickte. Sie wusste jetzt, von wem Nathan Troy sein gutes Aussehen, die dichten Wimpern geerbt hatte. Sie gab das Foto Joe.

Mrs. Troy zog ihren Mantel aus. »Bitte … nehmen Sie Platz.« Sie ging durch die Küche, um den Kaffee aufzugießen, und brachte ihn in roten Bechern an den Tisch. »Sie sind der Lieutenant, der angerufen hat. Ich heiße übrigens Rachel.« Sie sah kurz zu Kate hinüber.

Joe nickte. »Dies ist Dr. Kate Hanson, eine Kollegin aus der Kommission für ungelöste Fälle. Wir würden gern alles hören, was Ihr Mann und Sie uns über Nathan erzählen können, damit wir uns ein Bild davon machen können, was in seiner Umgebung vorgegangen ist, als er verschwunden ist.«

Rachel setzte sich und betrachtete sie einige Sekunden lang schweigend, bevor sie sprach. »Von mir werden Sie etwas anderes hören, als Bill Ihnen erzählen würde. Er kämpft noch immer damit. Das tun wir beide, aber … nun, Sie haben ihn selbst kennengelernt. Er ist zornig, weil er ihn verloren hat. Dafür braucht er einen Sündenbock. Er wollte Nathan bei sich haben. In der Industrie. Er ist davon überzeugt, Nathan wäre noch am Leben, wenn er sich für eine Lehre entschieden hätte.« Sie starrte die gemusterte Tischdecke an. »Bill ist mit siebenundfünfzig wegrationalisiert worden und hat keine Arbeit mehr gefunden.« Sie machte eine Pause, dann reckte sie das Kinn hoch und sprach mit fester Stimme weiter. »Ein großer Unterschied zwischen uns ist zudem, dass Bill glaubt, auch *wir* seien hier Opfer. Ich versichere ihm immer wieder, dass wir das nicht sind. Ich sage ihm, dass wir Zeugen für Nathans Leben, für seine Existenz auf dieser Erde sind.« Sie trank einen Schluck Kaffee. »Möchten Sie etwas Bestimmtes wissen?«, fragte sie in die Stille hinein.

»Ja, Ma'am«, bestätigte Joe. »Wir haben die damaligen Ermittlungsakten. Wir wissen, dass Nathan in seiner Zeit am Woolner mit drei weiteren Studenten in einer WG gelebt hat. Können Sie uns irgendetwas über sie sagen?«

Rachel Troy stand auf, trat an die Ablage und griff nach einer großen Schachtel. Als Joe aufstand, drehte sie sich nach ihm um. »Danke, schon gut, ich komme zurecht, sie ist nicht schwer.« Sie kam mit der schwarz glänzenden Schachtel an den Tisch zurück. »Die Polizei hat Nathans wichtigste Habseligkeiten aus dem Haus abtransportiert und einige Zeit unter Verschluss gehalten.« Ihre Hände ruhten auf dem völlig staubfreien Deckel, den sie jetzt abnahm. »Dies hat zu ein paar Kleinigkeiten gehört, die noch in seinem Zimmer waren. Die Polizei hat sie uns zurückgegeben, als sie nicht mehr für ihre Ermittlungen benötigt wurden.«

Kate und Joe betrachteten die in der Schachtel aufbewahrten Skizzen auf hochwertigem Papier. Das tat auch Rachel Troy. »Nathan war *wirklich* künstlerisch begabt. Das hatte er von mir, glaube ich, aber er konnte von klein auf ungewöhnlich gut malen und zeichnen. Er war unser einziges Kind«, fügte sie hinzu, während sie zwei ausdrucksvolle Porträtskizzen herausnahm und behutsam auf den Tisch legte. Sie erzählte, in den Monaten nach Nathans Verschwinden seien zwei Dutzend seiner besten Arbeiten professionell gerahmt im Gemeindesaal ihrer Kirche und in der hiesigen Stadtbücherei ausgestellt worden. »Einige der Bilder sind im Lokalfernsehen gezeigt worden.« Sie sah Kate und Joe an. »Damals haben wir getan, was wir konnten, um die Erinnerung an Nathans Verschwinden in der Öffentlichkeit wachzuhalten.« Sie deutete auf die beiden Skizzen. »Diese wollte ich Ihnen zeigen. Das sind zwei der Jungen, mit denen Nathan zusammengewohnt hat.« Sie schob Kate ein Porträt hin. »Das ist Alastair Buchanan. Er war aus Edinburgh.« Kate sah einen braunhaarigen jungen Mann mit markanten, hoch gewölbten Augenbrauen, die seinem runden Gesicht einen herrischen Ausdruck verliehen.

»War Buchanan eng mit Nathan befreundet?«, fragte Joe.

Rachel Troy schüttelte den Kopf. »Das glaube ich nicht. Ich kann mich an keine bestimmte Äußerung Nathans über ihn erinnern. Nachdem sie alle eingezogen waren, habe ich ihn bei einem Besuch kurz kennengelernt.« Sie schilderte ihren damaligen Eindruck von ihm: ein bisschen affektiert, ein bisschen aufgeblasen. Sie deutete auf das zweite Porträt. »Das hier ist Joel Smythe. Ein wirklich netter Junge. Er war mehrmals hier zu Besuch. Nathan und er waren eine Zeitlang befreundet.«

Sie sahen auf den freundlich wirkenden blonden Jungen herab, und Kate fand, dass er jünger als achtzehn oder neunzehn aussah. »Aber sie sind keine Freunde geblieben?«

Rachel Troy musterte sie überrascht. »Nein. Im ersten Studienjahr waren die beiden fast unzertrennlich, aber das hat sich später geändert. Nathan hat ihn anfangs öfter mitgebracht. Aber zu Beginn des zweiten Studienjahrs war damit Schluss. Wir haben Joel nicht wieder zu Gesicht bekommen, aber Nathan hat sich nie dazu geäußert.« Sie zuckte mit den Schultern. »Und in diesem Alter stellt man keine Fragen mehr, nicht wahr?«

»Wer war der vierte Mitbewohner von Nathans WG?«, fragte Kate.

Mrs. Troy griff wieder in die Schachtel und blätterte in den Skizzen. »Er muss hier irgendwo sein … Ah, da ist er!« Sie zog eine weitere Porträtskizze heraus und legte sie Kate hin. »Das ist Matthew Johnson. Soviel ich weiß, ist Nathan gut mit ihm ausgekommen. Sie waren Kommilitonen am Woolner College. Buchanan und Smythe haben etwas anderes studiert – ›Kunst in der Archäologie‹ oder so ähnlich. Aber ich glaube nicht, dass Matthew und Nathan eng befreundet waren. Matthew war in einer Theatergruppe, die amerikanische Dramen aufgeführt hat, und im Chor des Colleges. An solchen Dingen hatte Nathan kein Interesse.«

»Wie sind die vier Jungen zurechtgekommen?«, erkundige Joe sich.

Rachel Troy berichtete lächelnd, sie habe das kleine Haus bei ihren seltenen Besuchen nie anders als ziemlich chaotisch vorgefunden. »Als er mal nicht da war, habe ich ein bisschen aufgeräumt, aber das mochte er nicht, also habe ich es nicht wieder getan.«

Als Kate fragte, ob Nathan Spaß am Kunststudium gehabt habe, nickte Mrs. Troy nachdrücklich und lächelte dabei wieder. »Er hat es *geliebt*. Gleich das erste Jahr hat alle seine Erwartungen erfüllt, und er hat sich schon aufs nächste gefreut.« Als sie in ihrer Erzählung kurz innehielt, tickte die Küchenuhr unnatürlich laut. »Das liegt alles schon viele Jahre zurück, nicht wahr? 1993.«

»Wie steht's mit den Dozenten am Woolner? Wie ist Nathan mit ihnen ausgekommen?« Das fragte wieder Joe.

Rachel Troys Miene hellte sich auf. »Sehr gut. Die beiden für ihn wichtigsten Männer habe ich an einem Tag der offenen Tür kennengelernt. Dr. Wellan, sein Tutor, war ausgesprochen nett. Vernünftig. Und sehr freundlich. Er hat uns besucht, wissen Sie, als Nathan … fort war. Nur einmal, um zu sagen, wie leid es ihm tue, dass Nathan weggegangen sei.« Sie sah die beiden nacheinander an. »Damals haben alle – auch die Polizei – geglaubt, Nathan sei *aus eigenem Entschluss* fortgegangen.« Sie schüttelte den Kopf. »Wir … ich habe immer gewusst, dass er uns das nicht angetan hätte. Nicht mir. Auch nicht seinem Dad.« Wieder eine kurze Pause, dann sagte sie: »Wo war ich gleich wieder? Ah, richtig, bei dem anderen Dozenten. Er war Dr. Wellan vorgesetzt und ein weit älterer Mann. Ein richtiger Professor. Er war nie hier, und sein Name ist mir entfallen, aber ich erinnere mich, dass Nathan ihn mochte.«

Joe nickte. »Hatte Nathan Freundinnen?«

Rachel Troy lächelte. »Er war *neunzehn*. Natürlich hatte er welche. Mir gegenüber hat er zwei, drei Mädchen erwähnt. In dieser Hinsicht war er sehr offen. Deshalb weiß ich, dass er in eine Mitstudentin verliebt und mit ein paar anderen Mädchen befreundet war – vor allem mit einer.«

»Können Sie sich an irgendwelche Namen erinnern?«, fragte Joe.

»Nur an den des Mädchens, mit dem er speziell befreundet war. Er ist mir im Gedächtnis geblieben, weil sie Cassandra geheißen hat.«

Kate sah von ihren Notizen auf. »Hat er Ihnen viel von ihr erzählt?«

Mrs. Troy schüttelte den Kopf. »Nicht allzu viel. Ich weiß noch, dass er gesagt hat, sie sprächen oft miteinander, weil sie irgendein Problem habe. Ich hatte den Eindruck, sie sei gesundheitlich angeschlagen. Dabei fällt mir ein, dass Bill sie persönlich kennengelernt hat.«

Kate schrieb weiter mit. »Ihres Wissens hatte Nathan also keinerlei Probleme oder Schwierigkeiten, als er verschwunden ist?«

»Nicht dass ich wüsste.« Sie sah erst zu Joe, dann wieder zu Kate hinüber. »Er hat einen weiteren Studenten erwähnt, über den er sich geärgert hat, aber das hat nicht sehr ernst geklungen. War er bei uns zu Besuch, hat er gelegentlich gesagt: ›Oh, dieser Rod hat wieder bei uns rumgehangen und ist allen auf die Nerven gegangen.‹ Oder etwas in dieser Art. Aber ich hatte nie den Eindruck, das sei eine Belastung für ihn. Nathan hat ihn eigentlich nur für lästig gehalten.« Sie starrte ihre Hände an, die den Kaffeebecher umklammert hielten. »Wenn jemand zur eigenen Familie gehört, hält man es für selbstverständlich, dass er immer dazugehören wird. Vielleicht habe ich nicht so gut zugehört, wie ich gesollt hätte.« Als sie in den im Winterschlaf liegenden Garten hinaussah, lief ihr eine Träne über die Wange.

Kates Stimme klang sanft, als sie weitersprach. »Sie sind ihm nie begegnet? Diesem Studenten?«

»Nein«, sagte sie und fuhr sich mit dem Handrücken über die Augen.

Joe betrachtete Rachel Troy. »Sie haben gehört, wo Nathan aufgefunden wurde, Ma'am?«

Sie nickte. »Wir kennen das Haus nicht selbst. Wir wollten vielleicht hinfahren und es uns ansehen, aber …« Ihre Stimme versagte, und sie zuckte leicht mit den Schultern. »Ist es dort … nett?«

Joe nickte und ergänzte seine Worte mit kleinen Gesten. »Das ist keine kleine Grünanlage in einem Vorort, sondern ein riesiger Naturpark mit Wander-, Jogging- und Radwegen. Mit Wald und einem See. Können Sie sich vorstellen, was Nathan dort hingeführt haben könnte? Im November?«

Sie runzelte die Stirn. »Nathan war kein Jogger und hatte kein Fahrrad. Vielleicht ist er zum Zeichnen hingegangen – aber ausgerechnet im November?« Mrs. Troy zuckte mit den Schultern. »Vielleicht sollten sie Winterskizzen oder dergleichen machen?«

Kate hörte zu, während Joe seine Worte mit Bedacht wählte. »Tagsüber ist der Park schön, vor allem im Sommer, aber mit Einbruch der Dunkelheit kann er sich verändern. Teilweise dient er als Treffpunkt für problematische Elemente, die mit Drogen handeln oder …«

Rachel Troy unterbrach ihn mit ruhiger, aber fester Stimme. »Nathan hat keine Drogen genommen, falls Sie darauf hinauswollen. Dafür hatte er weder Zeit noch Geld übrig. Er war ein sehr verantwortungsbewusster Neunzehnjähriger. Ich würde sogar behaupten, er sei etwas zu ›moralisch‹ gewesen. Er war der Typ, der aufsteht und sich beschwert, wenn ihm etwas missfällt oder gegen den Strich geht. Drogen haben absolut dazugehört.«

Die Küchentür ging auf, und Mr. Troy kam herein. Joe fasste ihr bisheriges Gespräch kurz zusammen. »Möchten Sie noch etwas hinzufügen, Sir?«

Sie warteten, während er an den Ausguss trat, sich stumm die Hände wusch und mit Küchenpapier abtrocknete. »Nathan und ich hatten damals kein sehr enges Verhältnis zueinander. Wir haben uns beide darum bemüht, aber … Unmittelbar vor seinem Verschwinden hat er mich eingeladen, einen Tag mit ihm nach London zu fahren. Wollte mir ein paar der größten Kunstmuseen zeigen. Ich weiß, was er damit bezwecken wollte: Wenn ich etwas mehr von Kunst verstehen würde, hätten wir wenigstens das gemeinsam. Also habe ich zugestimmt und die Fahrkarten gekauft.« Er hob den Kopf und starrte aus dem Fenster. »Aber wir sind nie gefahren. Na ja, vielleicht hatte er gerade was Besseres zu tun.« Seine Frau legte ihm tröstend eine Hand auf den Arm. Er sah auf sie hinab. »Was hatte Pater O'Ryan zu sagen?«

»Er hat zugehört.«

»Darf ich?«, fragte Kate. Als Rachel Troy nickte, griff sie in die Schachtel. »Wer ist das?«, fragte sie und hielt eine lavierte Federzeichnung hoch, die eine junge Frau zeigte: blond, ätherisch und auffallend schön.

Mrs. Troy machte einen langen Hals, um zu sehen, was Kate in der Hand hielt. »Das ist das Mädchen, das ich erwähnt habe. Cassandra.« Sie griff nach der Zeichnung und hielt sie für ihren Mann hoch. »Das ist sie, nicht wahr, Bill?«

»Hm. Ein seltsames Mädchen.«

»Wie kommen Sie zu dieser Einschätzung, Mr. Troy?«

Er wandte sich Kate zu. »Ich habe sie im Haus von Nathans WG kennengelernt. Die Waschmaschine wollte nicht mehr, also bin ich hingefahren. *Sie* war dort.« Er verfiel in Schweigen.

»Sie haben diese junge Frau als ›seltsam‹ charakterisiert«, sagte Joe aufmunternd.

»Weiß nicht, wie ich's sonst ausdrücken sollte. Sie war da, aber … doch nicht da, wenn Sie wissen, was ich meine. Die anderen haben hallo gesagt, nur sie nicht. Ehrlich gesagt habe ich sie anfangs für hochnäsig gehalten, aber davon bin ich bald wieder abgekommen. Ich hatte eher den Eindruck, sie sei zugedröhnt. So hat sie auf mich gewirkt.«

Die nächste Frage richtete Kate an beide Eltern. »Haben Sie etwas dagegen, wenn wir die Schachtel mitnehmen und bei uns behalten, bis unsere Ermittlungen abgeschlossen sind? Ich verspreche Ihnen, dass wir auf sie achten und unbeschädigt zurückgeben werden.«

Sie wechselten einen raschen Blick, bevor Rachel Troy für beide antwortete. »Einverstanden, wenn es Ihnen hilft, Ihre Arbeit zu tun.«

Als Joe die Schachtel an sich nahm, bevor sie sich zum Gehen wandten, empfand Kate plötzlich Mitleid mit beiden Eltern. »Hören Sie, wir werden gründlich arbeiten und nicht lockerlassen, bis wir wissen, was Nathan zugestoßen ist«, sagte sie, wobei sie Inspector Roger Furman, den Leiter der Kommission für ungeklärte Fälle, bewusst aus ihren Gedanken ausklammerte. Furman, der in der ganzen Rose Road als »der Arsch« bekannt war, und Kate waren nie miteinander warm geworden, was mit darauf zurückzuführen war, dass er unerbittlich rasche Ergebnisse bei einem Minimum an Kosten verlangte und sofort bereit war, Neuermittlungen einzustellen, wenn sie nicht gleich Ergebnisse lieferten. Beim letzten Fall der KUF hatte die Spannung zwischen ihnen sich mehrmals in lautstarken Auseinandersetzungen entladen. Sie runzelte die Stirn, weil sie Joes Blick auf sich spürte und sich bewusst war, dass sie Bill und Rachel Troy etwas versprach, das die KUF vielleicht nicht würde halten können.

Rachel Troy streckte ihr die Hand hin, und Kate nahm sie in ihre. »Nachdem wir Sie nun beide kennen, bin ich davon überzeugt, dass Sie Ihr Bestes für unseren Nathan tun werden. Das glaubst du doch auch, Bill?« Er nickte kaum merklich. »Wenn Sie weitere Fragen haben, wenn wir Ihnen irgendwie helfen können, brauchen Sie nur anzurufen.« Mrs. Troy begleitete sie zur Tür. »Es ist nicht recht, dass ein Kind früher stirbt als seine Eltern, nicht wahr? Wir sind dankbar dafür, dass er aufgefunden worden ist, sodass es später ein Grab geben wird, das wir besuchen können, aber am wichtigsten ist uns im Augenblick, dass die Polizei ihre Ermittlungen wieder aufgenommen hat.«

Als der Volvo wieder im Verkehrsfluss mitschwamm, starrte Kate auf die unter ihnen dahingleitende Fahrbahn und spürte ab und zu Joes Blick auf sich. »Wie zum Teufel halten sie das bloß aus? Wie kommen sie mit dem zurecht, was sie bisher wissen?«, murmelte sie vor sich hin, dann sah sie zu ihm hinüber. »Was hältst du von ihrer Charakterisierung Nathans?«

Er sah weiter nach vorn. »Ein begabter, liebenswerter Junge mit klaren Wertvorstellungen. Vielleicht sagen das in dieser Situation alle Eltern.«

Sie musterte ihn überrascht. »Du glaubst ihnen nicht?«

»Das hab ich nicht gesagt, Red. Wir müssen noch mit anderen Leuten reden, die ihn gekannt haben. Erst daraus ergibt sich ein abgerundetes Bild.«

Kate lehnte sich zurück, während ihr die Behauptung, Kinder seien »Geiseln des Schicksals«, durch den Kopf ging. Sie sah nach draußen, als Joe Five Ways Island überquerte und durch Edgbaston mit seinen Villen im georgianischen Stil zwischen kahlen Bäumen weiterfuhr. Einige Minuten später wurde der Volvo langsamer und bog in ihre Einfahrt ab, damit sie ihren Wagen holen konnte, um in die Universität zu fahren. *Die meisten von uns sind bereit, das Risiko und die Verantwortung, Eltern zu sein, auf sich zu nehmen. Wir möchten es gar nicht anders haben. Fragt nur Bill und Rachel Troy.*

8

Am folgenden Morgen war Inspector Roger Furman in der KUF damit beschäftigt, seine Muskeln als Chef spielen zu lassen. »Sie brauchen *handfeste* Beweise. Physische Beweise. Sie brauchen *Fakten.* Sobald Sie welche haben, will ich davon erfahren, und ich will sie *bald* haben.«

Kate beobachtete ihn und stützte dabei ihr Kinn in die Hand. *Was für ein Arsch.* Sie schaltete bewusst ab und sah aus dem Fenster. *Weshalb bist du ermordet worden, Nathan? Hat ein Unbekannter dir den Tod gebracht? Oder war es jemand, den du kanntest? Von deiner Mutter wissen wir, dass du Freundinnen hattest. War das Tatmotiv etwa Eifersucht?*

Kate hörte, wie Furman sich weiter ereiferte, und wusste, dass seine Tirade größtenteils ihr galt. »Mordermittlungen brauchen keine abgehobenen Theorien …« Furmans beschränkte Auffassung davon, was gründliche Ermittlungen waren, kannte sie sehr gut. *Als ob du etwas davon verstündest.* »Was Sie brauchen, sind Fakten. Beweise. *Solide* Hinweise.« Sie spürte seinen Blick auf sich, hörte seine Faust an die große Glaswand schlagen, die den Raum beherrschte. Kate wandte sich ihr zu. Dort hing jetzt ein Foto von Nathan Troy.

Während sie Furman ansah, fragte sie sich nicht zum ersten Mal, warum Chief Superintendent Gander ihn tolerierte. Vermutlich hatte er keine andere Wahl. »Wir haben schon einige Hinweise, auch belastbare Fakten«, sagte sie und nickte zu der Glaswand hinüber. »Eine kleine Taschenlampe, die neben der Leiche gefunden wurde, und die interessante Tatsache, dass jemand den aufgerissenen Fußboden wieder instandgesetzt hat. Außerdem haben wir mehrere Namen von Leuten, deren Befragung weitere Informationen liefern dürfte.« Sie beobachtete, wie seine Mundwinkel verächtlich nach unten gingen, und hätte ihn am liebsten geohrfeigt.

»Freut mich, dass Sie etwas ›Interessantes‹ gefunden haben«, murmelte er, ohne sie direkt anzusehen. Jetzt schaute er Joe an. »Die Medien kooperieren vorerst noch und beschränken ihre Berichterstattung auf die Entdeckung der Leiche, bis wir unwiderlegbare Beweise dafür haben, dass es Mord war.«

Kate sah mit großen Augen und leicht geöffnetem Mund zu ihm auf. »Beweise dafür, dass es … Was könnte es sonst sein? Er hat sicher nicht Selbstmord begangen, sich dort unten hingelegt und den Fußboden über sich zusammengesetzt.« Sie klappte angewidert ihr Notizbuch zu. Wahrscheinlich hatte er sich gar nicht die Mühe gemacht, sich in den Fall einzuarbeiten.

Sie hörte Joes Stimme. »Wir warten darauf, dass Dr. Chong uns die Todesursache mitteilt, aber Kate hat recht. Es sieht nach Mord aus.«

Furman, der seine Unterlagen zusammenschob, funkelte Joe an. »Befragen Sie diese Leute, deren Namen sie haben, sobald wie möglich.« Er war zur Tür unterwegs, als er eine letzte Bemerkung machte, die natürlich Kate galt. »Liegt ein Mord vor, muss Polizeiarbeit auf soliden Hinweisen, nicht auf Spekulationen und wolkigen wissenschaftlichen Theorien basieren. Tragen Sie Beweise zusammen. Sammeln Sie Fakten. Bis Ende der Woche will ich Fortschritte sehen.« Er riss die Tür auf und stürmte hinaus.

Bernie, der wie seine Kollegen aufatmete, legte Kate ein Blatt Papier hin. »Am besten lässt man ihn ausreden, ohne ihn zu unterbrechen … Hier ein Zwischenbericht von Connie. Noch keine bestimmte Todesursache, aber ein Gewaltverbrechen ist wahrscheinlich.«

Kate überflog den Bericht, den er ihr hingelegt hatte. »Wie ich schon gesagt habe, verkriechen Leute sich nicht, sterben und rekonstruieren dann den Fußboden über sich. Wovon redet Furman eigentlich?«

»Vergiss ihn. Dem Kerl geht's nur um Einsparungen«, sagte Joe. »Er will nichts ausgeben, was nicht unbedingt sein muss. Wie steht's denn um unsere Zeugenbefragungen? Irgendwelche Vorlieben?«

Bernie betrachtete stirnrunzelnd die Informationen an der Glaswand. »Wir müssen mit den drei Kerlen reden, die damals in seiner WG waren, aber wir wissen nicht, wo sie sich jetzt aufhalten. Sherlock muss sie für uns aufspüren. Wo steckt er übrigens?«

»Er müsste jeden Augenblick kommen«, sagte Kate und dachte an Julian Devenish, den großen, schlaksigen Studenten, den Detective Sergeant Watts gerne neckte. Aber Julian kam gut damit zurecht und teilte oft ebenso aus, wie er einstecken musste. Sie schlug ihr Notizbuch auf. »Ich kenne einen der Namen, die Rachel Troy genannt hat.«

Bernie nickte mit seinem in eine Hand gestützten Kopf. »Bin ich überrascht? Welchen?«

»John Wellan. Er lehrt noch immer am Woolner College. Dass ich ihn ›kenne‹, ist etwas übertrieben – ich bin ihm mehrere Male auf Empfängen des Rektors begegnet. Du weißt ja, wie das läuft.«

»Yeah. Ich bin Stammgast bei diesen Feten.«

Kate starrte ihn an, während sie in ihrem Terminkalender

blätterte. »Ich dachte, du hättest deinen Minderwertigkeitskomplex überwunden? Ich rufe ihn an und vereinbare einen Gesprächstermin.«

»Welche Rolle spielt übrigens dieses Institut, das Connie erwähnt hat?«

Die Tür ging auf, und Julian, der abgehetzt wirkte und im Gehen einige Papiere sortierte, kam herein. Als er Bernies Frage hörte, wedelte er mit zwei Blättern und legte sie ihm dann hin. »Hier steht alles über das Birmingham Institute of Art and Design. Es ist auf drei Gebäude verteilt. Margaret Street in der Innenstadt, eines draußen in Aston und das Woolner College an der Linden Road in Bournville.«

Bernie überflog die zusammengestellten Informationen. »Gute Arbeit, Sherlock.«

»Irgendwelche Kontaktdaten der Studenten in Troys ehemaliger WG?«, fragte Joe.

Diesmal hielt Julian einen Stapel Fotokopien hoch. »Daran arbeite ich noch, aber ich habe einen Umschlag mit alten Zeitungsausschnitten über sein Verschwinden gefunden und kopiert.« Er reichte die Blätter über den Tisch.

Joe trat damit an die Glaswand. »Mal sehen, ob ich daraus die *Fakten* destillieren kann, die Furman so liebt.«

Kate musste lachen, dann sah sie zu Bernie hinüber, der ein grimmiges Gesicht machte. »Was hat du? Du siehst leicht … angefressen aus«, schloss sie mit einem Ausdruck, den er selbst oft verwendete.

Bernie zeigte in Richtung Decke. »Oben findet gerade eine Besprechung statt. Die Bonzen stellen mit den Personalern eine Liste von Leuten auf, die entlassen werden sollen. Ich sehe meinen Namen schon darauf, aber nach dem Blödsinn, den der Arsch heute Morgen verzapft hat, wär's ehrlich gesagt vielleicht nicht schlecht, draufzustehen.«

Kate nickte, weil er sich schon früher ähnlich geäußert hatte, ohne allzu viel darauf zu geben.

Julian setzte sich an den Tisch. Er hielt nur noch ein Blatt in der Hand. »Sehen Sie sich das an, Kate.«

Bernie verdrehte die Augen. *»Doktor* Hanson. Wie oft muss ich Ihnen das noch sagen?«

Sie betrachtete die Karte des Woodgate Country Parks, die Julian ihr hingelegt hatte, und ein Detail, auf das er zeigte. »Die M5? Ich weiß, dass sie am Park vorbeiführt. Ich habe sie gehört, als wir da waren.« Kate verfolgte die breite Linie, die sich über die Karte schlängelte. Speziell ein Punkt erregte ihre Aufmerksamkeit. »Und ganz in der Nähe liegt sogar eine Ausfahrt.«

»Worauf wollen Sie hinaus, Devenish?«, fragte Bernie, als er aus der mit Spüle und Wasserkocher spartanisch ausgestatteten »Erfrischungsecke« der KUF zurückkam, wo er den Kocher eingeschaltet hatte.

Julian sah mit blitzenden Augen zu ihm hinüber. »Wer diesen Studenten ermordet hat, war vielleicht ein Fremder, ein *Serientäter* mit Auto, der meilenweit zu dem Park gefahren ist.« Seine Begeisterung verflog. »Allerdings ... vor *zwanzig* Jahren. Der Mörder ist vielleicht längst tot.«

Bernie zuckte mit den Schultern. »Zwei Jahrzehnte sind keine allzu lange Zeit.«

»Doch, für ältere Leute schon«, antwortete Julian, wobei sein Blick über Bernies Gesicht huschte.

Kate dachte darüber nach, was Julian gerade gesagt hatte. Ihre eigene forensische Erfahrung und der Fundort der Leiche suggerierten, dass der Täter ein Fremder gewesen sein könnte oder jemand, den Troy gekannt hatte. »Ich schlage vor, beide Möglichkeiten im Auge zu behalten: dass Nathans Mörder ein Fremder oder jemand aus seinem Freundes- und Bekanntenkreis war.«

»Und ich verdurste hier allmählich. Das Wasser kocht längst. *Drei* Stück Zucker, wenn Sie so weit sind, Devenish.«

Als Julian vom Tisch aufstand, sah Kate auf ihre Uhr. Sie musste in einer Dreiviertelstunde in der Universität sein. Sie überflog die Informationen, die Joe an die Glaswand geheftet hatte, fand John Wellans Telefonnummer und griff nach dem Hörer. In diesem Augenblick platzte PC Whittaker mit drei dicken Aktenordnern unter dem Arm herein und ließ sie auf den Tisch plumpsen.

»Moment mal! Was ist *das*?«, fragte Bernie den jungen Beamten scharf.

Whittaker war bereits wieder an der Tür. »Ermittlungsakten im Fall Nathan Troy aus dem Jahr 1993, die ich heraussuchen sollte.«

»Und wohin wollen Sie jetzt?«

»Wieder runter ins Archiv. Dort stehen noch zwei.«

Als Kates Anruf angenommen wurde, hörte sie Bernie noch sagen: *»Verdammt!* Wie sollen wir das alles jemals durchackern, Corrigan?«

9

Am Montagmorgen hastete Kate, deren Atem in der kalten Luft sichtbar war, die Treppe zum Woolner College hinauf und überholte dick in Parkas vermummte Studenten, während das Glockenspiel unter der hohen Kuppel erklang. Sie betrat die riesige, dezent beleuchtete Eingangshalle, überquerte die mit Parkett ausgelegte weite Fläche und stieg drei Treppen hinauf, wie Wellan sie gestern am Telefon angewiesen hatte. Sein Zimmer fand sie am Ende eines langen düsteren Flurs. Auf dem Namensschild stand: Dr. John Wellan, Privatdozent. Bildende Kunst. Während sie anklopfte, rief sie sich noch mal ins Gedächtnis zurück, was ihr von den wenigen Begegnungen mit ihm in Erinnerung geblieben war. *Ein bisschen merkwürdig und eigenbrötlerisch.*

Wenige Minuten später war sie in seinem weitläufigen Atelier mit Blick auf weiß gestrichene Ziegelmauern und ein breites Dach mit vielen Oberlichtkuppeln. Der alte Holzfußboden war mit Farbklecksen übersät, und an einer Wand hingen anthrazitgraue Schutzanzüge an einer Hakenleiste über einem weiß geränderten Wasserfleck. Kate nahm die Atmosphäre in sich auf, atmete alle möglichen Düfte mit geschlossenen Augen ein. Öl- und Acrylfarben, Lösungsmittel … Schokolade …

»So, da wären wir. Kommen Sie, wir setzen uns dort drüben hin.«

Sie griff nach dem Becher, den Wellan ihr anbot, und

nahm eine stille Bewertung vor, während sie dem Dozenten zu seinem Schreibtisch folgte, auf dem sich Skizzen, diverses Künstlermaterial und anscheinend auch Hausarbeiten von Studenten türmten. Mit Mitte fünfzig sah John Wellan so aus, als habe er die meisten dieser Jahre gründlich ausgekostet. Kate glaubte, irgendwo gehört zu haben, er sei früher Alkoholiker gewesen, und rief sich einige Urteile über ihn ins Gedächtnis zurück: Nörgler und Unruhestifter oder enttäuschter Verlierer, je nachdem, wer sich über ihn äußerte. Sie hatte gehört, er sei ein begeisterter Jogger. Ihr Blick fiel auf einen erst teilweise bearbeiteten Granitblock neben seinem Schreibtisch. Joggen und Hämmern hielten ihn fit. Heute steckte sein schlanker, drahtiger Körper in einem schwarzen Rollkragenpullover, zu dem er eine ältliche Fleeceweste, ebenso alte sackartige Jeans und an den Füßen fast neue schwarze Vans trug. Kate vermutete, dass seine Studenten ihn belächelten. Aber sie vermutete auch, dass ihm scheißegal war, was sie von ihm dachten.

Wellan setzte sich ihr gegenüber, folgte ihrem Blick in eine Ecke des riesigen Ateliers. »Ich gebe den Kids Gelegenheit, mit Sprühfarben zu experimentieren. Sehen Sie sich an, was ich dafür beschaffen musste.« Er zeigte auf die Schutzanzüge und Atemmasken. »Das ist die kalte, knochige Hand unseres Gesundheits- und Sicherheitsbeauftragten. Was kann ich für Sie tun?«

»Wie ich Ihnen am Telefon gesagt habe, arbeite ich bei der West Midlands Police mit dem Kommissariat für ungeklärte Fälle zusammen. Die KUF ermittelt wegen eines schon länger zurückliegenden Mordes. Kennen Sie den Woodgate Country Park?«

»*Wuff!*«

Sie drehte sich überrascht um und sah auf einem Kissen

an der Wand einen beige-weißen Basset sitzen, der die Ohren hängen ließ und sie traurig anstarrte.

»*Still,* Rupe.« Wellan sah Kate an. »Ich versuche, W-Wörter in seiner Gegenwart zu vermeiden. Er tut nichts lieber, als im Freien herumzutollen. Ja, ich kenne ihn. Ein paar von uns laufen dort bei gutem …« Er bildete das Wort »Wetter« nur mit den Lippen.

»Dort ist die Leiche aufgefunden worden.«

»Schon seit Jahren heißt es, dass dort alle möglichen Straftaten verübt würden.«

»Dies war kein Drogenabhängiger, der Stoff brauchte, oder ein Obdachloser. Es war jemand, den Sie vor vielen Jahren gekannt haben …«

»Sagen Sie's nicht. Nathan Troy?«

»Gut geraten – oder wissen Sie das aus der Zeitung oder den Fernsehnachrichten?«

»Ich ignoriere die *Medien*. Lauter Bockmist.« Er schüttelte den Kopf und machte sich daran, in dem Chaos auf seinem Schreibtisch zu wühlen. Kate beobachtete, wie er eine kleine Metallbox fand, sie aufklappte und anfing, sich eine Zigarette zu drehen. In John Wellans Privatleben durfte der Gesundheits- und Sicherheitsbeauftragte sich offenbar nicht einmischen. »Ich habe auf Troy getippt, weil er der einzige junge Mann ist, den ich gekannt habe und der dann spurlos verschwunden ist. Im Herbsttrimester dreiundneunzig … oder vierundneunzig?«

»Dreiundneunzig.«

»Wo genau?« Nach einem Blick zu Rupe hinüber, der wieder ein Nickerchen zu machen schien, beschrieb Kate den Fundort mit allgemeinen Worten und sah zu, wie Wellan die dünne Selbstgedrehte anzündete und die Augen wegen des aufsteigenden Rauchs zusammenkniff. »Armer Kerl.«

»Was können Sie mir über ihn erzählen?« Sie beobachtete sein Gesicht und fand, er habe ihre Erläuterungen ziemlich missmutig aufgenommen, obwohl das schwer zu beurteilen war. Bei ihren wenigen früheren Begegnungen hatte er ähnlich griesgrämig gewirkt.

»Ausgezeichneter Student. Talentiert. Entschlossen, gut zu sein und das Beste aus seiner Zeit hier bei uns zu machen.« Er atmete tief durch.

»Sie waren sein Haupttutor. Haben Sie mitbekommen, dass er hier irgendwelche Schwierigkeiten hatte?«

Kate beobachtete, wie er mit den Schultern zuckte und den Zigarettenrauch tief inhalierte. »Nein, von Schwierigkeiten war nie die Rede. Was wir hier lehren, hat er alles wie ein Schwamm aufgesogen.«

»Was können Sie mir über sein Leben außerhalb des Colleges erzählen?«

Er schüttelte den Kopf. »Ich weiß nur, dass er mit zwei oder drei anderen Studenten ein kleines Haus in einer der Straßen am ehemaligen Cadbury's-Gelände bewohnt hat.«

Kate stenografierte mit, was er sagte. »Sie wissen also nichts von *irgendwelchen* Schwierigkeiten, die Troy gehabt haben könnte?«

»Nein. Hätte er welche erwähnt, hätte ich natürlich zugehört, aber Troy war für sein Alter sehr erwachsen. Er hätte immer versucht, sie selbst aus der Welt zu schaffen.« Wellan zog wieder an der dünnen Zigarette.

Kate nickte und war damit auf ihrer Liste bei einer Frage angelangt, die sie selbst beantworten konnte. Sie zuckte in Gedanken mit den Schultern. Sie würde sie trotzdem stellen. »Seine Familie war von hier?«

Wellan nickte knapp, dann beugte er sich zu dem staubigen Karteischrank neben seinem Schreibtisch hinüber, zog die unterste Schublade auf und blätterte in den Karten. »Seine Eltern haben in – da haben wir sie – in Castle Vale gewohnt. Meines Wissens wohnen sie dort noch immer. In die WG ist er gezogen, weil die tägliche Hin- und Herfahrt mit öffentlichen Verkehrsmitteln im Berufsverkehr unheimlich viel Zeit gekostet hätte.«

Sie nickte, dann sah sie zu ihm auf. »Wissen Sie etwas über seinen Hintergrund?«

Er schüttelte den Kopf. »Nur sehr wenig. Vor Studienbeginn war seine Mutter mal an einem Tag der offenen Tür da. Nette Frau. War selig, dass er aufgenommen worden ist.«

Kates Bleistift flitzte übers Papier. »Was war mit seinem Vater?«

Wellan lehnte sich auf seinem Stuhl zurück und sah zum Oberlicht auf. »Hm ... Ganz allgemein kein Kunstfreund, würde ich sagen, und besonders gegen das Woolner eingestellt – obwohl das nur ein Eindruck ist, den mir die Mutter vermittelt hat. Da der Vater offenbar sein Leben lang in der Autoindustrie gearbeitet hat, ist das kaum überraschend. Ein Birminghamer vom alten Schlag, der die Arbeitswelt kannte und davon ausging, als Arbeiter müsse man sich die Hände schmutzig machen. Das habe ich gespürt, weil ich selbst aus ähnlichen Verhältnissen stamme, nur nicht aus Birmingham.« Er sah sie an und grinste. Sein Akzent hatte ihr verraten, dass er aus dem Norden stammte. »Männer aus diesem sozialen Umfeld tendieren dazu, Kunst für eine Beschäftigung für Dilettanten zu halten. Oder für dekadent.«

Kate zog bei diesem letzten Wort die Augenbrauen hoch, aber dann fragte sie doch weiter, ohne darauf einzugehen. »Hatte Troy hier Freunde? Hat er jemals irgendwelche Namen erwähnt?«

»Das hat er wahrscheinlich getan, aber ich kann mich an keine erinnern. In meinen Vorlesungen und Workshops ist er mit seinen Kommilitonen immer gut ausgekommen.«

Kate überflog ihre bisherigen Notizen. Auch wenn ihr Furmans Ermittlungsansatz nicht lag, wünschte auch sie sich mehr Fakten. »Was ist mit den Studenten, mit denen er eine WG gebildet hat? Was können Sie mir über sie erzählen?«

Wellan setzte sich auf und sah dabei auf seine Armbanduhr. »Ich kann mich nicht mal an ihre Namen erinnern. Schreiben Sie sie mir auf, dann sehe ich in meinen Unterlagen nach und melde mich, falls ich fündig werde.«

Sie notierte sie auf der Rückseite einer KUF-Karte, übergab sie ihm und sah wieder auf ihre Fragenliste. »Erzählen Sie mir bitte von Ihrer letzten Begegnung mit Nathan Troy vor seinem Verschwinden.«

Wellan war aufgestanden und wühlte in den Papierstapeln auf seinem Schreibtisch herum. »Augenblick, ich muss nur rasch etwas für meinen nächsten Workshop heraussuchen.« Er fand den Ordner, den er suchte, und wandte sich wieder Kate zu. »Soviel ich weiß, ist nie genau festgestellt worden, an welchem Tag er wirklich verschwunden ist. Jeder, auch die Polizei, hat angenommen, er sei einfach abgehauen. Das kommt vor. Bestimmt kennen Sie solche Fälle aus Ihrer beruflichen Praxis. Er war fast zwanzig. Alt genug, um über sein Leben selbst zu entscheiden.«

Kate runzelte die Stirn. »Aber er war ein guter Student. Sie haben selbst gesagt, dass es ihm hier gefallen hat. Weshalb hätte er weggehen sollen?«

»Das ist eine Frage, die Ihre Kollegen bei der Polizei und Sie beantworten müssen. Als ich Troy zuletzt gesehen habe …« Er zuckte mit den Schultern. »Ich versuche, mich an damals zu erinnern. Aber nach so langer Zeit ist das schwierig.« Sie wartete, während er mit zerfurchter Stirn nachgrübelte. »Ich glaube, ich habe ihn zuletzt in einem Tutorium gesehen. Wenn ich recht habe, müsste hier ein Vermerk darüber zu finden sein.« Er bückte sich wieder nach dem Karteikasten, blätterte in seinem Inhalt und schüttelte zuletzt den Kopf. »Nein, ich finde nichts. Aber ich sehe noch mal genau nach und melde mich dann.«

»Können Sie ungefähr sagen, wann im November dieses Tutorium stattgefunden hat?«

Er sah kurz zur Decke auf, wieder zu Kate hinüber. »Irgendwann in der ersten Monatshälfte.«

Ihr fiel etwas anderes ein. »Aus welchem Grund könnte Troy sich im Country Park aufgehalten haben?«

»Ich wüsste keinen vernünftigen.«

Kate musterte ihn forschend. »Wie wär's mit ein paar unvernünftigen?«

Wellan erwiderte ihren Blick, dann lachte er. »Komisch, aber schon am Telefon habe ich Sie mir als sehr zielstrebig vorgestellt.« Er wurde wieder ernst. »Vielleicht hat er dort gefeiert? Dass Kids sich dort treffen, um Gras zu rauchen, weiß schließlich jeder.«

»Hat Nathan Troy Drogen genommen?«

»Eher nicht, aber …«, er zuckte mit den Schultern, »… man weiß nie, wozu die Kids imstande sind. Auf vieles, was man über sie zu wissen glaubt, ist kein Verlass.«

Kate setzte sich auf, klappte ihr Notizbuch zu. Sie hatte ihre Fragenliste abgearbeitet. Ihr Blick fiel auf den langen Arbeitstisch an der Rückwand des Ateliers, der mit Künstlermaterial vollgestellt war, und die vielen Reproduktionen an der Wand darüber. Sie zeigte auf *Die Gesandten* von Hans Holbein dem Jüngeren. »Über dieses Gemälde habe ich neulich in einer Vorlesung gesprochen. Als Beispiel für verzerrte Perspektive.« Sie wandte sich wieder ihm zu. »Hier hat es einen weiteren Dozenten gegeben, der mit Troy und seiner Studiengruppe zu tun hatte.«

Wellan nickte grinsend. »Henry Levitte, damals unser geschätzter Boss. Inzwischen längst emeritiert. Kommt ab und an noch vorbei, wenn er Lust hat. Kennen Sie ihn?«

»Ich habe von ihm gehört«, bestätigte Kate, um lange Beschreibungen zu vermeiden.

»Dann wissen Sie vermutlich auch, was für ein grässlicher alter Furzer er ist.« Der Hund auf dem Kissen gähnte laut, dann winselte er. »Nur Geduld, Rupe, ich hab dich nicht vergessen.«

Diese Beschreibung Levittes verblüffte Kate. »Ist Levitte vielleicht heute hier?«

Wellan verzog das Gesicht. »Hab ihn noch nicht gesehen und bezweifle, dass er Ihnen weiterhelfen könnte.« Er sah ihren Gesichtsausdruck und lenkte ein. »Okay, vielleicht bin ich etwas zu streng. Er ist weit über siebzig, also darf er tun und lassen, was ihm Spaß macht – und genau das tut er auch. Aber damals, als Troy hier studiert hat, hatte Henry nie viel mit Studenten zu tun. Ich bezweifle, dass er sich auch nur an seinen Namen erinnern wird.«

Als draußen auf dem Flur Stimmen laut wurden, sah Wellan erneut auf seine Uhr. Weil Studenten auf ihn warteten, zog Kate ihren Mantel an, sammelte ihre Sachen ein und ging mit ihm zur Tür – vorbei an einem Porträt, das ungerahmt an der Wand hing und eine schwarzhaarige, dunkelhäutige Mutter mit einem Säugling auf dem Arm zeigte.

»Tut mir leid, dass ich abbrechen muss«, sagte er.

Kate wandte sich ihm zu. »Danke, dass Sie sich Zeit für

mich genommen haben. Sie denken an uns, wenn Ihnen Informationen in die Hände fallen?«

»Klar doch.«

Sie verließ das Atelier und drängte sich durch die wartenden Studenten. Als sie weiterging, folgte Wellans Stimme ihr den Flur entlang. »Also, kommt rein, ihr Bande von Tagedieben. Nicki? Sie fangen an, *heiße* Farben zu mischen. Attwood! Sie führen Rupe fünf Minuten lang Gassi. Rupe?«

»*Wuff!*«

Als Kate ihren Wagen erreichte, warf sie ihre Handtasche in den Kofferraum, stieg ein und ließ den Motor an. Während sie darauf wartete, dass warme Luft die Scheibe frei blies, sah sie auf ihr Smartphone. Sie hatte eine SMS: *Heizung in der KUF ausgefallen. Treffen uns in der Uni.* Während sie durch die beschlagene Scheibe den Verkehr beobachtete, war sie in Gedanken weiter bei ihrem Gespräch mit John Wellan und fragte sich, wie gut *ihre* Erinnerung an Studenten, die vor Jahren ihre Vorlesungen besucht hatten, gewesen wäre. Sie dachte an den Beginn des Jahrzehnts, denn weiter reichten ihre Erfahrungen als Dozentin nicht zurück. Sie schloss die Augen und versuchte, sich ihre erste Studentengruppe vorzustellen. Ein paar Namen tauchten auf, dazu einige Gesichter. Sie schüttelte leicht den Kopf. Schwierig. Leichter wäre es vermutlich gewesen, wenn sie die Gruppe mit einem bedeutsamen Ereignis von damals hätte in Verbindung bringen können – zum Beispiel mit dem Verschwinden eines jungen Mannes, der dann ermordet worden war.

Als sie die Handbremse löste und Gas gab, konzentrierte ihr Verstand sich auf ein einzelnes Wort: *dekadent.*

10

Kate saß in der Universität an ihrem Schreibtisch und hörte Bernie zu. »Unser Büro ist der reinste Kühlschrank, und er hat schon eine Erkältung.« Er zeigte mit dem Daumen auf Julian, der sie trübe angrinste. »Also haben wir den Fall der Hausverwaltung gemeldet. Nett und warm hast du's hier.«

Während Bernie erzählte, richtete Kate die Lehrbücher auf einer Seite des großen Schreibtischs aus, ordnete Bleistifte und Kugelschreiber und warf einen raschen Blick auf ihre To-do-Liste: *Kontaktdaten der 3 Mitbewohner ermitteln. H. Levitte anrufen.* Als sie aufsah, kam Crystal mit einem Tablett mit Kaffeebechern herein. Kate zog eine Schublade auf, nahm eine mit *Psychologie findet im Kopf statt* bedruckte Leinendecke heraus und legte sie auf den Schreibtisch.

Bernie fuhr fort: »Ich war also draußen im Park, hab mich noch mal umgesehen … Ah, danke, Schätzchen. Sie sind ein liebes Mädchen.« Kate verdrehte die Augen.

Crystal lächelte. »Das sagt mein Dad auch. Nur gut, dass er längst nicht alles weiß, was ich mache.«

Bernie nickte ihr grinsend zu, dann sah er zu Kate hinüber. »Genau das wird hier gebraucht. Jemand mit Sinn für Humor, der noch Bodenhaftung hat.« Er sah Kates Gesichtsausdruck. »Anwesende natürlich ausgeschlossen.«

»Wie ist es gegen Abend im Park?«, fragte sie.

»Das willst du nicht wissen, Doc.«

»Doch, ich *will's* wissen. Deshalb frage ich.«

Er sah mit hochgezogenen Augenbrauen zu Joe hinüber, dann konzentrierte er sich wieder auf Kate. »Also, gestern Abend um sieben war's dort stockfinster. Treibende Nebelschwaden und *Totenstille,* nur ab und zu ein Rascheln. Ich sage dir, ich war froh, als Corrigan aufgekreuzt ist.«

Sie sah zu Joe hinüber. »Du warst auch dort?«

Joe streckte die Arme und faltete die Hände hinter dem Kopf. »Mh-hm. Wie Bernie schon gesagt hat, war es nützlich, den Park um diese Zeit zu besichtigen, weil Troy dort vielleicht nach Einbruch der Dunkelheit ermordet worden ist.«

Julian nickte rasch. »Ich hab mir überlegt …«

Bernie nahm einen Schluck Kaffee und ächzte vernehmlich. »Nicht schon wieder!«

»… wie nützlich es für die KUF ist, dass sie *jetzt* wegen des Mordes an Troy ermittelt. In dieser Jahreszeit. Wir sehen den Tatort ziemlich genauso, wie er damals im November gewesen sein muss, als Troy ermordet wurde.«

Kate nickte ihm zu. »Gut erkannt.« Sie wandte sich ihren älteren Kollegen zu. »Sonstige Erkenntnisse, außer dass der Park dunkel und unheimlich ist?«

»Nur Geduld, ich war noch nicht fertig. Wie Sherlock neulich festgestellt hat, ist die M5 ganz in der Nähe. Abends um diese Zeit hört man sie wirklich gut. Ist der Täter ein Fremder gewesen, sollten wir davon ausgehen, dass er für die An- und Abfahrt die M5 benutzt hat.«

»Oder sollten wir uns darauf konzentrieren, was wir gerade machen?«, schlug Kate vor, als sie aufstand und vor ihren Schreibtisch trat. »Ich habe euch erzählt, was ich von John Wellan erfahren habe, was allerdings nicht viel war, auch wenn er Bill Troys negative Haltung zu Nathans Berufswahl bestätigt hat. Wir müssen Professor Henry Levitte befragen. Mal sehen, was er über Troy sagt – falls er sich überhaupt an ihn erinnert.« Sie machte eine Pause, wechselte abrupt das Thema. »Erinnert ihr euch, was ich über den Fußboden des Hauses am See gesagt habe?«

Bernie nickte langsam. »Dass er sorgfältig wieder zusammengesetzt worden ist?«

»Ich glaube, dass dieser Fußboden wirklich wichtig ist. Ihn so zusammenzusetzen hat Geduld und Geschicklichkeit erfordert. Ich komme immer wieder darauf zurück, dass derjenige, der ihn kurz vor der Entdeckung durch den Hundebesitzer zusammengesetzt hat, gewusst haben muss, dass Troy darunter liegt. Daraus ergibt sich logischerweise, dass er der Täter gewesen sein muss, der Troy dort im Jahr 1993 versteckt hat.« Sie setzte sich auf die Schreibtischkante. »Und dann diese Sache mit der Taschenlampe. Wie kann sie dort reingekommen sein?«

Julian hob aufgeregt die Hand. »Kann der Täter, der Troy versteckt hat, sie mitgebracht haben, weil er etwas suchen wollte? Etwas, das er vor all diesen Jahren versehentlich zurückgelassen hat?«

»Auch Vandalen sehen gern, was sie tun«, murmelte Bernie, der weiter seine eigene Theorie verfolgte.

»Ich stimme Julian zu. Mir fällt kein vernünftiger Grund dafür ein, dass sie absichtlich zurückgelassen worden sein könnte. Folglich muss sie versehentlich zurückgeblieben oder hineingefallen sein, vielleicht weil ihr Besitzer es eilig hatte oder unter Stress stand.«

»Was nur natürlich wäre, wenn er die Leiche gesehen hat«, schlug Joe vor.

Bernie verschränkte die Arme vor seiner breiten Brust und sah Kate an. »Hast du auch eine Erklärung dafür, dass der Täter erst nach all diesen Jahren zurückgekommen ist?

Und wozu die Mühe? Wie du ganz richtig gesagt hast, Doc, war die Leiche zwanzig Jahre lang gut versteckt. Hat dort noch etwas anderes gelegen, hätte es weitere zwanzig Jahre unentdeckt bleiben können.«

Joe sah von einem zum anderen. »Wir müssen das Ehepaar Troy fragen, ob irgendetwas von Nathans persönlichem Eigentum fehlt. Bestätigen sie, dass alles da ist, hat dort unten etwas gelegen, das vermutlich dem Mörder gehörte.« Er sah zu Bernie hinüber. »Aber wie du ganz richtig sagst, weshalb sollte der Täter sich die Mühe machen, hinzugehen und nachzusehen? Wozu etwas aufreißen, das zwei Jahrzehnte lang gut gehalten hat?«

»Wir haben alle nur Ideen, aber keine Informationen. Habt ihr schon was von Connie gehört?« Die beiden schüttelten den Kopf.

Joe nickte zu Bernie hinüber. »Erzähl Kate, wie sehr du die M5-Theorie favorisierst.«

Bernie sah, dass Kate ihm aufmunternd zunickte. »Na schön, Corrigan. Ich hab nur auf den richtigen Augenblick gewartet. Also, ich glaube, dass Troy von jemandem ermordet wurde, den er nicht kannte. Könnten wir uns darauf einigen, könnten wir mit den Ermittlungen loslegen. Als Erstes sollten wir nachprüfen, ob es schon ähnliche Fälle gegeben hat.«

»Worauf basiert deine Theorie?«, fragte Kate.

Er zog die Augenbrauen zusammen. »Meine *Basis* ist wie gesagt die Nähe der M5 zum Fundort. Als alter Ermittler bekommt man ein Gefühl für Fälle, und diese Erklärung klingt für mich logischer als die Idee, einer seiner Künstlerfreunde könnte ihn umgelegt haben.«

Kate schüttelte den Kopf, als sie hinter ihren Schreibtisch zurückkehrte. »Von einem ›Unbekannten‹ zu sprechen wäre verfrüht, findest du nicht auch? Es ist noch *viel* zu früh, sich auf eine Ermittlungsrichtung festzulegen.« Sie kniff die Augen zusammen. »Was hast du gemurmelt?«

»Ich habe *gesagt,* dass die Tatsache, dass *du* nichts von einem Unbekannten hältst, der ein *Wiederholungstäter* sein könnte, nicht beweist, dass es keinen gibt.«

Sie beugte sich über den Schreibtisch nach vorn. »Das hat nichts damit zu tun, was mir vielleicht gefällt oder nicht. Ich bin einfach *theorie*gesteuert. Vorläufig haben wir noch nicht genügend Informationen, um eine Hypothese für diesen Fall aufstellen zu können.«

Bernie verschränkte erneut die Arme. *»Zivilisten«*, schnaubte er. »Ich wollte nur auf diesen Aspekt aufmerksam machen. Ihn sozusagen auf kleiner Flamme köcheln lassen. Hier, Devenish. Gehen Sie und bitten Sie Lady Gaga um mehr Kaffee.« Julian nahm den Becher mit und verschwand durch die Verbindungstür ins Vorzimmer.

Kate lehnte sich auf ihrem Stuhl zurück und blickte aus dem Fenster über den eisigen Campus hinaus. »Was wir brauchen, sind genauere Informationen über Nathan Troy und sein Leben von den Leuten, die ihn gekannt haben, als er verschwunden ist. *Vielleicht* liefern sie einen Hinweis darauf, dass er von jemandem aus seinem Bekanntenkreis ermordet wurde. Oder sie weisen in eine andere Richtung.« Sie sah von Bernies verkniffenem Gesicht zu dem Lieutenant hinüber, der ganz entspannt in einem der Besuchersessel saß. »Das ist *meine* Meinung. Und was denkst du, Joe?«

Corrigan betrachtete sie gelassen. »Ich denke, dass es Raum für beide Theorien gibt – und dass ich gern in lebhafter Atmosphäre arbeite.«

Sie warf einen Blick in ihre Notizen. »An welchem Tag

Nathan tatsächlich verschwunden ist, ist anscheinend nie aufgeklärt worden.«

Joe schüttelte den Kopf. »*Das* ist etwas, das ich wirklich nicht verstehe. Der Tag hätte sich leicht feststellen lassen müssen. Troy hat in einer WG gelebt. Er hatte einen Vorlesungsplan.«

»Viele Studenten schwänzen Vorlesungen.« Dieser Einwand kam von Julian, der mit Bernies Kaffee zurückkam. Dann fügte er hastig hinzu: »Nicht *Ihre,* Kate.«

»*Doktor* Hanson«, murmelte Bernie.

Kate nickte Julian zustimmend zu. »Die Anwesenheit wird nicht täglich kontrolliert, und ein gewisser Prozentsatz der Studenten nimmt es damit nicht allzu genau. Aber nach allem, was John Wellan von ihm erzählt hat, glaube ich nicht, dass Nathan Troy zu diesen Leuten gehört hat. Ich werde beim Woolner College nachfragen, ob es noch alte Anwesenheitslisten gibt, aus denen …«

»Schon erledigt, Doc. Alles Schriftgut ist im Jahr '95 computerisiert worden. Das war das Jahr null für solche Unterlagen.«

Kate sank auf ihrem Stuhl zurück. »Wieso hoffe ich immer auf einfache Ermittlungen?« Sie deutete auf ihre Notizen. »Als Troy verschwunden ist, war Professor Henry Levitte der Dekan. Wir müssen möglichst bald mit ihm sprechen.«

»Den kennst du bestimmt auch?«, fragte Bernie.

»Ich habe ihn vor Jahren kurz kennengelernt. Ich vereinbare einen Termin mit ihm. Wellan hat mir Kontaktinformationen über Troys ehemalige Mitbewohner versprochen, wenn er sie finden kann …«

Julian setzte sich auf, als habe er einen elektrischen Schlag bekommen. »Moment mal! Als ich gegangen bin, hat Furman mir etwas mitgegeben.« Sie beobachteten, wie er verknitterte Blätter aus seinem Rucksack zog.

Kate griff danach, überflog das Geschriebene und stellte fest, dass Furman manchmal doch nützlich war. Hier stand alles. Die Namen der Mitbewohner: Alastair Buchanan, Joel Smythe und Matthew Johnson. Von zweien waren die Adressen angegeben, nur die von Smythe fehlte. Sie sah wieder zu ihren Kollegen hinüber. »Wie findet ihr *das*? Hier steht, dass Matthew Johnson jetzt Professor für ›Bildende Kunst‹ am Woolner College ist. Offenbar als Levittes Nachfolger. Der Junge hat Karriere gemacht.« Nach einem weiteren Blick auf die Liste wandte sie sich an Joe. »Erinnerst du dich, dass Rachel von einem Studenten namens ›Rod‹ gesprochen hat? Er steht hier nicht. Wir müssen herausbekommen, wer er war und wo er jetzt ist.«

Sie stand auf, ging nach vorn und setzte sich wieder auf die Schreibtischkante. »Was Furman alles über Spuren und Beweise sagt, ist mir verdammt egal. Ich behaupte, sobald wir Nathan Troy wirklich *kennen*, also wissen, wer er war und was die Leute, die ihn kannten, über ihn gedacht haben, dann wissen wir auch, wer ihn ermordet hat.«

Julian wühlte erneut in seinem Rucksack und zog dann einen Schnellhefter heraus. »Das hier ist eine der Akten, die Whittaker aus dem Archiv geholt hat. Was halten Sie davon, wenn ich hierbleibe und sie nach Hinweisen durcharbeite, die uns …«

Kate streckte die Hand aus. »Geben Sie mir das bitte.« Sie nahm die Akte entgegen, drehte sich um und ließ sie in ihren Papierkorb fallen.

Bernie sprang auf. »Moment mal!« Joe grinste und klatschte lautlos Beifall.

Kate deutete auf den Papierkorb. »Dieses Zeug hat im

Jahr 1993 nichts genützt. Es kann uns auch jetzt nicht helfen. Das sind Informationen im *Polizeistil.*«

»Und dies sind Ermittlungen im *Polizeistil,* falls du das vergessen haben solltest! Die anderen haben wir alle schon durchgearbeitet.« Bernie, dessen Gesicht rot angelaufen war, holte die Akte wieder aus dem Papierkorb.

»Und, habt ihr darin etwas Nützliches gefunden?«

»Das lässt sich noch nicht sagen«, knurrte er.

Joe stand auf, setzte sich neben Kate auf den Schreibtisch und sah sie mit blauen Augen direkt an. Sie ignorierte einen plötzlichen Anflug von Wärme. »Ich muss es leider zugeben. Dass er von einem Unbekannten ermordet worden sein könnte, gibt schon Sinn, Red.«

Ihr Telefon klingelte. Sie nahm geistesabwesend den Hörer ab. »Kate Hanson.«

»Hi, Katie. Wenn du in der nächsten halben Stunde mit den drei Musketieren in die Rose Road kommst, kann ich euch etwas mehr über Nathan Troy erzählen.«

Sie legte auf. »Connie.« Alle standen auf, nur Julian nicht. Kate drehte sich nach ihm um. »Kommen Sie mit?«

Er war als Erster zur Tür hinaus.

11

Sie standen links und rechts von Connie, als sie aus ihren Notizen vortrug. »Nathan Troy ist erwürgt worden.«

Bernie sah kurz zu Kate hinüber, dann konzentrierte er sich wieder auf Connie. »Beim Erwürgen denke ich als Erstes, dass es von Mann zu Frau sein müsste. Falls es von Mann zu Mann war, könnte ein sexueller Bezug vorliegen. Beide waren schwul, und irgendwas ist schiefgegangen.«

Kate verdrehte die Augen, als sie sah, wie interessiert Julian plötzlich wirkte. Im vergangenen Jahr war er viel erwachsener geworden. In Zukunft würden sie ihn mehr in ihre Arbeit einbinden müssen. Sie hörte zu, als er jetzt sprach. »Könnte er nicht anfangs k.o. geschlagen worden sein, wenn's von Mann zu Mann war?«

»Schon gut, Devenish. Sie sollen zuhören und lernen.«

Joe sah vom Untersuchungstisch auf. »Aus Amerika kenne ich mehrere Fälle, in denen Männer von Männern erwürgt wurden – der ›I-70 Strangler‹ mit mindestens acht männlichen Opfern zum Beispiel, dann gab es einen in Florida und einen in Georgia. Alle drei Killer waren heterosexuell. Ein weiterer Täter hat in Indiana zwei Männer ermordet. Er war schwul, seine Opfer nicht. In unserem Fall dürfen wir nicht voraussetzen, dass sexuelle Orientierung eine Rolle gespielt hat.«

Kates Herz sank, als er diese Serienmörder aufzählte. *Vielleicht hat Bernie recht: Ich will keinen Wiederholungstäter.*

»War Nathan Troy vielleicht schwul?«, fragte Bernie, der seine Theorie nicht so schnell aufgeben wollte.

Sie zuckte mit den Schultern. »Wie wir eben von Joe gehört haben, lässt die Tötungsart keinen Schluss auf ein sexuelles Motiv zu. Ein Täter erwürgt sein Opfer vielleicht in äußerstem Zorn, ohne sich die Mühe zu machen, eine Waffe zu suchen, was auf irgendeine Art Beziehung zwischen den beiden hinweisen kann. Andererseits kann ein Mörder sich für diese Methode entscheiden, weil sie ihm absolute Kontrolle über das Opfer gibt, das der Täter als unpersönliches Objekt betrachtet.« Als Kate sich das sagen hörte, verschlechterte sich ihre Stimmung weiter. Eine ziemlich gute Definition der Arbeitsweise eines Wiederholungstäters. »Entschuldige die Unterbrechung, Connie.«

»Wollt ihr Details hören?« Sie nickten. »Er ist eigentlich nicht erwürgt, sondern mit einem Strick erdrosselt worden. Die Benutzung von Bändern, Stricken oder anderem Bondagezubehör lässt natürlich ein anderes Szenario denkbar erscheinen: Tod durch autoerotische Asphyxie. Aber nachdem diese Leiche versteckt war, können wir von Mord ausgehen.« Sie zeigte auf die rechte Halsseite. »Hier seht ihr eine Drosselspur, die mir gleich bei der Voruntersuchung aufgefallen ist – aber ich musste erst sichergehen, dass das keine durch das lange Liegen hervorgerufene Falte oder vielleicht eine Folge der Mumifizierung war. Außerdem ...«

»Troy war jung und bestimmt ziemlich kräftig.«

»Ich verstehe, was Bernie meint«, sagte Kate. »Wegen der Faktoren Kraft und Gewicht scheint Erdrosseln eher von Mann zu Frau in Frage zu kommen.«

Sie sah Connie nicken. »Unwahrscheinlich, nicht wahr, dass ein gesunder junger Mann passiv dastehen würde, während ihm ein anderer Mann eine Schlinge um den Hals legt und sie eng zuzieht?« Connie wandte sich wieder dem Untersuchungstisch zu und zeigte auf einen von Nathan Troys geschrumpften Armen. »Ich habe beide Hände untersucht: Die Fingernägel sind in gutem Zustand. Kurz geschnitten und sauber – kein Schmutz, kein fremdes Blut, Gewebe oder Haar, nicht der geringste Hinweis darauf, dass Troy versucht haben könnte, sich zu verteidigen.«

Während Kate diese Informationen verarbeitete, betrachtete Joe die eingeschrumpften Hände. »Soll das heißen, dass Troy völlig passiv zugelassen hat, dass jemand ihm eine Schlinge um den Hals legt?«

Connie zuckte mit den Schultern. »Tut mir leid, dafür kann ich nichts. Ich liebe diese langsamen Klärungsprozesse mit der KUF. Wie wär's jetzt mit ein paar Faktoren, die eine Rolle gespielt haben könnten?« Sie griff nach ihrem Schreibbrett und blätterte bis zur entsprechenden Seite.

Kate las die oberste Zeile: *Test auf Alkohol/Säuren/Alkalien/Betäubungsmittel.* »Du hast die Möglichkeit getestet, er könnte wegen Drogenmissbrauchs *willenlos* gewesen sein, als er ermordet wurde?«

Connie nickte. »Ich will euch nicht mit Details aufhalten. Obwohl unsere Tests keinen Alkohol im Gewebe nachweisen konnten, waren sie aufschlussreich in Bezug auf Drogen: genauer gesagt Lithane. Davon wäre er träge, vermutlich etwas schläfrig geworden – umso mehr, wenn er tatsächlich Alkohol getrunken hätte. Je nachdem, wie ausgeprägt Troys Willenlosigkeit war, können wir nicht ausschließen, dass er von einer Frau ermordet wurde.«

Bernie wirkte irritiert. »Was ist dieses Lithane-Zeug?«

Connie sah zu Kate hinüber, die antwortete: »Lithane ist der Handelsname für Lithium.«

Er verdrehte kurz die Augen. »Und Lithium ist …?«

»Ein chemisches Element, das in der Lithiumtherapie zur Behandlung von bipolaren Affektstörungen eingesetzt wird.«

Seine Augenbrauen schossen nach oben. »Soll das heißen, dass er nicht ganz richtig im Kopf war?«

»Weder seine Eltern noch John Wellan haben solche Schwierigkeiten erwähnt.« Katie sah auf die Mumie hinab. »Wir wissen nicht mal, ob er das Zeug selbst eingenommen hat.«

»Kann er nicht ein bisschen hypernervös gewesen sein, weil er einer dieser Künstlertypen war?«

Kate wandte sich irritiert an Connie. »Nathan Troy hat also kurz vor seinem Tod Lithium und *möglicherweise* Alkohol zu sich genommen, sodass er willenlos war und von einer Frau erdrosselt werden konnte?«

Die Pathologin hob abwehrend die Hand. »Das wäre *möglich*, wenn beides zusammengekommen wäre. Aber es gibt noch einen weiteren wichtigen Faktor, den euer jüngster Kollege schon angesprochen hat.« Auf ein Zeichen hin folgten sie ihr – Julian mit offenem Mund – zum oberen Ende des Untersuchungstischs. Connie deutete mit einem behandschuhten Finger auf einen etwas dunkleren Fleck an der rechten Kopfseite. »Seht ihr? Genau hier?« Connie verstellte die Leuchte über dem Tisch. »Seht ihr's jetzt?« Alle starrten die runde Vertiefung an. »Hier hat Nathan Troy kurz vor seinem Tod durch Gewalteinwirkung mit einem stumpfen Gegenstand ein laterales Schädeltrauma erlitten.«

Joe beugte sich nach vorn, um die Kopfverletzung genauer zu betrachten. Er sah zu Connie auf. »Er ist bewusstlos geschlagen und dann erdrosselt worden?«

»So unbedingt kann man das nicht sagen, Joseph. Vielleicht hat ihn der Schlag nur benommen gemacht.«

»Womit wurde er ausgeführt?«, fragte er.

»Mit einem harten Gegenstand mit drei bis vier Zentimeter Durchmesser, einer flachen, sehr glatten Oberfläche und klar definiertem, aber ebenso glattem Rand.« Sie betrachteten die Vertiefung nochmals. »Unter einem Vergrößerungsglas ist der Abdruck deutlich zu erkennen. Aber er ist nicht gleichmäßig. Troy ist rechts seitlich getroffen worden … ungefähr *so*!« Sie machte eine plötzliche Handbewegung. »Er hat anscheinend gesessen, hatte seinen Mörder in gleicher Höhe neben sich. Die beschränkte Wucht des Schlags hat den Schaden in Grenzen gehalten. Aus der Tatsache, dass in der Wunde keine Splitter zu finden waren, schließe ich, dass der stumpfe Gegenstand aus Metall war.«

»Wovon reden wir also?«, fragte Bernie. »Von etwas wie einem Hammer?«

»Möglicherweise. Aber ich kann mich leider nicht endgültig festlegen.« Daraufhin entstand eine Pause. »Vielleicht könnt ihr euren durch *CSI* geförderten Minderwertigkeitskomplex so weit überwinden, dass ihr weitere Fragen stellt, die ich *sicher* beantworten kann?« In dem nun folgenden Schweigen zog sie das Laken über den Toten, bevor Igor zurückkam.

Als Kate beobachtete, wie er Nathan Troys sterbliche Überreste hinausschob, fiel ihr eine Frage ein. Sie wandte sich an Connie. »Ist Troy am Fundort der Leiche ermordet worden? In dem Haus am See?«

Connie schüttelte den Kopf. »Auch das kann ich nicht sagen. Die Spuren sprechen weder dafür noch dagegen.« Sie machte eine auffordernde Handbewegung. »Kommt und seht euch die Taschenlampe an, die Joseph entdeckt hat, als wir am Fundort waren.«

Sie folgten ihr zu dem Tisch an der Wand, auf dem das kleine Fundstück auf weißer Pappe lag. Bernie, dessen Bauch leicht vom Tischrand eingedrückt wurde, begutachtete die schwarze Plastikröhre. »Als Waffe kommt sie wohl nicht in Frage?«

Connie nickte. »Nicht schwer genug.«

Kate fiel etwas ein. »Außer den Batterien war nichts in der Lampe?«

»Nein, und die hatten ihre beste Zeit auch schon hinter sich. Erinnerst du dich, dass Adam von einem mehr oder weniger unleserlich eingeprägten Verfallsdatum gesprochen hat? Die Spurensicherer haben es endlich doch entziffert: Juli 2010. Das beweist, dass sie lange nach Troys Tod dort hinuntergekommen sein muss.« Sie sah zu Kate auf. »Und es bestätigt, dass du mit deiner Theorie, der Fußboden sei erst vor Kurzem aufgerissen worden, recht hattest.«

»Wobei diese Taschenlampe ins Loch gefallen ist«, fügte Joe hinzu.

»Manchmal würde ich eure Vorliebe für Details am liebsten beklatschen, KUF. Wollt ihr noch was hören?« Sie begegnete Bernies Blick und lächelte, während sie auf die Lampe wies: ein schwarzer, gerippter Gummizylinder mit metallisch grauen glatten Endstücken. »Ein ziemlich häufiges Modell, das es aber nicht gerade in Billigläden gibt. Aber *das* hier ist *wirklich* interessant.« Kate beobachtete, wie Connie auf den gerippten Zylinder deutete. »Ungefähr hier, in einer dieser Rillen, haben die Spurensicherer einen winzigen Blutfleck gefunden.« Sie hob schelmisch lächelnd den Kopf. »Und wir wissen *alle,* was *Blut* bedeutet, nicht wahr?«

»DNA«, flüsterte Julian.

Connie nickte zustimmend. »Wie ihr wisst, werden

Blutspuren grundsätzlich mit CODIS abgeglichen. Und ihr wisst auch, dass eine Übereinstimmung nur dann gefunden werden kann, wenn derjenige, von dem das Blut stammt, schon mal eine DNA-Probe abgeben musste, weil er erkennungsdienstlich behandelt wurde. Wollt ihr wissen, wessen DNA das ist?« Alle starrten das schmale ovale Gesicht unter dem kurzen schwarzen Haar an. »Er heißt Stuart Butts.«

»Ja!« Kate lächelte, als Bernie eine Faust hochreckte und Joe abklatschte, bevor er sich strahlend an Connie wandte. »Hab ich dir schon mal gesagt, dass du die *beste* Pathologin bist, die wir jemals hatten?«

Sie schüttelte den Kopf. »Nein, das hast du nicht getan. Du bist meistens sauer, wenn ich nicht bestätige, was du hören möchtest, ehrlich gesagt.«

»Yeah, nun … wir haben im Fall Troy praktisch erst mit den Ermittlungen begonnen – und jetzt dieser Durchbruch. Wir haben den Mörder! Nach *zwanzig* Jahren! Kannst du uns sonst noch was über diesen Butts erzählen, bevor wir losziehen und ihn uns schnappen?«

Sie nickte. »Er ist von hier.« Als sie sein breites Grinsen sah, bedachte sie ihn mit einem mitfühlenden Blick. »Sorry, aber die nächste Information wird dir gar nicht gefallen. Sein sechzehnter Geburtstag liegt noch nicht lange zurück.«

Sie saßen bei noch immer defekter Heizung in ihren Mänteln im Dienstraum der KUF. Bernie hatte veranlasst, dass Stuart Butts Familie von zwei uniformierten Polizeibeamten besucht wurde. Er war nicht zu Hause, und auf die Frage nach seinem Aufenthaltsort hatten seine Eltern nur vage geantwortet, dass er irgendwelche Cousins besuche und sie sich keine Sorgen um ihn machen würden.

Bernie fasste zusammen, was sie über den Teenager und seine Rolle bei den Ermittlungen wussten. »Vorläufig sind wir machtlos. Seine Eltern haben ihn nicht als vermisst gemeldet. Solange sie das nicht tun, genehmigt Goosey uns keine Fahndung. Weil er erst sechzehn ist, kann er Troy unmöglich ermordet haben. Die Tatsache, dass eine Taschenlampe mit seiner DNA neben der Leiche gefunden wurde, beweist nicht, dass Butts sie dort zurückgelassen hat. Er kann sie verloren oder verschenkt haben, vielleicht ist sie ihm gestohlen worden, wer weiß das schon?«

Während Julian begann, seinen Rucksack mit Büchern vollzupacken, wandte Kate sich vom Fenster ab und trat an die Glaswand. »Sobald er wieder auftaucht, befragen wir ihn und stellen fest, welche Verbindung er zu dem Park hat.«

Bernie nickte. »Ein glasklarer Fall von Vandalismus, wie ich schon gesagt habe.«

»Warum?«, wollte Kate wissen. Sie beobachtete, wie sein breites Gesicht den Ausdruck einer griesgrämigen Bulldogge annahm.

»Was meinst du mit ›warum‹?« Er tippte auf den Stuart Butts betreffenden Ausdruck aus dem Police National Computer. »Er ist ein alter Bekannter, der mit seinen sechzehn Jahren bereits wegen Diebstahls und Körperverletzung vor Gericht gestanden hat. Genau der Typ, der Sachbeschädigung verübt, wenn er sich beim Herumlungern auf den Straßen, in den *Parks* langweilt.«

Sie zeigte mit dem Finger auf ihn, obwohl sie wusste, dass er das nicht leiden konnte. »Wir *wissen* doch noch nichts über ihn; war er überhaupt in dem Park? Und war er *allein*, wenn er dort war? Wer war sein Begleiter, wenn er nicht allein war?« Sie runzelte die Stirn. »Falls er mit jemandem zusammen war – konnte das der Mann gewesen sein, der Nathan Troy vor zwanzig Jahren ermordet hat?«

»Doc, das sind eine Menge Fragen, die wir erst beantworten können, wenn wir ihn hier haben.«

Kate beobachtete, wie er mit geschickten Fingern eine braune Papiertüte öffnete, die einen Donut mit Marmeladenfüllung enthielt. Sie wandte sich Joe zu, der seine Stuhllehne weit nach hinten gekippt hatte. »Na gut, jetzt wissen wir, wie Detective Sergeant Albtraum über diesen Fall denkt.« Hinter ihr war ein verächtliches Schnauben zu hören. »Wie sollen wir *deiner* Ansicht nach vorgehen?«

»Bis Stuart Butts aufgespürt ist und hier vernommen werden kann, machen wir weiter wie bisher, reden mit den Leuten, deren Namen wir bisher haben und verfolgen alle eingehenden potenziellen Hinweise.«

Kate schien Mühe zu haben, sich zu beherrschen. »Ziemlich frustrierend, dass keiner weiß, ob dieser Stuart Butts überhaupt wichtig ist.«

Sie sah regelmäßige weiße Zähne aufblitzen, als er lächelte. *»Entspann* dich, Red. Alles zu seiner Zeit.«

Bernie leckte sich die Finger ab. »Wenn du immer relaxt wärst, wärst du nicht dort, wo du jetzt bist, stimmt's, Doc?«

»Ich bin nur frustriert, weil wir eine potenzielle Spur nicht verfolgen können«, fauchte Kate. Sie starrte blicklos ins Leere. »Was wäre, wenn Butts Troys Leiche durch einen Zufall entdeckt hätte? Vielleicht *haben* wir es mit Vandalismus zu tun, so, wie du gesagt hast.«

»Oh, *danke.*«

»Und er hat die Leiche gesehen.«

Bernie musterte sie. »Und deiner Theorie nach ist er nicht abgehauen, wie's jeder normale Mensch getan hätte, sondern dageblieben, um den Fußboden wiederherzustellen?«

Sie warf ihm einen gekränkten Blick zu. »Ich stimme nur dem zu, was *du* gesagt hast. Dass er nichts mit Troys Ermordung zu schaffen hat. Er ist nur irgendein Rowdy, der zufällig darauf gestoßen ist. Nehmen wir mal an, Stuart Butts hätte sich nicht die Zeit genommen, den Fußboden zu reparieren – wer könnte es dann gewesen sein?«

Sie trat wieder ans Fenster, um hinauszusehen. Ihre Gedanken schwebten und kreiselten: winzige spinnwebenzarte Wesen, die in Aufwinden tanzten. Synapsen wurden für die Erregungsübertragung zwischen Neuronen aktiviert und überfluteten ihren Kopf mit Fragen. *Wo war Nathan Troy, als der Tod ihn ereilt hat? War das Lithium sein Medikament? Dekadent. Ließe sich daraus ein Hinweis auf Troys sexuelle Orientierung konstruieren? Bisher weist allerdings nichts darauf hin, dass er etwas anderes als hetero war. Aber wenn irgendwer ihn für schwul gehalten hat? Könnte das zu einem handgreiflichem Streit geführt haben? Eine unfaire Auseinandersetzung mit Lithium und Alkohol im Blut.*

Sie kehrte an den Tisch zurück, an dem Joe gerade nach dem Telefonhörer griff, und hörte zu, wie Bernie eine Nachricht für Professor Matthew Johnson hinterließ. Vorläufig konnten sie nicht mehr tun, als Verbindung zu den Leuten aufzunehmen, deren Namen sie bereits hatten. Sie runzelte die Stirn, als sie an Nathan Troys Kleidung dachte, die sie unten im Autopsieraum gesehen hatte. *November. Müsste er da nicht mehr als Jeans und ein T-Shirt getragen haben?*

Kate nahm den Hörer ihres Telefons ab und wählte die private Nummer von Professor Henry Levitte. Keine Antwort und keine Möglichkeit, eine Nachricht zu hinterlassen.

Sie legte auf, wählte die Nummer des Colleges, nur um zu erfahren, was sie bereits vermutete: Professor Levitte kam nicht zu festen Zeiten und war heute nicht im Haus.

Eine Stunde später stand Kate in der Diele ihres Hauses und betrachtete den Thermostaten zweifelnd und misstrauisch zugleich, während sie am Telefon darauf wartete, dass sich jemand meldete. Sie fröstelte, obwohl sie ein langärmeliges Top, ein verblichenes Sweatshirt und eine schwarze Jogginghose trug, die in schwarzen Uggs steckte. Der Thermostat zeigte an, dass die Temperatur im Haus 20° C betrug. »Das ist *deine* Story … Los, komm schon, komm schon.«

»Büro Professor Johnson.«

»Hier ist Kate Hanson, West Midlands Police, Rose Road. Ein Kollege, Detective Sergeant Watts, hat Professor Johnson um einen Termin für ein Gespräch gebeten, aber keine Antwort bekommen. Wir müssten den Professor bitte möglichst bald sprechen.«

»Tut mir leid«, sagte eine Frauenstimme, »aber er hat diese Woche keinen Termin mehr frei.«

»Es geht um dringende Ermittlungen«, sagte Kate.

»Hm … Lassen Sie mich nachsehen … Wie wär's mit morgen um zehn Uhr dreißig? Da hat er eine halbe Stunde Zeit.«

Das genügte für ein erstes Gespräch. Kate legte auf und rief ihre Kollegen an, um diesen Termin durchzugeben und ihnen mitzuteilen, dass sie ein paar Stunden frei habe.

Sie ging in die Küche zurück, schaltete den Wasserkocher ein und wurde dann auf ein Kratzen aufmerksam. Sie machte die hohe Terrassentür auf und öffnete einen Flügel zu Dunkelheit und beißender Kälte. Mugger schoss in die Küche, machte vor seinem leeren Fressnapf halt und starrte Kate vorwurfsvoll an.

»Hungrig, kleiner Kater?« Sie kippte Trockenfutter in seinen Fressnapf und streichelte seinen kalten Pelz. Dabei musste sie unwillkürlich wieder an Nathan Troy in Jeans und T-Shirt im November denken.

Maisie kam mit einem Teller in der Hand auf Strümpfen in die Küche. »Mmm … dieser Käsetoast war *köstlich*. Kann ich noch einen haben?«

»Natürlich, Schatz.« Kate wusch sich die Hände, dann trat sie an die Kühl-Gefrier-Kombination, um den Käse herauszunehmen.

»Mom?«

»Hm?«

»Käse ist ein gesundes Nahrungsmittel, oder?«

Sie sah zu ihrer Tochter hinüber. »Das weißt du.«

»Wir hatten heute die langweilige alte Hauswirtschaftslehre.« Kate seufzte, denn sie wusste recht gut, dass Maisie sich für einige der anderen Fächer nicht so begeistern konnte wie für Mathematik. »Und Mrs. Rodder hat uns erklärt, gute Ernährung sei ein Hauptfaktor bei der Entwicklung unseres Körpers.« Sie betrachtete ihre Mutter kritisch. »Du predigst immer gesunde Ernährung und solches Zeug, aber …«

»Aber was?«, fragte Kate und kam an den Tisch, um den Käse aufzuschneiden.

»Mal ganz ehrlich, Mom, du hast nicht gerade eine ›Traumfigur‹, nicht wahr?«

Sie hörte mit dem Schneiden auf und starrte in das junge Gesicht auf der anderen Seite des Tischs. »Maisie, kannst du mir wenigstens *andeutungsweise* erklären, worüber wir hier reden?«

Maisie wirkte verstimmt. »Ich rede davon, dass ich noch immer den ersten BH trage, den du mir letztes Jahr gekauft hast! Hast du Chelsey *gesehen*?«

Das hatte Kate natürlich. Nun verstand sie alles. Sie ging um den Tisch herum zu Maisie und legte ihr einen Arm um die schmalen Schultern. »Du bist erst zwölf. Du wirst noch jahrelang wachsen, dich *entwickeln*. Hör auf, so ungeduldig zu sein.«

Sie schüttelte den Kopf, als Maisie zweifelnd in den Ausschnitt ihres Pullovers sah, und machte sich daran, noch mehr nahrhaften Käse aufzuschneiden. »Willst du den Toast noch?«

»Klar doch. Ich hab Hunger. Aber was ist, wenn ich keinen Busen kriege, Mom?«

Katie hörte wieder mit dem Schneiden auf. »Maisie, wir haben über die Pubertät gesprochen, nicht? Junge Menschen entwickeln sich unterschiedlich. Vor dir liegen wie gesagt noch viele Entwicklungsjahre. Du wirst wachsen und … viele andere Dinge werden sich verändern.« Sie nahm die Arbeit wieder auf. »Du wirst, was dir zu werden vorbestimmt ist, und *das* ist absolut in Ordnung.«

Maisie kam um den Tisch herum und blieb neben ihrer Mutter stehen. »Okay. Aber tu für alle Fälle lieber etwas mehr Käse drauf … Warum lächelst du?«

12

Am folgenden Morgen waren sie mit dem Range Rover zum Woolner College unterwegs, weil Bernie es abgelehnt hatte, sich von Kate in ihrem Wagen mitnehmen zu lassen. »Diese Sitze sind nichts für meinen Rücken.« Jetzt hielt er ihr einen Packen Blätter hin. »Lies das mal durch. Die Informationen über das College habe ich gegoogelt, der Rest stammt aus den ursprünglichen *polizeilichen* Ermittlungsakten.«

Kate blätterte die Seiten rasch durch. »Hier steht, Matthew Johnson sei als relativ junger Dozent ›ganz überraschend‹ zu Henry Levittes Nachfolger bestimmt worden.« Sie sah nach vorn, während sie rasch im Kopf rechnete. »Er ist jetzt um die vierzig, also war er erst dreißig … *zwei*unddreißig, als er Professor geworden ist.«

»Ist das gut?«

»In meinem Fachbereich ist das praktisch unmöglich. Mich wundert, dass John Wellan das nicht erwähnt hat, denn es bedeutet schließlich, dass er damals übergangen wurde, weil die Wahl auf einen über zehn Jahre jüngeren Kollegen gefallen ist. Das kann ihm nicht gefallen haben, meinst du nicht auch?« Kate erinnerte sich an das Gespräch mit ihm. »Andererseits hat er sich vielleicht auch nichts daraus gemacht.« Sie blätterte weiter. »Nicht viel über Johnson persönlich, wenn man davon absieht, dass sein Name bei den ursprünglichen Ermittlungen zwei-, dreimal kurz erwähnt wurde. Er scheint nichts Konstruktives beigetragen zu haben.« Sie steckte die Blätter in ihre Umhängetasche. »Wir brauchen Details, Fakten und alles andere, was Johnson anzubieten hat – und haben eine halbe Stunde Zeit, um ihn auszufragen.«

Wenige Minuten später wurden sie in einen großen holzgetäfelten Raum geführt. Der Professor nickte ihnen von seinem Schreibtisch aus zu, der vor einem riesigen Sprossenfenster mit Blick über den Park des Woolner Colleges bis zu dem ehrwürdigen Gebäude mit dem Glockenspiel des Campus stand, und konzentrierte sich dann wieder auf sein Telefongespräch. »Ja, ich weiß ... Ja, ich verstehe. Überlass das mir, wie gesagt.« Kate betrachtete seine teuren Jeans, sein Maßhemd und Johnson selbst: hochgewachsen, sportlich schlank und leicht sonnengebräunt. Er sah wie jemand aus, der regelmäßig Sport trieb. Vielleicht ein Jogger wie Wellan?

Johnson beendete sein Telefongespräch, bot ihnen mit einer Handbewegung zwei Besuchersessel an. Kate sah sein offenes Lächeln, hörte seine volltönende Stimme. »Leider muss ich mit einer Entschuldigung beginnen. Meine Sekretärin hat sich geirrt, als sie diesen Gesprächstermin vereinbart hat. Ich muss in spätestens ...« Er sah auf seine Uhr. »... zehn Minuten weg.«

Bernie nickte. »Das ist in Ordnung, Professor. Wir haken ab, was wir können, und Sie kommen dann in die Rose Road, um uns alles Übrige zu erzählen.« Er ignorierte den überraschten Blick, mit dem Johnson seinen Vorschlag quittierte, und fuhr fort: »Nathan Troy. Leiche im Woodgate Country Park aufgefunden. Erzählen Sie uns, was Sie über ihn wissen.«

»Ich habe erst heute Morgen davon erfahren. John Wellan hat uns bei der Morgenbesprechung darüber informiert.« Er zeigte auf die Zeitung *Birmingham Mail* auf seinem Schreibtisch. »Hier drin steht eine kurze Meldung, allerdings ohne Nathans Namen. Eine Tragödie!« Er schüttelte den Kopf, während er seine Besucher nacheinander ansah. »Was kann ich Ihnen über ihn erzählen? Nicht allzu viel, fürchte ich.«

Kate nickte ihm aufmunternd zu. »Als Student haben Sie mit ihm in einer WG gelebt.«

»Ja, das stimmt, aber wir haben uns in unterschiedlichen Kreisen bewegt und hatten unterschiedliche …«

»Erzählen Sie uns von diesen ›Kreisen‹, in denen er und Sie sich bewegt haben, Professor.«

Johnson starrte Bernie sekundenlang an, dann wandte er sich wieder an Kate. »Ich war sehr in der Woolner Choral Society engagiert und auch in der Theatergruppe aktiv. Das bin ich übrigens noch immer.« Er lächelte gewinnend. »Beides hat damals viel von meiner Zeit beansprucht. Wie das bei Nathan ausgesehen hat, weiß ich nicht. Wir waren nicht befreundet, müssen Sie wissen.« Er runzelte die Stirn, dann hob er rasch die Hände. »Damit meine ich, dass wir nur Bekannte waren. Die Wohngemeinschaft war eine Zweck- …«

»Das wissen wir bereits. Wir würden gern hören, woran Sie sich erinnern, wenn Sie an Nathan denken, auch wenn er nur ein ›Bekannter‹ war«, warf Bernie ein.

Kate beobachtete, wie die Haut über Johnsons makellos weißem Kragen sich zartrosa verfärbte. Er schüttelte den Kopf und antwortete kurz und knapp, um Zeit zu sparen: »Tut mir leid, ich kann Ihnen nicht erzählen, was ich nicht weiß.« Er sah wieder auf seine Uhr.

Bernie nickte. »Die meisten Leute, die mit uns reden, wollen offen und hilfreich sein, Professor.«

In dem nun folgenden kurzen Schweigen sah Kate, wie Johnson tief durchatmete. »Hören Sie, ich glaube, wir haben uns irgendwie auf dem falschen Fuß erwischt.«

»Vielleicht könnten Sie uns helfen, Ihre offensichtliche Unkenntnis von Nathan Troys damaligem Leben zu verstehen?«, schlug Kate vor.

Er zuckte mit den Schultern. »Wir hatten wie gesagt unterschiedliche Interessen, und alles liegt schon ziemlich lange zurück, nicht wahr?«

Sie nickte. »Für seine Eltern fühlt es sich so schrecklich an, als sei es gestern gewesen.«

Johnson biss die Zähne zusammen, starrte die Schreibtischplatte an. »Nathan und ich hatten selten Umgang miteinander, aber die wenigen Kontakte, die es *gab,* waren durchweg nett und angenehm. Meiner Erinnerung nach war er auch hier am College ganz gut.« Er zog die Schultern hoch und breitete die Hände aus. »Wellan ist der Mann, mit dem Sie über ihn reden müssen.«

»Nathan und Sie hatten dieselbe Fachrichtung gewählt? Malerei?«

»Ja. Aber jeder hatte andere Vorlieben. Ich habe gern mit Acryl gemalt, während seine Spezialität Aquarelle und Federzeichnungen waren. Wir waren beide am Woolner College, aber wir hatten nicht viel gemeinsam.«

»Aber doch den Vorlesungsplan«, warf Kate ein.

Er zuckte mit den Schultern. »Natürlich hatten wir Vorlesungen, aber wir haben uns für unterschiedliche Workshops eingeschrieben.«

»Workshops bei John Wellan?« Johnson nickte knapp. »Haben die Nathan und Ihnen Spaß gemacht?«

»Für Nathan kann ich nicht sprechen«, knurrte er. »Falls Sie das wirklich interessiert, habe ich Dr. Wellans Workshops und Vorlesungen immer als anregend und …« Er machte eine missbilligende Pause. »Bedenkt man, dass Sie selbst Dozentin sind und Wellan noch dem hiesigen Lehrkörper angehört, halte ich Ihre Frage für leicht deplatziert.«

Kate ließ sich nicht aus der Ruhe bringen. Sie dachte an das Gespräch zurück, das Joe und sie mit Troys Eltern geführt hatten. »Können Sie sich an die Namen irgendwelcher Mitstudenten von Nathan erinnern?« Als Johnson keine Antwort gab, fuhr sie fort: »Was ist mit Joel Smythe?«

Er zuckte mit den Schultern. »Was soll mit ihm sein? Er hat etwas anderes studiert.«

»Alastair Buchanan?«

Johnson war nicht mehr ganz bei der Sache. Sie beobachtete, wie er rasch nochmals auf die Uhr sah. »Ebenso.«

Kate nickte langsam. »Können Sie uns etwas über eine Studentin erzählen, die Nathans Freundin gewesen sein soll? Ihr Name war Cassandra.«

Sein Gesichtsausdruck verhärtete sich, als er aufstand. »Ich sehe nicht, wie ich – aus den erwähnten Gründen – viel zur Aufklärung über Nathan beitragen kann. Und ich sehe *erst rec*ht nicht, was Sie mit der Aufzählung dieser ganzen alten Namen bezwecken …«

Bernie nickte ihm zu. »Sie könnten uns freiwillig Informationen geben, statt sie sich einzeln aus der Nase ziehen zu lassen. Vielleicht fangen Sie mit den Studenten an, die Ihre Freunde *waren*? Sie hatten doch wohl welche?«

Kate, die Johnson nicht aus den Augen ließ, spürte seine Verärgerung deutlich. Sie beobachtete, wie er die Hände faltete, und sah einen breiten goldenen Ehering aufblitzen, als er sie knetete. Dann war ein rasches Klopfen zu hören, und seine Sekretärin steckte den Kopf zur Tür herein.

»Es wird Zeit für Sie.« Sie verschwand wieder.

Johnson griff nach unten und stellte seinen Aktenkoffer auf den Schreibtisch. »Ich habe Ihre Fragen so gut wie möglich beantwortet und fürchte, dass ich nicht mehr Zeit für Sie erübrigen kann.« Er machte eine Handbewegung, als wolle er ihnen die Tür weisen.

Bernie betrachtete ihn milde. »Wir kommen wieder, Professor. Vielleicht können wir nächstes Mal miteinander reden, wenn Sie beruflich nicht so unter Druck stehen?«

»Ich versichere Ihnen, dass ich auch zu einem anderen Zeitpunkt nichts hinzuzufügen haben werde.«

Als Bernie Kate an der Tür den Vortritt ließ, blieb er noch einmal stehen und sah sich um. »Wir stellen oft fest, dass Leute sich beim zweiten Besuch an mehr erinnern. Was halten Sie davon, wenn wir uns nächstes Mal in der Rose Road treffen? Oder vielleicht bei Ihnen zu Hause? In entspannter Atmosphäre?« Johnsons Gesichtsausdruck zeigte deutlich, wie sehr ihm beides widerstrebte. Bernie musterte ihn mit hochgezogenen Augenbrauen. »Ihre Frau – hat *sie* auch hier studiert?«

»Nein«, antwortete Johnson knapp.

Der Range Rover summte auf der vierspurigen Schnellstraße dahin. Während draußen Vororte vorbeizogen, hörte Kate zu, wie Bernie ihr Gespräch mit Johnson aus seiner Sicht schilderte. »Anfangs war er ganz freundlich. *Dann* ist er in die Defensive geraten. Wollte nicht über die gute alte Studentenzeit am Woolner reden. Woher kommt das deiner Meinung nach?«

Sie lächelte. »Er sieht gut aus. Vielleicht war er damals ein Frauenschwarm.«

»Genau. Spielt jetzt den Unnahbaren, aber ich glaube, dass er viel Umgang mit seinen Mitstudenten hatte. Obwohl Troy seiner Darstellung nach *nicht* dazugehört hat. Was so weit gegangen sein könnte, dass Troy praktisch nicht für ihn existiert hat, wenn wir ihm glauben wollen.« Er sah zu ihr hinüber. »Was hältst du davon?«

»Er war nicht gerade scharf darauf, uns bei sich zu Hause empfangen zu müssen, nicht wahr?«, fragte Kate.

Bernie grinste. »Vielleicht soll seine Frau nicht erfahren, wie wild er's in den Neunzigerjahren getrieben hat. Johnson will, dass alles, was damals im Woolner passiert ist, auch dort bleibt.«

Er stand mit dem Rücken zu dem großen Sprossenfenster da, dachte über die Ereignisse der letzten Viertelstunde nach und griff dann nach dem Telefon. Als sein Anruf beantwortet wurde, sprach er hastig, mit gedämpfter Stimme. »Du hast ein Problem.«

»Tatsächlich? Wer sagt das?«

»*Ich* sage das. Sie haben sehr direkt gefragt.«

»Das *tut* die Polizei eben.«

»Und dass ich vage geantwortet habe, hat nichts genützt. Sie wollen zurückkommen. Sie werden nicht aufgeben. Vor allem *sie* nicht. Diese Sache hat absolut nichts mit mir zu tun, und ich …«

»Du bist ein undankbarer Scheißkerl mit viel zu kurzem Gedächtnis. Darüber reden wir noch.« Am anderen Ende wurde aufgelegt.

13

Als sie in die Rose Road zurückkamen, beendete Joe gerade ein Telefongespräch. Er sah zu Kate auf und sagte mit lautlosen Lippenbewegungen: »Alastair Buchanan.« Das zweite Telefon klingelte, und Kate nahm den Hörer ab. »KUF. Kate Hanson.« Sie hörte kurz zu, dann bedeckte sie die Sprechmuschel mit der Hand und nickte Bernie zu. »Für dich. Eine Frau, die du heute Morgen anzurufen versucht hast. Ihren Namen hat sie nicht genannt.«

»Ich weiß, wer das ist. Hab ihre Nummer in den alten Akten gefunden.« Bernie nahm den Telefonhörer entgegen, schaltete den Lautsprecher ein und legte den Hörer auf. »Detective Sergeant Bernard Watts, West Midlands Police. Danke, dass Sie zurückrufen. Ich bin auf der Suche nach einem gewissen Joel Smythe. S-m-y-t-h-e.« Keine Antwort. Bernie runzelte die Stirn, sah seine Kollegen an. *»Hallo?«*

Nun war eine leise, unsichere Stimme zu hören. »Was Sie verlangen … Ich weiß nicht, ob ich Ihnen helfen kann …«

»Dies ist doch die Nummer von Joel Smythes Familie?« Nach einer weiteren längeren Pause, in der Bernie sich ungeduldig räusperte, wurde die zögerliche Stimme durch eine energische Frauenstimme ersetzt. »Wer sind Sie?«

»Detective Sergeant Watts, West Midlands Police, Birmingham.«

»Was wollen Sie?«

Bernie betrachtete das Telefon stirnrunzelnd. »Ich möchte wissen, wie ich Joel Smythe erreichen kann.«

»Sorry, wir können Ihnen nicht helfen.«

Er machte ein finsteres Gesicht. »Und wer sind Sie?«

Ihre Stimme halte durch den Raum. »Seine Schwester. Das war meine Mutter, mit der Sie gesprochen haben, und jetzt ist sie ganz durcheinander.«

Bernie, der die Arme in die Hüften gestemmt hatte, funkelte das Telefon an. »Das tut mir leid, aber wir ermitteln wegen eines Mordes und glauben, dass Ihr Bruder uns dabei helfen könnte …«

Sie unterbrach ihn. »Joel wohnt nicht mehr hier, seit er achtzehn war. Und seit dem Jahr 2004 ist jegliche Verbindung zu ihm abgerissen.«

»Soll das heißen, dass Sie keine Ahnung haben, wo er sich gegenwärtig aufhält?«

»Wenn wir's wüssten, würden wir's seiner Exfrau sagen. Mein Bruder hat sich von seiner Familie abgesetzt und sich nie mehr gemeldet, wenn man von einem Anruf nach einem halben Jahr absieht. Mehr kann ich Ihnen nicht sagen.«

Bernie beendete das Gespräch, dann sah er seine Kollegen an. »Das war's also. Smythe ist abgehauen und hat seinen Job, seine Frau, sein *Leben* verlassen. Aus dieser Richtung ist keine Hilfe zu erwarten.«

Joe wandte sich von der Glaswand ab. »Warum sollte ein Kerl in den Dreißigern seine Familie verlassen und untertauchen? Was ist mit dem Police National Computer?«

Bernie drehte sich um, als Julian hereinkam. »Job für Sie, Devenish. Durchsuchen Sie das Register der im Jahr 2004 als vermisst gemeldeten Personen nach einem Joel Smythe – mit Y. Letzter bekannter Aufenthaltsort: Surrey.«

Er sah zu, wie Julian sich an den Computer setzte. »Schon mal in einer WG gewohnt, Sherlock?«

Julian, dessen Finger die Tasten klappern ließen, schüttelte mürrisch den Kopf. »Seit meinem Problem …«, Kate wusste, dass er damit seine Hackervergangenheit meinte, »… gehört es zu meiner Vereinbarung mit dem Vizekanzler, dass ich im Studentenheim wohne. Aber dort gefällt's mir nicht. Viel zu laut. Jetzt sagt er zwar, dass ich in eine eigene Wohnung ausziehen darf, aber ich kann mir keine leisten, weil die so teuer sind.«

»Schon gut, Blondschopf, nicht aufregen. Irgendwas wird sich schon finden.« Bernie wandte sich an Kate. »Anscheinend hat sich keiner dieser Studenten, die im Jahr 1993 eine WG gebildet haben, die Mühe gemacht, Verbindung zu den anderen zu halten.«

Kate hielt es für notwendig, ihn darüber aufzuklären, wie studentische Wohngemeinschaften funktionierten. »Ich weiß, was du meinst. Ich habe noch Kontakt zu zwei oder drei Studienfreunden, aber viele sehen solche ›Freundschaften‹ rein zweckmäßig. Man macht seinen Abschluss, bewirbt sich um einen Job und verschwindet – oft in andere Städte, in denen neue Freundschaften geschlossen werden.«

Bernie schnaubte. »Smythe scheint so weitergemacht zu haben, auch als er dann verheiratet war.«

Julian stellte seinen Rucksack auf den Tisch. »Ich suche später weiter. In vierzig Minuten muss ich dem Vizekanzler meinen Halbjahresbericht erstatten.«

Kate wusste, dass der Vizekanzler ihrer Universität, der Julian weiter im Auge behielt, veranlasst hatte, dass der junge Mann ihr als studentischer Assistent zugeteilt wurde und in Teilzeit im forensischen Team der Rose Road mitarbeiten durfte. Auf diese Weise konnten sie ihn zweifach im Auge behalten. Natürlich war Julian von dieser Lösung zunächst nicht gerade begeistert gewesen, aber er hatte sich rasch eingewöhnt und arbeitete gut mit. Sie stand auf. »Ich muss in die Uni. Ich nehme Sie mit, Julian. Bernie? Rufst du bitte Henry Levitte zu Hause an und vereinbarst einen Gesprächstermin mit ihm? Ich hätte Donnerstag oder Freitag nachmittags Zeit. Ich komme später wieder.«

In der rasch herabsinkenden Abenddämmerung wandte Julian sich im Dienstraum der KUF vom Monitor ab und seinen älteren Kollegen zu. *»Ich hab ihn!* Den dritten Mitbewohner. Joel Smythe ist offiziell als vermisst gemeldet. Seine Frau hat im Jahr 2004 Vermisstenanzeige erstattet, als er einen Monat verschwunden war.

Kate trat hinter ihn, um auf den Bildschirm sehen zu können. »Wo hat er zuletzt gewohnt?«

»Farnham, Surrey, mit seiner Frau und zwei Kindern. Er hat das Haus verlassen, um eine kurze Geschäftsreise zu machen. Sehen Sie?« Julian deutete auf die betreffende Textzeile. »Er wollte einem Kunden in London Entwürfe für ein Wohn- und Geschäftshaus bringen. Zumindest hat er *ihr* das erzählt. Tatsächlich hatte er ohne ihr Wissen achtzehntausend Pfund von ihren Bankkonten abgehoben. Als es ihr in der folgenden Woche nicht gelang, Verbindung mit ihm aufzunehmen, hat sie sich an die Polizei gewandt. Nach weiteren drei Wochen hat sie offiziell eine Vermisstenmeldung erstattet. Nach einem halben Jahr hat er zum ersten und letzten Mal angerufen, um zu sagen …« Julian fuhr mit dem Zeigefinger über den Monitor, bis er das Zitat gefunden hatte. »… er ›wolle ein anderes Leben … könne nicht verheiratet bleiben‹. Die Polizei wusste bereits, dass er mit achtzehn Mille durchgebrannt war. Sein Anruf hat das Ende der polizeilichen Fahndung bedeutet. Aus ihrer Sicht hatte er sich aus eigenem Entschluss abgesetzt und war untergetaucht.«

Bernie lehnte sich auf seinem Stuhl zurück und faltete die Hände. »Ich wittere schon, worauf das wieder mal rausläuft: ›*Cherchez la femme!*‹«

Kate kehrte an ihren Platz zurück. »Und das zusätzlich zu deiner unfehlbaren Nase für ›Zufälle‹?«

»Ich sehe hier keine Zufälle. Smythe hat am Woolner studiert und Troy gekannt, aber dann sind *Jahre* vergangen, bevor er untergetaucht ist. Ich sehe keine Verbindung zwischen ihm und dem, was Troy zugestoßen ist. Die Sachlage ist eindeutig. Smythe hat seine Familie wegen einer anderen Frau verlassen.«

In der nun folgenden Pause sah Joe zu Bernie hinüber. »Ich kenne jemanden aus Troys ehemaliger WG, mit dem wir reden können: Alastair Buchanan. Er hat morgen Vormittag ab elf Uhr Zeit für uns.«

»Wo?«

»Worcester.«

Bernie schüttelte den Kopf. »Ich möchte für den Fall hier sein, dass Stuart Butts aufgegriffen wird.«

»Wie sieht's mit dir aus, Red?« Kate sah von ihrem Terminkalender auf und nickte. »Gut, dann hole ich dich zwischen halb zehn und zehn Uhr ab.«

14

Der Volvo rollte leise brummend durch den sonnigen Mittwochmorgen, während aus dem CD-Player eine melodische Männerstimme kam. *Love is the sweetest …* Joe konzentrierte sich auf die Straße vor ihnen und folgte der Route, die das stumm gestellte Navi anzeigte.

»Wer ist das?«, fragte Kate.

»Al Bowlly und das Ray Noble Orchestra. Im Jahr 1932 aufgenommen.«

»Amerikaner?«

»Nein, Engländer. War in den Dreißigerjahren in New York ziemlich erfolgreich. Meine Großmutter war ein Fan von ihm, und bei uns zu Hause sind seine Songs in meiner Jugend noch gespielt worden.« Sie hörte aufmerksam zu. Joe sprach fast nie über seine Familie. Das hatte er nur einmal getan: Am Ende ihres vorigen Falls hatte er ihr erzählt, er sei geschieden und habe eine Tochter Anfang zwanzig, die in Boston lebe.

»Wie ist's mit ihm weitergegangen?«

»Bei Ausbruch des Zweiten Weltkriegs ist er nach England zurückgekehrt. Dort hat ihn eine deutsche Bombe erwischt.« Joe fuhr langsamer, bremste und sah aus dem Seitenfenster. »Wir sind da.«

Kate sah sich um. Sie hielten vor dem mittleren Haus einer in einem leichten Bogen angeordneten Dreiergruppe aus weißen Villen mit eleganten Schiebefenstern im Erdgeschoss. Vor der Haustür stand ein gut gekleideter Mann, der beobachtete, wie die beiden ausstiegen. »*Sehr* hübsch«, sagte Kate, fast ohne die Lippen zu bewegen.

»Echt klasse«, bestätigte Joe, der natürlich wusste, dass sie das Haus meinte, ebenso leise. Der Kies knirschte unter ihren Schritten. »Mr. Buchanan? Alastair Buchanan?«

Er nickte. »Kommen Sie bitte herein.«

Sie folgten ihm ins Haus und über einen breiten Mittelflur in eine riesige Küche. Joe übernahm es, alle miteinander bekannt zu machen, während Kate sich umsah und den dunkelgrünen Aga-Herd, die glänzend lackierte Einbauküche und den zentralen Arbeitsbereich unter den an Ketten von der hohen Decke herabhängenden Leuchten registrierte.

Buchanan musterte die beiden fragend. »Seit Sie angerufen haben, zerbreche ich mir den Kopf über den Grund für Ihren Besuch. Kaffee?«

Kate nickte. »Ja, bitte.« Während Joe lässig durch die Küche schlenderte, um aus einem der Fenster zu sehen, beobachtete sie, wie Buchanan teures Porzellan auf den Tisch stellte, und musterte dann die zahlreichen Küchengeräte eines offenbar begeisterten Kochs. Ein kleiner Metallhammer war nicht darunter. Sie strahlte Buchanan an und fuhr mit einer Hand über die glatte Mahagoniplatte des Küchentischs. »Sie haben ein sehr schönes Haus, Mr. Buchanan.«

»Allein die Zusammenstellung der Küche hat Monate gedauert.« Buchanan tippte auf den Tisch. »Der stammt aus einer alten Apotheke in Nordfrankreich.«

Kate reagierte mit kurzem Nicken und indem sie nochmals über die Platte fuhr. »Er passt wunderbar zu den anderen Möbeln. Das hat bestimmt viel Mühe und Arbeit gekostet.« Äußerlich hatte sie ihn bereits begutachtet: Anfang vierzig, nicht sehr groß, noch dunkelhaarig, vielleicht mit etwas Grau an den Schläfen und leicht zurückweichender Haargrenze. Er sah gut aus – oder hätte gut ausgesehen, wenn er gelächelt hätte – und war offenbar ein Mann mit Geschmack für das Besondere, das Auserlesene, das er sich auch leisten konnte. Ihr Blick ging zum Bauch. Weil er nicht sehr groß war, würde er in späteren Jahren auf sein Gewicht achten müssen.

»Zucker? Milch oder Sahne?«

Kate bat um Milch für sich und Joe, der weiter mit dem Rücken zu ihnen am Fenster stand, aber bestimmt aufmerksam zuhörte.

»Diese kleine Anlage war vor fünf Jahren fast abbruchreif, aber eine Wohnbaufirma hat sie gekauft und von Grund auf renoviert, sodass sie jetzt ihren Namen ›Home Sweet Home‹ wieder verdient.« Mit einem Tablett in den Händen nickte Buchanan zu dem langen Ahorntisch am Fenster hinüber.

Sie nahmen Platz, und Joe eröffnete das Gespräch. »Als ich Sie angerufen habe, habe ich gesagt, dass wir mit Ihnen über einen alten Fall reden müssen, in dem unsere Kommission für ungeklärte Fälle neu ermittelt.«

Buchanan nickte. »Hmm ... *Sehr* faszinierend.«

»Wir ermitteln wegen Mordes, Mr. Buchanan«, sagte Kate, die dabei das glatte, fleischige Gesicht im Auge behielt. Sie sah keine Reaktion, spürte aber, wie sein ganzer Oberkörper sich anspannte. Hatte ihr Fall es bis Worcester in die Zeitungen geschafft? »Das Opfer war jemand, den Sie gekannt haben: Nathan Troy.«

Als er seine Tasse auf die Untertasse zurückstellte, schloss er die Augen, aber nicht rasch genug. Sie sah, wie seine Pupillen sich plötzlich weiteten.

»Wir hoffen, dass Sie uns mit Informationen über ihn

weiterhelfen können. Nathan Troy und Sie haben vor ungefähr zwanzig Jahren gemeinsam am Woolner College studiert?«

Er nickte. »Unglaublich. Der arme Nathan. Und so lange her. Da fragt man sich, wohin das eigene Leben verschwunden ist.« Er wandte sich an Kate. »Was Sie eben gesagt haben, stimmt so nicht ganz. Wir haben nicht *gemeinsam* studiert. Wir hatten unterschiedliche Fachgebiete. Ich habe erst Archäologie und später dann Architektur studiert, er irgendwas anderes. Was, weiß ich nicht mehr.« Nachdem er das alles hervorgestoßen hatte, verfiel er in Schweigen.

Kate wartete. Als nichts mehr kam, stellte sie fest: »Nathan Troy und Sie haben in einer WG zusammengelebt.«

Er nickte knapp. »Ein paar Monate lang.«

»Unseres Wissens über ein Studienjahr lang«, stellte Joe fest. »Erzählen Sie uns von ihm.«

Er blies die Backen auf. »Nun ... dies kommt wie gesagt als Schock ... Und zu meinem größten Bedauern – weil ich weiß, wie weit Sie herfahren mussten – gibt es nicht viel, was ich erzählen kann. Er hat im ersten Stock des Hauses gewohnt, das ein paar von uns damals gemietet hatten. Ich war im Erdgeschoss.«

Kate beschloss, es weiter mit Geduld zu versuchen. Zumindest vorläufig. »Ja, das wissen wir. Sie waren zu viert: Nathan Troy, Matthew Johnson, Joel Smythe. Und Sie.«

»Genau. Haben Sie schon mit den anderen gesprochen?«

Sie zog die Augenbrauen hoch. »Wieso fragen Sie das?«

Er zuckte mit den Schultern. »Weil Matthew Johnson wirklich mit Nathan studiert hat und imstande sein müsste, Ihnen mehr über ihn zu erzählen. Ich habe ihn, wie gesagt, kaum gekannt und bin ...«

»Was Erinnerungen angeht, machen Sie Ihre Sache sehr

gut«, warf Joe beruhigend ein. Buchanan kniff die Lippen zusammen und sah aus dem Fenster.

Um ihn ein wenig aufzumuntern, bedachte Kate ihn mit einem Lächeln. »Erzählen Sie uns bitte, was Ihnen zu Nathan Troy einfällt, selbst wenn es noch so nebensächlich zu sein scheint. Wir sind Ihnen sehr dankbar für alle Informationen, die Sie uns geben können.« Sie wartete, beobachtete ihn nur aus dem Augenwinkel heraus und stellte dabei fest, dass er offenbar angestrengt nachdachte. *Worüber muss er nachdenken?* Sie seufzte innerlich und beschloss, fair zu ihm zu sein. Die Ereignisse, nach denen sie fragten, lagen wirklich schon *sehr* lange zurück.

»Dass ich Ihnen kaum etwas erzählen kann, kommt daher, dass er kaum jemals zu Hause war.«

Sie sah ihn überrascht an.

»Warum nicht?«, fragte Joe.

»Er war meistens unterwegs.«

»Wo ist er hingegangen?«

»Keine Ahnung.«

Kate war erstmals leicht irritiert. »Mr. Buchanan, Sie und die anderen müssen in gewissem Umfang täglich miteinander zu tun gehabt haben.« Als er sich nicht dazu äußerte, sprach sie weiter und betonte jedes Wort, indem sie leicht auf die Tischplatte tippte. »Sie haben alle das Woolner College besucht. Sie haben alle im selben Haus gewohnt. Sie haben dort gegessen. Sie haben Küche und Bad gemeinsam benutzt. Folglich *müssen* Ihre Wege sich ziemlich regelmäßig gekreuzt haben.«

»Und wie *ich* schon gesagt habe, hatten Nathan und ich unterschiedliche Fachrichtungen, und ich hatte auch sonst wenig Kontakt mit ihm, weil er nicht oft zu Hause war. Er ist im Allgemeinen ziemlich spät heimgekommen.«

Kates Geduldsfaden drohte zu reißen. Sie fixierte ihn mit kaltem Blick. »*Meiner* Erfahrung nach ist das typisch für den studentischen Lebensstil.« Er wich ihrem Blick aus.

Joe versuchte es mit einem anderen Kurs. »Welchen Eindruck hatten Sie von ihm als Person?«

Fünf, zehn Sekunden verstrichen, und sie sah, dass Buchanan anfing, gestresst zu wirken. »Ich verstehe nicht, was Sie von mir wollen. Ich weiß wirklich nicht, was ich noch sagen soll. Er war jung … waren wir das nicht alle? Er war kaum jemals da.«

»Das wissen wir inzwischen«, sagte Kate. »Erzählen Sie uns, wie's war, wenn Sie und er – was selten genug vorgekommen zu sein scheint – einmal zusammen waren.« Sie starrte ihn über den Tisch hinweg an und war fest entschlossen, eine Antwort auf eine vernünftige Frage zu bekommen.

Buchanan verschränkte die Arme, während er ihren Blick mied und stattdessen zu Joe hinübersah. »Okay, das wird jetzt schlecht klingen, aber wenn Sie darauf bestehen, sollen Sie die Wahrheit hören. Nathan war nicht beliebt. Er war kein liebenswerter Mensch.« Sie warteten leicht verwirrt. »Über die Toten nichts als Gutes und so weiter, aber Nathan Troy war ein *Proll,* wenn Sie wissen, was ich meine.«

Kate sah, wie Joe die Stirn runzelte, und wandte sich wieder an Buchanan. »Nein. Ich möchte *genau* wissen, was Sie damit sagen wollen.«

Er musterte sie kurz, dann erklärte er Joe grinsend: »Ich mag Frauen, die wissen, was sie wollen. Wie steht's mit Ihnen, Lieutenant?«

Kate funkelte ihn an. »Erzählen Sie uns, warum Nathan Troy ein ›Proll‹ war und was Ihnen sonst von ihm im

Gedächtnis geblieben ist«, verlangte sie, ohne sich die Mühe zu machen, ihre Irritation zu verbergen.

Er hatte in den letzten Sekunden einen Teil seines Gleichgewichts wiedergefunden. Jetzt lehnte er sich auf seinem Stuhl zurück. Nachdem er nun sein Thema gefunden hatte, kam er allmählich in Fahrt. »Nate Troy war das Produkt einer Ganztagsschule der Unterschicht. Er hat nicht ins Woolner College gepasst, und das *wusste* er genau.« Er machte eine Pause, und Kate sah die Arroganz, die sie schon auf der Skizze gesehen hatte, die Rachel Troy ihnen gezeigt hatte. Jetzt sprach er mir kurzen abgehakten Sätzen weiter. »Er hat Drogen genommen. Er hat viel gefeiert. Er war ein Dieb.« Auf seinem Gesicht erschien ein befriedigter Ausdruck, als er Kates schockierte Reaktion sah. Er führte seine Tasse an den Mund und nahm einen Schluck Kaffee.

Sie starrte ihn an. »Das sind eine Menge Informationen über jemanden, den Sie kaum gekannt haben.«

Er erwiderte ihren Blick, dann stellte er seine Tasse ab. »Über jemanden, den ich nicht kennen *wollte.*«

»Also gut, welche Drogen hat er genommen? Und was hat er gestohlen?«

Buchanan wirkte ungeduldig. »Woher soll ich das wissen? Ich hatte nichts mit ihm zu schaffen. Ich habe gehört, dass er damals zu Raves gegangen ist. Ecstasy eingeworfen hat.« Kate wartete. »Weiß nicht mehr, was er gestohlen hat … Ich hatte ihn im Verdacht, meine Uhr gestohlen zu haben.«

»Haben Sie den Diebstahl angezeigt?«, fragte Joe.

Er wirkte überrascht. »Was? Nein. Das war nur eine Rotary – ein Geschenk meiner Eltern, als ich ins Woolner aufgenommen wurde.«

»Wie kommen Sie darauf, dass Nathan Troy sie gestohlen hat?«, fasste Kate nach. Sie sah Arroganz in seinem Blick, in dem verächtlichen Zug um seine Lippen und war froh, dass diesmal nicht Bernie mit seiner scharfen Wachsamkeit gegenüber Snobismus und Herablassung mitgekommen war.

»Ich habe Ihnen bereits gesagt, was er war – ein Taugenichts aus der Arbeiterklasse.«

»Wir haben gehört, er sei ein ausgezeichneter Student gewesen«, sagte Kate ruhig.

»Kann ich leider nicht beurteilen. Wir hatten unterschiedliche …«

»Wir wissen das von Dr. Wellan, seinem Tutor.«

»Johnny Wellan?«, wiederholte Buchanan verächtlich. »Er war dafür bekannt, dass er künstlerisches Talent gesehen hat, wo keines existierte.«

Sie betrachtete ihn kühl. »Möchten Sie darüber spekulieren, *warum* Nathan Troy ermordet worden ist?«

Seine schwarzen Augenbrauen schossen nach oben. »Ich? Ganz sicher nicht! Das mag der Teufel wissen. Vielleicht ist er an dem fraglichen Abend jemandem begegnet, der genauso fies war wie er.«

Joe musterte ihn prüfend. »Welcher ›fragliche Abend‹ wäre das gewesen?«

»*Irgendein* Abend, an dem er fortgegangen und nicht zurückgekommen ist«, antwortete Buchanan, ohne sich irritieren zu lassen.

Joe ließ nicht locker. »Sie vermuten also, er sei ermordet worden, als er im Jahr 1993 verschwunden ist?«

Sein flackernder Blick wanderte von Joe zu Kate und wieder zurück. »Sie haben gesagt …«

Joe schüttelte den Kopf. »Wir haben nie gesagt, wann

Troy gestorben ist. Er hätte nach 1993 noch mal auftauchen und später ermordet worden sein können.«

Kate beobachtete Buchanan. Sie hatte den Eindruck, dass er jetzt auf der Hut war.

»Sie haben *gesagt,* dies sei ein *alter* Fall … dass eine Leiche aufgefunden worden sei. Okay, vielleicht habe ich nur *vermutet,* er sei kurz nach seinem Verschwinden gestorben. Aber das wäre eine vernünftige Annahme, nicht wahr?«

Es folgte ein Schweigen, während dessen Kate langsam bis zehn zählte. Schließlich fragte Buchanan, wo Nathan Troys Leiche aufgefunden worden war.

Sie sagte es ihm indirekt. »Kennen Sie den Woodgate Country Park?«

»Nein. Ich bin seit meinem Studium kaum mehr in Birmingham gewesen. Es ist keine Stadt, die zu mir passt.«

Kate nickte. »Aber Sie wissen, dass die Rede von Birmingham ist?«

»Ich habe drei Jahr lang dort gelebt!«

»Erzählen Sie uns, wie Sie die ursprünglichen polizeilichen Ermittlungen nach Nathan Troys Verschwinden in Erinnerung haben«, forderte Kate ihn auf.

Buchanan trank einen großen Schluck von seinem fast kalten Kaffee, dann schilderte er kurz, wie die Polizei nach Troys Verschwinden in der WG gewesen war. Seiner Darstellung nach hatte keiner der drei zurückgebliebenen Hausbewohner irgendwelche Hinweise geben können.

Kate wechselte das Thema. »Erzählen Sie uns bitte von einer damaligen Freundin Troys. Einer Mitstudentin namens Cassandra.«

Sie sah ihn verächtlich lächeln, als er Cassandra beschrieb: eine Studienabbrecherin, die sich jedoch weiter auf dem Campus herumgetrieben hatte.

»Wie gut haben Sie sie gekannt?«, fragte Joe.

»Fast gar nicht. Sie ist gelegentlich bei uns im Haus aufgekreuzt. Wir haben sie nur geduldet. Sie hatte nicht alle Tassen im Schrank. Für sie war jeder Mann …« Er lehnte sich mit verschlossener Miene zurück.

»Für sie war jeder Mann …?«, wiederholte Kate.

»Keiner hat sich mit ihr abgegeben. Mehr kann ich dazu nicht sagen.«

Kate verfolgte jetzt eigene Absichten, weil sie davon überzeugt war, dass Buchanan das Mädchen als Nymphomanin hatte hinstellen wollen. »Hatten Sie und die übrigen Hausbewohner damals feste Freundinnen?«

Er schickte ein Verschwörergrinsen zu Joe hinüber. »Mit achtzehn, neunzehn? Wohl kaum!«

»Wie haben Sie Ihre sexuellen Bedürfnisse befriedigt?«

Er wirkte kurz schockiert, sah dann rasch zu Joe hinüber und fing sich wieder. »Sie drücken sich sehr unverblümt aus, Dr. Hanson.«

»Dies ist keine Teegesellschaft, Mr. Buchanan.«

Er sah zu ihr hinüber, dann senkte er den Blick. »Es hat zwei oder drei … lose Freundinnen gegeben.«

»Namen?«

»Vergessen«, sagte er ebenso abrupt wie sie.

Sie fragte nicht weiter, sondern ließ ihren Blick über die Wände der Küche gleiten. »Ein attraktives Heim für eine Familie. Sind Sie verheiratet?«

»Nein.« Das klang jetzt aggressiv. *»Sind Sie's?«*

Kate musterte ihn gelassen. »Sie scheinen Ihre Situation nicht zu verstehen, Mr. Buchanan. Sie sind ein potenzieller Zeuge in einer Mordsache. Alle Fragen, die wir Ihnen in diesem Zusammenhang stellen, sind legitim, während mein Personenstand keine Rolle spielt.« Er sah weg.

»Sie haben vorher eine Firma erwähnt, die diese Wohnanlage renoviert hat«, sagte Joe. »Welche Firma wäre das?«

Buchanan sah von ihm zu Kate hinüber. »Wenn Sie's unbedingt wissen wollen, obwohl ich keinen Zusammenhang sehe: Das war meine Wohnbaufirma.«

Joe nickte langsam. »Verdienen Sie so Ihr Geld? Sie haben sich als Architekt auf Luxussanierungen spezialisiert?«

Sein Blick blieb wachsam, als er mit den Schultern zuckte. »Teilweise. Mein Büro arbeitet auch mit Bauträgern zusammen. Finden sie bei Abbrucharbeiten mittelalterliche Gewölbe oder römische Mosaiken, kommen sie zu uns. Ich hatte Archäologie studiert, bevor ich zu Architektur übergewechselt bin. Wir helfen unseren Klienten, sich im Vorschriftendschungel zurechtzufinden, und übernehmen es, in ihrem Auftrag mit den Genehmigungsbehörden zu verhandeln.« Während er sprach, machte Kate sich stenografische Notizen. *Wie flüssig er spricht, wenn er mit einem Thema vertraut ist.*

»Was war mit Joel Smythe?«, fragte Joe. »Hat er einen Job als Archäologe bekommen?«

»Keine Ahnung. Ich habe ihn nach dem Studium aus den Augen verloren.«

Als Joe ihm die nächste Frage stellte, sah er angelegentlich auf die Wanduhr. »Hat Nathan Troy sich auf dem College für seine Mitstudentinnen interessiert?«

Kate behielt Buchanan scharf im Auge, sah aber keine Reaktion.

»Keine Ahnung.«

Sie waren auf der Autobahn wieder nach Birmingham unterwegs. Kate beobachtete die draußen vorbeiziehende Landschaft und hörte dabei Joe zu. »In dem guten einen

Jahr, das diese jungen Kerle in ihrer WG verbracht haben, müssen sie teilweise auf den gleichen Partys gewesen sein.«

Kate nickte. Auch sie hatte einige Fragen zu Buchanan, über die sie diskutieren wollte. »Ist dir aufgefallen, wie flüssig er über alles gesprochen hat, was nicht mit Nathan Troy zusammenhängt?« Sie runzelte die Stirn. »Und was er über ihn persönlich gesagt hat, hat mich *echt* verblüfft. Mir war bis dahin gar nicht klar, dass ich mir Nathan so eindeutig als liebenswerten Jungen vorgestellt hatte. Meine erste Reaktion war, dass ich Buchanan nicht glauben wollte, aber … Na ja, vielleicht war ich einfach nicht objektiv genug.«

»Vielleicht weil dir seine Eltern sympathisch waren«, schlug Joe vor und wechselte die Spur, um ein langsameres Fahrzeug zu überholen.

»Was hältst *du* von Buchanan?«

»Nicht gerade auskunftsfreudig.«

»Allerdings. Oft mauert er geradezu. Sympathisch?«

»Nö.«

Sie sah wieder nach draußen und dachte über Buchanans widerstrebend erteilte Auskünfte nach. Und darüber, was er beinahe über ein Mädchen namens Cassandra gesagt hatte. Oder hatte sie auch das missverstanden?

Nach einem Nachmittag in der Universität wurde Kate zu Hause von Maisie mit einer Salve von Nörgeleien empfangen. »Mom, du musst *endlich* was unternehmen. Die Internetverbindung in diesem Haus ist *Mist*. Es dauert *stundenlang*, Google aufzurufen, und Chel und ich schreiben am Montag Geschichte.« Sie ging in die Diele voraus. »Ich rufe sie an und frage, ob ich später zu ihr kommen kann, um den Stoff bei ihr zu wiederholen.«

Kate hängte ihren Mantel auf, ging an den Kühlschrank und sah in den Fächern nach etwas Essbarem. »Holst du mir bitte zwei große Kartoffeln aus der Speisekammer, bevor du das machst? Und *meine* Erfahrungen mit dem Internetzugang dieses Hauses sind gut.«

Maisie verschwand murrend in der Speisekammer, kam mit zwei Kartoffeln zurück. »*Glaub* mir, Mom, in deinem Alter ist man, na ja, *dankbar* fürs Internet. Man merkt gar nicht, wie lange alles dauert.«

Kate sortierte die Post, die Phyllis auf die Granitplatte der Ablage gelegt hatte. »Hm … Das kommt daher, weil wir in der guten alten Zeit warten mussten, bis die Triebwerke unserer Computer hochgefahren waren.«

»Triebwerke?« Sie runzelte die Stirn. »Daddy hat recht. Du flüchtest dich in Sarkasmus.«

»Unsinn!« Sie ließ die Post liegen, zerschnitt Orangen und drückte die Stücke übermäßig fest in die Saftpresse. »Unser Internetzugang ist so schnell wie der in der Uni.« *Mehr oder weniger.*

Sie gab das Glas Maisie, die damit aus der Küche stürmte, nicht ohne die Haare zurückzuwerfen, während sie eine letzte Bemerkung anbrachte. »Übrigens noch was: Wann darf ich mich bei Facebook anmelden?«

»Wenn du *mindestens* dreizehn bist«, erklärte Kate der leeren Küche. Sie senkte die Stimme. »Aber am liebsten erst, wenn du ungefähr Mitte dreißig bist – und zu meinen Bedingungen.« *Kein* Profilfoto und *ständig* überwacht.

»Das hab ich nicht verstanden«, sagte Phyllis, die gerade hereinkam.

»War nur für mich bestimmt.«

Einige Minuten später hatte Phyllis sich verabschiedet, und Kate, die in der Küche allein war, dachte über das

Gespräch nach, das Joe und sie an diesem Vormittag mit Alastair Buchanan geführt hatten – und über den passiven Widerstand, den er geleistet hatte. Sie blickte in die herabsinkende Abenddämmerung hinaus und gestand sich ein, dass sein Urteil über Nathan Troy möglicherweise zutreffender war als die Schilderung von dessen Eltern. Und sie überlegte, wie sich Buchanans Haltung ihr gegenüber einordnen ließ. Herausfordernd. Häufig rechthaberisch. Sie seufzte. *Liegt's daran, dass ich eine Frau bin?*

Als Kate sich das Gespräch mit ihm nochmals durch den Kopf gehen ließ, fiel ihr etwas ein, das bei einer früheren Diskussion in der KUF angesprochen worden war: die Nähe der Autobahn zu dem Country Park. Die M5 verlief parallel zum Parkrand, bevor sie nach Süden in Richtung Worcester weiterführte.

Worcester. Buchanan.

15

Am Freitagmorgen war es in der Rose Road wieder warm, obwohl auf dem Korridor noch drei Elektriker auf den Knien liegend arbeiteten, sodass ihre rückwärtigen Dekolletés deutlich sichtbar waren. Als Kate hereingestürmt kam, waren ihre beiden Kollegen schon da.

»Bernie?«

»Mann, jetzt geht's wieder los!«

»Hast du Henry Levitte schon erreicht?«

»Du hast wohl Hummeln im Hintern, was? Klar hab ich ihn erreicht. Der Termin steht.«

Sie ließ ihre Sachen auf den Tisch fallen. »Wann?«

»Heute Nachmittag, vierzehn Uhr.«

»Vergiss nicht, dass ich auch mitkomme.«

»Ich weiß. Freu mich schon.« Er grinste, als sie an die Glaswand trat, um die Details zu lesen, die Joe dort nach ihrem Besuch bei Alastair Buchanan notiert hatte.

»Möchtest du irgendwas ergänzen, Red?«

Sie warf einen Blick auf das Foto, das Nathan Troys Eltern ihnen zur Verfügung gestellt hatten. »Ich habe noch mal über Buchanans negatives Urteil über Troy nachgedacht. Es unterscheidet sich so sehr von dem, was seine Eltern und John Wellan von ihm erzählt haben, dass ich dazu neige, ihm nicht zu glauben.«

Auch Bernie studierte die Notizen. »Eltern malen immer ein schönes Bild von ihren Kindern, oder nicht?«

Kate setzte sich auf die Kante des Tischs vor der Glaswand und las weiter. »Wie alles, was er gesagt hat, hat mich die Art und Weise interessiert, *wie* er's gesagt hat.«

Bernie nickte zu Joes Notizen hinüber. »Vermute ich richtig, dass dieser Buchanan ein aalglatter Typ ist?«

Sie überlegte kurz. »Aber nur wenn er's für zweckmäßig hält. Anfangs hat er sich umgänglich gegeben, aber dann hat er immer widerwilliger geantwortet und uns einmal sogar verbal provoziert.«

Bernie wartete mit hochgezogenen Augenbrauen. »Wer hat da mit ihm gesprochen?«

Kate funkelte ihn an. »Fang bloß nicht *damit* an.« Sie winkte Julian zu, der eben hereinkam. »Buchanan war entschlossen, möglichst wenig preiszugeben.«

»Vielleicht hat ihn jemand gewarnt, bevor ihr aufgekreuzt seid?«, schlug Bernie vor. »Jemand, mit dem wir schon geredet haben?«

Kate nickte. »Das wäre möglich. Obwohl Buchanans Studienzeit zwanzig Jahre zurückliegt, war er schlagartig besorgt, als der Name Nathan Troy gefallen ist.«

Joe schüttelte zweifelnd den Kopf. »Wenn ich mal als Advocatus Diaboli sprechen darf: Haben wir vielleicht nur den Schock eines Mannes gesehen, der erfahren musste, dass jemand, den er in seiner Jugend gekannt hat, tot ist?«

Sie stützte nachdenklich den Kopf in eine Hand. »Erinnerst du dich an seine Andeutung, Nathans Freundin Cassandra sei nymphoman gewesen?« Joe nickte, während er sich Notizen machte. »Aber falls das zutrifft, wollte er uns glauben machen, weder er noch die übrigen Mitglieder der WG hätten genutzt, was vielleicht zu haben war. Kostenloser Sex, den eine attraktive junge Frau drei gesunden jungen Männern anbietet, die nicht darauf eingehen?«

Kate stand vom Tisch auf. »Das könnt ihr *mir* nicht erzählen.«

Joe nickte. »Da bin ich deiner Meinung, weil ich in einem früheren Leben auch ein gesunder junger Mann war.«

Bernie rutschte auf seinem Stuhl nach vorn, wandte sich mit erhobenem Zeigefinger an Kate. »Augenblick! Du setzt ›männlich‹ mit ›verrückt nach Sex‹ gleich. Vielleicht haben sie sich beherrscht, weil diese Cassanda nicht ganz richtig im Kopf war, wie wir von Troys Mom gehört haben. Und aus persönlicher Erfahrung kann ich …«

Kate setzte sich und begann zu schreiben. »Oh, lieber nicht – oder nur ganz kurz und ohne Details.«

»… mich an eine Zeit erinnern, in der mir nicht wenige Mädchen Avancen gemacht und deutlich gezeigt haben, dass …«

Kate senkte den Kopf.

»Kann ihn denn niemand zum Schweigen bringen?«, fragte Julian kichernd.

»Womit ich nur sagen will, dass unsere Mutter uns anständig erzogen hat: zu Respekt vor dem anderen Geschlecht. Das war ihr sehr wichtig, unserer Mutter. Respekt vor Frauen.«

»Wirklich?« fragte Katie, die daran dachte, wie albtraumhaft politisch unkorrekt Bernie manchmal sein konnte.

Doch Bernie war nicht aufzuhalten. »Natürlich haben wir auch die *andere* Seite kennengelernt. Bei meinen Schwestern. Unsere Mutter ist mit dem Besen gekommen und hat sie von der Mauer gestoßen, auf der sie gewartet haben.«

Sie starrte ihn an. »Deine Schwestern?«

Er funkelte sie aufgebracht an. »Die verfluchten Kerle, die hinter ihnen her waren! Also, für jemanden, der so viel auf dem Kasten hat, bist du manchmal *echt* langsam.«

Sie musterte ihn abweisend. »Persönliche Erinnerungen sind nicht relevant.« Dann grinste sie. »In der Zeit, von der du redest, waren die Beine von Konzertflügeln verhüllt.«

»Oh, sehr witzig! Hör zu, Schlaufuchs, vielleicht hatte Buchanan das Problem, dass er keine aggressiven Frauen gewöhnt ist, und *du* kannst ganz schön unverschämt sein.«

Joe sah vom Bildschirm auf. »Hm, das hab ich auch schon gemerkt.«

Kate war aufgestanden, ging wieder auf und ab. »Buchanan war defensiv und gestresst. Er hat sich unbehaglich gefühlt, als Nathan Troy erstmals erwähnt wurde, und hat eine Ewigkeit gebraucht, um zu fragen, wo Troys Leiche aufgefunden worden ist.« Sie runzelte die Stirn. »Ich rufe John Wellan mal an, denke ich, und frage ihn, ob er etwas von Troys angeblichem Drogenmissbrauch und seinen diebischen Fingern weiß. Und weil wir gerade dabei sind: Wie wär's mit einer Suche unter dem Namen Buchanan?«

»Also los, Sherlock«, wies Bernie Julian an.

»Hab ich schon gemacht. Ohne Ergebnis.«

Kate wandte sich der Glaswand zu, schrieb in Großbuchstaben das Wort VERDÄCHTIGE und setzte den Namen Buchanan darunter. »Ich halte Buchanan für unaufrichtig, daher … was denkt ihr? Alastair Buchanan, unser *erster* Verdächtiger?«

»Komisch, dass ich noch gut im Ohr habe, wie du im vorigen Fall davor gewarnt hast, sich allzu früh auf eine bestimmte Person festzulegen.«

»Wer legt sich hier fest? Buchanan ist nur der *Anfang*.«

16

Kate hörte zu, als Bernie mit ihr die wenigen Meilen nach Selly Park fuhr: einer kleinen Wohnsiedlung, die im 18. Jahrhundert auf dem Herrensitz Selly Manor entstanden war und von Selly Oak, Moseley und dem Campus der Universität begrenzt wurde. »Dieser Besuch könnte genau das bringen, was unser Fall braucht: *grundlegende* Antworten auf *grundlegende* Fragen.

Statt einzuwenden, dass sie persönlich allgemeine Fragen bevorzugte, wenn die Antworten anschließend kompetent analysiert wurden, nickte sie nur und begnügte sich damit, ihn aus dem Augenwinkel heraus zu beobachten. Er trug die alte Steppjacke mit vielen Taschen, die er bei Schmuddelwetter unweigerlich trug, und eine altmodisch breite Krawatte, die seinen gewaltigen Brustkorb und seinen Bauch größtenteils bedeckte. Er war ein erfahrener Kriminalbeamter, der sich auf seinen Job verstand, und sie hatte ihn aufrichtig gern, auch wenn er's manchmal verstand, sie bis zur Weißglut zu reizen. Kate seufzte, als sie daran dachte, dass er in Connie Chong verliebt war. In der Rose Road wusste das jeder. Bernie ahnte das nicht, und sie bezweifelte ernsthaft, dass er sich darüber im Klaren war, dass er sich modisch würde anstrengen müssen, wenn es auf *diesem* Gebiet jemals Fortschritte geben sollte.

Bernie sprach wieder. »Troy war Student im Department

dieses Professors, folglich müsste *der* ihn besser kennen als jeder andere.«

»Da bin ich mir nicht so sicher, weißt du. John Wellan hat Professor Levitte nicht gerade als jemanden geschildert, der sich für seine Studenten interessiert hätte.«

Er antwortete nicht gleich, sondern folgte weiter der vom Navi empfohlenen Route zu der eingegebenen Adresse: 4 Hyde Road. »Levitte hat mich gewarnt, dass es ungefähr ab hier schwierig wird. Sein Haus liegt ziemlich versteckt … Du hast ihn mal kennengelernt, sagst du?«

»Vor Jahren. Als Kevin und ich noch verheiratet waren, wollte er mir ein Gemälde von Henry Levitte schenken, also sind wir zu ihm hingefahren.« Sie sah den Blick, den Bernie ihr zuwarf. »Was? Wir waren höchstens eine Stunde dort, und ich kann mich kaum noch an den Besuch erinnern. Ich musste mich erstmal wieder auf der Webseite des Colleges über ihn informieren.« Sie rief sich ins Gedächtnis zurück, was sie über Levitte gelesen hatte. »Kunstprofessor in den Neunzigerjahren. Inzwischen weit über siebzig. Mehr oder weniger emeritiert, zweimal verheiratet. Ein Sohn und zwei Töchter von seiner ersten Frau. Sie ist gestorben. Die Kinder sind etwas älter, als Troy wäre, wenn er noch leben würde, deshalb werden wir auch mit ihnen reden müssen. Den Sohn habe ich schon erreicht. Ich treffe ihn morgen am Spätnachmittag.«

Die Lichtverhältnisse im Auto änderten sich plötzlich, als sie auf eine in leichter Kurve verlaufende Zufahrt zwischen Bäumen, die sich über den Weg neigten, und dichten Büschen abbogen. Kate beobachtete, wie die Zufahrt auf ein weitläufiges Grundstück hinausführte, auf dem ein einzelnes Landhaus stand.

Bernie pfiff leise durch die Zähne. »Verdammt! Willkommen im Hause Levitte. Nicht übel. Von der Straße aus kaum zu ahnen, was? Und wo sind die Hausnummern eins bis drei?«

Die Villa im georgianischen Stil lag noch fünfzig Meter vor ihnen, und die Bäume waren hier höher und dichter, als Kate sie in Erinnerung hatte.

»Weißt du, was ich täte, wenn das meine Hütte wäre?« Bernie zeigte durch die Frontscheibe nach vorn. »Ich würde diese Bäume absägen lassen. Viel zu dunkel.«

Kate sah, welche Bäume er meinte. »Das sind Eiben.« Sie betrachtete wieder die weit ausladende Fassade des Hauses mit zwei Schornsteinen, die an den Stirnseiten durch den nur flach geneigten Dachvorsprung führten, und begann, sich schwach an ihren früheren Besuch zu erinnern. Sie stiegen aus dem Range Rover und gingen zum Eingang weiter – vorbei an einem sportlichen dunkelblauen Mercedes und einem kleinen Baum, der mitten in dem Zufahrtsrondell wuchs.

»Verrückter Platz für einen Baum, wenn du mich fragst«, murmelte Bernie, als sie daran vorbeigingen.

»Das ist eine Eberesche. Der Legende nach der Baum, an dem der Teufel seine Mutter aufgehängt hat.«

»Danke für die Info. Sollte dir noch was Gärtnerisches einfallen, behalt's bitte für dich.«

In der offenen Haustür stand ein großer, eleganter Mann mit Patriziernase und vollem silbergrauen Haar, das modisch geschnitten war. Er rieb sich in der Kälte die Hände und lächelte zur Begrüßung, als die beiden herankamen. »Das ist doch *Kate,* stimmt's? Kate Osbourne, meine *Liebe*! Wie ich mich *freue,* Sie wiederzusehen! Ich habe nicht geahnt, dass Sie die Kollegin sind, die der Detective Sergeant am Telefon erwähnt hat. Kommen Sie herein. Bitte *kommen* Sie. Es ist so kalt, nicht wahr?«

Sie ging mit um den Oberkörper geschlungenen Armen weiter die Treppe zum Eingang hinauf. Der Hausherr begrüßte sie mit Küsschen links und rechts. Kate sah leicht verwirrt zu dem sonnengebräunten Gesicht unter der silbergrauen Mähne auf. »Danke, dass Sie sich für uns Zeit genommen haben, Professor Levitte.«

»Nicht doch – *Henry*«, sagte er onkelhaft tadelnd, bevor er sich an Bernie wandte. »Und Sie müssen Detective Sergeant Watts sein. Herzlich willkommen! Sie haben uns ohne Weiteres gefunden?«

Er begleitete sie in die hohe Eingangshalle, in der eine Freitreppe nach rechts in den ersten Stock hinaufführte. Kates Erinnerung an den über ein Jahrzehnt zurückliegenden Besuch hier hatte sie nicht darauf vorbereitet, was sie jetzt sah. So weit ihr Auge reichte, verschwanden alle freien Flächen der großen Eingangshalle unter einem riesigen Wandgemälde, einer südamerikanischen Strecke aus stämmigen Bäumen in Brauntönen und mit Laub in allen Größen und Farbtönen von Dunkelgrün über Olivgrün bis zum hellsten Gelb, in das sich kleine Flecken von milchigem Pistaziengrün und fleischige rosa Blüten, die Magnolien glichen, als Hintergrund mischten. Die ganze grün wuchernde Masse wuchs und schlängelte sich in Richtung Decke und schien durch ihre Üppigkeit und Größe Hitze abzugeben. Kate stieß Bernie unauffällig an. »Mund zu!«, zischte sie leise. Weil der Professor ihnen auf dem Fuß folgte, ging sie mit Bernie neben sich in die Richtung weiter, die er ihnen wies.

Dann waren sie in dem riesigen quadratischen Wohnzimmer, in dem ein Kaminfeuer loderte. Henry Levitte lud sie mit einer Handbewegung ein, auf einem der beiden Sofas am Kamin Platz zu nehmen. »Möchten Sie meine Frau auch sprechen?«

Sie wechselten einen Blick. »Ich glaube nicht …«, begann Bernie.

»Ich sage ihr trotzdem, dass Sie hier sind. Sie will Sie bestimmt kennenlernen, Kate.« Er schritt hinaus: größer und aufrechter als viele halb so alte Männer, obwohl er jetzt dünner war, als sie ihn in Erinnerung hatte. Fast gebrechlich.

Bernie ließ sich auf das Sofa fallen. »So was hab ich noch *nie* gesehen! Als würde man ohne Vorwarnung in einem verdammten Dschungel ausgesetzt werden!«

Kate durchquerte das Zimmer und blieb vor einer Wand mit gerahmten Familienfotos stehen. Vor allem eines, das der Mode nach mindestens dreißig Jahre alt sein musste, weckte ihre Aufmerksamkeit. Ein breitschultriger Henry Levitte mit dunklem Haar, Kinn und Nase prominent, saß neben einer schlanken, attraktiven Frau, die eine indische Baumwollbluse trug. Sie folgte seinem lachenden Blick zu drei in der Nähe sitzenden Kindern: einem ernsthaft aussehenden Jungen und zwei kleinen Mädchen, von denen eines einen Plüschhasen im Arm hielt. Das nächste Foto zeigte eine übergewichtige Frau mit breitem Gesicht und rabenschwarzem Haar. Kate wandte sich gerahmten Gemälden zu, die sie an ihren verschlungenen Schnörkeln und Schraffuren als Werke Henry Levittes erkannte, und betrachtete dann das kostbare Porzellan auf dem Sideboard darunter.

»Ah, Sie sehen sich die Verbrechergalerie an.« Henry Levitte war zurückgekommen und trat an die Hausbar. »Theda kommt gleich herunter. Was darf ich Ihnen zu trinken anbieten, Detective Sergeant Watts?«

Theda. Ungewöhnlicher Name. Vielleicht deutsch?

Bernie betrachtete die aufgereihten Flaschen. »Etwas zu

früh für mich, und außerdem bin ich im Dienst. Trotzdem besten Dank.«

»Ich kann Sie nicht einmal mit einem Hine Antique umstimmen?«

Kate hörte ein regelmäßiges Klappern von Absätzen, als jemand die Eingangshalle in Richtung Wohnzimmer durchquerte. Alle sahen zu der langsam aufgehenden Tür und der jetzt auf der Schwelle erscheinenden Frau hinüber. Die Frau mit dem breiten Gesicht, deren Foto an der Wand hing.

»Theda, Liebste, ich möchte dir unsere Besucher vorstellen. Dies ist Detective Sergeant Bernard Watts, und *dies* ist Kate Osbourne, von der ich dir erzählt habe.«

»*Wirklich,* Henry. Unsere Besucher wollen um diese Tageszeit noch keinen Alkohol.« Sie kam mit einem Rascheln von hochglänzenden Seidenstrümpfen herein, hatte ihre dicken Füße in spitze High Heels gezwängt und sprach mit nordenglischem Akzent, der Kates Vermutung widerlegte, sie könnte deutscher Abstammung sein. Sie bedachte sie und Bernie mit einem Lächeln, das keine Zähne sehen ließ. »Detective Sergeant.« Sie nickte, und die goldenen Amulette an ihrem Armband klirrten leise, als sie ihm die Hand schüttelte. Dann trat sie auf Kate zu. »Und *Mrs.* Osbourne, ich kann Ihnen gar nicht sagen, wie ich mich freue, Sie kennenzulernen.« Kate hatte das Bedürfnis, einen Schritt zurückzuweichen, als sie näherkam. »Ich bewundere euch junge Frauen von heute, wissen Sie. Arbeiten, eine Familie aufziehen, oft ganz *allein*. Nehmen Sie doch Platz.« Sie bot der Besucherin mit einer breiten, kräftigen Hand das Sofa an, auf dem Kate jetzt neben Bernie Platz nahm. »Genau. So ist's recht.«

»Also kein Alkohol, Liebste. Was schlägst du vor?«

»Ich gehe und sage Mrs. Danes, dass sie Kaffee machen soll.« Sie bewegte sich in Richtung Tür und sah dabei wieder zu Kate. »Haben Sie eine Haushaltshilfe, Mrs. Osbourne? Soll ich Sie Kate nennen?«

»Wenn Sie möchten. Kaffee wäre schön, aber machen Sie sich bitte keine Umstände. Wir sind dienstlich hier.«

»Unsinn.« Theda wandte sich ab und verschwand nach draußen. Ihre Absätze klapperten erneut durch die Eingangshalle.

Professor Levittes Blick fixierte Kate. »Ich weiß noch gut, wie Sie mit Ihrem Mann hier waren, um *Land unter Sonne* zu kaufen. Wie viele Jahre ist das schon her?«

Aus Überraschung darüber, dass er sich an dieses Gemälde erinnern konnte, sagte sie nichts, sondern hörte nur seiner melodischen Stimme zu.

»Sie hatten ein entzückendes kleines Mädchen bei sich. Mit ihrem tizianroten Haar war sie ganz die Mutter.« Er drohte ihr scherzhaft mit dem Zeigefinger. »Wirklich nicht nett von Ihnen, dass Sie sich damals geweigert haben, mir Modell zu sitzen. Sie hätten meine Lizzie Siddal werden können, wissen Sie. Wie alt ist Ihre Tochter jetzt? Nein, lassen Sie mich raten …«

Theda Levitte kam mit einem vollen Tablett zurück, und ihr Mann stand auf, um ihr behilflich zu ein. Bernie schien das Bedürfnis zu haben, die entstandene kleine Pause auszufüllen. »Wie ich vorhin zu dem Doc gesagt habe, ist Ihre Eingangshalle wirklich …«

»Nimm bitte die Zeitschriften vom Tisch, Henry«, wies Theda ihn an. Er tat wie geheißen, dann setzte er sich neben ihr auf das zweite Sofa gegenüber den Besuchern, sodass sie den Fenstertüren zum Garten den Rücken zukehrten. Eine ältere Frau kam mit einer üppig vergoldeten Teekanne und

Tellern herein, die sie vor der Hausherrin abstellte. Theda Levitte nickte ihr knapp zu, dann wandte sie sich mit geschlossenem Mund lächelnd den Gästen zu. »Ah, ja, die Eingangshalle! Henrys Werk, nicht wahr, Liebster? Sein Opus Magnum.« Sie begann einzuschenken. »Ich habe mich für Tee entschieden, was Ihnen hoffentlich beiden recht ist. Wir trinken Harrod's Breakfast Blend. Wir haben keine exotischen Geschmäcker, nicht wahr, Henry?« Als sie lachte, fiel Kate erstmals ihr Überbiss auf. »Nun, Detective Sergeant Watts, nehmen Sie Zucker und Milch? Möchten Sie ein Stück Kuchen dazu? Und Sie, Kate?«

Kate fühlte sich auf mehreren Ebenen gleichzeitig unwohl, als Bernie anfing, sich bemerkbar zu machen. »Wie ich am Telefon gesagt habe, ist dies ein dienstlicher Besuch. Wir sind hier, um einige Fragen im Zusammenhang mit laufenden Ermittlungen zu stellen.«

Der Professor neigte seinen eleganten Kopf. »Natürlich, natürlich. Kate, Sie haben Theda bei Ihrem damaligen Besuch nicht kennengelernt?«

Wir sind hergekommen, um unsere Ermittlungen voranzutreiben, und jetzt stecken wir in einer Teegesellschaft fest. »Nein«, antwortete sie knapp.

Theda Levitte sah kurz zu ihr hinüber und nickte, während sie Kuchen aufschnitt. »Ich war vermutlich in London beim Shopping, als Sie hier waren. Leben Sie hier in der Nähe?«

Ihr Mann bedachte Kate mit einem nachsichtigen Lächeln. »Wenn ich mich recht erinnere, leben Sie in Harborne, nicht wahr? Meine Eltern haben sehr lange dort gewohnt, wissen Sie. Sie waren ihr Leben lang Gemeindemitglieder der St. Peter's Church …«

Theda Levitte musterte ihn stirnrunzelnd. »Ich glaube

nicht, dass Detective Sergeant Watts hier ist, um sich Familiengeschichten anzuhören.«

»Natürlich nicht, Liebste.« Er strahlte die beiden an. »So! Wie können wir der Polizei behilflich sein?«

Kate war erleichtert, dass sie endlich zum Zweck ihres Besuchs vorgedrungen waren. »Wir hoffen, dass Sie uns einige Auskünfte über einen Ihrer Studenten in den Neunzigerjahren geben können. Nathan Troy.«

Henry Levitte trank einen Schluck Tee, dachte darüber nach, was sie gesagt hatte, und runzelte mit leicht schief gelegtem Kopf die Stirn. »Troy … Troy … War das … nein, ich glaube nicht, dass ich mich an jemanden dieses Namens erinnere. Theda?«

Die runden Schultern hoben und senkten sich. »Das Woolner war *dein* Leben, Henry, nicht meines.«

Bernie intervenierte. »Vielleicht hilft es, wenn ich Ihnen ein bisschen was über ihn erzähle. Ein junger Mann aus der näheren Umgebung, aus Castle Vale. Groß, schwarzhaarig. Dr. Wellan war sein Tutor. Das war im Jahr …«

»Ah! Da haben wir's«, sagte der Professor, dessen Miene sich aufgehellt hatte. »Ich kann mich möglicherweise vage an diesen Jungen erinnern, aber das ist schon alles, fürchte ich. Wenn er einer von Wellans Studenten war, müssen Sie *ihn* fragen. Jeglicher Kontakt, den ich zu ihm hätte haben können, wäre minimal gewesen.«

Kate sah unauffällig zu der neben der Tür tickenden Standuhr hinüber. Wellan hatte recht: Professor Levitte würde nichts Nützliches beitragen können, und sie wollte so schnell wie möglich fort. Dann hörte sie wieder Mrs. Levitte.

»Castle Vale, sagen Sie? Das Woolner zieht nicht viele Studenten von dieser Seite der Stadt an, stimmt's, Henry?« Sie biss ein weiteres Stück Kuchen ab. »Dort hängen heutzutage so viele junge Flegel in Kapuzenpullis herum, nicht wahr?«

Ihr Mann tätschelte sanft tadelnd ihren dicken Oberschenkel. »Nicht doch, Theda. Wir dürfen andere nicht vorschnell verurteilen.«

»Dass ich nicht *lache*! Die würden einem die Handtasche klauen, ehe man sichs versieht.«

Kate brannte darauf, die Befragung zu beschleunigen. »Dies ist das zweite Mal, dass die Polizei sich für Nathan Troy interessiert. Das erste Mal war nach seinem Verschwinden im Jahr 1993, und dieses Mal …

Henry Levitte hob eine elegante langfingrige Hand. »*Jetzt* erinnere ich mich an ihn … nun, eigentlich nicht an ihn, aber an die Tatsache seines Weggangs.« Er wandte sich an seine Frau. »Weißt du noch, Liebste? Er ist fortgegangen, und dann ist die Polizei gekommen …«

Ihre Stimme klang scharf, als sie ihn unterbrach. »Dass er weggegangen ist, war kein Wunder, weil er nicht ins Woolner gepasst hat.« Sie biss noch ein Stück Kuchen ab.

Kate war in Gedanken bei dem Ehepaar Troy. »Nathan Troy ist *nicht* weggegangen. Er ist verschwunden. Jetzt wissen wir, weshalb. Er ist ermordet worden.«

In der nun folgenden Pause tickte die Standuhr unnatürlich laut. Theda Levitte hörte zu kauen auf und schluckte. »Wie schrecklich! Wissen Sie das bestimmt?« Sie drehte sich zur Seite. »Henry! *Sag* doch was.«

»Ganz bestimmt«, sagte Bernie. »Seine Leiche ist vor einigen Tagen aufgefunden und identifiziert worden.«

»Dann müssen Sie mit John Wellan reden«, wiederholte Henry Levitte. »Er müsste sich am ehesten an diesen jungen Mann erinnern können.«

Mrs. Levitte machte eine wegwerfende Handbewegung

und beugte sich zu Kate und Bernie hinüber. »Ich glaube nicht, dass er Ihnen sonderlich viel helfen kann. Seine Studenten nennen ihn ›Johnny‹, wissen Sie. Und er *lässt* sie!«

Kate fühlte Bernies missbilligenden Blick auf sich. Sie sah aus dem Fenster in den nebelverhangenen Garten hinaus und erstarrte. An die Glasscheibe gedrückt stand eine hagere Frauengestalt: hohlwangig, mit tief in den Höhlen liegenden Augen und sehr hellem, fast durchsichtigem Teint. Kate starrte sie an, war zu keinem klaren Gedanken imstande, erkannte das Wesen, ohne recht zu wissen, woher, und nahm undeutlich wahr, dass Bernie heißen Tee und eine Porzellantasse balancierte. Sie beobachtete, wie die Gestalt schmale weiße Hände hob, an die Scheibe zu schlagen begann und so die Stille im Wohnzimmer jäh durchbrach.

Das Ehepaar Levitte rappelte sich auf und drehte sich nach dem Fenster um, sodass jetzt alle vier wie erstarrt dastanden, während die ans Glas schlagenden Hände langsamer wurden und nach unten glitten, bevor die Gestalt zurückwich und vom Nebel verschluckt wurde.

Henry Levitte fuhr sich geistesabwesend mit der Hand übers Haar und sah dann zu ihnen hinüber. »Dafür muss ich mich wirklich entschuldigen. Das war …«

Seine Frau ergriff die Initiative. »Schenk Tee nach, Henry.« Sie hastete an ihnen vorbei zur Tür und funkelte im Vorbeigehen Bernie an. »Das ist ein Seidenteppich, aus *Hereke,* auf den Sie Flecken machen.« Sie verschwand, und die Zurückbleibenden hörten ihre schrille Stimme durchs Haus hallen. »Mrs. Danes? *Mrs. Danes!*«

Nachdem Mrs. Danes die Teeflecken aus dem Hereke-Teppich entfernt hatte, ergriff Henry Levitte als Erster wieder das Wort. »Ich entschuldige mich für … diese kleine Vorstellung von vorhin.« Er wandte sich halblaut sprechend an seine Frau. »Soll ich …?«

»Alles schon erledigt«, fauchte sie.

Bernie sah rasch zu Kate hinüber, die darauf wartete, dass einer der Levittes ihnen die Szene vor dem Fenster erklärte. Henry Levitte wandte sich lächelnd an seine Besucher. »Mehr Tee, Kate? Sergeant Watts? Mehr Kuchen?«

Kate wusste inzwischen, dass sie keine Erklärung bekommen würden, wenn sie nicht danach fragte: »Wer war das eben am Fenster?«

»Also *wirklich*«, fauchte Theda Levitte. »Das hatte absolut nichts mit dem zu tun, weswegen Sie hergekommen sind. Und nachdem Henry Ihnen in Ihrer Sache leider nicht weiterhelfen kann …«

Henry Levittes Hand tätschelte wieder ihren dicken Oberschenkel, als er sich an Kate wandte. »Das war meine Tochter«, sagte er, und Kate sah für einen Augenblick tiefe Betrübnis über sein Gesicht ziehen. »Sie ist … fragil wie ihre Mutter, meine erste Frau, aber alles ist unter Kontrolle. Theda hat ihren Betreuer angerufen und veranlasst, dass jemand kommt und sie abholt.« Er sah auf die Uhr. »Sie müssten bald kommen.«

Kate schob sich nach vorn an den Sofarand. »Dann sollten wir lieber gehen. Sie können uns wirklich nicht mehr über Nathan Troy erzählen? Als Mensch? Über seine Freunde?«

Theda Levitte wandte ihr breites Gesicht Kate zu. »Wenn ich es mir recht überlege, war Anfang der Neunzigerjahre oft die Rede von Drogenkonsum unter Studenten.« Sie stieß ihren Mann an. »Sag's ihnen, Henry. Darin war er wahrscheinlich verwickelt.«

Sie sah ihn an und wartete. Er schwieg einige Sekunden

lang, dann sagte er: »Theda hat recht. Am Woolner hat es damals ein Drogenproblem gegeben. Es hat uns einige Monate lang ziemliche Sorgen bereitet.«

»Von welchen Drogen reden wir hier, Professor?«, warf Bernie ein.

Er zuckte mit den Schultern. »Ach, Sie wissen schon … Kokain war damals in der City modern. Und auch Crack.«

Kate zog die Augenbrauen hoch. »Soll das heißen, dass Sie glauben, Nathan Troy habe *harte* Drogen genommen?«

Henry Levitte hob die Hände. »Ich erwähne das rein theoretisch als Möglichkeit, weil er damals plötzlich verschwunden ist.«

Kate bemühte sich, genau zu verstehen, was ihnen erzählt wurde. »Tut mir leid, aber könnten Sie das etwas verdeutlichen? Hatten Sie damals Kenntnis davon, dass Nathan Troy solche Drogen genommen hat?« Das Ehepaar schwieg. »Haben Sie etwas dagegen unternommen, wenn Sie es wussten?«

Levitte wirkte verständnislos, und seine Frau warf ihr einen scharfen Blick zu. »Wie meinen Sie das? Wie hätte Henry davon wissen sollen? Nathan war nicht sein Student. Und was hätte Henry überhaupt tun können?«

Bei diesen Worten runzelte Kate die Stirn, weil sie an die in solchen Fällen üblichen abgestimmten Aktionen von Professoren ihrer Uni dachte.

Theda Levitte legte ihrem Mann eine Hand, an der Brillantringe glitzerten, beruhigend auf den Arm. »Das sind schreckliche Nachrichten, die Sie uns über diesen Studenten gebracht haben.«

Kate betrachtete sie und merkte, dass sie diese Frau nicht leiden konnte – nicht zuletzt, weil sie sich nicht die Mühe machte, Nathan Troys Namen zu benutzen.

»Wir haben Ihnen alles erzählt, was wir wissen, und Sie sehen, dass Henry wegen einer … Familiensache beunruhigt ist. Tatsächlich sind wir beide zu besorgt und schockiert, um dieses Gespräch jetzt fortsetzen zu können.«

Bernie beugte sich leicht nach vorn. »Vielleicht müssen wir noch mal mit Ihnen reden, Professor.«

Theda Levittes Blick streifte Kate, bevor sie Bernie einen Verschwörerblick zuwarf. »Sie haben bestimmt Verständnis dafür, wenn ich sage, dass ich glaube, zukünftige Gespräche sollten lieber anderswo stattfinden. Wie Sie vielleicht gehört haben, erwartet Henry eine bedeutsame Ehrung für sein künstlerisches Werk und seine ehrenamtliche wohltätige Arbeit. Wir möchten nicht, dass sie auch nur am Rande durch etwas … so Belastendes wie *Mordermittlungen* tangiert wird.« Sie wandte sich ihm zu. »Nicht wahr, Henry?«

Henry Levitte bedeckte ihre Hand mit seiner. »Diese beiden guten Leute tun nur ihre Arbeit, Liebste.«

Ihre Lippen blieben schmal. »Und sie verstehen bestimmt, was ich meine.« Sie machte eine Pause, dann fragte sie: »Haben Sie mit den Eltern des Jungen gesprochen?«

»Ja«, antwortete Kate.

»Nun, dann bestellen Sie ihnen bitte unser Beileid, wenn Sie sie das nächste Mal sehen.« Sie beobachtete, wie ihr Mann aufstand und mit gebeugtem Rücken an den kleinen Schreibtisch trat. Er nahm etwas aus einer der Schubladen und ging damit direkt zu Kate.

»Nehmen Sie die mit, meine Liebe. Vielleicht haben Ihre Angehörigen, Ihre Freunde Lust, sie zu benutzen. Müssen der Detective Sergeant und Sie mich noch mal wegen Troy sprechen, bin ich ab kommenden Montag jeden Tag in der Galerie White Box, um meine Retrospektive aufzubauen.

Aber jetzt müssen Sie uns bitte entschuldigen. Diese Nachricht über einen ehemaligen Studenten am Woolner hat uns beide etwas schockiert, auch wenn wir ihn nicht gut gekannt haben.«

Kate nahm den dicken Umschlag entgegen und sah dann zu, wie Levitte den Raum durchquerte, um sich wieder neben seine Frau zu setzen. Bernie und sie standen auf.

»Ich hoffe, dass Ihre Tochter sich bald wieder besser fühlt, Professor«, sagte Bernie, als sie sich zum Gehen wandten.

Theda antwortete für ihren Mann. »Das tut sie sicher. Dies war kein so ungewöhnliches Ereignis. Trotz allem, was Sie gesehen haben, ist Cassandra widerstandsfähig.«

Die beiden nickten mit ausdruckslosen Mienen ihren Dank, durchquerten das luxuriöse Wohnzimmer und die Eingangshalle und verließen das Haus.

Als sie im Range Rover saßen, sahen sie sich an. »*Cassandra*«, flüsterte Kate.

Bernie lenkte den Wagen die schmale Zufahrt entlang. Beide suchten das bewaldete Gelände auf beiden Seiten nach der verzweifelten Frau ab, die sie jetzt als Cassandra Levitte kannten.

Im Wohnzimmer herrschte Stille bis auf das leise Rascheln von Seidenstrümpfen auf dem Weg zum Fenster mit Blick auf die Einfahrt.

»Weg?«, fragte er.

»Ganz weg.« Sie drehte sich um. »Du siehst aus, als bräuchtest du einen Drink.« Sie verließ ihren Platz am Fenster und trat an die Hausbar. Dann kam sie mit zwei Gläsern Scotch in den Händen auf ihn zu. »Sieh nicht so sorgenvoll drein. Was sie uns erzählt haben, hat nichts mit dir zu schaffen. Wie denn auch?« Ihre Augen glitzerten. »Und nun gibt es … *andere* Dinge zu bedenken, nicht wahr?«

Er beobachtete sie, und sein Blick ging erwartungsvoll nach oben, als er den angebotenen Drink entgegennahm. Er kippte ihn und stellte das Glas ab. Sie folgte seinem Beispiel, dann packte sie den Saum ihres engen Strickkleids, zog es bis zur Taille hoch und setzte sich mit gespreizten Beinen auf seine Knie. Er legte die Hände auf den Spitzenrand der Seidenstrümpfe, wo sie in die massiven Schenkel einschnitten. Sie drängte sich an ihn und drang mit der Zunge zwischen seine Lippen ein, während sie sich in die Augen sahen und leises perlendes Lachen den warmen Raum erfüllte.

17

»Ich habe sie schon mal gesehen. Cassandra«, sagte Kate und wandte sich von der Glaswand ab.

Bernie sah blinzelnd zu ihr auf. »Wie das? Erzähl mir bloß nicht, dass sie zu den Häftlingen gehört, über die du manchmal Gutachten schreibst.«

Sie schüttelte den Kopf. »Nicht Cassandra persönlich. In der Schachtel, die Troys Eltern Joe und mir mitgegeben haben, liegt eine Porträtskizze von ihr – allerdings hat sie sich im Lauf der Jahre stark verändert. Wir werden Henry Levitte noch mal besuchen und nach ihr fragen müssen. Nach dem Auftritt, den wir miterlebt haben, bezweifle ich, dass wir in nächster Zeit mit Cassandra selbst werden reden können.« Sie kehrte an den Tisch zurück. »Ist dir bewusst, dass wir eine weitere Beschreibung von Nathan Troy gehört haben, die allem widerspricht, was wir von seinen Eltern und John Wellan gehört haben? Je mehr ich über ihn höre, desto weniger kenne ich ihn, glaube ich.« Sie sah sich an, was sie geschrieben hatte, dann wandte sie sich wieder an Bernie. »Was hältst *du* von ihren Verdächtigungen? Dass Troy harte Drogen genommen haben soll?«

Er zuckte mit den Schultern. »Schwer zu beurteilen. Sie hat sich nicht sehr bestimmt ausgedrückt und hatte laut eigener Aussage nie viel mit dem Woolner zu tun – was kann sie also darüber wissen? Für mich klingt das alles nach unbestätigten Gerüchten.«

»Hm, und beide haben gesagt, sie hätten Troy kaum gekannt. Wenn man bedenkt, was ihm passiert ist, war es ziemlich unfreundlich, ihn praktisch als drogensüchtig zu bezeichnen.« Sie sah, wie Bernie eine gerötete Stelle auf seinem Handrücken betrachtete. »In meiner Handtasche habe ich eine gute Salbe dafür.«

»Nein, schon gut«, murmelte er und griff nach einem vor ihm liegenden Ausdruck.

»Was hältst du von ihm? Henry Levitte?«, fragte sie.

»Ganz in Ordnung, finde ich. Unverklemmt. Hat sich gefreut, *dich* zu sehen.«

Kate stand auf, trat wieder an die Glaswand und ließ ihren Blick über die dort aufgeschriebenen Details gleiten. »Und was ist mit *ihr*?«

Er sah auf. »Wenn du schon dort stehst, kannst du notieren, dass *sie* in dieser Beziehung den Ton angibt. Sie ist weit jünger als er, nicht wahr? Wie alt schätzt du sie? Anfang fünfzig?«

Kate schrieb einige Worte an die Glaswand, dann setzte sie sich wieder an den Tisch und ging auf Bernies Frage nach Theda Levitte ein. »Das dürfte stimmen. Hätte ich versucht, mir seine Frau vorzustellen, wäre ich *nie* auch nur im Entferntesten auf diesen Typ gekommen. Wie du sagst, ist sie jünger, energischer. Vermutlich organisiert sie sein Leben für ihn, und er ist froh darüber. Aber was finden die beiden sonst aneinander? Ich kann mir nicht vorstellen, wie sie über Kunst diskutieren.«

»Sie ist total extrovertiert. Buchstäblich. Unsere Mutter hatte einen Ausdruck dafür: ›Netzstrümpfe und kein Slip.‹ Aber wer weiß schon, was solche Leute aneinander finden?« Seine Stimme klang mürrisch.

Kate holte den Umschlag, den Henry Levitte ihr mitgegeben hatte, aus ihrer Umhängetasche und zog steife weiße Einladungskarten heraus. »Wir müssen Levitte noch mal allein befragen.« Sie hielt die Karten hoch. »Und Madame Levitte zu Gefallen findet das Gespräch in dieser Galerie statt, die seine Retrospektive veranstaltet.«

»Ich denke, wir könnten mehr aus ihm rauskriegen, wenn sie nicht dabei ist.« Bernie sah zu Kate hinüber. »Erinnerst du dich an meine Theorie über den Fall?« Er hielt den Ausdruck hoch. Kate ließ ihn sich geben und dachte daran, dass er über zweifelhafte Parkbesucher und vor allem davon gesprochen hatte, dass ein Wiederholungstäter über die Autobahn M5 hergekommen sein könnte. »Ich tippe weiter auf einen Wiederholungstäter, aber wie wäre es mit einem hiesigen Sexualstraftäter? Julian hat mir die in den Jahren 1990 und 1994 im Park vorgenommenen Festnahmen zusammengestellt. Hier, sieh dir die mal an. Übrigens keine in Troys Todesjahr 1993 und nur eine im Jahr 1994. Julian hat sich auch für *letztes* Jahr interessiert und drei Namen ermittelt. Und stell dir vor, einer der Kerle ist mit einem Verhafteten aus dem Jahr vierundneunzig identisch! Lies die Angaben zu seiner Festnahme und erzähl mir dann, worum es deiner Meinung nach in diesem Fall geht.«

Sie überflog die Informationen zu weit weniger Verhaftungen, als sie erwartet hätte. Die drei im vergangenen Jahr Festgenommenen waren Sexualstraftäter – wahrscheinlich war das nur die Spitze eines Eisbergs aus Triebtätern. Vermutlich glaubten die meisten Polizeibeamten nicht an eine erfolgreiche Verurteilung der Festgenommenen, was diese geringe Zahl an Verhaftungen erklären könnte.

»Komm schon, Doc. Sag endlich, was du denkst. Worum geht's in diesem Fall?«

Sie sah von dem Ausdruck auf, als Joe eben den Raum betrat. »Sex?«

Er ging grinsend an ihr vorbei und setzte sich. »Freut mich, dass ich im richtigen Augenblick gekommen bin.«

»Sex und *Zeit,* Doc. Kennst du die Liste, Corrigan?«

Joe warf einen Blick auf den Ausdruck, dann nickte er. »Gibt unserem Fall vielleicht eine lokale Ausrichtung.«

Kate musterte ihre beiden Kollegen. »Und macht einen über die Autobahn gekommenen Wiederholungstäter weniger wahrscheinlich.«

Bernie schüttelte den Kopf. »Nicht so schnell, Doc. Ein Wiederholungstäter arbeitet immer ähnlich.« Er nickte zu dem Ausdruck in ihrer Hand hinüber. »Der hat wohl dein Interesse geweckt?«

Sie nickte und überflog nochmals die Angaben zu den drei Männern, die im vergangenen Jahr wegen Sexualstraftaten im Woodgate Country Park verhaftet worden waren: Ernest Phillips, Ronald Dixon und Edward Morell. Morell war derjenige, der schon im Jahr 1994 festgenommen worden war.

»Findest du darin etwas, aus dem sich eine Theorie entwickeln ließe?«

Kate kontrollierte die Geburtsdaten. »Alle drei sind jetzt fünfundvierzig bis fünfzig Jahre alt.« Sie sah zu ihren Kollegen auf. »Morell macht den Park bestimmt seit vielen Jahren unsicher. Das könnte auch für Dixon und Phillips gelten.«

Bernie nickte zufrieden. »In den Neunzigerjahren straffällig und letztes Jahr noch immer straffällig. Du kennst meine alte Theorie: Diese Kerle ändern sich *nicht.* Morell beweist, dass ich recht habe.«

Sie seufzte. »Und *du* weißt, dass ich deiner Theorie nicht zustimme. Mit professioneller Hilfe schafft es ein gewisser

Prozentsatz aller Sexualstraftäter, sich unter Kontrolle zu haben …«

»Ja, klar, wenn du meinst. Im Augenblick glaube ich, dass diese drei im Tausch gegen ein ruhiges Leben Informationen für uns haben könnten.«

Kate stellte fest, dass sie hiesige Adressen hatten. »Kennst du einen oder alle?«

»Noch nicht, aber das kommt noch. Ich werde sie in nächster Zeit einzeln besuchen.«

»Hältst du es für möglich, dass einer dieser Männer in den Mord an Nathan Troy verwickelt war?«

Bernie warf ihr einen bedeutungsvollen Blick zu. »Ich bin ›für alles offen‹, wie du immer wieder predigst. Deshalb bleibe ich bei dem Wiederholungstäter, der die M5 benutzt. Darauf habe ich Jules angesetzt.«

»Was hoffst du zu finden?«

»Ähnliche Fälle aus den letzten zwei Jahrzehnten. Alle mit folgenden Merkmalen …« Bernie zählte sie an seinen dicken Fingern ab. »Jung. Männlich. Möglicherweise von Unbekannten entführt. Räumliche Nähe zur M5. Wir müssen die Ermittlungen zweigleisig führen: hiesiger Sexualverbrecher oder unbekannter Wiederholungstäter.«

Joe sah auf. »Vergiss Reds dritte Option nicht: Wir reden mit allen, die Troy persönlich gekannt haben, was uns zum *Tatmotiv* führen könnte.«

Bernie verzog das Gesicht. »Das haben wir bisher getan und nur widersprüchliche Äußerungen über Troy zu hören bekommen – sämtlich von Leuten, die nach eigener Aussage gar nichts über ihn wissen. Wir müssen mit den Ermittlungen weiterkommen, sonst macht Furman sich auf die Suche nach einer Begründung, mit der er sie einstellen lassen kann.«

Eine Viertelstunde später saß Bernie mit dem Telefonhörer am Ohr allein im KUF-Dienstraum, trommelte mit den Fingern auf der Tischplatte und wartete darauf, einen Mann sprechen zu können, der für viele Beamten der West Midlands Police einmal eine vertraute Gestalt gewesen war. Er sah dabei auf die vor ihm liegenden Zeitungsausschnitte, von denen viele von dem Kriminalreporter stammten. Seine aktuelle Telefonnummer hatte er von einem der Kollegen, die noch in der alten Zentrale in der Bradford Street arbeiteten. Was er hier tat, durfte er eigentlich nicht mehr, denn seit Dezember hatte die Rose Road eine Presse- und PR-Abteilung, die streng vorschrieb, wer mit wem worüber reden durfte. Darauf hatte vor allem Roger »der Arsch« Furman gedrängt.

»Hallo, kann ich bitte Paul Billington sprechen?«

Die Frauenstimme fragte nach seinem Namen und woher er diese Telefonnummer habe. »Detective Sergeant Watts, Rose Road. Ich habe …« Bernie fuhr zusammen, als der Hörer am anderen Ende auf eine Tischplatte geknallt wurde. Dann hörte er die Frau einen Namen rufen. Einige Sekunden später meldete sich eine Männerstimme. »Bist du's, Wattsie? Wie geht's, alter Kumpel?«

»Gut. Dir hoffentlich auch?« Er kam sofort zur Sache. »Paul, ich brauche Informationen. Wir haben einen Fall aus dem Jahr 1993 neu aufgerollt – damals ist ein Student des Woolner Colleges, Bournville, verschwunden. Nathan Troy war der Name. Seine Leiche ist gerade aufgefunden worden.«

»Ich beneide dich, Kumpel. *Der Tote in der Bibliothek* ist ungefähr alles, was ich heutzutage an Verbrechen zu sehen bekomme. Du ermittelst jetzt in der Gruppe, die für kalte Fälle zuständig ist?«

»Yeah, in der Kommission für ungeklärte Fälle.«

Billingtons Stimme wurde lauter. »Ja, natürlich komme ich gern in die Rose Road.« Leiser ergänzte er: »The Bill. In einer Viertelstunde.«

Bernie genoss die Ruhe in dem kleinen Pub, in dem er von Stühlen mit Gobelinbezug und gemalten Jagdszenen umgeben mit kleinen Schlucken ein Ale trank. Ein Lokal nach seinem Geschmack. Traditionell. Keine laute Sports Bar. Kein blinkender, klingelnder Spielautomat. Während er so sein Bier und die Ruhe genoss, begannen die Glocken der benachbarten Kirche ohrenbetäubend laut zu läuten, als die Tür der kleinen Kneipe aufging.

Billington, dessen Augen neugierig glänzten, kam sofort an den Tisch und nahm Platz. Bernie schüttelte die hingestreckte Hand. »Danke fürs Kommen.«

»Ich *brauche* das. Paula glaubt, dass Ruhestand Gärtnern, Einkaufen bei Waitrose und *Inspector Barnaby* im Fernsehen bedeutet. Sie ist in ihrem Pilates-Kurs, also hab ich ein bisschen Zeit für mich.«

Bernie nickte. Paul und Paula Billington. In Polizeikreisen die Zielscheibe zahlreicher Witze, bei denen es meist darum gegangen war, wer in dieser Ehe die Hosen anhatte. Er zeigte auf das zweite Bier auf dem Tisch. »Ich hab's geholt, aber du musst zahlen. In den Zeitungen steht zu viel darüber, dass die Polizei Journalisten freihält. Der Arsch wäre begeistert, wenn er wüsste, dass ich mich mit dir treffe *und* dein Ale zahle.«

Billington kam von der Theke zurück, wo er bezahlt hatte, und genoss den ersten Schluck Bier, während Bernie ihn musterte und feststellte, dass sein alter Kumpel um die Mitte herum aus dem Leim zu gehen begann. »Gut siehst du aus, Paul«, sagte er und kam sofort zur Sache. »Du hast über Troys Verschwinden berichtet. Erinnerst du dich daran?«

Der pensionierte Kriminalreporter nickte, trank noch einen Schluck. »Wir waren ständig in diesem College unterwegs, bis die Ermittlungen allmählich runtergefahren wurden. Was interessiert dich?«

Bernie beugte sich leicht nach vorn, sprach leise und unterstrich mit sparsamen Bewegungen seiner Pranken die für ihn wichtigen Punkte. »Dieses Gespräch bleibt unter uns.« Billington öffnete den Mund, um zu protestieren. »Ja, ja, ich weiß, dass du pensioniert bist, aber du lebst nicht auf einer einsamen Insel. Im Augenblick sind wir dabei, wegen zwei oder drei Aspekten des Falls zu ermitteln.«

»Ihr habt also noch keine heiße Spur?«

Bernie starrte ihn unfreundlich an, schlug mit der flachen Hand leicht auf den Tisch und sprach eindringlich leise weiter. »Was ich von *dir* brauche, sind Informationen über Zeugenaussagen von Leuten, die diesen Studenten, diesen Nathan Troy, kurz vor seinem Verschwinden gesehen haben. Wir brauchen Daten, wir brauchen Orte und Zeiten. Die Ermittlungsakten geben …«, er machte eine wegwerfende Handbewegung, »… nicht viel her, was Details angeht.«

Billington trank noch einen Schluck Ale. »Vor dem Weggehen hab ich mir rasch angesehen, was ich noch habe.« Auch er sprach leise, obwohl außer ihnen nur die Bardame anwesend war. »Damals hat die Polizei angenommen, er sei am zwölften oder dreizehnten November aus eigenem Entschluss untergetaucht. Ich gehe meine Notizen noch mal durch und rufe dich an, wenn ich fündig werde.«

Bernie nickte. »Aber das ist noch nicht alles. Am Woolner College hat in den Neunzigerjahren auch ein gewisser Joel Smythe studiert. Nach dem Studium ist er nach Surrey zurückgegangen und hat eine Familie gegründet. Wir würden gern mit ihm reden, aber das können wir nicht, weil er vor einigen Jahren eine Geschäftsreise nach London gemacht hat, von der er nicht zurückgekehrt ist. Ein Anruf nach einigen Monaten war das einzige Lebenszeichen, das seine Angehörigen von ihm bekommen haben. Ich möchte, dass du nachsiehst, ob du vielleicht auch über ihn etwas hast.«

Billington zog die Augenbrauen hoch und hob gleichzeitig die Hände. »Ist das dein *Ernst*? Der Kerl ist fremdgegangen und hat beschlossen …«

Bernie bedachte ihn mit einem strengen Blick. »*Ich* denke das, *du* denkst das, aber sicher wissen wir es nicht. Unsere Methoden haben sich seit deiner Zeit gewaltig geändert. Wir arbeiten nicht mehr mit Vermutungen. Heute geht's darum, nach allen Richtungen offen zu sein, Tatsachen festzustellen, alles durch Theorien zu verknüpfen.«

Billington grinste. »Ich hab gehört, dass du mit einer kleinen Rothaarigen, einer Psychiaterin, zusammenarbeitest. Offenbar ist ihr Einfluss schon spürbar.«

Bernie sparte sich die Mühe, ihn zu korrigieren, sondern sprach einfach weiter. »Unsere Ermittlungsakten haben wir schon ausgewertet. Jetzt bist du dran und musst zusehen, was die damaligen Pressemeldungen hergeben.«

Billington rieb sich die Hände. »Kein Problem. Ich bin froh über deinen Auftrag. Er wird mich vor dem Verblöden durchs Nachmittagsfernsehen bewahren.«

18

Kate stellte ihren Wagen in einem der oberen Geschosse des alten Parkhauses ab, benutzte statt des Aufzugs lieber die Rampen und war mit allen Sinnen hellwach, während sie an den vielen *Fußgänger verboten*-Schildern vorbeiging. Die kurze Strecke zur Margaret Street legte sie in beißender Kälte zurück. Unterwegs sah sie, wie das Klinkergebäude aus dem 19. Jahrhundert, dessen gotische Masse über dem Gehsteig der Edmund Street aufragte und das den Fachbereich der Bildenden Kunst des Birmingham Institute of Art and Design beherbergte, in Sicht kam.

Als sie es erreichte, lief sie die Stufen zum Haupteingang hinauf und nannte der jungen Frau am Empfang, deren dunkles Haar mit Hilfe einer Wasserwaage geschnitten zu sein schien, ihren Namen und den Grund ihres Besuchs. Nachdem die Rezeptionistin sie telefonisch angemeldet hatte, bat sie Kate, Platz zu nehmen und einen Augenblick zu warten. Nach einer Viertelstunde, in der Kate zunehmend unruhig wurde und sich ausmalte, was sie in dieser Zeit Nützliches hätte tun können, sah sie einen Mann durch die Milchglastür in der Rückwand der Eingangshalle kommen.

»Dr. Hanson? Roderick Levitte. Kommen Sie bitte mit?« Mit diesen Worten verschwand er gleich wieder, sodass Kate durch die Eingangshalle hasten und auf einem schlecht beleuchteten Korridor eine Art Hindernislauf zwischen dort stehenden Gemälden unterschiedlicher Größe absolvieren musste, bis sie nach einer weiteren Tür einen geräumigen leeren Vorraum erreichte, an den sich ein unordentliches Büro anschloss. Sie trat ein und beobachtete, wie er in allen möglichen Papieren auf seinem Schreibtisch wühlte. Er sah mit komisch verzweifelter Miene auf. »Kunst erzeugt eine Unmenge Papierkram, den ich meistens nicht finden kann. Bitte nehmen Sie Platz. Ich weiß nicht recht, was Sie von mir wollen, aber ich helfe Ihnen gern, wenn ich kann, obwohl ich im Augenblick …« Er seufzte. »Sie sehen vermutlich, dass dies ein ungünstiger Zeitpunkt ist.«

»Ich bin Ihnen dankbar, dass Sie sich Zeit für ein Gespräch mit mir nehmen, obwohl Sie mit den Vorarbeiten für die Ausstellung Ihres Vaters ausgelastet sind.« Sie griff in ihre Umhängetasche. »Wenn Sie nichts dagegen haben, möchte ich mir dabei ein paar Notizen machen.« Ihre Aufmerksamkeit galt weiter dem Chaos auf seinem Schreibtisch: Papiere aller Art, benutzte Kaffeebecher, eine kleine Wasserkaraffe, noch unbeschriftete grün-weiße Etiketten und mehrere Exemplare eines Ausstellungskatalogs. Kate legte den Kopf schief und las *Die Henry Levitte Retrospektive*. Als sie aufsah, war sein Blick auf sie gerichtet. »Wie ich am Telefon gesagt habe, arbeite ich bei der West Midlands Police – in der Kommission für ungeklärte Fälle. Wir ermitteln wegen eines lange zurückliegenden Mordes und haben in dieser Sache schon mit mehreren Leuten gesprochen, auch mit Mitgliedern Ihrer Familie.«

»Die haben Ihnen bestimmt mehr helfen können, als ich jemals könnte.«

Sie wartete darauf, dass er fragen würde, wer denn ermordet worden sei. Das tat er nicht. Vielleicht hatten sein Vater oder seine Stiefmutter es ihm bereits gesagt.

Levittes Blick irrlichterte durch das kleine Büro. »Diese Ausstellung hat mein gewohntes Leben völlig durcheinandergebracht. Ich arbeite hier achtzehn Stunden pro Tag, wobei ich sagen muss, dass meine Mitarbeiter sich selbst übertreffen, um mir zu helfen.« Er fuhr sich mit der Hand durch sein dunkles Haar. »Wie Sie bestimmt wissen, wird mein Vater langsam alt, daher tue ich, was ich kann, um ihn zu entlasten. Der Zusammenhalt innerhalb unserer Familie ist sehr gut, und jeder leistet seinen Beitrag dazu, ihm bei den Vorbereitungen für seine große Werkschau zu helfen. Er hat der Kunst viel gegeben und verdient alles Lob, das ihm die Retrospektive einbringen wird.« Sie nickte lediglich. »Also, Dr. Hanson, wer ist Ihr Mordopfer?« Er bedachte sie mit einem müden, aber freundlichen Lächeln.

»Nathan Troy.«

Das Licht in seinen Augen erlosch. »Über ihn möchte ich mich nicht äußern.«

Seine Reaktion kam so überraschend, dass sie zunächst nur abwarten konnte, während ihr sein unrasiertes Kinn und die geröteten Augen auffielen. *Er hat dir gerade erzählt, dass er Tag und Nacht arbeitet.* Levitte stellte seine rastlose Suche ein und ließ die Hände auf dem Schreibtisch ruhen. Kate fiel auf, dass sie leicht zitterten. »Ich habe den Eindruck, dass Sie im Gegenteil sehr viel über Nathan Troy zu sagen hätten, Mr. Levitte.«

Er lehnte sich mit flackerndem Blick auf seinem Drehstuhl zurück. »Ich habe Henry vor vielen Jahren gesagt, was ich von Troy halte. Hat er sich darum gekümmert? Nein!« Er war sichtlich verärgert, als er mit leiser Stimme begann, eine Litanei von Beschwerden vorzutragen. »Immer das Gleiche! Sagen meine Stiefmutter, meine Schwestern etwas, hört er ihnen zu. Aber wenn ich etwas sage?

Oh nein, er ignoriert es geflissentlich. Verdammt noch mal, wieso sollte *ich* mich um irgendwas kümmern?«

Als er nicht weitersprach, fragte Kate: »Was haben Sie ihm über Troy erzählt?«

Sie beobachtete, wie er um Fassung rang. »Ich will das alles jetzt nicht wieder aufwühlen. Wir reden von Dingen, die zwanzig Jahre zurückliegen. Das alles haben wir weit hinter uns gelassen. Ich … alle befinden sich jetzt in einer ganz anderen Situation.«

Kate sah ihm direkt in die Augen. »Mr. Levitte, wenn Sie Informationen über Nathan Troy besitzen, muss die Polizei sie bekommen. Sie könnten mit dem Grund für seine Ermordung zusammenhängen. Sie könnten für unsere Ermittlungen wichtig sein.«

»Ich habe nichts zu sagen, außer dass er nicht dafür geeignet war, am Woolner studieren zu dürfen. Dem habe ich nichts hinzuzufügen.«

Sie runzelte die Stirn, weil das Wort »geeignet« ihre Aufmerksamkeit weckte. »Wie meinen Sie das?« Er wandte sich kommentarlos von ihr ab. »Meines Wissens war er ein hochbegabter Student. Dr. Wellan, sein Tutor, hat sich sehr lobend über ihn …«

Levitte schnaubte. »Das sieht *Wellan* ähnlich. Ein weiterer *erbärmlicher* … Spuckt immer große Töne, wie wichtig ein gutes Verhältnis zu den Studenten ist. ›Sich auf die Jugend einlassen‹«, knurrte er, indem er mit beiden Händen Anführungszeichen in der Luft machte. Sie sah zu, wie er aufstand und zu den Rollen aus Packpapier und Luftpolsterfolie in der Ecke neben der Tür hinüberging. Während er mehrere Rollen zusammensuchte, sprach er über eine Schulter hinweg. »Wellan hat immer getan, was er wollte, und tut es noch heute. Meine Vater ist noch ganz die ›alte

Schule‹. Er weigert sich, Computerkunst zu akzeptieren. Aber es ist unwichtig, dass er halb im Ruhestand lebt, Wellan sollte trotzdem auf ihn hören. Aber *nein*, er ignoriert ihn. Wellan spielt gern den Neuerer. Ha! Das heißt nur, dass er als Erster ansteht, um *Fördermittel* zu ergattern, die er für Hightech-Spielzeug und Softwareschund ausgibt! Was ist *daran* kreativ?« Er riss abrupt die Tür auf. »Damit kann ich nicht weiter Zeit vergeuden.«

Kate, die über seinen Ausbruch erschrocken war, beobachtete schweigend, wie er das Büro verließ. Als sie sich dazu aufraffte, ihm zu folgen, sah sie ihn in dem weitgehend leeren Vorraum an einem langen Tisch auf Böcken stehen. Sie beobachtete, wie er versuchte, ein kleinformatiges Gemälde mit Luftpolsterfolie und Packpapier zu verpacken, was seinen ruhelosen Händen nur sehr schlecht gelang. »Meinem Eindruck nach kümmert Dr. Wellan sich intensiv um seine Studenten, ist sehr beliebt bei ihnen und …«

Roderick Levittes Gesicht verfinsterte sich. »Oh ja, er ist *beliebt*.« Kate sah ihn Speichel versprühen. Er fuhr sich mit dem Handrücken über den Mund. »Er ist ein Hochstapler, ein billiger Opportunist, der es wagt, über einen verehrungswürdigen Mann zu spotten, der ein millionenfach besserer Künstler ist, als er es jemals sein wird.« Er verstummte mit rotem Gesicht, stemmte beide Hände auf die Tischplatte und blieb mit hängendem Kopf schweigend stehen.

Kate, die von Roderick Levittes Benehmen und seinen übertriebenen Tiraden einer völlig Fremden gegenüber selbst als Profi überrascht war, bezweifelte sehr, dass sie etwas aus ihm herausbekommen würde, solange er sich in diesem erregten Zustand befand. »Möchten Sie unser Gespräch lieber auf ein anderes Mal verschieben?«

»Was wollen Sie noch wissen?«, murmelte er – weiter mit gesenktem Kopf.

Sie atmete tief durch. »Ich muss Sie fragen, welche Kontakte Sie in den letzten ein, zwei Wochen vor seinem Verschwinden zu Nathan Troy hatten. Und wir müssen mit Ihren Schwestern reden.«

Levitte richtete sich auf. »Ich kann mich nicht erinnern, irgendwelche ›Kontakte‹ zu ihm gehabt zu haben, und mit meiner Schwester Cassandra werden Sie nicht reden können. Ihr geht's nicht gut.«

Kate nickte nur. Sie beschloss, die Szene, die Bernie und sie im Haus seines Vaters erlebt hatten, nicht zu erwähnen, zumal er nichts davon zu wissen schien. »Wo können wir sie finden, wenn es ihr wieder besser geht?«

Levitte starrte sie verständnislos an. *»Besser?«* Er ließ Kopf und Schultern hängen und sprach so leise, dass sie sich anstrengen musste, um ihn zu verstehen. »Sie ist in einer Klinik … The Hawthornes in Edgbaston.« Er hob ruckartig den Kopf. »Aber lassen Sie sich dort ja nicht blicken, ohne die Erlaubnis meines Vaters eingeholt zu haben.« Er deutete mit dem Zeigefinger auf Kate. »Vergessen Sie einfach, dass ich davon gesprochen habe. Was wollen Sie noch wissen?«, fragte er abrupt.

Sie sah ihm ins Gesicht. »Wir müssen Verbindung zu Ihrer zweiten Schwester aufnehmen. Wir könnten einfach Ihren Vater anrufen, um …«

»Miranda hat eine kleine Galerie. In der Vine Terrace in Harborne.« Er erwiderte ihren Blick erstmals länger als einige Sekunden lang. »Ich … ich stehe hier unter gewaltigem Druck. Sie haben recht, Sie werden ein andermal zurückkommen müssen.« Er senkte den Kopf und betrachtete das kleine Bild, das er einzupacken versucht hatte. Mit vor

Wut verzerrtem Gesicht riss er das Verpackungsmaterial wieder ab und knüllte es mit zitternden Händen zu einer großen Kugel zusammen. »Heute war ein schlimmer Tag.«

Kate, die vermutete, dass er in letzter Zeit einige solcher Tage erlebt haben müsse, nickte verständnisvoll und wandte sich zum Gehen. »Wenn wir uns wiedersehen, Mr. Levitte, werde ich Sie fragen, warum Sie glauben, Nathan Troy sei fürs Woolner College ›nicht geeignet‹ gewesen.« Sie sah, wie sein Gesicht rot anlief. »Da fällt mir ein, ich habe Ihnen noch nichts über seinen Tod erzählt.« *Und du hast nicht danach gefragt.* »Seine sterblichen Überreste sind im Woodgate Country Park aufgefunden worden.«

Diese drei Wörter zeigten augenblicklich Wirkung. Levitte wurde kreidebleich. Seine blutunterlaufenen Augen funkelten, als er den Arm hob und mit zitterndem Finger auf sie zeigte. »Ich will Ihnen sagen, was mit Troy los war! Er war ein übler, widerlicher, *abscheulicher* … Er hat mich abgestoßen und mit Ekel erfüllt. Jemand wie er sollte überhaupt nicht …« Er machte nach Atem ringend eine Pause. Sie trat einen halben Schritt näher an ihn heran, aber der Blick, mit dem er sie anfunkelte, überzeugte sie davon, dass sie nichts Besseres tun konnte, als jetzt zu gehen und ihn später anzurufen, um einen Termin zu vereinbaren, an dem er hoffentlich ausgeglichener und ansprechbarer sein würde.

Kate nahm ihre Tasche über die Schulter und setzte sich in Bewegung, um den großen Raum zu durchqueren. »Ich rufe Sie später an, Mr. …«

»*Warten Sie!*«

Als Kate stehen blieb und sich umdrehte, sah sie, wie er sich mit dem Handrücken über seine feuchte Stirn fuhr.

»Wie gesagt – *Stress*. Dies ist sonst nicht meine Art. *Wirklich* nicht. Meine Situation ist … schwierig.«

Kate hörte schwere Schritte auf dem Korridor, durch den sie sich zuvor geschlängelt hatte. Als sie sich umdrehte, sah sie zwei Männer in hellbraunen Overalls, die beide mehrere große gerahmte Gemälde trugen. Auch Roderick Levitte beobachtete sie. Er funkelte die beiden an. »Nein, nein, *nein!* Was habe ich vor kaum einer halben Stunde gesagt? Ihr sollt sie *einzeln* tragen!« Als sie den Tisch erreichten, riss er ihnen die Gemälde aus dem Händen, um sie zu begutachten. »Und die hier stehen nicht mal auf der *Liste.* Bringt sie zurück!«, tobte er. Die beiden wechselten einen Blick, dann trugen sie die Gemälde wieder hinaus.

Er wirkte erschöpft. »Mit *solchen* Leuten soll ich arbeiten. *Hoffnungslos!* Ich mache praktisch alles allein.«

»Ich finde selbst hinaus, Mr. Levitte, und rufe Sie an, um einen neuen Termin zu vereinbaren.« Kate ließ ihn stehen und schlängelte sich durch den engen, düster beleuchteten Gang in die Empfangshalle zurück. Durch eine halb offene Tür in der gegenüberliegenden Wand sah sie die Männer in den Overalls. Miss Wasserwaage vom Empfang war nirgends zu sehen. Kate durchquerte die Eingangshalle und klopfte an die Tür, die ihr einer der Männer öffnete.

Sie bedachte ihn mit einem strahlenden Lächeln. »Ich habe eben mit Mr. Levitte gesprochen, als Sie reingekommen sind.« Sein Kollege, der hinter ihm Gemälde in senkrechte Fächer zurückstellte, lächelte ihr zu. »Mich würde interessieren, welche Bilder es nicht in die Ausstellung schaffen.« Er zögerte unsicher. »Ich komme von der Polizei, bin dienstlich hier«, fügte sie zweckmäßigerweise hinzu.

Der Mann nickte, dann forderte er sie mit einer Handbewegung zum Eintreten auf. »Stan? Hol die Bilder noch mal kurz raus. Die Lady hier möchte sehen, was Seine Lordschaft aussortiert hat.«

Stan brachte ihr die Gemälde, die er auf den großen Tisch in der Mitte des Raums legte. Lauter eindeutige Levittes. Sogar noch verstärkt, fand Kate. Sie waren viel größer als *Land unter Sonne*, das jetzt in ihrem Arbeitszimmer hing. Die Strukturen, die sie auf ihrem Gemälde so attraktiv fand, waren hier zu einer hektischen Parodie übersteigert. Waren die Bilder vielleicht deshalb ausgesondert worden?

Als sie sich aufrichtete, wurde sie auf zwei riesige Gemälde aufmerksam, die in reich verzierten Goldrahmen an einer Wand lehnten. Diese beiden Porträtstudien waren so groß wie Kate selbst. Stan sah, worauf ihr Blick gefallen war.

»Das ist der Alte persönlich. Henry Levitte. *Sein* Dad. Großartiger Bursche. Ganz anders als *er*. Bestimmt hat er Ihnen vorgejammert, wie schwer er arbeiten muss? Glauben Sie ihm bloß kein Wort. Der Kerl ist ein Nichtsnutz. Ist nie was anderes gewesen. Wie er nur dazu kommt, solch einen Vater zu haben …«

Katie hatte nur Augen für die sitzende Gestalt auf dem Bild: das Haar dunkler, die Kinnlinie energischer, eine schneeweiße Manschette von der eleganten Hand zurückgezogen, die auf der Armlehne eines Sessels lag – ohne die stark hervortretenden Adern und Altersflecken, die Kate neulich bei ihrem Besuch aufgefallen waren. *Dieses Porträt ist bestimmt mindestens zwanzig Jahre alt?* Sie bedankte sich bei Stan und seinem Kollegen, ging zur Tür und verließ den Lagerraum.

Sobald Kate wieder in ihrem Wagen saß, betätigte sie die Zentralverriegelung und lehnte den Kopf an die Kopfstütze. Wenn das, was sie heute bei Roderick Levitte gesehen hatte, auch nur halbwegs typisch für ihn war, dann war Cassandra offenbar nicht das einzige Mitglied ihrer Familie, das Schwierigkeiten hatte. Als sie den Motor anließ und den Pfeilen zur Ausfahrt folgte, hatte sie Roderick Levittes Stimme im Ohr: *Jemand wie er sollte überhaupt nicht …* Was hatte er gerade sagen wollen? Jemand wie Nathan Troy sollte überhaupt nicht leben dürfen?

Als Kate auf die Straße hinausfuhr, fragte sie sich, was Nathan Troy – geliebter Sohn, begabter Student – an sich gehabt haben mochte, das außergewöhnlich stark polarisiert und solche Feindseligkeit provoziert hatte, dass er hatte sterben müssen. Die Feindseligkeit, die Roderick Levitte für ihn empfand, war auch zwei Jahrzehnte später noch unvermindert spürbar gewesen. Während sie im Rushhour-Verkehr mitschwamm, wertete sie aus, was sie in der Margaret Street gesehen und gehört hatte.

In den auf der Hagley Road aus der City abfließenden Verkehr ordnete Kate sich in leicht gehobener Stimmung ein. Etwas anderes war ebenso offensichtlich. Sie kannte jetzt die Identität des Studenten, den Nathan Troy nicht hatte leiden können. Sie hatte »Rod« gefunden.

19

Kate kam aus dem Fachbereich Psychologie und war auf dem Weg zum Auto, als ihr Smartphone klingelte. Sie nahm den Anruf entgegen.

»Doc? Was machst du gerade?«

»Ich war vorhin bei Roderick Levitte und bin jetzt auf der Heimfahrt von der Uni.«

»Vielleicht hast du Lust auf einen kleinen Umweg. Rate mal, wer uns hier Gesellschaft leistet? Ich will dir ein paar Hinweise geben. Seine DNA war an der Taschenlampe, die wir bei Troys Leiche gefunden haben, er ist sechzehn …«

»Bin schon unterwegs.«

Durch das verspiegelte Glas beobachtete Kate, wie die Tür des Vernehmungsraums geöffnet wurde. Bernie ging voraus, hinter ihm kamen ein Jugendlicher und eine zierliche Frau, die Anfang vierzig, vielleicht auch jünger zu sein schien. Joe trat als Letzter ein und schloss die Tür hinter sich. Bernie setzte sich an eine Längsseite des Tischs und bedeutete Stuart Butts und seiner Mutter, ihm gegenüber Platz zu nehmen. Joe blieb zunächst an der Tür stehen.

Sie hörte zu, wie Bernie dem Jugendlichen seinen und Joe Corrigans Namen nannte, und beobachtete dann, wie er mit einem Kugelschreiber spielte, während er das Gesicht des Jungen fixierte. Auch Kate behielt Stuart Butts, den sie im Profil sah, scharf im Auge. Sie hatte eine antisoziale Haltung erwartet, die sich in Frisur und Kleidung ausdrücken würde. Doch dieser Junge war anders. Er war in einer teuer aussehenden Outdoorjacke hereingekommen, die jetzt über der Stuhllehne hing, und trug zu einer vollständigen Schuluniform farbig abgesetzte Sportschuhe. Auch diese Schuhe – nicht von Adidas – sahen teuer aus. Sie studierte das glatte, unschuldige Gesicht unter ordentlich zurückgekämmtem Haar mit Seitenscheitel, bevor sie ihre Aufmerksamkeit der überschlanken, nervösen Frau zuwandte, die neben ihm sitzend eine Einkaufstasche an sich gedrückt hielt.

In dem Raum, in dem Kate saß, kam Bernies Stimme aus Deckenlautsprechern. »Machen Sie es sich bequem, Mrs. B. Sie sind möglicherweise länger hier.«

Die Frau kniff die Lippen zusammen, beäugte Bernie misstrauisch. Dann stellte sie widerstrebend ihre Tragetasche neben sich ab.

»Gut … gut«, sagte Bernie, indem er ihr beruhigend zunickte. Ihr Sohn wirkte völlig entspannt; seine neben dem Tisch ausgestreckten Beine waren an den Knöcheln übereinandergelegt.

Vor Bernie lagen Informationen, die Julian aus dem Police National Computer heruntergeladen hatte. Kate hatte sie nach ihrer Ankunft überflogen. Jetzt beobachtete sie, wie er darin blätterte, wobei er sich Zeit ließ, bis die Füße des Teenagers zu zucken begannen. Die Familie Butts war seit Langem polizeibekannt. Der Vater war wegen Körperverletzung, auch wegen häuslicher Gewalt vorbestraft. Auch Stuart Butts hatte schon mit der Polizei zu tun gehabt: Er hatte nicht nur in einem Kiosk gestohlen, sondern als Dreizehnjähriger einen Gleichaltrigen zusammengeschlagen und ihm die Nase gebrochen. Sein Opfer hatte die Aussage verweigert und dann sogar geleugnet, von Butts angegriffen worden zu sein, sodass die Ermittlungen eingestellt worden waren. Außerdem hatte es mehrmals Beschwerden von älteren Nachbarn gegeben, denen Stuart Butts mit kaum verhüllten Geldforderungen seine »Hilfe« aufgedrängt hatte. Während Bernie zu lesen vorgab, blieb das junge Gesicht ausdruckslos, aber die Füße zuckten stärker. Dann hob Bernie den Kopf und starrte Butts durchdringend an.

Der Jugendliche erwiderte seinen Blick weiter mit leicht überheblichem Lächeln, als Bernie zu sprechen begann. »Du weißt, wie solche Befragungen ablaufen, deshalb wollen wir gleich zur Sache kommen. Erzähl uns vom Woodgate Country Park.«

»Was ist damit?«, fragte Butts gespielt ahnungslos.

Bernie zog die Schultern leicht hoch, beugte sich über den Tisch und schien den Jungen mit dem Zeigefinger durchbohren zu wollen. »Pass mal auf. Dies ist ein informelles Gespräch, aber wir haben keine Zeit, lange rumzueiern, richtig? Wir wissen, dass du vor ein paar Tagen im Park warst. Erzähl uns davon.«

Stuart Butts hielt seinem durchdringenden Blick mit Unschuldsmiene stand. »Ich weiß nicht, wovon Sie reden. Meine Mom sagt, dass ich dort nicht hingehen soll, also tu ich's nicht.«

Das hämische Grinsen verschwand schlagartig, als ein Ellbogen seine Rippen traf. »Du hast gehört, was er gesagt hat«, zischte die kleine Frau. »Erzähl's ihm!«

Stuart Butts wandte sich von ihr ab. »Halt die Klappe. Ich weiß nichts.«

Bernie ignorierte die Mutter, konzentrierte sich ganz auf den Jugendlichen. »Doch, du weißt etwas. Wir allerdings auch. Und es gibt etwas, das du *nicht* weißt. Wir haben einen Beweis dafür, dass du in dem Park warst.« Kate sah, wie der exakt frisierte Kopf ruckartig gehoben wurde. »Wenn du darüber nachdenkst, warum du dort warst, fällt dir vielleicht sogar ein, was es ist.«

Stuart Butts' Gesicht blieb ausdruckslos, aber Kate vermutete, dass er angestrengt nachdachte. Sie konnte sehen, wie sein Adamsapfel hüpfte, als er trocken schluckte.

»Komm schon, Schatz«, drängte seine Mutter. »Sei ein braver Junge. Erzähl den Polizisten, was sie wissen wollen, damit wir heimfahren können. Dein Dad wird sein Abendessen wollen, und wenn er von diesem Besuch erfährt, regt er sich bestimmt gewaltig auf …«

»Lassen Sie ihn in Ruhe«, knurrte Bernie.

Kate beugte sich leicht nach vorn, um in das Mikrofon auf dem Tisch vor ihr sprechen zu können. Ihre Stimme würde aus den Ohrhörern kommen, die Joe und Bernie trugen. »Vielleicht wäre es ratsam, die Mutter auszuschließen, um die Dynamik zu verändern.«

Sie sah, wie Bernie die Lippen zusammenkniff, und merkte, dass er ihren Rat nur ungern befolgte, weil er Stuart Butts die Möglichkeit geben könnte, sich grundlos über seine Behandlung zu beschweren. »Du warst dort. Das wissen wir, weil wir etwas haben, das deine Anwesenheit beweist.« Das Gesicht des Jungen blieb weiter ausdruckslos. »Wir haben die Taschenlampe, die du zurückgelassen hast.«

»Nicht ich. Hab keine Taschenlampe.«

Seine Mutter mischte sich ein. »Er sagt die Wahrheit! Er hat keine. Das kann ich beschwören.«

Kate beugte sich wieder nach vorn. »Jungs, ihr müsst sie rausschicken.« Sie sah, wie Bernies Miene sich verfinsterte, und beobachtete, wie Stuart Butts freimütig zu dem großen, schweigenden Kriminalbeamten an der Tür aufsah, bevor er sich wieder dem Befrager zuwandte.

Bernie war mit seiner Geduld fast am Ende. »Du hast nicht das erste Mal mit der Polizei zu tun. Du weißt, wie das System funktioniert.«

»Er ist ein guter Junge. Er nimmt regelmäßig seine Medizin …«

»Interessiert mich nicht«, knurrte Bernie, ohne den Jugendlichen aus den Augen zu lassen. »Er muss uns *sofort* ein paar Antworten geben, sonst kann es passieren, dass er sein Frühstück hier bekommt.«

Sie wandte sich an ihren Sohn. »Komm jetzt, Stuey, Schatz. Sag ihm, was du weißt, damit wir gehen können.«

»Deine Mom gibt dir einen echt guten Rat.« Der Jugendliche sah auf, als er die tiefe Stimme des an der Wand lehnenden Kriminalbeamten hörte. »Es wird Zeit, dass du uns erzählst, was du weißt.«

Stuart Butts studierte Joe. »Amerikaner?« Das brachte ihm ein kurzes Nicken ein. »Du hast eine eigene Waffe, yeah?« Joe gab keine Antwort. »Wie ist's, jemand damit zu erschießen?« In der daraufhin folgenden Stille wandte er sich langsam blinzelnd wieder an Bernie. »Ich helfe keinem *Bullen.*«

Kate sah, wie die Mutter sich auf ihrem Stuhl wand, hörte ihr hohes Quieksen und Bernies prompte Zurechtweisung. »Werd bloß nicht unverschämt, mein Junge! Ich hab's bald satt mit dir. Los, raus mit der Sprache!«

»So dürfen Sie nicht mit ihm reden«, protestierte Mrs. Butts. »Kein Wunder, dass er Sie nicht mag.«

Kate sprach wieder ins Mikrofon, diesmal hörbar ungeduldig. »Ihr bekommt – *wie gesagt* – mehr aus ihm heraus, wenn ihr sie wegschickt.« Sie beobachtete, wie Stuart Butts die Hände zu Fäusten ballte, als ein weiterer Ellbogenstoß seine Rippen traf.

»Hör auf damit, blöde Kuh.« Er fing einen missbilligenden Blick des vor ihm sitzenden Kriminalbeamten auf und quittierte ihn hämisch grinsend.

Joe verließ seinen Platz an der Tür, kam an den Tisch und stützte beide Hände auf die Tischplatte. So blickte er auf Stuart Butts hinunter, der den Kopf hob und seinen Blick unerschrocken erwiderte. »Wir ermitteln wegen eines Vorfalls im Park, in den du verwickelt bist. Hör mir jetzt gut zu. Wie mein Kollege gesagt hat, ist etwas aus deinem Besitz am Tatort gefunden worden. Erzähl uns, wie es dort hingekommen ist, sonst müssen wir überlegen, dich wegen Aussageverweigerung in Haft zu nehmen.«

Mrs. Butts holte keuchend tief Luft und starrte ihren Sohn erschrocken an. »Also, was ist jetzt?«

Kate beobachtete, wie Stuart Butts seine Optionen abwog. Dass er hier rauswollte, war offensichtlich. Was er jetzt sagte, würde vor allem dem Zweck dienen, die Rose Road möglichst rasch hinter sich lassen zu können.

»Also gut. Ich *glaube,* dass ich vor ein paar Tagen kurz dort war. Aber nur fünf Minuten, dann bin ich wieder gegangen.«

Sie beugte sich nach vorn, um ins Mikrofon zu sprechen. »Er ist nicht in den Park gegangen, um sich dort nur ganz kurz aufzuhalten. Fragt ihn, was er getan hat – und *wo* er es getan hat.«

Die weiche amerikanische Stimme fuhr fort: »Sag uns, was du dort getrieben hast.«

Das tat der Jugendliche vage und wahrscheinlich mit vielen Auslassungen. Nach seiner Ankunft hatte er fünf Minuten lang »rumgehangen«. Dann hatte es zu regnen begonnen, also hatte er sich auf den Heimweg gemacht. Nach diesem unverfänglichen Minimalbericht hielt er den Mund.

»Was hast du in diesen ›fünf Minuten‹ genau gemacht?«, fragte Joe hörbar ungläubig.

»Nichts. Hab bloß … rumgehangen.«

»Hast du im Park jemanden gesehen?«, fragte Bernie.

Sein Blick streifte den Kriminalbeamten, dann sah er wieder weg. »Wen zum Beispiel?«

Bernie musterte ihn scharf. »Jeden, den wir befragen können, weil er sich vielleicht an *dich* erinnert und deine Story bestätigen kann. Wenn du den Park so gut kennst, wie ich vermute, weißt du auch, dass es einige Leute gibt, die sich regelmäßig dort aufhalten.« Er starrte in die blauen Augen des Jungen, und Kate vermutete, dass es so sein müsste, als würde man in eine Glasscheibe schauen. »Ich spreche von Kerlen, die jemanden für ein paar nette Stunden suchen.«

Das entlockte der Mutter ein weiteres schrilles Quieksen, das in ein Hüsteln überging. Das hämische Grinsen des Jungen verschwand schlagartig. Er sah mit ausdrucksloser Miene an Bernie vorbei. »Ich hab *niemanden* gesehen.«

Kate studierte Butts durch das Spiegelglas. »Fragt ihn nach Geld.«

Bernie nickte zu Stuarts teurer Jacke hinüber. »Du hast einen Teilzeitjob?«

»Soll das ein *Witz* sein?«, fragte er spöttisch. »Für den Mindestlohn arbeiten? *Ich* doch nicht!«

»Sei nicht so frech zu dem Polizisten! Wenn dein Vater erfährt, dass du …«

»Halt die *Klappe*!«

Nach einem Blick zu seinem Kollegen hinüber drückte

Bernie auf den in die Tischkante eingelassenen Klingelknopf. Kate beobachtete, wie die Tür sich öffnete und den Blick auf zwei uniformierte Polizisten – ein Mann und eine Frau – freigab, die sich draußen bereitgehalten hatten. »Mrs. Butts, würden Sie bitte mit Constable Whittaker gehen? Er hat eine Tasse Tee und ein paar Kekse für Sie.« Bernie deutete auf den jungen Beamten, der mehrmals energisch nickte.

Mrs. Butts widersprach. »Ich glaube, ich sollte lieber bei meinem …«

»Keine Sorge, Mrs. B., Ihrem Jungen passiert nichts. Constable Sharma leistet ihm und uns Gesellschaft, bis unser Gespräch zu Ende ist.«

Stuey warf seiner Mutter einen verächtlichen Blick zu. »Verpiss dich.«

Die kleine Frau funkelte ihn an, nahm dann ihre Tragetasche an sich und folgte Whittaker hinaus. Als Constable Sharma den Raum durchquerte und auf dem Stuhl in einer Ecke Platz nahm, holte Joe sich den freien Stuhl, stellte ihn neben Bernies und setzte sich ebenfalls. Die beiden Kriminalbeamten begutachteten Stuart Butts konzentriert schweigend.

Er erwiderte ihre Blicke trotzig, als sei er entschlossen, sich nicht unterkriegen zu lassen. »Ich hab alles gesagt, was ich …«

Bernie sprach langsam, nachdrücklich. »Deine Mom ist nicht mehr da, aber PC Sharma passt auf dich auf. *Jetzt* kannst du uns den *Rest* erzählen.« Kate sah den verächtlichen Blick, mit dem Butts die junge Polizeibeamtin musterte – und den Bernie mit sichtlichem Widerstreben ignorierte. »Los, raus mit der Sprache!«

»Es gibt keinen ›Rest‹. Was ich erzählt habe, war alles, was passiert ist. Ende der Durchsage.«

Joe ergriff das Wort. »Wir wissen, dass es am Montag geregnet hat.«

Die kalten blauen Augen erwiderten seinen Blick, die Stimme war kaum lauter als ein Flüstern. »Das hab ich *gesagt*, nicht wahr?«

»Wann bist nach Hause gekommen?«, fragte Bernie.

Der jähe Kurswechsel brachte den Jungen etwas durcheinander. »Weiß nicht mehr, gegen halb vier. Wen interessiert's?«

Joe zog die Augenbrauen hoch, musterte ihn prüfend. »Du bist etwa zu der Zeit heimgekommen, zu der du sonst die Schule verlässt? Obwohl du wusstest, dass deine Mom zu Hause war. Kein sehr cleverer Zug.«

»Sie war nicht da. Niemand war da.«

Ohne Butts aus den Augen zu lassen, tippte Bernie auf die Unterlagen auf dem Tisch. »Nach deiner Festnahme habe ich mit deiner Mutter telefoniert. Ihrer Aussage nach bist du erst ›lange nach fünf Uhr‹ zu Hause aufgekreuzt.« Er beugte sich nach vorn. »Ich will dir einen guten Rat geben, mein Junge. Gib. Es. Auf.«

Stuarts Blick ging von einem Kriminalbeamten zum anderen. »Ich weiß noch immer nicht, was Sie von mir wollen.«

Joe studierte ihn mit leicht schief gelegtem Kopf. »Du bist an diesem Tag allein in den Park gegangen?«

Der Befragte kniff genervt die Lippen zusammen, während er einen Blick auf die Wanduhr warf. »Yeah? *Und?*«

Kate, der aufgefallen war, dass die beiden kurzen Antworten fragend klangen, meldete sich wieder. »Stellt fest, *wo* er war, als es geregnet hat.«

Joe fragte weiter. »Was hast du gemacht, als es zu regnen angefangen hat?«

Er zuckte mit den Schultern. »Hab nur Vögel beobachtet. Am …« Das junge Gesicht wirkte plötzlich verschlossen.

»Am …?«, wiederholte Joe, während Kate ein einzelnes Wort einfiel: *See*.

»Hab bloß rumgehangen. An keinem bestimmten Ort.«

Joe nickte sorgfältig. »Und was hast du gemacht, als es zu regnen begonnen hat?«

Butts interessierte sich plötzlich sehr für die Fensterbank. »Ich bin gegangen. Es war kalt. Ich hatte keine Lust mehr. Ich bin heim.«

Kate schrieb die kurzen Sätze mit. Lügen war einfacher, wenn man versuchte, ohne Details auszukommen.

Bernie legte den Kopf schief und studierte das ausdruckslose Gesicht. »Du bist gut zwei Meilen weit zu Fuß gegangen, um *fünf* Minuten im Park zu bleiben und gleich wieder zu gehen?«, blaffte er so laut, dass der Teenager zusammenfuhr und Constable Sharma sich stirnrunzelnd vernehmlich räusperte.

Joe brach das kurze Schweigen. »Hast du eine Idee, warum wir im Woodgate Park ermitteln?«

»Keinen blassen Schimmer.« Die Füße waren wieder in ständiger Bewegung.

Als Sharma sich erneut bemerkbar machte, wechselten die beiden Kriminalbeamten einen Blick. Bernie sah auf die Wanduhr. »So, das reicht für heute.« Er wies mit einem dicken Zeigefinger auf den Jugendlichen. »Aber *merk* dir eines: Wir sind noch nicht fertig mit dir, darauf kannst du dich verlassen. Und wenn wir merken, dass du uns etwas verschwiegen hast, wirst du es bedauern, mein Junge.«

Die beiden standen auf, der Junge mit verächtlicher Miene ebenfalls. Bernies Blick durchbohrte ihn. »Du weißt, dass du auf dem besten Weg in eine Jugendstrafanstalt bist? Solltest du es bisher noch nicht gewusst haben, jetzt weißt du es. Du wirst noch große Schwierigkeiten bekommen.«

Im Raum nebenan nickte Kate wortlos zustimmend.

Stuart Butts runzelte in gespielter Besorgnis die Brauen, während seine blauen Augen Bernie spöttisch betrachteten. »*Oooh*, stimmt das wirklich?« Keine halbe Minute später war er verschwunden – und Constable Sharma mit ihm.

Bernie drehte sich um, als Kate in den Vernehmungsraum kam. »Was denkst du?«

»Dass er den Park gut kennt. Und weil er so mauert, glaube ich, dass er dort war. In dem Haus am See.«

Bernie sah zu Joe hinüber. »Was hältst du von ihm?«

»Unzuverlässig und unkooperativ. Wahrscheinlich war er nicht allein dort.«

Sie verließen gemeinsam den Raum, gingen den Flur entlang und stiegen die Treppe zum KUF-Dienstraum hinauf. Bernie ließ seine Unterlagen auf den Tisch fallen und nickte Joe zu. »Morgen früh fangen wir an, Informationen über Butts zu sammeln – als Erstes in seiner Schule.«

Kate nickte. »Stellt fest, mit wem er gewöhnlich die Schule schwänzt.«

Er war an diesem trüben Nachmittag draußen, hielt den Kopf gesenkt und bewegte sich rasch, um möglichst viel Abstand zu dem Gebäude und ihr zu gewinnen. Nach einem Blick über die Schulter zog er sein Smartphone aus der Tasche, tippte die Nummer ein und wartete. Nach dem dritten Klingeln meldete sich ein Anrufbeantworter, und die vornehm redende Stimme bot ihm Tickets an. Er grinste, wartete das Ende der Ansage ab und sprach dann in spöttischem Tonfall. »Hal-looo. Rate mal, wer dran ist?«

Die Antwort kam wie erwartet sofort, nur klang die vornehme Stimme jetzt aufgebracht. »Ich hab dir gesagt, dass du mich nie …«

»Hör zu, du Blödmann. Pass auf, wie du mit mir redest, wenn du nicht willst, dass alle möglichen kleinen Geheimnisse rauskommen. Ich weiß, was du getan hast, kapiert? Rate mal, wo ich vor fünf Minuten war?« Ohne zu warten, lieferte er die Antwort gleich selbst.

»Was?«

»Dachte mir doch, dass dich das interessieren würde.«

»Wieso bist du …? Was hast du ihnen gesagt?«

»Beruhig dich, Wichser. Sie suchen einen Typen, den ich kenne.«

»Warum rufst du mich dann an? Was willst du von …« Der Mann brachte den Satz nicht zu Ende.

Er gluckste lachend und stellte sich die schweißnasse Stirn, die zitternden Hände vor. »Ich lass mir was einfallen und sag's dir dann. Verlass dich drauf.«

20

An einem trüben Vormittag gingen die beiden Kriminalbeamten auf einen weitläufigen einstöckigen Klinkerbau zu. Bernie sah mit zusammengekniffenen Augen zu dem bleigrauen Himmel auf, als sie das Gebäude durch den Haupteingang betraten und auf einem breiten Korridor weitergingen. Ungefähr auf halber Strecke schrillte die Schulglocke. Die Türen auf beiden Seiten des Korridors flogen auf, und Horden von Mädchen und Jungen – alle in weiß-blauer Schuluniform – kamen in beiden Richtungen an ihnen vorbei.

»*Teufel* auch«, murmelte Bernie, als sie mehrfach angerempelt wurden. Er folgte Joe, der auf einen Mann zuhielt, der ihnen über die Köpfe der Schüler hinweg zuwinkte.

Als sie den Mann erreichten, streckte er ihnen die Hand hin. »Dermot O'Hanlon, Rektor dieser Schule, Gott sei's geklagt. Kommen Sie mit in mein Büro.«

Sie hielten mit ihm Schritt. »Ich habe Sie gestern angerufen …«, sagte Bernie.

»Zum Glück, sonst wären Sie hier nicht reingekommen.« Bernie schien etwas sagen zu wollen, aber dann machte der Rektor halt und öffnete eine Tür. »Treten Sie ein, Gentlemen.« Er ließ ihnen den Vortritt. Sie nahmen ohne Einladung Platz, und er trippelte mit kleinen Schritten an ihnen vorbei, um sich an den mit Akten vollgepackten großen Schreibtisch zu setzen.

Joe kam gleich zum Zweck ihres Besuchs. »Stuart Butts. Was können Sie uns über ihn erzählen?«

Der Rektor zog die Augenbrauen hoch. »Was hat er diesmal angestellt?« Als er keine Antwort bekam, beugte er sich zur Seite, zog eine dicke Akte aus einem Stapel und klatschte sie auf die Schreibtischplatte. »Aus Erfahrung habe ich die immer zur Hand. Hier drinnen steht alles über ihn.«

»Wie wär's, wenn Sie uns das Wichtigste erzählen würden?«, schlug Bernie vor.

O'Hanlon blätterte in der Akte. »Stuart Butts ist clever, versteht es, andere zu manipulieren und neigt zu Gewalttätigkeit. Seine Persönlichkeit lässt sich mit einem einzigen Wort zusammenfassen: böse.« Er sah rasch zu den Besuchern hinüber, als wolle er sich davon überzeugen, dass sie verstanden hatten, bevor er fortfuhr: »Noch gefährlicher macht ihn die Tatsache, dass man ihm absolut nichts davon ansieht. Seine Schuluniform ist immer tadellos. Er trägt keine verrückten Frisuren, Tätowierungen oder Piercings. Bei ihm findet alles *innerlich* statt. Außer er will es anders, versteht sich.«

Er schilderte ihnen die Probleme, die Butts bisher an der Schule gehabt hatte. Das war eine trübselige Liste mit Tätlichkeiten gegen Mitschüler, Aufsässigkeit gegenüber Lehrern und zwei Suspendierungen: die erste, weil er ein Lehrerauto zerkratzt hatte, die zweite, weil er einen jüngeren Schüler an den Zaun des Pausenhofs gefesselt hatte, worauf zwei Schulpsychologen sich mit ihm befasst und eine schwere Verhaltensstörung diagnostiziert hatten. Dann war Butts ein halbes Jahr in einer Spezialeinrichtung für emotional Gestörte gewesen, in der bei ihm eine Aufmerksamkeitsdefizit-/Hyperaktivitätsstörung diagnostiziert worden war.

O'Hanlon betrachtete die Kriminalbeamten ernst. »Dann haben sie ihn wieder zu uns geschickt. Er darf keinen direkten Kontakt zu den Tieren in unserem Labortrakt haben. Er bekommt Ritalin, aber das Kollegium hat keine wirkliche Veränderung in seinem Verhalten festgestellt.« O'Hanlon wandte sich an Bernie. »Das kommt daher, weil sein Aufmerksamkeitsdefizit ungefähr so ausgeprägt ist wie Ihres oder meines. Er ist gerissen, subversiv und gemein. Er versteht es, alle – Mitschüler wie Lehrer – gegen sich aufzubringen.« Der Rektor sah erneut kurz in die Akte. »Letztes Jahr hat es hier bei uns gebrannt. Das war Butts.«

»Beweise?«, fragte Bernie, aber O'Hanlon schüttelte den Kopf. »Mit wem hängt er meistens herum?«

Der Rektor zuckte mit den Schultern. »Im Prinzip ist er ein Einzelgänger.«

Bernie musterte ihn forschend. »Vermuten wir richtig, dass er regelmäßig die Schule schwänzt?«

O'Hanlon nickte nur.

»Mit wem treibt er sich dann herum?«, fragte Joe.

Der Rektor sortierte einen Stapel und zog eine weitere Akte heraus. »Da fällt mir eigentlich nur Bradley Harper ein. Ein seltsames Paar. Butts ist wie gesagt intelligent, Harper ist eher das Gegenteil.« Er schob die Unterlippe vor, während er in der Akte blätterte. »Ganz entschieden keine akademische Leuchte.«

Bernie wurde allmählich ungeduldig. »Harpers Noten sind uns egal«, sagte er barsch. »Wie *ist* er? Was interessiert ihn? Hat er schon früher die Schule geschwänzt? Oder hat er sich erst durch Stuey Butts dazu verleiten lassen?«

Der Rektor verzichtete darauf, den Besuchern das heutige Notensystem zu erläutern. Stattdessen schob er ihnen die aufgeschlagene Akte hin. »Hier sehen Sie sich das an.«

Er tippte auf zwei Monate zurückreichende fotokopierte Seiten eines Klassenbuchs. »Sehen Sie? Harper schwänzt ziemlich regelmäßig die Schule.« Er schlug eine weitere Seite auf. »Sein Schülerprofil lässt keine Interessen erkennen. Weder in der Schule noch außerhalb.« O'Hanlon ließ die Akte auf den Schreibtisch fallen, lehnte sich zurück, massierte sich ein Auge mit dem Handballen und blinzelte sie dann über den Schreibtisch hinweg an. »Kein schulischer Ehrgeiz, auch nicht die geistigen Voraussetzungen für gute Leistungen. Die Familie interessiert sich nicht für seine Erziehung, engagiert sich auch nicht dafür, obwohl seine beiden Geschwister ebenfalls hier zur Schule gehen und gute Noten haben. Seine Mutter war mal hier bei mir. Sie hat mir Ohrfeigen für den Fall angedroht, dass ich noch mal gestatte, dass Kollegen ihren Bradley nachsitzen lassen. Er ist kein schlechter Junge, aber hier bei uns ist er das menschliche Gegenstück zu einer Tapete. Er macht absolut *nichts*. Zu Hause ist er der Älteste, und ich denke, dass seine Mutter ihn verzogen hat. Was er in seiner Freizeit tut, weiß ich nicht. Wahrscheinlich isst er – das kann er sehr gut.« Der Rektor seufzte. »Heutzutage hört man ständig Kritik daran, was die Schule tut oder nicht tut. Tatsache bleibt aber, dass wir's nicht allein schaffen können.« Er klappte die Akte kopfschüttelnd zu und legte sie auf ihren Stapel zurück. »Verglichen mit Harper besitzt Butts wirklich akademisches Potenzial.«

Joe nickte. »Wann hat Harper zum letzten Mal die Schule geschwänzt?«

O'Hanlon sah ihn an. »Gute Frage. Nach Ihrem gestrigen Anruf habe ich mich bei seinem Klassenlehrer erkundigt. Angeblich war er zum letzten Mal am Montagmorgen vergangener Woche anwesend.« Er tippte auf den Kalender auf seinem Schreibtisch. »Aber als ich nachgefragt habe, konnte sich keiner der Fachlehrer erinnern, ihn an diesem Tag gesehen zu haben. Das ist das Problem bei Schülern wie ihm – sie bleiben unter dem Radar. Ich habe seine Mutter angerufen, um ihr zu sagen, dass Bradley die Schule geschwänzt habe, und bin dafür wüst beschimpft worden. Ich weiß, dass sie's nicht leicht hat, aber so was lasse ich mir von keinem Elternteil gefallen. Seither habe ich nichts mehr von ihr gehört, und Bradley hat sich nicht mehr hier blicken lassen.«

Joe wechselte einen Blick mit Bernie und streckte dann seine langen Beine aus. »Nehmen wir mal an, Stuart Butts und Bradley Harper hätten an diesem Tag gemeinsam die Schule geschwänzt – wohin wären sie vermutlich gegangen?«

O'Hanlon nickte zum Fenster hinüber. »Die Möglichkeiten sind begrenzt. Sie würden nicht ins Gemeindezentrum gehen, sich in Geschäften rumtreiben oder auf den Straßen ihrer Siedlung herumhängen, weil sie wissen, dass meine Kollegen dort unterwegs sind und nach Schulschwänzern Ausschau halten. Am wahrscheinlichsten wäre der nicht besonders nahe Woodgate Country Park, glaube ich, aber wer kann das bei solchen Kids schon bestimmt sagen?«

Bernie, der sich in Schulen nie wohlgefühlt hatte, bekam von der Hitze in O'Hanlons Büro allmählich Kopfschmerzen. »Was hätten die beiden im Park unternehmen können? Wäre Harper auch allein hingegangen?«

»Ich glaube nicht, dass er dafür genügend Eigeninitiative besäße«, antwortete O'Hanlon auf die zweite Frage. »Und ich würde es auch persönlich bezweifeln. Von mehreren Kollegen habe ich gerüchteweise gehört, er sei dort letztes Jahr mal überfallen worden.«

Bernie wechselte einen raschen Blick mit Joe. »Erzählen Sie uns, was Sie darüber wissen.«

»Nichts. Das Gerücht war wie gesagt bei den Kids im Umlauf, aber wir haben es nie verifizieren können. Und ich weiß leider nicht, was Butts und er gemacht haben, wenn sie draußen im Park waren.« Er sah von einem Kriminalbeamten zum anderen. »Wir wissen natürlich, dass sich dort zwielichtige Gestalten herumtreiben.« O'Hanlon klatschte Stuart Butts' Akte wieder auf ihren Stapel. »Wenn Sie mit Butts sprechen, rate ich Ihnen, ihm kein Wort zu glauben.« Er zögerte, sah zu den beiden hinüber und wählte seine Worte mit Bedacht. »Uns ist aufgefallen, dass er immer ziemlich gut bei Kasse zu sein scheint.«

»Woher?«, fragte Bernie.

»Keine Ahnung.« Der Rektor zuckte mit den Schultern, wirkte plötzlich müde. »Falls Sie sich das fragen: Wir warnen unsere Schüler vor dem ganzen Park. Wir wissen sehr gut, dass es immer wieder Beschwerden über Dealer, Exhibitionisten und ähnliches Gesindel gibt.«

Bernie stand auf und legte ihm seine Karte hin. »Falls Ihnen noch was einfällt, rufen Sie uns bitte an. Danke, wir finden allein raus.«

O'Hanlon sprang auf und war vor ihnen an der Tür. »Ich muss Sie vom Schulgelände begleiten.« Das tat er, indem er sie bis zum Ausgang brachte, wo er sich damit begnügte, sie beim Weggehen durch die Glastür zu beobachten.

Bernie kochte vor Wut, als sie in den Range Rover stiegen. »Wer ihn reden hört, würde niemals glauben, dass *wir* die Gesetzeshüter, seine erste Verteidigungslinie gegen Dealer, Exhibitionisten und Pädophile sind.«

»Bestimmt macht er seine Arbeit, so gut er kann«, meinte Joe.

Bernie ließ den Motor an. »Was er gesagt hat, lässt darauf schließen, dass Butts und dieser Harper den Unterricht am Montag gemeinsam geschwänzt haben. Wir müssen zusehen, dass wir uns Harper schnappen. Ihm ein paar Fragen stellen. Vielleicht kommen wir mit *ihm* weiter.«

Später an diesem Tag kochte Kate das Abendessen, wobei Mugger, den sie eben hereingelassen hatte, ihr laut maunzend um die Beine strich. Sie sah auf ihn herab und lächelte. »*Okay.* Du sollst zuerst drankommen.« Sie ließ ihre Arbeit ruhen, um seine Schale mit Trockenfutter zu füllen, streichelte sein kaltes Fell und musste dabei an Nathan Troy in T-Shirt und Jeans im November denken.

Während der Kater geräuschvoll knabberte, hielt Kate die Hände unter laufendes Wasser, trocknete sie ab, arbeitete weiter und sah auf die Wanduhr, als die Haustür aufgerissen und gleich wieder zugeknallt wurde. In der Diele plumpste eine Büchertasche auf den Boden. Das alles registrierte Kate zufrieden. *Auf die Minute pünktlich.*

Maisie kam mit von der Kälte rosigen Wangen hereingestürmt und interessierte sich nur dafür, was auf dem Herd kochte. Kate umarmte sie rasch und zog es vor, ihre Grimasse zu ignorieren. »Hi. Wie war die Mathevorlesung?«

»Hmm … Okay.«

Wenn Maisie nicht reden *wollte,* war es fast unmöglich, Einzelheiten aus ihrem Schulalltag zu erfahren. Kate unterdrückte ein Seufzen. »Werden die Vorlesungen allmählich schwierig?«

»Schwierig?«, wiederholte Maisie stirnrunzelnd, als sei das eine fremdartige Vorstellung. Was es vermutlich war. »Ich gehe rauf. Hausaufgaben.«

Sie verschwand, und Kate dachte über die subtilen Veränderungen nach, die sie an Maisie bemerkte. Ihre Tochter wurde zunehmend selbstständiger. Erwachsener. Aber musste sie sich deshalb von ihr entfremden?

Kate trat an eine der Terrassentüren, betrachtete ihr Spiegelbild vor dem Hintergrund des dunklen Gartens und dachte dabei an die persönliche Verantwortung und die beruflichen Anforderungen der kommenden Jahre. Sie hatte einen langen Tag hinter sich und war müde. Einzelheiten des neuen Falls der KUF gingen ihr durch den Kopf, und ihre Worte ließen das Glas leicht anlaufen: »Bitte. *Nicht* noch ein Serientäter.«

Sie hörte das Telefon in der Diele klingeln, dann waren rasche Schritte und Maisies Stimme zu hören. *»Mom!* Für dich. Joe will dich sprechen.«

Sie verließ die Küche und ging in die Diele hinaus, um den Anruf anzunehmen. »Hi, Joe.«

»Wollte dir nur erzählen, was Bernie und ich gemacht haben, Red.« Sie hörte zu, als er ihren Besuch in Stuart Butts' Schule schilderte. Immerhin wussten sie jetzt, dass ein weiterer Junge mit Butts im Park gewesen sein konnte. Ein Anruf bei der Mutter dieses Jungen hatte gezeigt, dass er seit dem Montag, an dem er die Schule verlassen hatte, nicht mehr heimgekommen war. »Seine Mutter hat ihn heute am frühen Morgen auf dem dortigen Polizeirevier als vermisst gemeldet, aber das ist alles, was wir vorläufig wissen.«

Kate, die ihr Herz rascher schlagen fühlte, starrte die Treppe an, ohne sie wirklich zu sehen. »Warum diese späte Vermisstenmeldung?«

»Das werden wir sie auch fragen müssen. Wir sind uns ziemlich sicher, dass die beiden die Schule gemeinsam verlassen haben. Hast du eine Idee, wie wir ihr helfen können, sich an Orte zu erinnern, an denen die beiden Jungen gewesen sein könnten?«

Kate gab sich einen Ruck. »Nimm etwas Greifbares mit, das sie sich ansehen kann: einen Plan des Stadtteils, in dem die Familie lebt – natürlich mit dem Woodgate Park. Am besten hebst du wichtige Details wie Hauptstraßen, das Haus der Familie, Bahnlinien und so weiter farbig hervor.«

»Warum Bahnlinien? Denkst du an etwas Bestimmtes?«

»Nein. Straßen, Bahnlinien und so weiter sind geografische Gegebenheiten, die vertrautes Territorium definieren. Es gibt Untersuchungen, die den Schluss nahelegen, dass junge Leute dazu tendieren, im Alltag auf *ihrer* Seite solcher Trennlinien zu bleiben. Dort steht ihnen ein relativ großes vertrautes Gebiet zur Verfügung, in dem sie sich dennoch der direkten Überwachung durch Leute, die sie erkennen würden, entziehen können.«

Dass Joe nicht gleich antwortete, zeigte ihr, dass er sich Notizen machte. »Wird gemacht. Anschließend fahren wir zu Butts, um ihn zu fragen, warum er diesen Bradley Harper nicht erwähnt hat. Übrigens noch etwas: Von dem Rektor haben wir erfahren, dass Harper offenbar letztes Jahr im Woodgate Park überfallen worden ist.« Im Hintergrund war Bernies Stimme zu hören. »Danke, Red. Muss jetzt gehen. Bernie wird schon ungeduldig.«

Als Kate den Hörer auflegte, summte ihr der Kopf von unzähligen Spekulationen und Möglichkeiten.

21

Sie gingen einen mit Unkraut überwucherten Plattenweg entlang, und Bernie hämmerte mit schwerer Faust an eine hölzerne Haustür, von der Farbe abblätterte. Irgendwo im Haus begann ein Baby zu greinen, dann rief eine Frauenstimme: »Amber? *Amber!* Bring das Baby hier runter. Es ist jemand an der verdammten Tür!« Die beiden wechselten einen Blick. Während der knappen Anweisungen war die Stimme nähergekommen; als sie endeten, wurde die Haustür jäh aufgerissen. Eine große, schwere Frau füllte den Türrahmen fast aus. Sie schien zu wissen, wen sie vor sich hatte, sodass die Kriminalbeamten nichts zu sagen brauchten. »Kommen Sie rein.« Sie drückte sich an die Wand des winzigen Vorraums, damit die Männer an ihr vorbeigehen konnten. Bernie atmete die Luft im Haus vorsichtig prüfend ein: sauer, fettig.

Joe und Bernie reagierten auf ihr Nicken, gingen durch die Tür und betraten ein unordentliches Wohnzimmer.

Die Frau folgte ihnen hinein und raffte Kleidungsstücke, Spielzeug und andere Gebrauchsgegenstände zusammen. »Sie haben mich in einem ungünstigen Augenblick erwischt. Wegen dieser Sache mit meinem Bradley … Ich hab einen schrecklichen Tag hinter mir.« Ihr Busen wogte, als sie nach oben rief: *»Craig?* Hast du deine Hausaufgaben schon gemacht?« Ihre Frage blieb ohne Antwort, aber im ersten Stock waren schwere Schritte zu hören.

Sie bot ihnen mit einer Handbewegung zwei Sessel an, während Bernie die Vorstellung übernahm. »Ich bin Detective Sergeant Bernard Watts, und dies ist Lieutenant Joe Corrigan, beide Rose Road. Mrs. Harper.«

»Sie können mich Debbie nennen. Ich hab sie schon erwartet. Heute Nachmittag war eine junge Polizistin hier. Asiatin, aber sehr nett.« Sie machte einige Schritte, ließ die eingesammelten Dinge in den Raum zwischen Sofa und Wand fallen und drehte sich mit ängstlicher Miene langsam nach ihnen um. »Sie wissen *etwas*. Sagen Sie mir nicht, dass …«

Beide schüttelten den Kopf. »Nicht aufregen«, sagte Bernie beschwichtigend.

Ihre Schultern sackten herab, als sie sich in einen Sessel mit verschlissenem Bezug fallen ließ. »Ich bring ihn um, wenn er zurückkommt, weil er mir so eine verdammte Angst eingejagt hat«, sagte sie mit zitternder Stimme.

Ein Mädchen von sieben oder acht Jahren erschien im Schlafanzug an der Tür. Es trug einen Säugling, der große Augen machte, so mit dem Rücken zu sich, dass seine Arme und Beine herabbaumelten. Als der Kleine die fremden Männer sah, gingen seine Mundwinkel sofort nach unten. »Er muss gewickelt werden, Mom.«

Ihre Mutter winkte ab. »Du weißt, wie man das macht.« Als das Mädchen mit seinem kleinen Bruder verschwand, sah sie ihnen nach und biss sich dann auf die Unterlippe, als Bernie sein Notizbuch herauszog.

»Wir brauchen noch einige weitere Informationen über Ihren Sohn Bradley. Erstens: Ist er schon früher mal für längere Zeit verschwunden?«

Sie machte ein zweifelndes Gesicht. »Na ja, einmal war er … aber da war er nicht wirklich *verschwunden*. Ich hab damals das Baby gekriegt, und sein Dad ist für ein paar Tage ins Haus gekommen, um bei den Kindern zu bleiben. Sie versteh'n sich nicht gut, Bradley und sein Dad, also hat er sich bei meiner Schwester einquartiert, ohne jemandem was davon zu sagen. Sie wohnt auf der anderen Seite der Siedlung gleich neben dem Gemeindezentrum.« Bernie nickte. Er kannte dieses Viertel. »Meine Schwester wusste nicht, dass er seinem Dad nicht gesagt hatte, wo er hinwollte.« Sie machte ein ärgerliches Gesicht. »Aber ihm wäre das sowieso egal gewesen. Dass mein Bradley verschwunden war, hab ich erst erfahr'n, als ich aus dem Krankenhaus heimgekommen bin.« Sie biss sich auf die Unterlippe. »Er ist oft bei meiner Schwester und übernachtet dort, manchmal auch länger. Das ist 'ne lockere Abmachung zwischen uns. Ihm gefällt's dort, weil's ruhiger ist. Nur sie und Jamie, ihr Zwölfjähriger. Bradley hat alle möglichen Kleinigkeiten zu ihr rübergeschafft … ihre Wohnung ist sein zweites Heim. Ich hab natürlich gedacht, er wäre dort.« Ihre Lippen zitterten.

»Er schwänzt wohl sehr oft die Schule?«

Sie fuhr auf. »Und wenn er's tut? Die Lehrer interessieren sich nicht für ihn. Sie halten ihn für dumm. Aber das ist er *nicht*. Er langweilt sich bloß.« Die beiden warteten. »Manchmal haut er aus der Schule ab, und ich hab ihn dafür schon oft ausgeschimpft.«

»Sie haben weitere Kinder in dieser Schule, Ma'am?«

Sie sah Joe überrascht an und spielte mit der Schleife ihrer Kittelschürze. »Ja.«

»Die kommen gut zurecht?«

Sie nickte. »Sogar sehr gut … Oh, ich *verstehe*. Sie fragen nach dem Unterschied zwischen meinen Kids? Mein Bradley ist mein Ältester, und Ron ist nicht sein richtiger

Dad. Bradley ist in einer für mich sehr schwierigen Zeit zur Welt gekommen. Meine Mutter war gerade gestorben, und ich weiß, dass ich ihn verziehe, ihm in allem seinen Willen lasse …« Sie biss sich erneut auf die Unterlippe.

Joe stand auf, zog einen zusammengefalteten Stadtplan aus der Innentasche seines Wintermantels und ging damit zu ihr hinüber. »Wir würden gern hören, wo Bradley sich vermutlich aufhält, wenn er nicht in der Schule ist, Ma'am. Sehen Sie? Dies ist ein Plan der unmittelbaren Umgebung.«

Sie beugte sich über den Stadtplan, fand sich rasch darauf zurecht. »Dies ist unsere Straße, und dort steht die Schule … *Hier* wohnt meine Schwester, aber dort ist er wie gesagt nicht.« Sie nahm Joe den Plan aus der Hand und studierte ihn. »Dies ist das Gemeindezentrum, aber dort wäre er nicht hingegangen. Er weiß, dass sie mich oder die Schule anrufen würden, wenn er dort während der Schulstunden aufkreuzt. Das gilt auch für alle Geschäfte. Die Schule hat ständig Leute im Einsatz, die Schulschwänzer suchen. Mein Bradley ist schließlich nicht dumm.«

Joe deutete auf eine grün umrandete große Fläche. »Wie wäre es damit?«

Sie schüttelte nachdrücklich den Kopf. »Nein. Dort würde er nicht hingeh'n.«

Von seinem Platz aus konnte Bernie sehen, worüber die beiden sprachen: den Woodgate Country Park. »Woher wissen Sie das so bestimmt?«

Sie sah ihn nicht an, und ihr fleischiges Gesicht errötete leicht, als sie erzählte, wie Bradley im vergangenen Jahr dort überfallen worden war. Sie hatten Anzeige erstattet, aber wegen Bradleys Weigerung, den Vorfall genau zu schildern – außer dass er von einem Mann festgehalten und begrapscht worden war –, waren die polizeilichen Ermittlungen im Sand verlaufen.

Sie hörten, wie die Haustür aufging und wieder geschlossen wurde. »Das muss Ron sein.«

Ein kleiner, dürrer Mann in Arbeitskleidung und mit tief in die Stirn gezogener Wollmütze brachte einen Schwall kalter Luft mit. »Was machen die hier?«

»Sie sind aus der Rose Road. Sie suchen Bradley. Sie wollen wissen, was er tut, wohin er geht.« Der Neuankömmling war schon wieder auf dem Weg nach draußen.

Bernie stemmte sich hoch. »Augenblick! Wir sind hier, um Informationen über Debbies Jungen zu bekommen. Was haben Sie über ihn zu sagen? Wissen Sie, wo er sein könnte?«

Ron sprach über die Schulter hinweg. »Nein, aber wenn er endlich wieder zurückkommt, kann er sich darauf gefasst machen, dass ich Auskunft über ein paar Sachen will, die er mir geklaut hat.«

»Vielleicht auch eine Taschenlampe?«

Bernies Worte bewirkten, dass Ron stehen blieb und sich halb nach ihnen umdrehte. »Schon möglich. Er schleicht überall rum, macht sich an meinem Zeug zu schaffen.«

»Können Sie die Lampe beschreiben?«, fragte Bernie mit einem Blick zu Joe hinüber.

Er zuckte mit den Schultern. »Schwarzer Kunststoff mit zwei Metallkappen. Nichts Besonderes. Ich mag's nur nicht, wenn er an meine Sachen geht …«

»Wir haben gehört, dass Bradley letztes Jahr im Woodgate Park überfallen wurde«, fuhr Bernie fort. »Was wissen Sie darüber?«

»Nichts.« Er zog die Jacke aus und nahm die Wollmütze ab, unter der schütteres Haar zum Vorschein kam. »Hätte gar nicht erst hingehen sollen, stimmt's? Ich bin mit ihm zur Polizei gegangen. *Vergeudete Zeit.* Er hat sich geweigert, irgendwas zu erzählen.« Ron nickte quer durch den Raum. »Mit *ihr* redet er viel mehr. Ich bin nicht immer hier. Ich weiß auch nicht, was die ganze Aufregung soll. Er ist sechzehn.« Damit zwängte er sich seitwärts aus der Tür und verschwand.

Debbie Harper biss sich auf die Unterlippe. Ihr breites Gesicht wirkte gestresst. »Wissen Sie, ich frage mich jetzt doch … Mein Bradley hat diesen Park geliebt. Ich hab ihm verboten, jemals wieder hinzugehen, aber … Er war immer ein Einzelgänger, bis er sich mit einem Jungen aus der Schule angefreundet hat und ich gedacht hab: ›Gut für ihn, dass er jetzt einen Freund hat. Besser als ständig allein zu sein.‹ Ich weiß, wie das ist. Als ich erfahren hab, wer sein Freund ist, hab ich meine Meinung geändert – und jetzt frage ich mich, ob er vielleicht mit *ihm* im Park war.«

»Mit wem?«, fragte Bernie.

»Mit diesem Butts, Stuey Butts. Er hat schlechten Einfluss auf Bradley. Sein Vater hat wegen Gewalt in der Familie gesessen.« Tränen liefen nun über ihr breites Gesicht. »Sagen Sie mir, dass Sie nicht glauben, dass ihm was Schlimmes zugestoßen ist.«

»Wir stellen alle nötigen Ermittlungen an«, versicherte Joe ihr, während er einen Blick mit Bernie wechselte. »Haben Sie ein neueres Foto von Bradley für uns?«

Sie stand auf und trat an ein Sideboard, auf dem sich alle möglichen Haushaltsgegenstände türmten. Sie kramte in einer der Schubladen, bis sie fündig wurde, und hielt Joe dann ein kleines Farbfoto hin. »Sein Schulfoto vom Oktober letzten Jahres.«

Joe nicke dankend. »Können Sie ihn uns beschreiben? Größe? Gewicht?« Er gab das Foto an Bernie weiter.

Sie schluckte hörbar. »Er ist blond … das sehen Sie auf dem Foto. Nicht sehr groß. Einssiebzig, würd ich sagen. Bisschen Übergewicht. Er kommt nach mir, wissen Sie … hat schwere Knochen.«

»Gibt's einen Grund dafür, dass Sie sein Verschwinden nicht am selben Tag gemeldet haben? Oder am Tag danach?«

»Ich hab wie gesagt geglaubt, er wär bei meiner Schwester.« Ihr Gesichtsausdruck verhärtete sich, als sie zu der Tür hinübernickte, durch die ihr Partner verschwunden war. »Und *seinetwegen*. Er hat gesagt, ich bräuchte mir keine Sorgen zu machen, Bradley wär sechzehn, und ich müsste aufhören, ihn ständig zu bemuttern. Ich hätte nicht auf ihn hören sollen. Ich hätte meine Schwester gleich anrufen und nach Bradley fragen sollen.« Sie versuchte sich zu beherrschen, konnte aber nicht verhindern, dass weitere Tränen flossen.

Als wieder Schritte auf der Treppe zu hören waren, setzte sie sich auf und trocknete rasch ihre Tränen, bevor zwei Jungen hereinkamen. Sie ging zu ihnen und legte ihnen die Hände auf die Schultern. »Dies sind Craig und Jarvis.« Der kleinere Junge hielt ihr zwei Blatt Papier hin. Als Debbie ihre mit Filzschreibern geschriebenen Flyer begutachtete, konnten die Kriminalbeamten die Hauptbotschaft der Aufrufe lesen: *Bitte!!! Helft uns, unseren Bruder zu finden.*

Debbie bedachte sie mit einem schwachen Lächeln. »Klasse, Jungs. Das habt ihr *echt gut* gemacht.«

Wenige Minuten später beobachtete Bernie das Erdgeschossfenster eines anderen Hauses und sah die Jalousielamellen etwas auseinandergehen, als Joe zum dritten Mal an die PVC-Haustür klopfte.

Dann wurde die Haustür geöffnet, und Mrs. Butts erschien mit einer Zigarette in der Hand. Sie musterte die beiden Beamten offen feindselig und mit abweisend zusammengekniffenen Lippen. »Nicht schon wieder! Haben Sie nichts Besseres zu tun? Was woll'n Sie heute? Letztes Mal war er *echt* völlig durcheinander.«

Joe trat einen Schritt vor. »Wir müssen reinkommen, Ma'am. Wir haben noch ein paar Fragen an Ihren Sohn.«

Als Mrs. Butts ihnen missmutig Platz machte, betraten sie die Diele und gingen ins Wohnzimmer, dessen Hauptattribute Zigarettenrauch, rote Ledermöbel und ein riesiger Fernseher waren, in dem Sky Sports lief. Joe vertrat ihr den Weg, als sie den Raum verlassen wollte. »Wo ist er?«

»Bleiben Sie ruhig, ich hol ihn! Seit er in der Rose Road war, ist er krank. Sein Asthma …« Der Rest war nicht zu verstehen, weil sie hinauslief.

Die beiden Kriminalbeamten warteten. Bernie sah sich im Wohnzimmer um und stellte fest, dass die Familie den Möbeln und der Unterhaltungselektronik nach reichlich Geld haben musste. Er bezweifelte, dass es ehrlich verdient war.

Sie drehten sich um, als hinter ihnen jemand hüstelte. In der Wohnzimmertür stand Stuart Butts. Nicht in Schuluniform, aber trotzdem flott gekleidet. Bernie sah, dass er modische Jeans trug. Er sah ihm ins Gesicht. »Wir haben noch ein paar Fragen an dich. Komm rein und setz dich.«

Stuey Butts ignorierte die roten Ledermöbel, fläzte sich auf einen Bürostuhl mit fünf Rädern und fixierte die Kriminalbeamten mit blassblauen Augen.

»Uns interessiert dein Kumpel Bradley Harper, und dieses *Ding* kannst du ausschalten.« Er wies mit dem Daumen auf den riesigen Fernseher.

»Er ist nicht mein Kumpel«, murmelte er, schnappte sich die Fernbedienung von einer Sessellehne und zielte damit.

»Wieso hast du uns neulich nicht gesagt, dass Harper und du die Schule geschwänzt habt und in den Park gegangen seid?«, blaffte Bernie.

»Weil wir nicht dort waren.«

Bernie trat mit drohend erhobenem Zeigefinger einen Schritt auf den Jugendlichen zu, als Mrs. Butts hereinkam und mit asthmatisch pfeifender Stimme intervenierte. »Hey! Sie können nicht hier reinkommen und sich wichtigmachen.«

»Doch, das können wir.« Bernie ließ Stuey weiter nicht aus den Augen. »Los, pack jetzt aus! Sonst bist du schneller in der Rose Road, als du *Verhaftung* sagen kannst.«

Stuey musterte Bernie, als versuche er festzustellen, wie viel die Kriminalbeamten wussten. »Okay, wir waren im Park. Und wenn schon? Wir haben nichts Unrechtes gemacht.«

Bernie fühlte Joes Blick auf sich und nickte kaum merklich. Am besten machte Corrigan jetzt weiter, bevor er sich vergaß und in dieses aalglatte junge Gesicht schlug.

Joe betrachtete den Teenager, der seinen Stuhl langsam von links nach rechts und wieder zurück drehte: Sorglosigkeit auf dem Gesicht, Wachsamkeit im Blick. »Erzähl uns, was du weißt, Stuart, und pass auf, dass du nichts auslässt, sonst nehmen wir dich in die Rose Road mit.«

Butts wartete mit einer stark redigierten Fassung auf. Ja, Harper und er hätten nach der Anwesenheitskontrolle die Schule geschwänzt und waren in den Country Park gegangen. Als es zu regnen begonnen hatte, seien sie heimgegangen. Sie hätten nichts gesehen, nichts getan.

Joe stand auf, ließ die Hände in den Manteltaschen und trat mit langsamen, gemessenen Schritten auf ihn zu. »Okay. Jetzt die ganze Story. Die Einzelheiten.« Er ragte über dem Teenager auf, der einige weitere Details preisgab. Als es zu regnen begonnen hatte, hätten sie in einem »Schuppen« am See Schutz gesucht und darin »herumgepfuscht«, bis sie gegangen waren.

»Wie hast du es geschafft, deine Taschenlampe unter dem Fußboden verschwinden zu lassen?«

Sie beobachteten, wie das Gesicht des Jungen erstarrte, während sein Blick von einem zum anderen ging. »Das war ich nicht. Sie hat nicht mir gehört.«

Binnen fünf Minuten hatten sie eine etwas weniger geschönte Aussage. Zwischen den beiden Jungen sei es zu einer Rangelei gekommen, durch die der Fußboden beschädigt worden war. Als sie das Loch vergrößert hätten, sei Harpers Taschenlampe versehentlich hineingerollt.

Die ruhige Bostoner Stimme fragte weiter: »Was war noch in dem Loch?«

»*Nichts.* Wir haben nichts gesehen. Wir haben nicht mal versucht, was zu erkennen.«

Bernie, der ihn die ganze Zeit nicht aus den Augen gelassen hatte, trat einen Schritt auf ihn zu, und Stuey zog den Kopf ein. »Natürlich habt ihr etwas gesehen.« Er beobachtete, wie der Junge die Lippen zusammenpresste. »Gut, dann eine andere Frage: Wo ist Bradley Harper?«

»Keine Ahnung.«

Bernies Atmung beschleunigte sich, als er wieder wütend wurde. »Okay, versuchen wir's mit *dieser* Frage: Was weißt du darüber, dass Bradley Harper letztes Jahr im Park überfallen worden ist?«

Stueys Miene wurde abweisend. »*Nichts.* Ich sage überhaupt nichts mehr, und ich kenne meine Rechte. Sie können mich nicht verhaften.«

Zwei Minuten später hatte Bernie mit der Rose Road telefoniert und erfahren, dass keine weiteren Hinweise auf den als vermisst gemeldeten Bradley Harper eingegangen waren. Bernie kochte vor Wut, als er mit dem Range Rover anfuhr. »Dieser Butts ist ein verlogenes kleines Aas, aber *jetzt* haben wir ihn. Seine DNA beweist, dass er da war, und Bradley Harpers Taschenlampe beweist, dass er bei ihm war. Beide haben etwas mit dem aufgerissenen Fußboden zu tun. Ich glaube, dass sie sich geprügelt haben. Bradley Harper ist abgehauen und hat jetzt zu viel Angst, um sich zu zeigen – oder Butts hat ihm etwas Schlimmes angetan. Ich werde bei Gander beantragen, Butts verhaften zu dürfen. Hoffentlich hast du heute Abend noch nichts vor.«

»Nö«, sagte Joe.

22

Laute Musik ließ die Decke des Arbeitszimmers dröhnen, und zwei Paar Füße stampften den Beat mit. Kate, die noch immer daran dachte, was Joe ihr über Stuart Butts und den jungen Harper erzählt hatte, hatte angefangen, sich mit dem Inhalt der schwarzen Lackschachtel zu befassen, die Nathan Troys Mutter ihnen mitgegeben hatte. Natürlich würde sie die Schachtel in der Rose Road abgeben, aber zuvor wollte sie den Inhalt sichten.

Sie nahm zarte Aquarelle heraus und legte sie nebeneinander auf ihren Schreibtisch: alle auf starkem weißen Papier von einem mittelgroßen Skizzenblock, dessen Ringbindung am Oberrand jedes Blatts deutliche Spuren hinterlassen hatte. Kate betrachtete sie und erkannte die wieder, die Joe und sie bei den Troys gesehen hatten. Hier war Alastair Buchanan. Dort Cassandra, Cassandra Levitte. Sie legte das nächste Porträt daneben: der blonde Joel Smythe mit den feinen Zügen. Wie konnten diese künstlerischen, subtilen Bilder von jemandem stammen, der als unzuverlässig, diebisch und wahrscheinlich drogenabhängig betitelt worden war? Kate lächelte, als sie sich ins Gedächtnis zurückrief, dass die Zahl der lebenden und toten Künstler mit erheblichen Charakterschwächen ziemlich hoch war.

Sie hob den Kopf, als die Kombination aus Musik und Stampfen noch lauter wurde. Sie verließ ihr Arbeitszimmer, ging nach oben, blieb an der offenen Tür von Maisies Zimmer stehen, lehnte mit verschränkten Armen am Türrahmen und sah zu, wie die Mädchen – beide in weißen T-Shirts, roten Miniröcken, weißen Socken und Tennisschuhen – begeistert ihren Auftritt für das bevorstehende Schulfest übten. Kate klopfte den Takt von »Mickey« aus der Hitparade der Achtzigerjahre mit dem Fuß mit, beobachtete ihre synchronen Tanzschritte und bewunderte die makellos glatte Haut ihrer Arme, Knie und Beine.

»Hey! Hoch, hoch, jetzt *drehen*«, rief Maisie, als sie sich mit geröteten Gesichtern und fliegenden Röcken umkreisten. *»Hey, Mickey!* Yeah, Chel, drei-vier *und* ...«

Kate war von der Energie und der körperlichen Perfektion der beiden Mädchen fasziniert. Chelsey: schon fast eine junge Erwachsene; Maisie: kleiner, bisher nur mit Andeutungen von der attraktiven Rothaarigen, die sie einmal werden würde.

Sie kehrte in ihr Arbeitszimmer zurück, um sich nochmals die exquisit detaillierten Aquarelle anzusehen, die Nathan Troy geschaffen hatte, als er nicht viel älter als die Mädchen über ihr gewesen war. Nun war er tot, mumifiziert, und sie hatten noch immer keine Ahnung, weshalb er den Tod gefunden hatte. Kate stützte das Kinn in eine Hand und dachte über ihre Diskussion mit ihren Kollegen nach. Mord durch einen Unbekannten? Durch einen hiesigen Sexualstraftäter? Durch jemanden, den er gekannt hatte?

Sie starrte zum Fenster des Arbeitszimmers hinüber, ohne es wirklich zu sehen, und dachte über ihre Theorie nach, jemand habe den Fußboden wie ein Puzzle wieder zusammengesetzt. Die Blutspur, aus der Stuart Butts' DNA gewonnen worden war, bewies eindeutig, dass er in dem Haus am See gewesen war. Hatte *er* den Fußboden wieder so sorgfältig zusammengesetzt? Aus eigener Beobachtung traute sie ihm die manuelle Geschicklichkeit für diese Aufgabe zu – aber wenn sie an seine ruhelosen Füße dachte, bezweifelte sie, dass seine Geduld und Konzentration dafür ausgereicht hätten. Und welches Motiv hätte er dafür haben können? Welche Rolle dabei Bradley Harper zugefallen war – wenn er überhaupt eine gespielt hatte –, konnte sie nicht beurteilen, weil sie nur wenig über ihn wusste. War es eine allzu ausgefallene Idee, sich vorzustellen, der Mann, der vor zwanzig Jahren Nathan Troy ermordet hatte, war zufällig noch mal vorbeigekommen, als der Fußboden aufgerissen wurde? Ein Wiederholungstäter auf der Suche nach Beute? Kate setzte sich auf, als sie spürte, dass ihr Gehirn sich mit dieser Möglichkeit zu beschäftigen begann.

Die Klingel schrillte. Kate legte den Deckel auf die Schachtel und sah auf ihre Armbanduhr. Kurz vor 22 Uhr. Das würde Chelseys Mutter sein. Als ein Blick aus dem Fenster ihr den vertrauten Range Rover zeigte, ging sie an die Haustür, um Bernie einzulassen. »Ich war auf der Heimfahrt und dachte, ich könnte vorbeischauen, um dich auf den neuesten Stand zu bringen.« Er folgte Kate in die Küche. »Wir haben noch mal mit Stuey Butts gesprochen. Er hat bestätigt, dass Bradley Harper und er in dem Haus am See waren.«

»Wirklich?«

»Die Taschenlampe gehört Harper – oder vielmehr seinem Vater –, deshalb beweist die Tatsache, dass sie unter dem Fußboden gefunden wurde, dass der Fußboden aufgerissen war, als die beiden dort waren.«

»Noch immer kein Lebenszeichen von Harper?«

Bernie zog einen Stuhl heraus und ließ sich darauf fallen. »Nichts. Seit die beiden im Park waren, hat ihn kein Mensch mehr gesehen. Theoretisch ist das ein Fall für die

Kollegen von oben, aber wegen der Querverbindungen zu unserem haben wir uns auf einen Informationsaustausch geeinigt.«

Kate setzte sich ihm gegenüber. »Weshalb ist Bradley nicht früher vermisst gemeldet worden?«

Bernie seufzte müde. »Anscheinend hat's ein Missverständnis darüber gegeben, wo er tatsächlich war. Die Leute haben zu wenig miteinander geredet, wenn du mich fragst. Seine Mutter hat viel um die Ohren, aber sie kommt mir ein bisschen träge vor. Wir haben Gander mitgeteilt, dass wir Stuey Butts noch mal vorladen wollen. Er hat zugestimmt, und wenn der Junge weiter unkooperativ bleibt, müssen wir überlegen, ob wir ihn verhaften wollen. Die Kollegen von oben wollen morgen eine Suchaktion nach Harper starten.«

Kate nickte, weil die Möglichkeiten, die ihr jetzt einfielen – zum Beispiel, dass der 16-jährige Stuart Butts Bradley Harper ermordet haben könnte –, ihre Besorgnis verstärkten.

»Hast du morgen Vormittag Zeit?«

»Ich arbeite bis mittags zu Hause. Warum?«

»Aus meiner Sicht erfordern der letztjährige Überfall auf Harper und die Tatsache, dass wir ihn jetzt nicht finden können, dringend einen Besuch bei unseren drei bekannten Sexualstraftätern.«

»Hat irgendwer gesagt, welche Art Überfall das war?«

»Doc, verlass dich auf mich. Die Sache hat einen sexuellen Hintergrund. Ich komme gegen Viertel nach acht vorbei, damit wir sie mit frühen Besuchen überraschen können. Bis dahin sehe ich mir den Park auf verschiedenen Plänen noch mal genau an. Mich interessiert vor allem, wo die öffentlichen Toiletten liegen.«

Sie starrte ihn stirnrunzelnd an. »Glaubst du wirklich, dass es im Park Schwulentreffs gibt?«

Er zuckte mit den Schultern. »Eigentlich nur logisch. Typen auf der Suche nach schwulem Sex müssen sich irgendwo treffen können, vor allem bei diesem Wetter. Gut, dann sehen wir uns also morgen.«

Tief in Gedanken versunken schloss sie die Tür hinter ihm. Ein Treff. War das die Funktion des Hauses am See?

23

Kate war in Maisies Zimmer. »Hier sind deine Hockeysachen.« Während sie das Zeug in eine Sporttasche packte, glitt ihr Blick über das posterartige Schwarzweißbild über dem Bett. *Bestätigt mir bitte jemand, dass viele zwölfjährige Mädchen den berühmten Ingenieur Isambard Kingdom Brunel an der Wand hängen haben?* »Hast du alles andere?«

Maisie schrieb eine SMS. »Yeah. Ich sage Chel, dass ich in, was, zehn Minuten bei ihr bin?«

Kate nickte. »Das müsste zu schaffen sein.«

Maisie ließ das Smartphone in ihre Schultasche fallen und trat ans Fenster, um hinauszusehen. »Bernie ist da.« Als Kate hinausging, stützte sie nachdenklich das Kinn in die Hand. »Weißt du, wenn Bernie abnehmen würde, könnte er vielleicht eine Freundin finden. Irgendein älteres Semester.«

»Zieh deinen Mantel an und hör auf, persönliche Kommentare abzugeben.«

Als sie in dem Range Rover saß, blätterte Kate in den Akten der drei Männer, die vergangenes Jahr im Woodgate Country Park verhaftet worden waren. Bernie, der wie immer fuhr, machte sie auf die Daten aufmerksam. »Ronald Dixon hat achtzehn Monate bekommen. Nach neun war er wieder draußen. Ernest Phillips und Edward Morell haben mit der Auflage, dass sie sich einer Therapie unterziehen müssen, Bewährungsstrafen bekommen.«

»Hier steht nicht, was Dixon getan hat, um sich eine viel höhere Strafe zu verdienen – obwohl ich bezweifle, dass ›verdienen‹ das richtige Wort ist.«

»Dixon hat sein Opfer mit körperlicher Gewalt bedroht und hatte zwei einschlägige Vorstrafen. Die beiden anderen, Phillips und Morell, sind von Parkbesuchern angezeigt worden, weil sie sich an dem kleinen Wasserfall herumgetrieben haben, in dem Kids oft nackt gebadet haben. Sie sind als Spanner verurteilt worden …«

»Voyeure.«

»… und als Phillips' Wohnung durchsucht wurde, hatte er eine Menge Kinderpornografie auf seinem Computer. Außerdem hatte er, so unglaublich das klingt, ein ganzes Album mit Kinderfotos aus Internetkatalogen zusammengestellt.«

»Das glaube ich ohne Weiteres«, sagte Kate.

»Morell war auch schon 1993 verhaftet worden, erinnerst du dich? In beiden Fällen hat er Frauen nachgestellt und Kinder belästigt, was eine große Bandbreite beweist. Wie gesagt unterstützt das meine Theorie, dass solche Typen über viele Jahre hinweg aktiv bleiben. Sind er und die beiden anderen Stammgäste im Park, müssen wir von ihnen erfahren, was sie über andere regelmäßige Besucher wissen.«

»Mit wem reden wir zuerst?«

Bernie fuhr langsamer und setzte den linken Blinker, bevor er auf die Harborne Lane abbog. »Eigentlich wollte ich mit Dixon anfangen, aber als ich Morell und ihn heute Morgen angerufen habe, hat sich niemand gemeldet.« Er schüttelte den Kopf. »Weiß der Teufel, was die beiden wieder treiben.« Er ordnete sich in den Verkehr in Richtung Bristol Road ein. »Wir fahren jetzt zu Ernie Phillips. Ich dachte, wir sollten ohne Vorwarnung bei ihm aufkreuzen. Ihm eine nette kleine Überraschung bereiten.«

Sie fuhren schweigend weiter, bis Bernie nach rechts auf eine Wohnstraße mit Reihenhäusern abbog und wenig später anhielt.

Kate wandte sich ihm zu. »Glaubst du *wirklich,* dass einer dieser drei Männer etwas mit Nathan Troys Tod im Jahr dreiundneunzig zu tun gehabt haben könnte? Und vielleicht mit dem Überfall auf Harper, falls es den wirklich gegeben hat?« *Und vielleicht mit seinem Verschwinden?*

Er zog den Zündschlüssel ab. »Doc, ›zufällige‹ Übereinstimmungen sind für mich immer Grund, mir einen Fall besonders genau anzusehen. Ein ermordeter Student, ein vermisster Jugendlicher und Sexualstraftäter alle am selben Ort? Diese drei Dinge sind ein ebenso guter Ausgangspunkt wie jeder andere. Sie waren letztes Jahr im Park aktiv, als Harper dort belästigt wurde.«

Kate runzelte die Stirn. »Aber bei dem Mord an Troy weist nichts auf ein sexuelles Motiv hin. Wir wissen nicht einmal, ob er in dem Haus am See oder irgendwo in der Nähe ermordet worden ist.«

Bernie erwiderte ihren Blick geduldig. »Aber wenn Troy dort ermordet wurde, können wir nicht ausschließen, dass sein Mörder einer der polizeibekannten Spanner aus dem Park ist.« Er deutete auf die Ausdrucke, die Kate in der Hand hielt. »Du weißt so gut wie ich, dass solche Typen zwar bevorzugte Orte haben, an denen sie sich am liebsten rumtreiben, aber auch *Opportunisten* sind. Das hast du uns selbst oft genug erklärt. Sie nutzen jede Chance, die sich ihnen bietet. Sie haben vielleicht bestimmte Vorlieben, aber wenn das nicht zu kriegen ist … Nun, in der Not frisst der Teufel Fliegen. Das gehört zu ihrem ›Arbeitstag‹, wie du und ich ins Büro gehen, um nachzusehen, was es zu tun gibt. Ja, ja, das weißt du alles längst, aber du kennst die Details, das Alter der drei und meine Überzeugung: ›*Einmal* Sexualstraftäter, immer Sexualstraftäter.‹ Komm, wir gehen rein.«

Sie stieg aus dem Range Rover und folgte dem Plattenweg zur Haustür, an der Bernie schon klingelte. Beim zweiten Klingeln machte ihnen ein freundlich aussehender Mann auf, der ganz in beigefarbene Kunstfaser in verschiedenen Schattierungen gekleidet zu sein schien – bis hin zu einem Golfpullover mit braunen Rauten auf hellbraunem Untergrund. *Mr. Polyester.* »Ja?«

Bernie musterte ihn scharf. »Ernest Phillips?«

»Ja. Wer …« Der kleine Mann verstummte, als Bernie ihm seine Polizeiplakette unter die Nase hielt. Phillips machte ein Gesicht wie jemand, der schon viel erduldet hat. »Was wollen Sie?«

»Ein paar Worte mit Ihnen reden. Hier oder drinnen?«

Phillips öffnete die Haustür ganz und ließ sie eintreten. Kate sah sich unauffällig um, während sie die vorbildlich aufgeräumte Diele durchquerten und das ebenso ordentliche Wohnzimmer betraten. Sie nahmen in den Sesseln Platz, die Phillips ihnen anbot, und Kate sah auf der Sofalehne einen teuren Stereokopfhörer liegen, aus dem leise Musik kam, die sie erkannte: Glenn Miller.

Phillips setzte sich und nickte zu ihr hinüber. »Wer ist das?«, fragte er Bernie.

Der Detective Sergeant, der gerade sein Notizbuch aus der Tasche zog, runzelte unwillig die Stirn. »Das ist Dr. Kate Hanson, eine forensische Psychologin, die in der Rose Road in der Kommission für ungeklärte Fälle mitarbeitet. Wir wollen's kurz machen, ja? Erzählen Sie uns von den glücklichen Stunden, die Sie letztes Jahr im Woodgate Country Park verbracht haben.«

»Das war ein Missverständnis ...«

»Aber *klar* doch. Das Zeug auf Ihrer Festplatte hatten Sie bestimmt auch nie gesehen.«

Phillips errötete. »Das liegt jetzt alles hinter mir. Ich bin in Therapie, ich tue was gegen meine Probleme.«

»›Probleme?‹ Soll das heißen, dass Sie den Kids abgeschworen haben und keine Kinderpornografie mehr herunterladen, die Ihnen Gleichgesinnte aus aller Welt schicken?«

Das ließ Phillips noch mehr erröten. »Sie können meine Bewährungshelferin fragen.«

»Das *tue* ich. Darauf können Sie Gift nehmen!«

»Sie kann Ihnen das bestätigen. Ich habe wenig Selbstwertgefühl, Angstneurosen und das Gefühl sozialer Isolation, weil ich meinen Job verloren habe, als ich ...«

Kate machte sich auf Bernies Einwurf gefasst. Sie sah, wie er einen dicken Zeigefinger hob und Phillips anfunkelte. »Damit beschreiben Sie einen Großteil der Menschheit. Probleme hat jeder. Ich bin auch kein Heiliger, aber der Unterschied zwischen Ihnen und den meisten anderen Leuten ist, dass wir es schaffen, anständig zu leben.« Sie merkte, dass er wütender wurde, als Phillips ihn zu unterbrechen versuchte. »Halten Sie den Mund, lassen Sie mich ausreden. Wir wollen Ihnen ein Foto zeigen und eine Frage stellen.« Sein Blick durchbohrte Phillips förmlich. »Haben Sie diesen Jungen schon mal gesehen?«

Kate warf einen Blick auf das Foto, das Bernie ihm hinhielt. Diesen blonden Jungen mit rundem Gesicht kannte sie nicht, aber sie konnte sich denken, wer er war: Bradley Harper.

Phillips warf einen Blick auf das Foto und sah wieder

weg. »Nein. Ich darf nicht mehr in den Country Park. Das gehört zu meinen Bewährungsauflagen.«

Kate hielt den Atem an, als Bernies Augenbrauen nach oben schossen. »Wer hat etwas von dem Park gesagt?«

»Ich habe mitgekriegt, wie ein Bewährungshelfer in meiner Selbsthilfegruppe von einem Jugendlichen gesprochen hat, der dort verschwunden sein soll … Oder ist er tot aufgefunden worden?« Er wirkte unzufrieden. »Seit ich keinen Job mehr habe, bin ich nicht mehr auf dem Laufenden.«

Bernie starrte ihn an. »Sobald wir mit Ihrer Bewährungshelferin geredet haben, müssen Sie vielleicht noch mal in die Rose Road kommen, um uns ein paar Auskünfte zu geben. Wie heißt sie?«

Phillips nannte ihren Namen, und Bernie notierte ihn sich. Fünf Minuten später saßen die beiden wieder in dem Range Rover.

»Das hat nicht lange gedauert«, meinte Kate.

»Ich wollte sehen, in welchen Umständen er lebt, damit ich weiß, wovon ich rede, wenn ich mit seiner Bewährungshelferin telefoniere. Er scheint in seinem Haus allein zu wohnen. Was hältst *du* von ihm?«, fragte er, während er sein Handy aus der Tasche zog.

»Ich weiß nicht, in welchem Stadium seiner Therapie er sich befindet, aber er leugnet sein Vergehen noch immer. Möglicherweise ist er wirklich sozial isoliert, was dazu führen könnte, dass er rückfällig wird. Aus demselben Grund müsste festgestellt werden, ob er an Depressionen leidet.«

»Okay, das sage ich seiner Bewährungshelferin, wenn ich sie anrufe. Jetzt versuche ich, Dixon zu erreichen.« Während er wartete, trommelte er mit den Fingern aufs Lenkrad, dann beendete er den Anruf. »Noch immer unterwegs, weiß der Teufel, wozu. Ich versuch's mal mit Morell.« Nach dem sechsten Klingeln beendete er unwillig auch diesen Anruf. »Wieder nichts.« Bernie ordnete sich in den Verkehrsfluss ein. »Wir müssen zusehen, dass wir sie möglichst bald aufspüren.« Er sah zu Kate hinüber. »Was gibt's sonst noch zu Phillips zu sagen?«

Sie zuckte mit den Schultern. »Die persönlichen Schwierigkeiten, von denen er gesprochen hat, sind charakteristisch für einen bestimmten Typ von Sexualstraftätern. Glaubst du, dass Phillips in seiner Selbsthilfegruppe von Bradley Harper gehört hat?«

»Da kann ich auch nur raten. Vielleicht hat er tatsächlich etwas darüber aufgeschnappt, dass ein Jugendlicher tot aufgefunden worden ist.« Bernie war sichtlich verärgert. »Was mich bei Ermittlungen aufregt, sind nicht die Gespräche mit Verdächtigen, sondern das ewige Aufspüren, damit man überhaupt mit ihnen reden kann.«

Kate hatte ihr Notizbuch auf den Knien aufgeschlagen. »Wir haben noch nicht allzu viel mit unseren Zeugen ›geredet‹, aber ich war am Montag bei Roderick Levitte. Er hat geredet. Ziemlich viel.«

»Ich hab deine Notizen an der Wand gesehen. Kannst du sie mal zusammenfassen?«

»Bezeichnend war nicht nur, was er gesagt, sondern wie er es gesagt hat.« Sie schilderte ihm ihre Begegnung mit Levitte stark verkürzt.

Bernie, der an einer Ampel halten musste, blies die Backen auf. »Also, wenn du mich fragst, ist der Kerl ein Spinner. Vielleicht liegt das bei denen in der Familie, nachdem seine Schwester Cassandra auch nicht ganz richtig im Kopf zu sein scheint. Ihre Schwester Miranda habe ich übrigens nochmals angerufen und eine Nachricht für sie hinterlassen. Sie hat sich nicht gemeldet. Das war schon das zweite Mal. Wäre ich boshaft, würde ich sagen, dass sie uns ausweicht.«

Kates Blick fiel auf eine Adresse und eine Telefonnummer in ihrem Notizbuch. Sie sah auf ihre Armbanduhr. Erst halb elf. Sie musste um 13.30 Uhr in der Uni sein. »Kannst du mich in der Harborne High Street absetzen? Roderick hat mir ihre Adresse gegeben. Ich möchte es mal mit der direkten Methode versuchen.«

Als Kate schon fast an der Vine Terrace war, wählte sie Miranda Levittes Nummer, um sich vorzustellen und ihre baldige Ankunft anzukündigen. Als sich nur ein Anrufbeantworter meldete, ging sie rascher, weil sie hoffte, Henry Levittes ältere Tochter trotzdem anzutreffen. Die Gasse öffnete sich zu einem attraktiven kleinen Platz mit immergrünen Pflanzen in Holzkübeln und allen möglichen Spezialgeschäften, darunter ein Fotoatelier, ein Geschäft für teure Babykleidung und eine Patisserie, aus der es in der kühlen Luft nach frischem Brot und gemahlenem Kaffee duftete.

Kate überquerte den Platz, hielt auf die unbeleuchtete grau-weiße Fassade der Galerie Artworks zu und las das Schild hinter der Eingangstür: *Geschlossen*. »Verdammt«, murmelte sie. Als sie näherkam, konnte sie ein weiteres Schild mit den Geschäftszeiten lesen: *Montag bis Samstag 9.30 – 16 Uhr; Mittwoch 9.30 – 12 Uhr.* Sie sah auf ihre Armbanduhr. Es war erst kurz vor elf.

Sie hielt sich eine Hand über die Augen und versuchte, trotz der spiegelnden Scheibe und der ausgestellten Kunstwerke etwas im halbdunklen Inneren der Galerie zu erkennen. Kate ließ die Hand sinken, sah sich nach den anderen kleinen Geschäften um, wandte sich erneut dem Glas zu, hob wieder die Hand. Dann sah sie etwas. Bewegung. Weit im Hintergrund der kleinen Galerie. Sie klopfte an die Tür. Keine Reaktion. Niemand da. Sie hatte sich getäuscht.

Kate wandte sich fröstelnd und frustriert ab und folgte dem verlockenden Duft von frisch gebackenem Brot. Sie betrat die Patisserie, in der ein dicker Mann mit weißer Schürze an der Theke lehnend eine Zeitung las. Er richtete sich auf und lächelte. »Morgen! Was darf's sein? Ich habe ganz frische Croissants.«

Sie zeigte auf die weiß gestrichenen Tische und Stühle. »Bei Ihnen kann man auch einen Kaffee trinken?«

Er nickte. »Espresso, Latte … Wir haben auch Blue-Mountain-Kaffee, wenn Ihnen der nicht zu teuer ist.«

Man gönnt sich ja sonst nie was … »Blue Mountain wäre gut.« Sie ging zu einem Tisch, von dem aus der Eingang der Galerie Artworks gut zu sehen war.

Der Mann machte sich hinter der Theke zu schaffen, und sie hörte eine Kaffeemühle arbeiten, bevor er mit einem Tablett kam, auf dem eine kleine Kaffeekanne, eine blassblaue Tasse mit Untertasse und ein dazu passendes Milchkännchen standen. Er baute alles vor ihr auf. »Zucker ist hier. Möchten Sie etwas zu Ihrem Kaffee?«

Kate lehnte dankend ab und nickte dann nach draußen. »Artworks hat am Mittwochvormittag geöffnet, aber dort drüben ist niemand.«

Er klemmte sich das Tablett unter den Arm und beugte sich zur Seite, um auf den Platz hinaussehen zu können. »*Sollte* aber. Miss Levitte ist jemand, nach dem man die Uhr stellen kann. Ja, drüben brennt Licht. Sie ist da.« Kate wandte sich rasch dem Fenster zu. Tatsächlich brannte in der Galerie jetzt Licht. Sie behielt die kleine Galerie im

Auge, während sie den Blue Mountain trank, der wirklich gut war. Dann sah sie auf die Rechnung. Dafür musste er auch gut sein.

Sie ließ Geld auf dem Tisch liegen, nickte dem Mann hinter der Theke zu, verließ die Patisserie und ging über den Platz zu Artworks hinüber. Trotz eingeschalteter Beleuchtung verkündete das Schild an der Tür noch immer *Geschlossen*. Kate klopfte wieder an die Glastür. Keine Reaktion. Sie versuchte es erneut, diesmal energischer. Weiterhin nichts. Sie zog irritiert ihr Handy aus der Tasche, wählte die gespeicherte Nummer und hörte das Telefon in der Galerie klingeln. Nach dem sechsten Klingeln meldete sich ein Anrufbeantworter. Sie beendete den Anruf, sah auf die Uhr, überlegte, was sie tun sollte, und warf noch einen Blick in die Galerie. Diesmal wurde ihre vorige Beobachtung durch eine erneute rasche Bewegung im Hintergrund bestätigt.

Kate hob die Hand, um erneut zu klopfen, und ließ sie dann sinken. Das hatte keine Eile. Und ihr Ausflug war nicht vergebens gewesen. *Jetzt weiß ich, dass du uns bewusst meidest, Miranda Levitte. Und mich interessiert wirklich, weshalb.*

24

An diesem Nachmittag öffnete Kate die Tür zu ihrem Büro mit dem Ellbogen, weil sie einen Stapel Akten trug. Sie trat an ihren Schreibtisch, legte den Stapel ab und entdeckte dabei eine Telefonnotiz mit einer Mitteilung von Julian: *Neue Entwicklungen im Woodgate Park.* Sie erinnerte sich, dass ihr Handy auf der Fahrt hierher geklingelt hatte. Mit dieser Nachricht in der Hand trat sie an die Verbindungstür nach nebenan, wo Crystal am PC arbeitete. »Hat Julian sonst noch was gesagt?«

Die kurz geschorene Blondine schüttelte den Kopf. »Nur dass alle dorthin unterwegs sind.«

»Dann muss ich auch hin. Meine Vorlesung ist erst für halb vier Uhr angesetzt, aber können Sie den Namen aufschreiben, falls irgendein Student mich sprechen möchte, und ihm sagen, dass ich später zurückrufe?«

»Klar«, bestätigte Crystal lächelnd. Sie sah mit großen Augen zu Kate auf. »Ich habe meiner Mom von Ihnen und Ihrem Job erzählt. Sie sieht nichts lieber als Wiederholungen von *Für alle Fälle Fitz.* Ich wette, dass im Woodgate alle drauf warten, dass Sie ihnen sagen, wo's langgeht.«

Kate musste lachen. »Wenn das so ist …« Sie sah auf die vermerkte Uhrzeit: 13.20 Uhr, vor zehn Minuten. »… sollte ich zusehen, dass ich hinkomme. Zu Vorlesungsbeginn bin ich wieder da.«

Als sie in der Rose Road vorbeifuhr, traf sie dort nur den unzufriedenen Julian an. Er beantwortete ihre Frage. »Sie sind weggefahren, als die Meldung gekommen ist, und haben mich *wie üblich* nicht mitkommen lassen. Seither habe ich nichts mehr von ihnen gehört.«

»Könnten Sie etwas für mich tun? Ich brauche eine Zusammenstellung aller Details des Überfalls auf Bradley Harper. Könnten Sie alle verfügbaren Datenbanken nach irgendeiner Beschreibung des Täters durchsuchen?«

Er nickte. »Klar, die bekommen Sie in ... Hey, kann ich nicht mit *Ihnen* mitfahren?«

Kate parkte hinter Bernies Wagen, ging in Richtung See den Hang hinunter und hörte unterwegs gedämpfte Stimmen, die zunehmend verständlicher wurden. Ihre beiden Kollegen standen auf dem ebenen Gelände unterhalb des Hauses am See, während Spurensicherer in weißen Overalls das schlammige Gelände am Seeufer absuchten. Als Kate näherkam, erschrak sie über eine glänzende schwarze Masse, die unvermittelt aus dem dunklen See auftauchte: ein Polizeitaucher aus der Rose Road. Sie sah genauer hin. Sogar zwei Taucher. Sie ging zu ihren Kollegen weiter, stellte sich zu ihnen, sah von einem zum anderen und spürte dabei Eisregen wie winzige Nadelstiche im Gesicht.

Joe nickte ihr zu. »Ein Marathonläufer, der hier trainiert, hat heute am frühen Morgen eine Leiche im Wasser treiben sehen. Es hat eine Weile gedauert, sie zu finden und zu bergen. Die Taucher sind auf der Suche nach irgendwelchen Hinweisen.«

»Ich hab nie geglaubt, dass diese Rennerei irgendjemandem mal was bringen würde«, murmelte Bernie und klappte den Mantelkragen hoch, als er sich ihr zuwandte. »Die ganze Action hast du leider verpasst. Connie war bis vor zehn Minuten hier. Sie hat ihn vorläufig nach dem von seiner Mutter zur Verfügung gestellten Foto identifiziert.« Wen er meinte, war ohnehin klar. Bradley Harper. Sie blickten schweigend auf den See hinaus, der dunkel und still unter hohen Bäumen und einem bleigrauen Himmel lag, während die Spezialisten um sie herum weiterarbeiteten. »Schlimmer Todesort für einen Jungen. Natürlich auch für jeden anderen.« Er bewegte die Schultern. »Jedenfalls hat Connie ihn jetzt. Sie tut für ihn, was sie kann. Und für uns.«

»Hat sie etwas über die Todesursache gesagt?«, wollte Kate wissen.

Bernie schüttelte den Kopf. »Du weißt doch, dass sie das nie vorschnell tut.«

Sie folgten Joe, der zu ihren geparkten Fahrzeugen hinaufging. »Ich muss in einer Viertelstunde auf dem Schießstand sein.«

»Ich setze dich ab, Corrigan – und dann fahre ich noch mal bei Stuart Butts vorbei.«

Kate sah zu ihm auf. »Willst du ihn verhaften, nachdem wir jetzt wissen, dass er mit Bradley Harper hier war?«

Sie hörte zu, während Bernie ihr auseinandersetzte, dass sie wegen Stuart Butts' Alter und möglicher juristischer Komplikationen, wenn der Eindruck entstand, sie hätten voreilig und ohne gute Beweise gehandelt, vorsichtig sein mussten. »Ich hoffe, dass wir bald etwas von Connie erfahren – und dann holen wir ihn in die Rose Road.«

»Hat sie gesagt, wann erste Ergebnisse vorliegen müssten?«, fragte Kate.

»Morgen früh«, antwortete Joe. »Wohin fährst du, Red?«

»Zurück in die Uni.« Als sie zu ihrem Wagen ging, fiel ihr der Besuch ein, den sie abends erwartete. »Habt ihr später Zeit? Abendessen bei mir zu Hause – mit chinesischem Essen zum Mitnehmen?«

Joe schnalzte mit den Fingern. »Verflixt. Wollte mir die Haare waschen.« Er lächelte, um zu zeigen, dass das nicht sein Ernst war. »Nur damit du weißt, dass ich nicht leicht zu haben bin.«

Als sie ihren Audi aufschloss, stützte er sich mit den Ellbogen aufs Autodach. »Ich habe mir Gedanken gemacht. Zwei jugendliche Schulschwänzer, die sich hier rumtreiben. Sie finden Troy unter dem Fußboden. Sie bekommen Angst. *Einer* von ihnen flüchtet.« Er zog dunkle Augenbrauen hoch. »Warum nicht beide? Irgendwas muss Harper dazu bewogen haben, hier bei Troys Leiche zurückzubleiben.« Er trat von dem Wagen zurück. »Und weil die menschliche Natur nun mal so ist, wie sie ist, vermute ich, dass es ein genügend attraktiver oder wertvoller Gegenstand war, der Bradley Harper an der Flucht gehindert hat.«

Bernie sah zum dritten Mal in einer Viertelstunde auf seine Uhr. Er war hier, um Informationen zu erhalten, aber die würde er wohl nicht bekommen. Er hatte jedenfalls vor, davon zu erzählen, dass sie Bradley Harpers Leiche gefunden hatten. Der Gaskamin summte mit höchster Leistung, und der Rauch von Mrs. Butts' zweiter Zigarette seit seiner Ankunft kräuselte sich zu ihm hinüber. Bernie verlagerte sein Gewicht, weil er ungünstig auf einer Sprungfeder des roten Ledersofas saß, und sah sich nochmals rasch in dem Wohnzimmer um. Zu dem an der Wand montierten Großbildfernseher gehörte ein DVD/CD-Player, der von unerschwinglich teuren Lautsprechern, deren Kabel sich über staubiges

Laminat schlängelten, flankiert wurde. Er verzog angewidert das Gesicht. Woher das Geld dieses Haushalts kam, konnte er sich denken. Wie viele Male war er im Lauf der Jahre in solchen Wohnungen gewesen? Er seufzte, als er daran dachte, wie viele Jahre es noch werden würden. Er wusste, dass es nicht der Job war, der ihn so denken ließ, sondern dass es daher kam, weil er einen Arsch wie Furman als Vorgesetzten hatte. Aber was würde ihm bleiben, wenn er seinen Job verlieren sollte? Erinnerungen an den Exreporter Billington stiegen in ihm hoch. Nein. Er würde nicht diesen Weg gehen, mit Einkaufsorgien und Nachmittagsfernsehen. Und im Gegensatz zu Billington war er Witwer. Er wollte, er *musste* im Einsatz bleiben. Er war weiter mit Leib und Seele Polizist. Er mochte seine KUF-Kollegen. Und vor allem mochte er Connie Chong.

Ein gleichmäßiges metallisches Quietschen holte ihn in den Raum zurück. Stuart Butts – wie das Muster eines Schuljungen angezogen, der er nicht war – drehte sich mit dem Bürostuhl um die eigene Achse: ein deutliches Zeichen von Verachtung. Bernie warf einen Blick auf Stueys Schuhwerk. Heute trug er auf Hochglanz polierte schwarze Schnürstiefel mit dicken Sohlen. Seine Mutter hockte in einem zu dem Sofa passenden roten Ledersessel und beobachtete ihren Sohn und Bernie nur verstohlen.

Während der Jugendliche sich provozierend weiterdrehte, sah Bernie sich nach etwas um, das ihn ablenken konnte, und wurde auf einen Gegenstand links neben sich aufmerksam, der ihn beim ersten Besuch nicht aufgefallen war: ein Terrarium, ein geräumiger Glaskasten mit Pflanzen, die in einem Kiesbett wuchsen. Eine rasche Bewegung zwischen ihnen fesselte seine Aufmerksamkeit erst recht. Es war nicht ungewöhnlich, dass sich Leute, die Bernie dienstlich aufsuchte, irgendwelche »Exoten« als Haustiere hielten. Er hatte schon alles gesehen: Alligatoren, Taranteln, Leguane, Geckos. Hier entdeckte sein forschender Blick irgendein kleines Pelztier, das in einer Ecke des Terrariums …

»Los, beweg dich, Donna!«, rief eine raue Stimme, bevor die Haustür zugeknallt wurde. Bernie sah zu Mrs. Butts hinüber, die sich geweigert hatte, ihren Sohn irgendwelche Fragen beantworten zu lassen, bevor ihr Mann nach Haus kam. Sie war schon auf den Beinen, Gesicht und Schultern steif. Stuey hörte auf, sich mit dem Stuhl zu drehen, als die Tür aufflog und ein mittelgroßer Mann hereinstürmte, über dessen Wanst sich ein schmuddeliges T-Shirt spannte, das hinten über eine abgewetzte Jogginghose herabhing. Trotz der Kälte trug er weder Pullover noch Jacke. Als er den Besucher sah, blieb er wie angenagelt stehen. »Was hat der Nichtsnutz diesmal angestellt?«, fragte er, weil er Bernie sofort als Kriminalbeamten erkannte.

Stuey beobachtete seine Mutter, die losflitzte und dabei den Aschenbecher umwarf. »Nichts, Wes. Ich hab's dir erzählt, weißt du noch? Mr. Watts sucht diesen Bradley Harper. Für dich hab ich einen Teller im …« Die schmeichlerische Stimme wurde leiser, als sie aus dem Zimmer huschte.

Bernie hatte noch ein leises Rascheln aus dem Terrarium im Ohr, als er Wes Butts kühl musterte. »Ihr Stuey war eine der letzten Personen, die mit Bradley Harper an dem Tag, an dem er … von daheim weggegangen ist, zusammen waren.« Er dachte kurz darüber nach, welche Konsequenzen seine nächsten Worte für den Jungen haben könnten. Aber was gesagt werden musste, musste gesagt werden. »Das Dumme ist nur, dass wir uns nicht sicher sind, ob Stuey uns alles erzählt, was er weiß.«

Nach einem kalten Blick zu Bernie hinüber beobachtete Stuart wieder seinen Vater, der mit wenigen raschen Schritten heran war und sich mit geballten Fäusten vor ihm aufbaute. »Nein, Dad, nicht so eilig! Ich wollte gerade …«

»Sag's ihm! Erzähl ihm, was er wissen will, du Penner, damit er sich verpissen und ich mein verdammtes Abendessen in Ruhe essen kann.« Er starrte schwer atmend zu Boden, dann sah er wieder zu Bernie hinüber und öffnete eine Faust, um auf seinen Sohn zu zeigen. »Sie wissen, was das Problem mit den jungen Leuten von heute ist, oder? Ich weiß es, und ich sag's Ihnen kostenlos. Sie haben keine Erfahrung darin, klare Anweisungen zu befolgen. Als Kadetten mussten wir das lernen: *Vorschriften*. Gehorsam. Disziplin.«

Bernies Blick glitt über das T-Shirt, den Bierbauch hinweg. »Nach allem, was ich höre, ist Ihr Stuey auf diesen Gebieten in der Schule nicht gerade stark.«

Butts verzog das Gesicht. »Sie glauben doch wohl nicht, dass ich meinen Jungen runterputze, nur weil ein paar verklemmte Lehrer sagen, dass er was angestellt haben soll?«

Bernie erinnerte sich daran, was Butts vorhin gesagt hatte. »Sie waren Berufssoldat, was?«, fragte er, während er wieder das schmuddelige T-Shirt und die schmutzigen Sportschuhe betrachtete und mit Stueys auf Hochglanz polierten Schuhen verglich. In diesem Haus hatte nur einer das Sagen.

»Yeah. Paar Jahre lang.«

Bernie sah von Butts senior zu dem Jungen hinüber, der weit zurückgelehnt auf dem Drehstuhl hockte. In ein bis zwei Jahren würde es hier große Veränderungen geben. Dann würde das Ehepaar Butts erfahren, was echte Schwierigkeiten waren. Falls es sich dafür interessierte. Er sprach

Stuey direkt an. »Erzähl mir noch mal von dem Tag, an dem du mit Harper in dem Seehaus warst. Was habt ihr dort gefunden?«

»Ich hab Ihnen schon alles erzählt. Haben Sie nicht zugehört oder was?« Stuey zog den Kopf ein, um der Hand seines Vaters auszuweichen.

Bernie war mit wenigen großen Schritten bei ihnen, funkelte den älteren Butts an. *»Hey!* Wollen Sie wegen Körperverletzung belangt werden? Nur weiter so, dann kriegen *Sie* 'ne Anzeige!« Er wandte sich wieder an Stuey. »Was hast du beim Blick ins offene Loch gesehen? Diesmal will ich die Wahrheit hören!«

»Sie wissen offenbar, was darin gelegen hat. Dieses … *Ding.* Wozu soll ich Ihnen das noch mal erzählen?«

Wes Butts sah von seinem Sohn zu Bernie hinüber. »Wovon redet er?«

»Mischen Sie sich nicht ein«, knurrte Bernie, ohne ihn anzusehen. Er konzentrierte sich weiter auf den Sohn. »Los, erzähl schon!«

Stuey leugnete sofort, irgendetwas mitgenommen zu haben. Sein Vater funkelte ihn mit einer Mischung aus Gier und Bösartigkeit an.

Bernie fixierte Stuey mit forschendem Blick. Er stimmte Joe darin zu, dass es für Harper einen Anreiz gegeben haben musste, in dem Haus zurückzubleiben. Dieses Etwas konnte auch Stuey Butts zurückgebracht haben. »Ich will noch immer wissen, was du in dem Loch im Fußboden gesehen hast.« Die kurze Beschreibung, die er nun bekam, passte zu Connies Untersuchungsergebnissen. Braun, lederartig, zu einem stummen Schrei erstarrter Mund. Bernies Blick bohrte sich in Stueys Augen. »Jetzt erzähl mir, was *außerdem* dort unten gelegen hat.«

»Ich hab nichts …«

Als Wes Butts mit finsterer Miene drohend die Hand hob, fuhr Bernie ihn an: »*Sie!* Halten Sie sich gefälligst raus.« Dann zu Stuey: »Los, los, was noch?«

»Nichts!«

Bernie hatte Mühe, sich zu beherrschen. »Du bist abgehauen, aber dann bist du *zurückgekommen*, um dir zu holen, was du gesehen hattest.«

»Nein!«

Bernie kochte vor Wut. »Doch! Du hast es gehabt – oder dein Kumpel hat's gehabt –, und jetzt ist er … fort.«

Butts senior starrte Bernie an. »*Was* hat er gehabt?«

Stuey Butts sah erst seinen Vater, dann den bedrohlich massigen Kriminalbeamten an. »Ich *war's* nicht. Ich hab's nicht genommen. *Ich war's nicht.*«

»Dann war's also dein Kumpel Harper, der etwas mitgenommen hat! Raus mit der Sprache! Was war das?«

»Ich sag Ihnen doch, dass ich es nicht weiß! Als ich dieses unheimliche Ding mit dem Mund gesehen hab, bin ich sofort abgehauen.«

»Und warum bist du zurückgegangen?«

»Ich bin nicht zurückgegangen.«

Bernie stand auf und starrte auf den Jungen hinunter. Ihm war klar, dass er hier nicht mehr aus ihm herausbekommen würde. Sie würden ihn noch mal in die Rose Road vorladen müssen. Weil er Butts senior keinen Vorwand für Prügel liefern wollte, sobald er gegangen war, nickte er Stuey zu. »Gut, das genügt für heute.«

Er wandte sich an Wes Butts, der im Sessel hockte. »Körperliche Gewalt gegen Kinder, auch gegen eigene, ist strafbar. Vergreifen Sie sich an ihm, höre ich davon. Sie haben mich nicht zum letzten Mal gesehen. Das ist ein

Versprechen.« Er wollte jetzt nur noch fort, dieser bedrückenden Atmosphäre entfliehen.

Beim Hinausgehen drehte er sich nach Stuey um und stellte ihm eine letzte Frage: »Welche Schuhgröße hast du?«

»Was?«

»Schuhgröße!«

»43, aber …«

Er sah zu dem Vater hinüber. »Und Sie?«

Wes Butts runzelte die Stirn. »Was geht Sie das an?« Als er Bernies grimmige Miene sah, ruderte er hastig zurück. »Okay, schon gut. Größe 44.«

Als Bernie ein plötzliches Huschen und Rascheln hörte, sah er zu dem Terrarium hinüber. Das kleine pelzige Wesen, das in einer Ecke gekauert hatte, war verschwunden.

25

An diesem Abend stellte Kate in einer Gesprächspause, die sie dankbar begrüßte, Teller in den Backofen und kam dann an den Tisch zurück. Als ihr Blick die Frau mit Rubensfigur auf einem Hocker an der Esstheke streifte, dachte sie an Maisies kürzlich geäußerte Ängste, sie könnte nie erwachsen werden. Celia hatte angefangen, sich für ein Thema zu erwärmen, eines, das sie bei Kate oft anschnitt, wenn sich die Gelegenheit dazu bot. Um keine weiteren Kommentare zu provozieren, verteilte Kate Setmatten auf dem Tisch und ging an die Besteckschublade, wobei Celia sie keine Sekunde aus den Augen ließ.

»Du siehst trotz eines bedauerlichen Mangels an männlicher Aktivität in deinem Haus gut aus – und *der* gefällt mir.« Damit meinte sie Kates türkisgrünen Kaschmirpullover. »War das dein Weihnachtspullover? Aber wo war ich gleich wieder. Ah, ja. Du musst mit dem Ohr am Boden bleiben – was ja keine allzu große Entfernung ist.« Sie grinste Kate an. »Du musst rauskriegen, was er vorhat. Diskrete Erkundigungen einziehen. Dich in den Flurfunk in der Rose Road einklinken. Ich wette, dass etliche seiner Kolleginnen scharf auf ihn sind, also musst du selbst die Initiative ergreifen.«

Nach einem anstrengenden Nachmittag war Kate nicht in der Stimmung für solche Erörterungen. »Kommt gar nicht in Frage! Wie Joe Corrigan seine Freizeit verbringt, geht mich nichts an, und mit *wem* er's tut, braucht mich erst recht nicht zu kümmern!« Sie holte tief Luft. »Wer weiß, vielleicht geht er manchmal mit jemandem aus. Und wenn es so *wäre*? Was würde dir das sagen? Ich bin selbst schon mehrmals auf ein paar Drinks mit ihm ausgegangen.« Sie schüttelte irritiert den Kopf, weil sie sich darüber ärgerte, dass sie sich wieder in diese Diskussion hatte verwickeln lassen.

Davon wollte Celia nichts hören. »Wen interessiert ›ausgehen‹? Dass du mit Joe Corrigan *zu Hause* bleibst – *darauf* hoffen wir.«

»*Ich* hoffe auf nichts«, fauchte Kate.

»Das kannst du deiner Großmutter erzählen«, wehrte Celia lachend ab.

Die Haustür wurde geöffnet, und aus der Diele erklang eine tiefe fröhliche Stimme. »Hi, Schatz, ich bin wieder da!«

Kate warf ihrer entzückten Freundin einen ärgerlichen Blick zu. »Das ist ein *Scherz.*«

Joe kam mit Tragetaschen mit dem Aufdruck eines Chinarestaurants beladen in die Küche. »Den Rest bringt Ber-*nard,* mein wackerer Assistent.« Er legte die Taschen auf die Arbeitsfläche aus Granit. »Und jetzt verwandle ich mich in einen Barkeeper. Was trinkt ihr, Girls?«

Maisie kam in die Küche geschlendert. »Tante *Cee!* Ich wusste nicht, dass du schon da bist.«

»Du hättest es gewusst, wenn du runtergekommen wärst, als ich dich gerufen habe, anstatt zu warten, bis es nach Essen riecht«, sagte Kate und begann, sich für den Inhalt der Tragetaschen zu interessieren.

»Hallo, Schätzchen. Ich liebe deine Wintershorts. Die würde ich auch tragen, wenn ich hundert Jahre jünger wäre.« Celia schloss Maisie in die Arme.

»Mom? Können wir Tante Cee *bitte* mal wieder besuchen?«

»Wenn wir mal Zeit haben«, sagte Kate geistesabwesend, während sie versuchte, chinesische Gerichte zu identifizieren, als Bernie mit weiteren Tragetaschen hereinkam.

Binnen fünf Minuten standen die Gerichte auf dem Tisch, und alle nahmen ihre Plätze ein. »Wo sind meine Spareribs mit Sauce?«, wollte Maisie wissen.

»Direkt vor dir, Kind.« Kate fühlte sich schikaniert. Sie sah Joe entgegen, der jetzt an den Tisch kam. Er blinzelte ihr zu, als er Bernie ein Bier und Maisie ein Glas Milch hinstellte.

»Danke, Joe … *Mom,* das ist eklig. Da ist Tintenfisch drin. *Sieh nur!*«

Kate schnalzte mit den Fingern. »Her damit! Hätte ich nicht eine halbe Stunde vor dem Think Tank auf dich warten und ständig den Parkplatz wechseln müssen, hätte ich Wongs unsere Bestellung eine Stunde früher durchgeben können.«

»Trotzdem esse ich keinen Tintenfisch.«

Joe kam mit zwei Gin Tonic zurück und gab einen davon Kate. »Hier, der tut dir gut, Red.« Er senkte vertraulich die Stimme. »*Extra*stark.«

Celia nahm einen kleinen Schluck von ihrem Drink und schloss genießerisch die Augen. »Ah, das nenne ich Leben.« Sie sah sich am Tisch um. »Wie kommt ihr mit den Ermittlungen voran? Gibt es bald Verhaftungen?«

»Mom mag keine zwei Fragen hintereinander, Tante Cee. Sie sagt, dass sie das überfordert.«

»Die Ermittlungen wegen kalter Fälle sind oft langwierig«, sagte Bernie.

Nachdem einige Minuten lang fast Schweigen geherrscht

hatte, sprang Maisie vom Tisch auf. »Den Rest esse ich in ein paar Minuten. Ich muss meine Sachen zusammenpacken.« Kate sah ihr geistesabwesend nach, dann beobachtete sie aus dem Augenwinkel heraus, wie Joe aß, verfolgte seine Lippenbewegungen. Als sie Celias Blick begegnete, lächelte ihre Freundin wissend. Kates Reaktion bestand daraus, dass sie die Augen zusammenkniff.

Bernie sah zu Joe und Kate hinüber. »Heute Nachmittag habe ich interessante Leute besucht: einen wertlosen Taugenichts von Vater und seinen Sohn, der sich vermutlich ab und zu als Strichjunge betätigt.«

Celia zog die Augenbrauen hoch. »Gott, ich wollte, ich hätte nicht von der Arbeit angefangen. Wohin will Maisie?«

»Sie übernachtet bei Kevin. Wir haben die Wochenendbesuche wieder aufgenommen, und weil sie funktionieren, darf sie probeweise an einem Wochentag bei ihm übernachten. Morgen früh muss er sie dann in die Schule bringen. Ich glaube, dass er endlich die Kurve gekriegt hat und zu erkennen beginnt, wo seine …«

»Ha! Und ich bin Dolly Parton«, spottete Celia und verdrehte die Augen.

Eine halbe Stunde später signalisierte Kevin seine Ankunft durch kurzes Hupen, und Maisie stürmte in die Diele hinaus. Kate folgte langsamer und beobachtete, wie er in seinem dunklen Nadelstreifenanzug hereinkam: elegant und zugleich defensiv wirkend. Er nickte Kate zu und streifte Celia, die in der Küchentür stand, mit einem kurzen Blick. »Komm, Mäuschen. Stella wartet draußen im Wagen.« Als Maisie sich ihren Rucksack schnappte und hinausflitzte, warf er einen Blick in die Küche und sprach Kate halblaut an. »Du hast Gäste? Cops und eine trinkfeste alte Freundin?«

»Was dich nichts mehr angeht, Kevin«, antwortete sie ebenso leise.

»Doch, solange meine Tochter hier lebt.«

Sie spürte Zorn in sich aufwallen. »Von ›solange‹ kann nicht die Rede sein.«

Er seufzte. »Hör auf, dich wie eine typische Rothaarige zu benehmen.«

»Wie wär's, wenn du aufhören würdest, mich zu ärgern?«

Celia erschien mit ihrem einzigen Drink des Abends in der Hand neben Kate und bedachte ihn mit einem kalten Blick. »Kennst du den, Kevin? Ein Mann kommt in eine Bar und sieht eine tolle Blondine. Er geht zu ihr. ›Hi‹, sagt er. ›Ich ficke jede, jederzeit, überall. Na, was sagst du?‹ Die Frau antwortet: ›Oh, hi, du bist also auch Anwalt.‹«

Er grinste, aber Kate konnte sehen, dass Celias kleiner Hieb gesessen hatte. »Den kannte ich schon. Du solltest mit der Trinkerei aufhören.« Er machte auf dem Absatz kehrt und ging hinaus.

Als sie in die Küche zurückkamen, sprachen Bernie und Joe über den Fall Troy. Joe sah auf. »Rachel Troy hat heute am späten Nachmittag angerufen, Red. Unser Besuch hat sie zum Nachdenken gebracht. Ihr ist eingefallen, dass Nathan ihr erzählt hat, Joel Smythe sei wegen irgendwas durcheinander gewesen. Oder wegen irgendjemand.«

»Hat sie gesagt, wer oder was das war?«

»Nein, das hat er ihr nie erzählt.« Kates Seufzer endete mit einem kleinen Hicksen. Daraufhin beugte Joe sich mit aufgestützten Armen zu ihr und sprach in ›amtlichem‹ Tonfall weiter. »Tut mir leid, Ma'am, aber ich sehe mich gezwungen, Sie festzunehmen und einem Alkoholtest zu unterziehen.« Celia sah Kate an und lachte.

Bernie sprach über den Tisch hinweg Joe an. »Was ich

vorher über Stuey Butts gesagt habe … Du hattest recht, als du heute Morgen am See davon gesprochen hast, dass es einen Anreiz zum Zurückgehen gegeben haben musste. Ich habe ihn gefragt, ob er etwas mitgenommen hat. Weißt du, was er gesagt hat? ›Ich war's nicht.‹ Harper scheint es mitgenommen zu haben, und ich glaube noch immer, dass es einen sexuellen Aspekt gibt.«

»Wie wär's, wenn wir über harmlosere Dinge reden würden, Ber-*nard*?«

»Na schön. Wie kommst du mit dem Immobilienmakler zurecht, Joe?«

Kate hob den Kopf. »Immobilienmakler?«

Joe beantwortete die Frage gleich selbst. »Der Mietvertrag für mein Apartment läuft in ein paar Monaten aus. Das bedeutet, dass ich ein paar Entscheidungen treffen muss. In Bezug auf meine Zukunft.«

Kate stützte ihr Kinn in eine Hand. Seine Abkommandierung. Es blieb weniger als ein Jahr übrig – dann würde er nach Boston zurückkehren. Sie fühlte die Wirkung des Gins verfliegen, während Celia sie irritiert beobachtete.

26

Die Lüftungsanlage der Abteilung Autopsie, in der schon drei der Edelstahltische belegt waren, arbeitete am folgenden Morgen auf Hochtouren. Im Kühlraum summte der hydraulische Hubwagen, dann schob Igor einen zugedeckten Wagen herein und sagte zur Begrüßung: »Willkommen im Allerheiligsten.« Er stellte den Wagen neben dem Untersuchungstisch ab, über dem starke Lampen brannten, und arretierte ihn mit der Fußbremse. Mit einem Arbeitskollegen hob er die Leiche auf den Tisch, zog die grünen Abdecktücher weg und verschwand mit einem Quietschen von Rädern und Gummisohlen.

Sie versammelten sich in Overalls und mit Latexhandschuhen und warteten darauf, von Connie Chong informiert zu werden. »Bradley Harper. Sechzehn Jahre alt«, sagte die Pathologin und betrachtete sie durch ihre Gesichtsmaske aus klarem Kunststoff. Kate und ihre beiden Kollegen folgten Connies Blick nach unten zu der porzellanweißen Leiche, die eine Gänsehaut zu haben schien. Kate starrte sie an. *Er wird nie wieder frieren.* Sie konzentrierte sich auf den Kopf, an dem mehrere Schürfwunden zu sehen waren.

Connie trat auf die andere Seite des Tischs. »Entdeckt wurde die Leiche gestern Morgen von einem Läufer, der im Woodgate Country Park unterwegs war. Er hat die Polizei alarmiert und zu Protokoll gegeben, er habe die Leiche auftauchen gesehen. Das bewirken übrigens Gase, die im Körperinneren entstehen. Der Zeuge hat angegeben, in der Umgebung des Sees niemanden gesehen zu haben. Das war ungefähr alles, was er aussagen konnte.« Connie streckte eine Hand aus. »Seht ihr die?« Sie zeigte auf die Schürfwunden.

»Ist er zusammengeschlagen und dann ins Wasser geworfen worden?«, erkundigte Joe sich.

Sie schüttelte rasch den Kopf. »Meiner Ansicht nach ist er tot ins Wasser geworfen worden und hat sich die Verletzungen erst beim Kontakt mit Trümmern unter der Wasseroberfläche zugezogen.«

Bernie sah sie an. »Was für Trümmer?«

»Abgebrochene Äste, Bauschutt, Hausmüll. Die Taucher haben den Seeboden abgesucht. Ohne sich allzu viel Mühe geben zu müssen, haben sie einen Einkaufswagen und einen alten Kühlschrank gefunden.«

»Aber es wäre *möglich,* dass er vorher zusammengeschlagen worden ist?«, hakte Bernie nach. Kate vermutete, dass er an Stuey Butts dachte.

»Sorry, meiner Ansicht nach sind die Kopfverletzungen nach dem Tod entstanden. Ich vermute, dass der Täter die Leiche ins Wasser geworfen hat – und als sich zeigte, dass sie nicht untergeht, dürfte er hineingesprungen sein, um sie unter in den See ragenden Baumwurzeln zu verstecken.« Sie zeigte auf den Kopf. »In den Schürfwunden finden sich mikroskopisch kleine Wurzelholzsplitter. Aber ich will nicht weiter spekulieren, sondern zur Todesursache kommen.« Drei Köpfe wurden gleichzeitig ruckartig gehoben. »Seht ihr das hier? Augenblick, ich will's euch einfacher machen.« Connie drehte den blassen Kopf etwas nach rechts, sodass die Halsseite deutlicher zu sehen war. »Das sind Strangulationsmale. Meine Untersuchung hat Folgendes bestätigt: kein Wasser im Magen, kein Schaum in den Atemwegen und keine Blutung im Mittelohr. Er ist *nicht* ertrunken.« Sie machte eine kleine Pause. »Meiner Überzeugung nach ist Bradley Harper erst erwürgt und dann ins Wasser geworfen worden.« Sie musterte den Toten von Kopf bis Fuß. »Armer Kerl.«

»Wie war er angezogen, als er aufgefunden wurde … oder war er wie jetzt nackt?«, fragte Kate.

»Bravo! Wie oft muss ich Medizinstudenten daran erinnern, dass sie mir die Was-Wo-Wann-Wie-Fragen stellen sollen. Aber die KUF? *Niemals*. Er war vollständig bekleidet. Seine Sachen liegen dort drüben.« Connie nickte ihnen zu, und sie folgten ihr zu einem anderen Tisch, auf dem ein blauer Plastiksack lag. Sie öffnete ihn und nahm die inzwischen trockenen Sachen heraus: schwarze Schuhe, eine dunkle Hose, die zu einer Schuluniform gehören konnte, weißes Baumwollhemd, blauer Pullover mit V-Ausschnitt, Boxershorts und eine grün-braune Parka. »Ich habe alle Kleidungsstücke genau untersucht. Manchmal haben wir selbst bei Sachen Glück, die lange im Wasser gelegen haben, aber diesmal leider nicht. Keine Fasern, keine Haare, die nicht von ihm sind.«

»Keine Schulkrawatte?«, fragte Joe.

»Nein, und wenn du an die Würgemale denkst, bist du auf dem Holzweg. Die stammen von etwas anderem.«

Bernie sah sie an. »Wovon?«

Sie wandte sich ihm mit schwachem Lächeln zu. »Obwohl mich dein *reges* Interesse immer freut, kann ich das im Augenblick noch nicht sagen.« Connie sah in die drei wissbegierigen Gesichter. »Will denn niemand fragen, was ich sonst noch habe?«

»Was hast du sonst noch, Connie?«, fragte Joe.

Sie lächelte ihm über den Tisch hinweg zu. »Danke, Joseph.« Die drei steckten die Köpfe zusammen, als sie in den blauen Plastiksack griff und einen durchsichtigen Asservatenbeutel herauszog, in dem ein kleiner Gegenstand steckte. Sie legte ihn behutsam auf den Tisch. »Was haltet ihr davon?«

Bernie brach das kurze Schweigen als Erster. »Wo hast du sie gefunden?«

»Sie war mit ihm im Wasser.«

»Er hat sie getragen?«, fragte er.

Sie schüttelte den Kopf. »Nein. Sie hat hier drin in einer Reißverschlusstasche gesteckt.« Connie legte eine Hand in Latex auf die Parka.

Joe begutachtete den kleinen Gegenstand genauer. »Nach allem, was wir über die jungen Leute wissen, mit denen wir bei unseren Ermittlungen zu diesem Fall zu tun haben, glaube ich nicht, dass dies hier einem von ihnen gehört hat – auch Nathan Troy nicht.«

Kate richtete sich kurz auf, um ihn anzusehen. »Weshalb nicht?«

»Weil ihr materieller Wert es wenig wahrscheinlich macht, dass sie einem dieser jungen Menschen mit ihrem finanziellen Hintergrund gehört hat.«

Bernie betrachtete den kleinen Gegenstand noch immer. »Wir fragen bei den Eltern nach. Ich habe verstanden, was du meinst, Corrigan, aber was soll daran schon besonders sein? Sie hat nur ein Lederband und ein einfaches Zifferblatt.«

»Das ist eine IWC: International Watch Company, Schaffhausen. Siehst du?« Joe deutete auf den winzigen Firmennamen auf dem Zifferblatt.«

Bernie kniff die Augen zusammen, um ihn lesen zu können. »Nie gehört. Hättest du Rolex gesagt, wüsste ich, wovon du sprichst.«

Joe sah seine Kollegen an. »Eine ähnliche Uhr habe ich mal in Boston auf einer Versteigerung gesehen. Die hier scheint eine alte IWC zu sein.«

Connie nickte ihm anerkennend zu, während Bernie die Arme verschränkte. »Sehr gut, Joseph. Dies ist eine IWC Special, eine Fliegeruhr aus dem Jahr 1936. Igor hat in Katalogen nachgeschlagen. Schon der ursprüngliche Käufer muss eine Menge Geld für sie ausgegeben haben. Leider ist sie nicht graviert, was ein Hinweis hätte sein können, und an DNA war gar nicht zu denken.«

Kate betrachtete die Armbanduhr erneut. Sie verstand Bernies Reaktion. Die Uhr war schlicht und sah ... gewöhnlich aus. »Das haben Stuart Butts und Bradley Harper also unter dem Fußboden gesehen, als sie Troys Leiche entdeckt haben. Seht ihr? Die Schnalle ist beschädigt.«

Bernie wandte sich an Joe. »Du hattest recht – das hier war der Anreiz. Deshalb ist Harper damals in dem Haus am See geblieben, und ich wette, dass Stuart Butts deswegen zurückgekommen ist. Ich stelle mir vor, dass er Harper damit gesehen hat, Harper wollte sie nicht hergeben, es ist zu einer Rangelei gekommen. Butts konnte die versteckte Uhr nicht finden. Er ist ausgerastet und hat Harper erdrosselt und in den See geworfen.«

Kate wirkte nachdenklich. »Ich weiß, dass Stuart Butts als gewalttätig bekannt ist, und kann mir vorstellen, dass er wütend geworden ist und Harper ins Wasser gestoßen hat. Aber ihn erwürgen? Das sehe ich nicht.« Bernies Worte hatten bewirkt, dass einige von Kates früheren Überlegungen wieder in ihrem Kopf aufgetaucht waren, in dem sie von leichten Wirbeln bewegt wie Laub trieben. *Impulsivität ist bestimmt ein Charakterzug von Stuart Butts … Aber nicht Geduld. Er hätte sich nicht die Mühe gemacht, den Fußboden wieder zusammenzubauen … Hätte wohl auch kein Motiv gehabt?* … Aber irgendjemand hatte eines gehabt. Irgendjemand hatte Bradley Harper ermordet. Ein und dieselbe Person? *Oder hat Harper den Fußboden repariert? Wozu hätte er das tun sollen? Vielleicht um die Herkunft seines Fundes zu tarnen? Ein Versuch, polizeiliche Ermittlungen wegen Troys Leiche zu verhindern?* Sie blickte auf den toten Jungen hinunter. Fragen, Fragen. Kate seufzte und sah ihre Kollegen an. »Sind seine Eltern schon benachrichtigt?«

»Seine Mutter«, antwortete Connie. »Wir haben ihn aufgrund seines Fotos vorläufig identifiziert, und heute Morgen haben zwei Beamte sie aufgesucht und hergebracht. Sie hat ihn offiziell identifiziert.«

Kate betrachtete die Leiche erneut. »Weiß sie die Todesursache?«

Connie schüttelte den Kopf. »Die war noch nicht bekannt, als sie hier war. Sie muss noch informiert werden.«

»Ich könnte bei ihr vorbeifahren und es ihr sagen«, schlug Kate vor.

Joe sah sie an. »Soll ich dich begleiten? Immerhin kennt sie mich schon.«

Sie nickte, dann legte sie einige Sekunden lang den Kopf in den Nacken, um ihre verspannten Schultern zu lockern. »Ich glaube, dass Bradley Harper von jemandem ermordet wurde, der größtes Interesse daran hatte, dass Nathan Troys sterbliche Überreste unentdeckt bleiben. Weil dieser Jemand sie vor rund zwanzig Jahren dort versteckt hat. Dass Bradley Harper und Stuart Butts dafür nicht in Frage kommen, wissen wir.« Sie sah auf den Tisch hinunter. »*Zwei* tote Jugendliche. *Ein* Mörder.«

»Ja?«, fragte Bernie. »Und wie erklärst du dir, dass Troys Mörder sich zufällig am See rumgetrieben hat, als Butts und Harper dort aufgekreuzt sind?«

Sie zuckte mit den Schultern, ohne aufzusehen. »Ich behaupte nicht, dass ich auf alles eine Antwort habe.«

Er lachte asthmatisch keuchend. »Nein, das habe *ich* von dir behauptet.«

Kate sah zu ihm hinüber. »Du hast vermutet, dieser Fall sei sexuell motiviert, und ich folge deinem Gedankengang. Vielleicht ist das Haus am See ein beliebter Treff, wie du gesagt hast. Wäre es nicht denkbar, dass Nathan Troys Mörder jetzt Bradley Harper beobachtet hat?«

Bernie sah sie stirnrunzelnd an. »Hey, das klingt gar nicht schlecht. Könnte auch der Kerl gewesen sein, der ihn letztes Jahr überfallen hat. Du bist genau auf meiner Wellenlänge, Doc.«

Sie kehrten in den KUF-Dienstraum zurück, und Joe machte sich an der Kaffeemaschine zu schaffen, während Kate an die Glaswand trat und die Namen der beiden Opfer umkringelte. »Nehmen wir vorläufig mal an, dass der Mord an Troy, der Überfall auf Harper und die Ermordung des Jungen zusammenhängen. Was mich interessiert, ist die Frage, wieso Troy mit dieser Uhr beigesetzt wurde. Ihm kann sie nicht gehört haben. Dafür war sie viel zu teuer.«

»Vielleicht gab es einen Kampf zwischen Troy und seinem Mörder, bei dem die Armbanduhr abgerissen wurde?«, schlug Bernie vor.

Kate zuckte mit den Schultern. »Was würde uns das über den Täter sagen? Dass er jung und reich war. Nicht unmöglich. Wie wär's mit Buchanan? Ich vermute, dass er aus einer ziemlich reichen Familie stammt. Er hat sich nicht sehr lobend über eine Uhr von Rotary geäußert, die seine Eltern ihm während des Studiums geschenkt haben. Ist sie ihm wirklich gestohlen worden, könnte eine Versicherung ihm den Verlust ersetzt haben, sodass er sich die IWC kaufen konnte …« Sie ächzte und bedeckte kurz das Gesicht mit den Händen.

Bernie musterte sie verwundert. »Was hast du?«

»Wenn man es ausspricht, klingt alles längst nicht mehr so plausibel. Die IWC wäre um ein Mehrfaches teurer gewesen als die gestohlene Armbanduhr. Und ich bin nicht mal davon überzeugt, dass Buchanan in diesem Punkt die Wahrheit gesagt hat. Immer wenn ich in diesem Fall eine Idee weiterverfolge, wirft sie neue Fragen auf oder endet in einer Sackgasse.« Sie atmete tief durch. »Okay. Denken wir noch mal über deine Idee von einem Kampf zwischen Troy und seinem Mörder nach: Was wäre, wenn es *keinen* gegeben hätte?« Sie sah, wie sein Gesicht sich verfinsterte.

»Kate hat recht«, sagte Joe, der mit drei Kaffeebechern an den Tisch kam. »Erinnert ihr euch, was Connie darüber gesagt hat?«

Sie nickte. »Connie hat vermutet, Troy sei ein gefügiges Opfer gewesen.«

Bernie, dem es widerstrebte, dass es keinen Kampf gegeben haben sollte, skizzierte eine Situation, in der Troys erster Kontakt mit seinem Mörder freundschaftlich gewesen war, bis es zwischen ihnen zum Streit gekommen war. »Ich behaupte gar nicht, dass sie sich geprügelt haben – aber es könnte eine Rangelei gegeben haben, bei der die Uhr abgerissen wurde, und dann ist Troy tot und wird unter dem Fußboden versteckt, wobei die Uhr mit in das

Loch fällt. Sein Mörder muss rasch handeln. Er kann nicht lange dort rumhängen und sie suchen. Er muss das Haus am See, muss den Park verlassen. Hitze des Gefechts. Stress.« Er sah Kate an. »Ich hätte gedacht, dass *du* darauf kommen würdest. Also, wenn du mich fragst, hat Troy sich aus ganz harmlosen Gründen mit seinem späteren Mörder getroffen.«

Sie schüttelte den Kopf. »Tut mir leid, ich komme von deiner Theorie wieder ab. Ich finde es einfach nicht überzeugend, dass einer deiner Sexualstraftäter eine alte Fliegeruhr im Wert von Tausenden von Pfund getragen haben soll, als er Nathan Troy irgendwelche Avancen gemacht oder Kontakt zu ihm gesucht hat. Außerdem weist nicht das Geringste darauf hin, dass Troy etwas anderes als hetero war!«

Bernie wirkte irritiert. »Darf ich *dich* daran erinnern, dass wir weiter für alles offen sein müssen, was den jungen Troy betrifft? Wir wissen, was seine Mutter über ihn gesagt hat, aber wir wissen *nicht,* ob sie die Wahrheit gesagt hat, und außerdem sind Sexualstraftäter nicht unbedingt irgendwelche Penner. Erst vor ein paar Jahren ist dort im Park ein Richter festgenommen worden.«

Kate, die keineswegs überzeugt wirkte, blätterte in ihrem Notizbuch. »Erzähl mir von einem einzigen Sexualverbrecher, den *du* in den letzten zwanzig Jahren gekannt hast, der auch nur entfernt als Besitzer der Uhr, die wir gesehen haben, in Frage gekommen wäre.«

Bernie warf ihr einen missmutigen Blick zu, dann stand er auf, um sich noch mehr Zucker zu holen, als Julian mit einem Ausdruck hereinkam. Er streckte eine Pranke danach aus. »Mal sehen, was Sie rausgekriegt haben, Devenish.«

Joe hatte die Diskussion wegen der IWC schweigend verfolgt. »Wer die Uhr in den Dreißigerjahren neu gekauft hat, musste ziemlich reich sein.«

»Richtig«, bestätigte Kate.

»Und sie kann in den vielen Jahren seither x-mal verkauft, gekauft und gestohlen worden sein«, murmelte Bernie, dessen Aufmerksamkeit dem Ausdruck galt.

Julian stand an der Glaswand, las die dort hängenden Angaben über die Fliegeruhr. »Reiche Leute verkaufen nichts. Sie halten ihren Besitz zusammen. Und dann vermehren sie ihn.«

Kate sah zu ihm hinüber. Sie vermutete, dass er aus eigener Erfahrung sprach: Sein Vater war reich, hundertprozentig aufs Geldverdienen fixiert – und abwesend.

Kate nahm den Telefonhörer ab, wählte und sprach weiter, während das Telefon klingelte. »Bestimmt gibt es einen oder zwei Besitzer, die wir ausschließen können.«

»Hallo?

»Mr. Troy?«

»Ja.«

»Hier ist Kate Hanson. Wir waren neulich bei Ihnen.«

»Ja. Irgendwelche Neuigkeiten?«

Sie biss sich auf die Unterlippe, dann sprach sie rasch, um weiteren Fragen zuvorzukommen. »Entschuldigen Sie, dass ich Sie einfach so anrufe, aber ich habe eine Frage. Hat in Ihrer Familie – oder in der Ihrer Frau – jemals irgendwer eine Herrenuhr der Schweizer Firma IWC besessen? Eine Uhr, die als besonderer Wertgegenstand gegolten hat? Sehr speziell. Sehr teuer.« Sie hörte zu, bedankte sich und legte auf. »Nein.«

Julian kehrte der Glaswand den Rücken zu. »Eine spezielle Fliegeruhr? Könnte der Erstbesitzer in den Dreißigerjahren selbst Pilot gewesen sein? Ein echtes Fliegerass! Neulich hab ich diesen Fernsehfilm gesehen …«

Joe schüttelte den Kopf. »Darauf würde ich nicht wetten wollen.«

Bernie, der noch immer den Ausdruck las, prustete abweisend. »›Fliegeruhr‹ ist nur eine Herstellerbezeichnung.« Auf seinem Gesicht erschien ein langsames Grinsen, als er von einem zum anderen sah. »Da haben wir's! Die Suche nach vermissten Jugendlichen zwischen fünfzehn und einundzwanzig Jahren in Verbindung mit der M5. *Gut* gemacht, Sherlock.« Er schwenkte den Ausdruck. »Insgesamt *fünf.* Alle im richtigen Alter. Und alle in flachen Gräbern in Waldgebieten zwischen Birmingham und Devon aufgefunden.«

Joe brach das Schweigen. »Ich kann in die Zukunft sehen: Wir werden viel fahren müssen.«

Inzwischen war der Ausdruck zu Kate gelangt. Sie las die jeweils angegebene Todesursache: Tod durch Erdrosseln. Sie las, wo diese Jugendlichen verschwunden und wo sie später aufgefunden worden waren. Verschwunden waren sie irgendwo zwischen Birmingham und Devon, jeweils auffällig nahe der Autobahn, und ihre sterblichen Überreste waren ebenfalls in der Nähe der M5 entdeckt worden. Kate runzelte die Stirn. *Diese Fälle haben irgendwas an sich. Etwas … Vertrautes.* Sie sah sich die Details noch mal an, durchsuchte ihr Gedächtnis nach Einzelheiten der vielen Fälle, die sie kannte oder in ihren Vorlesungen besprochen hatte. Und der paar Fälle, an denen sie beruflich beteiligt gewesen war.

Sie ging auf und ab, starrte den Ausdruck stirnrunzelnd an und fuhr sich mit einer Hand durchs Haar. »Der erste Mord dieser Serie hat sich Anfang der Neunzigerjahre ereignet… und der letzte Fall war im Jahr 2006. Seither nichts mehr. Der Mörder dieser fünf Jungen könnte weggezogen sein. Er könnte *tot* sein.«

Bernie nickte ihr zu. »Zu diesen Fällen gibt es etwas zu sagen, das du nicht weißt.«

Kate zog die Augenbrauen hoch. »Ja?«

Er grinste sie an. »Sie sind alle *gelöst*.«

Sie sah nochmals auf den Ausdruck, dann gab sie ihn Bernie zurück. »Philip Noonan!«

»Genau!«

Kate machte große Augen. »Jetzt erinnere ich mich wieder. Er ist vor ein paar Jahren geschnappt worden.«

»Im Jahr 2006. Deshalb sind die Morde nicht weitergegangen. Als er damals ›aktiv‹ war, hatte er eine eigene Baufirma und war immer gut bei Kasse. Er hatte Aufträge überall entlang der M5. Auf seinen Fahrten zu Baustellen hat er Gespräche mit Jugendlichen angefangen und ihnen Jobs angeboten. Danach waren sie verschwunden, bis sie ermordet und verscharrt aufgefunden wurden. Vielleicht kann er uns etwas über den Woodgate Country Park erzählen.«

Sie schüttelte den Kopf. »Aber er sitzt doch schon lange? Er kann Bradley Harper nicht ermordet haben.«

Joe stellte sich neben Kate. »Aber er *könnte* im Fall Troy in Frage kommen.«

Kate sah zu Bernie hinüber, der noch immer breit grinste.

»Sollte sich herausstellen, dass er jemals eine dieser teuren Uhren besessen hat, können wir den Fall Troy als gelöst betrachten. Dann bleibt aktuell nur der Fall Harper übrig, für den ein Sexualstraftäter oder der junge Butts in Frage kommt.« Er reckte eine Faust hoch. *»Und Schluss!«*

»Wo sitzt Noonan seine Strafe ab?«, fragte sie.

»Geschlossene Psychiatrie, Berkshire. Schon mal dort gewesen, Doc?«

»Ja.«

Kate und Joe saßen in dem unaufgeräumten Wohnzimmer, in dem sie Debbie Harper mitgeteilt hatten, dass ihr Sohn ermordet worden war. Sie saß ihnen schluchzend gegenüber, aber kämpfte um Beherrschung. Die Tür öffnete sich einen Spalt weit. Draußen stand mit riesigen Augen das kleine Mädchen von sieben oder acht Jahren. Debbie sprach weiter, ohne ihre Tochter zu sehen. »Er hat Wasser … kaltes Wasser nie gemocht. Er …«

Kate stand rasch auf, ging zur Tür und führte die Kleine an der Hand in die Diele, wo sie vor ihr in die Hocke ging. »Ich heiße Kate. Und wie heißt du?«

»Amber.«

»Komm, wir gehen nach drüben, ja?« Kate richtete sich auf, nahm sie wieder an der Hand und klopfte leicht an die halb offene Tür des Zimmers gegenüber. Dort saßen zwei Jungen vor dem Fernseher, während das Baby in seinem Gitterbett schlief. Sie wandte sich an den älteren Bruder und vertraute ihm Amber an. »Ihr solltet alle hier drinnen bleiben, bis wir mit eurer Mom geredet haben, okay? Wir sind nicht mehr lange hier.«

Joe sprach, als Kate ins Wohnzimmer zurückkam. »Das tut uns aufrichtig leid, Debbie.« Er zog Notizbuch und Kugelschreiber aus der Tasche. »Wenn es jemanden gibt, den wir anrufen und bitten sollen, zu kommen und bei Ihnen zu bleiben, können wir das gern tun.«

Debbie Harper schüttelte den Kopf. »Danke, ich komme schon zurecht. Meine Schwester ist hierher unterwegs. Sie will bei uns übernachten. Sie wartet nur noch auf eine

Freundin, die sich um ihren Jungen kümmern soll.« Sie biss sich auf die Unterlippe. »Wir waren uns darüber einig, dass er lieber nicht mitkommen soll.« Ihre Stimme zitterte, und sie hatte wieder Tränen in den Augen.

»Fällt Ihnen sonst noch jemand ein, der Ihnen behilflich sein könnte?«, fragte er.

»Früher ist manchmal eine Sozialarbeiterin gekommen, aber jetzt nicht mehr.«

Joe nickte. »Wie wäre es, wenn ich bei der zuständigen Sozialstation anrufe? Wäre Ihnen das recht?« Als sie nickte, stand er auf, zog sein Smartphone aus der Tasche und verließ den Raum.

Kate betrachtete Debbie mitfühlend. Sie konnte sich vorstellen, wie schrecklich die letzten Tage für sie gewesen sein mussten: Erst die Erkenntnis, dass ihr Sohn verschwunden war, dann die Nachricht, dass er tot aufgefunden worden war, und nun die Mitteilung von seiner Ermordung. Kate fühlte sich hilflos, als sie sich daran erinnerte, dass es bei ihrem letzten Fall Bernie gewesen war, der Hilfe für eine ältere Frau organisiert hatte. *Das tun Polizeibeamte eben. Dafür sind sie ausgebildet.* Könnte Debbie Harper Informationen besitzen, von denen sie nichts ahnt, fragte sie sich, während sie noch zögernd zu ihr hinübersah. »Mrs. Harper, fühlen Sie sich imstande, mit mir zu reden?« Als die Angesprochene nickte, sprach Kate weiter. »Ich frage mich, ob Bradley etwas in der Art gesagt hat, dass er wegen irgendwas besorgt oder nervös sei. Oder wegen jemandem?« Schweigen. »Hat er mal erwähnt, dass jemand ihn verfolgt hat oder …?«

Debbie Harper schüttelte den Kopf, starrte weiter zu Boden. »Nein. Das einzige Problem, das er mal hatte, war das mit dem Kerl im Park, aber das war schon letztes Jahr, wie ich Mr. Corrigan und dem anderen Kriminalbeamten, dem großen Kerl, erzählt habe. Aber viel hat's da nicht zu erzählen gegeben.«

Kate nickte. »Außer diesem Vorfall hat Bradley nie von irgendwelchen Sorgen oder Schwierigkeiten gesprochen? Oder Andeutungen gemacht?«

»Nein. Nichts. Mein Bradley war ein glücklicher Junge. Er hat seine Familie geliebt, er hat sein Heim geliebt. Nur die Schule hat er nicht gemocht.«

Kate musterte sie prüfend. »Wissen Sie, ob er dort mit irgendwem Stress hatte?«

Sie schüttelte den Kopf. »Nein, nie. Er war ein umgänglicher Junge. Er ist sogar mit diesem Stuart Butts ausgekommen.«

Kate wartete gespannt, weil sie damit rechnete, dass Debbie Harper die Frage aufwerfen würde, ob Butts in den Tod ihres Sohns verwickelt sei, aber das tat sie nicht. Kate bedankte sich trotzdem. Sie hatte es einfach versuchen müssen. Sie war erleichtert, als Joe von draußen zurückkam.

»Debbie? Die Station schickt jemanden her. Sie ist schon unterwegs. Sie heißt Elaine.«

»Ja, die kenne ich.« Ihre Augen schwammen wieder in Tränen. »Ich danke Ihnen sehr.«

Fünf Minuten später verließen Kate und Joe das Haus. »Hast du was erfahren?«, fragte Joe.

Kate schüttelte den Kopf, sie kam sich der Situation nicht recht gewachsen vor.

Als Kate heimkam, bereitete Phyllis sich eben darauf vor, das Haus zu verlassen. »Entschuldigen Sie, dass ich so spät komme. Ich hätte anrufen sollen.«

Phyllis rückte ihren Hut zurecht. »Keine Sorge. Es waren nur zehn Minuten, und ich hab's nicht eilig.«

Das Telefon in der Diele schrillte, und Kate nahm den Hörer ab. Der Anrufer war Bernie.

»Doc? Ich habe mit der Anstalt in Berkshire telefoniert und gesagt, dass wir dringend einen Besuchstermin brauchen. Sie sagen, dass es entweder morgen oder in drei Wochen geht, weil Noonan sich irgendeiner Operation unterziehen muss, deshalb habe ich morgen gesagt. Freitag ist für dich ein ruhiger Tag an der Uni, stimmt's?« Ohne ihre Antwort abzuwarten, nannte er den vereinbarten Termin. »Wir müssen zeitig wegfahren.«

Kate legte auf und wandte sich an ihre Haushälterin. »Sagen Sie, wenn es nicht geht, aber könnten Sie über Nacht bleiben, Phyllis?« Sie dachte an den Tag vor über zehn Jahren zurück, an dem Phyllis erstmals zu ihr gekommen war. Damals hatte sie schwer zu kämpfen gehabt, um ihren Job an der Universität, ihre Gutachtertätigkeit für Gerichte und ihre neugierige kleine Tochter, die wenig Schlaf brauchte, unter einen Hut zu bringen – und das alles, während sie noch unter Schock stand, weil Kevin erst den Monat davor ausgezogen war. Seit damals hatte Phyllis sich als eine ihrer loyalsten Stützen bewährt.

»Auf mich wartet niemand. Natürlich kann ich.«

Kate hatte Phyllis nach Hause gefahren, damit sie ein paar Sachen holen konnte, die sie brauchte; jetzt richtete sie sich im Gästezimmer ein, in dem sie schon manchmal übernachtet hatte. Kate, die in der Küche arbeitete, fühlte sich entspannter als sonst, weil Phyllis hier war.

Maisie kam die Treppe herunter in die Küche gestürmt. »Weißt du schon das Neueste? Hannah Blum und ich sind für eine Mathe-Vorführung vor ein paar alten Professoren ausgesucht worden.«

Kate trat langsam auf sie zu, schloss sie in die Arme und drückte sie fest an sich.

»Mom, *so* großartig ist das nun auch wieder nicht.«

27

»Heute Morgen haben die Vögel sich erstmals seit Jahren wieder die Lunge aus dem Leib gehustet.« Bernie kniff in der hellen Wintersonne die Augen zusammen, als der Range Rover an einem Straßenschild vorbeifuhr. Sie befanden sich jetzt in Berkshire. Er warf einen Blick in den Rückspiegel und beobachtete Kate, die in ihren Notizen blätterte, die sie sich am Vorabend gemacht hatte. »Ich habe mit der Chefin des Sicherheitsdiensts telefoniert, die mir ein paar Anweisungen gegeben hat. Hier sind sie, Doc. Ich habe sie mitgeschrieben.« Joe nahm sie ihm aus der Hand und hielt sie ihr hin.

»Kannst du sie mir vorlesen, Joe? Wahrscheinlich kenne ich sie schon.«

Bernie grinste, als ihre Blicke sich im Rückspiegel begegneten. »Muss toll sein, alles zu wissen, Doc.«

Joe studierte Bernies Notizen. »Mal sehen … hier steht, dass man ohne Erlaubnis keine Fotos oder Schriftstücke mitnehmen darf.«

»Ich habe mir ein Foto genehmigen lassen«, warf Bernie ein. »Wegen deines Notizbuchs musst du nachfragen, wenn wir dort sind«, sagte er zu Kate.

Joe sprach weiter. »Und Besuchern wird empfohlen, sich *ganz* auszuziehen und ihre Kleidung im Fahrzeug zurückzulassen.« Er drehte sich nach Kate um und musterte ihren anthrazitgrauen Hosenanzug, über dem sie einen schwarzen Kurzmantel trug. »Hmmm …«

»Lass das!«

»Dann haben wir einen Termin bei der Anstaltspsychiaterin – vielleicht einer alten Bekannten von dir, Red?«

»Name?«

Er sah in die Notizen. »Dr. Ellen Forbes.«

Kate nickte. »Sie war schon auf diesem Posten, als ich dort war …« Sie verdrehte die Augen, als Bernie den Kopf schüttelte. »Nach einem Seminar, das *Jahre* zurückliegt, habe ich *einen* Monat lang dort hospitiert und …«

»Und sie haben beschlossen, dich etwas länger dazubehalten. Logisch. Wie ist sie so?«

Kate dachte zurück. »Erstklassig qualifiziert. Freundlich und umgänglich – so habe ich sie in Erinnerung.«

Sie schwiegen, als die Straße anzusteigen begann und die düsteren Anstaltsmauern in Sicht kamen. Nach wenigen Minuten erreichten sie den Schlagbaum der ersten Sicherheitssperre, hinter der die Klinkergebäude im viktorianischen Stil dicht aufragten. Bernie zeigte ihre Dienstausweise und das Fax mit der Besuchserlaubnis vor. Sie warteten, während mit dem Hauptgebäude telefoniert wurde, wurden dabei von zwei uniformierten Wachleuten mit angeleinten Schäferhunden beobachtet und erhielten dann Anweisung, auf den Besucherparkplatz zu fahren.

Dort stiegen sie aus dem Range Rover, ließen ihre Mäntel im Auto und wurden von einem Mann des Sicherheitsdienstes zur Anmeldung begleitet, wo sie sich einer Leibesvisitation unterziehen und ihre Handys, Uhren und Kates Umhängetasche abgeben mussten. Sie durfte ihr Notizbuch behalten und erfuhr, dass sie einen Kugelschreiber bekommen würde. Nachdem sie ein paar Minuten gewartet hatten, erschien Dr. Ellen Forbes. Sie war schätzungsweise fünf Jahre älter als Kate, trug zu einer schwarzen Hose ein blassblaues Twinset, hatte ihr braunes Haar zu einem Nackenknoten zusammengefasst und begrüßte alle sehr freundlich, Kate besonders herzlich. Von einem Wärter begleitet, ging es auf hellgelben Korridoren durch mehrere Gittertüren, die jeweils klappernd auf- und zugeschlossen wurden, in ihr Dienstzimmer. »Ich habe mich schon auf Sie gefreut, Kate«, sagte Forbes unterwegs. »Eine Ihrer Ideen benutzen wir noch immer als Bestandteil unserer jetzigen Verhaltenstherapie.«

»Wieder typisch unser Doc. Voller Ideen«, murmelte Bernie, dem die Anstalt umso unsympathischer wurde, je tiefer sie in sie hineingelangten.

Mit einem Lächeln führte Forbes sie in ihr Dienstzimmer, bot ihnen Stühle an und nahm selbst Platz hinter dem Schreibtisch, auf dem nichts – nicht mal eine Büroklammer – lag, was ein Häftling dafür hätte verwenden können, sich oder anderen zu schaden. Sie griff in die Schublade, nahm einen Kugelschreiber heraus und gab ihn Kate, bevor sie ihre Besucher ernst ansah und in nüchternem Tonfall zu sprechen begann. »Philip Noonan. Er ist hierzulande einer der wenigen wirklich Lebenslänglichen. Er kommt niemals mehr frei. Was müssen Sie noch über ihn wissen?«

Kate hatte ihr Notizbuch auf den Knien, aber sie brauchte nicht nachzusehen, was sie geschrieben hatte. Sie wusste, was sie fragen wollte. »Die Morde, die er verübt hat? Wie ist er dabei vorgegangen?«

Ellen sah zu ihr hinüber. »Tod durch Erwürgen mit den Händen.«

Darin unterscheiden Noonans Morde sich von unseren Fällen, dachte Kate. »Jedes Mal?«

Ellen nickte.

»Wie reagiert er auf das hiesige Regime, Ma'am?«

»Wir sprechen nicht von ›Regime‹, Lieutenant.«

Joe senkte den Kopf. »Entschuldigung.«

Ellen sprach weiter. »Viel hängt davon ab, was Sie unter ›reagieren‹ verstehen. Wir sind an kleine oder minimale Fortschritte gewöhnt, die wir aber trotzdem nach Möglichkeit anstreben. Wir sehen es als unsere Aufgabe, den Patienten die Fähigkeiten zu vermitteln, die sie brauchen, um ihre gewalttätigen oder sexuellen Impulse zu beherrschen.« Sie sah ruhig von einem zum anderen. »Ebenso sind wir es der breiten Öffentlichkeit schuldig, angesichts einer möglichen späteren Entlassung unser Bestes zu tun.«

Bernie runzelte die Stirn. »Aber Sie haben vorhin gesagt, Noonan werde niemals entlassen.«

Dr. Forbes nickte. »Es gibt einen gewissen Prozentsatz von Patienten mit psychopathischen Persönlichkeiten, die auf Dauer nicht für eine Entlassung infrage kommen. Philip ist einer von ihnen, aber es wäre unethisch, ihn deshalb nicht zu behandeln.«

»Hat er die Verantwortung für alle fünf Morde übernommen?«, fragte Kate.

Sie schüttelte den Kopf. »Nur für vier. Die Ermordung des jüngsten Opfers leugnet er hartnäckig.«

Das interessierte Bernie. »Wieso das?«

»Der Junge war fünfzehn«, antwortete Ellen. »Seine anderen Opfer waren neunzehn bis zweiundzwanzig.«

Nun entstand eine Pause, bis Kate das Wort ergriff. »Ellen, hat es jemals eine Theorie oder einen Verdacht gegeben … *irgendetwas,* das Sie oder ihre Kollegen, die mit Mr. Noonan arbeiten, hat vermuten lassen, er könnte *mehr* als fünf Morde verübt haben?«

Sie nickte knapp. »Das glauben wir ziemlich sicher.«

Kate war in Gedanken bei ihrem bevorstehenden Gespräch mit dem fünffachen Mörder. Der vermutlich noch weitere Morde verübt hatte. »Wie zuversichtlich sind Sie, dass er sich unsere Fragen anhören wird? Dass er ehrliche Antworten geben wird, wenn wir ihn nach unserem Fall fragen?«

Ellen sah von einem zum anderen. »Ich bin sicher, dass er zuhören wird. Wie ehrlich er in Bezug auf das Opfer in Ihrem Fall sein wird, bleibt abzuwarten, aber ich denke, dass er wegen des Alters antworten wird.«

Joe zog die Augenbrauen hoch. »Alter ist also der einzige Grund, aus dem er für das von Ihnen erwähnte eine Opfer nicht verantwortlich sein will?«

Sie nickte. »Trotz seiner schwer gestörten Persönlichkeit fehlt es Philip Noonan nicht an Empathie. Er weiß, dass die Leute dazu neigen, jüngere Opfer – Jugendliche unter sechzehn – für besonders beunruhigend zu halten.« Sie machte eine Pause. »Er verträgt keine Kritik. Aber wenn er nicht das Gefühl hat, sich verteidigen zu müssen, stehen die Chancen für eine wahrheitsgemäße Antwort gut. Kann ich das Foto sehen, das Sie mitgebracht haben?« Kate legte ihr das Porträtfoto von Nathan Troy hin. Ellen begutachtete es, dann fragte sie: »Wie hat er insgesamt ausgesehen?«

Joe antwortete, nachdem er einen Blick mit seinen Kollegen gewechselt hatte. »Groß, ungefähr einsachtzig, sportlich schlank.« Kate und Bernie nickten zustimmend.

Ellen machte ein zweifelndes Gesicht. »Na ja … ich kenne Fotos von Philips Opfern. Sie gehören alle zum selben Typ: muskulös, stämmig, eher untersetzt. Dieser junge Mann passt nicht dazu, aber darauf muss Philip selbst antworten.« Als sie Kate das Foto zurückgab, klingelte das Telefon auf dem Schreibtisch einmal kurz.

Nach einem Blick auf ihre Uhr runzelte sie leicht die Stirn. »Philip ist unterwegs. Wir werden ihn und seine Begleiter hören, bevor wir sie sehen. Ich muss Sie vor seinem Aussehen warnen, bevor er hereingeführt wird, und rate Ihnen, sich keinen Schock anmerken zu lassen. Philip wird einige Zeit brauchen, um das Foto zu betrachten. Er sieht nicht gut. Deshalb soll er sich bald einer Operation unterziehen, die sein Sehvermögen hoffentlich bessern wird.«

Bernie runzelte die Stirn, als er wie die anderen Gittertüren und Schlüssel klirren hörte, während draußen Schritte näherkamen. »Was fehlt ihm? Unseren Informationen nach ist er erst Ende vierzig.«

Ellen zuckte mit den Schultern. »In jeder Einrichtung gibt es eine soziale Hackordnung. Das ist auch hier so. Philip ist ein großer, aber sanftmütiger Mann. Deshalb steht er bei uns ganz weit unten.«

Jemand klopfte flüchtig an die Tür mit Milchglaseinsatz. Als sie geöffnet wurde, stand Ellen auf. »Kommen Sie herein, Philip.« Sie nickte seinen beiden muskulösen Begleitern zu, die an Schlüsselketten, die in ihre Hosentaschen führten, und Namensschildern aus Kunststoff zu erkennen waren. Kate wusste, dass die Namensschilder nur mit Klettband befestigt waren. Zwischen sich hatten sie einen Mann mittleren Alters. Zu einem schwarzen Overall trug er leichte Sportschuhe. Die beiden Männer führten ihn zu einem Stuhl, warteten, bis er sich hingesetzt hatte, und verließen das Dienstzimmer, um bei geschlossener Tür auf dem Gang zu warten.

Wie Ellen ihnen geraten hatte, betrachteten Kate und ihre Kollegen den Neuankömmling möglichst unauffällig. Noonan war fast einsneunzig groß und erheblich übergewichtig, vor allem um die Körpermitte herum. Sein Gesicht war ruiniert. Ein Auge war milchig weiß und zusammengekniffen, das andere am äußeren Augenwinkel durch eine Narbe heruntergezogen, die bis zum Mund hinunterlief. Wenn er wie jetzt lächelte, legte sich die Wange in Ziehharmonikafalten, in denen das Auge fast verschwand.

Die drei hatten vereinbart, dass Kate mit ihm reden würde. Sie drückte sich knapp und einfach aus. »Guten Morgen, Mr. Noonan. Wir sind Ihnen dankbar, dass Sie bereit sind, mit uns zu sprechen.«

Er antwortete nicht gleich. Als er dann sprach, klang seine Stimme hell, fast feminin. »Kein Problem.«

»Meine Kollegen und ich ermitteln wegen des Todes eines jungen Mannes, der in einem Birminghamer Park tot aufgefunden wurde.«

Das gesunde Auge fixierte sie. »Wie alt?«

»Er war neunzehn.«

»Wo liegt der Park genau?«

Kates Puls beschleunigte sich. Die Befragung lief besser als erwartet. Er hatte nicht geleugnet, dort »aktiv« gewesen zu sein. »Im Südwesten der Stadt. Woodgate Country Park. Fast an der M5.« Er nickte, ohne etwas zu sagen. »Das Gebiet ist hübsch. Der Park ist groß und hat ein eigenes Wegenetz für Jogger und Radfahrer.« Sie machte eine Pause. »Und einen See.« Noch eine Pause. »Ist das eine Gegend, die Sie vielleicht kennen?«

Sein Blick blieb auf sie gerichtet. »Vielleicht …«

»Halten Sie es für möglich, dass Sie mal selbst dort gewesen sind?«

Die Spannung, mit der alle warteten, war fast mit Händen zu greifen, aber nur Kate sah ihm direkt ins Gesicht. Ihre Frage schien ihn nicht zu beunruhigen. »Vielleicht«, sagte er wieder.

Kate war bewusst, dass sie Noonan zum Reden bringen musste, daher formulierte sie eine Frage, die hoffentlich nicht wie eine Anschuldigung klingen würde. »Halten Sie es für denkbar, dass Sie – falls Sie dort waren – in einen Vorfall mit einem jungen Mann verwickelt gewesen sein könnten …?«

»Schwer zu sagen«, antwortete die helle Stimme. *Hat er überhaupt verstanden, was ich ihn gefragt habe?*

»Mr. Noonan, mir geht es darum, ob …«

Die milde Stimme unterbrach sie. »Ich weiß. Ich verstehe. Das Problem ist nur … die Zeit, in der ich meinen Jungs meine speziellen Dienste anbieten konnte, liegt schon so lange zurück. Ich müsste ein paar Hinweise bekommen, um sagen zu können, ob er einer der meinen war. Um beurteilen zu können, ob er einer meiner lieben Verstorbenen war, bräuchte ich eine Personenbeschreibung und eine Beschreibung der Stelle, an der er beigesetzt war. Diese Details bräuchte ich von Ihnen.« Die Spannung stieg weiter an, und Kates Verstand arbeitete auf Hochtouren. *Seine lieben …?*

Sie sah rasch zu ihren Kollegen hinüber. Bernie starrte zu Boden. Joe saß zurückgelehnt da, bedeckte den Mund mit einer Hand und starrte ins Leere. Kate wollte auf keinen Fall eine negative Reaktion Noonans provozieren, aber sie wusste, dass sie klare Antworten von ihm brauchte – vor allem auf die Frage, ob er Nathan Troy ermordet hatte. Erschwert wurde das durch die Tatsache, dass sie sich vorgenommen hatte, ihm diese Informationen zu entlocken, ohne Einzelheiten über Nathan Troy oder seinen Tod preiszugeben, die Noonan später verwenden konnte, um zu masturbieren. Jetzt erkannte sie, dass dieser Ansatz chancenlos war, und fuhr fort: »Er war neunzehn. Student. Er ist im November 1993 gestorben. Seine sterblichen Überreste sind in einem Seehaus in diesem Park entdeckt worden. Bekleidet war er mit Jeans, einem T-Shirt von Nirvana …«

Noonans Gesicht legte sich in Falten. Anscheinend lächelte er wieder. »Was ist ein Seehaus?«

Kate sah ihm weiter ins Gesicht. »Ein kleines Holzhaus am See – wie ein Sommerhaus.«

Sein Gesicht wurde noch faltiger, und sie merkte jetzt, wie die helle Stimme in eine Art Singsang verfiel. »Das verstehe ich nicht. Sie müssen sich deutlicher ausdrücken. Warum ist er nicht schon viel früher entdeckt worden, wenn er so lange dort gelegen hat?«

Sie achtete darauf, geschäftsmäßig zu sprechen. »Die Leiche war versteckt. Unter dem Fußboden des …«

Das gesunde Auge starrte sie an, und die Falten verschwanden schlagartig. »Das ist … schlimm. Das ist schrecklich. So was hätte ich nie getan!«

Kate sah rasch zu Dr. Forbes hinüber, die mit ausdrucksloser Miene zuhörte, bevor sie sich wieder an Noonan wandte. »Sie leugnen also jegliche Beteiligung an … an einem Vorfall in solcher Umgebung?« Der Häftling nickte. »Wie können Sie das so bestimmt wissen, Mr. Noonan?«

Das Gesicht legte sich nochmals in Falten. »Ich *ehre* meine Jungs. Ich bestatte sie respektvoll.« Seine Stimme sank zu einem Flüstern herab, und er nickte mehrmals. »Ich habe bei jedem von ihnen das *Rechte* getan.« Er sah vom einem zum anderen. »Kein hastiges, unwürdiges Verscharren. Ich hab sie in frische Laken gewickelt, ihnen das Haar gekämmt. Dann hat's ein kurzes Gebet, eine passende Hymne und anschließend die Bestattung gegeben.« Als Noolan heiser zu summen begann, erkannte Kate erst nach einigen Takten den Choral *Näher, mein Gott, zu dir.* Aus dem Augenwinkel heraus nahm sie wahr, dass Bernie sich schrecklich unwohl fühlte. Joe wirkte ganz ruhig, aber sie ahnte, dass auch das nur eine Fassade war. Das Summen verstummte wieder.

»Danke, Mr. Noonan.«

»Ich heiße Philip. Wie heißen Sie gleich wieder?«

»Kate.« *Du musst gründlich sein. Noch mal können wir nicht herkommen.* »Ich verstehe, was Sie sagen, Philip, aber würden Sie sich ein Foto ansehen, das wir mitgebracht haben?«

Er nickte, dann sah er abwechselnd Joe und sie an, bis das Foto gezeigt wurde.

Dr. Forbes hielt es ihm hin, ohne es aus der Hand zu geben. »Sehen Sie genug oder brauchen Sie mehr Licht?«

»Bitte mehr.«

Ellen schaltete die Schreibtischlampe ein und behielt das Foto weiter zwischen Daumen und Zeigefinger. Noonan beugte sich mit tastenden Fingern tief darüber. So schienen einige Minuten zu vergehen, aber Kate wusste, dass es nur zwanzig Sekunden waren, weil sie mitgezählt hatte. Dann setzte er sich wieder auf, starrte aber weiter Nathan Troy an. »Ist das der Junge, dessentwegen Sie hier sind?« Kate nickte still. »Nein, ich glaube nicht, dass ich mit dem Vorfall etwas zu tun habe.«

Sie starrte ihn forschend an. »Aber wäre er infrage gekommen?«

»Meine Jungs sind für körperliche Arbeit gebaut. Breitschultrig. Muskulös. Das ist er nicht. *War* er nicht. Das sehe ich an seinem Gesicht … und am … Oberkörper.«

Kate spürte Unruhe auf einer Seite des Raums, als Bernie jetzt die Arme verschränkte.

»Und wie ich schon gesagt habe, hätte ich ihn nie unter dem Fußboden irgendeines Schuppens zurückgelassen, wenn er einer meiner Jungs gewesen wäre. Sie *müssen* in

Gottes guter Erde ruhen.« Kate runzelte die Stirn. *Wäre auch Sand »Gottes gute Erde«?*

Angesichts seiner bizarren Äußerungen hatte Kate keinerlei Bedenken, das Thema ohne Vorankündigung zu wechseln. »Haben Sie jemals eine teure Luxusuhr besessen, Philip?«

»Ja, das habe ich«, antwortete er sofort. »Eine schöne, eine *besondere* Armbanduhr.«

Die Spannung stieg wieder. »Wollen Sie uns mehr darüber erzählen?«

»Ich hab sie vor vielen Jahren gekauft, weil ich die Idee hatte, ich könnte eines Tages … einen meiner Jungs bei mir behalten. Ihn wie meinen Sohn behandeln, wissen Sie? Und ihm nach Jahren und Jahren und Jahren …«, das letzte wiederholte Wort flüsterte er nur, »… die Uhr schenken.« Er machte eine Pause. »Das Dumme war nur, dass ich nicht wusste, wie ich ihn dauerhaft an mich binden sollte.«

Kate musste an Julians Kommentar über Erbstücke reicher Leute denken. »Was ist mit der Uhr passiert?«

»Nichts ist mit ihr passiert.« Das eine Auge sah zu der Psychiaterin hinüber.

Ellen nickte ihm zu, dann wandte sie sich an Kate und ihre Kollegen. »Sie war zu teuer, als dass wir sie hier hätten aufbewahren können.« Sie zog eine Schublade auf, nahm einen einfachen Ordner heraus und blätterte darin, bis sie die richtige Seite gefunden hatte. »Dies ist die Liste von Philips persönlichem Besitz bei seiner Einlieferung.« Sie legte den Ordner so auf den Schreibtisch, dass die drei die Liste sehen konnten, und deutete auf eine Eintragung. Kate verrenkte sich den Hals, um lesen zu können: *Patek Philippe, Gold.* »Philip musste sie seiner Mutter zur Aufbewahrung übergeben.« Sie wandte sich an den Häftling. »Haben

Sie dem, was Sie unseren Besuchern erzählt haben, noch etwas hinzuzufügen?«

Philip nickte, während das milchige und das gesunde Auge auf Kate gerichtet waren. »Ich möchte, dass Sie verstehen. Sie *müssen* verstehen. Hier drinnen gibt es viele schreckliche Leute.« Er zeigte auf sein Gesicht. »Sehen Sie sich an, wie sie mich zugerichtet haben. Ich bin nicht wie sie. Was ich getan habe, habe ich sorgfältig getan. Nur aus Liebe. Jeder meiner Jungs ist *anständig* beigesetzt worden. Liebevoll eingehüllt, bedeckt, umsorgt … wie ein Vater oder eine Mutter es täten.« Das gesunde Auge richtete sich wieder auf Dr. Forbes. »Darf ich jetzt in meine Zelle zurück? Ich möchte einen Kaffee mit Rosinenbrötchen.«

Als sie nickte, stand er auf, und die Wärter kamen sofort herein, um ihn hinauszuführen. An der Tür blieb er stehen und sah sich um. »Kommen Sie noch mal wieder? Ich bin immer bereit, der Polizei zu helfen.« Sein Gesicht wurde faltig, als sei ihm nachträglich etwas eingefallen. »Hat einer von Ihnen Söhne?«

Die beiden Wachen führten ihn mit unerbittlichen Mienen ab.

Auf dem Rückweg zum Parkplatz machte Bernie seiner aufgestauten Empörung Luft. »Ich *sag's* euch – solche Leute sind unverbesserlich! Sie ändern sich *nie,* auch wenn man sich noch so sehr um sie bemüht.«

»Was er ausgesagt hat, muss sorgfältig analysiert werden, damit …«, begann Kate.

»Als Erstes muss ich loswerden, was ich von ihm halte, von diesem mörderischen Schwein.« Er riss die Fahrertür auf, und Kate spürte einsetzende Kopfschmerzen.

28

Bei abnehmendem Tageslicht stand Kate im KUF-Dienstraum an der Glaswand und sah zu ihren am Tisch sitzenden Kollegen hinüber. Die beiden sahen so erschöpft aus, wie sie sich fühlte. »Mir widerstrebt es, aufgrund unserer bisherigen Informationen auszuschließen, dass Noonan der Mörder von Nathan Troy sein könnte. Er hat nicht entschieden genug geleugnet, der Täter zu sein. Ich habe noch mal durchgelesen, was er ausgesagt hat. Vielleicht hat er seine eigenen Gründe, die Ermordung Troys abzustreiten – wie in dem anderen Mordfall, von dem Ellen Forbes uns erzählt hat. Wir müssen den Park durchsuchen lassen.« Sie wartete gespannt auf die Reaktion ihrer Kollegen.

Bernie erwiderte ihren Blick. »Du willst den verdammten Park umpflügen lassen, um vielleicht einen Beweis für eine Tat dieses Dreckskerls zu bekommen?« Er stützte den Kopf in eine Hand. »Solche Suchen sind unheimlich kostspielig … aber er hat natürlich eine Vorliebe für teure Uhren.«

Joe zeigte auf die Glaswand. »Was bedeutet ›Präsens oder Präteritum‹?«

Kate sah zu den Worten auf. »Das gehört zu den Gründen, aus denen ich mich frage, ob Noonan Troy ermordet hat. Als ich ihm das Foto gezeigt habe, hat er darüber gesprochen, ob er für schwere Arbeit geeignet sei: ›Das ist er nicht.‹ Er hat sich sofort korrigiert und ›*war* er nicht‹ gesagt, aber von seinen eingestandenen Opfern hat er so gesprochen, als lebten sie noch.«

»Und zu welchen Schlüssen gelangst du diesmal, wenn du seine wenigen Worte auswringst, Doc?«

Sie kam an den Tisch und wandte sich direkt an Bernie. »Dass er von seinen Opfern im Präsens spricht, lässt darauf schließen, dass er sich regelmäßig ausmalt, wie sie ausgesehen haben, was er ihnen angetan hat und so weiter. So behält er seine Opfer bei sich. Damit vertreibt er sich die Zeit. Ich unterstelle, dass Troy ein weiteres Opfer gewesen sein könnte, weil Noonan auf diese Weise von ihm gesprochen hat. Sind das genügend ausgewrungene Erklärungen?«

Bernie wirkte nachdenklich. »Ich habe ihm geglaubt, als er gesagt hat, er hätte Troy niemals so zurückgelassen – und er hat *seine* Opfer mit bloßen Händen erwürgt.«

Kate nickte, als sie an die Glaswand zurückging. »Darüber haben wir schon früher diskutiert, nicht wahr? Wiederholungstäter ändern manchmal ihre Methode. Ob Noonan im Woodgate Park ›aktiv‹ war, lässt sich wahrscheinlich nur durch eine Suchaktion feststellen. Sollten dabei sterbliche Überreste gefunden werden, die nach seiner Methode bestattet wurden, können wir zu Recht annehmen, dass er auch Troy ermordet hat – allerdings mit einigen Abweichungen, die vermutlich praktische Gründe hatten.«

»Und du hast anscheinend irgendwo gehört, dass die West Midlands Police in Geld schwimmt«, knurrte Bernie und stand vom Tisch auf. »Ja, ja, okay.« Er nickte ihr zu. »Wie wär's mit einem Tee? Ich mache einen.«

Joe griff nach dem Telefonhörer. »Ich rufe Adam Jamison an und frage ihn nach einer Infrarotsuche. Die könnte Personal sparen.« Er wählte eine interne Nummer. »Adam? Joe hier. Wir brauchen Unterstützung bei der Suche nach heimlich beigesetzten Mordopfern im Woodgate Park. Könnte Bodenradar dafür nützlich sein?«, fragte er und stellte den Lautsprecher des Telefons an.

Adams Stimme hallte durch den Raum. »Das kommt darauf an, wie gut die elektromagnetischen Wellen reflektiert werden. Im Idealfall wäre der Kontrast zwischen dem gesuchten Objekt und dem Erdboden hoch. In der Praxis sind alle möglichen Variablen zu berücksichtigen: Bodenklasse, wie lange die Beisetzung zurückliegt, ob der Tote nackt oder bekleidet war. Unserer beschränkten Erfahrung nach sind bekleidete oder in Tücher gehüllte Leichen besser zu orten.«

Kate nickte, weil sie an Noonans Schilderung seiner Beisetzungen dachte, und trat an den Tisch. »Hi, Adam. Wir denken an Tote, die vor mindestens acht Jahren in Leichentücher gehüllt beigesetzt wurden. Was die Bodenklasse betrifft …«, sie sah ihre Kollegen an, »… sind wir uns nicht sicher, aber wie hoch schätzen Sie die Chancen ein, dass überhaupt etwas gefunden wird?«

»Der Winter ist die beste Jahreszeit, aber sechs Jahre sind ziemlich am Limit – und der Park ist echt riesig. Könnt ihr das Suchgebiet genauer eingrenzen? Immer in dem Bewusstsein, dass Baumwurzeln problematisch sein können?«

Sie dachte darüber nach. »Die freie Fläche hinter dem See, aber das ist nur eine Vermutung.«

»Okay, lass mich mal machen. Wir können das Gebiet schon mal absuchen, während wir es markieren. Allerdings müssen wir die Suchaktion genehmigen lassen.«

»Von wem?«, fragte Kate besorgt.

»Leider von dem Arsch, aber da hilft nur hoffen. Ich melde mich in ein paar Tagen wieder.«

Bernie kam mit dem Tablett an den Tisch, verteilte

dampfende Becher und behielt einen für sich selbst. Sein griesgrämiges Bulldoggengesicht war verschwunden. »Entspann dich, Doc. Wart ab, was passiert.« Er trank vorsichtig einen Schluck. »Unsere Mutter hatte immer den Teekessel aufgestellt. Sie hat immer gerade Tee gemacht. Sie hat gesagt, der verwässere Probleme. Den Tee unserer Mutter konnte man allerdings in Würfel schneiden.«

Nach kurzem Schweigen stellte Kate den Teebecher ab und sah zu ihren Kollegen hinüber. Sie war im Begriff, die Theorie von Bernies Mutter über die Wirksamkeit von Tee zu testen. »Wie wär's, wenn wir eine andere Möglichkeit erwägen würden, nachdem wir jetzt nichts wegen Noonan unternehmen können?« Sie trat an die Glaswand. »Ihr habt meine Notizen über den Besuch bei Roderick Levitte gelesen?« Als beide nickten, erwähnte sie die Möglichkeit, Roderick sei in den Mord an Troy verwickelt gewesen oder wisse etwas darüber.

Joe lehnte sich mit hinter dem Kopf gefalteten Händen auf seinem Stuhl zurück. »Ich frage mich, wie wahrscheinlich er in der Rolle des Killers ist. Mir kommt er viel zu unstet vor. Meinem Gefühl nach müsste Troys Mörder eine gewisse Kaltblütigkeit an den Tag legen.«

»Ich habe bereits gesagt, dass ich diesen Roderick für einen Spinner halte«, knurrte Bernie.

Kate sah über den Tisch zu Joe hinüber. »Meiner Überzeugung nach ist er der ›Rod‹, von dem Rachel Troy uns erzählt hat. Er wirkt vielleicht ein bisschen seltsam, aber das ist kein Grund, ihn für unverdächtig zu halten. Wie er sich verhält, wie er redet, lässt auf eine emotional labile Persönlichkeit schließen. Er sieht Menschen und Situationen in holzschnittartigem Schwarz-Weiß, beurteilt alles nach Extremen – gut-schlecht, wunderbar-hoffnungslos, für mich-gegen mich – und schafft es erstaunlich rasch, zwischen diesen Extremen zu wechseln. Er ist argwöhnisch und misstrauisch, leidet vermutlich an Verfolgungswahn.« Sie kehrte an den Tisch zurück. »Wir dürfen ihn nicht unberücksichtigt lassen. Seine Einstellung gegenüber Nathan Troy war von blankem Hass erfüllt. Um ihn zu beschreiben, hat er Ausdrücke wie *›widerlich‹* und *›abscheulich‹* gebraucht. Er hat gesagt, Troy habe ihn abgestoßen und sei es nicht wert gewesen, am Woolner College zu sein – vielleicht auch, am Leben zu sein.«

Bernie stellte seinen Tee ab. »Das ist mir auch aufgefallen, auch wenn das eine weitere Beschreibung Troys ist, die von sonst niemandem geteilt wird.« Er sah stirnrunzelnd zu Kate hinüber. »Augenblick! Diese Ausdrücke, die er benutzt hat … Glaubst du, dass er damit andeuten wollte, dass Troy sexuelle Probleme hatte?«

Kate, die zur Glaswand hinübergesehen hatte, konzentrierte sich wieder auf ihre Kollegen. »Du sprichst aus, was ich denke, Bernie, aber was hältst du davon, nicht mehr Nathan in den Mittelpunkt zu stellen? Denk mal darüber nach: Den meisten von uns ist unser Inneres bewusst – unsere Gedanken, Motive, Interessen, richtig? Was passiert, wenn wir diese Dinge als moralisch so *verwerflich* erleben, dass sie uns wirklich großes Unbehagen und Sorge bereiten? Was tun wir dann?«

Joe erwiderte ihren Blick. »Wenn ich mich recht an meinen Grundkurs Psychologie erinnere, projizieren wir sie auf andere?«

Kate nickte. »*Genau.* Damit sind wir bei dem zweiten Punkt: Ich glaube, dass Roderick Levittes Äußerungen über Troy ein Beweis für eine Projektion sind.« Als Bernie verständnislos die Stirn runzelte, sprach sie rasch weiter.

»Das ist ein psychologischer Abwehrmechanismus. Als abstoßend empfundene eigene Ideen und Begierden erzeugen solches Unbehagen, dass man sie einem anderen zuschreiben muss. In Roderick Levittes Fall scheint dieser Sündenbock Nathan Troy gewesen zu sein … obwohl ich keine Anhängerin Freuds bin.«

»Gott bewahre«, murmelte Bernie.

»Das ist eine praktische Methode, sich von all der Angst zu distanzieren, die sich durch vermeintlich perverse Gedanken in einem aufgestaut hat.«

Bernie starrte sie an. »Was genau folgt daraus?«

»Genau wie sein Persönlichkeitstyp gibt es Auskunft über Roderick als Person. Impulsivität und Rücksichtslosigkeit sind ihm nicht fremd. Hinweise darauf habe ich bei meinem Besuch bei ihm gesehen: Wettzettel auf dem Schreibtisch, ein Whiskeyglas, und seine ganze Erscheinung unterstreicht, was ich sage. Er ist erschöpft, übergewichtig, ungepflegt und außerstande, sich auf einfache Aufgaben zu konzentrieren. Ich vermute, dass er zur Beruhigung regelmäßig Alkohol trinkt. Kurz gesagt: Er ist ein Wrack und hat vermutlich Depressionen.«

Bernie runzelte die Stirn. »Soll das heißen, dass er Troy alle möglichen widerwärtigen Ideen angedichtet hat, die in Wirklichkeit *seine* waren? Sagst du damit, Roderick Levitte könnte pädophil sein?«

Kate schüttelte den Kopf. »Ich sage, dass er ein weiterer Verdächtiger ist. Rachel Troy hat uns von Spannungen zwischen Nathan und ihm erzählt. Vor meinem inneren Auge steht ein Bild, wie die Situation vor etwa zwanzig Jahren war, als Roderick Levitte am Woolner studiert, sich vermutlich im Glanz seines Vaters, des Professors und berühmten Künstlers, gesonnt hat, und bestimmt zu jedem

Studenten widerlich war, dem er sich unterlegen fühlte. Zum Beispiel Nathan Troy. Wir können nicht ausschließen, dass er damals extreme Schwierigkeiten mit den eigenen Gedanken und Gefühlen hatte und neidisch auf Troy war. Eine gefährliche Kombination.«

Sie setzte sich auf die Tischkante. »Übrigens hat er versehentlich preisgegeben, wo seine Schwester Cassandra im Augenblick ist: in der Privatklinik The Hawthornes in Edgbaston. Wir müssen mit ihr reden. Möglichst bald.«

Bernie wühlte in seinen Taschen. »Als du von Troy im College gesprochen hast, ist mir etwas eingefallen: der ehemalige Journalist Billington hat mich angerufen, weil er recherchiert hat, wann Troy zuletzt gesehen wurde.« Er legte einen Zettel vor sich hin. »Hör dir das. Eine Meldung betrifft den zehnten November 1993 – da hatte er sein Tutorium bei deinem Kumpel Wellan. Das hat Wellan auch bei den damaligen Ermittlungen ausgesagt. Mein Informant sagt, später sei Troy noch mal von Alastair Buchanan gesehen worden. Er hat damals ausgesagt, am dreizehnten November habe Troy den Campus mit einem Rucksack verlassen und sei in Richtung Linden Road davongegangen. Das war die letzte Beobachtung, die Billington verifizieren konnte.«

Kate und Joe wechselten einen Blick, als Bernie zur Glaswand ging, um seine Informationen anzuschreiben. »Uns gegenüber hat Buchanan das nicht erwähnt«, sagte sie.

»Ich hab ihn angerufen und danach gefragt«, sagte Bernie. »Angeblich hatte er diese Beobachtung ›vergessen‹ – und ihr hättet außerdem nie danach gefragt.«

Joe runzelte die Stirn. »Klugscheißer.«

»Weiß er bestimmt, dass es Troy war?«, fragte Kate.

»Angeblich schon.«

»Er treibt *Spielchen* mit uns«, murmelte sie.

»Glaub nicht, dass er uns besonders mochte, Red.«

»*Mich* mochte er nicht. Er *bleibt* verdächtig.«

Nachdem Bernie die Informationen angeschrieben hatte, kam er an den Tisch zurück. »Billington hat erzählt, dass keiner seiner damals mit der Story befassten Kollegen diesen Joel Smythe aufspüren konnte – so wenig wie die Polizei. Anscheinend ist er ungefähr zur selben Zeit abgetaucht, als Troy verschwunden ist.«

Kate lehnte sich nachdenklich zurück. »Wohin könnte Troy am Dreizehnten unterwegs gewesen sein, *wenn* Buchanan ihn wirklich gesehen hat?« Sie sah zu Joe hinüber. »Erinnerst du dich, was Bill Troy über Nathan und den damals geplanten gemeinsamen Ausflug gesagt hat?« Sie sah auf die Wanduhr. Gleich 17 Uhr. Sie musste nach Hause. Als sie auf der Glaswand nicht gleich fündig wurde, blätterte sie in ihrem Notizbuch. »Da haben wir's! Bill Troy hat ausgesagt, Nathan und er hätten einen Ausflug nach London geplant gehabt. Stattfinden sollte er am …«, sie blätterte um, »… oh, am elften November. Bill hat gesagt, er habe die Fahrkarten gekauft, aber der Ausflug habe nie stattgefunden, weil Nathan nicht am Bahnhof erschienen sei.« Kate lehnte sich zurück. »Was können wir daraus schließen …?« Sie schüttelte den Kopf und stand auf. »Was Buchanan damals gesehen haben will, ist mir scheißegal. Ich traue dem Kerl nicht. Lassen wir außer Acht, was er behauptet, und ist Nathan nach dem zehnten November nicht mehr gesehen worden, könnte er am Dreizehnten *längst* tot gewesen sein.«

Joe nickte zustimmend. »Du hast recht, Buchanan bleibt unser Verdächtiger Numero uno.«

29

Von einer heißen Dusche wiederbelebt, saß Kate an diesem Abend in Jeans und einem alten Pullover in ihrem Arbeitszimmer und setzte ihre Inventur von Nathan Troys Habseligkeiten fort. Weil der Platzmangel frustrierend war, packte sie alles wieder in die Lackschachtel und nahm sie in die Küche mit. Am Küchentisch begutachtete sie jedes Objekt, das sie herausnahm, und trug es mit einer Kurzbeschreibung in ihre Liste ein. Während Mugger ihr um die Beine strich, zählte sie zusammen, was sie hatte. Siebzehn Aquarelle und Skizzen, dazu einen kleinen Metallzylinder, ein zusammengerolltes Blatt Papier und eine Geldbörse aus Nylon. Als sie eben nachzählte, tauchte Maisie auf und drehte vor dem Küchentisch eine gekonnte Pirouette.

»Fütterst du bitte Mugger und machst uns dann einen Tee?«, fragte Kate.

»Wird gemacht.«

Als sie beobachtete, wie Maisie sich zu dem kleinen Kater hinunterbeugte, ihn hochhob und mit ihm durch die Küche tanzte, bevor sie ihn absetzte und nach dem Katzenfutter griff, kniff Kate, von einem sechsten Sinn geleitet, die Augen zusammen. *Was hat sie wieder vor?*

Maisie stellte sich neben sie. »Was ist das alles? Hey, die sind echt gut. Ooh, das gefällt mir!«

»Lass die Sachen bitte liegen. Ich bin dabei, sie in diese Liste aufzunehmen.«

»Und das hier ist gut. Wer hat es gemalt?« Sie hielt eines der Aquarelle hoch.

»Sie haben einem jungen Mann gehört, der … vor langer Zeit weggegangen ist. Ich sehe sie durch, um eine Vorstellung von seiner Persönlichkeit zu bekommen.«

»Er war *sehr begabt,* Mom.«

»Danke, Maisie. Er war Kunststudent.«

»Was ist das?« Kate sah, dass Maisie den kleinen Metallzylinder unter einer Hand über die Tischplatte rollte. »Wozu ist der gut?«

Kate streckte eine Hand danach aus. »Weiß ich nicht. Kann ich ihn bitte haben?« Maisie gab ihn widerstrebend zurück, und sie legte ihn wieder in die Schachtel. Sie griff nach dem zusammengerollten Bogen Papier und strich es auf dem Küchentisch glatt. Vor sich hatte sie ein Flugblatt von Studenten des Woolner Colleges mit dem Aufruf: *Die Kunst ins Volk tragen!*

»Er ist ein guter Zeichner, Mom. Oder *war* einer.«

Sie seufzte innerlich. »Was ist mit dem Tee?«

Maisie nickte bereitwillig. »Aber für mich heiße Schokolade, danke. Denkst du manchmal, dass diese toten Leute *wissen,* dass ihr sie sucht, und Bernie und Joe und dich sozusagen anfeuern: *Findet mich! Findet mich!*«

»Niemals«, sagte Kate abweisend.

»Du hast keine Fantasie, Mom. Das sagt Daddy auch.«

»Tut er das?«, fragte Kate in neutralem Tonfall.

»Kannst du mit Daddy sprechen, wenn er morgen früh kommt, ob er mal mit mir ins Schwimmbad geht? Er sagt, dass er ›dafür zu viel um die Ohren hat‹.«

Kate verschloss die Schachtel wieder und setzte Teewasser auf. »Wenn dein Vater das sagt, dann …«

»Wenn er nicht tut, was *du* willst, was sagst du dann immer noch über ihn?«

Sie seufzte, weil sie sich schuldig fühlte, aber doch entschlossen war, sich nicht von Maisie manipulieren zu lassen. »Wie wär's, wenn du dir morgen *vorstellen* würdest, du wärst schwimmen?«

»Du bist *so* sarkastisch. Das ist auch etwas, das Daddy an dir …«

»Ja, ich weiß. Hör zu, es ist schon spät. Wird Zeit, dass du ins Bett gehst.«

Nachdem Kate den Inhalt der Schachtel erneut gezählt hatte, ging sie nach oben und sah noch einen Lichtstreifen unter Maisies Tür. Sie runzelte die Stirn und warf einen Blick auf ihre Armbanduhr. 22.45 Uhr. *Wieso muss ich ständig hinter ihr her sein? Weil sie voller Leben ist und es außer mir niemanden gibt, der dafür sorgt, dass sie tut, was sie tun soll.*

Sie klopfte an und wartete. Als keine Antwort kam, öffnete sie die Tür. »Wird Zeit, dass du …« Maisie, die im Pyjama am Computer saß, fuhr mit rotem Kopf herum. Kate trat über die Schwelle. »Was machst du da?«, fragte sie, während ihr alle möglichen Ideen durch den Kopf gingen – keine davon angenehm.

»Hausaufgaben, siehst du?« Sie deutete auf die Notizen und Schulbücher neben ihrem Computer. »Und du sollst anklopfen, bevor du reinkommst.«

»Ich habe geklopft. Du hast mich nur nicht gehört.« Während Maisie sie mit großen Augen beobachtete, sah Kate auf den Monitor, auf dem ein Bildschirmschoner lief. »Was hast du da drauf?«

»Nichts … *Mom!*«

Kate hatte die Maus bewegt, sodass der Bildschirm sich

veränderte. Maisie hatte Google aufgerufen. Sie richtete sich auf. »Erzähl mir von deinem plötzlichen Interesse für den Woodgate Country Park.«

Maisie deutete auf den Bildschirm. »Er ist in den Nachrichten erwähnt worden. Wegen des Jungen, der dort ertrunken aufgefunden wurde.« Sie zeigte Kate ihre handgeschriebenen Notizen. »Ich schreibe einen Exklusivbericht für unsere Schülerzeitung.« Kate streckte die Hand aus und schloss die Suchmaschine. »Hey!«

»Jetzt hör mir mal zu. Über den Park haben wir schon gesprochen. Dort treiben sich üble Leute rum, und du hältst dich gefälligst von ihm fern.«

Maisie funkelte sie zornig und rebellisch an. »Das ist *typisch* für dich, Mom. Verstehst du nicht, worum es hier geht? Ich halte mich und meine Mitschüler auf dem Laufenden! Dieser Junge ist an einem gefährlichen Ort gestorben. Sollten wir solche Plätze nicht kennen?«

»Sehr plausibel.« Kate zeigte aufs Bett. »Rein mit dir.« Sie beobachtete, wie Maisie, die unverständliche Worte murmelte, ins Bett ging. »Und ich muss mir überlegen, ob du zuverlässig genug bist, um deinen Computer weiter hier oben haben zu dürfen.«

»Oh, um …«

»Maisie.«

Kate ging in die Küche zurück, packte alles wieder in die Lackschachtel und trug sie in ihr Arbeitszimmer. Sie stellte die Schachtel vorsichtig auf ihren Schreibtisch. *Das war das letzte Mal, dass Maisie etwas gesehen hat, das auch nur im Entferntesten mit meiner Arbeit in der Rose Road zu tun hat.* Sie hob den Deckel hoch, sah nochmals hinein und wurde dabei auf die kleine Geldbörse aus Nylon aufmerksam. Sie öffnete den Klettverschluss. Die Geldbörse war steif vor

Alter und leer. Als Kate sie müde in die Schachtel zurückfallen ließ, hörte sie eine innere Stimme, als spräche ihre Mutter: *Das war nicht sehr sorgfältig, was?*

Sie nahm die Geldbörse seufzend wieder heraus und knipste die Schreibtischlampe an. Im hellen Licht zog sie vorsichtig die Innenfächer auseinander. Sie waren nicht leer. In einem Fach steckte etwas Dünnes. Sie zog es heraus, hielt es unter die Lampe und merkte, wie ihr Puls sich beschleunigte. Kein einzelner Gegenstand. Zwei. Kate legte sie nebeneinander auf die Tischplatte, begutachtete sie, hob dann den Kopf und sah in die Dunkelheit hinaus, während ein einzelner Gedanke sie beherrschte. *Du bist nicht nach London oder sonst wohin gefahren, nicht wahr, Nathan?* Sie nahm den Telefonhörer ab und sprach zwei Kurznachrichten auf Anrufbeantworter.

30

Am folgenden Morgen erschien Kate früh im KUF-Dienstraum. »Sorry, dass ihr am Samstag reinkommen musstet, aber … ich habe etwas.«

Joe musterte sie neugierig. »Wirklich?«

»Das wird euch beiden *echt* gefallen.« Sie warf Mantel und Umhängetasche auf einen Stuhl und zog ihr Notizbuch heraus. Zwischen den Blättern lagen zwei kleine Gegenstände, die sie jetzt hochhielt.

Bernie begutachtete sie. »Bahnfahrkarten. Bisher sehe ich nicht viel, was mir gefällt.«

Sie winkte ihn mit einer Hand heran. »Komm schon. Sieh sie dir genauer an.« Er setzte seine Lesebrille auf und trat wie Joe einige Schritte auf sie zu. »Nicht irgendwelche alten Fahrkarten. *Dies* sind ermäßigte Tickets von Birmingham New Street nach London Euston und zurück.« Sie sah die beiden mit glänzenden Augen an.

Joe pfiff durch die Zähne. »Verdammt! Das Datum …«

»Vom elften November 1993«, ergänzte Kate für ihn.

»Wo hast du die gefunden, Red?«

»In der Schachtel, die Troys Eltern uns mitgegeben haben. In einer Geldbörse. *Seht ihr?* Sie sind unbenutzt. Ungelocht. Ohne Zangenabdruck. Bill Troy hat uns erzählt, dass Nathan an diesem Tag nicht wie vereinbart am Bahnhof erschienen ist. Nathan hatte Fahrkarten nach London gekauft, aber er hat sie nie benutzt.« Sie zog das

Telefon zu sich heran und tippte eine der Nummern ein, die an der Glaswand standen. Als sich jemand meldete, schaltete sie den Lautsprecher ein. »Mr. Troy?«

»Dr. Hanson? Irgendwelche Fortschritte?«

Kate sah, dass ihre Kollegen den Kopf schüttelten, und machte es kurz. »Wir ermitteln weiter, und ich bedaure, Sie wieder belästigen zu müssen, aber ich möchte Sie bitten, uns etwas zu bestätigen, das die von Ihnen gekauften Bahnfahrkarten nach London betrifft. Sie haben sie selbst gekauft, sagten Sie?«

Bill Troys Stimme kam aus dem Lautsprecher. »Richtig. Wir wollten uns am frühen Morgen am Bahnhof New Street treffen, aber Nathan ist nie gekommen.«

»Haben Sie ihn angerufen, um den Grund dafür zu erfahren?« Schweigen. »Mr. Troy?«

»Nein. Ich war sauer auf ihn, nachdem ich das Geld ausgegeben hatte. Ich … dachte, er hätte keine Lust mehr auf unseren Ausflug gehabt.«

Kate starrte die Fahrkarten an, während sie ihre Worte sehr sorgfältig wählte. »Sie wollten ihm seine Fahrkarten auf dem Bahnhof geben?«

»Nein. Ich habe sie ihm geschickt, damit er schon mal Sitze im Zug belegen konnte. Für den Fall, dass ich aufgehalten würde.«

Sie nickte. »Danke, Mr. Troy, und entschuldigen Sie nochmals die Störung.« Sie legte den Hörer auf. »Nathan hatte seine Fahrkarte schon vor dem elften November. Hat irgendjemand eine Idee, *warum* er sich nicht wie vereinbart mit seinem Vater getroffen hat?«

Bernie rieb sich das Kinn. »Vielleicht hatte er einfach keine Lust mehr. Oder der Mörder hatte ihn schon in seiner Gewalt, sodass Buchanan ihn nicht …«

Kate, die einen Adrenalinschub spürte, nickte zustimmend. »Meiner Ansicht nach war Nathan am elften November bereits tot oder in Lebensgefahr, sodass Buchanan ihn unmöglich am dreizehnten gesehen haben kann.«

»Vielleicht«, sagte Joe vorsichtig.

Bernie brach das nun folgende Schweigen. »Wir lassen ihn herkommen.« Er nahm den Telefonhörer ab, wählte eine Nummer von der Glaswand und wartete. »Mr. Buchanan?«

Kate erkannte die selbstbewusste Stimme wieder, die aus dem Lautsprecher drang. »Hier ist Alastair Buchanan. Wer sind Sie?«

»Detective Sergeant Bernard Watts, West Midlands Police, Rose Road, Birmingham. Sie erinnern sich, dass ich Sie angerufen habe, nachdem zwei meiner Kollegen Sie besucht hatten? Wegen unserer Ermittlungen im Fall Nathan Troy?«

Die Stimme klang unwillig. »*Ja*, und ich bin dabei, einen Beschwerdebrief über die beiden zu schreiben.«

»Ich habe einen Vorschlag für Sie, Mr. Buchanan. Wie wär's, wenn Sie zu einem Gespräch in die Rose Road kämen und Ihren Brief mitbrächten? Wann hätten Sie denn Zeit?«

31

Kate, die am Montagmorgen früh in der Universität gewesen war, betrat den KUF-Dienstraum und sah Joe und Bernie an der Glaswand stehen. Bernie nickte ihr zu. »Ich habe gerade gesagt, dass wir bei Buchanans Befragung aus ihm rausholen müssen, was genau er über Troys Verschwinden weiß – aber bis dahin arbeiten wir mit unseren bisherigen Theorien weiter.« Er deutete auf die Namen der drei Sexualstraftäter, die er dort angeschrieben hatte. »Bei Phillips waren wir schon, und in fünf Minuten fahre ich los, um mit *ihm* zu reden.« Er tippte auf den Namen Morell. »Okay, seine Vorstrafen nach Anzeigen von Frauen passen nicht recht zu unserem Fall, aber ich will ihn trotzdem überprüfen, weil er auf keinen Anruf, keine Nachricht reagiert hat.«

Die Tür ging auf, und Inspector Furman, der einen eleganten anthrazitgrauen Maßanzug trug, kam wie gewohnt übertrieben selbstbewusst herein. »Watts, ich möchte, dass Sie zu den Eltern dieses Kunststudenten fahren … wie hat er gleich wieder geheißen …?«

»Nathan Troy«, fauchte Kate.

»Stellen Sie eine Liste der Leute zusammen, mit denen ihr Sohn Umgang hatte, bevor er …«

»Bei dem Ehepaar Troy waren wir schon«, sagte Kate.

»Und ich möchte, dass sie noch mal besucht werden.« Sein Blick glitt über die Glaswand. »Beschaffen Sie mehr

Namen, Watts, selbst wenn die Eltern die Verbindung für noch so locker halten.« Er sah über den Tisch. »Und ich brauche Sie eine Stunde lang, Lieutenant. Oben bei mir habe ich eine Abordnung aus dem Innenministerium – und ein paar reiche hiesige Geschäftsleute. Wir werden über ›Bewaffnete Polizeiarbeit im 21. Jahrhundert‹ diskutieren. In fünf Minuten?« Joe nickte kaum merklich.

Auf dem Weg nach draußen blieb Furman noch mal stehen. »Kommende Woche lade ich zu einer Besprechung ein, um die Fortschritte im Fall Troy zu bewerten. Die Ermittlungen stocken, fürchte ich. Versuchen Sie, etwas Nützliches beizutragen, Watts.« Er schloss die Tür energisch hinter sich.

Bernie stand auf, klopfte seine Taschen ab. »Wenn ich hier mal an die Macht komme, lasse ich eine hübsche Ziegelmauer bauen, und er ist der Erste, der dahinter … wo sind meine verdammten Schlüssel?«

Kate zeigte aufs Fensterbrett, dann sah sie Joe an. »Er will mit dir angeben.«

»Bewaffneter Einsatz. Ein Stern an Furmans Firmament.« Joe schüttelte den Kopf. »Dieser Trottel!«

Sie beobachtete, wie Bernie und er hinausgingen. *Am besten fährst du in die Uni zurück und korrigierst noch ein paar Hausarbeiten.* Sie sah auf die Glaswand, dachte an Bernies ursprüngliches Vorhaben, Morell zu besuchen, und las den Namen des dritten Mannes: Ronald Dixon, dazu eine hiesige Adresse. Auch Angaben über seine Bewährungshelferin standen dort. Kate erkannte den Namen wieder. Mit Dixon würde unbedingt jemand reden müssen. Er konnte der Mann sein, der Bradley Harper letztes Jahr überfallen hatte – oder zumindest etwas darüber wissen. Aber als Erstes musste sie etwas anderes überprüfen. Sie nahm den

Hörer ab, wählte und notierte sich Dixons Adresse, während sie wartete. Nach dem dritten Klingeln meldete sich jemand.

»Wellan.«

»Kate Hanson. Haben Sie eine Minute Zeit für mich?«

»Für Sie immer.«

»Wir haben neue Informationen im Fall Troy. Er wollte am elften November irgendwo hin. Hat er zufällig etwas davon erwähnt?«

»Am elften November? Nein, da fällt mir nichts ein.«

»Können Sie sich auch nicht daran erinnern, ob Troy jemandem erzählt hat, dass er einen Ausflug mit seinem Vater plane?«

»Leider nicht. Ich hatte den Eindruck, Troys Vater sei mit seinem Studium am Woolner nicht einverstanden und vertrage sich nicht allzu gut mit seinem Sohn. Ich kann mich nicht erinnern, von anderen Studenten etwas über die beiden gehört zu haben. Und Henry hätte so was nicht erwähnt, weil er sich nicht für den Alltag seiner Studenten interessiert hat.«

Kate bedankte sich für die Auskunft, legte den Hörer auf, nahm wieder ab, wählte erneut und wartete.

»West Midlands Police, Bewährungshilfe«, sagte eine Frauenstimme. »Was kann ich für Sie tun?«

Kate nannte ihren Namen und verlangte Dixons Bewährungshelferin.

Eine nüchterne geschäftsmäßige Stimme drang aus dem Hörer. »Salma Huq.«

Kate lächelte unwillkürlich. »Hallo, Salma.«

Eine kurze Pause, dann ein kleiner Aufschrei. »Kate! Was zum …? Wie geht's dir?«

Kate sah die clevere junge Frau vor sich, die vor drei, vier

Jahren bei ihr ihren Abschluss in Kriminologie gemacht hatte. »Gut, danke, und dir?« Sie hörte kurz zu, dann sagte sie: »Ich rufe als Angehörige der Kommission für ungeklärte Falle in der Rose Road an. Ich brauche Auskunft über einen deiner Schützlinge. Ronald Dixon. Er ist Anfang vergangenen Jahres verhaftet worden, weil er im Woodgate Country Park einen Fünfzehnjährigen sexuell belästigt hat.« Am anderen Ende entstand eine kurze Pause. »Salma?«

»Ich weiß, dass du talentiert bist, aber seit wann bist du hellseherisch begabt?«

Kate zog die Augenbrauen hoch. »Wie meinst du das?«

»Nachdem er neun Monate einer fünfzehnmonatigen Haftstraße verbüßt hat, ist er im Augenblick auf Bewährung frei, aber ich bin eben dabei, die Vordrucke auszufüllen, damit seine Bewährung widerrufen wird.«

Sie fragte sich, weshalb Dixon wieder hinter Gitter sollte, und bekam die Erklärung sofort geliefert: Er war in letzter Zeit viel mit zweifelhaften Leuten zusammen und hatte ein Verhältnis mit einer alleinerziehenden Mutter von zwei kleinen Jungen angefangen, die ihn einer Freundin gegenüber als »Mr. Wonderful« bezeichnet hatte. Salma kam richtig in Fahrt. »In letzter Zeit hält er sich immer weniger an seine Auflagen: Er hat mich bei zwei Terminen versetzt und heute Morgen die Gruppentherapie für Sexualstraftäter geschwänzt. *Mehr* als genug, um ihn zurückzuschicken.«

»Kannst du ihn mir kurz schildern?«

Das tat Salma, indem sie ausführte, dass Dixon wegen vieler Vergehen gegen Frauen und Kinder beiderlei Geschlechts – teils handgreiflich, teils ohne Körperkontakt – als hochgradig rückfallgefährdet gelte. Die Berichte der Psychologen, die mit ihm gearbeitet hatten, zeigten deutlich, dass vor allem seine Einstellung Kindern gegenüber höchst problematisch blieb. »Im Prinzip betrachtet er sie als Freiwild. Was noch. Ah, richtig, er neigt zur Gewalttätigkeit. Unseres Wissens hat er im Lauf der Jahre zwei erwachsene Partnerinnen gehabt. Eine hat ihm nach ein paar Monaten den Laufpass gegeben, die andere ist drei Jahre bei ihm geblieben. Dann hat er sie verprügelt, woraufhin sie ausgezogen ist. Hat ihn als ›gespaltene Persönlichkeit‹ bezeichnet. Zum Glück scheint er keine eigenen Kinder zu haben, obwohl man das natürlich nie sicher weiß.«

Kate nickte, weil sie den Strauß wichtiger Indikatoren erkannte, die Dixon hochgefährlich machten. Sie erkannte, dass er Schwierigkeiten im Umgang mit Frauen hatte, und erriet, dass er zwischen einem für alles dankbaren Fußabstreifer und einem unerbittlichen Tyrannen schwankte.

Salma hatte noch mehr zu berichten: Im Lauf seiner Behandlung hatte Dixon widerstrebend eine Vorliebe für Gewaltpornografie mit Teenagern beiderlei Geschlechts eingestanden. »Außerdem hat ein Mitglied seiner Therapiegruppe ihn verpfiffen, weil er manchmal einen Massagesalon in Lozells besucht, in dem minderjährige ›Masseusen‹ arbeiten. Bist du jetzt im Bilde?«

»Nur allzu deutlich. Ich habe seine Adresse. 14 Jannings Road. Lebt er allein?«

»Ja. Wir überwachen ihn jetzt seit zehn Tagen. Nichts weist darauf hin, dass er jemanden bei sich hat.«

Kate dachte an ihre Absicht, Dixon zu besuchen. »Nur noch eine Frage: Gilt er gegenüber Autoritätspersonen als gewaltbereit?«

»Mmmm … Feindseligkeit ja. Direkte körperliche Gewalt eher nicht. Wieso fragst du?«

»Ich will mit ihm reden.«

»Ab morgen hast du keine Gelegenheit mehr dazu.«

Kate legte den Hörer auf. Für sie hieß es jetzt oder nie. Sie schnappte sich Mantel und Umhängetasche und blieb nur lange genug stehen, um die Fotos von Bradley Harper und Nathan Troy von der Glaswand mitzunehmen.

32

Kate stieg in der nachmittäglichen Stille eines Vororts aus dem Wagen und betrachtete die nüchterne Doppelhaushälfte im edwardischen Stil. Sie wirkte unbewohnt, fast baufällig. Sie kontrollierte die Adresse. Dies war das richtige Haus. Sie nahm ihre Umhängetasche mit, ging zur Haustür und behielt dabei das große staubige Erkerfenster im Parterre im Auge. *Sind Sie daheim, Mr. Dixon?* Als sie dem mit Unkraut überwucherten Plattenweg folgte, konnte sie im Gegenlicht, das durch ein weiteres Fenster auf der Rückseite des Hauses einfiel, einen Korbsessel mit hoher Lehne sehen. Dort fläzte sich jemand. *Er ist zu Hause.*

Sie blieb vor der Tür stehen, drückte auf den Klingelknopf und hörte einen dezenten Gong anschlagen, während sie das undeutlich erkennbare Hausinnere weiter durch das große Erkerfenster beobachtete.

Als sie das Quietschen selten benutzter Angeln hörte, fuhr sie herum und beobachtete irritiert, wie die Tür langsam nach innen schwang. In dem Zimmer mit dem Erkerfenster war keine Bewegung zu sehen gewesen. *Wäre er aus dem Sessel aufgestanden und zur Haustür gegangen, hätte ich ihn sehen müssen. Also muss noch jemand hier sein.*

Das bange Kribbeln ihrer Kopfhaut wurde stärker, als in dem Spalt zwischen Tür und Türrahmen ein graues, schnauzbärtiges Gesicht erschien und eine heisere Stimme sagte: »Sie kommen nicht vom Sozialamt wegen meines

Antrags, also verpissen Sie sich! Was Sie verkaufen, brauch ich nicht.« Der Spalt verkleinerte sich schon wieder.

Sie drückte mit einer Hand gegen das Türblatt. »Mr. Dixon?« Keine Antwort. »Wir müssen miteinander reden.«

»Meinen Sie?« Die Tür schloss sich weiter. Kate hielt ihre Plakette hoch. Als er das Wappen der West Midlands Police sah, kam die Tür zum Stillstand. Er sah in Kates Richtung, ohne sie direkt anzusehen. »Euch Leuten habe ich nichts zu sagen.«

»Das kann ich mir denken, aber ich muss Ihnen ein paar Fragen stellen.«

»Und ich hab keine Antworten, also *verpissen* Sie sich!« Die Tür war wieder in Bewegung.

»Hier oder in der Rose Road, Mr. Dixon«, erklärte Kate ihm energisch. »Sie haben die Wahl. Ich gebe Ihnen fünf Sekunden Zeit, bevor ich Unterstützung anfordere.«

Der Schnauzbart funkelte sie an. »Schon gut, schon gut. Kein Grund, giftig zu werden.« Er öffnete die Haustür, forderte sie mit einer Kopfbewegung zum Eintreten auf. Kate betrat die schmutzige Diele, in der es stark nach Schweiß roch. Dixon schloss die Haustür, ließ Kate unbeachtet stehen und ging auf die Tür am Ende des langen Flurs zu. Sie horchte auf Geräusche irgendwo aus dem Haus, behielt die geschlossene Tür links neben sich im Auge, folgte Dixon und sah fast neue Sportschuhe unter seiner sackartigen grauen Jogginghose. Laufschuhe von Adidas. Er stieß die Tür zu einer ungeheizten Küche auf, in der er sich mit verschränkten Armen und trotziger Miene an den Tisch setzte.

Sie wählte einen Stuhl zwischen Tisch und Tür und kam sofort zur Sache. »Mr. Dixon, Sie haben im Januar letzten Jahres im Woodgate Country Park einen Jungen überfallen?«

Er fuhr sofort auf. »Ich hab *neun* Monate gesessen, nur

weil so ein *dämlicher* Bengel ...« Sie ließ ihn schwadronieren und hörte kaum zu, als er sich über die Unzuverlässigkeit seines Opfers verbreitete. Ähnliche Tiraden hatte sie schon oft genug gehört. Endlich verstummte er außer Atem und starrte sie mit zusammengekniffenen Augen an. »Für ’nen Cop sind Sie ziemlich klein. Was wollen Sie von mir?«

»Das habe ich Ihnen gesagt. Ich komme aus der Rose Road. Ich möchte, dass Sie sich ein paar Fotos ansehen.«

Das graue Gesicht lief wieder rot an. »Wieso hacken immer alle auf mir rum?«, fragte er jammernd. »Dabei gibt’s genügend andere, die Sie ...«

Er verstummte, als sie das erste Foto vor ihm auf den Tisch legte. Sie tippte darauf. »Dieser Jugendliche ist letztes Jahr im Woodgate Country Park von einem Erwachsenen überfallen worden. Von Ihnen will ich nur wissen, ob Sie ihn jemals gesehen haben.« Kate unterstrich das Gesagte, indem sie nochmals auf das Foto tippte.

Sein Gesichtausdruck blieb misstrauisch wachsam, als er sich das Foto flüchtig ansah. »Nie im Leben geseh’n.«

»Sehen Sie bitte richtig hin, Mr. Dixon«, wies sie ihn an. »Vielleicht ändern Sie dann Ihre Meinung.«

Er seufzte schwer und tat dann wie geheißen. »Wie gesagt, nein. Ich habe ihn nie im Leben geseh’n.« Dann grinste er plötzlich, ließ dabei schiefe Vorderzähne sehen. »Aber er ist ein hübsches Bürschchen.« Er sah Kates abweisenden Gesichtsausdruck. »Hey, seh’n Sie mich nicht so an! Dies ist mein Haus, und ich kann hier sagen, was ich will.« Er schüttelte den Kopf. »Ihr Leute versteht einfach keinen Spaß.«

»Haben Sie ihn gesehen?«, fragte Kate.

»Nein. Ich hab ihn nie geseh’n, und das hätte auch keinen Unterschied gemacht. Ich hab eher ’ne Vorliebe für schlanke, blonde Kids, die ...«

»Er *ist* blond«, fauchte Kate. *War.*

»Und diesem Foto nach ein Schwergewicht. Ich bin mehr für Schlanke.«

Sie benutzte seine Antwort, um neue Fragen zu stellen. »Sie sind in der Gruppentherapie für Sexualstraftäter. Wie kommen Sie da voran?« Sie erwartete eine Lüge als Antwort und wurde nicht enttäuscht.

»Gut, gut.« Er wich ihrem Blick aus und angelte eine Packung Zigaretten aus der Hosentasche. Er sah sich um, dann wandte er sich an Kate. »Haben Sie Feuer für mich?«

Sie hatte nicht die Absicht, sich ablenken zu lassen. »Was ist mit Ihren Genossen, Mr. Dixon? Könnte einer von ihnen sich an diesen jungen Mann rangemacht haben?« Sie sah zu, wie er sich mit der Zigarette zwischen den Lippen über den dick verkrusteten Gasherd beugte.

Er richtete sich auf, blies eine Rauchfahne zur Decke und kam an seinen Platz zurück. »Ich hab keine ›Genossen‹. Das hab ich in der Therapie gelernt. Ich hänge mit niemand rum. Ich treffe mich mit niemand mehr. Ich hab genug Stress fürs ganze Leben gehabt und …«

Sie hob die Hand, um ihn daran zu hindern, wieder in Selbstmitleid zu zerfließen. »Was ist mit Freunden? Mit einer Partnerin?«, fragte sie, wobei sie an die Gestalt dachte, die sie durchs Fenster gesehen hatte.

Er zuckte mit den Schultern, zog an der Zigarette, wich ihrem Blick aus. »Hab keine.«

»Ihre letzte Partnerin haben Sie misshandelt«, stellte sie sachlich fest.

Das schnurrbärtige graue Gesicht lief erneut rot an. »Aber nur wegen dem, was sie mir *angetan* hat!«

Kate wartete. Als keine weitere Erklärung kam, fragte sie: »Was hat sie Ihnen angetan?«

Dixon schwieg einige Sekunden lang, in denen sein Zorn so rasch abklang, wie er aufgeflammt war. »Sie hat meinen Toast in Viertel geschnitten. *Niemand* darf mich wie einen kleinen Jungen behandeln. *Scheiße,* für wen hat die sich gehalten?«

Kate wartete, weil sie seine grenzenlose Unzulänglichkeit erkannte, die vermutlich auf einer so negativen Kindheit basierte, dass jedes Verhalten, das geeignet war, ihn an die eigene Verwundbarkeit zu erinnern, eine Spirale aus Wut und Gewalt auslösen konnte. Sie tippte nochmals auf Bradley Harpers Foto.

Er warf einen Blick darauf, dann schüttelte er wieder den Kopf. »Mir fällt niemand ein, der sich für ihn hätte interessieren können … Andererseits, wenn ich's mir recht überlege, hat's einen Kerl gegeben, den ich mehrmals gesehen hab, als er im Park mit ein paar großen Jungen geredet hat. Ich war rein zufällig dort – lange vor meiner Verhaftung.«

»Erzählen Sie mir von ihm.«

Er zuckte mit den Schultern und fuhr sich mit der Hand durch ungekämmtes Haar, wobei ein Schwall scharfen Schweißgeruchs Kate erreichte. »Da gibt's nichts zu erzählen.« Er musterte sie mit raschem Blick. »Vornehmer Typ. Vermutlich ist er mir deswegen aufgefallen. Irgendwie fehl am Platz.«

»Wieso ›vornehm‹?«

»Seine Kleidung. Seine Stimme. Ich hab mal gehört, wie er am Handy telefoniert hat.«

»Was hat er gesagt?«

»Weiß ich nicht. War zu weit weg.«

»Beschreiben Sie ihn näher«, verlangte Kate.

Dixon war sichtlich verärgert. »Ihr Leute sagt nie ›bitte‹, was?« Er seufzte demonstrativ schwer. »Hat immer ein dunkles Sakko mit Hemd und Krawatte getragen – auch bei heißem Wetter.« Er sah mit zusammengekniffenen Augen zu ihr auf. »Nicht besonders groß. Wenig über einssiebzig. Rundes Gesicht, irgendwie pummelig. Kurzes Haar … hier zurückweichend.« Er berührte seine Stirn oberhalb der Schläfen, sodass Kate plötzlich Alastair Buchanan vor Augen stand. *Wie groß war Buchanan gleich wieder?*

»Haarfarbe? Alter?«

»Dunkel, schon leicht angegraut. Mitte dreißig bis Mitte vierzig, schätze ich.«

»Geht's nicht genauer?«

»Um die vierzig, würde ich sagen. Ich lauf nicht rum und merk mir, wie alt Leute sind.« Er machte eine Pause. »Da fällt mir noch was ein. Er trug 'ne Brille.« Seine Daumen und Zeigefinger bildeten Kreise. »Sie wissen schon – im Harry-Potter-Look.«

Kate nahm das Foto wieder an sich. Buchanan hatte bei ihrem Besuch keine Brille getragen. Was jedoch nicht bewies, dass er keine brauchte. Sie wollte aber noch mehr über Dixon wissen. Die nächste Frage stellte sie, ohne auf eine ehrliche Antwort zu hoffen. »Seit wann haben Sie im Country Park Sexualstraftaten verübt, Mr. Dixon?«

Er wich ihrem Blick aus. »Das war das *einzige* Mal.«

Sie zog die Augenbrauen hoch. »Und dafür sind Sie verhaftet worden?«, fragte sie und wunderte sich darüber, dass ihm nicht klar war, dass sie sich vor ihrem Besuch über seine vielen Vorstrafen informiert hatte.

Er fuhr mit feindseliger Miene auf, ohne aus dem Takt zu geraten. »Ja, und? Das kann passieren!«

»Dann sind Sie glatt der größte Pechvogel, den ich kenne, Mr. Dixon.«

Er verzog spöttisch grinsend das Gesicht. »Tja, das passt zu mir.«

Kate legte ihm das zweite Foto hin. »Und was ist mit diesem jungen Mann?« Von der Tischplatte lächelte Nathan Troy zu ihnen auf.

Dixon blies Rauch an die Decke, würdigte das Foto kaum eines Blicks. »Hey, soll das ein *Witz* sein? Weit außerhalb meiner Interessen: Er ist zu groß, zu alt, zu dunkel. Ich hab Ihnen erzählt, worauf ich stehe: jung und blond, mit …«

»Danke, ich weiß.« Kate steckte die beiden Fotos wieder in ihre Tasche, trat vom Küchentisch weg und drehte sich noch mal um. »Welche Größe tragen Sie?«

Er starrte sie mürrisch an, ohne jedoch die Antwort zu verweigern. »43.« Sein Blick verwandelte sich in ein lüsternes Grinsen. »Heißt das, dass ich Sie fragen darf, welche Größe *Sie* …«

»Wer ist hier bei Ihnen im Haus?«, fragte Kate.

Dixon sah blinzelnd zu ihr auf. »Was haben Sie jetzt schon wieder?«

»Legen Sie sich nicht mit mir an«, riet sie ihm und wiederholte ihre Frage.

Er wirkte verwirrt. »*Niemand.* Ich bin hier allein. Ich darf niemanden …«

»Ich habe jemanden *gesehen*. Durchs Erkerfenster, als ich angekommen bin. Wer ist das?«, fragte sie schärfer und in dem Bewusstsein, dass sie diesem Mann gegenüber unter allen Umständen die Oberhand behalten musste.

»Ich sage Ihnen, hier *ist* niemand. Sie platzen hier rein und kommandieren mich herum, dabei wissen Sie *überhaupt* nichts über mich.«

Kate kam mit strenger Miene langsam an den Tisch zurück. »Wenn Sie mich für dumm verkaufen wollen, machen

Sie einen *großen* Fehler. Ich weiß alles über Sie, Mr. Dixon. Ich kenne Ihr Vorstrafenregister; ich weiß, dass Sie als extrem rückfallgefährdet eingestuft sind und warum Sie tun, was Sie tun. Denn ich *weiß,* was in Ihrem *Kopf* vorgeht. Ich *kenne* Ihre Persönlichkeit mit allen Defiziten. Ich *weiß,* dass Sie Ihre sexuellen Begierden nicht zügeln können oder wollen, und vermute, dass Sie es nicht wollen, weil Ihnen dieser Aspekt Ihres Lebens *gefällt.* Erzählen Sie mir also nicht, dass ich nichts über Sie wüsste!« Sie atmete tief durch. »Ich kenne *Sie.* Darauf können Sie Gift nehmen.«

Sie funkelte ihn in der Stille der kalten Küche an. Seine aufbrausende Art hatte ihn verlassen, und er hockte zusammengesunken auf seinem Stuhl. Sie dachte wieder an seine bestimmt schwere Kindheit und zuckte in Gedanken mit den Schultern. Wie jeder andere hatte auch er Entscheidungen treffen müssen. Bisher hatte er lauter falsche getroffen. »Ich warte, Mr. Dixon.«

Er starrte sie mürrisch an. Dann stand er auf und schlurfte an ihr vorbei aus der Küche. »Also gut. Wenn Sie sowieso schon *alles* wissen.«

Sie folgte Dixon den düsteren Flur entlang bis zur geschlossenen Wohnzimmertür. Dort blieb er mit der rechten Hand auf der Klinke stehen und sah auf sie herab.

»Wollen Sie's wirklich sehen?« Sie spürte seinen schlechten Atem im Gesicht.

»Aufmachen!«

Er stieß die Tür auf, und sie betrat den Raum. Jetzt hatte sie alles vor sich: den Korbsessel, den sie durchs Erkerfenster gesehen hatte, und die darin sitzende Aufblaspuppe in einer Art Schuluniform, wie betrunken zur Seite gesackt, die Haare zerzaust, der Blick zu Boden gerichtet, der rote Mund weit offen.

Kate wandte sich ab und ging mit dem Bewusstsein zu Dixon zurück, dass alles, was sie gesehen und gehört hatte, für Salmas Absicht sprach, ihn seine Reststrafe absitzen zu lassen. Ein kurzer Blick in sein Gesicht zeigte ihr, dass er diese Szene genoss. Sie nahm einen drastischen Mangel an Selbsterkenntnis wahr, der auch verhinderte, dass er merkte, dass er binnen Stunden wieder einsitzen würde.

Sie sah kurz zu dem Erkerfenster hinüber, als sie den Raum verließ und zur Haustür weiterging. »Ihre ›Freundin‹ braucht mehr Luft, Mr. Dixon, und Sie brauchen Vorhänge.«

Auf der Fahrt nach Hause dachte Kate über die Informationen nach, die sie von Dixon erhalten hatte. Was sie über ihn wusste, auch seine Verbindung zum Woodgate Park, hätte ihn zum Hauptverdächtigen im Fall Nathan Troy machen müssen. Trotzdem schüttelte sie den Kopf. Intuitiv wusste sie, dass Dixon auch vor zwanzig Jahren nicht selbstbewusst und persönlich ansehnlich genug gewesen wäre, um mit Nathan Troy in Verbindung treten oder ihn gar kontrollieren zu können. *In dieser Sache führen alle Wege in den verdammten Park.* Kate wechselte die Spur, was ihr wütendes Hupen einbrachte, weil jemand ihretwegen hatte scharf bremsen müssen.

Er wartete darauf, dass der Angerufene sich meldete. Das war erst nach dem sechsten Klingeln der Fall.

»Was?«

Er trat wütend gegen den jungen Baum unter dem er stand. »Wo *steckst* du? Du hast gesagt, wir sollen uns hier treffen, und du würdest mir …«

»Bin schon unterwegs.«

»*Beeil* dich! Du weißt, wie ich's hasse, hier zu sein, und …

Augenblick.« Er drehte sich um, ließ das Smartphone sinken. Jemand rief ihn. Bei seinem Namen. Er runzelte die Stirn, sah sich um, horchte.

»Stuart? *Stuart!* Ich muss mit dir reden.«

Er spürte sein Herz jagen, als er das Handy wieder ans Ohr hob. »Hör zu, hier ist jemand.«

»Ich bin gleich da. Bleib.«

»Das gefällt mir nicht. Scheiße, ich weiß nicht, wer sie ist, aber sie ruft *mich*. Sie weiß, wer ich bin!«

»Wie sieht sie aus?«

Aufgeregt und nun in Bewegung, zuckte er mit den Schultern. »Weiß ich nicht. Bloß irgend'ne Frau.«

Nach kurzer Pause fragte die Handystimme: »Klein, schlank? Langes rotes Haar?«

»Yeah, kann schon sein, aber …«

»Sieh zu, dass du wegkommst. *Sofort*. Komm zur Straße.« Das Gespräch wurde beendet.

Kate, die Bernies Entschlossenheit kannte, den Jugendlichen noch mal in die Rose Road zu holen, legte beide Hände an den Mund. »Warten Sie!« Aber er war fort, und sie wusste, dass es zwecklos gewesen wäre, ihn bei herabsinkender Dunkelheit verfolgen zu wollen. Sie erinnerte sich daran, was er bei der letzten Befragung gesagt hatte. Sie dachte an die teure Outdoorjacke, die Sportschuhe. Waren ihre Überlegungen – auch unter Berücksichtigung seines Alters – richtig, konnte er Gefahr laufen …

In einiger Entfernung links voraus hörte sie eine Autotür ins Schloss fallen. Ein Motor heulte auf, dann wurde sein Röhren zu einem Brummen, als der Wagen davonfuhr.

33

Am folgenden Nachmittag war Kate dabei, Informationen über Dixon an die Glaswand zu schreiben. Sie drehte sich um, als Julian mit einem Foto in der Hand hereinkam, ließ es sich geben und studierte die Einzelheiten eines ZX von Adidas. Dann schüttelte sie den Kopf. Der Schuh hatte nicht die geringste Ähnlichkeit mit denen, die sie gestern an Dixons Füßen gesehen hatte.

Sie legte das Foto auf den Tisch und setzte sich an den PC, um sich weitere Fotos anzusehen, die Julian aufgerufen hatte: Männer, die seit 1990 wegen Sexualstraftaten im Country Park verurteilt worden waren. Sie scrollte einmal nach unten, erkannte Phillips und Dixon und wunderte sich erneut darüber, wie wenige Verhaftungen es gegeben hatte. Sie hatte weit mehr erwartet, die den Ruf des Parks als Treff für Perverse hätten rechtfertigen können. *Wie viele weitere Männer hätten noch festgenommen werden können, denen man ihre Straftat aber nicht sicher hätte nachweisen können? Und wie viele davon sind gerade aus diesem Grund gar nicht erst verhaftet worden?*

»Ist das alles?«, fragte sie Julian.

Er zuckte mit den Schultern. »Falls es weitere Datenbanken gibt, habe ich keinen Zugriff darauf.«

Sie verstand, was Julian damit sagen wollte: Er war nicht mehr bereit, für sie gesperrte Datenbanken abzufragen, wie er es bei ihren letzten Ermittlungen noch getan hatte.

Sie nickte. »Ich wollte Sie nicht dazu verleiten, gegen irgendwelche Vorschriften zu verstoßen.« Was sie auf dem Bildschirm hatte, bestätigte jedenfalls Bernies erste Recherche. Sie las den Namen unter einem weiteren Foto: *Morell.* Keiner sah dem Mann ähnlich, den Dixon beschrieben hatte. Sie seufzte. Wie vertrauenswürdig war Dixon überhaupt? Vermutlich ungefähr so wie ein Frettchen.

Sie wollte wieder zu der Glaswand, um die von Dixon gegebene Beschreibung des Mannes hinzuzufügen, als das Telefon klingelte. »KUF. Kate Hanson.«

John Wellans Stimme drang an ihr Ohr. »Kate, ich habe die Notizen zu meinem letzten Tutorium mit Nathan Troy gefunden, falls die Sie noch interessieren?« Die Tür ging auf, und Bernie und Joe kamen herein. Sie zeigte auf die hinzugefügten Informationen und hörte dann wieder Wellan zu. »Obwohl sie leider nicht sehr detailliert sind, haben sie mir geholfen, mich an unser damaliges Gespräch zu erinnern. Wenn Sie eine Minute Zeit haben …? Augenblick …« Sie hörte Papier rascheln. »Ich habe Troy gefragt, was er zu unserer Ausstellung im kommenden Jahr – 1994 – beitragen könne. Er hat gesagt, und ich lese das wortwörtlich aus meinen Notizen vor: ›Vielleicht bin ich gar nicht da.‹ Liest man diese Äußerung heute, könnte man glauben, er habe … fortgehen wollen. Finden Sie nicht auch?«

Kate fuhr sich mit fünf Fingern durchs Haar, so frustrierend fand sie ihre Unfähigkeit, seine Aussage über Troy mit dem zu vereinbaren, was Nathans Eltern über ihren Jungen erzählt hatten. »Er hätte weggehen sollen, obwohl er sein Studium geliebt hat und erfolgreich war?«

»Das habe ich mich damals vermutlich auch gefragt.«

»Haben Sie ihn darauf angesprochen?«

»In meinen Notizen steht hier ein Fragezeichen, also

dürfte ich ihn nach seinen Absichten gefragt haben. Als Nächstes habe ich mir folgende Äußerung notiert: »Ich habe Pläne, möchte aber noch nicht darüber reden.«

»Was kann er damit gemeint haben? Irgendeine Idee?«

»Keine. Ich kann Ihnen nur sagen, dass ich der Auffassung war, ich müsste das akzeptieren, weil er alt genug sei, um selbstständige Entscheidungen treffen zu können. Außerdem scheint ziemlich klar zu sein, dass er vorerst nicht darüber reden wollte. Sie wissen vermutlich aus eigener Erfahrung, wie sehr Studenten uns mit ihren Entscheidungen verblüffen können.« Kate nickte unwillkürlich. »Möchten Sie die Notizen selbst sehen?«

»Ja, bitte.« Sie sah auf ihre Uhr. »In einer halben Stunde muss ich in der Uni sein. Ich könnte im Woolner vorbeikommen und sie …«

»Tut mir leid, ich bin in einer Sitzung. Bin nur rausgekommen, um eine zu rauchen und Sie anzurufen. Aber ich könnte sie gegen neunzehn Uhr in der Rose Road vorbeibringen?« Als er keine Antwort bekam, fuhr er fort: »Oder falls Sie in der Nähe wohnen, könnte ich sie Ihnen vorbeibringen, wenn das für Sie besser ist.«

Kate rieb sich die kleine Falte über ihrer Nase. Sie wollte die Notizen möglichst bald lesen. Auch, wenn der Inhalt nach Wellans Schilderung mager zu sein schien, wollte sie ihren Wert selbst beurteilen. »Wenn's Ihnen nichts ausmacht, sie mir vorbeizubringen?«

»Kein Problem. Ich fahre auf meinem Weg nach Brindley bei Ihnen vorbei. Ich muss ein paar Sachen für die Retrospektive des alten Trottels in die Galerie White Box bringen. Immer das Mädchen für alles. Geben Sie mir Ihre Adresse.« Kate diktierte sie ihm. Nach kurzer Pause sagte er: »Gut, dann bis später.«

Kate legte auf, fasste das Gespräch mit John Wellan für ihre Kollegen zusammen und fragte dann: »Wissen wir irgendwas darüber, wo Stuart Butts sich aufhält, seit ich ihn gestern Abend im Park gesehen habe?« Als sie Kopfschütteln erntete, wurde ihr klar, dass sie um ihn besorgt war. »Ich weiß, dass er als unangenehmer Typ rüberkommt, aber … er ist jung, und das macht ihn verwundbar. Genau wie damals Nathan.«

Bernie verdrehte die Augen. »Wenn du meinst, Doc, obwohl ich keine Ähnlichkeit erkennen kann. Beschreib uns noch mal, was du gesehen hast.«

»Er war allein, in einiger Entfernung, am Handy. Wieder in der Outdoorjacke, die wir kennen. Als er mich gesehen hat, ist er sichtlich erschrocken … und dann losgerannt. Fünfzehn bis zwanzig Sekunden später ist ein Motor angesprungen. Ich glaube, dass ihn jemand mitgenommen hat.«

»Das Auto hast du nicht gesehen?«

Sie schüttelte den Kopf. »Aber es hat wie ein schwerer Wagen geklungen.« Was musste sie ihnen noch mitteilen? Sie zeigte auf die Glaswand. »Habt ihr gesehen, was ich von Ronnie Dixon erfahren habe?«

Joe musterte sie kritisch. »Du warst allein bei Dixon *und* im Park?«

Kate reagierte gekränkt. »Ich komme allein zurecht, besten *Dank*«, fauchte sie.

»Ja, klar«, warf Bernie ein. »Wie voriges Jahr, als Harry Creed dich in seiner Gewalt hatte.«

Statt einer Antwort trat sie an die Glaswand und tippte auf ihren Text. »Dixon hat mir diese Beschreibung eines Mannes gegeben, den er ungefähr zum Zeitpunkt von Bradley Harpers Verschwinden im Park herumlungern gesehen hat.« Sie zeigte auf unterstrichene wichtige Wörter, dann sah sie wieder ihre Kollegen an. »Ich habe mir die im Park verhafteten Sexualstraftäter angesehen, Morell entspricht nicht gerade Dixons Beschreibung, aber vielleicht kann er uns weiterhelfen.«

»Ich war gestern bei ihm, und er kann's nicht«, sagte Bernie kopfschüttelnd.

Kate warf ihm einen überraschten Blick zu. »Ich dachte, du seist bei den Troys gewesen, wie Furman ...«

»Zum Teufel mit Furman. Die Troys brauchen unseren Besuch so dringend wie ein Loch im Kopf.«

Sie nickte. »Erzähl uns von Morell.«

Bernie zeigte auf die Glaswand. »Er ist nicht gerade groß, aber bestimmt nicht ›vornehm‹ und trägt keine Sakkos und Krawatten. Jeans sind eher sein Stil. Insgesamt ist er eher unscheinbar. Und er hat keine Vorstrafen wegen Belästigung Minderjähriger.«

Als Kate den Markerstift in die Ablage zurücklegte, stand Joe auf und nahm Jacke und Handy mit. Sie wusste, dass er wieder zur Schießausbildung unterwegs war. Sie wandte sich an Bernie. »Was machst *du* jetzt?«

»Ich gehe nach oben, um zu fragen, ob es neue Nachrichten über Stuey Butts gibt, seit er gestern Abend vor dir getürmt ist.«

Kate nickte, dann zog sie nachdenklich die Augenbrauen zusammen. »Er weiß, dass der Park einen schlechten Ruf hat. Warum distanziert er sich nicht davon? Wieso geht er weiter hin?«

Als Joe mit einem Winken gegangen war, steckte Whittaker den Kopf zur Tür herein. »DS Watts? Am Empfang ist ein Mann, der Sie sprechen möchte. Er weiß, dass die Polizei sich gerade für den Woodgate Country Park interessiert, kennt ihn ›aus jahrelanger Erfahrung‹ und ...«

»Sie konnten mich nicht finden.«

Kate warf ihm einen missbilligenden Blick zu, dann wandte sie sich an Whittaker. »*Ich* rede mit ihm. Vielleicht kann er etwas Nützliches beitragen.« Sie griff nach ihrem Notizbuch und folgte dem Constable hinaus, ohne darauf zu achten, was Bernie ihr nachrief.

Im Eingangsbereich trat Whittaker hinter die Empfangstheke und stand dort neben einer zivilen Kollegin in vorschriftsmäßiger weißer Bluse mit Schulterstücken. Sie verwies Kate mit leichtem Nicken auf einen der Wartenden und verdrehte dabei die Augen. Von den drei Männern war einer ein mürrischer Teenager, ein anderer hielt ein Taschentuch auf ein blaues Auge gedrückt, und der Dritte trug auf strähnigem grauem Haar einen Hut, an dem eine Hahnenfeder steckte. Auch ohne das Nicken der Zivilangestellten hätte Kate sofort gewusst, wer von ihnen mit Bernie hatte reden wollen. Sie ging auf ihn zu. »Mr. …?«

Er sprang auf, verbeugte sich und zog dabei den Hut. »Kirk, James Kirk«, verkündete er großspurig. Im Empfangsbereich sahen alle zu ihm hinüber.

»Wenn Sie bitte mitkommen wollen, Mr. Kirk?«, sagte Kate, der sein Name bekannt vorkam, obwohl sie ihn nicht gleich einordnen konnte. Sie zeigte in das kleine Besprechungszimmer neben dem Empfang und ließ ihn vorausgehen. Er blieb jedoch, wo er war, hatte er hier doch ein kleines, aber aufmerksames Publikum. »Ich habe von polizeilichen Aktivitäten im Woodgate Park gehört, den ich extrem gut kenne.«

»Gut. Wenn Sie bitte mitkommen wollen?«

»Ich habe dieses Gebiet so stark frequentiert, dass ich geradezu ein Experte dafür geworden bin. Aber nun nicht mehr. *Oh* nein!«

Kate, der inzwischen klar wurde, dass sie ein Problem hatte, überlegte sich schon, was sie zu Bernie sagen würde, wenn sie ihn wiedersah. »Wissen Sie, vielleicht wäre es eine gute Idee, wenn Sie Ihre Aussage schriftlich …«

»Nicht mehr, seit ich zuletzt entführt worden bin.«

Sie musterte ihn und erkannte, dass es keinen Zweck hatte, in seinem Gefasel einen Sinn erkennen zu wollen. Sie sah zu Whittaker und seiner zivilen Kollegin hinüber. »Okay, Mr. … Kirk. Wenn Sie mitkommen, gibt der Polizeibeamte Ihnen, was Sie brauchen, um Ihre Aussage …«

Er ließ sich nicht beirren. »Das werde ich *nie* vergessen! Mein Fall ist bei Ihnen aktenkundig. Ich warte, während Sie sich die Akte holen und einen Blick hineinwerfen. Ich war letztes Jahr hier, um Meldung zu erstatten. Am fünften März, um zwanzig Uhr dreißig. Damit Sie keine Zeit mit der Suche nach meiner Akte vergeuden müssen, sage ich Ihnen gleich, was damals passiert ist: Ich bin *sondiert* worden, und man hat mich einer ganzen Reihe weiterer entwürdigender wissenschaftlicher Verfahren unterzogen …«

Vom KUF-Dienstraum her kamen schwere Schritte den Korridor entlang. Kirk drehte sich nach dem Herankommenden um. »*Er* kann Ihnen alles darüber erzählen. Er hat ein *Dossier.* Fragen Sie Chief Inspector Watts, was er weiß, aber …« Er tippte sich an einen fleischigen Nasenflügel. »… wenn Sie's wissen, sind auch *Sie* in Gefahr.«

Bernie und seine Stimme erreichten den Empfangsbereich. »Was gibt's heute wieder, Nigel?«

Er zeigte auf Kate. »Erzählen Sie dieser Frau, was mir in dem Park in Woodgate zugestoßen ist.«

Bernie suchte seine Taschen ab. »Unsinn. Sobald ich meine Schlüssel finde, setze ich Sie zu Hause ab. Sie gehen schon mal voraus und warten bei meinem Auto, während ich mit meiner Kollegin hier spreche.« Nigel, alias James Kirk, hastete folgsam hinaus.

Sie lächelte Bernie zu. *»Danke.«*

»Ich hab versucht, dich zu warnen. Du bist oft übereifrig. Genau wie er.« Er nickte zu Whittaker hinüber.

»Eine zwecklose Frage, aber wissen wir bestimmt, dass er nichts Brauchbares auszusagen hat?«

»Ganz bestimmt. Nigel ist ein Einzelgänger, völlig durchgeknallt, spricht fließend Klingonisch, ist meines Wissens schon zehnmal entführt worden *und* kann verdammt lästig sein, wenn er erst mal in Fahrt ist. Du hättest hier stundenlang mit ihm festsitzen können.«

Kate verdrehte die Augen. »Eher unwahrscheinlich. Er hat offenbar Probleme und …«

»Und jetzt friert er sich draußen den Arsch ab. Bist du fertig?«

»Ja. Ich fahre in die Uni, wo darauf Verlass ist, dass die Leute vernünftig reden«, blaffte Kate und machte auf dem Absatz kehrt.

Am frühen Abend korrigierte Kate in ihrem Arbeitszimmer Seminararbeiten, als sie ein Auto vorfahren hörte. Wenig später wurde an der Haustür geklingelt. Nach einem Blick auf die Uhr sah sie aus dem Fenster, ohne mehr als einen auf Hochglanz polierten dunkelgrünen Oldtimer sehen zu können. Als sie in die Diele hinausging, polterten Maisies Schritte auf dem Treppenabsatz im ersten Stock.

»Das ist bestimmt *Lauren*!«

»Aber nur, wenn sie inzwischen einen Jaguar aus den Fünfzigerjahren fährt«, murmelte Kate und ging durch die Diele weiter.

»Was?«

Kate hörte nur noch, wie oben eine Tür zugeknallt wurde. Sie öffnete die Haustür. »Hi. Kommen Sie bitte herein.« Sie ging in die Küche voraus. »Kaffee? Tee?«

John Wellan folgte ihr mit einem Schnellhefter in der Hand. »Ich kann leider nicht lange bleiben, danke. Hier sind meine Notizen über Troys letztes Tutorium. Ich habe auch mitgebracht, was ich über frühere Tutorien gefunden habe. Das ist allerdings nicht viel. Die Notizen hätte ich gern wieder, wenn Sie sie nicht mehr brauchen.« Er legte den Schnellhefter auf den Küchentisch. »Zu meiner Schande muss ich gestehen, dass ich in den letzten Jahren nicht mehr oft an Nathan Troy gedacht habe.« Er sah sich um, als wieder geklingelt wurde. »Bin schon wieder weg …«

»Das ist für meine Tochter.« Sie hörten laute Schritte auf der Treppe, dann wurde die Haustür zu einer Kakophonie spitzer Schreie aufgerissen, bevor zwei Paar Füße nach oben polterten.

»Das junge Mathematikgenie, von dem ich gehört habe? Muss toll sein, ein hochbegabtes Kind zu haben.«

Kate musterte ihn prüfend. Anscheinend war nicht mal er gegen alles aus der Gerüchteküche resistent. Sie erinnerte sich daran, was sie über ihn gehört hatte: ein überzeugter Junggeselle mit häufig wechselnden Freundinnen. »Manchmal schon.«

Seine Hand schlug leicht auf den Schnellhefter. »Ich muss weiter. Henry will, dass das Zeug in meinem Wagen um Viertel nach sieben in der Galerie White Box ist.«

Sie sah auf ihre Uhr. »Das schaffen Sie nie! Um diese Zeit ist die Hagley Road ein Albtraum.«

Wellan grinste, als er an ihr vorbei in die Diele hinausging. »Hab ich jemals vorgehabt das zu schaffen? Er kann warten. In der heutigen Besprechung war zu hören, dass er wieder mehr Zeit im College verbringen, vielleicht sogar ein paar Vorlesungen halten will. Ich denke, dass er dafür zu vertrottelt ist, aber Johnson, der kein Rückgrat hat, wird den Alten gewähren lassen.« Er blieb an der Tür stehen. »Ignorieren Sie das. Sie wissen vermutlich, was die Leute über mich sagen: ›Ein launischer Dreckskerl mit einem Riesenkomplex.‹«

»Haben Sie noch einen Augenblick Zeit?« Als er nickte, ging Kate in ihr Arbeitszimmer voraus. Sie nahm den Deckel von Troys Lackschachtel ab, entrollte das Flugblatt und hielt es hoch. »Erinnern Sie sich daran?«

Sie sah ihn große Augen machen. »Großer *Gott*! ›Die Kunst ins Volk tragen!‹ Das ist fast prähistorisch!« Er schüttelte lächelnd den Kopf. »Meine Idee, Kunst in Jugendtreffs und Bürgerzentren zu bringen. Die habe ich vor *Jahren* zehn bis zwölf Monate lang verfolgt.«

Sie betrachtete das Flugblatt, dann wieder ihn. »Warum steht hier Roderick Levitte als Kontaktperson?«

Er schüttelte erneut den Kopf. »Weil der Alte ihm das Projekt zuschanzen wollte. Er hat mich angewiesen, es ihm abzutreten. Roderick hat es übernommen – und zwei Monate später war es mausetot.«

Ihre nächsten Worte wählte sie vorsichtig. »Als Henry Levitte in den Ruhestand gegangen ist, hat er seinen Lehrstuhl Matthew Johnson übergeben.«

Wellan nickte. »Ja, das stimmt.« Er studierte sie. »Und *Sie* glauben, ich sei seitdem sauer auf ihn?« Er lachte leichthin. »Ich wusste, dass ich den Lehrstuhl nicht bekommen würde. Mein Gesicht passt dem Alten nicht, aber ich wollte ihn, ehrlich gesagt, auch gar nicht. Ich bin lieber Dozent. Ich will nicht im Woolner im Chefbüro sitzen, Erweiterungspläne ausarbeiten und mir Sorgen über ihre Finanzierung machen.«

Kate nickte, weil sie Verständnis für diesen Standpunkt hatte. Sie wollte ihn gern noch etwas fragen, wusste aber nicht, wie er darauf reagieren würde, weil sie sich doch zu wenig kannten. »Ist es schwierig, am College zu lehren, wenn man … sorry, ich weiß, dass mich das nichts angeht, aber Ihren Äußerungen nach scheinen Sie …«

Er grinste sie an. »Raus damit! Ich verspreche Ihnen, nicht beleidigt zu sein.«

Sie zuckte mit den Schultern. »Sie scheinen dort weitgehend isoliert zu sein.«

»Genau das gefällt mir. Ich unterrichte meine Studenten, ich tue, was getan werden muss, und in der übrigen Zeit lebe ich mein Leben. Was mich übrigens daran erinnert, dass ich gehen muss.« Er machte kehrt, dann blieb er stehen. »Großer Gott! Ist das dort drüben ein Levitte?«

Kate nickte. »Mein Exmann hat mir das Gemälde vor ungefähr zehn Jahren geschenkt.« Er trat zwei, drei Schritte darauf zu, und sie wartete, während er das Bild begutachtete. »Sie haben vermutlich eine Meinung dazu?«

Er sah sich nach ihr um. »Oh ja! Worauf Sie sich verlassen können! Aber womöglich muss *ich* mir jetzt Sorgen machen, ob Sie beleidigt sein könnten.« Kate lächelte ihm zu, als er sich nun wieder dem Gemälde zuwandte, um es flüchtig zu betrachten. »Ich will nur so viel sagen: Henry hatte schon immer sehr gut getarnte Untiefen.«

Sie verließen das Arbeitszimmer und traten in die Diele hinaus, in der Kate die Haustür öffnete.

»Wie kommen Ihre Ermittlungen voran?«, fragte er beim Hinausgehen.

Sie zuckte mit den Schultern. »Wir ermitteln in alle

Richtungen, wie die Polizei zu sagen pflegt. Das Bild, das wir bisher von Nathan haben, erschwert die Sache allerdings. Es ist sehr widersprüchlich.«

Wellan nickte verständnisvoll. »Ja, nun, das erleben wir bei Studenten in diesem Alter oft, nicht wahr? Eben noch sind sie glücklich und zufrieden mit dem, was sie tun, und im nächsten Augenblick wollen sie etwas ganz anderes – wie Troy mit seinen Plänen, stimmt's?« Er lächelte schief, winkte ihr zum Abschied zu und ging zu seinem Wagen hinaus.

Während draußen der Motor des Oldtimers heiser losröhrte, um dann sofort leiser zu werden, setzte Kate sich wieder an den Schreibtisch. Sie würde noch ein paar Arbeiten korrigieren und sich dann Wellans Notizen zu Nathan Troy ansehen. Sie legte den Kopf schief und horchte. Oben war alles ruhig. *Hör auf, so misstrauisch zu sein.* Die Klingel schrillte wieder.

Kate warf seufzend den Kugelschreiber auf den Tisch und ging zur Haustür. Draußen stand Bernie. Sie führte ihn in ihr Arbeitszimmer. »Du hast eben John Wellan verpasst. Er hat das hier vorbeigebracht – seine Notizen über Tutorien mit Troy. Falls ich heute Abend noch Zeit habe, sehe ich sie durch, bevor ich sie in die KUF mitbringe. Ich bin gespannt, ob sie Brauchbares enthalten.« Sie sah ihn an. »Und was führt *dich* hierher?«

Er hatte den Schnellhefter kaum angesehen, sondern machte einen Rundgang und betrachtete die Poster und Bilder an den Wänden. »Bin nur zufällig vorbeigekommen. Bist du morgen in der KUF?«

»An sich müsste ich dringend ein paar Arbeiten korrigieren. Warum?«

»Buchanan hat eingewilligt, morgen früh als Erstes zu einem Gespräch zu kommen. Er will's ›hinter sich bringen‹, bevor er zu einem ›wichtigen‹ Termin in der Stadt fährt. Und danach haben wir beide einen Termin. In der Galerie White Box, Brindleyplace. Dein Prof. emeritus hat freundlicherweise etwas Zeit für uns.« Er machte vor einem kleinformatigen Ölgemälde in der Ecke halt. »Ist es das? Das Bild, von dem Levitte gesprochen hat, als wir bei ihm waren?«

Kate ging zu ihm hinüber. »Ja. *Land unter Sonne.* Kevin hat es mir zum Hochzeitstag geschenkt.«

»Hmm … nicht meine Art Kunst«, murmelte Bernie und ging weiter.

Ihr Blick glitt langsam über das Gemälde, das binnen einer Stunde zweimal kritisiert worden war. »Nun, *ich* liebe es. Es ist … beruhigend. Siehst du, wie das Land sanft gewellt ist, als hielten zwei Hände eine Schale? Das ist …«

Bernie sah zu ihr hinüber. »›Beruhigend.‹ Ja, das hast du schon gesagt. Warum hängt es hier?«

Sie runzelte die Stirn. »Wie meinst du das?«

»Warum hängt es hier in der Ecke, wo kein Mensch es sehen kann?«

»*Ich* sehe es. Gemälde soll man vor direkter Sonneneinstrahlung schützen.«

Er schniefte. »Klar doch. Ich muss weiter. Wir sehen uns morgen. Buchanan kommt um neun.«

Nachdem er gegangen war, kehrte Kate in ihr Arbeitszimmer zurück, stellte sich vor *Land unter Sonne* und ließ ihren Blick über das sanft gewellte Land, die vielen gewölbten Riefen und die grell orangerote Sonne an einem azurblauen Himmel gleiten. *Warum hängt es hier?*

Weil sie keine befriedigende Antwort geben konnte, schüttelte sie ungeduldig den Kopf und setzte sich wieder an den Schreibtisch.

34

Am folgenden Morgen um neun Uhr wurde Alastair Buchanan von Constable Whittaker in den Vernehmungsraum geführt, in dem Bernie und Kate ihn erwarteten. Bernie stand auf und bot ihm mit einer Handbewegung einen Stuhl an. »Danke, dass Sie gekommen sind, Mr. Buchanan. Nehmen Sie bitte Platz. Hoffentlich sind Ihnen keine Unannehmlichkeiten entstanden.«

»Wie ich Ihnen schon am Telefon gesagt habe, kann ich die Sache mit einem späteren Termin verbinden – und mit diesem hier.« Er griff in seinen schweren Kamelhaarmantel und zog einen Briefumschlag heraus. »Den möchte ich dem höchsten anwesenden Beamten geben.«

»Der bin *ich*. Detective Sergeant Watts.« Er streckte die Hand aus. Nach kurzem Zögern gab Buchanan ihm den Umschlag. »Okay, Mr. Buchanan. Lassen Sie uns darüber reden, weshalb wir um Ihren Besuch gebeten haben. Am dreizehnten November 1993 …« Die Tür ging auf. »Ah, Sie kennen Lieutenant Corrigan, nicht wahr?«

Buchanan sah auf und nickte, während Joe Platz nahm. »Worum geht es eigentlich? Alles, was ich weiß, habe ich Ihnen neulich erzählt. Ich kann Ihnen nicht weiterhelfen.«

»Das könnten Sie, wenn Sie an etwas zurückdenken würden, das Sie im Jahr 1993 bei der Polizei ausgesagt haben.«

Er starrte erst Bernie, dann Joe, dann wieder Bernie an. »Ist das Ihr Ernst?«

»Oh, durchaus.« Bernie warf einen Blick auf das vor ihm liegende kurze Wortprotokoll. »*Sie* haben gesagt: ›Als ich das Woolner am dreizehnten November gegen zehn Uhr verlassen habe, habe ich Nathan Troy in Richtung Linden Road gehen sehen.‹«

»Ich kann mich vage erinnern, etwas in dieser Art gesagt zu haben. Und was ist damit?«

»Sie bleiben bei dieser Aussage?«

Buchanan sah sie nacheinander an, und Kate hatte das Gefühl, dass sein Blick unsicher wurde. »Wenn ich das ausgesagt habe ... Ja, ich *bleibe* dabei. Ich habe mein Bestes getan, um der Polizei zu helfen ...« Er verstummte, räusperte sich nervös und sagte dann: »Vielleicht war die Sicht zu diesem Zeitpunkt nicht sehr gut ...«

Bernie tippte auf das Protokoll. »Sie haben ausdrücklich angegeben, Sie hätten Nathan Troy bei guter Sicht eindeutig identifiziert.«

Die Atmosphäre in dem Vernehmungsraum war erwartungsvoll. Buchanans Gesichtsausdruck verfinsterte sich. »Hören Sie, das ist mir sehr unangenehm. Wenn *dies* ein Beispiel dafür ist, was passiert, wenn Leute der Polizei helfen ... Das alles liegt *Jahre* zurück.« Kate beobachtete ihn, registrierte die verschränkten Arme, die Anspannung in seiner Miene. Wegen seiner Beschwerde über sie hatte sie zugestimmt, nicht aktiv an der Befragung teilzunehmen, aber sie hatte dabei sein wollen. Um seine Reaktionen zu beobachten. »Als ich das zu Protokoll gegeben habe, war ich erst neunzehn. Wieso werde ich jetzt so unter Beschuss genommen?«

»Ganz so ist die Sache nicht, Sir«, warf Joe kühl ein. »Wir brauchen Unterstützung, und Sie haben sich bereit erklärt, sie zu gewähren.«

Buchanan starrte ihn missmutig an und stand auf. »Ich gehe«, kündigte er an.

Kate sah das Unbehagen in seinem Blick, als Joe ebenfalls aufstand und auf ihn herabsah. »Was sagen Sie, wenn ich Ihnen erkläre, dass Nathan Troy am dreizehnten November, als sie ihn gesehen haben wollen, unserer Ansicht nach bereits in Lebensgefahr oder schon tot war?«

Sie beobachtete, wie er diese Mitteilung aufnahm: Er wurde blass, zupfte an seinem Hemdkragen und nahm die Schultern zurück. »Dann habe ich mich damals, vor über zwanzig Jahren, geirrt. Und wenn schon? Mehr weiß ich nicht«, knurrte er. Buchanan marschierte zur Tür und blieb dort nochmals stehen. »Wichtig ist mein *Brief*. Ich erwarte eine Antwort von Ihren Vorgesetzten.«

Bernie, der ihm gefolgt war, hielt die Tür mit einer Pranke zu. »Noch eine Sache, bevor Sie gehen. Erzählen Sie uns von Cassandra Levitte.«

»Was? Also, hören Sie …«, polterte er.

»Hatten Sie jemals eine Beziehung zu ihr?« Buchanan war erkennbar wütend, aber er schwieg eisern. »Nichts zu sagen, Mr. Buchanan? Macht nichts. Wir werden ihren Dad nach ihr fragen, wenn wir später mit ihm reden.«

Buchanan funkelte ihn an, dann wandte er sich ab und verschwand wortlos nach draußen.

Bernie kam an den Tisch zurück. »Ziemlich nervös, was?« Er griff nach dem Umschlag, den Buchanan ihm übergeben hatte, und schwenkte ihn vor Kates Gesicht. »Er ist ein aalglatter Scheißkerl, der typisch reagiert, sobald er sich bedroht fühlt: Er mauert oder geht zum Angriff über.«

»Was würden die meisten Leute in dieser Situation sagen, wenn sie nach Dingen gefragt werden, die sie vor zwanzig

Jahren ausgesagt haben?«, meinte Joe nachdenklich. »›Sorry, ich muss mich geirrt haben‹?«

»Oder Variationen davon … *Bernie!* Was *machst* du da?« Kate beobachtete entgeistert, wie er den Briefumschlag mit einem dicken Zeigefinger aufriss. »Das darfst du nicht. Das ist eine offizielle Beschwerde.«

»Hör auf zu meckern. Sie ist nicht persönlich adressiert.« Er überflog den Text, dann sah er grinsend zu Kate hinüber. »Mann, *dich* mag er echt nicht, was?«

Er ließ den Brief auf den Tisch fallen, sodass Joe und Kate ihn lesen konnten. »›Arrogant und aggressiv‹!«, zitierte sie Buchanan aufgebracht.

»Lass dich nicht aus der Ruhe bringen, Doc. Würde er dich besser kennen, wüsste er, dass die Wirklichkeit noch viel schlimmer ist.«

»Hey, Red!«

Kate, die eben ihr Auto absperrte, drehte sich um und sah Joe herankommen. »Was machst *du* hier?« Sie lächelte, weil sie sich freute, ihn zu sehen.

»Ich wollte nur so aus Spaß mitkommen. Den Künstler kennenlernen. Seine Bilder bewundern.«

Sie gingen nebeneinander her. »Wo ist Bernie? Wir wollten uns in der Galerie White Box treffen.«

»Ich habe ihn davor abgesetzt und bin weitergefahren, um hier zu parken.«

»Hat es schon jemand geschafft, Verbindung mit Stuart Butts aufzunehmen?«

Er schüttelte den Kopf. »Von oben ist zu hören, dass seine Familie bei der Version bleibt, er halte sich bei Bekannten auf. Es wird diskutiert, seinen Stadtbezirk von einem halben Dutzend Beamten absuchen zu lassen.«

Kate nickte, war zunehmend besorgt. »Wir dürfen wirklich nicht riskieren, dass er das nächste Opfer wird.«

Sie verließen gemeinsam den Parkplatz Brindley. An diesem trüben Nachmittag stand das hinter der Glasfassade deutlich sichtbare minimalistische Innere der Galerie White Box in krassem Gegensatz zu den Büros, Geschäften und Restaurants der näheren Umgebung. Sie sah zu Joe auf. »Ziemlich schick, was?«, fragte sie.

»Zweifellos. Aber von hier aus ist von der Kunst nicht viel zu sehen.«

Kate fiel plötzlich etwas ein. »Hat Bernie dir erzählt, dass ich John Wellans Notizen über Troys Tutorien habe?«

»Jap. Irgendwas Interessantes drin?«

»Sie bestätigen, was er schon ausgesagt hat, aber auch, dass Troy davon gesprochen hat, fürs neue Jahr Pläne zu haben, die ihn vielleicht vom College wegführen könnten. Lassen wir die Frage, wie verlässlich Buchanans Aussage ist, dass er ihn später noch mal gesehen haben will, einmal beiseite. Es könnte also sein, dass Troy mit dem Gedanken gespielt hat, das Woolner zu verlassen.« Sie runzelte die Stirn. »Aber sehr weit ist er nicht gekommen, nicht wahr?«

Sie erreichten den verglasten Eingang, an dem zwei Männer in blauen Kitteln zur Seite traten, um sie einzulassen. Kate merkte, dass sie die beiden schon mal gesehen hatte. Im Institute of Art and Design in der Margaret Street, als sie Roderick Levitte aufgesucht hatte. »Hi, Stan!«

Er drehte sich überrascht um. »Oh, *Sie* sind es wieder!« Er sah von ihr zu Joe hinüber. »Ist das die Polizei, der Sie helfen?«

Kate nickte. »Ist schon jemand hier?«

Stan sprach leiser. »Nicht der Idiot, mit dem Sie neulich

geredet haben, aber sein Alter.« Er zeigte ins Innere der Galerie. »Gleich hier die Treppe rauf.«

»Danke.« Ihr fiel etwas ein. »Ist sonst noch jemand da?«

»In dem kleinen Ausstellungsraum, in dem ein Teil der Bilder im Voraus besichtigt werden kann, ist ein großer, dicklicher Kerl.« Mit einem Winken gingen sein Kollege und er davon, und Joe zeigte dem inzwischen hinzugekommenen uniformierten Wachmann seinen Dienstausweis.

Sie betraten die Galerie und durchquerten den weitläufigen Empfangsbereich im Erdgeschoss. »Ich habe Bernie vorgeschlagen, dass er zuerst mich mit Henry Levitte reden lassen soll«, sagte Kate. »Weil wir flüchtig bekannt sind, ist er mir gegenüber vielleicht gesprächiger.«

»Klingt vernünftig. Ich sehe mal nach, was Bernie macht. Er scheint noch ein Kunstfreund zu werden.« Joe hielt auf den Raum zu, auf den Stan gezeigt hatte, und Kate ging zur Treppe.

Im ersten Stock fesselte die riesige Glaskuppel, an deren Innenseite sich ein Steg mit Metallgeländer nach oben zog, ihre Aufmerksamkeit. Sie trat langsam vor und starrte in das kühle graue Licht hinauf.

»Guten Tag, Kate.«

Sie warf sich, erschreckt von der sanften Stimme, die von unterhalb ihrer linken Schulter kam, herum. Hinter einem riesigen Gemälde fast unsichtbar saß Henry Levitte auf einem Segeltuchhocker. Als er aufstand, sah sie, dass er zu einem altmodischen Malerkittel eine Nadelstreifenhose und elegante Schuhe mit Lackeinsätzen trug.

»Bitte entschuldigen Sie, wenn ich Sie erschreckt habe, meine Liebe.« Dann war er an ihrer Seite, ließ eine Hand leicht auf ihrem Unterarm ruhen und blickte freundlich lächelnd auf sie hinab.

Sie erwiderte sein Lächeln. »Kein Problem. Das Licht hat mich nur so fasziniert, dass ich auf nichts anderes geachtet habe.«

Die Hand sank herab, und er setzte sich wieder, griff wieder nach seinen Pinseln. »Unglaublich eindrucksvoll, nicht wahr? Selbst an einem so trüben Tag wie heute. Ich arbeite hier, wann immer ich kann.«

»Darf ich sehen, woran Sie gerade arbeiten?« Kate stellte sich hinter ihn, um den androgynen weiblichen Akt zu studieren, dessen im Profil gesehenes Gesicht skizzenhaft, aber anziehend war. Levitte malte offenbar aus dem Gedächtnis. »Sie brauchen Ihr Modell nicht mehr, um das Bild fertigzustellen?«

Er lachte halblaut. »Nein, meine Liebe. In diesem fortgeschrittenen Stadium nicht mehr.« Er sah an ihr vorbei. »Da die Galerie eigentlich geschlossen hat, vermute ich, dass Sie nicht allein sind – und *das* wohl ein Kollege von Ihnen ist?«

Als sie sich umdrehte, sah sie, dass Joe die Treppe heraufgekommen war, um die wenigen hier oben hängenden Gemälde zu betrachten. »Ja, das ist Lieutenant Corrigan. Darf ich Sie einander vorstellen?«

Levitte schüttelte kurz den Kopf. »Mir wäre es lieber, wenn Sie darauf verzichten würden. Ah, er scheint Wichtigeres zu tun zu haben.« Von unten drangen laute Stimmen herauf, die Joe dazu veranlassten, zur Treppe zurückzukehren und zu verschwinden.

Kate, die wegen der Mattigkeit in Henry Levittes Stimme besorgt war, studierte sein Gesicht. Jetzt sah sie Schatten unter den tief in ihren Höhlen liegenden Augen, in denen alles Leben erloschen zu sein schien. Er wirkte erschöpft. Sie dachte an die bevorstehende Retrospektive.

Für einen Mann in seinem Alter musste sie körperlich und emotional sehr belastend sein. »Ist alles in Ordnung mit Ihnen? Kann ich Ihnen etwas bringen?«

»Ich bin extrem müde. Tatsächlich fühle ich mich ein kleines bisschen unwohl. Ich setze mich ein paar Minuten dort drüben hin, wenn es Ihnen recht ist.«

Weil Kate nicht wusste, ob sie ihn stützen sollte, sah sie nur zu, wie er etwas unsicher von dem Hocker aufstand und leicht schwankend zu einem nur wenige Schritte entfernten luxuriösen Samtsofa hinüberging. Dabei wurde ihr bewusst, dass sie hier oben allein waren. *Wenn er krank ist, muss ich Hilfe holen.*

»Kate, bitte … setzen Sie sich.« Eine Handbewegung zum Sofa hinüber unterstrich, wie lose der Malerkittel um seine gebeugten Schultern hing, als er den an der Wand stehenden kleinen Kühlschrank öffnete und zwei kleine Fläschchen herausnahm. »Was anderes gibt es hier oben nicht, fürchte ich.« Sie betrachtete die Flaschen. Alkohol war vermutlich das Letzte, was er im Augenblick brauchte.

Sie warf einen Blick in den Kühlschrank. »Wie wäre es mit Wasser? Es steht im Türfach.«

Er legte die Fläschchen zurück, nahm die andere Flasche heraus und gab sie ihr. Sie musterte ihn prüfend. Er sah schlimm aus.

»Professor Levitte, wenn Sie heute nicht mit mir reden können, verschieben wir dieses Gespräch. Ich glaube sogar, ich sollte …« Sie erhob sich.

Er legte einen Finger auf die Lippen, als er auf sie zukam. Mit einer schwerfälligen Drehung ließ er sich auf das Sofa plumpsen. Bevor sie wegrutschen konnte, saß er so dicht neben ihr, dass sie seine Körperhitze spüren konnte.

Sie setzte sich nach vorn. »Ich gehe runter. Ich bitte jemanden, raufzukommen und …«

»Nein, nein. *Bitte.* Stellen Sie Ihre Fragen.« Die schwache Stimme zitterte. »Seien Sie ein braves Mädchen – helfen Sie mir, meine Gebrechlichkeit für ein paar Augenblicke zu vergessen.«

Kate, die weiter um ihn besorgt war, musterte ihn erneut. Bei ihrem Besuch mit Bernie hatte sie den Eindruck gewonnen, er sei ein stolzer, ziemlich eitler Mann. Ihr fiel ein, wie John Wellan ihn einmal genannt hatte: *Alter Snob.* Wenn sie darauf bestand, Hilfe zu holen, würde er sich vielleicht aufregen. Sie rückte unauffällig etwas von Levitte ab und lächelte ihm zu. »Wenn das wirklich Ihr Ernst ist?« Seine Antwort war eine schwache Handbewegung. »Als ich neulich bei Ihnen war …«

Der große Kopf fiel zurück, der Körper sackte zusammen. »Sie wollen über meine Tochter Cassandra reden.« Kate hörte einen tiefen, röchelnden Seufzer. »Sie war hyperaktiv, als Sie sie gesehen haben, und nun ist sie abgestürzt. Sie ist psychisch *sehr* krank. Wir nehmen jeden Tag, wie er kommt. Sie ist wie ihre Mutter, meine erste Frau. Die war Kanadierin, wissen Sie, und ist hier nie recht heimisch geworden.« Er verfiel in brütendes Schweigen, war ihr noch immer so nahe, dass sie sein Gesicht nicht sehen konnte.

Kate sprach sanfter. »Professor Levitte, wir werden irgendwann über Cassandra reden müssen, weil sie einmal mit Nathan Troy befreundet war.«

Er hob den Kopf. »Ist Ihr Leben *befriedigend,* meine Liebe?« Sie sah ihn verwirrt an. »Ich weiß, dass Sie geschieden sind, aber Sie sind eine kühne, mutige junge Frau, denke ich. Führen Sie ein Leben, das zu Ihren Träumen passt, die Sie für Ihre Tochter haben?«

Kate gab keine Antwort, weil die Wendung, die das Gespräch genommen hatte, sie ratlos machte.

»Meine Kinder sind etwas Besonderes für mich, vor allem Cassandra. Ich musste sie aufziehen, wissen Sie. Ihre Mutter war völlig außerstande dazu. Cassanda war am bedürftigsten. Sie hat sehr an mir gehangen. Sie war mein ganz besonderes Mädchen. Für mich war sie keine Tochter, sondern eine Gefährtin. Sie in ihrem jetzigen Zustand zu sehen, zerreißt mir das Herz.« Kate war jetzt in Sorge, er könnte anfangen zu weinen. »Sie war mein ganzes Entzücken, bis sie in die Pubertät kam. Ihre Tochter ist auch bald soweit, nicht wahr? Seien Sie auf Launenhaftigkeit, Wutanfälle, Ressentiments und Eigensinn gefasst. Unser Verhältnis, das zwischen Cassandra und mir, hat sich verändert. Sie ist … unkontrollierbar geworden. Es ist seitdem nie mehr wie früher.« Er seufzte betrübt.

Kate suchte nach tröstenden Worten. »Alle diese Dinge, von denen Sie gesprochen haben, die Launen, der Eigensinn, sind doch Bestandteil einer natürlichen Ent…«

»Oh, was soll das heißen, Kate, ›natürlich‹?« Die jähe, unerwartete Energie in seinen Worten verwirrte sie. »Ich bin ein Mann der alten Schule. Ich habe immer gewusst, was Cassandra brauchte, und habe mich bemüht, es ihr zu geben, aber ihr Zorn ist zwischen uns getreten, sodass ich das nicht mehr kann.«

Kate sah angestrengt zur Seite, um zu beurteilen, wie es ihm ging, weil er noch immer aufgeregt klang. *Soll ich ihn hier zurücklassen, während ich …*

»Kate, meine Liebe, wir kennen uns nicht gut, aber ich habe das Gefühl, mit ihnen über solch schmerzliche Erfahrungen reden zu können.« Seine Aufregung schien sich zu legen, und sie konnte wie zuvor seine Wärme spüren.

»Ich fühle mich wieder so schrecklich müde.« Als er leicht gegen sie sackte, traf sie die Entscheidung, die sie schon vor Minuten hätte treffen sollen. *Er braucht einen Arzt. Geh runter und sag Bernie oder Joe, dass er den Notarzt rufen soll.* Um ihn nicht zu verstören, rutschte sie mit subtilen Beinbewegungen etwas von ihm weg und zugleich nach vorn an die Sofakante. Als Bernie und sie ihn zu Hause besucht hatten, hatte sie gesehen, wie gebrechlich er war. Sie hätte sich eben nicht von ihm umstimmen lassen dürfen. Sie hätte schon vorhin jemanden alarmieren müssen …

Plötzlich kamen kraftvolle Hände von hinten, um ihre Brüste zu umfassen, bevor sie nach unten glitten und ihre Taille umklammerten. Dann spürte Kate, die vor Schock wie gelähmt war, eine Hand, die ihren Oberschenkel drückte und knetete. Schmerzhaft fest. Sie befreite sich ruckartig und schoss, um sich schlagend, mit fliegenden Haaren und heißem, zornroten Gesicht hoch. *»Nein … Was … Stopp!«*

Kates empörter Ausbruch wurde von dem stetigen Klappern hoher Absätze und einer schrillen nordenglischen Stimme fast übertönt. »Was treibt *ihr* beiden da?« Theda Levitte, deren Augen blitzten, stand jetzt einige Meter hinter dem Sofa.

Erhitzt und desorientiert starrte Kate, die nun auch ihre Kollegen kommen hörte, in das breite Gesicht. Sie hatte Mühe, einen vollständigen Satz zu bilden. »Ich dachte … ihm sei … unwohl.«

Theda Levitte schürzte grellrote Lippen, während sie Kate musterte. »Tatsächlich sind *Sie* diejenige, die etwas blass um die Kiemen ist.«

Mit einer Abfolge müheloser Bewegungen stand Henry Levitte vom Sofa auf, zog den Malerkittel aus, knöpfte sein offenes Jackett zu und glättete dann mit beiden Händen sein Haar. »Theda, Darling! Wie schön, dass du da bist.« Er hielt sich kerzengerade, als er auf seine Uhr sah. »Und wie pünktlich! Komm, wir gehen zum Lunch. Wohin möchtest du? Ins Cielo? Edmund's? Oder lieber ins Shogun? *Du* hast die Wahl … Ah, da sind der Detective Sergeant und der Lieutenant.« Er streckte Joe jovial die Hand hin, während Kate wie im falschen Film stumm danebenstand.

Dann hörte sie Joes Stimme, die aus weiter Ferne zu kommen schien. »Kate?«

Theda Levittes amüsierte Stimme drang an ihr Ohr. »Henry und sie hatten offenbar ein nettes Schwätzchen miteinander.«

Kate legte eine zitternde Hand an ihre Stirn. »Er hat über … seine Kinder gesprochen.«

Theda Levittes Augen funkelten. »Wir *müssen* wirklich los, Henry.«

Kate wusste nur, dass sie von hier weg musste. Fort aus der Galerie. *Weg* von ihm. Er kam mit ausgestreckten Armen auf sie zu. »Was halten Sie davon, wenn wir unsere Plauderei verschieben, Kate? Alles in Ordnung mit Ihnen? Sie sind ein bisschen …« Sie wich vor ihm zurück und beobachtete, wie er sich abwandte und auf seine Frau hinuntersah, während er mit der Zungenspitze seine Lippen befeuchtete. Sie warf sich herum und lief zur Treppe.

»Kate. Kate! *Stopp!«*

Sie hatte den Ausgang ereicht, an dem ihr kalte Luft entgegenschlug, als Joes letztes Wort sie halt machen ließ. Mit weichen Knien und der Hand an einem der Türgriffe beobachtete sie, wie er mit sorgenvoller Miene auf sie zukam und dabei ihren Mantel und ihre Tasche mitbrachte.

»Wir hatten unten zu tun, um ein paar Betrunkene daran zu hindern, in die Galerie zu kommen. Was zum Teufel ist dort oben passiert? Warum bist du so verstört?« Kate gab keine Antwort. Sie fühlte sich … dumm. Er nahm ihren Arm. »Komm, ich bringe dich nach Hause. Deinen Wagen kann Bernie fahren.« Sie betrachtete seine ausgestreckte Hand, ohne gleich zu begreifen, was er wollte; dann angelte sie ihre Schlüssel aus der Manteltasche und gab sie ihm.

Als sie im Volvo saß, rekapitulierte Kate, der bewusst war, dass Joe häufig zu ihr hinübersah, die Ereignisse: Henry Levittes Gewicht, seine Körperhitze, seine Hände, die sie begrapscht hatten, seine zupackende Hand auf ihrem Oberschenkel. Sie dachte an ihren ersten Besuch mit Bernie in der Hyde Road zurück, an Verhaltensweisen, die ihr kaum aufgefallen waren und die sie falsch gedeutet hatte: seine körperliche Nähe, seine Berührungen. Heute hatte sie sich nochmals einlullen und manipulieren lassen. Wut kochte in ihr hoch. Wie hatte sie nur so *begriffsstutzig* sein können? Henry Levitte, der berühmte Künstler, war keineswegs krank und ganz bestimmt nicht müde.

Stunden später hockte Kate in ihrem nur schwach beleuchteten Wohnzimmer in einer Sofaecke, hatte die Knie bis zum Kinn hochgezogen und versuchte, die Ereignisse in der Galerie zu verarbeiten. Sie war noch immer wütend. Nicht nur darüber, was er getan hatte, sondern auch über ihren eigenen Mangel an Problembewusstsein. Sie war nun Mitte dreißig und hatte sich immer eingebildet, ein ebenso zuverlässiges Gespür für sexuelle Bedrohungen zu haben wie die meisten Frauen. Wegen ihrer Ausbildung, ihrer Arbeit vielleicht sogar ein *besseres*. Trotzdem hatte sein Überfall sie schockiert, sie wie gelähmt und wütend zurückgelassen. Sie dachte an das Gesicht des androgynen Wesens, das er gemalt hatte. Wessen Gesicht das war, wusste sie. Kate erinnerte sich an seine Wortwahl, als er über Cassandra gesprochen hatte. Seine Ausdrucksweise erinnerte an verschiedene Sexualstraftäter, über die sie im Lauf der Jahre Gutachten abgegeben hatte. Sie ließ ihr Kinn auf den Knien ruhen. Er hatte seine Gefühle mit scheinbar harmlosen Worten ausgedrückt, aber in der Gesamtschau war ihre wahre Bedeutung klar. Sie erinnerte sich schaudernd an den glatten Übergang von seiner Versicherung, er habe das Gefühl, mit ihr über seine schmerzlichen Erfahrungen reden zu können, zu sexuellen Handgreiflichkeiten.

Kate legte den Kopf an die Sofalehne. Obwohl der Vorfall schon Stunden zurücklag, war sie noch immer schockiert darüber, was Levitte getan hatte, dass seine sexuelle Begierde anscheinend keine Grenzen kannte, und wie viel er riskiert hatte, wenn man ihren Beruf und ihre Arbeit bei der Polizei in Betracht zog.

Sie setzte sich auf. Was hatte er *wirklich* riskiert? Er war ein berühmter Künstler, dessen Lebenswerk mit einer großen Ausstellung gewürdigt werden sollte. Für den Vorfall am frühen Nachmittag gab es außer ihr keine Zeugen. In Fällen von sexueller Gewalt versagte die Rechtsprechung oft. Erhob sie Vorwürfe gegen ihn, würde er einfach alles abstreiten. Sie presste die Lippen zusammen, spürte einsetzende Kopfschmerzen. Er hatte *gar nichts* riskiert. Wegen seiner Prominenz betrachtete er sich als feuerfest. In all den Jahren, in denen er seine sexuellen Begierden ausgelebt hatte, hatte er *niemals* befürchtet, angezeigt zu werden. Also hatte er weitergemacht. Sie sah auf ihre Armbanduhr: 23.12 Uhr. Sie stand vom Sofa auf und ging in ihr Arbeitszimmer, um sich einen Notizblick zu holen.

35

Die neun Glockenschläge der Uhr am Chamberlain Tower hallten über den Campus und in Kates Arbeitszimmer, in dem Joe und Bernie ihr mit grimmigen Gesichtern zuhörten. Sie atmete tief durch. »In diese Situation, in diese sexuelle Attacke bin ich geraten, weil ich geglaubt habe, ihn zu kennen. Wie falsch diese Vermutung war, erkenne ich jetzt. Ich habe ihm die *Persona* eines berühmten, liebenswürdigen und charmanten alten Gentlemans geglaubt, während Henry Levitte in Wirklichkeit ein gewiefter sexueller Manipulator ist. Das muss er sein, weil es ihm gelungen ist, *mich* zu täuschen. Dabei hat mir nicht einmal meine Berufserfahrung etwas genützt. Er hat es trotzdem geschafft, mich für sich einzunehmen. Was er gestern getan hat, zeigt seine ungeheure Arroganz. Er bildet sich ein, tun und lassen zu können, was ihm gefällt. Wir haben schon festgestellt, dass es in diesem Fall um Sex geht. Henry Levitte ist irgendwie darin verwickelt.

Ihre Kollegen betrachteten sie schweigend. »Wenn du das sagst, genügt es mir«, sagte Joe dann. Bernie nickte nur.

Kate sprach weiter. »Gestern Abend habe ich über sein Verhalten bei unserem Besuch in seinem Haus nachgedacht: seine Berührungen, seine körperliche Nähe. Ich bin nicht gleich darauf gekommen, aber nachträglich gesehen ist mir klar, dass Henry Levitte ein *Frotteur* ist. Ihn erregt es sexuell, Frauen zu berühren, sich an sie zu drängen. Aber gestern ist weit mehr passiert. Das Gemälde, an dem er arbeitet … ich denke, dass es Cassandra darstellt – nicht nur, weil es ihr ähnlich sieht, sondern auch wegen seiner Wortwahl, als er über sie und sein Verhältnis zu ihr gesprochen hat. Henry Levitte kennt keine sexuellen Grenzen. Ich glaube, dass er Cassandra als Kind missbraucht hat.«

Bernie nickte nochmals. »Mir ist aufgefallen, wie sehr er bei sich zu Hause … deine Nähe gesucht hat, aber ich habe es darauf geschoben, dass ihr euch kanntet.« Er schüttelte den Kopf. »Womit ich kämpfe, ist die Tatsache, was er eiskalt riskiert hat, obwohl wir im Haus waren: Er hat dieses Bild gemalt, offen über sein Verhältnis zu seiner Tochter gesprochen und dann dich begrapscht.« Er schüttelte nochmals den Kopf. »Ich kapier's einfach nicht.«

Kate wusste, was er meinte. Hatte sie sich nicht selbst erst darüber klar werden müssen, womit sie es zu tun hatten? »Henry Levitte ist ein gerissener sexueller Manipulator, dem es gelungen ist, die eigene Tochter – und im Lauf der Jahre vermutlich auch andere Frauen – ungestraft zu missbrauchen. Ich glaube nicht, dass er die Polizei als Gefahr für sich sieht. Deshalb handelt er unverfroren und gefällt sich in Andeutungen darüber, was er tut, was er *ist*. Weil er viele Jahre lang damit durchgekommen ist. John Wellans Urteil über ihn dürfte zusammenfassen, was die meisten Leute denken: dass Levitte ein harmloser alter Exzentriker ist.« Kate strich sich eine Haarsträhne aus der Stirn. »Für ihn ist alles nur ein Spiel.«

Bernie wiegte zweifelnd den Kopf. »Nichts für ungut, Doc, aber was du sagst … klar, er hat sich in deinem Fall ungebührlich benommen, aber das ist kein Beweis für Übergriffe gegenüber sonst jemandem. Na schön, Wellan kann ihn nicht leiden, aber wir haben mit ein paar anderen geredet, die anscheinend glauben, er sei in Ordnung.«

»Ich sage, dass es schon Hinweise auf ein bestimmtes Verhaltensmuster gibt. Wir dürfen nicht untätig bleiben, nicht länger zögern, aufgrund der Faktenlage zu handeln, bis wir unserer Sache sicher sind.«

»Levitte fürchtet nicht, dass Cassandra ihn verpfeifen könnte?«, fragte Joe.

Kate zwang sich müde dazu, aufrechter zu sitzen. »Nein. Wer würde ihr zuhören, ihren Worten Glauben schenken, wenn sie sich dazu durchringen könnte, ihn anzuzeigen? Darauf verlässt er sich.« Kate sah über ihren Schreibtisch zu Bernie hinüber. »Du hast sie gesehen. Was denkst *du*?«

Er schüttelte den Kopf. »Aus polizeilicher Sicht ist Cassandra als Opfer und Belastungszeugin wertlos. Und wie willst du diese Sache mit Henry Levitte verfolgen, wenn wir alle Hände voll mit Troy zu tun haben?«

»Die beiden Fälle hängen zusammen«, sagte sie.

Sie hörte den irritierten Seufzer, sah ihn die Augen verdrehen. »Wo sind die Fakten, Doc? Die Beweise?«

Joe studierte sie. »Was schlägst du vor? Wie sollen wir weiter vorgehen?«

Sie sah zu ihm auf. »Henry Levitte ist ein falsches, gerissenes, sexuell gefährliches Subjekt. Nichts zu tun ist keine Option. Ich möchte, dass wir ihn zum Hauptverdächtigen erklären. Ich möchte, dass er zur Vernehmung in die Rose Road vorgeladen wird, und ich will mir das von Gander genehmigen lassen.«

Bernie schüttelte den Kopf. »Dafür wirst du verdammt gute Gründe anführen müssen, Doc.« Er zögerte kurz. »Wie stellst du dir vor, Gander und Furman zu berichten, was Levitte sich dir gegenüber erlaubt hat?«

Eine eisige Hand griff nach ihrem Herzen. »Darüber muss ich noch nachdenken.« Sie starrte aus dem Fenster. »Ich habe immer geglaubt, ich würde wissen, wie schwierig es für Frauen wie Cassandra sein muss, über das Erlittene zu sprechen. Jetzt weiß ich es *wirklich*. Das Dumme ist nur: Wenn niemand Anzeige erstattet, gibt es keine Gerechtigkeit für irgendjemanden, oder?« Sie stand auf, trat ans Fenster und sah auf den winterlichen Campus hinaus. »Um noch mal auf deine Frage nach Fakten, nach Beweisen zurückzukommen, Bernie – Cassandra hat mit Nathan Troy gesprochen, nicht? Erinnerst du dich, was seine Mutter uns über ihn erzählt hat? Dass er feste Moralbegriffe hatte und gegen alles vermeintliche Unrecht gekämpft hat? Er war mit Cassandra befreundet.« Kate drehte sich nach ihren Kollegen um. »Was wäre, wenn sie Nathan bei einem ihrer Gespräche ihre Familiengeschichte und von dem Missbrauch durch ihren Vater erzählt hätte? Was wäre, wenn es *dieses* Wissen war, das ihm den Tod gebracht hat? Ich mache mir Sorgen um Stuart Butts, weil wir nicht wissen, wo er steckt, aber noch viel besorgter bin ich um Cassandra. Wir müssen zu Gander. *Heute.*«

Von dem allgegenwärtigen Furman beobachtet, betraten die drei das überheizte Dienstzimmer von Chief Superintendent Gander. Binnen zehn Minuten hatte Kate ihre Theorie erläutert und ihrer Sorge wegen des Verbleibs von Stuart Butts und der Sicherheit von Cassandra Levitte Ausdruck gegeben, ohne ihre eigenen Erlebnisse in der Galerie White Box zu erwähnen. Die würde sie nur schildern, wenn es sein musste. In der folgenden Stille hielt sie Ganders Blick stand, dann sagte sie: »Henry Levitte muss herkommen, um hier vernommen zu werden.«

Aus dem Augenwinkel heraus sah Kate, dass Furman sich kaum noch beherrschen konnte. Jetzt explodierte er. »*Müssen* tut *er* gar nichts.« In ihrem derzeitigen Zustand trafen seine Worte sie wie Keulenschläge. »Sich irgendeine verrückte Theorie über Professor Levitte als Sexfanatiker auszudenken, weil *Sie* sagen, dass sie zu dem passt, was Sie über diesen Fall und den Charakter des ermordeten Studenten zu wissen *glauben,* ist noch längst kein *Beweis.*« Ausnahmsweise sah er ihr ins Gesicht. »Wie kommen Sie auf die Idee, Sie könnten ohne Beweise eine offizielle Vernehmung fordern?«

Kate hatte sich in den letzten Stunden emotional ausgebrannt gefühlt. Obwohl sie jetzt Ärger in sich aufsteigen fühlte, sprach sie weiterhin beherrscht leise. »Das habe ich Ihnen schon *gesagt.* Ich glaube, dass er irgendwie in den Mord an Nathan Troy verwickelt war. Er ist reich, also kann ihm die Luxusuhr gehört haben, die bei Troys sterblichen Überresten gefunden wurde …«

»Das wissen Sie aber nicht! Die hätte jeder zurücklassen können.«

Kate schloss kurz die Augen, dann sah sie Furman wieder an. »Ich *verdächtige* ihn, seine Tochter missbraucht zu haben, anderen Frauen nachzustellen und in den Mord an Nathan Troy verwickelt gewesen zu sein. Was bedeuten würde, dass er auch irgendetwas mit der Ermordung Bradley Harpers, der gemeinsam mit Stuart Butts Troys Leiche aufgefunden hat, zu tun hat.« Sie wandte sich an Gander. »Wir wissen nicht, wo Stuart Butts steckt. Er muss gefunden werden …«

Furman intervenierte, wandte sich ebenfalls an Gander. »In seinem Bezirk waren schon mehrmals Streifen im Einsatz. *Dafür* können wir keine zusätzlichen Mittel aufwenden. Der Junge kennt das Leben auf der Straße …«

»Er ist gefährdet«, fauchte Kate. »Und Sie vergessen Cassandra Levitte …«

»Da gibt es nichts zu ›vergessen‹! Sie ist geistig gestört. Sie wird bereits von Profis betreut. Für sie sind wir nicht zuständig.«

Kate wandte sich wieder an Gander. »Meiner Überzeugung nach wären Stuart Butts und Cassandra Levitte sicherer, wenn ihr Vater verhaftet würde. Was ich vorgetragen habe, ist doch bestimmt Grund genug, um Levitte wenigstens zu vernehmen, damit wir Beweise dafür bekommen …«

»Bekommen?«, blaffte Furman. Ohne Gander aus den Augen zu lassen, zeigte er anklagend auf Kate. »Haben Sie das gehört? Sie will eine förmliche Vernehmung, um so einen Fall gegen ihn *konstruieren* zu können. Das ist eine Einbahnstraße zu einer Dienstaufsichtsbeschwerde!« Sein blasses Gesicht war wütend, als er sich ihr zuwandte. »Sind Sie von allen guten Geistern verlassen? Wissen Sie nicht, wie gut vernetzt Levitte ist? Seine Familie gehört zur High Society dieser Stadt. Er sitzt in Aufsichtsräten und …«

»Wie relevant ist das für die Informationen, die ich Ihnen über ihn gegeben habe?«, fragte Kate aufgebracht.

Furman, dessen schmale Lippen fast verschwanden, kochte vor Wut. »Ihr *Zivilisten* seid alle gleich. Sie verstehen nicht, worum es hier geht, stimmt's? Na, dann denken Sie mal über Folgendes nach.« Als er mit der Faust auf die Schreibtischplatte aus Rosenholz hämmerte, erhob Gander sich langsam. »Er hat Geld, er ist berühmt, er soll am nächsten Geburtstag der Königin zum Ritter geschlagen werden. *Damit* haben wir es zu tun. Nein … *Sie* hören mir jetzt zu.«

Kate sah, wie Bernie den Mund öffnete, während Joe

ruckartig aufstand, und bremste beide mit heftigem Kopfschütteln.

»Polizeiarbeit muss immer und ausschließlich auf *Fakten* basieren.«

Kate stand nun ebenfalls. »Wichtiger wäre *Verständnis* dafür, womit wir es zu tun haben, und …«

»Das *reicht*!« Ganders Stimme brachte alle zum Schweigen. Er funkelte sie nacheinander an, bevor er sich an Kate wandte. »Sind Sie sich in Bezug auf Henry Levitte so sicher, wie Sie zu sein scheinen, muss der nächste Schritt sehr sorgfältig geplant werden. Ich werde keiner Forderung zustimmen, Henry Levitte vorführen zu lassen. Falls er überhaupt kommt, muss er es *freiwillig* tun. Und abgesehen von allem anderen ist er nicht mehr der Jüngste.« Als sie etwas sagen wollte, hob er abwehrend die Hand. »Ich weiß, dass Sie wenig Geduld mit Vorschriften haben. Aber *wir* können uns diesen Luxus nicht erlauben.« Er sah zu Furman hinüber. »Polizeiarbeit setzt immer Verständnis für potenzielle Konsequenzen voraus. Für unser Handeln brauchen wir solide Grundlagen. Sind sie nicht solide genug, müssen wir sorgfältig überlegen, wie es mit einer Sache weitergehen soll.« Gander setzte sich kompromisslos entschlossen auf, ohne Kate aus den Augen zu lassen. »Gehen Sie jetzt mit Ihren Kollegen und kommen Sie wieder, wenn Sie wissen, wie Ihre Theorie in die Praxis umgesetzt werden kann.«

»Ich *weiß* wie.«

Furmans Gesicht war rot angelaufen. Er wandte sich an den Chief. »Sir, Sie müssen *verhindern*, dass …«

Gander beugte sich nach vorn, wobei sein Jackett über den breiten Rücken nach oben rutschte, und starrte Kate durchdringend an, während seine gefalteten Hände einen unhörbaren Rhythmus auf den Schreibtisch klopften. »*Wie?*«

»Wir nehmen noch heute Kontakt zu Levitte auf. Bitten ihn um ein kurzes Gespräch im Woolner College … *Nein,* Augenblick, es gibt einen besseren Ort: die Galerie White Box. Bei dem Empfang zur Eröffnung seiner Retrospektive. Bei dieser Gelegenheit teilen wir ihm mit, dass er jetzt der Hauptverdächtige im Mordfall Troy ist, und schlagen ihm vor, *freiwillig* in die Rose Road zu kommen.«

Furman winkte ab. »Er sagt garantiert *nein* …«

»Nein, das tut er nicht. Ich glaube, er wird bereit sein, während der Retrospektive mit uns zu reden«, sagte Kate, die weiter Gander ansah. »Weil das Gespräch dort stattfindet, wo seine Kunst ist. Er wird die Galerie als seine *Terra firma* sehen, sein Reich, das er beherrscht. Henry Levitte hat gern alles unter Kontrolle, und seine Frau hat schon darum gebeten, dass weitere Gespräche mit ihm nicht mehr bei ihnen stattfinden sollen.« Joe und Bernie nickten zustimmend.

»Und wie stellen Sie sich die Vernehmung hier vor?«, fragte Furman scharf. »Wenn er ohne Rechtsbeistand käme, wäre das ein verdammtes *Wunder.* Er wird natürlich wissen wollen, welche Beweise Sie haben, um ihn als Hauptverdächtigen zu betrachten, und die Antwort lautet: *keine.*«

»Das habe ich Ihnen schon gesagt. Levitte ist sexuell gefährlich.«

»Ihrer persönlichen Meinung nach! Alle anderen wissen, dass er siebzig verdammte Jahre alt ist! *Mindestens!*«

Sie schloss kurz die Augen. »Ich glaube, dass seine Vernehmung Beweise dafür liefern wird.«

Furman schien einem Schlaganfall nahe zu sein. »Das *glauben* Sie?«

Gander wirkte besorgt. »Inspector Furman hat recht. Kommt Professor Levitte freiwillig her, und Sie können keine Beweise vorlegen, kann das für uns sehr schwierig werden – und auch für *Sie,* Kate.«

Sie verstand, was er damit sagen wollte. War sie nicht imstande, diesen Schritt der KUF zu rechtfertigen, konnte Levitte juristisch gegen sie als Zivilistin vorgehen, möglicherweise mit schlimmen Folgen für ihren professionellen Ruf und ihre finanzielle Sicherheit. Irgendetwas schnürte ihr die Kehle zu. Kate atmete tief durch. Sie würde nicht zurückweichen. Sie konnte nicht. Das Schweigen schien endlos lange anzuhalten.

Kate sah Chief Superintendent Gander an. »Sie sagen also ja?«

Nach einem Umweg, um sich kaltes Wasser über die Handgelenke laufen zu lassen, betrat Kate den KUF-Dienstraum, als Julian gerade ausrief: »Das hätte ich sehen wollen! Wie sie Furman in den Hintern getreten hat!« Er sah sich nach ihr um. »Ich wiederhole nur, was Joe eben über die Besprechung bei Gander gesagt hat.«

»Ich habe nachgedacht.«

»Wann tust du das mal nicht?«, fragte Joe mit verschränkten Armen und leicht schief gehaltenem Kopf.

»Die Levittes haben angedeutet, Nathan Troy habe harte Drogen genommen. Connie hat nur Lithium entdeckt und keine Anzeichen für persönliche Vernachlässigung gefunden.« Kate trat an die Glaswand und überflog die dort angeschriebenen Informationen. »Die beiden haben Troy nicht bloß herabgesetzt, sondern auch so getan, als würden sie ihn kaum kennen. Könnte das nicht ein Versuch gewesen sein, sich von ihm zu distanzieren? Was wäre, wenn sie sehr wohl direkten Kontakt zu ihm gehabt *hätten*? Schließlich war ihre Tochter Cassandra mit ihm befreundet. Was wäre, wenn er ein häufiger Gast der Levittes gewesen wäre? Und wieso hätten sie das verschweigen sollen?«

Sie kehrte an den Tisch zurück und nahm den Telefonhörer ab. »Bisher hat niemand bestätigt, dass Troy ein ernstliches Drogenproblem hatte. Von seiner Mutter haben wir gehört, dass er ausdrücklich gegen alle Drogen war. Buchanan hat behauptet, Troy habe Ecstasy genommen, aber wir halten ihn für generell unglaubwürdig. Und wieso ist Henry Levitte nicht in seiner Rolle als sein Professor eingeschritten, wenn Troy wirklich Drogen genommen hat? Auch das werde ich ihn fragen, wenn er zur Vernehmung kommt.«

»Hallo, Kate. Wie geht's?«

Sie schaltete den Lautsprecher ein, sodass alle John Wellan hören konnten. »John, haben Sie jemals gemerkt, ob Nathan Troy Drogen genommen hat?«

Die unaufgeregte Stimme erfüllte den Raum. »Nein, aber das ist natürlich trotzdem denkbar. Wie Sie wissen, kiffen viele der jungen Leute …«

»Ich rede hier nicht von Gras.« Sie sah zu ihren Kollegen hinüber. »Troy soll Kokain geschnupft haben.«

»Was?«

»Davon haben Sie nie gehört?«

»Niemals. Wer behauptet das?« Als Kate keine Antwort gab, sprach er weiter. »Ich weiß gar nicht, was ich sagen soll. Was *kann* ich dazu sagen? Hören Sie, ich muss dringend nach Brindleyplace. Roderick Levitte ist mit der Hängung total überfordert, deshalb muss ich …«

»Okay, okay. Das war alles, was ich fragen wollte.

Kate legte den Hörer auf. »Henry und Theda Levitte haben sich von Troy distanziert, weil nicht bekannt werden sollte, dass er regelmäßig in ihrem Haus zu Gast gewesen ist.« Sie trat ans Fenster und starrte blicklos hinaus. »Nathan und Cassandra waren Freunde. Sie hat sich ihm anvertraut. Sie hat ihm erzählt, was ihr Vater ihr angetan hatte. »Aber wie … warum passt Bradley Harper in dies alles? Und Stuart Butts?« *Wo bist du, Stuart? Und ist Cassandra dort sicher, wo sie ist?*

Sie suchte die Glaswand nach einer Nummer ab, trat wieder ans Telefon, wählte, nannte ihren Namen und bat darum, mit jemandem verbunden zu werden, der ihr eine Auskunft geben konnte.

Aus dem Lautsprecher kam eine angenehme Frauenstimme. »Leila Jones. Was kann ich für Sie tun, Dr. Hanson?«

Kate schilderte mit wenigen Worten ihre Rolle in der KUF und welchen Fall sie im Augenblick bearbeitete. »Ich bin sehr besorgt wegen der Sicherheit einer Ihrer Patientinnen, Cassandra Levitte …«

Die Stimme, die sie unterbrach, klang jetzt kühl. »Miss Levitte ist als *Gast* bei uns.«

»Ich muss sie sprechen.«

»Das ist im Augenblick leider nicht möglich. Sie ist emotional viel zu fragil, aber ich kann Ihnen versichern, dass sie hier in The Hawthornes völlig sicher ist.«

36

Als Connie Chong an diesem Nachmittag in den KUF-Dienstraum kam, trug sie unter einem Arm etwas, das wie ein großes Fotoalbum aussah. Bernie beobachtete die elegante, zierliche Pathologin in anthrazitgrauer Hose und blütenweißer Bluse, als sie zu Kate hinüberging, und sah sie nebeneinanderstehen: beide klein und elegant. Aus Erfahrung wusste er, dass beide sich stets sehr direkt ausdrückten, aber damit endete die Ähnlichkeit zwischen ihnen bereits. Connie war ruhig und ausgeglichen, während Kate mit spitzer Zunge schroff und ungeduldig sein konnte. Er stand auf, spannte rasch die Bauchmuskeln an und ging zu den beiden hinüber. »Hast du was für uns, Connie?«

»Nichts Dramatisches, aber mit Sorgfalt und Interesse für euren Fall überbracht.« Sie legte den quadratischen Band mit Spiralbindung auf den Tisch. »Dies ist mein Buch mit Strangulationswerkzeugen, meine eigene Sammlung. Perfekte Bettlektüre.« Während auch Joe und Julian herankamen, fuhr Bernie sich mit dem Zeigefinger innen am Hemdkragen entlang. Connie schlug den steifen schwarzen Deckel auf, sodass die ersten sechs Muster sichtbar wurden: jedes in einer Klarsichthülle, jedes genau bezeichnet, datiert und kommentiert.

»Geht's hier um Bradley Harper?«, fragte Kate.

»Um genau den.« Sie blätterte mehrmals um. »Ich habe mir die Muster gestern Abend noch mal angesehen. Heute

Morgen habe ich die drei infrage kommenden Muster mit den Spuren an der Leiche verglichen.« Connie machte eine Pause, zeigte auf eines. »Dieses ist am ähnlichsten.« Sie betrachteten eine starke weiße Kordel. »Von den gut siebzig Mustern, die ich hier habe, ist dieses nach Stärke und Oberflächenbeschaffenheit am ähnlichsten. Seht ihr? Das schwache Grätenmuster der Oberfläche?« Connie sah von einem zum anderen. Nach meiner Ansicht ist sie der Kordel, mit der Nathan Troy erdrosselt wurde, *sehr* ähnlich.«

Kate berührte die Klarsichthülle und betrachtete die Kordel. »Wozu dient sie eigentlich?«

Connie zuckte mit den Schultern. »Sie ist sehr reißfest, deshalb gibt es alle möglichen Verwendungen, vor allem im Haushalt, besonders, wenn Objekte wie Schiebefenster bewegt oder schwere Bilder aufgehängt werden sollen. Zu eurem Pech handelt es sich um ausgesprochene Massenware.«

Nach einem Blick zu Joe hinüber, der sich vielleicht auch an die Schiebefenster erinnerte, die sie erst vor Kurzem bei Alastair Buchanan in Worcester gesehen hatten, beobachtete Kate, wie Connie das Album vom Tisch nahm, sich zum Gehen wandte und Bernie noch eine Frage stellte: »Wo treffen wir uns?«

Bernie rieb sich das Kinn. »In zehn Minuten am Empfang. Ich fahre.« Sie nickte lächelnd und öffnete die Tür, durch die lautes Getrampel von der Treppe hereindrang.

Kate runzelte die Stirn. »Was ist los?«

»Das sind Kollegen von oben, die den Park nach Stuart Butts absuchen sollen«, antwortete Joe. »Und morgen dürfte dort draußen noch mehr Betrieb herrschen, wenn die Spurensicherer ihr Bodenradar einsetzen.«

Als ihr klar wurde, was das bedeutete, bedeckte sie ihr

Gesicht sekundenlang mit den Händen. *Diese Suche im Park bedeutet, dass Gander deine Ausführungen ernst nimmt.* Sie ließ die Hände sinken und sah Bernie müde lächelnd an. »Was läuft sonst noch?«

Er wirkte irritiert. »Hier ›läuft‹ gar nichts. Ich bin seit acht Uhr im Dienst und könnte eine Pause brauchen. Connie hat vorgeschlagen, dass wir uns rasch einige der Gemälde ansehen könnten, die im Barber Institute der Universität ausgestellt sind.«

Joe streckte seine langen Arme. »Ich glaube, wir könnten eine Auszeit brauchen, Red. Was sagst du zu einem Glas Wein im Malmaison, bevor du heimfährst?«

Sie schüttelte den Kopf. »Sorry.«

»Wie wär's dann mit einer kurzen Ablenkung? Bloß ein paar Minuten?« Er stand auf und griff nach seinen Schlüsseln und seinem Kaschmirmantel. Kate zögerte, dann suchte sie ihre Sachen zusammen und folgte Joe hinaus, während Bernie sie forschend beobachtete.

Sie gingen in gefrierendem Nebel über den Parkplatz. »Wohin fahren wir?«

Joe blickte auf sie hinab. »Mich interessiert deine Meinung zu etwas.«

Kate hielt auf ihr eigenes Auto zu. »Ich fahre hinter dir her, dann kann ich anschließend gleich heimfahren.«

Schon nach wenigen Minuten blinkte der Volvo links und hielt am Randstein. Sie parkten in der parallel zur High Street verlaufenden Regent Road vor einer zweistöckigen Hauszeile im edwardischen Stil. Kate stieg aus und ging dorthin, wo Joe stand und zu den Häusern aufsah. Mit um den Oberkörper geschlungenen Armen blickte sie nach einigen Sekunden stirnrunzelnd zu ihm auf. »Puh, ist das *kalt.* Was soll ich mir ansehen?«

»Was hältst du davon?«

»Wovon? Für Ratespiele bin ich zu müde und ausgefroren, Joe. Sag's mir.«

»Von dem mit der blauen Haustür. Es gehört mir.«

Diese drei Wörter trafen Kate wie eine Gerade auf den Solarplexus. Sie war vor Überraschung sprachlos.

»Ich hab's letzte Woche gekauft. Was hältst du davon?«, wiederholte er und sah sie forschend an.

Kate erinnerte sich daran, dass von einem Immobilienmakler die Rede gewesen war, als ihre Kollegen neulich bei ihr zu Abend gegessen hatten. Sie betrachtete die dunkelblaue Haustür und die trockene, unbelaubte Glyzinie, die im Frühjahr bestimmt wieder prachtvoll blühen würde. Sie sah auch den abbröckelnden Putz unter dem Erkerfenster im Parterre und um die Fenster im ersten Stock. »Es ist sehr hübsch, Joe. Oder wird es sein. Es braucht noch etwas … Arbeit. War es teuer?« *Was geht's dich an?* Sie biss sich auf die Unterlippe. Das war ohnehin eine idiotische Frage gewesen. Auch in der gegenwärtigen Rezession waren die Immobilienpreise in dieser Lage hoch.

»Wegen des Zustands billiger. Es muss gründlich renoviert werden.«

Sie sah zweifelnd zu ihm auf. »Hmm … du hast es also gekauft, um damit Geld zu verdienen?«

»Ich hab's gekauft, um ein Heim zu haben.«

Das Wort »Heim« hing in der kalten Luft zwischen ihnen. »Du hast doch eines.«

»Ja, aber nur gemietet.«

Sie merkte, dass er von seiner Wohnung in Edgbaston sprach. »Nein, ich meine dein Haus in Boston.«

»Das habe ich letztes Jahr im Spätsommer verkauft.«

Das beunruhigte sie. Wieder etwas, das sie nicht gewusst

hatte. *Weil's dich nichts angeht, Hanson.* Sie wandte sich ab, und er hielt ihr die Autotür auf. Sie sah zu ihm auf. »Was ist mit deiner Abkommandierung? Du hast nur noch weniger als ein Jahr. *Dieses Jahr.*«

Kate stieg ein, und er bückte sich, um ihr in die Augen zu sehen. »Wer weiß, was bis dahin alles passiert?«

37

Kate bewegte sich durch ihr stilles Haus, wobei sie immer wieder sorgenvoll auf die Uhr sah. Maisie war noch nicht da, musste aber jeden Augenblick kommen. Mit dem Kopf voller Gedanken an die Ereignisse des Tages gelangte sie ins Arbeitszimmer, wo Henry Levittes Gemälde ihre Aufmerksamkeit weckte. Sie kehrte ihm den Rücken zu, weil sie seine Schönheit nicht mit dem vereinbaren konnte, was sie über den Mann wusste. Dann klingelte das Telefon in der Diele, und sie hastete zu ihm hinaus. Der Anrufer war PC Whittaker am Empfang in der Rose Road. Er fragte, ob sie Maisie abholen konnte, die im Woodgate Park von der Polizei aufgegriffen worden war.

Kaum eine Viertelstunde später stürmte sie ins Dienstgebäude der West Midlands Police. Maisie unterhielt sich angeregt mit dem grinsenden Whittaker und seiner Kollegin, die an der Empfangstheke lehnten und von dort auf sie herabsahen. »Und *dann* ist Adam gekommen, der die Spurensicherung leitet …« Ihre Lebhaftigkeit verflog, als sie sah, wer gerade hereingekommen war. »Oh …«

»Was hast du dir dabei gedacht?«, fauchte Kate, als sie Maisie erreichte.

Whittaker versuchte zu vermitteln. »Alles okay, Dr. Hanson. Gus Stirling war mit seinen Beamten im Park. Er hat Ihre Tochter erkannt und einen Streifenwagen angefordert, um sie hier abliefern zu lassen …«

Kate unterbrach ihn gereizt. »Das ist *nicht* okay. Sie hatte dort nichts zu suchen.« Sie wandte sich an Maisie. »Auf der Heimfahrt kannst du versuchen, dir eine Erklärung dafür zurechtzulegen, dass du aus der Schule abgehauen und in den Park gegangen bist, obwohl ich dir das ausdrücklich verboten hatte. Vielleicht findest du eine, die ich glauben *kann.*« Sie machte auf dem Absatz kehrt, und Maisie folgte ihr niedergeschlagen, aber mit einem Winken für die beiden lächelnden Polizeibeamten.

Eine halbe Stunde später waren sie in der Küche, in der Kate klein gehacktes Gemüse in den Wok warf. Maisie hatte ihre Erklärung abgeliefert: Weil alle ihre Mitschülerinnen von Kates Polizeiarbeit und den Funden im Country Park wussten, war Maisie mit »einem der fiesen Zwillinge« hingegangen. »Wir wollten Material für einen weiteren Artikel sammeln, den ich vielleicht schreiben werde. Ich verstehe nicht, weshalb du dich so aufregst. Der Park ist ein öffentlicher Ort, und wir hatten ein Anliegen. Wir sind nur hingegangen, um uns dort umzusehen. Wer weiß, vielleicht hätten wir einen Hinweis entdecken können.«

Kate funkelte sie an. »Der Park ist *gefährlich.*«

»Tatsächlich war die Polizei bei unserer Ankunft schon dort, *Mutter.*« Maisie, die sich an ihre gegenwärtige Position erinnerte, wechselte die Taktik. »Stell dir vor, ich hab deinen Freund Adam von der Spurensicherung getroffen. Er hat ein neues Gerät auf einem Wägelchen mit Gummirädern getestet, und obendrauf hat ein Laptop gestanden, und ich durfte zusehen, wie er …«

»Schluss jetzt! Als ich gehört habe, wo du gewesen bist, war ich *sehr* besorgt. Begreifst du das nicht?«

»Okay, schrei doch nicht so«, murmelte Maisie.

Kate strich sich Haare aus dem Gesicht. »Hör zu, Maisie.

Ich will dich nicht ängstigen, aber es gibt ein paar *wirklich* gefährliche Leute. Das weißt du, wenn du daran denkst, was Chelsey letztes Jahr zugestoßen ist.« Damit meinte sie die Entführung von Maisies Freundin durch den Mörder Harry Creed während ihrer letzten Ermittlungen.

»Ja, und *das* muss ich mir wahrscheinlich den Rest meines Lebens von dir anhören. Ich war damals nicht mit Chel zusammen, und heute bin ich dageblieben, als die Polizei uns gesehen hat. Der fiese Zwilling ist abgehauen.«

Obwohl Kate noch aufgebracht war, verstand sie, was Maisie damit sagen wollte. Sie war im Allgemeinen vernünftig, aber selbst den Vernünftigen konnte Schlimmes passieren … »Ich wollte nur sagen: Wenn ich dir sage, dass du etwas nicht tun sollst … dann tu's bitte nicht.«

»Sorry«, sagte Maisie und wirkte einen Augenblick lang zerknirscht. »Aber weißt du, Mom, was Adam mir erzählt hat, war *echt* interessant. Mein Entschluss steht fest! Ich werde forensische Anthropologin.«

Kate wühlte in den Fächern des Tiefkühlschranks. »Herr, gib mir *Kraft*«, murmelte sie in die eisige Luft.

38

Nachdem Kate den Vormittag damit zugebracht hatte, in der Universität einige liegen gebliebene Arbeiten zu erledigen, wollte sie gerade gehen, als die Verbindungstür geöffnet wurde. Crystal erschien mit einer ausgedruckten E-Mail in der Hand. »Gut, dass ich Sie noch erwische. Diese Mail ist eben vom Vizekanzler gekommen. Er möchte Sie um halb vier Uhr sprechen.«

Kate nahm das Blatt entgegen, steckte es in ihre Umhängetasche. »Danke. Ich fahre in die Rose Road, bin aber später wieder da.«

Als Kate zwanzig Minuten später den KUF-Dienstraum betrat, diskutierten ihre Kollegen halblaut miteinander. Die Diskussion brach ab, als Kate hereinkam. Sie sah von einem zum anderen. »Was?«

Bernie rieb sich das Kinn, bei ihm ein sicheres Zeichen für Unbehagen. »Goosey war gerade da und hat nach dir gefragt. Du sollst gleich in sein Büro kommen.«

Sie hängte ihren Mantel auf und zog ihr Notizbuch aus der Umhängetasche. »Er hat nicht gesagt, weshalb? Na ja, ich kann's mir denken. Furman hat alle möglichen feigen Einwände vorgebracht, und er wird endgültig Nein zu dem Plan sagen, Levitte bei der Retrospektive zu befragen.«

Sie stürmte an Julian vorbei, der eben hereinkam. »Ich rufe an und sage ihm, dass du kommst!«, rief Bernie ihr nach. »Schlag ihm nicht die Tür ein. Lass ihn ausreden, bevor du über ihn herfällst.«

Sie klopfte an, dann betrat sie das Dienstzimmer von Chief Superintendent Gander. Er saß an seinem Schreibtisch, hatte die Hände auf der Rosenholzplatte gefaltet und sprach mit Inspector Furman. Gander bot ihr mit einer Handbewegung einen Besuchersessel an. Als sie Platz genommen hatte, sagte er zu Furman: »Am besten erzählen Sie Kate gleich selbst, was der Kronanwalt am Telefon gesagt hat.«

Sie runzelte die Stirn und überlegte angestrengt, was die Kronanwaltschaft mit ihrem aktuellen Fall zu tun haben könnte.

»Die Kronanwaltschaft hat mir heute Morgen mitgeteilt, dass die Anklage gegen Creed planmäßig abgeschlossen wird«, sagte Furman zufrieden. Kate fuhr kaum merklich zusammen, als die Narbe an ihrem Oberschenkel sich durch leichtes Stechen bemerkbar machte. »Sie teilt uns mit, wann die Anhörung vor dem Richter stattfindet, und *dann* erfahren wir den Verhandlungstermin.« Sein Blick streifte Kate. »Die Kronanwaltschaft ist davon überzeugt, dass Creed auf nicht schuldig plädieren wird. Sie wird *Sie* als Zeugin der Anklage vorladen.«

Die damaligen KUF-Ermittlungen standen Kate plötzlich wieder lebhaft vor Augen. Harry Creed war einer ihrer Kollegen in der Rose Road gewesen. Oder zumindest hatten sie ihn dafür gehalten. Aber er hatte nicht nur Maisies Freundin Chelsey entführt, sondern auch mehrere junge Frauen ermordet, die er vor und nach dem Tod missbraucht hatte. Creed war ein gerissener, doppelzüngiger Psychopath, und Kate fürchtete, er könnte trotz aller Beweise, die sie gegen ihn zusammengetragen hatten, doch irgendwie freikommen. Sie antwortete kühl, ohne sich ihre wachsende Anspannung anmerken zu lassen. »Ich weiß, wie Gerichtsverfahren ablaufen, und bin bereit, als Zeugin der Anklage auszusagen.«

In Furmans Blick lag etwas Lauerndes. »Wie wäre es zur Abwechslung mal mit etwas, das Sie *nicht* wissen? Er hat vor, sich vor Gericht selbst zu verteidigen.« Kate hatte das Gefühl, ihr Herz setze einen Schlag aus. »Das bedeutet, dass *er* Sie bei seinem Verfahren ins Kreuzverhör nehmen wird.«

Kates Gesicht verriet ihre Anspannung, als sie in den KUF-Dienstraum zurückkam und ihren Kollegen berichtete, was sie erfahren hatte. In dem folgenden Schweigen verließ Bernie den Tisch und kam mit einem Becher Tee und einer weißen Sandwichtüte für Kate zurück.

»Lunch. Iss.«

Sie sah in die Tüte, die ein Käsesandwich enthielt. »Eigentlich wollte ich ein bisschen abnehmen«, murmelte sie.

Julians Blick ging von einem seiner älteren Kollegen zum anderen. »Also … Sie glauben doch wohl nicht … dass Harry Creed straffrei davonkommen könnte …?«

»Reden Sie keinen Unsinn, mein Junge«, wehrte Bernie ab, während er weiter Kate beobachtete.

»Machen Sie sich deswegen keine Sorgen«, sagte Kate. »Er treibt nur wieder seine üblichen Spielchen.« Sie trank den Tee aus, sah auf ihre Uhr. »Um Himmels willen …«

Sie sprang auf, schnappte sich ihre Tasche, zog die E-Mail des Vizekanzlers heraus. Die anderen sahen ihr verwundert nach, als sie hinausstürmte.

39

Um 15.38 Uhr saß Kate in der Universität im Vorzimmer des Büros des Vizekanzlers. Er hatte doch wohl nicht erfahren, dass Maisie im Woodgate Park von der Polizei aufgegriffen worden war? Sie runzelte die Stirn. Falls er davon gehört hatte, konnte es sein, dass er mit ihr darüber sprechen wollte. Sie biss sich auf die Unterlippe. Vielleicht hatte er sogar vor, Maisie von ihren geliebten Mathevorlesungen auszuschließen …

Die schwere Tür ging nach innen auf, und der Vizekanzler erschien auf der Schwelle, um Kate zu sich hereinzuwinken. Sie folgte ihm in den mit Holz getäfelten hohen Raum und nahm in einem der bequemen Besuchersessel Platz.

»Sie haben sicher nichts dagegen, wenn ich gleich zur Sache komme.« Seine förmliche Ausdrucksweise beunruhigte sie. *Es geht doch um Maisie.* »Aiden Bennett verlässt uns im September, um für ein Jahr nach Südafrika zu gehen.« Kate starrte ihn an und nickte verspätet, als sie begriff, dass er von dem Professor für Kriminalpsychologie sprach. »Und Professor Frankel hat nun *endlich* eine Entscheidung über seine Emeritierung getroffen.« Kate sah über den Schreibtisch und fragte sich, worauf er hinauswollte. »Wie ich sehe, überrascht Sie das wie alle Kollegen, weil er sich so lange Zeit gelassen hat. Für Ihren Fachbereich bedeutet das, dass im kommenden Studienjahr zwei

Lehrstühle zu besetzen sind.« Er sah sie ernst an. »Ich möchte übrigens, dass dieses Gespräch unter uns bleibt. Sie wissen ja, wie weit verbreitet Klatsch und Gerüchte bei uns sind. Ich möchte mir nicht vorwerfen lassen müssen, Günstlingswirtschaft zu betreiben.« Er musterte sie erneut. »Ich halte Sie für die am besten geeignete Kandidatin für eine dieser Positionen. Niemand weiß besser als ich, dass Sie hervorragende Arbeit leisten. Aber ich muss Ihnen leider sagen, Kate …« Ihre Überraschung wich neuer Anspannung. Dem Vizekanzler konnte es doch egal sein, dass Maisie neulich zur Rose Road mitgenommen worden war? »… dass ich Ihre Bewerbung um einen Lehrstuhl nicht unterstützen könnte, wenn Sie weiter in der Kommission für ungeklärte Fälle mitarbeiten wollten. Auch wenn ich Ihr Engagement in der Rose Road begrüße, wäre die doppelte Arbeitsbelastung dann selbst für Sie zu hoch.«

Die Worte des Vizekanzlers zerstreuten Kates vage Befürchtungen. Er behielt sie weiter scharf im Auge, während er auf ihre Antwort wartete. Sie nahm ihre Gedanken zusammen. »Ich freue mich natürlich sehr, das … zu erfahren. Und ich werde berücksichtigen, was Sie über die Kommission für ungeklärte Fälle gesagt haben.« Dann hielt sie den Mund, um den in ihr aufkeimenden Widerspruch gegen die Haltung des Vizekanzlers zu unterdrücken.

Als Kate fünf Minuten später den eisigen Campus überquerte, wimmelte es in ihrem Kopf von Möglichkeiten. *Wenn* sie einen Lehrstuhl bekam, würde das größere finanzielle Sicherheit für Maisie und sie bedeuten. Die zusätzlichen Anforderungen und die größere Verantwortung würden beträchtliches Gewicht haben, aber sie würde trotzdem mehr Zeit haben. Aber weniger Kontakt zu den Studenten.

Und vor allem keine KUF mehr. Sie würde nicht mehr mit Joe und Bernie zusammenarbeiten. Sie ging mit gesenktem Kopf weiter. Joe. Er hatte sich gerade ein Haus gekauft, aber das hatte vermutlich wenig mit ihr zu tun. Er war ein freier Mann, konnte tun und lassen, was er wollte, und würde allein entscheiden, was passieren sollte, wenn seine Abkommandierung endete.

Mit tief in den Manteltaschen vergrabenen Händen ging sie durch gefrierenden Nebel weiter und überlegte, wie ihre Situation sich in den kommenden fünf bis sechs Jahren radikal verändern würde. Maisie würde Entscheidungen treffen, die ihr eigenes Leben, ihre eigene Zukunft betrafen. Vielleicht wurde es Zeit, dass sie begann, auch an ihre Karriere zu denken? Als Kate in ihren Wagen stieg, dachte sie an die Bitte des Vizekanzlers, seine Informationen für sich zu behalten, um der Gerüchteküche, die es an der Universität und in allen akademischen Einrichtungen gab, keine neue Nahrung zu liefern. *Nur am Woolner College scheint es keine zu geben.*

Kate war in ihrer Küche, fühlte sich nach den Ereignissen dieses Tages unsicher und nervös. Sie hatte versucht, alle Gedanken zu blockieren, die damit zusammenhingen, was Furman über Harry Creeds Absichten bei dem bevorstehenden Prozess berichtet hatte. Aber als sie das getan hatte, war die Sorge um ihre eigene akademische Laufbahn umso stärker geworden. Sie knallte den Wasserkocher auf sein Unterteil. *Zum Teufel mit Furman! Zum Teufel mit allem!*

Sie durchquerte die Küche, riss eine der Terrassentüren auf, trat in die eisige Nacht hinaus und ging in dem aus dem Haus fallenden Licht auf den Gartenwegen auf und ab, bis sie fror und zu einem Entschluss gelangt war. Über das Angebot des Vizekanzlers würde sie nachdenken, wenn sie nicht so im Stress war. *Und an den Prozess gegen Creed denke ich frühestens zwei Wochen vor Prozessbeginn wieder und dann werde ich darauf vorbereitet sein. Bis dahin: Schluss damit!*

Kate ging in die Diele hinaus und sah an der Treppe nach oben. »Maisie?«

Sie waren im Kino gewesen, um einen neuen, komischen Film zu sehen, über den Maisie noch immer lachte, als sie schon fast zu Hause waren. »Und ist *dir* die Stelle aufgefallen, wo er … Mom?«

Kate sah, was sie meinte: Die Blinkleuchten eines Streifenwagens, die Haus und Einfahrt mit blauen Blitzen erhellten. Sie bemühte sich, ruhig zu sprechen, obwohl eine eisige Hand nach ihrem Herzen zu greifen schien. »Hast du die Alarmanlage eingeschaltet, wie ich es dir gesagt habe?«

»Ich denke schon.«

Sie hielten an der Einfahrt, und Kate stellte den Motor ab, während sie beobachtete, wie die blau-weißen Lichtblitze die Fassade beleuchteten. In Gedanken ging sie ein Zimmer des Hauses nach dem anderen durch: *Perlenkette, Mutters Schmuck. Schäden? Habe ich den Versicherungsbeitrag überwiesen?*

Sie öffnete ihre Tür, sah zu Maisie hinüber. »Du bleibst hier.« Als sie sah, dass zwei ihr unbekannte Uniformierte ausstiegen und ihre Mützen aufsetzten, stieg sie ebenfalls aus und wartete, bis sie zu ihr kamen. »Dies ist mein Haus. Ich bin Kate Hanson. Was ist passiert?«

»In der Wache an der Bradford Street ist ein laufender Einbruch gemeldet worden«, antwortete der Größere der beiden. »Unsere Dienststelle hat uns hergeschickt.«

Sie starrte das Haus an. *Jemand ist hier eingebrochen.* Es sah fremdartig aus. Sie konzentrierte sich wieder auf die Beamten. »Und Sie sind?«

Beide zeigten ihre Dienstausweise vor. »Detective Constable Trent und Police Constable Nicholls«, sagte der Größere. »Wir sind eben angekommen. Wenn Sie bitte hier warten, gehen wir rein und …«

»Ich komme mit.« Sie setzte sich in Bewegung.

Er drehte sich mit strengem Blick nach ihr um. »Madam, die Haustür steht offen, deshalb bleiben Sie bitte hier, bis wir festgestellt haben, wie es drinnen aussieht.« Kate sah zu, wie sie zum Haus gingen und darin verschwanden. Mit um den Oberkörper geschlungenen Armen ging sie in der Nachtkälte in ihrer Einfahrt auf und ab.

Maisie stand auf ihrer Seite des Wagens. *»Mom!* Was geht hier vor? Was ist passiert?«

»Das weiß ich selbst nicht genau. Wir müssen warten, bis sie es uns sagen.«

Nachdem sie scheinbar eine Ewigkeit lang gewartet hatten, erschien DC Trent und kam mit unergründlicher Miene auf sie zu. »Das Haus ist leer.«

Kate setzte sich sofort in Bewegung. »Ich möchte nachsehen, ob …«

»Augenblick noch.« Sein Tonfall ließ sie innehalten, seine Miene blieb weiter unergründlich. »Ist das Ihre Tochter?« Sie nickte, obwohl sie sich fragte, warum das relevant war. »Ich müsste kurz mit Ihnen sprechen. Allein.«

Sie wandte sich an Maisie. »Du setzt dich wieder ins Auto. Bitte.« Kate wandte sich ab, ging hinter DC Trent her zur Haustür und trat über die Schwelle. *»Oh!«* In der Diele war der Boden mit Schulbüchern und Kleidungsstücken übersät. Sie stieg darüber hinweg, folgte ihm in die Küche und stellte sofort fest, dass die Kaffeemaschine fehlte. Und das Küchenradio. Sie sah DC Trent und seinen Kollegen an. »Was ist mit dem Rest des Hauses?«

»Kommen Sie bitte hierher?« Sein förmlich höflicher Tonfall beunruhigte sie, als sie dorthin ging, wo er neben einer der aufgerissenen Schubladen stand. Er zeigte in eine. »Sehen Sie sich das bitte an.«

Kate sah hinein. Auf den Tischsets in der Schublade lagen mehrere weiße Tabletten, jede mit einem eingeprägten stilisierten Katzenkopf. Als Kate sie wie vor den Kopf geschlagen anstarrte, hörte sie von der Haustür her neue Stimmen, darunter eine vertraute. Dann kam Joe in die Küche und sprach ruhig und gelassen, als er sich dem Beamten vorstellte. »Joe Corrigan, Rose Road.«

Trents Gesichtsausdruck zeigte, dass er wusste, wer Joe war. »Lieutenant.« Er nickte.

PC Nicholls kam jetzt mit Maisie im Schlepptau herein. »Hab die Nachbarhäuser kontrolliert«, sagte er zu Trent. »Alles in Ordnung.«

Joe betrachtete die Unordnung, sah in die Küchenschublade, musterte Kates erschrockenes Gesicht und wandte sich schließlich an DC Trent. »Was geht hier vor?«

»Wir sind alarmiert worden, dass hier eingebrochen wird.« Er senkte die Stimme. »Wir haben hier Drogen gefunden, und ich überlege, ob …«

»Natürlich. Klar tun Sie das. Lassen Sie uns darüber reden.« Kate beobachtete, wie er die beiden Beamten auf die andere Seite der Küche mitnahm, wo sie so leise sprachen, dass nicht zu verstehen war, was sie sagten. Sie sah, wie Trent an Joe vorbei zu ihr hinüberspähte, dann verabschiedeten die beiden Uniformierten sich mit einem Nicken und gingen zur Haustür.

Kate ging zu Maisie, legte ihr einen Arm um die Schultern.

»Mom. Was geht hier vor?«

Das weiß ich auch nicht. »Schon gut, Maisie. Alles wieder in Ordnung.«

Kate kam in die Küche und sah auf ihre Uhr. »Normales Chaos in zwanzig Minuten wiederhergestellt.«

»Der merkwürdigste Einbruch, den ich je gesehen habe«, murmelte Bernie, der auf Joes Anruf hin hergekommen war. Sie drehten sich um, als einer der Spurensicherer aus der Rose Road – ebenfalls von Joe alarmiert – in die Küche kam. »Haben Sie etwas gefunden?«

Der Spurensicherer deutete über die Schulter. »Jemand hat die Alarmanlage stillgelegt und ist durchs Fenster der Waschküche eingestiegen. Am Fensterrahmen habe ich einen Handabdruck sichergestellt. Um die Hausbewohner ausschließen zu können, brauche ich ihre Abdrücke.« Er machte sich daran, sie mit einem Handscanner abzunehmen.

»Wo haben Sie Ihre *Tinte?*«, fragte Maisie.

»Heutzutage arbeiten wir mit tragbaren Scannern.« Er grinste sie an. »Wenn du vorbestraft bist, weiß ich das binnen fünfzehn Sekunden.«

Sie sah zu, wie er ihre Hand einscannte. »Wow!«

Wenige Minuten später waren sein Kollege und er fort, und Kate zerbrach sich den Kopf über die Liste mit den beiden gestohlenen Gegenständen.

Joe machte ihr ein Zeichen, und Kate ging zu ihm. »Du weißt vermutlich, was das hier ist?«, fragte er halblaut, indem er auf die Tabletten in der Schublade zeigte.

Sie nickte. »Der Katzenkopf bezeichnet Mephedron. Auch als ›M-Cat‹ bekannt.«

»Genau.« Er betrachtete sie mit ernster Miene. »Mir fällt nur *ein* Grund ein, warum jemand diesen Einbruch vorgetäuscht haben könnte.«

Bernie hatte in der Nähe stehend zugehört. »Offenbar will jemand deinen Ruf ruinieren, Doc. Ich habe meine eigene Theorie zu dem Täter. Das Fenster zur Waschküche ist nicht sehr groß.«

Kate zog die Augenbrauen hoch. »Du denkst, dass das Stuart *Butts* war? Aber er weiß doch nichts über mich.« Sie sah Joe an. »Ein Glück, dass du vorbeigekommen bist, sonst wäre ich verhaftet worden.«

Er grinste. »Stets gern zu Diensten, Ma'am, und jetzt müssen wir das Fenster sichern.«

Kate beendete einen weiteren Rundgang durch die Küche und schüttelte den Kopf. Aus dem ganzen Haus fehlten tatsächlich nur zwei Gegenstände: Kaffeemaschine und Küchenradio. Ein merkwürdiger Einbruch, wie Bernie gesagt hatte. Das Telefon klingelte. Nach einem Blick auf ihre Uhr nahm sie stirnrunzelnd den Hörer ab und erwartete neue Unannehmlichkeiten. Die bekam sie.

Die Anruferin war Stella, seit eineinhalb Jahren ab und an Kevins Freundin. »Kate? Hör zu, es gibt … ein kleines Problem.« Kate hörte, wie sie die Sprechmuschel zuhielt, bevor sie sagte: »Ich rufe aus dem Queen Elizabeth Hospital an.« Kate spürte, dass sie weiche Knie bekam. »Es geht um Kevin. Er ist eingeliefert worden, weil …« Sie verstummte wieder, aber Kate wusste genau, was passiert war: ein Herzinfarkt. Er aß lauter falsche Dinge und hatte im letzten Jahr ziemlich zugenommen. Sie schloss die Augen. *Wie bringe ich das Maisie bei?*

Stella sprach weiter. »Wir sind seit drei Stunden in der

Unfallambulanz. Er hat sich beim Squash einen Muskelriss in der Wade geholt …«

Kates durch die Anspannungen des Tages überhitzte Fantasie kam in einem dickflüssigen Bodensatz aus Abneigung und Verärgerung zum Stehen. »Was geht *mich* das an?«

»Er kann sich ein paar Tage lang kaum bewegen.«

»Sehr lästig für euch beide«, sagte Kate.

»Kevin und ich sind seit unserer Rückkehr aus Paris nicht mehr zusammen.«

Nun drang Kevins vertraute, offene Stimme aus dem Hörer. »Kate, ich sitze in der Patsche und muss für ungefähr eine Woche irgendwo unterkommen.«

Sie machte große Augen. »Aber nicht *hier.*«

Seine Stimme klang aufsässig. »Warum nicht? Phyllis kann mir tagsüber Snacks machen. Im Erdgeschoss gibt's eine Toilette. Ich schlafe auf dem Sofa in deinem Arbeitszimmer. Stella ist eben gegangen, also komm und hol mich.«

»Ruf ein *Taxi.*« Kate betrachtete den stummen Hörer in ihrer Hand und knallte ihn auf die Gabel, als Maisie die Treppe heruntergehüpft kam. »Was ist *jetzt* wieder los?«

40

Am Montagmorgen kam Kate in ihrem Büro in der Uni an: zwanzig Minuten verspätet und mit den Nerven am Ende. Die zu einem Tutorium versammelten Studenten waren unter Crystals Aufsicht eingelassen worden und unterhielten sich halblaut. Kate erreichte ihren Schreibtisch, atmete tief durch, griff nach den vorbereiteten Arbeitsblättern und teilte sie mit einer kurzen Entschuldigung für ihre Verspätung aus. Crystal zog die Augenbrauen hoch und deutete eine Trinkbewegung an. Kate nickte, dann verkroch sie sich hinter ihrem Schreibtisch. Binnen einer Minute bekam sie einen Becher Tee und zwei Tabletten Paracetamol.

Kevin, das Ekel. Kate verwünschte ihn im Stillen, während sie die Schmerztabletten schluckte. Sie verwünschte auch sich selbst, weil sie zuließ, dass er sie ärgerte. Er war immer dann charmant, wenn er etwas von ihr brauchte, und Maisie fand es wundervoll, ihren Vater im Haus zu haben, aber bis er in sein Apartment zurückkehren konnte, erwartete er, bedient zu werden, weil er schlecht zu Fuß war. Sie hatte sich beherrschen müssen, als er gestern vorgeschlagen hatte, Maisie länger als üblich aufbleiben zu lassen.

Tee und Paracetamol wirkten Wunder, und als die Studenten gegangen waren, saß Kate eine Stunde später am Schreibtisch, blätterte lustlos in einem Stapel Arbeiten, die sie hätte korrigieren sollen, und dachte an eine mögliche Professur und alles, was damit zusammenhing.

Das Telefon klingelte. Sie schnappte sich den Hörer. »Ja?«, fragte sie ungewollt scharf.

Der Anrufer war Joe. »He, Schlaukopf. Ich hab um neun angerufen, aber du warst noch nicht da. Jetzt klingst du wie jemand, der am Rotieren ist. Machst du dir noch Sorgen wegen Freitagabend?«

»Nein, aber ich habe darüber nachgedacht, was Bernie und du gesagt habt. Wer den Einbruch bei mir gemeldet hat, hat absichtlich nicht in der Rose Road, sondern in der Bradford Street angerufen, weil er weiß, dass ich in der Rose Road arbeite. Die Drogen sollten Polizeibeamte finden, die mich nicht kennen, und sie sollten mich verhaften. Bernie hat recht, glaube ich. Jemand will meinen Ruf ruinieren.«

»Stimmt genau, Red.«

Kate lehnte sich in ihren Schreibtischsessel zurück. »Was Furman wohl am Freitagabend gemacht hat?« Sie seufzte. »Das will ich nicht gesagt haben. Das war ein schlechter Scherz. Ich bin nervös und …«

»Und spät dran, weil …?«

»Kevin ist heimgekommen.« Sie brauchte ein paar Sekunden, in denen am anderen Ende Schweigen herrschte, um zu merken, was sie gesagt hatte. »Nein!« Sie machte eine Pause und ermahnte sich, Ruhe zu bewahren. Joe interessierte sich nicht für ihre häuslichen Probleme. »Er hat ein verletztes Bein. Bei uns ist er nur vorübergehend. Er ist erst seit zwei Tagen bei uns, und ich habe ihn schon gründlich satt.«

»Nun, ich find's irgendwie nett, wenn Leute sich in Krisenzeiten beistehen.«

Kate musste unwillkürlich lächeln. »Spar dir die Philosophie à la Norman Rockwell. Das zieht bei mir nicht. Was willst du?«

Joe lachte leise. »Ich brauche dich.«

»Fang *du* nicht auch noch damit an.« Sie massierte sich die freie Schläfe.

»Wir haben einen Anruf aus The Hawthornes bekommen. Cassandra Levitte hat sich soweit erholt, dass sie mit uns reden kann.«

Kate setzte sich auf. »Wirklich? Endlich! Und gerade noch rechtzeitig. Vielleicht bekommen wir von ihr ein paar Informationen, die nützlich sind, wenn wir dann ihren Vater vernehmen.«

»Wie wär's, wenn du mitkommen würdest, weil sie eine Frau und psychisch labil ist?«

»Wann?«

»Heute Nachmittag um halb vier.«

Kate und Joe waren im The Hawthornes, einem um 1900 erbauten Herrenhaus, das heutzutage in kleine Apartments für Leute unterteilt war, die psychische Probleme hatten und sich diesen Luxus leisten konnten.

Sie hörten der Geschäftsführerin Leila Jones zu, deren zu komplizierten Zöpfchen geflochtenes schwarzes Haar unter einem bunten afrikanischen Turban verschwand, als sie ihnen die Rolle der Klinik in Bezug auf Cassandra Levitte erläuterte. »Manche unserer Gäste brauchen ständige Betreuung. Zu dieser Kategorie gehört Cassandra nicht. Sie kommt zu uns, wenn sie eine Krise durchlebt und kurzfristig Schutz, Unterstützung und Ratschläge zur Selbstversorgung braucht.« Sie sah zu Kate hinüber. »Dies ist ein Ort, an dem sie sich sicher fühlt.«

Kate nickte. »Was passiert, wenn hier kein Platz für sie ist, wenn sie einen braucht?«

Die Geschäftführerin lächelte. »Ihre Familie sorgt *sehr*

gut für sie.« Das veranlasste Joe und Kate dazu, einen raschen Blick zu wechseln. »Ihr Vater zahlt für ein ständig reserviertes Zimmer in den ehemaligen Stallungen.« Während Kate sich rasch etwas notierte, betrachtete Joe die extravagante Erscheinung hinter dem Schreibtisch.

»Nutzt sie diese Zuflucht oft, Ma'am?«

Leila Jones warf einen Blick auf den Computerausdruck, der vor ihr bereitlag. »Seit Cassandra im Januar 1994 erstmals hier war, ist sie zwölf Mal bei uns gewesen – fast immer wegen Notfällen.« Sie musterte Kate prüfend. »Sie wissen, welche Schwierigkeiten Cassandra hat?«

»Mir ist keine offizielle Diagnose bekannt.«

»The Hawthornes hat regelmäßig Kontakt zu ihrem Psychiater, der eine affektive Störung diagnostiziert hat. Wir helfen ihr, ihre Hochs und ihre Depressionen zu bewältigen, indem wir darauf achten, dass sie ihre Medikamente regelmäßig einnimmt. Meistens ist sie depressiv. Die seltenen Hochs sind immer problematisch für Cassandras Alltag, weil sie dann nicht erkennt, dass sie ihre Medikamente trotzdem weiter einnehmen müsste. Und sie kann erst recht nicht für ihre persönliche Sicherheit sorgen.«

Kate erinnerte sich an die Szene, die Bernie und sie erst vor Kurzem in der Hyde Road erlebt hatten. »Ist Cassandra in letzter Zeit aus dem Hawthornes geflüchtet?«

Die Geschäftsführerin schüttelte den Kopf. »Dies ist keine geschlossene Anstalt, Dr. Hanson. Wir überwachen die Gäste während ihres Aufenthalts, und ihre Familien benachrichtigen uns, falls es Probleme im Alltag gibt.«

Heißt das, dass Cassandra zu Hause gelebt hat, als wir sie neulich gesehen haben? Kate war wieder besorgt, während sie sich rasch Notizen machte. »Ihr Zustand ist bei Medikation stabil?«

Leila Jones nickte. »Hauptsächlich Lithium.«

Joe und Kate wechselten erneut einen Blick. »Können wir Miss Levitte trotzdem sprechen, Ma'am?«, fragte er.

Die Geschäftsführerin bedachte ihn mit einem strahlenden Lächeln. »Cassandra wäre enttäuscht, wenn Sie *nicht* kämen. Sie hat sich viel Mühe für Sie gegeben. Kommen Sie, ich bringe Sie zu ihr.«

Sie folgten ihr in den rückwärtigen Teil des Hauses und den von einer Mauer umgebenen Garten hinaus. Links begrenzte ihn ein ebenerdiger Klinkerbau: die ehemaligen Stallungen. Als sie die kleine Eingangshalle mit Terrakottaboden betraten, mahnte Leila Jones leise: »Bitte denken Sie daran, dass sie sehr rasch ermüdet.«

Eine der Türen vor ihnen wurde geöffnet, und Kate erkannte, wer auf der Schwelle stand: das Mädchen auf Nathan Troys Porträtskizze. Die Frau am Fenster des Wohnzimmers in der Hyde Road. Cassandra Levitte mit leichenblassem Gesicht, dunklen Schatten unter den Augen und straff zurückgekämmten blonden Haaren. Kate sah etwas Wimperntusche und Lipgloss. Als sie sprach, hörte Kate eine fast kindliche Stimme ohne jeglichen Nachdruck. »Wollen Sie nicht reinkommen? Es gibt Tee und Kuchen.«

Leila Jones ging, und sie betraten das kleine, geschmackvoll eingerichtete Apartment, in dem ein Tisch mit Geschirr, Kuchen und Keksen gedeckt war. Als sie saßen und Cassandra Tee eingeschenkt hatte, lächelte Kate ihr zu. »Wollen wir uns einfach mit Vornamen ansprechen?« Ihre Frage wurde mit einem schüchternen Nicken beantwortet. Die nächste Aussage formulierte sie vorsichtig. »Joe und ich arbeiten zusammen. Er ist Kriminalbeamter.« Sie machte eine kurze Pause, damit Cassandra verarbeiten konnte, was sie gesagt hatte. »Wir müssen Ihnen ein paar

Fragen stellen, und ich möchte mitschreiben, was Sie uns erzählen, weil es sehr wichtig sein könnte. Ist das okay?«

»Ja. Ich bin froh, dass Sie diese Woche gekommen sind. Letzte Woche war ich wirklich krank.« Nichts deutete darauf hin, dass ihr bewusst war, dass Kate die Szene am Wohnzimmerfenster der Levittes gesehen hatte. »Davor konnte ich nicht schlafen. Viel zu viel zu tun … Ich hab eine ganze Woche lang nicht geschlafen.« Die Blondine runzelte die Stirn. »Ich hab schrecklich viel Geld ausgegeben. Daddy war echt wütend.«

Kate behielt ihren Gesprächston bei. »Wofür haben Sie das Geld ausgegeben?«

»Weiß ich nicht … Es war … eben weg. Verschwunden. Einen Teil hat mein Freund ausgegeben, glaub ich.«

Das interessierte Kate sehr, aber sie sprach ruhig weiter. »Ihr Freund?«

»Echt netter Junge … Wie er heißt, weiß ich nicht.«

Kate fiel Buchanans verdeckter Hinweis auf Cassandras frühere Promiskuität ein, während sie auf den wahren Zweck ihres Besuchs zu sprechen kommen sollte. Cassandra nahm ihr die Mühe ab. »Leila sagt, dass ich mit Ihnen reden soll. Über meinen Freund Nathan.« Sie beobachteten, wie die blasse Stirn sich in Falten legte. »Ich bin jetzt brav, nehme meine Medikamente … es ist schwierig, sich an solche Dinge zu erinnern. Nathan ist weggegangen, aber das war vor langer, langer Zeit.«

»Was können Sie uns von ihm erzählen?«, fragte Kate. »Er war Ihr Freund.«

Alle möglichen Emotionen zogen so rasch über Cassandras Gesicht, dass Kate nicht imstande war, sie zuverlässig zu identifizieren. »Ein guter Freund. Manchmal habe ich ihn in seinem Haus besucht … Aber dort hat's mir nicht gefallen. Die anderen Jungs …«

Als nichts mehr kam, wechselte Kate nochmals einen Blick mit Joe und versuchte es mit einer direkten Frage. »Können Sie uns schildern, wie es war, wenn Nathan *Sie* zu Hause besucht hat?«

Sie beobachtete, wie die großen grauen Augen einen leicht verwirrten Ausdruck annahmen. »Ich kann mich nur an ein Mal erinnern, als ich krank war. Daddy war wütend, und Dinge sind zersplittert und über den Boden gerollt, und ich musste ins Bett, und alle sind fortgegangen.«

Kates Stift flog übers Papier. Sie sah in Cassandras vages Gesicht auf. »Und das *letzte* Mal, als Nathan bei Ihnen zu Hause war. Können Sie sich daran erinnern?«

Das blasse Gesicht wurde traurig, und sie schüttelte den Kopf. »Nein … das war's. Ich hab ihn gemocht. Er war ein echter Freund.«

Kate nickte, während sie mitschrieb. »Wir haben gehört, dass er Sie auch gemocht hat.«

»Er hat mit mir geredet … Wir haben miteinander geredet.« Ihr Gesichtsausdruck veränderte sich erschreckend plötzlich. Sie wirkte ängstlich, war starr vor Schrecken. »Nein, nein … ich hab nichts erzählt. Er hat erzählt. Ich hab nichts gesagt … nichts gesagt.«

Kate beugte sich mit absichtlich langsamen Bewegungen nach vorn und lächelte die Verzweifelte beruhigend an. »Reden ist nicht immer schlecht, Cassandra. Es kann sogar eine *gute* Sache sein.« Als das wirkungslos blieb, änderte Kate ihre Taktik. »Haben Sie ein Medikament genommen, als Nathan und Sie Freunde waren?« Das brachte ihr ein Nicken ein. »Wissen Sie noch, was es war?«

Sie nickte. »Es war Lithium. Ich nehme es noch immer. Der Arzt gibt mir manchmal ein weiteres Mittel, aber ich weiß nicht, wie es heißt.«

Kate wählte ihre Worte vorsichtig. »Ist es mal vorgekommen, dass Nathan Ihre Medizin genommen hat, Cassandra? Vielleicht aus Versehen?«

Sie schüttelte den Kopf. »Nein. Nathan hat nie etwas eingenommen. Er war strikt dagegen, und überhaupt war er stark und fröhlich … und dann … dann ist er hingefallen … und hat sich gewälzt und um sich geschlagen und … Ich muss mich hinlegen.« Sie betrachtete Joe unter schweren Lidern hervor. »Wäre ich jetzt richtig schlimm krank, würde ich Sie bitten, sich zu mir zu legen. Aber weil ich nicht so krank bin …« Die Stimme sank zu einem Flüstern herab. »… sage ich's nicht.«

Kate und Joe standen auf. Sie würden ein andermal wiederkommen. Cassandra begleitete sie zur Tür. Dabei wurde Kate auf ein Objekt an der Tür aufmerksam: eine große dunkelblaue Glasscheibe, die an einer geflochtenen blauen Kordel an einem Haken hing. In diese Scheibe waren zwei konzentrische Kreise – einer weiß, der andere hellblau – eingelassen, und genau im Zentrum befand sich ein dunkler Punkt, der an die starr blickende Pupille eines Auges erinnerte. Kate betrachtete die Scheibe genauer. »Sehr eindrucksvoll.«

»*Nein!*«, rief Cassandra erschrocken. »Nicht anfassen. Sie dürfen es nicht mitnehmen!«

Kate drehte sich nach ihr um. »Ich nehme es nicht mit. Versprochen.«

Cassandras Atem kam jetzt stoßweise, und der letzte Rest Farbe war aus ihrem Gesicht verschwunden, als habe jemand einen Stöpsel herausgezogen. Es war jetzt wächsern gelb mit einem Stich ins Graue, sodass die Schatten unter den Augen umso deutlicher hervortraten.

Kate konnte ihren Stress sogar riechen. »Es ist Ihnen wohl sehr wichtig?«

Ihr Blick ging zwischen Kate und dem Objekt hin und her. »Es ist mein Leben«, flüsterte sie, dann schlug sie beide Hände vor den Mund.

Kate betrachtete das Kunstobjekt nochmals. »Wo haben Sie das her?«

Auf Cassandras Gesicht lagen nochmals Emotionen im Widerstreit. »Es hat einen Namen. Einen seltsamen Namen … Ich kann mich nicht daran erinnern«, flüsterte sie. Ihre Augen waren unnatürlich geweitet, als sie eine Hand hob, wie um es zu berühren, was sie dann doch nicht wagte. »Es … schützt … Ich habe noch eines hier.« Als sie eine Kragenecke ihrer Bluse hochklappte, sahen sie darunter eine winzige Kopie des großen Ornaments an einer goldenen Sicherheitsnadel. »Und ein weiteres … in meinem Schlafzimmer.«

Kate sah sich das an der Tür hängende Objekt nochmals an. Das »Auge« im Mittelpunkt starrte bösartig zurück. »Es ist also eine Art Talisman?«

»Nein, ist ein Am-u-lett.« Das klang, als habe ein Kind ein neues Wort gelernt. »Ich nehme es nachts mit ins Bett. Es ist erholsam. Sicher.«

Kate war leicht verwirrt. »Sie kennen das Hawthornes gut, Cassandra. Sie waren schon oft hier. Miss Jones und alle anderen Leute sind um Sie bemüht. Sie kennen sie und haben Vertrauen zu ihnen?« Als Cassandra nickte, deutete sie auf das Objekt. »Wozu brauchen Sie dann das hier?«

»Das verstehen Sie nicht. Das können Sie nicht. Das

Auge wacht über mich. Ohne es würde ich … sterben.« Nach kurzem Schweigen murmelte sie: »Tut mir leid.«

»Bitte entschuldigen Sie sich nicht«, sagte Kate. »Wo haben Sie es her?«, fragte sie zum zweiten Mal.

»Weiß ich nicht mehr … Es stammt aus dem Osten. Es ist ein Geheimnis.«

Kate musste wieder an ihren Verdacht denken, dass Henry Levitte seine Tochter missbraucht haben könnte. Sie starrte die verstörte Frau besorgt an. »Es ist nicht gut, Geheimnisse zu haben, Cassandra, vor allem nicht, wenn es um etwas geht, das einen bedrückt …«

»Nein.« Nach diesem ruhig gesprochenen Wort öffnete sie die Tür. Mit Joe hinter sich ging Kate widerstrebend hinaus, und die Tür fiel hinter ihnen zu.

Sie saßen wieder in Leila Jones' Büro, und Kate beschrieb das Glasornament. »Ich dachte, Sie sollten davon erfahren, weil es Cassandra zu trösten *und* zu beunruhigen scheint. Ob es Einfluss auf ihre Behandlung hat?«

Die Geschäftsführerin nickte, während sie sich rasch etwas notierte. »Sie hat es schon früher mitgebracht und war sehr darauf fixiert. Da es bei der Ankunft unserer Gäste keine Leibesvisitation gibt, wusste ich nicht, dass sie es noch hat. Vielen Dank, dass Sie mich darauf aufmerksam gemacht haben. Ich werde unseren Psychiater anrufen und mir Ratschläge für die nächsten Stunden geben lassen.« Sie stand auf und streckte ihnen die Hand hin. »Danke für Ihr Kommen. Ich weiß, dass es für Cassandra wichtig war.«

Kate gab ihr die Hand. »Wie lange bleibt sie schätzungsweise noch?«

Leila Jones musterte sie, sah ihre Besorgnis. »Wie ich

schon gesagt habe, sind wir keine geschlossene Anstalt. Wir können Gäste nicht an der Abreise hindern, aber solange sie bei uns ist, ist sie sicher.«

Sie begleitete die beiden zum Ausgang und beobachtete, wie sie in den Volvo stiegen. Dann kehrte sie in ihr Büro und an den Schreibtisch zurück und griff nach dem Telefonhörer.

41

»Lithium!« Bernie rieb sich die Hände.

Kate nickte lächelnd. »Wir wussten, dass dir das gefallen würde.«

Er schob die Unterlippe vor. »Ich kenne diese Theorie, die du über Henry Levitte hast, aber bist du hundertprozentig sicher, dass nicht sie Nathan Troy umgelegt hat? In einem ihrer ›Zustände‹?«

»Cassandra?« Sie schüttelte den Kopf. »Nach allem, was wir gesehen und über sie gehört haben, traue ich ihr niemals das Organisationstalent und erst recht nicht die Kraft zu, den Fußboden des Seehauses aufzureißen, eine Leiche darunter zu verstecken und den Boden wiederherzustellen.«

Bernie schwieg sekundenlang mit gesenktem Kopf. »Was wäre, wenn sie Hilfe gehabt hätte?«

»Von wem?«

Er zuckte mit den Schultern. »Weiß ich nicht. War nur eine Frage. Wäre halt auch eine Möglichkeit.« Bernie machte eine Pause. »Hat sie etwas Relevantes gesagt, das wir nutzen können, wenn wir ihren Dad zur Vernehmung einbestellen?«

Kate blätterte seufzend in ihrem Notizbuch. »Nicht direkt. Sie hat erwähnt, dass sie das Haus mit der WG nicht mochte. Vor allem ›die Jungs‹ nicht.« Sie sah zu Joe hinüber. »Welchen Eindruck hattest du von ihr?«

»Sie ist eine völlig verängstigte Frau, die froh sein kann, dass sie dort ist, wo sie ist.«

Kate nickte. »Ganz deiner Meinung. Sie fürchtet sich vor etwas. Oder vor jemandem.«

Bernie sah zu der Glaswand hinüber. »Wenn wir Henry Levitte vorladen, um ihn zu vernehmen, muss er uns alles über Troys Verbindung zu seiner Familie erzählen. Außerdem müssen wir rauskriegen, wo Buchanan und Johnson hineinpassen, falls sie es denn tun, und wo dieser Joel Smythe steckt, den seit einem halben Dutzend Jahren niemand mehr finden kann.« Sein Blick glitt über die angeschriebenen Informationen. »Und dazu kommt dieser Roderick. Ein verdammt merkwürdiger Kauz. Die ganze Familie tickt nicht richtig, wenn ihr mich fragt. Ich bin schon geschlaucht, wenn ich bloß an sie denke – und das war schon so, bevor wir noch mal mit dem Alten gesprochen haben.«

Joe lehnte sich auf der Stuhllehne zurück, reckte sich, faltete die Hände hinter dem Kopf und sah Kate an. »Du vermutest, dass Troy wegen seiner Freundschaft mit Cassandra in Levittes Haus war und dass sie ihm erzählt hat, was ihr Vater ihr angetan hat.« Als Kate sich nicht dazu äußerte, fügte er hinzu: »Damit liegst du richtig, glaube ich.«

»Aber den Beweis zu führen, ist eine andere Sache.« Kate blätterte in ihren Notizen. »Das Haus in der Hyde Road kann viele Geheimnisse enthalten, aber bevor wir *hier* mit Levitte gesprochen haben, können wir in dieser Beziehung nichts unternehmen.« Sie stützte frustriert ihr Kinn in eine Hand. »Ich will wissen, wer oder was Cassandra so verängstigt hat. Sie hat sich dieses Ornament, das ›Auge‹, selbst beschafft oder von jemandem bekommen. In beiden Fällen ist sie so manipuliert worden, dass sie jetzt davon abhängig ist. Wer hat das getan – und weshalb? Ich glaube, dass *er* es war, ihr Vater. Er ist keinesfalls der gutmütige Trottel, als den John Wellan ihn schildert.« Ihr Blick ging ins Leere. »Und es gibt eine Frage, auf die ich immer wieder zurückkomme: Was ist mit Nathan Troys Jacke passiert? Wieso hatte er im November keine Jacke an?«

Bernie runzelte die Stirn. »Ich bin mir nicht sicher, ob das relevant ist. Sieh dich mal am Freitag- oder Samstagabend auf der Broad Street um, Doc. Da sind sie alle unterwegs: Kids, die selbst im Winter kaum etwas anhaben. Devenish ist auch so ein Typ. So sehen diese jungen Machos alle aus.« Er betrachtete sie forschend. »Ist dein Verdacht gegen den alten Levitte nach dem Gespräch mit dieser Cassandra jetzt stärker als neulich bei der Besprechung mit Gander?«

Kate dachte darüber nach. »Gleich stark. Cassandra hat bestätigt, dass Nathan Troy sie zu Hause besucht hat. Bei einem dieser Besuche scheint es Streit gegeben zu haben. Leider kann Cassandra sich nicht daran erinnern, wann er zum letzten Mal dort war.«

Bernie legte die Hände auf den Tisch und stemmte sich hoch. »Das ist ihr großes Manko, Doc. Fehlende Zuverlässigkeit. Damit musst du dich abfinden. Wie Stuey Butts wäre auch sie eine miserable Zeugin der Anklage.« Er blickte auf Kate hinunter. »Stell dir vor, wie dein Ex – oder übrigens jeder seiner Kollegen – Hackfleisch aus den beiden machen würde.«

Sie sah ihm nach, als er den Tisch verließ und an die Kaffeemaschine ging. Er hatte natürlich recht.

Bernie sprach weiter: »Ich habe über ihren Namen nachgedacht. *Cassandra.* Das ist einer, den man nicht oft hört.«

Kate stand auf, suchte ihre Sachen zusammen. »In der griechischen Mythologie war Cassandra eine weise, aber machtlose Frau, auf die niemand gehört hat.«

42

Am folgenden Tag gingen Kate und Joe in der Rose Road über den Parkplatz und blieben neben ihrem Auto stehen. »Willst du wirklich nicht mitkommen?«, fragte er. Sie hatten darüber gesprochen, dass jemand Miranda Levitte aufsuchen müsse, und er hatte sich bereit erklärt, das zu übernehmen.

Sie schüttelte den Kopf. »Miranda Levitte hat bisher alles ignoriert: Anrufe, SMS von Bernie und meinen Besuch. Vielleicht ist sie dir gegenüber gesprächiger.« Sie lächelte ihn an. »Betrachte dich als die KUF-Geheimwaffe. Vielleicht bringen dir Männlichkeit plus amerikanischer Akzent einen Vorteil ein. Ich wüsste gern, wie sie ist, wenn man bedenkt, was wir über ihre Familie wissen.« Sie machte eine kurze Pause. »Hinter der Fassade ist die Familie schlimm dran. Sie hat jahrelang einen Satyr als Oberhaupt gehabt und dazu eine Mutter, die sich wegen eigener psychischer Probleme nicht um ihre Kinder kümmern und sie beschützen konnte. Und später kam dann noch eine zweite Frau, deren Fähigkeit, sich emotional für *irgendwelche* Kinder – noch dazu Stiefkinder – zu engagieren, sich stark in Grenzen halten dürfte. Roderick und Cassandra haben erhebliche psychische Defizite, die sie daran gehindert haben, sich von ihrer Familie zu lösen und in stabilen Verhältnissen dauerhafte Beziehungen einzugehen und vielleicht selbst Kinder zu haben.«

Sie schloss ihr Auto auf, als er mit einem Winken wegging. »Bisher wissen wir nicht, ob Mirandas Leben anders verlaufen ist. Lass dich nicht abwimmeln, Corrigan.«

Kate betrat das Zimmer neben ihrem Büro. Crystal war nicht da. Mit dem Notizbuch in einer Hand setzte sie sich an den Computer und überflog ihre Notizen. Dies war ein weiterer Schuss ins Blaue, aber sie musste versuchen zu verstehen, was Cassandra ihnen erzählt hatte. Falls das möglich war. Sie rief Google auf, gab das Suchwort »Auge« ein und fand wenig Nützliches. Als sie einer Eingebung folgend »böser Blick« eintippte, wurden die Artikel informativer. Als ihr das Wort »Amulett« ins Auge fiel, klickte sie es an und bekam Fotos von Objekten gezeigt, die der Glasscheibe, die Joe und sie an Cassandras Tür gesehen hatten, sehr ähnlich waren. Sie scrollte weiter, sah dasselbe Design am Seitenleitwerk eines Flugzeugs und überflog den Text: *Amulett, das vor dem bösen Blick schützen soll… das kristallblaue Auge war schon immer… in Ägypten und der Türkei verbreitet.*

Kate sah sämtliche Notizen durch, die sie sich seit Beginn der Ermittlungen gemacht hatte. Sie blätterte Seiten um, fuhr mit dem Finger über Einträge und suchte *irgendetwas*, irgendeinen Hinweis, den sie vielleicht übersehen hatte. Matthew Johnson hatte Anfang der Neunzigerjahre in Istanbul gelebt, und John Wellan war öfter in Griechenland gewesen. Was für Akademiker nicht ungewöhnlich war. Sie blätterte weiter und stieß auf Fakten und Äußerungen, deren Bedeutung sie beim ersten Mal nicht ganz erfasst und die sie bisher nicht miteinander in Verbindung gebracht hatte. Türkei. Ägypten. Östliches Mittelmeer. Sie starrte aus dem Fenster. Cassandra hatte gesagt, das Amulett stamme »aus dem Osten«.

Als Joe an der Tür von Artworks klingelte, kam eine hochgewachsene Blondine aus dem Hintergrund der kleinen Galerie, öffnete die Tür und forderte ihn mit einer Handbewegung zum Eintreten auf. Als sie sprach, hatte sie eine melodische Altstimme. Sie sah ihm ins Gesicht und ließ ebenmäßige weiße Zähne sehen, als sie lächelte. »Sie sind der Lieutenant, der angerufen hat, nicht wahr? Bitte kommen Sie mit.«

Das tat er und bewunderte ihre geschmeidigen Bewegungen, als sie in den behaglichen Raum hinter der Galerie vorausging, in dem sie ihm einen Platz auf einem Sofa mit hohen Armlehnen anbot.

»Kaffee? Tee? Oder etwas Stärkeres?«

»Danke, Ma'am, ich möchte nichts. Wir sind Ihnen dankbar, dass Sie diesem Besuch zugestimmt haben.«

Sie erwiderte seinen Blick. »Absolut kein Problem.«

Er wartete, bis sie in einem Sessel Platz nahm, wobei sie die Beine übereinanderschlug. Dann setzte er sich aufs Sofa. »Sie wissen, dass Nathan Troy ermordet aufgefunden worden ist, Miss Levitte?«

»Ja, natürlich, und Sie können mich Miranda nennen. Leider weiß ich nicht, wie ich Ihnen in dieser Sache behilflich sein kann.«

»Ich habe ein paar Fragen an Sie. Wollen wir abwarten, was sich daraus ergibt?«

Sie lächelte schwach, ohne seinem Blick auszuweichen. »Hmm … einverstanden.«

»Haben Sie ihn persönlich gekannt, Nathan Troy?«

Miranda Levitte schlug die Beine anders übereinander und strich sich eine Haarsträhne hinters Ohr. Ihre Bewegungen waren lässig selbstbeherrscht. »Ja, aber ich bin ihm nur einmal begegnet, glaube ich.«

»Wo war das?«

Klare blaue Augen betrachteten die Decke, dann sahen sie wieder Joe ins Gesicht. »Im Haus meines Vaters.«

Er nickte langsam. »Können Sie sich erinnern, wann das war, Ma'am?«

Wieder das schwache Lächeln. »Oh … Gott, das ist so lange her, nicht?« Sie legte zwei Finger an die Wange und sah wieder zur Decke auf. »Ich glaube … das muss zu Anfang von Nathan Troys erstem Studienjahr am Woolner College gewesen sein.«

Er sah mit seinem Notizbuch in der Hand auf. »Und was war der Grund seines Besuchs?«

Miranda Levittes elegante Augenbrauen gingen hoch. »Grund? Himmel, woher soll ich das wissen? Ich habe damals nicht mehr zu Hause gewohnt.«

»Welchen Eindruck hatten Sie von ihm?«

Sie sah an Joe vorbei, dann konzentrierte sie sich wieder auf ihn. »Übermäßig von dem Haus beeindruckt, übermäßig ehrfürchtig gegenüber meinem Vater. Ich kann mich nicht daran erinnern, dass er in der Stunde, in der ich da war, auch nur ein Wort gesagt hätte. Solche Leute legen es darauf an, Kontakt zu unserer Familie zu bekommen.« Sie sah Joe in die Augen. »Wegen der Reputation meines Vaters in der Kunstwelt, verstehen Sie? Ich habe den Verdacht, dass Nathan Troy ein ehrgeiziger Typ war. Dass er ganz bewusst auf seinen Vorteil aus war.«

Joe notierte sich etwas, dann sah er wieder Miranda an. »Ihre Schwester war nicht der Grund für Troys Besuche in Ihrem Elternhaus?«

Kühle blaue Augen betrachteten ihn. »Cassandra? Kennen Sie meine Schwester, Lieutenant Corrigan?« Er nickte knapp. »Dann wissen Sie auch, warum ich es für sehr unwahrscheinlich halte, dass sie der Grund für seine Besuche war.«

Joe erwiderte ihren Blick gelassen. »Ihre Schwester hat bestimmt Probleme, aber sie scheint sanft und freundlich zu sein. Vielleicht hat Nathan Troy das auch gesehen?«

Sie stützte einen Arm auf die Sessellehne und machte eine wegwerfende Handbewegung. »Das bezweifle ich. Cassandra findet den Alltag sehr schwierig. Das war schon immer so. Sie hat kein Leben, keine Arbeit, keinen Partner im … akzeptierten Sinn des Worts. Mein Vater tut, was er kann, aber sie beansprucht ihn emotional und finanziell. Ich weiß nicht, ob Sie gehört haben, dass er schon bald *Sir* Henry Levitte werden soll?« Joe nickte. »Cassandras Benehmen ist potenziell geeignet, ihn öffentlich zu blamieren, und das ist ihm gegenüber wirklich nicht fair.« Sie seufzte und schlug ihre langen, glatten Beine anders übereinander. »Mein Vater hat für unsere Mutter gesorgt, bis sie gestorben ist. Er hat uns alle aufgezogen und für uns gesorgt, und er sorgt noch heute für Cassandra. Nach all diesen Jahren voller Arbeit und Fürsorge hat er es nicht verdient, dass diese Sache mit Nathan Troy wieder ausgegraben wird – vor allem nicht, dass sie von den Medien reißerisch aufgemacht wird. Das ist einfach nicht … *fair.*«

»Ich vermute, dass seine Eltern es auch nicht für fair halten, was ihm zugestoßen ist.« Sie starrte ihn an, während er das Thema wechselte. »Vielleicht war Troy in Ihrem Elternhaus, weil er mit Ihrem Bruder befreundet war?«

Er beobachtete, wie die blauen Augen sich weiteten und die vollen Lippen sich zu einem spöttischen Lächeln verzogen. »*Roderick?* Sie kennen ihn offenbar nicht. Mein Bruder kommt mit keinem Menschen aus. Er ist am liebsten allein. Wobei ›am liebsten‹ noch übertrieben ist.«

Joe nickte, während er schrieb, dann sah er wieder zu ihr hinüber. »Haben Sie sonst noch was zu Troy anzumerken? Außer, dass er auf seinen Vorteil bedacht war?«

Sie lachte, sodass weiße Zähne zwischen zinnoberroten Lippen aufblitzen. »Das *liebe* ich an euch Amerikanern. Immer diese Direktheit. Nein, ich habe nichts hinzuzufügen. Außer dass er jung, unreif und vermutlich recht langweilig war.«

»Er war damals noch sehr jung. Sie aber auch, Ma'am? Vielleicht hat sich damals auf Ihr Urteil ausgewirkt, dass Sie ältere Männer gewöhnt waren? Ältere Verehrer?«

Miranda lächelte ihm zu. »*Verehrer.* Wie entzückend. Ja, ein paar. Aber keiner, der durchgehalten hat.«

Er betrachtete sie, dann beschloss er, Kates Theorie auf die Probe zu stellen. »Mich überrascht ein bisschen, dass weder Ihre Geschwister noch Sie geheiratet und Kinder bekommen haben.«

Ihr Blick wurde kühl. »Was mich betrifft, ist Ihre Überraschung unangebracht, Lieutenant.«

Kates Handy klingelte, als sie sich ihren Weg durch Horden von Studenten aus dem Woolner College bahnte.

»Hi, Joe. Wie ist es dir ergangen?«

»Red, ich muss dir etwas sagen. Ich habe diese große, kühle Blondine kennengelernt, und du bist Geschichte.«

Sie lachte. »Was hast du rausgekriegt?«

Sein Tonfall wurde ernst. »Sie scheint nicht allzu viel von ihren Geschwistern zu halten. Sie wirkt sehr überlegen, sehr selbstbewusst. Dass sie die beiden distanziert neugierig betrachtet, dürfte hinkommen. Und weißt du, was? Sie hat bestätigt, dass Troy Gast in ihrem Elternhaus war.«

»Ich *wusste,* dass er dort regelmäßig verkehrt hat«, sagte Kate in stillem Triumph.

»So weit ist sie nicht gegangen, Red. Sie hat ihn dort nur einmal gesehen.«

Als die Studenten zu laut wurden, bedeckte Kate ihr freies Ohr mit der Hand. »Wie hat sie sich über Troy geäußert? Was hat sie über ihn gesagt?«

»Sie denkt, Troy sei von ihrem Vater beeindruckt gewesen und habe versucht, durch den Kontakt zu ihm die eigenen Ambitionen zu fördern.«

Kate blieb unwillkürlich stehen. »Sie hat gesagt, Troy sei *ehrgeizig* gewesen?«

»Ganz recht.« Joe machte eine kurze Pause. »Von ihrem Vater hat sie sehr herzlich gesprochen. Ich muss sagen, Red, dass ich nicht den Eindruck hatte, dass *sie* jemals Probleme mit ihm gehabt hat.«

Sie ging weiter. »Vielleicht war Cassandra das einzige Kind, das er missbraucht hat. Bestimmt hat seine Wahl sich an der Persönlichkeit seiner Kinder orientiert – und du hast Miranda als cool und selbstbewusst geschildert. Ganz anders als Cassandra.«

»Hmm. Cool, aber definitiv mit einzelnen Hotspots.« Kate zog die Augenbrauen hoch. »Aber eine deiner Vermutungen über ihr Erwachsenenleben war falsch.«

»Welche?«

»Sie hat einen Sohn.«

Kate blieb nochmals stehen. »Wie alt? Wo ist er? Wer ist der Vater?«

»Er ist neunzehn. Er studiert in Cambridge – aber sie ist keine Frau, die Fremden ihr Leben erzählt.«

Kate lief die Treppe ins Woolner College hinauf. Nur wenige Minuten später stand sie an der weit offenen Ateliertür und sah John Wellan, dessen faltiges Gesicht noch mürrischer wirkte als sonst, mit einem Besen in den Händen. Sie beobachtete, wie er glitzernde Splitter zusammenkehrte. »Was ist passiert?«

»Rupe! Platz. Braver Hund.« Er arbeitete weiter, sah nur kurz zu Kate hinüber. »Halten Sie lieber Abstand. Das ist sicherer.«

Kate stellte sich vor die aufgehängten Gesichtsmasken und Schutzanzüge und sah sich rasch im Atelier um. Woher die Splitter auf dem Fußboden kamen, war jetzt klar: von den gerahmten Bildern links neben der Tür war eines herabgefallen, wobei das Glas zersplittert war. Es war das Bild, das gleich neben dem Türschloss gehangen hatte. Dass es fehlte, hatte sie beim Hereinkommen nicht gemerkt. Jetzt war sie in Gedanken bei ihrem eigenen nächtlichen Erlebnis. »Wissen Sie, wer das war?«

»Keine Ahnung.« Er ging in die Hocke, kehrte die Splitter auf ein Kehrblech und ging damit durchs Atelier, um sie in eine große schwarze Abfalltonne zu kippen.

Sie winkte ihm zu und machte sich auf den Weg zum Ausgang. »Ich komme wieder, wenn …«

Er schüttelte den Kopf, deutete auf einen Stuhl. »Setzen Sie sich.« Er ging an ihr vorbei zum Wasserkocher.

Kate sah sich noch mal in dem Atelier um und zog die Augenbrauen hoch, als sie an den Wänden weitere leere Stellen entdeckte. »Jemand hat Ihre *Bilder* gestohlen?«

»Was?« Er hob den Kopf und sah, was sie meinte. »Nein, das war ich selbst. Ich habe aufgeräumt, einen Teil der Sachen weggeworfen, die sich im Lauf der Jahre angesammelt hatten. Lauter wertloses Zeug. Nach Ihrem Besuch von neulich habe ich beschlossen, dass es Zeit ist, hier mal aufzuräumen.«

Kate setzte sich und nahm den Becher mit heißem Tee von ihm entgegen. »Danke. Seit wir uns zuletzt gesehen haben, habe ich Cassandra Levitte kennengelernt.«

»Tatsächlich?« Er durchsuchte die Taschen seiner über einen Stuhl gehängten Jacke. »Haben Sie erfahren, was Sie wissen wollten? *Ah!*« Er brachte die Dose zum Vorschein, mit der er sich Zigaretten drehte.

»Wir haben mit ihr gesprochen, aber ihr geht's im Augenblick offensichtlich nicht gut.« Während er sich eine Zigarette anzündete, trank sie mit kleinen Schlucken ihren Tee und sah sich im Atelier um. Vieles war umgestellt worden. Er hatte den großen Raum gründlich entrümpelt. »Zum Glück haben Sie das schönste Gemälde noch.« Als er aufsah, zeigte sie auf das Bild, das sie meinte. »Madonna mit Kind.«

Er zuckte mit den Schultern. »Nur gut, dass ich das noch habe. Das ist eine Arbeit einer meiner Studentinnen im dritten Jahr. Sie wird sie mitnehmen wollen, wenn sie im Juli fertig ist.«

Kate war überrascht. »Eine Studentin hat es gemalt? Sie ist sehr begabt.« Ein weiterer Schluck Tee. »Ist Ihnen etwas gestohlen worden?«, hakte sie nach. Sie hatte beschlossen, den Einbruch bei sich nicht zu erwähnen.

Er wirkte müde, als er eine Rauchfahne zur Decke blies. »Das können Sie nicht wissen, aber ich habe ein Faible für gute Arbeit, für Qualität. Ich mag Klassiker.«

Sie nickte lächelnd. »Das sieht man an Ihrem Auto.«

Er atmete erneut Rauch ein. »Vor einigen Jahren habe ich mir einen klassischen Füller, einen weinrot-goldenen ›Dragon‹ von Montegrappa gekauft. Ein Prachtstück. *Der* ist leider weg. Ich hatte noch keine Zeit, genau zu kontrollieren, was vielleicht sonst noch fehlt.« Er sah sie an. »Aber

Sie sind nicht hier, um sich mein Gejammer … Still, Rupe!« Er konzentrierte sich wieder auf sie. »Kann ich irgendwas für Sie tun?«

Kate nickte. »Ja. Ich weiß nicht, ob Sie wissen, dass Cassandra Levitte gerade in einer Privatklinik ist?«

Er zuckte mit den Schultern. »Das ist leider keine große Überraschung.«

Sie wählte ihre Worte vorsichtig, weil sie nicht allzu viel von Cassandras Problemen preisgeben wollte. »Als ich neulich bei ihr war, habe ich eine Art Amulett gesehen, das sie hat. Blaues Glas mit konzentrischen Kreisen – wie ein Auge. Sie scheint sehr daran zu hängen.«

John Wellan nickte, dann zog er die Augenbrauen hoch. »Und Sie erzählen mir das, weil …?«

»Weil ich glaube, dass dieses Stück aus dem Mittelmeerraum stammt, und hoffe sehr, dass Sie vielleicht eine Idee haben, woher es genau kommen könnte.«

»Ich kann nur vermuten, dass es zum Beispiel aus der Türkei stammen könnte, aber wie es in ihren Besitz gelangt ist, weiß der Teufel.«

Kate seufzte enttäuscht. »Sie kennen die Familie schon seit Langem. Ich dachte, Sie hätten vielleicht mal irgendeinen Kommentar darüber gehört.«

Sein mürrischer Gesichtsausdruck verstärkte sich noch. »Ich arbeite seit vielen Jahren mit Henry zusammen. Seit ich zweiundneunzig hier angefangen habe. *Ihn* kenne ich ziemlich gut, aber die anderen nicht. Ich achte darauf, freundlich und umgänglich zu sein, wenn ich jemandem aus der Familie begegne, aber zu *diesen* Gesellschaftskreisen habe ich nie gehört. Allzu enger Kontakt mit den Schönen und Reichen von Birmingham ist nicht mein Geschmack. Dafür habe ich einfach keine Zeit.«

»Was halten Sie von ihnen als Eltern – ich meine Henry Levitte und seine zweite Frau?«

Er zuckte mit den Schultern. »Da ich keine Kinder habe, kann ich mir kein Urteil erlauben, aber auf den ersten Blick würden Roderick und Cassandra ihnen keine Preise einbringen.« Er sah zu den Fenstern hinüber. »Eltern, Familien …« Er schüttelte den Kopf. »Der Horizont meiner Eltern hat genau bis zum Ende unserer Straße gereicht. Ich hatte nichts mit ihnen, mit meiner Bruder oder meiner Schwester gemeinsam. Ich hatte nur einen Wunsch: weg von allen und raus aus Dorcester.«

Kate war enttäuscht, aber sie gab trotzdem nicht auf. »Sie haben mir von Roderick und seinen Problemen erzählt, und Sie haben Cassandra gekannt, als sie in den Neunzigerjahren hier studiert hat.«

Er schüttelte den Kopf. »Cassandra konnte man nicht ›kennen‹. Das konnte niemand. Sie war nur selten da, aber wenn sie hier war, ist sie wie ein Wirbelwind durch die Räume gefegt. Wegen ihrer Medikamente, vermute ich.«

»Und das Familienleben in den letzten Jahren?«

Er erwiderte ihren Blick. »Was ich darüber weiß, habe ich Ihnen schon erzählt.«

Sie machte ein nachdenkliches Gesicht. »Ich hatte gehofft, Sie hätten etwas aus der Gerüchteküche der Akademie aufgeschnappt.«

Er schüttelte abwehrend den Kopf. »All den boshaften Tratsch vermeide ich *unbedingt*. Wollen Sie Details aus ihrem Privatleben hören, sind Sie bei mir an der falschen Adresse. Für die hiesige akademische Hierarchie bin ich eine *Persona non grata*. Ich stehe weder auf Levittes noch Johnsons Liste von Leuten, die eine Weihnachtskarte bekommen, das können Sie mir glauben.« Er grinste, zog wieder an der Zigarette, inhalierte und musterte sie abschätzend. »Hätte ich den Mund gehalten und Henrys Ideen von ›gutem Kunstunterricht‹ befolgt, wäre ich vielleicht Professor geworden und hätte viel mehr verdient. Aber dafür ist es zu spät. Jetzt ist der Zug abgefahren.«

»Glauben Sie nicht, dass Sie Ihr Böser-Bube-Image ein bisschen übertreiben?«

Er grinste nur. »Das hoffe ich sehr. Ich brauche noch ein paar Jahre in dieser Stellung.«

Sie sah in ihren Becher, als ihr etwas auffiel. »Ich weiß anscheinend mehr über die Leute hier als Sie.«

Er zuckte mit den Schultern, dann hob er die Hände und sah sich in dem Atelier um. »Sehen Sie das alles? Malerei, Bildhauerei. *Das* führt mich jeden Tag hierher. Das und meine Studenten.«

Kate trank einen letzten Schluck, stellte den Becher ab und stand auf, um zu gehen. »Wir waren bei Cassandra, und nun beginne ich sie zu verstehen, weil ich ein Gefühl dafür bekomme, wie ihre Kindheit gewesen sein dürfte.«

Er zog die Augenbrauen hoch. »›Wir‹?«

»Lieutenant Corrigan und ich haben sie gemeinsam besucht.« Sie wirkte nachdenklich. »Das mag seltsam klingen, aber auch nach so vielen Jahren in meinem Beruf bin ich immer wieder überrascht, sogar schockiert darüber, was für lange Schatten die frühen Jahre eines Menschen über sein späteres Leben werfen können.« Sie nahm ihre Tasche über die Schulter. »Und vermute ich richtig, dass Sie mir auch nichts über Miranda erzählen können?«

Er fing an, sich eine neue Zigarette zu drehen. »Abgesehen davon, dass sie oft eisig wirkt und dazu neigt, die Welt – tatsächlich und im übertragenen Sinn – aus großer Höhe zu betrachten, kann ich nicht viel über sie sagen.

Aber so ist sie vielleicht nur mir gegenüber. Der Einzige, mit dem ich wirklich Kontakt hatte, ist Roderick.« Er schüttelte den Kopf. »Ich habe Ihnen erzählt, wie er einem auf die Nerven gehen kann. Alles, was er für die Retrospektive macht, muss ich noch mal machen.« Als Kate ihn genauer betrachtete, fiel ihr auf, wie erschöpft er wirkte. »Er ist wahrscheinlich schuld daran, dass ich meinen verdammten Füller hier liegen gelassen habe, damit ihn jemand klauen konnte.« Wellan sah auf und grinste. »Schluss mit dem Gejammer!« Er stand auf und brachte sie zur Tür.

»Meine Kollegen und ich werden zu der Retrospektive kommen. Sie wohl auch?«

Er nickte. »Ja, ich muss leider hin. Wollen Sie beobachten, wie die Levittes sich mit Küsschen begrüßen?«

»Wir wollen schon vorher mit Henry Levitte sprechen und einen Termin für ein baldiges Gespräch in der Rose Road vereinbaren.«

Er riss ein Zündholz an. Als es aufflammte, sah sie seine Hand zittern, während er die Flamme an die dünne Zigarette hielt. Dann atmete er Rauch aus. »Gute Idee. Aus dem alten Furzer kriegen Sie nur etwas raus, wenn Sie es zu *Ihren* Bedingungen machen. Wir sehen uns bei der Retrospektive.«

Kates Handy klingelte, als sie auf dem Weg zu ihrem Wagen war. »Hi, Bernie.«

»Hab was für dich, Doc. Der Handabdruck am Fensterrahmen, der neulich nach dem Einbruch bei dir sichergestellt wurde … rate mal, von wem der stammt?« Er machte eine Kunstpause. »Stuey Butts.«

Obwohl sie Bernies Verdacht seit Langem kannte, kam diese Mitteilung sehr überraschend. »Aber er kennt mich nicht, weiß nichts von meiner Verbindung zu dem Fall. Und selbst, wenn er sie kennen würde, woher sollte er wissen, wo ich wohne?« Ihr fiel etwas anderes ein. »Glaubst du etwa, dass das für unser Vorhaben, morgen Abend zu der Retrospektive zu gehen, relevant ist?«

»Wüsste nicht, wie.«

Sie fuhr sich mit einer Hand durchs Haar und bemühte sich, die Ideen und Sorgen, die in ihrem Kopf um Aufmerksamkeit wetteiferten, zu organisieren. »Stuarts Aufenthaltsort ist noch immer unbekannt?«

»Niemand weiß, wo er steckt. Mutter Butts sitzt unten am Empfang und weint sich die Augen aus.«

»Wie das?«

»Sie hat endlich zugegeben, dass sie seit Tagen nichts mehr von ihrem Jungen gehört hat.«

Kate ging weiter. »Warum hat sie das nicht viel früher gesagt?«

»Ich vermute, dass jahrelange Scheu vor der Polizei und der blaue Fleck, den sie auf dem linken Backenknochen hat, etwas damit zu tun haben könnten. Die Kollegen von oben fahnden weiter nach ihm. Ich bezweifle, dass wir irgendwelche Antworten bekommen, bevor sie ihn schnappen.«

43

Als Kate zwanzig Minuten später nach Hause kam, lehnte Kevin in der Küche an der Arbeitsplatte und kochte Tee. »Auch für dich?«, bot er ihr an. Sie nickte, dann wartete sie, bis der Tee eingeschenkt war, und trug die beiden Tassen zum Tisch. »Wie war's in der Arbeit?«, fragte er.

Sie trank einen kleinen Schluck. »Viel zu tun. Keine ruhige Minute.« Sie sah ihn an. »Wie geht's dem Bein?«

Kevin hob es mit einer Grimasse hoch, und sie konnte sehen, dass der Knöchel unter dem Bademantel noch immer geschwollen war. »Für mich ist Schluss mit Squash.« Er seufzte. »Achtunddreißig und ein *ehemaliger* Squasher.« Er lehnte sich auf dem Stuhl zurück und betrachtete sie forschend. »Fragst du dich auch manchmal, wohin alles verschwunden ist?«

Kate runzelte die Stirn. »*Was* verschwunden?«

»Du weißt schon … Die Zeit. Wir.«

Sie nahm noch einen Schluck. »Bei genauer Überlegung wirst du zugeben müssen, dass du ›verschwunden‹ bist«, sagte sie. Statt des wie sonst erwarteten wortreichen Rechtfertigungsversuchs kam ein weiterer Seufzer.

»Ja, ich weiß.« Eine Pause von einigen Sekunden. »Aber davor war nicht alles schlecht. Das stimmt doch?«

Kate stellte ihre Teetasse ab. »Nicht alles«, bestätigte sie im Interesse harmonischer Beziehungen zu ihrem geschiedenen Mann vorsichtig.

Kevin sah sie mit Bedauern in seinen rehbraunen Augen an. »Ich werde mir nie verzeihen, was ich dir angetan habe, weißt du.«

»Ich dir auch nicht«, sagte sie leichthin, um dem Gespräch eine andere Wendung zu geben, und lächelte dabei, um ihren Worten die Schärfe zu nehmen.

»Ich habe mir oft gesagt, dass ich ein Trottel gewesen bin.« Sie sah Traurigkeit auf seinem Gesicht und wollte eben etwas sagen, als er mit der flachen Hand auf den Tisch schlug und sie zusammenzucken ließ. »Aber so ist es nun mal. *Nulli usui plorari lac effusum,* was?« Während er mühsam auf die Beine kam, überließ er es Kate grinsend, die lateinischen Wörter zu übersetzen, und war schon fast im Arbeitszimmer verschwunden, als sie den Sinn enträtselt hatte.

»Es nützt nichts, verschüttete Milch zu beweinen …« Sie stand mit grimmiger Miene vom Tisch auf und verglich dabei ihren Vater und ihren Exmann. Beiden hatte sie vertraut. Beide hatten sie verlassen.

Kate trug die Tassen zum Geschirrspüler, starrte einige Sekunden lang die Wand darüber an. Und dann gab es Joe: groß, attraktiv, amüsant. Sie hatte ihn gern und vermutete wegen seines scherzhaften Umgangs mit ihr, dass er sie ebenfalls mochte. Sie stellte Tassen und Untertassen in die mit Kunststoff ummantelten Halterungen. *Das spielt keine Rolle. Mit fünfunddreißig bin ich für mein eigenes Leben verantwortlich. Niemals mehr lasse ich die Art Chaos zu, die Kevin hineingebracht hat. Es hat zu lange gedauert, wieder Ordnung zu schaffen.*

Sie folgte ihm ins Arbeitszimmer. »Wann gehst du wieder nach Hause?«, fragte sie, dann runzelte sie die Stirn, weil ihr die Stille im Haus auffiel. »Wo ist Maisie?«

Kevin zuckte mit den Schultern. »Sie ist bei irgendeiner Freundin.«

Sie starrte ihn an. »Seit wann? Du hast mir erzählt, sie würde Hausaufgaben machen. Bei welcher Freundin? Seit wann ist sie weg? Wann kommt sie …«

»Ich hatte vergessen, dass sie weg ist. Sie hat irgendwas von Chelsey gesagt. Ich habe auch einen anstrengenden Tag hinter mir, weißt du. Hör auf, dich wie eine Glucke zu benehmen. Sie ist zwölf. Wenn du so weitermachst, lebt sie auch noch mit vierzig hier.« An der Haustür wurde geklingelt. »Siehst du? Unbegründete pathologische Sorge.«

Es war Joe. Er kam herein, und die beiden Männer nickten sich durch die Tür des Arbeitszimmers zu.

Joe sah sie an. »Ich wollte nur mal vorbeischauen. Komme ich ungelegen?«

Kate schüttelte den Kopf und ignorierte dabei ein Murmeln von nebenan. »Nein, aber ich muss Candice anrufen.«

Dann hörten sie beide ein kurzes Hupen auf der Straße und Schritte, die zur Haustür gerannt kamen. Die Tür flog auf. »Hi, Mom. Hi, Joe, ich hab dein Auto gesehen.«

»Ich wusste nicht, wo du bist«, sagte Kate und bemühte sich, nicht vorwurfsvoll zu klingen.

»Ich hab Daddy gesagt, dass ich zu Chel gehe.«

Kate sah zu Joe hinüber, der an der offenen Tür stand. Er nickte. »Gut, dann bis morgen, Red.« Sie beobachtete, wie er zu seinem Volvo hinausging.

44

Kate saß im KUF-Dienstraum am Tisch und grübelte über den aussichtsreichsten Ermittlungsansatz nach, der ihnen geblieben war: Henry Levitte.

Bernies Stimme unterbrach ihre Überlegungen. »Bevor ich es vergesse – wann sollen wir dich heute Abend abholen? Ich habe Corrigan versprochen, es ihn wissen zu lassen.«

Sie sah auf ihre Armbanduhr. »Halb sieben. Übrigens kommt Julian auch mit. Er zieht sich bei mir zu Hause um. Wo ist Joe eigentlich?«

»Er muss den nächsten Abschnitt seiner Schießausbildung genehmigen lassen. Noch mal zu unserem heutigen Treffen mit Levitte: Du und ich müssen uns darüber einigen, was wir zu ihm sagen, und noch wichtiger, was wir *nicht* sagen, denn ich vermute, dass er morgen um neun mit seinem Anwalt sprechen wird – sogar früher, wenn er mit einem befreundet ist.«

»Du kennst das übliche Verfahren besser als ich. Wie wäre es, wenn du mir sagst, was du vorhast, und ich dein Vorhaben im Licht von Henry Levittes Psychologie und unserer Zielsetzung beurteile?«

Er rieb sich sein kratziges Kinn. »Richtig, und sobald wir einen Plan haben, müssen wir ihn Goosey vorlegen.« Er griff nach dem Telefonhörer. Zwei Minuten später legte er auf. »Er kommt in einer halben Stunde vorbei.«

Irgendetwas in den Notizen über den Besuch, den Joe

und sie neulich Cassandra abgestattet hatten, erregte Kates Aufmerksamkeit. Sie fuhr mit dem Zeigefinger ihre Stenonotizen nach, überlegte kurz und sah dann zu Bernie auf. »Hast du schon mal darüber nachgedacht, wie schwierig es sein kann, die wahre Bedeutung des Gesagten zu verstehen, wenn Leute mit ausdrucksloser Stimme sprechen?«

Er betrachtete sie stirnrunzelnd, während er seine Taschen nach einem Stift abklopfte. »Nö, eigentlich nicht.«

Sie starrte ihre Notizen an. Cassandra hatte unter Einwirkung starker Medikamente gestanden, als sie mit ihr geredet hatten. Kate las nochmals, was sie mitgeschrieben hatte. Als sie Cassandra gefragt hatte, bei welchen Gelegenheiten Nathan in ihr Elternhaus gekommen sei, hatte Cassandra von einem Besuch erzählt, bei dem sie krank und ihr Vater wütend gewesen war. Sie las nach, was Cassandra tatsächlich gesagt hatte: »Nein … das war's.« Sie sah nochmals zu Bernie auf. »Hör dir mal diese beiden Sätze an. Nummer eins: ›Nein … das *war's.*‹ Und Nummer zwei: ›Nein … *das* war's.‹ Was hältst du davon?«

Bernie runzelte dichte Augenbrauen. »Du weißt, was ich von solcher Wortklauberei halte.«

Kate blieb gelassen. »Das hat Cassandra im Zusammenhang mit einem Besuch Troys in ihrem Elternhaus gesagt. Ich habe gefragt, ob sie sich an seinen letzten Besuch erinnern könne. Ich dachte, sie meinte: ›Nein, das ist der einzige Besuch, an den ich mich erinnern kann.‹ Aber so war es *nicht* gemeint. Sie wollte sagen, dass der von ihr geschilderte Besuch sein *letzter* gewesen ist! Siehst du?«

Er trat hinter sie, um einen Blick auf ihre Notizen zu werfen, und sah nur Hieroglyphen. »Du meinst also, dieses bewusste Mal sei …«

»Troys letzter Besuch gewesen. Genau. Jetzt hör dir an,

was sie darüber gesagt hat: *sie* war krank, ihr Daddy war wütend, und Dinge sind zersplittert und über den Boden gerollt.« Kate sah zu Bernie auf. »Ich halte es für denkbar, dass es Streit zwischen Henry Levitte und Troy gegeben hat. Levitte war damals zwanzig Jahre jünger. Vielleicht ist es sogar zu Tätlichkeiten zwischen den beiden gekommen.«

Er nickte langsam. »Bin völlig auf deiner Linie, Doc. Du glaubst, dass Nathan Troy nicht drunten am See, sondern in der Hyde Road gestorben ist? Dann müssen wir umso besser darauf achten, was wir zu Levitte sagen, wenn wir ihn heute Abend sehen.«

Wenige Minuten später hörten sie die schweren Schritte von Chief Superintendent Gander auf dem Flur herankommen. Er trat ein und kam gleich zur Sache. »Erzählen Sie mir, was Sie vorhaben. Ich möchte einen Plan hören, bei dem Vorsicht das oberste Gebot ist.«

Bernie schilderte ein Gespräch, das leise und zurückhaltend sein würde. Sie würden Henry Levitte mitteilen, dass er jetzt im Zentrum ihrer Ermittlungen im Mordfall Nathan Troy stehe. Sie würden ihm erklären, dass er damit nicht automatisch der Hauptverdächtige sei, aber dass sie glaubten, er besitze vielleicht Informationen über den Mord an Troy.

»Unsere Bitte, zur Vernehmung herzukommen, formulieren wir so, dass er weiß, dass er notfalls zwangsweise vorgeführt wird«, sagte Kate. »Dann müssen wir abwarten, ob er davon spricht, seinen Anwalt mitzubringen.« Gander betrachtete seine Schuhspitzen, als sie fortfuhr. »Wir wollen ihn in der nächsten halben Stunde anrufen, um zu fragen, wann heute Abend der günstigste Zeitpunkt wäre.« Inzwischen war auch Furman hereingekommen und stand jetzt in der Nähe der Tür. »Einzelheiten erfährt er natürlich keine. Unsere Linie muss vielmehr sein: ›Wir haben einige neue Erkenntnisse im Mordfall Troy und möchten sie morgen mit Ihnen in der Rose Road besprechen.‹«

Während Bernie dem Chief Superintendent ein einzelnes A4-Blatt mit den Details ihres Plans gab, sah Furman erst zu Kate und dann zu Gander, der zustimmend nickte.

»Sie sind weiter von der Qualität Ihrer Informationen überzeugt?«, fragte der Chief. Kate und Bernie nickten. »Und der Lieutenant ist Ihrer Meinung?« Wieder ein Nicken.

Jetzt mischte Furman sich ein. »Nur damit das klar ist: Ich bin mit diesem Vorgehen weder einverstanden noch unterstütze ich es.«

Kate erwiderte unerschrocken seinen Blick. »Da unsere Ermittlungen sich auf Henry Levitte konzentrieren, müssen wir möglichst bald hören, was er …«

Der Inspector funkelte sie an. »Ich behaupte weiter, dass die Beweislage zu dünn ist.«

Sie zeigte auf die Glaswand. »Alle psychologischen Indikatoren sind vorhanden.«

Er schüttelte den Kopf. »Sie sind nun schon fast zwei Jahre hier, aber Sie kapieren noch immer nichts.«

Gander musterte ihn irritiert. »Schluss damit! Kate gehört zur KUF, weil sie eine erfahrene Psychologin ist. Sagt sie, dass diese Indikatoren zuverlässig sind, halten wir uns daran.« Kate fühlte sich einen Augenblick unsicher, während sie beobachtete, wie er sein zu enges Jackett zuknöpfte. »Vom Stand der Nachforschungen im Park haben Sie nichts mehr gehört?« fragte er. Als Bernie und sie den Kopf schüttelten, machte er kehrt und rauschte mit Furman im Schlepptau hinaus.

45

Um 18.15 Uhr stand Kate in ihrem Zimmer vor dem wandhohen Spiegel und kämpfte gegen wachsende Besorgnis an, während sie sich von einer Seite zur anderen drehte und ihr Spiegelbild begutachtete. Das mitternachtsblaue Kleid hatte sie seit zwei Jahren nicht mehr getragen – und auch davor nur einmal. Wie damals war es von den Schultern bis zu den Knien figurbetont. Sie drehte sich erneut, sah mit zusammengekniffenen Augen über die andere Schulter. Kein Unterschied.

Bloßes Unbehagen wich jetzt einer Krise ihres Selbstvertrauens. Sie trat an den Toilettentisch, griff nach dem Handspiegel, stellte sich damit vor den großen Spiegel, um ihre Rückansicht zu begutachten, und nahm undeutlich wahr, dass das Telefon in der Diele klingelte. *Es sitzt wirklich knalleng. Warum hast du es nicht vorher mal anprobiert?*

Sie sah auf ihre Uhr. War es schon zu spät? Vielleicht nicht. Vielleicht konnte sie noch rasch in ihr schwarzes Spitzenkleid mit dem Rückenschlitz schlüpfen? Sie ging einige Schritte weg, drehte sich um und beobachtete, wie sie auf High Heels aus Lackleder auf den Spiegel zuschritt. *He, wie kommt das?* Ohne ihr Zutun machten die hohen Absätze, die sie noch nie zu diesem Kleid getragen hatte, ihren Gang unbestreitbar sexy.

Vom Flur drang eine Stimme herein. »Mom? *Mom!*

Bernie und Joe sind unterwegs – sie kommen in ein paar Minuten.«

Kate war fix und fertig, als sie ihre rote Haarflut begutachtete, die sich bis über beide Schultern ergoss. Während sie sich das Haar bürstete, dachte sie über den geplanten Ablauf des Abends nach: Henry Levitte hatte sich am Telefon bereit erklärt, von 19.45 bis 20 Uhr mit ihnen zu sprechen, bevor die Ausstellung, zu der viel örtliche Prominenz erwartet wurde, um 21 Uhr offiziell eröffnet wurde, wobei er kurze Dankesworte sprechen würde. *Bis dahin müssen wir ihn davon überzeugt haben, in die Rose Road zu kommen.*

Sie atmete tief durch. Es wurde Zeit, dass sie nach unten ging.

Julian kam ins Wohnzimmer geschlendert und machte halt, als er sah, dass Kate noch nicht unten war, während Kevin, der einzige Anwesende, ihn über eine Zeitung hinweg anstarrte. Er fühlte sich unbehaglich, war nicht weltmännisch genug, um Konversation zu machen, sondern setzte sich auf eine Sesselkante und wirkte sichtbar in die Enge getrieben.

Kevin musterte ihn. »Wohin seid ihr alle unterwegs? Zu einem gesellschaftlichen Ereignis?« Er begutachtete Julians Smoking mit altmodisch breiten Aufschlägen und zu langen Ärmeln. »Um Abendkleidung wird gebeten, was?«

»Wir gehen zu Henry Levittes Retrospektive in der …« Als draußen eine Autotür ins Schloss fiel, sprang Julian auf und war mit zwei, drei Sätzen in der Diele.

»Ja, gehen Sie nur hin«, sagte Kevin, dessen Bein auf einem Sitzkissen ruhte, sarkastisch aufmunternd. »Ah, zu spät«, fügte er an, als Julian umkehrte, weil die Haustür bereits aufging.

Als Maisie ins Wohnzimmer gestürmt kam, hob Kevin warnend die Hand. »Pass auf mein Bein auf!«

»Bernie und Joe sind hier, und sie sehen *wirklich* besonders aus.« Sie sah sich um. »Hi, Julian. Du siehst natürlich auch nett aus.«

Kevin beobachtete, wie die Wohnzimmertür aufging und ihm die Neuankömmlinge zeigte. Er begrüßte sie nicht. Maisie ergriff die gesellschaftliche Initiative. »Mom hat vor einer Ewigkeit gesagt, dass sie gleich runterkommt. An eurer Stelle würde ich mich hinsetzen.«

Joe durchquerte den Raum, um in den nachtdunklen Garten hinauszusehen, während Bernie sich in einen Sessel sinken ließ und Julian zunickte. »So ein Smoking sieht klasse aus, Devenish. Vielleicht muss ich auch mal wieder einen tragen.« Julian musterte schweigend Bernies Leibesumfang. »Auf der Herfahrt ist mir was eingefallen, Leute. Behalte ich meinen Job noch eine Zeit lang, könnte ich mir vielleicht ein Haus in diesem Teil von Harborne kaufen.«

Kevin faltete seine Zeitung laut raschelnd neu. »Damit ist dieses Viertel erledigt«, murmelte er so leise, dass nur Joe ihn verstand.

Die nächsten Geräusche hörten alle: Schritte auf der Treppe, dann das Klappern hoher Absätze in der Diele. Als sie sich gleichzeitig der aufgehenden Tür zuwandten, verkündete Kate: »Ich bin soweit.«

Maisie fand ihre Stimme als Erste wieder. »*Wow,* Mom! Du hast echt das ›gewisse Etwas‹, von dem Chels Mom uns manchmal erzählt.«

Kates Kollegen beobachteten, wie sie sich umwandte, dann folgten sie ihr mit Maisie in die Diele hinaus.

Kates Stimme war bis ins Wohnzimmer zu hören. »Ich

komme nicht allzu spät. Geh bitte pünktlich ins Bett, Maisie, und vergiss nicht …«

»Ich *weiß.*« Als draußen ein Auto anfuhr, rief Maisie ihrer Mutter laut nach: »Amüsier dich gut bei deinem Date!« Sie schloss die Haustür und kam ins Wohnzimmer zurück, in dem ihr Vater sie gereizt anstarrte. »Was?«

46

Das Erdgeschoss der Galerie White Box – überheizt und voller schneidender Stimmen – war mit seinen extravaganten Blumenarrangements, den Stellwänden für Henry Levittes Gemälde und einem eleganten Publikum in Abendkleidung kaum wiederzuerkennen. Die vier standen beisammen, hielten Ausschau nach bekannten Gesichtern. Beispielsweise nach dem von Henry Levitte. Er war nirgends zu sehen, aber sie erkannten einige andere Leute. John Wellan stand etwas entfernt an der Rückwand des Raums. Kate sah, dass er passende Abendkleidung trug. Nichts Anarchisches wie das T-Shirt mit Micky Maus, das er ihrer Erinnerung nach einmal auf einem Empfang zum Smoking getragen hatte. Sie beobachtete, wie er geistesabwesend nickte, während Theda Levitte – in kniekurzem schwarzen Satin und mit hoch aufgetürmten Haaren – auf ihn einredete. Als Matthew Johnson sich zu ihnen gesellte, blickte Wellan mürrisch auf, entdeckte dabei Kate und hob sein Champagnerglas. Mrs. Levitte folgte seinem Blick, drehte sich um und fixierte Kate unfreundlich, bevor sie sich abwandte, um mit Johnson zu reden.

Nicht ganz so weit entfernt unterhielt Roderick Levitte sich mit einer großen, schlanken Blondine in einem Hängerkleid aus rotem Taft und einem eleganten Zopf mit eingeflochtenen Samtbändern. *Ist das etwa seine Begleiterin?*, fragte Kate sich, während ihr auffiel, dass er zwar einen

Smoking trug, aber anscheinend unrasiert war. Er sah so ausgepowert aus, wie sie ihn im Institut in der Margaret Street kennengelernt hatte. Sie beobachtete, wie die Blondine lebhaft mit Levitte und zwei weiteren Gästen sprach, von denen einer Alastair Buchanan war. *Was tut der hier?* Falls er Kate bemerkte, ließ er keine Reaktion erkennen. Die große Blondine, die funkelnde Brillantohrstecker trug, lachte jetzt und ließ zwischen glänzend roten Lippen sehr weiße Zähne sehen. Als sie dabei den Kopf etwas zur Seite drehte, hatte sie plötzlich Blickkontakt mit Kate. Das Lachen erstarrte zwei, drei Sekunden lang, bevor ihr Blick weiterwanderte.

Kate überließ es Bernie und Joe, die Gäste zu beobachten, und gesellte sich zu einer kleinen Gruppe, die sich um einen Mann in einem Smokingjackett aus hellblauem Satin versammelt hatte, der über die Vorzüge des Gemäldes sprach, vor dem er stand. »… und dies ist natürlich ein *erstklassiges* Beispiel dafür. *Hier* ist *jede* einzelne künstlerische Entscheidung Henry Levittes während der Entstehung dieses Werks zu sehen. Man kann die *Faszination* seiner Arbeitsweise *direkt* erspüren, aber auch …«

Bernie erschien neben Kate, gab ihr das Glas, das er ihr mitgebracht hatte, und betrachtete den Kunstkritiker in Satin stirnrunzelnd. »Bitte sehr – ein Gin Tonic. Corrigan macht einen Rundgang, will sich ein bisschen umsehen. Wer ist der große Kunstkenner?«

Sie trank einen kleinen Schluck, dann nahm sie das Glas in die andere Hand, an deren Gelenk ihr Handtäschchen baumelte, um einen Blick in das Programm zu werfen, das am Eingang ausgelegen hatte. »Hast du ihn schon gesehen? Henry Levitte?«

»Nein, aber ich habe vorhin jemanden sagen hören, er sei

schon hier. Am Telefon haben wir vereinbart, dass er uns holen lässt, wenn er Zeit für uns hat, aber von einem der Kellner habe ich gerade erfahren, dass wahrscheinlich alles etwas nach hinten verschoben wird. Je früher wir mit ihm sprechen können umso besser. Ich möchte möglichst um halb neun fertig sein.« Er nickte zu Julian hinüber, der mit zwei Gläsern Champagner in den Händen dastand. »Ich muss mal ein Wörtchen mit *ihm* reden.«

Kate lenkte sich von den Gedanken an das unmittelbar bevorstehende Gespräch mit Henry Levitte ab, indem sie die geladenen Gäste nochmals musterte. John Wellan und Theda Levitte waren nirgends mehr zu sehen. Auch Matthew Johnson und Roderick Levitte konnte sie nicht mehr entdecken, aber die elegante Blondine war noch da und hielt von Bewunderern umgeben Hof. Kate suchte die Menge erneut ab, sah aber nirgends eine Spur von Buchanan.

Um 20.30 Uhr wurde es zusehends unwahrscheinlicher, dass sie Gelegenheit haben würden, Henry Levitte vor der offiziellen Eröffnung und seinen Dankesworten zu sprechen. Kate war beim zweiten Gin Tonic und fand die Hitze immer bedrückender. Nirgends konnte man sich einen Augenblick hinsetzen. Sie bewegte ihre fast gefühllosen Zehen. Die Kombination aus Wärme, Lärm, Parfüm und dem Duft zahlloser Lilien rief bei ihr leichte Kopfschmerzen hervor, und sie bezweifelte allmählich, dass sie den Abend über durchhielt, wenn sie stehen musste, bis Henry Levitte zu sprechen begann.

Kate sah sich nach der Toilette um und entdeckte dabei Joe, der den Kopf mit der großen Blondine zusammensteckte. Jetzt blinzelte er ihr sogar zu. Während sie die beiden beobachtete, sagte er etwas, das die Frau mit einem Lächeln quittierte. Als er sich von ihr abwandte und auf Kate zukam, sagte sie sich – nicht zum ersten Mal –, dass er blendend aussah. Die große Blondine fand das offenbar auch.

»Wie geht's, Red?«

»Gut. Ich wusste gar nicht, dass du eine so ausgeprägte Vorliebe für große Frauen hast«, stichelte sie. *Das kommt von eineinhalb Gin Tonic: Du wirst nicht nur eifersüchtig, sondern zeigst es auch noch, Idiotin.*

Er zog dunkle Augenbrauen hoch. »Ich mag Frauen.« Als er Kates Gesichtsausdruck sah, grinste er. »Einzig im Interesse unserer Ermittlungen habe ich Miss Miranda Levitte selbstlos meine ungeteilte Aufmerksamkeit gewidmet.«

Sie sah zu Miranda hinüber. »Das ist *sie*?« Sie blickte wieder zu ihm auf. »Hmm … ich habe *gesehen,* wie du dich aufgeopfert hast. Weißt du vielleicht, wo Henry Levitte steckt?« Sie warf einen Blick auf ihre Uhr. »Es ist schon nach halb neun.«

Joe, der größer als fast alle Gäste war, sah sich suchend um. »Ich sehe ihn nirgends.«

Kate hielt ihm ihr Glas hin. »Kannst du das bitte für mich halten, Joe. Ich muss die Toilette finden und meine Füße massieren, die sind schon ganz taub. Als ich neulich hier war, habe ich im ersten Stock eine gesehen.« Sie ging in Richtung Treppe und kam dabei an Miranda Levitte vorbei, die kritisch auf sie hinabsah.

»*Sie* sind also die Psychologin, die heute Abend mit meinem Vater reden will.« Sie wandte sich ab. »Machen Sie es bitte kurz. Er ist ziemlich erschöpft.«

»Wir werden daran denken«, antwortete Kate knapp. Im

selben Augenblick spürte sie einen massigen Körper auf der anderen Seite neben sich. Eine kräftige Hand umfasste ihren Oberarm, und sie hörte Theda Levittes schrille Stimme, die den Lärm mühelos übertönte: »*Mrs.* Hanson.«

»*Mrs.* Levitte«, antwortete Kate, die den Lärm und die Hitze jetzt gründlich satthatte.

»Ich bin *sehr* überrascht, dass Sie und diese Polizeibeamten es geschafft haben, *heute* Abend hier aufzukreuzen. Henry hat mir erzählt, dass Sie mit ihm reden wollen. Worüber denn? Das *muss* ich wissen.«

»Tut mir leid, das kann ich nicht mit Ihnen besprechen. Wir müssen erst mit Ihrem Mann reden.«

»Aber …«

Joe erschien auf der anderen Seite neben Kate. Theda Levitte ließ sofort Kates Arm los und verschwand. Sie beobachteten, wie sie einen Kellner anschnauzte und für den offiziellen Fotografen ihren Überbiss fletschte. »Da war ja wieder unser Schwergewicht in Schrumpffolie«, sagte er.

»Jawohl, Mrs. Levitte die Zweite, wie sie leibt und lebt«, antwortete Kate und ging zur Treppe weiter. »Bin gleich wieder da.«

Kates Füße pochten schmerzhaft, als sie zu der dicken roten Kordel ging, mit der die Treppe abgesperrt war. Schrilles Lachen und laute Stimmen folgten ihr, während sie die Kordel aushängte, die erste Stufe betrat, die Kordel einhängte und weiter die Treppe hinaufging – von der kombinierten Wirkung von Gin, Lärm und Hitze deutlich geschädigt.

Im ersten Stock war es kühl und still. Das wenige von unten kommende Licht konnte das Dunkel hier oben kaum durchdringen. Weil Kate keinen Lichtschalter finden konnte, bewegte sie sich von der Treppe auf die nächste Wand zu. Desorientiert und von der Frage geplagt, ob sie nach ihrem Erlebnis von neulich nicht viel zu früh wieder hier oben unterwegs war, fuhr sie mit einer Hand die glatte Wand entlang und ertastete ein schmales Regal mit einer zusammengeknüllten Stoffserviette und einem leeren Metalltablett.

Indem sie sich in die vermutlich korrekte Richtung weitertastete, erreichte sie einen vom Hauptraum im ersten Stock abzweigenden Gang, an dessen Ende ein Schild über einer Tür leuchtete: *Ladies*. Erleichtert atmete sie auf, ging den Flur entlang und stieß die Tür auf. Die Toilette war leer. Kate trat ein und sank auf einen der hochlehnigen vergoldeten Stühle vor dem mit Glühbirnen eingerahmten Spiegel. Sie schloss die Augen, blieb einige Minuten lang so sitzen und genoss die Stille und die Gelegenheit, sich ausruhen zu können. Dann richtete sie sich auf und öffnete die Augen, um ihr Spiegelbild zu begutachten. Sie war damit zufrieden, auch wenn sie etwas erhitzt wirkte. Aber ihre *Füße*! Sie wackelte nochmals mit den Zehen, spürte sie pulsieren und verfluchte ihre Schuhe, die sie jedoch nicht auszuziehen wagte. Sie wollte lieber noch ein paar Minuten dasitzen und auf Besserung hoffen.

Kate öffnete ihr Handtäschchen, legte Lipgloss auf und sah dabei rasch auf die Uhr. Die Ausstellungseröffnung stand unmittelbar bevor. Wo war Henry Levitte bloß abgeblieben? Sie warf einen Blick auf das Programm mit seinem Porträt auf dem Titel, das sie seit dem Betreten der Galerie in der Hand hielt. Sie blätterte darin und las die Zusammenfassung seiner langen glänzenden Karriere, seiner großen künstlerischen Erfolge und seines Engagements für wohltätige Zwecke. Die Rede zur Eröffnung der Ausstellung würde der Oberbürgermeister halten. Sie faltete das Programm zusammen, steckte es in ihr Täschchen, stand langsam auf, wobei sie schmerzlich das Gesicht verzog, und verließ die Toilette.

Das Obergeschoss der Galerie lag jetzt in fast völliger Dunkelheit. *Das macht nur der Gegensatz zur hellen Beleuchtung auf dem Klo.* Weil sie wusste, wie weitläufig der vor ihr liegende Raum war, und sie irgendwie den Kontakt zu der Wand verloren hatte, machte Kate vorsichtige kleine Schritte, während sie sich fragte, was aus dem schwachen Lichtschein von unten geworden war. Der Widerschein war nur noch andeutungsweise vorhanden, und das Stimmengewirr war verstummt. *Die Ausstellung wird eröffnet! Das Licht ist gedimmt worden. Er ist dort unten. Jetzt müssen wir warten, bis er Zeit für uns hat.*

Kate tastete sich einige Schritte weiter, dann machte sie halt, als sie auf ein gleichmäßiges, rhythmisches Knarren in ihrer Nähe aufmerksam wurde. Weil sie die Richtung nicht genau feststellen konnte, machte sie zwei, drei weitere kleine Schritte, blieb dann stehen und sog prüfend die Luft ein. Sie nahm einen Geruch wahr. Keine Blumen. Kein Parfüm. Ihre Nase entdeckte Geruchsmoleküle, sendete entsprechende Signale an ihr Gehirn. Der scharfe, durchdringende Geruch füllte ihren Kopf, und sie war plötzlich wieder eine siebzehnjährige Volontärin der Pflege, die im Krankenhaus Bücher und Zeitschriften an ältliche Patienten verteilte.

Besorgt und verwirrt machte sie zögernd weitere Schritte, die an einer Wand aus feuchter, übelriechender Schurwolle endeten, die ihr Gesicht, ihre Lippen streifte. Mit einem Aufschrei holte sie keuchend Luft, als die Wolle nachgab. In Panik und desorientiert riss sie den Kopf zurück, hob dabei unwillkürlich die Hände und verlor ihr unter den

Arm geklemmtes Satintäschchen, als sie mit glatten Sohlen auf dem nassen Boden ausrutschte. Sie warf den Kopf nach hinten, ruderte mit den Armen gegen Wollstoff und Schwerkraft an und krachte rücklings auf hartes Parkett. Sie blieb wie gelähmt liegen, konnte nur den Kopf zur Seite drehen, wo jetzt Licht von unten heraufdrang, und hörte laute Stimmen. Sie ließ sich mit geschlossenen Augen treiben.

Als sie die Augen wieder aufschlug, sah sie die große Kuppel meilenweit über sich. Sehr viel näher war Henry Levitte, dessen schiefes Gesicht auf sie herabblickte – mit schlaffen feuchten Lippen, die Augen gelblich weiß und ohne Pupillen, der Hals dick angeschwollen. Er schwang elegant und zerbrechlich hin und her, während ihr Blick ihm folgte: nach links. Nach rechts. Nach …

Ihr Gehirn stieg aus, und sie wurde ohnmächtig.

47

Sie holte keuchend Luft. Versuchte sich aufzurappeln. Aber das schaffte sie nicht. Hastige Schritte kamen näher. Licht von der Treppe her blendete sie. Sie fiel in Schock, hörte eine Frau laut schreien. Wie sollte sie in diesem Durcheinander klar denken können? Die Zeit verging, trügerisch und unzuverlässig, stahl ihr ganze Minuten.

Kate lag in eine rote Decke mit Waffelmuster gehüllt auf einer Liege in einem spärlich möblierten kleinen Raum. Ihr war schlecht.

Bernies große warme Hand tätschelte ihre Schulter. »Alles in Ordnung, Doc. Entspann dich.«

Sie hörte Joes Stimme in ihrer Nähe, sah Julians blasses Gesicht mit weit aufgerissenen Augen. Die Übelkeit kam jetzt in Wellen. Sie nahm eine Hand von der Decke und drückte die Finger auf die Lippen, während auf Stirn und Oberlippe Schweißperlen erschienen und sich im Mund Speichel ansammelte. *Nein. Bitte nicht. Alles andere, nur das nicht …* Sie schluckte trocken, sah in Bernies besorgtes Gesicht auf und beobachtete aus dem Augenwinkel heraus, wie Joes Hände eine Zeitung zu einer Spitztüte formten. Kate kniff die Augen zusammen, als ihre Magennerven sich bei der nächsten Welle verkrampften. *Denk an was anderes … Denk an was anderes …*

Das tat sie. Sie dachte daran, wie sie bei Chief Superintendent Gander darauf bestanden hatte, die KUF müsse

Henry Levitte heute Abend befragen. Ihren Hauptverdächtigen in der Mordsache Nathan Troy. Levitte muss gewusst haben, warum sie ihn aufsuchen wollten, und erraten haben, unter welchem Verdacht er stand. Kate runzelte die Stirn. In welchem Verdacht *sie* ihn gehabt hatte. Er hatte gewusst, was passieren würde, und sich aufgehängt. Ihr Herz jagte, als sie sich daran erinnerte, wie er über ihr gebaumelt hatte. *Was habe ich getan?*

»Kate?« Das war Connie Chong, die sich in einem raschelnden weißen Schutzanzug über sie beugte. Ihre Stimme klang drängend. »Sieh mich an!« Kate öffnete die Augen, starrte sie wortlos an. »Sag mir, wo du bist«, verlangte Connie.

Kates Blick verschwamm wieder, glitt durch den Raum und ruhte auf zwei großen Gemälden, die gerahmt an der Wand lehnten.

»*Kate?*«

Sie konzentrierte sich wieder auf Connie. »Weiß nicht … White Box.«

»Sehr gut.« Zwei Schlösser einer Tasche sprangen auf, dann kam wieder Connies Stimme. »Sie steht unter Schock.«

»Er …« Kate schloss rasch den Mund vor einer weiteren Welle. Schluckte angestrengt.

Connie hielt zwei kleine Tabletten hoch. »Hör zu, Kate. Die steckst du auf beiden Seiten unter die Oberlippe. Sie helfen gegen Übelkeit.« Kate gehorchte mit zitternden Händen und zusammengebissenen Zähnen.

Connie drehte sich nach den anderen um. »Was ist genau passiert?«

Joe, der weiter die Tüte aus Zeitungspapier in den Händen hielt, hatte nur Augen für Kate. Bernie antwortete.

»Wir haben hier unten im Erdgeschoss auf die Mitteilung gewartet, dass Levitte uns empfangen würde. Aber die ist ausgeblieben. Der Doc ist nach oben gegangen und hat ihn entdeckt. Ist mit ihm *zusammengeprallt.*« Kate schloss die Augen und kniff die Lippen zusammen. »Die Angehörigen wissen, dass sich etwas ereignet hat, aber sie haben noch keine näheren Informationen. Joe hat Levittes Frau daran gehindert, nach oben zu gehen.«

Connie, die inzwischen Kates Pupillen kontrollierte, nickte knapp. »Ich habe sie Brandy trinken sehen. Jemand hat sie mir gezeigt.«

Bernie sah von Kate zu Connie hinüber. »Hast du ihn schon untersucht?«

Sie nickte. »Die Spurensicherer haben ihre Fotos gemacht und ihn abgenommen; ich habe ihn *sehr* flüchtig untersucht. Gemeinsam mit zwei Polizeibeamten leistet Igor ihm jetzt Gesellschaft. Weitere Beamten aus der Rose Road sorgen dafür, dass keine Panik entsteht, und lassen niemanden gehen.« Sie wandte sich wieder Kate zu, musterte sie prüfend und stellte fest, dass sie allmählich wieder Farbe bekam. Sie ließ die Schlösser ihrer Ledertasche zuschnappen, richtete sich auf und wandte sich an die anderen KUF-Angehörigen. »Wollt ihr ihn euch ansehen? Nein, du nicht, Kate«, sagte sie, als die rote Decke zur Seite geschoben wurde.

Kate schob sie ganz weg und stand weiter wackelig auf den Beinen auf. »Ich bin … okay, aber nicht Julian.«

»Das ist nicht *fair*!«

»Hinsetzen und Klappe halten«, knurrte Bernie ihn an. »Sie warten hier.«

Ihre älteren Kollegen gingen voraus. Kate verließ den kleinen Raum und ging mit Connie den kurzen Flur entlang. »Von deinem scheußlichen Erlebnis mal abgesehen, *liebe* ich dein Outfit«, flüsterte Connie, die damit offensichtlich nur ablenken wollte, als sie den weitläufigen Ausstellungsbereich, von der neugierigen Menge schweigend beobachtet, in Richtung Treppe durchquerten. »Ich finde, *alle* KUF-Angehörigen sollten sich gelegentlich ›aufdonnern‹. Findest du nicht auch, dass Bernard *besonders* hübsch aussieht?«, murmelte sie, was Kate ein zittriges Lächeln entlockte.

In dem jetzt hell beleuchteten Obergeschoss gingen sie dorthin, wo der tote Henry Levitte in einem noch offenen Leichensack lag. Connie machte eine Handbewegung, die sie anhalten ließ. »Nicht zu nahe, und bleibt von dieser Fläche weg. Sie ist noch feucht.«

Alle sahen zu dem Toten hinüber. Auch Kates Blick glitt über ihn hinweg, wobei sie bei den Lackschuhen begann. Dann folgte der dunkel verfärbte Schritt seiner Hose, schließlich sah sie zu Oberkörper und Gesicht. Die Augen waren halb geschlossen, und auf der schlaffen Haut unter ihnen zeichneten sich rote Flecken ab. Auch eine Wange, eine Halsseite und beide Ohren waren gerötet. Connie streifte Latexhandschuhe über, folgte dabei Kates Blick. »Punktförmige Blutungen aus den Kapillaren durch Ersticken.«

Kate beobachtete Connies Bewegungen. »Er wusste, dass wir ihn beschuldigen würden, etwas mit Troys Tod zu tun gehabt zu haben, und … hat das hier getan««, flüsterte sie und begann zu zittern. Joe zog sein Jackett aus und hängte es ihr um die Schultern.

Connie schüttelte energisch den Kopf. *»Nein,* Kate. Ich bezweifle sehr, dass Erhängen die Todesursache war.« Sie kniete neben der Leiche und deutete mit ihrem in Latex gehüllten Zeigefinger auf Henry Levittes Hals.

Kate schloss die Augen, während ihre Kollegen die deutlich ausgeprägte dunkelrote Furche begutachteten, die sich um den Hals zog.

»Wäre er durch Erhängen gestorben, müssten hier durch das Seil im umliegenden Gewebe hervorgerufene Blutergüsse zu sehen sein. Es gibt aber keine.« Sie sah zu der Balustrade und dem herabhängenden langen Seil auf. »Und an seinem Hals müsste sich der Aufhängepunkt abzeichnen, wo das Seil nach oben gezogen hat. Ich habe genau nachgesehen. Die Furche geht völlig gleichmäßig weiter. Es gibt keinen Aufhängepunkt. Er ist ermordet worden, bevor er aufgehängt wurde.«

Kate, die jetzt hektische rote Flecken auf den Wangen hatte, riss die Augen auf. »Woran ist er also gestorben?«

»Falls er mir nicht später noch etwas ganz anderes erzählt, ist er meiner Ansicht nach erdrosselt worden. Von hinten.« Kate beobachtete stumm, wie sie den Kragen seines Smokinghemds zur Seite schob. »Seht ihr, wie frei der Hals von weiteren Spuren ist, wenn man von der Furche absieht? Keine blutunterlaufenen Fingerabdrücke, keine Kratzspuren von Fingernägeln.« Connie sah wieder zu ihnen auf. »Tod durch Strangulation. Sein Mörder hat offenbar versucht, die Todesursache zu verschleiern. Vielleicht hat er gehofft, dass wir auf Selbstmord tippen würden?« Sie ließ sich nach hinten auf die Absätze sinken. »Wie immer in diesem Stadium ist alles, was ich sage, nur vorläufig.«

»Irgendeine Idee, was den Todeszeitpunkt betrifft?«, fragte Joe.

Connie zuckte vielsagend mit den Schultern. »Zwei Stunden, bevor Kate ihn entdeckt hat, vielleicht mehr, vielleicht weniger.« Sie zog die Latexhandschuhe aus. »Wenn zutrifft, was ich über die Todesursache gesagt habe, haben wir jetzt drei Mordopfer: Nathan Troy, Bradley Harper, Henry Levitte. Alle drei auf ähnliche Weise erdrosselt.« Kate starrte die Leiche an, dann wechselte sie stumme Blicke mit ihren Kollegen, während Connies Stimme das Schweigen brach. »Wir haben es hier mit einer Mordserie zu tun, KUF, und Henry Levittes Tod ist ein Teil davon.«

48

»Detective Sergeant Watts!« Das war Whittaker, der atemlos auf halber Treppe stand. »Können Sie runterkommen? Die Angehörigen werden unruhig, vor allem die ältere Frau.«

»Wo sind sie?«

»Wir haben ihnen einzelne Büros auf dem Flur zugewiesen, der vom Ausstellungsraum abzweigt, und sie *dreht durch,* fürchte ich. Hören Sie?« Tatsächlich war irgendwo im Erdgeschoss eine laut kreischende Frauenstimme zu hören. »Gus schlägt vor, dass Sie kurz mit allen reden; danach nehmen wir ihre Aussagen zu Protokoll und lassen sie gehen.«

Sie ließen Connie bei der Leiche zurück und folgten Whittaker, der rasch wieder nach unten verschwand. Im Erdgeschoss stieß Julian mit blassem Gesicht und Schweißperlen auf der Stirn wieder zu ihnen.

»Wir fangen mit Mrs. Levitte an«, entschied Bernie.

Als sie eintraten, sah die Dicke sich nach der Tür um und explodierte. »Wird allmählich Zeit, verdammt noch mal! Was ist *passiert*? Was geht hier vor? Man hat mich nicht raufgelassen.«

»Okay, Mrs. Levitte. Wir müssen ganz ruhig miteinander reden.«

»Zum Teufel mit Ihrem ›ganz ruhig‹!« Sie drehte sich mit dem Stuhl um, auf dem sie mit gespreizten dicken Beinen saß, und zeigte anklagend auf Bernies Gesicht. »Los, raus mit der Sprache! Was ist mit Henry? Ist er krank? Ich will ihn sehen. Er *braucht* mich!«

Kate starrte sie an. Die Ereignisse des Abends hatten ihren affektierten Tonfall hinweggefegt und an Hals und Ausschnitt feuerrote Flecken hervortreten lassen.

»Warten Sie nur, bis unser Anwalt davon erfährt.«

Alle sahen sich um, als ein junger Constable mit einem Becher Kaffee hereinkam, den er neben sie auf den Schreibtisch stellte.

»Den können Sie gleich wieder mitnehmen! Diese Plörre trinke ich nicht!« Sie schob den Becher so heftig weg, dass Kaffee überschwappte.

Bernie trat auf sie zu, stützte beide Hände auf die Schreibtischplatte und fixierte das zornrote Gesicht. »Sie müssen sich beruhigen, Mrs. Levitte, weil ich …«

»Erzählen *Sie* mir nicht, was ich …«

»… eine schlimme Nachricht für Sie habe, die Sie sich ruhig anhören müssen.« Sie starrte ihn an. »Tut mir leid, aber es geht um Ihren Mann … Er ist tot.«

Alle Anwesenden machten sich auf einen wilden Ausbruch gefasst, der jedoch ausblieb.

»Verstehen Sie, was ich sage, Mrs. …«

»Ja, ja. Hab schon *verstanden.*« Kate hörte Gereiztheit in ihrer Stimme, sah hinter dem groben Gesicht hektische Überlegungen ablaufen.

Bernie richtete sich auf. »Ich weiß nicht, ob Sie das wirklich tun. Ich habe Ihnen eben gesagt, was Ihrem Mann zugestoßen ist, aber das scheint Sie kaltzulassen.«

Theda Levitte erwiderte seinen Blick. »Ich verstehe, was Sie sagen. Ich *weiß,* was Sie über ihn gedacht haben, aber das war *falsch*!« Kate schloss kurz die Augen. »Aber jetzt ist er tot, und meine Hauptsorge gilt meinen Stiefkindern. Wo sind sie?«

Bernie setzte sich ihr am Schreibtisch gegenüber. »Erst müssen *wir* mit ihnen reden …«

»Lassen Sie sie in *Ruhe*! Ich will mit ihnen reden. *Sofort*. Ich will, dass sie hergeholt werden. Ich will mit Miranda reden.« Ihr Gesicht lief rot an. »Und mit ihrem komischen Bruder …« Sie machte eine Pause, hatte plötzlich schwere Lider. »Ich will auch mit Roderick reden.«

Bernie war mit seiner Geduld fast am Ende. »Und wie ich gesagt habe, müssen Sie sich beruhigen.«

Sie schlang die Arme um ihren stämmigen Oberkörper, sodass die roten Flecken sich deutlich von ihrer weißen Haut abhoben.

Er nickte. »Schon besser. Wir machen es so kurz wie möglich.«

Die drei ließen Mrs. Levitte sitzen und gingen zur Tür. Bernie senkte die Stimme, als er sich an den dort stehenden jungen Constable wandte. »*Sie*. Finden Sie Whittaker.« Er wies mit dem Daumen über die Schulter. »Er soll ihre Aussage zu Protokoll nehmen. Sorgen Sie dafür, dass sie möglichst lange hierbleibt.«

Sie gingen auf dem Flur weiter zum nächsten Büro. Als sie hereinkamen, stand Roderick Levitte auf, wobei er sichtbar schwankte und mit beiden Händen an der Stuhllehne Halt suchte. Er wandte sich an Kate. »Ich habe die Stimme meiner Stiefmutter gehört …«

»Nehmen Sie bitte Platz, Mr. Levitte«, unterbrach Bernie ihn. »Wir müssen mit Ihnen reden.« Levitte setzte sich verknittert und mit glasigem Blick. »Als Erstes habe ich zu meinem Bedauern eine schlimme Nachricht für Sie. Ich muss Ihnen leider sagen, dass er … tot ist.«

Levitte sank auf den Stuhl zurück, senkte den Kopf, krallte die Hände in sein kurzes Haar und fing an, sich rhythmisch vor und zurück zu wiegen.

Bernie beobachtete ihn unbehaglich, sprach aber barsch weiter. »Sorry, aber wir müssen …« Er verstummte, als tief aus dem Körper des sich Wiegenden ein wilder Laut aufstieg, der intensiver wurde und dann hoch und rollend gewaltsam aus seinem Mund drang.

Sie sahen sich an. Nach einem weiteren Blick zu Bernie hinüber trat Kate vor den Sitzenden. »Mr. Levitte? Im Obergeschoss ist eine Ärztin. Soll ich sie …« Sie beobachteten, wie die Hände das feiste Gesicht verließen, sahen den aufgerissenen Mund, die blitzenden Zähne, die tränend zusammengekniffenen Augen. Roderick Levitte lachte.

Binnen weniger Minuten hatte er sich wieder annähernd unter Kontrolle. Er sah zu ihnen auf, blinzelte mehrmals heftig und tastete die feuchte Haut unter den Augen ab. »Zum Teufel mit diesen Kontaktlinsen. Mir fehlt nichts. Ich …« Der Laut von vorhin wiederholte sich: ein weiteres hohes, rollendes Lachen, das sekundenschnell erstarb. »Der König ist tot, was?« Wieder das Lachen. »Und *ich* bin noch da.«

Bernie ging zur Tür und sprach halblaut mit dem jungen Constable, der dort herumstand. »Sobald Whittaker mit der Stiefmutter fertig ist, soll er seine Aussage zu Protokoll nehmen.« Er wandte sich an seine Kollegen. »Los, wir müssen weiter.« Hinter ihnen hockte Roderick Levitte weiter grinsend zusammengesunken auf seinem Stuhl.

»Warum lässt du ihn sitzen? Warum nimmst *du* seine Aussage nicht zu Protokoll?«, fragte Kate, während sie beobachtete, wie Joe vor ihnen den Flur entlangging.

»Weil ich nichts mit diesem Wahnsinn zu tun haben will und noch mit ein paar anderen Leuten reden muss.« Sie erreichten die letzte Tür, und Bernie stieß sie auf. Der Raum dahinter war leer. Er drehte sich um und winkte den Constable heran. »Wo ist er?«

»Wo ist wer, Sir?«

Katie sah, wie Bernie rot anlief. »Hier sollte ein weiterer Zeuge sitzen. Er heißt Buchanan. Niemand durfte die Galerie verlassen – wo *ist* er also?«, blaffte er.

»Er muss schon früher weggewesen sein, Sir, bevor hier alles losgegangen ist.«

Bernie war schon wieder in Bewegung. Er hastete den Flur entlang, sodass Kate Mühe hatte, mit ihm Schritt zu halten.

»Was denkst du?«, fragte sie.

»Alles Mögliche, aber das hat Zeit bis später.«

Sie musterte ihn stirnrunzelnd. »Buchanan ist vielleicht nicht der Einzige, der früher gegangen ist. Wo ist Matthew Johnson?«

»Weiß der Teufel. Jedenfalls nicht hier, das steht fest. Wartet nur ab, bis ich wieder in der Rose Road bin! Ich hab einiges darüber zu erzählen, wie man einen verdammten Tatort sichert.«

Sie erreichten die provisorische Bar in einer Ecke des Ausstellungsraums, die jetzt leer war bis auf John Wellan, der in einem Sessel döste, und Miranda Levitte, die mit einem Füller in der Hand an einem Tischchen saß und auf ein Blatt Papier hinuntersah. Joe stand an der Theke und winkte einen der unbeschäftigten Kellner heran. »Bitte einen Bourbon und einen Krug Eiswasser.«

Kate beobachtete, wie er Miranda Levitte den Drink brachte, bevor er zwei Gläser mit Eiswasser füllte. Mit den

Gläsern kam er zu ihr, bot ihr eines an. »Hier, trink einen Schluck, Red. Der tut dir bestimmt gut.«

Sie nickte zögernd. »Was macht Wellan hier?«

»Er hat seine Aussage zu Protokoll gegeben und angeboten, Miranda nach Hause zu fahren.«

»Wie geht's deiner coolen Blondine?«, fragte Kate, nachdem sie einen kleinen Schluck genommen hatte.

»Sie scheint mit ihrer Aussage fertig zu sein. Komm, wir fragen mal nach.« Sie traten an ihren Tisch. »Miss Levitte? Ich weiß nicht, ob Sie meine Kollegin Kate Hanson kennen … Können wir Sie einen Augenblick sprechen?«

Sie sah Kate an, nickte, sah wieder weg. Joe nahm ihre sehr kurze Aussage vom Tisch und überflog sie.

Miranda Levitte stellte ihr Glas ab, sprach mit undeutlicher Stimme. »Mein Vater ist tot, und ich bin wie … gelähmt.« Kate sah, wie durcheinander sie war. »Ich habe meine Familie … nie richtig verstanden. Wie sie funktioniert hat. Mein Bruder und ich … wir sind nie verhätschelt worden wie Cassandra. Ich habe mich immer gefragt, was mit uns, mit *mir* nicht in Ordnung war.« Tränen fielen auf den roten Taft, hinterließen dunkle Flecken. Kates Kopf war voller Ideen und Fragen, als sie beobachtete, wie die elegante Blondine, aus deren Zopf sich einzelne Haarsträhnen lösten, den Kopf hängen ließ. »Ich war nie das Lieblingskind, aber ich bin gut behandelt worden. Roderick musste alle Kritik einstecken, und Cassandra bekam …« Sie hob ruckartig den Kopf. »Ist der menschliche Verstand nicht erstaunlich? Wir wissen, was wir wissen, aber wir reden uns ein, es *nicht* zu wissen.« Sie strich eine Haarsträhne zurück. »Ich habe mich immer gefragt, was unsere Mutter wusste. Sie hat Cassandra geliebt, aber … Mutter war in ihrer Ehe sehr unglücklich. Sie war … von ihm abhängig.«

Kate atmete tief durch. Sie wusste nun, dass sie Henry Levitte richtig eingeschätzt hatte. Sie sahen sich um, als Schritte näherkamen. Das war Roderick.

»Ich habe meine Aussage gemacht. Kann ich bitte mit meiner Schwester sprechen?« Er setzte sich neben sie und ergriff ihre Hand, ohne dass sie sich dagegen wehrte. »Ich habe jede Menge Probleme, aber es wird Zeit, dass ich …«

Stilettos klickten über den Fußboden heran. Theda Levitte näherte sich ihren erwachsenen Stiefkindern, und bevor jemand ihr in den Arm fallen konnte, gab sie Roderick eine schallende Ohrfeige. Joe und Bernie griffen ein, hielten sie, die sich heftig sträubte, an den Armen fest.

»Ich habe dich lachen gehört, *Dreckskerl,* jetzt halt die *Klappe*!«

Kate sah Wellans schockierte Miene, während Miranda die Augen zusammenkniff, als Roderick sich das Gesicht rieb. Theda Levitte wandte sich an ihre Stiefkinder. »Ihr habt eure Aussagen gemacht. Wir gehen jetzt. Sofort.«

Kate sah ihnen sprachlos nach. Dann beobachtete sie, wie John Wellan aufstand und ihnen mit resignierter Miene hinausfolgte.

Einige Minuten später verließ Kate mit ihren Kollegen die Galerie. In der Nähe des Ausgangs stand ein Mann in einem hellblauen Smokingjackett. Bernie blieb bei ihm stehen. »Wer sind *Sie*?«, blaffte er.

Kate erkannte ihn als den Mann, der zuvor über Henry Levittes Werk gesprochen hatte.

»Mein Name ist Sylvester Seale.«

»Und was machen Sie hier?«

»Ich bin aufgefordert worden, hier zu warten.«

Bernie musterte ihn scharf. »Von *wem*?«

»Von einem Polizeibeamten. Ich habe ihm gesagt, dass ich etwas gesehen habe und …«

Bernie wirkte plötzlich interessiert. »Was haben Sie gesehen?«

Seale deutete auf die Treppe zum Obergeschoss. »Ich habe gesehen, wie ein Kellner nach oben gegangen ist.« Er wandte sich an Kate. »Sie habe ich auch gesehen. Mir ist Ihr Haar aufgefallen – und natürlich Ihre …«

Bernie kniff unwillig die Augen zusammen. »Weiter!«, blaffte er.

Seale straffte die himmelblauen Schultern. »Der Kellner ist als Erster raufgegangen. Das war gegen … hmmm, gegen halb acht, würde ich sagen, obwohl ich das natürlich nicht absolut *genau* weiß …«

Bernie funkelte ihn irritiert an. »Woher wussten Sie, dass das ein Kellner war?«

Der Mann dachte kurz über seine Frage nach. »Er hatte ein schwarzes Jackett an …« Bernie verdrehte irritiert die Augen. »… *und* er hat ein Tablett mit Drinks getragen. Mein *Eindruck* war, dass er zwischen vierzig und fünfzig war – aber wenn ich mir überlege, wie er sich bewegt hat … Sportlich fit. Er *könnte* auch jünger gewesen sein.«

Kate nickte. »Ich habe oben ein Tablett gesehen.«

Bernie sah Whittaker und einen weiteren Constable die Treppe hinunterkommen und winkte sie zu sich heran. »Ich will, dass einer von euch *seine* Aussage zu Protokoll nimmt.«

Der Constable nickte und machte Seale ein Zeichen, ihm zu folgen. Bernie wandte sich an Whittaker. »Sie gehen noch mal rauf. Oben steht ein Tablett mit Gläsern …«

»Auf dem Sideboard. Mit einer weißen Serviette«, warf Kate ein.

Sie beobachteten, wie Whittaker die Treppe hinauflief.

Bernie rief ihm nach: »Aber nicht anfassen! Die Spurensicherer sollen es sicherstellen!« Sie sahen ihn oben verschwinden. »Wenigstens einer, der weiß, was er tut, und sich ranhält«, murmelte Bernie.

Sie waren auf dem Gehsteig vor der Galerie. Joe war unterwegs, um den Wagen zu holen. Julian saß auf dem Bordstein, Kate neben ihm. Die kühle Nachtluft tat ihr gut. Sie sah zu Bernie auf. »Wie geht es jetzt weiter?«

»Sobald wir alle Zeugenaussagen gelesen haben, entscheiden wir, wen wir vernehmen müssen. Buchanan knöpfen wir uns morgen vor. Fragen ihn, weshalb er so eilig verschwunden ist. Und diesen Johnson.« Er wirkte müde, als er auf Kate herabsah, die weiter Joes Jackett umgehängt trug. »Na, was hältst du von den Levittes? Eine ziemlich verrückte Familie, wenn du mich fragst. Mutter Levitte war ihr Ehemann scheißegal, und dieser Trottel von Sohn hat *gelacht*. Und was die Tochter betrifft, was hatte *die* eigentlich?«

Kate starrte die mit Klinkersteinen gepflasterte Fahrbahn an. »Miranda hat ein paar ganz vernünftige Dinge gesagt. Meiner Überzeugung nach hat sie bestätigt, dass Henry Levitte ein Kinderschänder war. Er hat sich an Cassandra vergangen.« Sie sah wieder zu Bernie auf. »So was kommt vor. Levitte hat seine Kinder gut gekannt und Cassandras extremes Bedürfnis nach Zuwendung ausgenutzt. Miranda war als Kind vermutlich selbstbewusster und deshalb weniger gefährdet. Rodericks Rolle im Verhältnis zu Henry Levitte war die eines Opfers, das kritisiert und herabgesetzt wird.«

»Trotzdem finde ich, dass sie alle irgendwie verrückt reagiert haben.«

Kate nickte. »Ich weiß, was du meinst, aber als Gutachterin habe ich die Erfahrung gemacht, dass Menschen in traumatischen Situationen oft merkwürdige Dinge sagen oder tun.« Sie machte eine Pause. »Weißt du, was Jackie Kennedy unmittelbar nach der Ermordung Präsident Kennedys gesagt haben soll? Sie hat gesagt: ›Sie haben meinen Mann erschossen. Ich habe sein Gehirn in meiner Hand.‹« Julian ließ ein leises Stöhnen hören. Sie musterte ihn besorgt. »Wie fühlen Sie sich?« Er schüttelte den Kopf.

Mit beiden Händen in den Hosentaschen wirkte Bernie ziemlich unbeeindruckt. »Ich habe im Lauf der Jahre schon vielen Leuten schlimme Nachrichten überbringen müssen, Doc, aber wie diese drei hat noch niemand reagiert. Könnte nicht einer von ihnen oder alle drei den Alten ins Jenseits befördert haben, weil wir gefährlich nahe an ihm dran waren?«

Kate schüttelte den Kopf. »Ich mag mich irren, aber alles, was ich heute Abend gehört habe, weist darauf hin, dass keiner von ihnen wirklich gewusst hat, dass Cassandra von ihrem Vater missbraucht wurde.«

Bernie seufzte schwer. »Für mich gibt's nur zwei Möglichkeiten, Doc: Man *weiß* etwas – oder eben *nicht.*«

Kate machte ein ernstes Gesicht. »Du hast Miranda gehört. Sie hat uns erzählt, dass sie sich nicht gestatten durfte, zu wissen, was ihr Vater Cassandra angetan hat.«

»Und Mutter Levitte? Was ist mit ihr? Erzähl mir bloß nicht, dass sie ahnungslos war.«

Kate zuckte mit den Schultern. »Als sie Levitte geheiratet hat, war vieles, was Cassandra und Roderick erduldet haben, schon passiert, aber falls sie etwas gehört oder geahnt hat, hat sie es bewusst *verdrängt.* Theda Levitte hat zwei Interessen: Geld und Status. Wollte sie beides, konnte sie es sich nicht leisten, etwas zu wissen. Also hat sie sich von allem distanziert.«

»Klar, also ist keiner an irgendwas schuld.« Bernie richtete seine Aufmerksamkeit auf Julian. »Hey! Sind Sie noch bei uns?« Julian sah mit auffällig blassem Gesicht zu ihm auf. »Sieben Gläser Champagner sind fünf zu viel, und dabei habe ich Sie gewarnt! Ich bin froh, dass Sie nicht bei mir, sondern bei dem Doc übernachten.«

Kate sah die Straße entlang zu dem Parkhaus hinüber, aus dem in endlosem Strom Autos ausfuhren. »Ich gehe morgen zu Furman und rede mit ihm. Mir graut schon jetzt davor, wie er reagieren wird.«

Bernie schob die Unterlippe vor. »Eigentlich egal, oder? Unser Hauptverdächtiger ist ein Mordopfer geworden. Das gehört alles zu unserem Fall.«

Kate zog Joes Jackett enger um sich. » Henry Levitte *war* ein Sexualtäter, aber hat er jemanden ermordet?«

Bernie hörte nicht mehr richtig zu. »Darüber können wir uns später den Kopf zerbrechen.« Er räusperte sich. »Übrigens hast du heute Abend klasse ausgesehen.«

Sie sah überrascht zu ihm auf. »Oh, danke! Wenigstens ist es irgendwem aufgefallen.«

»Glaub mir, ich war nicht der Einzige.«

»*Er* hat nichts gesagt.«

Er grinste sie an, als Joes Wagen in Sicht kam. »Vielleicht war er platt, Doc.«

Der Wagen hielt neben ihnen, und Kate stieg erschöpft ein.

49

Am folgenden Morgen um acht Uhr rief Kate zum dritten Mal nach oben: *»Maisie?* Komm bitte *sofort* runter!« Während sie das rief, erschien Julian kurz oben an der Treppe. Er wandte sich vorsichtig ab und verschwand. Kate zog sich mit einer Hand an der Stirn in die Küche zurück.

Kevin, der am Küchentisch saß, wirkte müde und gereizt. »Dein *verdammter* Student ist nachts fünfzigmal die Treppe runtergepoltert. Hat wie 'ne Herde Kühe geklungen. Dabei bin ich zur Erholung hier.«

Kate, die in einem Nadelstreifenkostüm und mit pochenden Kopfschmerzen am Tisch stand, drückte Maisie einen Toast mit Butter in die Hand, als sie vorbeihastete. »Danach Müsli. Reichlich Milch.« Sie sah, wie klare kornblumenblaue Augen verdreht wurden, dann wandte sie sich an den am Küchentisch Sitzenden. »Falls dieses Etablissement deinen Ansprüchen nicht genügt, kannst du gern gehen.« *Du weißt ja, wie man das macht. Du hast das schließlich schon mal getan.*

»Mom. Sei nicht so ekelhaft zu Dad. Ihm geht's nicht gut.« Als Kate eine Antwort murmelte, schwenkte sie ihren Toast. »Ich hab's genau gehört. Du hast ›So ein Scheiß‹ gesagt. Als ich das neulich mal gesagt habe, hast du mich …«

Kate legte eine Hand an die Stirn. »Um Himmels willen, halt den Mund, Maisie. Glaub mir, du bist noch nicht aus dem Gröbsten heraus.«

Kevin sah von einer zur anderen. »Was hat sie angestellt?«

Kate ignorierte seine Frage. Sie hatte nicht vor, ihm zu erzählen, dass Maisie von der Polizei im Woodgate Park aufgegriffen worden war. Auch von dem Einbruch wusste er nichts. Sie wollte, dass das so blieb.

Dann schrillte die Klingel, und Maisie flitzte in die Diele hinaus und schnappte sich unterwegs ihre Büchertasche. »Das muss Chel sein.«

»Maisie?«

»Was?«

»Spätestens um Viertel nach vier bist du zu Hause. Verpass den Bus nicht.«

Maisie zog ihre Kniestrümpfe hoch, wackelte dabei mit offenem Mund mit dem Kopf, was Kate hasste, riss die Haustür auf und verschwand nach draußen, wo Chelsea und ihre Mutter warteten.

Kevin musterte Kate prüfend, als sie sich wieder umdrehte: »Maisie macht mit dir, was sie will, wenn das, was ich hier beobachte, die Norm ist: Du ereiferst dich, und sie gibt freche Antworten.«

»Kevin? Halt die Klappe.«

»Weißt du, was dein Problem ist?«, fragte er. »Du machst viel zu viel. Du hast die Universität. Warum konzentrierst du dich nicht darauf? Wozu diese Entschlossenheit, dich mit diesem … dieser Ermittlungseinheit zu identifizieren?«

Sie wandte sich ihm zu. »Das ist eine Einheit für ungelöste Fälle.« Sie studierte ihn. »Dir macht es wohl überhaupt nichts aus, wenn Täter straffrei ausgehen und Opfern keine Gerechtigkeit widerfährt?«

Er hob abwehrend eine Hand. »Fang bloß nicht wieder davon an. Nein, das stört mich nicht, weil ich Teil des

Systems bin und es verstehe. Weißt du, was dein Fehler ist?« Sie schloss kurz die Augen. »Du bist eine Akademikerin, die Detektiv zu spielen versucht. Das kann nicht klappen. Bleib bei deinen Leisten.«

»Ich weiß, dass das System unfair ist und Leute …«

»Es bringt den meisten Gerechtigkeit!«, knurrte er. »Wieso reicht dir das nicht …?« Dann war er allein in der Küche und hörte, wie die Tür zugeknallt wurde.

Zwei Stunden später saß Kate nach der Morgenvorlesung in der Universität in ihrem Arbeitszimmer, hatte das Kinn auf eine Faust gestützt und starrte ins Leere. Ihr Blick fiel auf eine Telefonnotiz, die Bernies Anruf um 8.40 Uhr betraf: *In den Zeugenaussagen nichts auf den ersten Blick Interessantes. Mit Buchanan, Johnson telefoniert. Dito. Ronnie Dixon sitzt wieder im Birmingham Prison ein; Ken besucht ihn heute Vormittag.* Sie las die letzte Zeile nochmals und runzelte die Stirn. Ken war der für Phantombilder zuständige Mann in der Rose Road. Bernie hatte veranlasst, dass er Dixon wegen des Mannes mit der Harry-Potter-Brille aufsuchte, den er letztes Jahr im Park gesehen haben wollte. Unabhängig davon, wie gut die Porträtsoftware war, würde Dixon Gewaltiges leisten müssen, um einen Mann, den er vor Monaten ganz kurz gesehen hatte, genau zu beschreiben. Und wie groß war die Chance, dass der Mann, den er gesehen hatte, identifiziert und festgenommen wurde? Vor allem, wenn er nicht vorbestraft war? Kate schreckte aus ihren Gedanken auf, als die Verbindungstür geöffnet wurde. »Hi, Crystal.«

Kate sah zu, wie die Tasse mit Untertasse auf ihren Schreibtisch gestellt wurde. »*Trinken* Sie«, sagte Crystal und blieb neben ihr stehen, als wolle sie sich davon überzeugen, dass ihre Aufforderung befolgt wurde. Kate griff nach der Tasse, nahm einen kleinen Schluck und lehnte sich auf ihrem Stuhl zurück, als Crystal fragte: »Wie fühlen Sie sich?«

Sie sah zu ihrer jungen Assistentin auf. »Gestern Abend war ich …«

»Detective Sergeant Watts hat heute Morgen angerufen, um mir zu erzählen, was passiert ist.«

Kate seufzte. Crystal kannte einen Teil der Geschichte, aber nicht so, wie Kate sie sah. »Ich habe ein Urteil über jemanden gefällt. Jetzt erkenne ich, dass ich teilweise recht, aber auch sehr unrecht hatte.«

»Das kann jedem passieren«, sagte Crystal. »Aber wissen Sie was? Wenn ich wenigstens teilweise recht hatte, vergesse ich die Sache. Möchten Sie sonst noch was?«

»Nein danke.«

Als die Tür sich hinter Crystal schloss, beugte Kate sich nach vorn und zog einen Stapel Arbeiten, die sie korrigieren musste, zu sich heran. *Wozu noch über die Vergangenheit grübeln? Vorbei ist vorbei.*

Sechs korrigierte Arbeiten später schob Kate den Stapel von sich weg und dachte daran, was Connie gesagt hatte: Henry Levitte sei aufgeknüpft worden, um seinen Tod durch Erdrosseln zu verschleiern. Sie lehnte sich auf ihrem Stuhl zurück. *Wer kann dieses Motiv gehabt haben? Troys Leiche verstecken. Einen Mord als Selbstmord tarnen … Ich will Buchanans und Johnsons Zeugenaussagen lesen, selbst wenn sie noch so kurz sind.*

Sie starrte auf den entlaubten Campus hinaus. Henry Levitte hatte in seiner Familie eine Art Macht besessen. Macht. Was brachte Macht einem sonst noch? Sie dachte an Buchanans beruflichen Erfolg und Johnsons kometenhaften Aufstieg am Woolner College. Macht verlieh die Fähigkeit, großzügig zu sein. Sie runzelte die Stirn. Alles, was sie über Levitte wusste, stempelte ihn zum Sexualtäter. Aber es machte ihn nicht zum Mörder.

Kate dachte an Cassandra. War sie weiterhin gefährdet, nachdem ihr Vater nun tot war? Und was war mit Stuart Butts? Sie las die Namen, die sie sich notiert hatte: Cassandra und Roderick. Nathan und Bradley. Alles Opfer. Sie schrieb Joel Smythe dazu, weil auch er bestimmt auf diese traurige Liste gehörte. Dann nahm sie den Telefonhörer ab und wählte John Wellans Nummer. Er meldete sich fast augenblicklich. »Kennen Sie am Woolner jemanden, der auch nach den Studium Kontakt zu Joel Smythe gehalten haben könnte?«

»Höchst unwahrscheinlich, würde ich sagen, und wie passt er in Ihre … Schon gut, ich will's lieber nicht wissen. Selbst wenn ich es für sinnvoll hielte, Kollegen nach Smythe zu fragen, könnte ich es nicht. Hier ist so gut wie niemand. Alle Vorlesungen sind als Zeichen der Trauer abgesagt worden.«

Sie schloss kurz die Augen. »Das hätte ich mir denken können. Vergessen Sie's einfach, okay?«

Kate ließ den Hörer sinken und stand auf. Sie musste hier raus. Außerdem hatte sie in der Rose Road etwas zu erledigen. Sie schlüpfte in ihren Mantel, ging mit ihrer Tasche in der Hand zur Tür und rief dabei: »Crystal? Ich komme später wieder.«

Sie ging den Korridor zu Furmans Dienstzimmer entlang, um ihm die gestrigen Ereignisse aus ihrer Sicht zu schildern. Als sie ihr Ziel fast erreicht hatte, blieb sie ruckartig stehen. Durch die halb offene Tür drangen Stimmen auf den Flur. Eine davon gehörte Gander. »Roger, das alles haben Sie bereits vorgebracht ...«

Inspector Furmans Stimme unterbrach ihn. »Das war vor diesem neuesten Debakel. Ich war von Anfang an dagegen, aber *sie* hat darauf bestanden – und hat sich *geirrt*. Übrigens nicht zum ersten Mal. Sie hat eben kein Talent für unsere Arbeit. Sie ist unberechenbar, sie ist impulsiv, und sie lässt sich nichts sagen.«

»Sie ist hoch qualifiziert.«

»Und wenn schon! Das ändert nichts an dem, was ich gesagt habe. Diese ›Schnittstelle‹ zwischen Polizeiarbeit und Psychologie funktioniert nicht. Watts findet sie schwierig, und außerdem traue ich ihrem Studenten nicht, der Zugang zu unseren Computern hat.«

»Der Vizekanzler der Universität *und* Kate überwachen den jungen Devenish«, wehrte Gander ab.

Kate hörte Furman spöttisch schnauben. »Sie ist genauso schlimm! Für sie sind Vorschriften dazu da, ignoriert zu werden. Und *jetzt* müssen wir abwarten, welche Folgen die Ereignisse von gestern Abend für uns haben. Die Anwälte der Levittes werden ...«

Kate stieß die Tür ganz auf. »Ich mache mir Sorgen um Cassandra Levittes Sicherheit und will, dass The Hawthornes überwacht wird, damit sie die Klinik nicht ohne unser Wissen verlassen kann.«

Sie beobachtete, wie Furman auf seinem Stuhl zurücksank und seine Augen theatralisch mit einer Hand bedeckte, als Gander auf sie zukam. »Das können wir nicht, Kate.«

Auf ihrem Weg über den Parkplatz hatte sie Ganders mitfühlende Miene vor Augen und seine bedauernden Worte im Ohr. Aus Personalmangel und weil sie nicht zwingend notwendig war, würde es keine Überwachung Cassandras geben: Miss Levitte wurde von dem psychologisch geschulten Personal einer Privatklinik professionell betreut. Kate legte ihre Tasche in den Kofferraum und stieg ein. Henry Levitte war tot, aber er warf noch immer einen langen Schatten. Inzwischen wussten sie ziemlich viel über ihn. Aber gab es noch mehr zu wissen? Sie ließ kopfschüttelnd den Motor an, erinnerte sich an den Tag, an dem Bernie und sie ihn in der Hyde Road aufgesucht hatten. Sie dachte an dieses Gespräch, bei dem Levitte einen Ort erwähnt hatte. Eine Kirche, die St. Peter's Church.

50

Kate parkte vor The Bell in Harborne, klappte beim Aussteigen den Mantelkragen hoch und vergrub die Hände in ihren Taschen. Ihr Kopf war nicht ganz klar, und ihr war nach den Ereignissen des gestrigen Abends noch immer leicht übel. Auf dem Weg durch den trüben Wintertag fiel ihr Stimmungsbarometer weiter. Was hoffte sie durch diesen Besuch zu erreichen? Dies war wirklich reine Spekulation. Sie überquerte die Old Church Road, ging durch das in die Friedhofsmauer eingelassene Tor, dessen Dach mit immergrünem Efeu überwuchert war, und hielt dabei den Blick auf den pastellbeigen Turm der St. Peter's Church gerichtet.

Auf dem mit Kies bestreuten Weg durch den Friedhof ging sie langsamer, um die teils schiefstehenden Grabsteine auf beiden Seiten zu betrachten: Quellen für Familiengeschichte. Vor einem imposanten Grabmal, einem Familiengrab, machte sie halt. Sie trat einige Schritte näher heran und versuchte, die in Stein gehauene Inschrift zu lesen. Der graue Stein war jedoch so stark verwittert, dass sie nur einzelne Buchstaben ausmachen konnte.

Kate kehrte auf den Weg zurück und ging weiter. Der Grabstein, den sie finden wollte, war vermutlich ebenso alt und schwer zu entziffern. Vielleicht existierte er gar nicht mehr. Sie vergeudete hier ihre Zeit, während die Ermittlungen der KUF stockten – falls Furman mit seinen Befürchtungen recht hatte, drohten ihnen sogar rechtliche

Schritte der Familie Levitte – und ihre Arbeit in der Universität liegen blieb. Wäre es nicht besser, nach Hause zu fahren und sich eine Stunde hinzulegen? Dann fiel ihr ein, dass Kevin dort war. Im Augenblick fehlte ihr einfach die Energie, es mit ihm aufzunehmen.

Ein rhythmisches Geräusch in ihrer Nähe ließ sie zusammenfahren. Kate blieb stehen und suchte den Friedhof nach seiner Quelle ab. Ein großer, hagerer Mann in Daunenjacke und dickem Schal führte einen altmodischen Reisigbesen, mit dem er das letzte Herbstlaub von einigen trockenen Grabsteinen abkehrte. Wieder nur Spekulation, aber wo sie nun schon mal hier war, konnte sie ebenso gut fragen.

»Entschuldigung? … Hallo?« Er stellte die Arbeit ein, hob den Kopf, sah zu ihr hinüber. »Arbeiten Sie hier? Regelmäßig, meine ich. Kennen Sie die Kirche gut?«

Er lehnte den Besen an einen Grabstein. Sein Gesicht war von Anstrengung und Kälte gerötet, als er herankam und den Schal freundlich lächelnd etwas herunterzog. »Ich arbeite hier als freiwilliger Helfer. Schon seit Jahren. Was möchten Sie denn wissen?«

Auf eine so direkte Frage war Kate nicht vorbereitet. Sie musste improvisieren. »Eine Freundin, na ja, nicht direkt eine Freundin, hat mir erzählt, dass ihr Mann und sie … vor Jahren Mitglied dieser Gemeinde waren … und ich habe mich gefragt, ob … ihre Familie vielleicht schon länger mit der Kirche verbunden war. Wir haben uns ein bisschen aus den Augen verloren.« *Du lügst auf geweihtem Grund.* Aber das war ihr egal. Auch wenn diese Improvisation kümmerlich war, hatte sie ihr Klarheit darüber verschafft, weshalb sie hier war.

Er nickte, dann deutete er auf die St. Peter's Church. »Ich habe einen Schlüssel. Sie wissen, wie Ihre Freundin heißt – sollen wir reingehen und nachsehen? Die Kirche führt weit zurückreichende Register über Geburten beziehungsweise Taufen, Heiraten und Todesfälle in der Gemeinde.« Sie begleitete ihn zu dem alten Gebäude, während er weitersprach. »Das sind kircheneigene Aufzeichnungen, müssen Sie wissen, aber zu uns kommen oft Leute, die sie einsehen wollen, weil sie versuchen, Stammbäume zu erstellen. Eine heutzutage sehr beliebte Freizeitbeschäftigung. Sie können das auch gern tun. Vielleicht finden Sie Eintragungen, die Ihre Freundin betreffen.«

Hinter der Kirche führte er Kate zwischen dunklen Eiben hindurch zu einer fast versteckten Tür. Sie sah zu, wie er sie mit einem großen Schlüssel aufsperrte. »Traurig, dass wir absperren müssen, aber …« Er zuckte mit den Schultern und ging in einen kalten kleinen Raum mit modernen Bücherregalen voraus. Indem er sich nach Kate umdrehte, fragte er: »Junge Freundin oder alte Freundin?«

Sie war momentan verwirrt. »Oh, na ja, eigentlich sind es zwei – in den Fünfzigern und Siebzigern. … Jeweils eine«, fügte sie lahm hinzu.

Der Mann nickte, trat an die Regale und fuhr mit dem Zeigefinger glänzend braune Buchrücken entlang. Kate sah, dass sie innerhalb der drei erwähnten Kategorien alphabetisch angeordnet waren. Während sie wartete, zog er drei schwere Lederbände heraus und legte sie auf den Tisch unter dem vergitterten Fenster. »Tut mir leid, dass es hier so kalt ist. Ich kann Ihnen nicht mal etwas zu trinken anbieten, Miss … Mrs. …?«

»Hanson. Kate Hanson. Bitte entschuldigen Sie sich nicht. Schließlich halte ich Sie von der Arbeit ab.«

»Kein Problem. Nichts für ungut, aber ist Ihnen vielleicht unwohl?«

Kate wusste, was er meinte. Sie hatte sich vor dem Aussteigen im Make-up-Spiegel der Sonnenblende ihres Autos betrachtet: blasses, müdes Gesicht, wilde Mähne. »Danke, mir geht's gut.«

»Dann lassen Sie sich ruhig Zeit.« Er zeigte auf die ausgewählten Bände. »Sollten Sie in denen nicht fündig werden, können Sie ruhig die Regale durchsuchen. Ich bin draußen. Lassen Sie mich wissen, wenn Sie gehen.« Er musterte sie nachdenklich, dann lächelte er, verließ den kleinen Raum und schloss die Tür hinter sich.

Kate griff kopfschüttelnd nach dem ersten Band. *Kein Wunder, dass er dich nach dieser dünnen Story und bei deinem Aussehen für seltsam hält. Oder für Schlimmeres.* Nach einem Blick auf die Jahreszahlen und das Stichwort auf dem Buchrücken machte sie sich an die Arbeit.

Eine Viertelstunde später war sie beim zweiten Band angelangt und fand den ersten Eintrag, der sie interessierte: Henry Levitte war hier mit Flora Tremblay, seiner ersten Frau, getraut worden. Kate las die Details: Er war in Hertford geboren, sie in Montreal. Auch seine zweite Ehe mit Theda Barr, einer ledigen Krankenschwester aus Sheffield, hatte er hier geschlossen.

Sie schlug den dritten Band auf, blätterte darin und überflog die Einträge in flüssiger, eleganter Schrift: Henry Winston Levitte, 1902 geboren. Das musste Henry Levittes Vater gewesen sein. Sie las weiter. Als Beruf war »Ingenieur, De Havilland« angegeben. Kate machte große Augen. Bei den Flugzeugwerken? Ihr Atem ging schneller als sie sich daran erinnerte, was Julian über die bei dem toten Jungen gefundene teure Armbanduhr gesagt hatte: dass sie einem Piloten gehört haben könnte.

Kate las die Informationen nochmals: Levitte sen. war

1985 gestorben. Sie wusste, dass dies kein »echtes« Beweismittel, kein unwiderlegbarer Beweis war, aber die zeitliche Abfolge stimmte. Henry Levitte würde die Uhr seines Vaters geerbt haben. Die Frage war nun: Hatte Levitte jun. sie zum Zeitpunkt von Nathan Troys Tod noch besessen? Oder in wessen Besitz hatte sie sich befunden, als Troy unter dem Fußboden des Hauses am See versteckt wurde?

Kate klappte die Bücher zu und dachte dabei an einen Ingenieur, dessen Sohn Maler geworden war. Als sie die Bände zurückstellte, war sie in Gedanken bei einem weiteren Sohn: bei Nathan Troy und seinen wundervoll subtilen Bildern. *Porträt.* Dieses Wort fiel ihr so plötzlich ein, dass sie das Gefühl hatte, die Puzzleteile arrangierten sich selbst und fügten sich hörbar klickend zu einem vollständigen Ganzen zusammen. Sie *musste* nach Hause. *Sofort.* Sie musste es *sehen*. Sie verließ die Kirche und ging dem Kehrgeräusch nach. »Ich wollte Ihnen nur sagen, dass ich fertig bin. Noch mal vielen Dank. Ich muss weiter …«

Er beobachtete, wie sie davonhastete. »Haben Sie gefunden, wen oder was Sie gesucht haben?«

Sie sah sich um, ohne stehen zu bleiben. »Ja, das habe ich.«

51

Kate saß in ihrem Wagen, ließ den Motor laufen, um es warm zu haben, und hatte ihr Handy am Ohr. »Julian, ich brauche eine dringende Datenbankrecherche. *Wirklich* dringend.« Sie nannte ihm die Details, beendete das Gespräch und fuhr an. Wenige Minuten später sperrte sie ihre Haustür auf. Hätte sie dieses Detail gestern Abend gesehen, hätte sie *bestimmt* eine Verbindung hergestellt.

Aus dem Wohnzimmer kam eine nörgelnde Stimme: »Kate? Bist du's, Kate?« Sie ignorierte sie und stürmte die Treppe hinauf.

Oben in ihrem Zimmer riss sie den Kleiderschrank auf. Auf der Suche nach einem bestimmten Gegenstand wühlten ihre Hände durch Halstücher, Gürtel und Handtaschen. Dann hörte sie zu suchen auf. Die Handtasche von gestern Abend lag vor ihr. Sie griff danach, spürte kühlen Satin an ihren Fingern. Sie öffnete die Tasche mit zitternden Händen, zog die Einladung heraus, strich sie glatt und drehte sie um. Da war er. Henry Levitte als Porträt, auf dem das Detail sehr klein war. Kate trat damit ans Fenster. Es sah ähnlich aus, aber sie musste es mit dem Original vergleichen, um ganz sicher zu sein. Sie lief die Treppe hinunter und aus dem Haus, während Kevins gereizte Stimme ihr folgte.

Auf ihrem Weg zur Glastür der Galerie White Box sah sie vor dem Eingang einen weißen Kastenwagen stehen, auf dessen Seite stand, dass er dem Institute of Art and Design (Margaret Street) gehöre. Daneben befand sich das rotblaue V des Logos von Birmingham: »zwei hochgereckte Finger«, wie Bernie sagte. Ein Wachmann in Blau behielt den Van im Auge.

Vor dem offenen Eingang der Galerie wurde Kate jedoch von einer weiteren uniformierten Gestalt aufgehalten. »Entschuldigung, Madam.« Er funkelte sie unter seinem Mützenschirm hervor an, während ein Arm in blauem Gabardine ihr den Weg versperrte. Sie wühlte hastig ihren Ausweis aus ihrer Umhängetasche. Sie *musste* in die Galerie. *Musste* es sehen.

Der Wachmann ließ sich mit dem Studium des Dienstausweises aus der Rose Road, der ihn wenig beeindruckte, viel Zeit. »Können Sie jemanden *namentlich* benennen, zu dem Sie wollen?«

Kate suchte das Erdgeschoss ab und stellte fest, dass es bereits wieder ausgeräumt war. Sie biss sich auf die Unterlippe. Weshalb war sie nicht schon gestern Abend darauf gekommen? Sie sah zu dem Kastenwagen hinüber. »Stan aus der Margaret Street. Ist er hier?«

Der Wachmann, den das offenbar noch weniger beeindruckte, hob den Arm. »Oben.«

Kate, deren Herz rascher schlug, stieg die Treppe hinauf. Bis sie oben ankam, hämmerte es von neuerlich durchlebtem Stress. »Stan? *Stan!*«

Als sie eine gedämpfte Stimme hörte, drehte sie sich um und sah ihn in einiger Entfernung mit einem A4-Blatt in der Hand stehen.

Er lächelte, als sie auf ihn zukam. »Sie schon wieder? Ich bin hier fast fertig. Muss nur noch diese Liste abhaken … Hey, alles in Ordnung mit Ihnen?«

Sie nickte rasch. »Danke, mir geht's gut. Ich möchte mir nur etwas ansehen …«

»Sie sind kreidebleich. Kommen Sie, setzen Sie sich einen Augenblick auf dieses Sofa …«

»Nein! Hören Sie, gestern Abend war ich hier in einem kleinen Raum. Irgendwo im Erdgeschoss. Er war fensterlos und so gut wie unmöbliert.«

»Ich glaube, ich weiß, welchen …«

»Ich *muss* einen Blick hineinwerfen.«

»Okay, ich bringe Sie hin … Wissen Sie bestimmt, dass Sie nichts brauchen?«

»Los, jetzt!« Kate lief bereits die Treppe hinunter. Bis sie das ausgeräumte Erdgeschoss erreichte, hatte Stan sie eingeholt und dirigierte sie auf einen Flur. Dort machte er vor einer hellen Holztür halt, die er aufstieß. *»Voilà!«*

Als Kate den kleinen Raum betrat, stürmten Erinnerungen an den vorigen Abend auf sie ein. Der Tisch, der Stuhl, sogar die Tapete … Nach einem Blick in die Runde funkelte sie Stan an. »Wo sind sie? Wer hat sie weggeschafft?«

Er betrachtete sie zweifelnd. »Wo soll was sein?«

Sie zeigte in eine Ecke. »Dort haben gestern Abend zwei Gemälde an der Wand gelehnt. Eines davon war ein Porträt. Ich muss es unbedingt noch mal sehen!«

Er hob die Hände. »Okay, okay. Bloß nicht aufregen. Es ist draußen.« Stan folgte ihr leicht misstrauisch aus dem kleinen Büro, durchs Erdgeschoss und zu seinem Wagen hinaus. Er sperrte die Hecktür auf, öffnete beide Flügel und deutete in den Laderaum. »Wenn Sie mir einen Augenblick Zeit lassen, versuche ich …«

Kate war bereits eingestiegen und ging die Gemälde in ihren mit Filz gepolsterten Metallständern durch. Stan folgte ihr. »Es steht dort drüben.« Er arbeitete sich in dem ziemlich vollgepackten Kastenwagen zu zwei großen Gemälden in schweren Rahmen vor. Vor Anstrengung keuchend drehte er eines davon so hin, dass es Kate zugewandt war, die davor in die Hocke ging. »Meinen Sie dieses?«

Sie starrte es an: das dunkle Haar, die kräftige Nase, der volle Mund. »Genau das meine ich.« Sie beugte sich nach vorn und konzentrierte sich auf den Bereich zwischen Handgelenk und Unterarm. Was Kate dort sah, hätte sie überall wiedererkannt. Sie griff nach ihrem Smartphone, um es zu fotografieren.

Kate bedankte sich bei Stan, stieg aus und hastete zu ihrem Wagen zurück. Als sie das Stadtzentrum verließ, dachte sie über ihren nächsten Schritt nach. Nathan Troy war aus einem bestimmten Grund gestorben. Nicht etwa, weil irgendein perverser Unbekannter den Drang verspürt hatte, ihn zu vernichten. Henry Levitte *konnte* ihn ermordet haben. Oder der Mörder war jemand gewesen, den Levitte kannte. Sie brauchte Informationen über Cassandras Jugendjahre. Sie wusste nur einen Ort, an dem sie vermutlich gespeichert waren: The Hawthornes.

52

Leila Jones machte ihr auf. »Dr. Hanson, bitte treten Sie ein. Sie kommen vergebens, fürchte ich. Cassandra ist nicht hier.«

Kate starrte sie an, während sie über die Schwelle trat. »Wo ist sie?«

Miss Jones deutete mit einer Hand in ihr Büro. »Ihr Zustand hat sich gebessert, und sie ist gestern zu ihrer Schwester gefahren, um bei ihr zu bleiben und in den nächsten paar Tagen versorgt zu sein.«

Das beunruhigte Kate. Wusste Miranda, dass ihre Schwester beschützt werden musste? Miranda konnte selbst in Gefahr sein … und wer hatte gestern Abend auf Cassandra aufgepasst? Sie strich sich eine Haarsträhne aus dem Gesicht. *Diese Gelegenheit musst du nutzen.* »Ich bin gekommen, um mit Ihnen zu reden.«

Miss Jones führte Kate sichtlich überrascht in ihr Büro, bot ihr einen Sessel an und trat dann hinter den Schreibtisch, auf dem eine dicke Akte und ein zugeschraubter Füller lagen. »Ich bin gerade dabei, die Details von Cassandras letztem Aufenthalt in ihre Krankenakte zu übertragen, daher habe ich leider …«

Kate nickte, während sie die Akte im Blick behielt. »Sie haben von ihrem Vater gehört?«

Miss Jones, die wieder einen mehrfarbigen Turban trug, nickte mit ernster Miene. »Ja. Wir hoffen, dass das keine weitere Krise auslöst, aber wenn sie gut betreut und angehalten wird, regelmäßig ihre Medikamente einzunehmen, können wir optimistisch sein, glaube ich.«

»Ich brauche Ihre Hilfe.«

Die Geschäftsführerin musterte sie überrascht. »Ich weiß nicht, ob ich Ihnen behilflich sein kann, aber ich will es gern versuchen.«

»Sie mögen Cassandra, nicht wahr?« Die ältere Frau nickte. »Als ich mit Lieutenant Corrigan hier war, hat Cassandra uns nicht allzu viel erzählt, aber was wir von ihr – und aus anderen Quellen – erfahren haben, legt den Schluss nahe, dass es in der Familie Levitte gewisse höchst … *problematische* Dynamiken gibt.« Als die Geschäftsführerin ihr einen scharfen Blick zuwarf, wusste Kate, dass sie die Anspielung auf Cassandras Missbrauch verstanden hatte. »Wir haben unsere Ermittlungen mit dem Tod eines jungen Mannes im Jahr 1993 begonnen. Seither hat es zwei weitere Morde gegeben, und wie Sie sicher ahnen, mache ich mir Sorgen um Cassandras Sicherheit. In letzter Zeit mehr und mehr.« Sie deutete auf den Schreibtisch. »Ich muss Cassandras Krankenakte einsehen.«

Leila Jones faltete die Hände auf der vor ihr liegenden Akte und fixierte Kate mit einem langen Blick. »Tut mir leid, das ist ausgeschlossen! Sie wissen selbst, dass sie vertraulich ist. Sie sind The Hawthornes und meiner Obhut nur überlassen worden, um Cassandra Levittes Behandlung bei uns zu optimieren …«

In diesem Augenblick wurde schüchtern angeklopft, und eine junge Frau in einem blasslila Overall trat ein. »Entschuldigung, Miss Jones, aber könnten Sie *gleich* kommen?«

Die Geschäftsführerin kniff die Lippen zusammen und stand auf. »Sie müssen mich bitte entschuldigen, Dr.

Hanson. Wir haben gewisse Probleme mit einem unserer Gäste.« Sie zeigte auf die Tür. »Ich begleite Sie hinaus.«

Kate wurde aus dem Büro geleitet, stand in der von Geräuschen erfüllten Eingangshalle und hörte ein lautes Krachen, das aus irgendeinem Raum in dem langen Flur kam.

Die junge Frau in Lila hastete dorthin, und Leila Jones folgte ihr eilig, wobei sie auf den Ausgang wies. »Sie finden selbst hinaus, nicht?«

Kate durchquerte die Eingangshalle, öffnete die Tür, verharrte sekundenlang und ließ sie dann los. Während die Tür sich schloss, sah sie sich zum Flur um. Niemand war zu sehen. Sie kehrte ins Büro zurück, machte die Tür zu und lehnte sich dagegen. Eine innere Stimme machte ihr nicht zum ersten Mal laute Vorhaltungen in Bezug auf gesetzliche Vorschriften, Berufsethos und Professionalität.

Sie stieß sich von der Tür ab, horchte auf Geräusche außerhalb des Raums, trat hastig an den Schreibtisch und griff nach der Akte. In Ruhe durchblättern konnte sie sie nicht. Leila Jones konnte jeden Augenblick zurückkommen. Ein erster Blick zeigte ihr einige rosa Haftnotizen, die zwischen den Blättern hervorragten. Mit gespitzten Ohren schlug sie die Stelle mit dem ersten Marker auf: Einzelheiten über Cassandras Medikation. Lithium. Davon wusste sie bereits.

Kate blätterte zur zweiten Haftnotiz weiter und gelangte damit in die Frühzeit von Cassandras Behandlungsgeschichte. Sie überflog die vielen handschriftlichen Eintragungen, bis die drei Buchstaben *VGT* sie innehalten ließen. Was sie bisher über Cassandra gehört hatte, hatte sie dies vermuten lassen, aber nun hatte sie eine Bestätigung dafür: »Voraussichtlicher Geburtstermin.« Vor vielen Jahren war

Cassandra als Neunzehnjährige schwanger gewesen. Während von jenseits der Bürotür leise Geräusche hereindrangen, las Kate weiter, suchte noch mehr. Sie fand es weiter unten auf dieser Seite, wo neben den Worten *Mutmaßlicher Vater* zwei Anfangsbuchstaben standen, die ihr den Atem verschlugen. *MJ.*

Sie klappte die Akte zu, flitzte zur Tür, horchte nach draußen, öffnete sie dann und spähte hinaus. Sie konnte Stimmen hören, von denen sie eine erkannte: Leila Jones. Kate verließ das Büro, huschte lautlos durch die Eingangshalle, zog die Ausgangstür auf und schlüpfte ins Freie.

53

Kate bog schwungvoll auf den Parkplatz an der Rose Road ab und bremste leicht, als einige Uniformierte sich nach ihr umdrehten. Als sie einparkte, hörte sie ihr Handy im Kofferraum klingeln. Sie holte es aus der Umhängetasche und nahm den Anruf entgegen: »Hallo … Oh, hallo, John.«

»Kate.« Wellans Stimme klang besorgt. »Sind Sie so freundlich, mir zu sagen, was eigentlich läuft? Miranda Levitte hat mich gerade angerufen.«

»Hat sie zufällig Cassandra erwähnt? Hat sie gesagt, dass ihre Schwester bei ihr ist?«

»Was? Nein, das hat sie nicht. Sie hat gesagt, dass ihre Stiefmutter damit rechnet, verhaftet zu werden, und mich gebeten, mit Ihnen zu reden.«

Sie hängte sich ihre Tasche über eine Schulter, verriegelte die Autotüren und hastete zum Haupteingang des Gebäudes, während sie ihm erzählte, dass sie eben erst in die Rose Road gekommen war, aber Theda Levitte vermutlich eine Vorladung zur Vernehmung erhalten habe. »Auch Miranda und Roderick dürften welche bekommen.«

»Oh, ich verstehe.« Das klang besänftigt. »Ich will nichts mit diesem Schlamassel zu tun haben, aber irgendwie habe ich das Gefühl, hineingezogen zu werden. Miranda sagt, dass Theda von einem ›Jugendlichen‹ faselt, der in letzter Zeit am See gewesen sein soll. Sie hat sich in den Kopf gesetzt, dass *er* Henry ermordet hat. Ich habe ihr versichert, dass kein Jugendlicher – auch nicht modisch gekleidet – in die White Box reingekommen wäre.«

Kate war im Gebäude, im Empfangsbereich. »Sorry, ich habe es eilig.«

Nach dem Auflegen sah sie zu Whittaker hinüber. »Schon alle da?«, fragte sie, ohne stehen zu bleiben.

»Nur Julian. Lieutenant Corrigan ist bei einer Besprechung des Terroristen-Teams.« Whittakers lauter werdende Stimme folgte ihr bis auf den Korridor. »Und DS Watts ist ebenfalls oben.«

Julian sah auf, als Kate die Tür des KUF-Dienstraums aufstieß. »Ich versuche gerade die Recherche zu Theda Levitte, um die Sie mich gebeten haben, aber das System ist in einem Bummelstreik. Ich habe angeboten, daran zu arbeiten, um es schneller zu machen, aber Goosey hat nein gesagt.«

»Stellen Sie diese Recherche vorläufig zurück.« Sie warf ihre Tasche auf den Tisch, schlüpfte aus dem Mantel und sah auf, als Joe hereinkam. »Ich habe euch eine Menge zu erzählen. Wo ist Ber… Schon gut«, sagte sie, als er hinter Joe auftauchte.

»Du siehst missgestimmt aus, Doc. Was ist los?«

»Cassandra hat The Hawthornes verlassen, und ich mache mir große Sorgen um sie. Aber als Erstes habe ich *massenhaft* Informationen für euch – und zur Einstimmung ein nettes Bildchen.« Sie schaltete ihr Smartphone ein, drückte auf *Fotos* und begutachtete das Vollbild: nicht schlecht. »Hier, seht euch das an.« Sie reichte das Handy über den Tisch. Drei Köpfe kamen zusammen, um die Aufnahme eines Männerhandgelenks zu betrachten.

»Das ist die Uhr!«

»Her damit, Devenish. Wie soll man was erkennen,

wenn Sie damit rumzappeln?« Bernie begutachtete das Foto, wobei er seine selten getragene Lesebrille aufsetzte, und sah dann zu Joe hinüber. »Was denkst du?«

Joe griff nach dem Smartphone, sah kurz auf den Bildschirm und nickte dann. »Das ist die IWC. Wo hast du die entdeckt, Red?«

Kate sprach rasch, sah dabei von einem ihrer Kollegen zum anderen. »Zum ersten Mal habe ich dieses Porträt in der Margaret Street gesehen, als ich Roderick kennengelernt habe, aber da ist mir nichts daran aufgefallen. Gestern Abend habe ich es noch *zweimal* gesehen: erst auf der Einladung zur Retrospektive, dann in dem kleinen Raum, als ich … andere Dinge im Kopf hatte. Heute Morgen habe ich mir das Programm angesehen, aber die Abbildung war zu klein. Dann war ich in der White Box, um mir das Original anzusehen.« Sie holte tief Luft und zeigte auf ihr Foto. »Die Fliegeruhr – ist ein Detail eines Porträts von Henry Levitte aus der Zeit um …« Sie runzelte die Stirn. »Okay, das Jahr steht nicht fest, aber es muss natürlich *vor* 1993 gewesen sein.« Sie trat an die Glaswand. »Erinnerst du dich, Bernie, wie Henry Levitte bei unserem Besuch in der Hyde Road von einer Verbindung der Familie mit der St. Peter's Church in Harborne gesprochen hat?« Sie begann zu schreiben und erzählte dabei, was sie über die Familie in Erfahrung gebracht hatte – auch, dass Levitte sen. Ingenieur bei De Havilland gewesen war.

Julian stieß beide Fäuste senkrecht in die Luft. *»Jaa!* Sein Vater hat *Flugzeuge* gebaut. Er hat dem Jungen seine *Fliegeruhr* vermacht.«

Kate kehrte der Glaswand den Rücken zu. »Die Armbanduhr beweist, dass Henry Levitte am Tatort war, als Nathan Troy ermordet wurde – oder dass sie von jemandem verloren wurde, der sie gestohlen hatte oder dem sie geschenkt oder geliehen worden war.«

»Wie wär's mit dem Sohn und Erben Roderick, falls es ein Angehöriger war?«, schlug Joe vor.

Kate strich sich eine Haarsträhne aus dem Gesicht. »Möglich, aber ich denke eher an Henry Levitte. Seine Vaterrolle war durch Machtausübung definiert. Die Mächtigen können schikanieren und bestrafen. Aber sie können auch belohnen. Wo sind die Aussagen von Buchanan und Johnson?«

Bernie blätterte in einem Stapel Ausdrucke, dann hielt er Kate zwei E-Mails hin. »Hier.« Beide waren nur wenige Zeilen lang. Buchanan schrieb, ihm sei bei der Retrospektive nichts Verdächtiges aufgefallen und er habe die White-Box-Galerie wegen seiner weiten Heimfahrt vor 20.30 Uhr verlassen. Johnsons Mail war ebenso kurz: Er schrieb, er sei wegen Kopfschmerzen frühzeitig gegangen und vor 21 Uhr zu Hause gewesen. Beide behaupteten, erst von Henry Levittes Tod erfahren zu haben, als sie angerufen und um ihre Aussage gebeten worden waren. »Ich habe dich gewarnt, dass sie nicht viel hergeben.«

Kate sah geistesabwesend auf Johnsons E-Mail hinunter. Sie musste ihren Kollegen erzählen, was sie noch alles erfahren hatte.

»Du bist nicht die Einzige, die neue Infos hat, Doc.« Bernie hielt einen großen braunen Umschlag hoch. »Dies ist vor einer Viertelstunde von oben gekommen. Interessiert?« Er zog ein hochglänzendes A4-Blatt mit einem Porträt in Grautönen heraus. »Das ist unser Phantombild. Ronnie Dixon hat ihm große Ähnlichkeit bescheinigt.« Er beobachtete sie. »Siehst du da jemanden, den wir vielleicht kennen?«

Kate starrte das Porträt auf dem Tisch an und erinnerte sich an sein Verhalten am Vorabend, als er nach der Entdeckung der Leiche seines Vaters Tränen gelacht hatte. Sie dachte auch an seine Erwähnung von Kontaktlinsen. Ihre Gedanken gingen zu der Wand mit Familienfotos zurück, die Henry Levitte als Verbrechergalerie bezeichnet hatte. Eines hatte einen Jungen mit Brille gezeigt, den sie für strebsam gehalten hatte. »Wollt ihr ihn hier befragen?«

Joe trat an den Tisch, um sich das Roderick Levitte erstaunlich ähnliche Phantombild noch mal anzusehen. »Er ist unten. Vor einer Stunde freiwillig aufgekreuzt. Betrunken. Völlig blau. Der Arzt hat ihn untersucht, und wir haben ihn wegen Trunkenheit am Steuer angezeigt. Jetzt schläft er sich seinen Rausch als unser Gast aus.«

Kate rieb sich die Schläfe, als sie wieder an die Glaswand trat und nach dem Marker griff. »Es gibt noch was anderes. Etwas sehr Wichtiges, das Cassandra betrifft.« Sie schrieb die Anfangsbuchstaben, die sie in The Hawthornes in Cassandra Levittes Krankenakte gelesen hatte, auf die glatte Fläche, fügte ein paar Worte hinzu und drehte sich wieder nach ihren Kollegen um.

Bernie, der die Fäuste in die Hüften gestemmt hatte, las die Informationen zweimal durch, bevor er sich an Kate wandte. »Wie hast du das rausgekriegt?«

Sie schüttelte den Kopf. »Unwichtig. Hauptsache ist, dass wir die Informationen *haben*. Wir müssen dringend mit Matthew Johnson reden.«

54

Sie standen vor der Tür von Professor Matthew Johnsons Wohnung im ersten Stock eines eleganten georgianischen Stadthauses am St. Paul's Square mitten im Jewellery Quarter von Birmingham. Nachdem sie geklingelt hatten, gab Bernie, der halblaut aus dem Mundwinkel sprach, eine letzte Einschätzung ab. »Bedenkt man, was wir über Cassandra Levitte und ihn wissen, steckt er bis zum Hals in dieser Sache, *und* ich werde ihn fragen, wieso er nicht gleich bei der ersten Befragung reinen Tisch gemacht hat.«

Nachdem Johnson, der sie erwartete, sie schweigend eingelassen hatte, folgten sie ihm ins Wohnzimmer. Weil er sie nicht bat, Platz zu nehmen, blieb Kate neben einer Ottomane stehen und betrachtete die Wände, die in benachbarten Spektralfarben von Cremeweiß bis Gold, von Pfirsichfarben bis Rot gestrichen waren. Wie seine Frau wohl ist? Bestimmt auch eine Künstlerin.

Professor Johnson hatte bisher nichts gesagt. Er wartete ab. Bernie ergriff das Wort: »Wir haben Beweise dafür, dass Sie während Ihres Studiums am Woolner eine Beziehung mit Cassandra Levitte hatten, die dazu geführt hat, dass sie schwanger wurde.« Johnson lief kurz rot an, wurde aber sofort wieder auffällig blass. Er schwieg weiter. Bernie musterte ihn prüfend. »Möchten Sie sich zu meiner Feststellung äußern, Professor?«

Johnson betrachtete erst ihn, dann Joe und Kate, bevor er

auf diese Breitseite reagierte. »Mussten Sie wirklich gleich zu *dritt* kommen? Haben Sie vor, mich unter Anklage zu stellen?«

»Nein, Sir«, antwortete Joe. »Aber Sie müssen sich zu dem äußern, was mein Kollege gesagt hat. Möchten Sie *irgendeinen* Kommentar dazu abgeben, dass sie im Jahr 1993 als der mutmaßliche Vater von Cassandra Levittes ungeborenem Kind identifiziert wurden?«

Kate beobachtete, wie die Kiefermuskeln unter seiner glatten Haut spielten, während er hektisch von einem zum anderen sah. Er war durcheinander. Und er dachte angestrengt nach. Sie wurde ungeduldig. »Mr. Johnson, bei unserem ersten Besuch habe ich Sie gefragt, welcher Art Ihre Beziehungen und die Ihrer Hausgenossen zu Cassandra Levitte waren.«

»Ja, und *ich* erinnere mich daran, dass Ihre Andeutungen empörend waren.«

»Außerdem haben Sie uns verschwiegen, dass sie von Ihnen schwanger war.«

Er funkelte Bernie an. »Machen Sie sich nicht lächerlich! Henry Levitte hat Cassandra mir anvertraut, weil er ihre Verletzlichkeit kannte.«

»Wir müssen alles über Cassandra Levittes Schwangerschaft hören«, sagte Kate. »Sie müssen uns erzählen, was Sie darüber wissen. Wir ermitteln jetzt wegen drei Morden.«

Er hob ruckartig den Kopf. »Ich dachte, Henry hätte Selbstmord verübt.«

Kate sah ihm ins Gesicht. »Sie haben einiges verpasst, weil Sie gestern Abend so früh gegangen sind. Die Pathologin, die ihn untersucht hat, glaubt nicht an Selbstmord.« Er sah zum Fenster hinüber. »Warum haben Sie uns nicht gleich reinen Wein eingeschenkt?«, fragte sie. »Warum haben Sie uns nichts von Ihrer Beziehung zu Cassandra Levitte erzählt?«

»Weil es keine gegeben hat.« Er machte einige Schritte von ihnen weg, fuhr sich mit der Hand übers Haar und drehte sich nach ihnen um. »Ganz gleich, woher oder wie Sie diese Information erhalten haben, sage ich Ihnen, dass sie nicht zutrifft. Ich hatte nie eine Affäre mit ihr. Das ist glatt gelogen!« Johnson räusperte sich, dann fragte er: »Ich nehme an, dass diese ›Information‹ vertraulich bleiben kann?«

Bernie funkelte ihn an. »Ihnen macht wohl Sorgen, was Ihre Frau sagen könnte? Über etwas, das Sie ihr nie erzählt haben?«

Johnson kniff die Augen zusammen. »Wer behauptet, ich hätte eine Affäre mit Cassandra gehabt?«

»Würde Cassandra Levitte in diesem Punkt lügen?«, fragte Kate.

Er starrte sie verständnislos an. *»Was?«*

Joe ergriff das Wort. »Professor Johnson, Sie bestreiten also kategorisch, eine Affäre mit Cassandra Levitte gehabt zu haben und der Vater des Kindes zu sein, das sie 1993 erwartet hat?«

»Selbstverständlich!« Er starrte Kate an. »Cassandra hat *das* gesagt?« Er rieb sich das Gesicht, ließ die Hände wieder sinken. »Das kann ich mir nur damit erklären, dass es ihr nicht gut geht. Sie wissen ja, dass sie mit erheblichen Problemen zu kämpfen hat. Ich habe sie jahrelang nicht mehr gesehen, aber das war schon damals so. Sie hat Ihnen etwas Falsches erzählt. Ich weiß nicht, *weshalb*. Mir ist auch egal, *weshalb*. Ich bin eine Privatperson. Und ich trenne Beruf und Privatleben strikt voneinander.«

Bernie betrachtete ihn missbilligend. »Nun, diesmal haben Sie Pech, weil wir Ihre Kollegen, Ihre Freunde und Ihre Angehörigen fragen werden, was sie wissen.«

»Lassen Sie meine Familie in Ruhe, sonst hören Sie von meinem Anwalt.« Johnson funkelte sie nacheinander an, dann fragte er: »Wann hat Cassandra das behauptet?«

»Darüber dürfen wir keine Auskunft geben, Sir.« Als Joe das sagte, biss Kate sich auf die Unterlippe.

Johnson reagierte aufgebracht. »Was *dürfen* Sie mir sagen, damit ich es widerlegen kann? Ich muss wissen, welche Einzelheiten sie geschildert hat und wann das alles gewesen sein soll.«

Kate sah zu Bernie hinüber, der kaum merklich nickte. »Mitte Oktober 1993 war Miss Levitte im dritten Monat schwanger«, sagte sie.

Johnson, der auf und ab gegangen war, blieb ruckartig stehen. Einige Sekunden verstrichen. »Das ist der Beweis, dass ich nicht in Frage komme! Im Jahr 1993 war ich im Juli, August und der ersten Septemberhälfte außer Landes.« Während sie ihn beobachteten, trat er an den Schreibsekretär am Fenster. Er zog eine der Schubladen auf und nahm ein kleines Heft mit dunkelblauem Umschlag heraus, das er Joe gab. Kate und Bernie kamen zu ihm, als er es aufschlug und darin blätterte.

Bernie wandte sich an Johnson. »Dies beweist nur, dass Sie im fraglichen Zeitraum im Ausland waren. Cassandra Levitte hätte runterfliegen können, um *Sie* zu besuchen.«

Sie drehten sich um, als die Wohnungstür aufgesperrt wurde und eine fröhliche Stimme aus der Diele kam: »Hallo, Süßer. Ich habe den Räucherlachs und die … Oh. Ich wusste nicht, dass wir heute Abend Gesellschaft haben.«

Der Neuankömmling betrat das Wohnzimmer, in dem

tiefes Schweigen herrschte. »Möchte jemand einen Drink?«, fragte er.

Sie saßen auf dem Parkplatz des Stadthauses in dem Range Rover, und Bernie ließ seiner Empörung freien Lauf: »Warum hat er nicht gleich gesagt, dass er schwul ist … und auch *das* schließt ihn noch längst nicht aus. Er könnte bi sein. Wozu trägt er überhaupt einen Ehering?« Er holte tief Luft. »Und noch was! Wenn ihr mich fragt, hatte er den alten Reisepass verdammt schnell bei der Hand. Die meisten von uns müssten *stundenlang* suchen, um das blöde Ding zu finden.«

»Mir kommt er recht pedantisch vor«, meinte Joe.

Bernie war noch nicht fertig. »Ich schließe ihn *nicht* als Kindsvater aus. Sie *könnte* wie gesagt runtergeflogen sein, um *ihn* zu besuchen. Vor so vielen Jahren war er sich vielleicht noch ›unschlüssig‹ über seine … wie sagt man gleich wieder?«

»Sexualität«, murmelte Kate automatisch, während sie auf angestrahlte Stadthäuser und überfüllte Restaurants hinausstarrte.

»Genau! Ich finde, dass er mit Buchanan und dem *verdammten* Roderick Levitte zu den Hauptverdächtigen gehört.«

Joe drehte sich nach Kate um. »Wir überprüfen das natürlich, aber er scheint 1993 im fraglichen Zeitraum in Istanbul gewesen zu sein.«

Kate nickte wortlos, während sie sich rasch einige Notizen machte. Natürlich würden sie das überprüfen. Im Augenblick versuchte sie, sich Klarheit über eine Frage zu verschaffen, die ihr vorhin während der Schlussszene in Johnsons Wohnung sofort eingefallen war. Sie hob den

Kopf, sah ihre beiden Kollegen an und sagte: »Cassandra bekommt von ihrem Hausarzt mitgeteilt, dass sie schwanger ist. Er will wissen, wer der Vater ist. *Frage:* Wozu sollte Cassandra Levitte Johnson als den Vater ihres ungeborenen Kindes benennen? *Antwort:* Weil Johnson das nie geschadet hätte. Weil es kein Mensch geglaubt hätte. Weil schon in den Neunzigerjahren bekannt war, dass er schwul ist. Sie hat *ihn* benannt, um jemand anderen zu schützen.«

Während sie in ihren Notizen blätterte, erinnerte Kate sich daran, wie John Wellan gelacht hatte, als sie angedeutet hatte, Johnson und Troy könnten »Rivalen« gewesen sein. Also wusste Wellan, dass Matthew Johnson schwul war. Und das würden auch andere wissen. »Wen wollte Cassandra schützen?« Sie starrte in den Abend hinaus. »Etwa den eigenen *Vater*?«

»Schon mal an Nathan Troy gedacht, Doc?«, lautete Bernies Gegenfrage.

Joe sah, dass sie die Stirn runzelte. »Du hältst nicht viel von der Idee, dass Troy ermordet worden sein könnte, weil er Cassandra geschwängert hat, was?«

Kate betrachtete Johnsons Stadthaus durch die Frontscheibe. »Du denkst an eine Art Ehrenmord? An einen dynastischen Racheakt?« Vor ihrem inneren Auge standen die beiden Männer der Familie: Henry, Roderick. Als der Range Rover anfuhr, blickte sie auf kahle Bäume hinaus, die mit Lichterketten mit winzigen LEDs geschmückt waren. »Wir wissen nicht, ob die Familie jemals etwas von ihrer Schwangerschaft mitbekommen hat. War sie ahnungslos, kann es keinen Racheakt gegeben haben.« Sie rieb sich die Stirn. »Und wäre er im damaligen sexuellen Klima – vor etwas über zwanzig Jahren – überhaupt für notwendig erachtet worden?«

Bernie betrachtete sie im Rückspiegel. »Ich tippe darauf, dass die Schwangerschaft geheim gehalten wurde, weil der Erzeuger, wer immer er war, Schwierigkeiten bekommen hätte. *Du* sprichst von ihrem Vater, aber es kann auch jemand gewesen sein, der ihre Labilität ausgenutzt hat oder selbst verheiratet war. Sobald wir wieder in der Rose …«

»*Nein*. Ich will mehr über diese Schwangerschaft wissen. Ich will wissen, ob Cassandra das Baby bekommen hat – und was aus ihm geworden ist. *Miranda hat ungefähr zu dieser Zeit ein Baby bekommen*. Nächste Straße links.«

Kate beobachtete, wie Bernie sorgenvoll den Kopf schüttelte. »Ich denke, ich weiß, woher du deine Infos hast«, sagte er. »Hast du *gern* Schwierigkeiten?«

Sie zuckte mit den Schultern. Kam heraus, dass sie unbefugt in Cassandra Levittes Krankenakte geblättert hatte, würde sie mit den Konsequenzen leben müssen.

55

Sie waren im The Hawthornes, im Büro der Geschäftsführerin, und Bernie war mit seinen Ausführungen Leila Jones gegenüber fast am Ende. »Unsere Ermittlungen kommen rasch voran.« Er vermied es, zu Kate hinüberzusehen. »Wir vermuten, dass Cassandra Levitte vor etwas über zwanzig Jahren schwanger war, und müssen ihre Krankenakte einsehen, um festzustellen, was aus dieser Schwangerschaft geworden ist.«

»Das kann ich nicht zulassen««, wehrte Miss Jones schmallippig ab.

Bernie zog die Augenbrauen zusammen. »Hören Sie, wir können einen richterlichen Beschluss erwirken.«

»Dann tun Sie das bitte. Nur so bekommen Sie ihre Akte zu sehen.« Sie bedachte Kate mit einem kühlen Blick. »Ich vermute, dass Ihre Kollegin schon einen Blick hineingeworfen hat, was *höchst* unprofessionell von ihr war.«

Kate fühlte Frustration in sich aufsteigen. »Hören Sie, wir müssen wissen, was …«

»Ich nehme die Vertraulichkeit solcher Akten sehr ernst. Ich weigere mich, freiwillig Informationen preiszugeben. Besorgen Sie sich Ihre Anordnung.«

Kate fiel eine Möglichkeit ein. Sie zeigte auf die Krankenakte auf dem Schreibtisch. »Sie haben sie natürlich ganz gelesen. Wir brauchen nur ein paar spezielle Informationen daraus. Wie wär's, wenn wir Ihnen zwei, drei Fragen stellen würden, die Sie uns …«

Die Geschäftsführerin erwiderte gelassen ihren Blick. »Dr. Hanson, ich erkenne durchaus an, dass Sie sehr erfinderisch und dazu sehr hartnäckig sind. Aber das bin ich auch. Die Antwort lautet *nein.*«

Kate hatte Joes leise Stimme im Ohr. »Komm, wir gehen. Die richterliche Anordnung können wir beantragen, sobald wir wieder in der Rose Road sind.«

Sie wandte sich ab und folgte Bernie und ihm durch den Raum. An der Tür drehte sie sich noch mal um. »Ich verstehe Ihre Sorge wegen des Schutzes der Ihnen anvertrauten Menschen, Miss Jones. Aber verstehen Sie auch *unsere* Sorge? Zwei junge Leute und Cassandra Levittes Vater sind ermordet worden. Bis der Mörder gefasst ist, bleibt er eine Gefahr für andere. Ich weiß nicht, ob Sie von Cassandra gehört haben oder Kontakt zu ihr haben, seit sie nicht mehr hier ist, aber ich mache mir Sorgen um sie. Ich fürchte sehr, dass ihr Leben in Gefahr ist.« Sie sah Leila Jones Entschlossenheit ins Wanken geraten. »Wie wäre es, wenn Sie wenigstens eine Schlüsselfrage stumm beantworten würden?« Obwohl Leila Jones nicht erkennen ließ, ob sie dazu bereit war, formulierte Kate ihre Frage. »Enthält ihre Krankenakte irgendeinen Hinweis auf einen Schwangerschaftsabbruch?« Sie registrierte ein kaum wahrnehmbares Nicken.

Binnen fünf Minuten saßen sie wieder in dem Range Rover. Kate starrte missmutig geradeaus. Bernie sah sich nach ihr um. »Da hast du's, Doc. Ich denke, dass das jegliche Theorie killt, an der du *vielleicht* gestrickt hast – dass Cassandras Baby von Miranda aufgezogen worden ist.«

Sie zuckte mit den Schultern. »Dieser neuerliche Besuch hat mich an das Gespräch erinnert, das Joe und ich mit

Cassandra geführt haben, vor allem an ihre übergroße Ängstlichkeit. *Sie* hat nie versucht, jemanden zu beschützen. Irgendjemand hat sie beherrscht, unter Kontrolle gehabt.« Kate dachte an das Glasauge. »Und das schon seit Jahren.«

56

Am frühen Montagmorgen ging Kate in heller Wintersonne rasch die Stufen hinauf, durch die menschenleere große Eingangshalle und zur Treppe. Ihre Ermittlungen konnten von historischen Informationen nur profitieren, und sie war hier, um den Einzigen zu befragen, der sie vielleicht liefern konnte. Selbst wenn er nicht viel akademischen Tratsch mitbekam. Sie klopfte an die Tür und öffnete sie einen Spalt weit.

Wellan war mit Rupe allein. Er winkte sie herein. »Willkommen im Mausoleum. Weil die Vorlesungspause andauert, nutze ich die Zeit, um Hausarbeiten zu korrigieren. Gott, ich bin fast ein halbes Jahr im Rückstand. Setzen Sie sich.«

»Ich will Sie nicht lange stören. Übrigens mein Beileid zu Henry, auch wenn ich weiß, dass Sie und er keine Freunde waren.«

Er musterte sie prüfend. »Sie haben ihn entdeckt. War wohl scheußlich?«

Sie nickte. »Ja, das war es. Ich bräuchte Hintergrundinformationen über das College, wenn Sie Zeit haben.«

»Schießen Sie los.«

»Wann sind Sie hier Dozent geworden?«

Er grinste. »In der letzten Eiszeit – genauer gesagt im September 1991. Ich war dann noch mal in Athen, um meinen Vertrag zu erfüllen, also wird es … Oktober, November gewesen sein, als ich tatsächlich hier angefangen habe.«

»Und Henry Levitte hat damals den Fachbereich Bildende Kunst geleitet?«

»Ja. Er hat mit über meine Berufung entschieden.« Er beugte sich nach vorn. »Wissen Sie, dass ich Jahre später rausgekriegt habe, dass er gegen meine Berufung war?« Er lehnte sich zurück. »Aber stricken Sie *daraus* bitte keine Lösung für Ihre laufenden Ermittlungen.« Er griff nach dem kleinen Blechkasten, mit dem er seine Zigaretten drehte. »Jeder weiß, dass ich den alten Knacker nicht leiden konnte, aber die Neunzigerjahre liegen eine Ewigkeit lang zurück, und im Lauf der Zeit hatte ich die Kunst vervollkommnet, ihn außer in unvermeidlichen Fällen völlig zu ignorieren.«

Kate massierte die winzige senkrechte Falte über ihrer Nase. »Ich höre, was Sie sagen, aber als alter Kollege haben Sie ihn vermutlich besser als jeder außerhalb seiner Familie gekannt. Würden Sie ihn als Mann bezeichnen, der Spaß daran hatte, Macht über andere auszuüben?«

Die Finger arbeiteten geschickt, sein Blick blieb auf die Selbstgedrehte gerichtet. »Henry Levitte war ein eitler, ichbezogener alter Mann mit einem Ego von der Größe eines kleinen Planeten, und nein, ich habe ihn nicht gemocht. Er hat seine Familie beherrscht. Meinem Eindruck nach hat er sich nicht sonderlich für seine Töchter interessiert. Ein Kind sollte den Namen Levitte in eine glorreiche Zukunft tragen: sein Sohn. Sie haben Roderick kennengelernt. Der Junge war heillos überfordert, und der Alte hat keine Gelegenheit ausgelassen, ihn herunterzumachen.«

Kate beobachtete, wie er eine Rauchfahne gegen die Decke blies. »Tatsächlich mögen Sie niemanden besonders, stimmt's?«

Wellan schüttelte den Kopf. »Nein, und jetzt ist Henrys

giftiges altes Weib hinter mir her, weil Roderick sich betrunken hat und irgendwohin abgehauen ist.«

Kate wählte ihre Worte sorgfältig. »Okay, er war also innerhalb der Familie mächtig, aber außerhalb – zum Beispiel hier?«

Er betrachtete sie mild lächelnd. »Sie spielen doch nicht etwa auf unseren geschätzten Führer an? Oder darauf, wie Johnson es geschafft hat, die rutschige Karriereleiter so schnell zu erklimmen?« Er schob die Unterlippe vor. »Das mag verbittert klingen, aber das bin ich nicht. Möchte keinem Club angehören, der mich nehmen würde, und so weiter.«

Kate nickte geistesabwesend, während sie die nächste Frage las, die sie sich notiert hatte. Sie musste gestellt werden, und Wellan würde sich vielleicht an etwas Bedeutsames erinnern können. »Ist Ihnen im Lauf der Jahre an Levittes äußerer Erscheinung jemals irgendwas Besonderes aufgefallen? Zum Beispiel an seiner Kleidung?«

Er zog die Augenbrauen hoch. »Außer dass der alte Knacker im Sommer cremeweiße Leinenanzüge und Panamahüte bevorzugt hat? Henry war das einzige wandelnde Klischee, das ich jemals gekannt habe. Meinen Sie so was?«

Sie zuckte mit den Schultern. »Etwas Persönlicheres, vielleicht ein Ring … oder eine Uhr.«

Er blies erneut eine Rauchfahne. »Sorry, aber an eine Uhr oder einen Ring kann ich mich nicht erinnern.«

Jemand klopfte kurz an, dann steckte eine Studentin den Kopf zur Tür herein. Wellan stand auf. »Bitte warten Sie noch einen Augenblick draußen. Ich bin gleich für Sie da.« Er wandte sich wieder an Kate. »Tut mir leid, aber nur die Vorlesungen sind gestrichen, nicht die Tutorien.«

Kate runzelte die Stirn, als sie das Gebäude verließ. Unterwegs dachte sie über die menschliche Natur und Begierden nach. Den bei dem Einbruch entwendeten Füller von Montegrappa. Den Jaguar aus den Fünfzigerjahren. Zwei Beweise dafür, dass John Wellan einen guten Blick für klassisch elegantes Design hatte. Trotzdem war ihm die Fliegeruhr von IWC nicht aufgefallen. Woran konnte das liegen? War sie in den frühen Neunzigerjahren nicht mehr in Henry Levittes Besitz gewesen? Hatte er sie vielleicht schon jemandem geliehen oder geschenkt? In einer gönnerhaften Geste?

Ihre Gedanken wurden unterbrochen, als ihr Smartphone klingelte. Kate zog es heraus und meldete sich.

»Doc?« Das war Bernie. »Du erinnerst dich, dass wir Adam gebeten haben, den Woodgate Park mit Radar nach etwaigen weiteren Opfern von Philip Noonan abzusuchen?«

»Ja?«

»Seine Leute haben Hinweise auf eine Leiche entdeckt, und wir fahren alle hin, um …«

Kate rannte bereits. »Wir sehen uns dort. Wo genau?«

»Keine fünfzig Meter vom See entfernt.«

57

Kate fuhr auf die kleine Terrasse über dem See und quetschte ihr Auto zwischen die dort geparkten Dienstwagen. Beim Aussteigen sah und hörte sie lebhafte Aktivitäten an einer fast am Seeufer liegenden Stelle. Mit dem Gefühl, in irgendeiner schrecklichen Routine gefangen zu sein, ging sie den steilen Hang hinunter. Diesmal ohne Gummistiefel. Unter ihren Schuhen quatschte kalter Schlamm. Sie sah den großen Mann in der blauen Parka grüßend die Hand heben und winkte zurück. Gleichzeitig zählte sie, wie viele Spurensicherer im Einsatz waren: fünfzehn. Die KUF-Ermittlungen waren jetzt das große Thema in der Rose Road – mit entsprechenden Kosten. Furman würde vor Wut kochen.

Sie blieb bei Joe stehen. Er sah auf sie herab. »Ich komme mir allmählich wie am Murmeltiertag vor. Immer wieder stehen wir hier und warten. Geht's dir auch so?«

Sie lächelte, dann nickte sie Bernie zu, der in die Hocke gegangen war, um zu beobachten, wie Connie mit einem Spachtel vorsichtig Erde wegräumte, die sie zuvor mit einer zweizinkigen gelben Hacke freigelegt hatte. Kate, die zu erkennen versuchte, was die Aufmerksamkeit aller fesselte, stellte plötzlich eine unlogische Frage, die auf schleichende Erschöpfung schließen ließ. »Das ist doch nicht Stuart Butts?«

Connie – in einem schmutzigen weißen Overall und mit strubbeliger Kurzhaarfrisur – ließ sich auf die Hacken sinken. »Ausgeschlossen.« Sie gestikulierte mit dem Spachtel. »Um so auszusehen, müsste er seit mindestens fünf bis sechs Jahren vermisst sein.« Sie arbeitete weiter, während Kate das bislang sichtbare Muster aus dunklen Linien im Humus begutachtete und dabei über eine logischere Identität nachdachte. Connie machte erneut eine Pause und sah zu ihren Kollegen auf, während Spurensicherer begannen, große Scheinwerfer aufzustellen, die das Grabungsgebiet beleuchten würden, wenn es dunkel wurde. »Ich habe nichts für euch, bevor dies …«, sie deutete auf die leichten Erhebungen, »ganz freigelegt, geborgen, in die Abteilung Autopsie geschafft und wenigstens vorläufig untersucht worden ist.« Sie arbeitete weiter. »Was bestimmt erst morgen Nachmittag der Fall sein wird. Und auch das nur, wenn wir Glück haben und mein Assistent bereit ist, Überstunden zu machen.«

Kates Blick glitt über die undeutlichen sterblichen Überreste, während eine aus dem Nichts kommende leichte Brise kleine trockene Blätter und winzige Pflanzenteile aufwirbelte. Ein kaum wahrnehmbares Wehen in der Nähe der Stelle, an der Connie arbeitete, erregte ihre Aufmerksamkeit. Connie bemerkte es ebenfalls und sah zu Kate. Kate betrachtete es genauer.

Die nächste leichte Brise hob ein Büschel feiner Haare hoch. *Ein Beweis für Noonans mörderische Aktivitäten? Oder für jemanden, der Teil unserer Ermittlungen ist?*

Im KUF-Dienstraum fragte Kate ihre Kollegen, ob jemand von Cassandra oder ihrem Aufenthaltsort gehört habe. Allgemeines Kopfschütteln. Cassandra hielt sich nicht in Mirandas Wohnung auf, und Theda Levitte hatte *»Nein!«* ins Telefon gekreischt und aufgelegt, als Joe ihr eine ähnliche Frage gestellt hatte. Cassandra war auch nicht ins The Hawthornes zurückgekehrt. Kate trat ans Fenster, beobachtete den Verkehr auf der Straße und versuchte vergeblich, sich einzureden, sie tue etwas Nützliches. *Wo bist du, Cassandra?* Sie drehte sich ruckartig um. »Wir müssen etwas *tun*. Ihr geht's nicht gut, sie braucht regelmäßig ihre Medikamente, und sie ist in Gefahr.«

Joe sah zu ihr auf. »Sechs unserer Leute sind im Augenblick unterwegs, besuchen die Klinik, die Hyde Road und sogar das Woolner.«

»Und wenn sie dort nirgends ist?«

Das brachte ihr einen scharfen Blick von Bernie ein. »Das ist Polizeialltag. Bitte denke daran, dass wir wissen, was wir tun.«

Sie kehrte an den Tisch zurück und versuchte, aufkommendes Unbehagen zu unterdrücken, als sie ihm gegenüber Platz nahm.

Er beobachtete sie weiter. »Ich habe darüber nachgedacht, was du gestern über Cassandras Schwangerschaft gesagt hast – dass sie vom eigenen Vater schwanger gewesen sein könnte. Okay, er hat sie vermutlich missbraucht, aber ich sehe nicht, wie sie sich das als Teenager, als *Collegestudentin*, hätte gefallen lassen.«

Ungeduld steigerte Kates Gereiztheit. »Darüber haben wir schon gesprochen. Jahrelange Gewöhnung an sexuelle Übergriffe innerhalb der Familie kann es Opfern wie Cassandra extrem erschweren, diesen Teufelskreis zu durchbrechen.«

Er betrachtete sie zweifelnd. »Wenn du meinst …«

»Ja, das meine ich.« Sie blätterte in ihren Notizen. »Mitte Oktober ist festgestellt worden, dass sie in der neunten Woche schwanger war. Stimmen die Zeitangaben, muss sie irgendwann im August 1993 schwanger geworden sein. Vielleicht von ihrem Vater … oder jedem anderen Mann, auf den wir bei unseren Ermittlungen gestoßen sind.« Sie schob das Notizbuch von sich weg.

Julian wandte sich ihr zu. »Das war nur ein paar Wochen vor Nathan Troys Verschwinden.

Bernie stützte sich mit hochgezogenen muskulösen Schultern auf die Ellbogen. »In diese Richtung habe ich auch schon gedacht. Ihre Beziehung zu dem jungen Troy war bestimmt *kein* platonisches Geturtel. Aber wie war er darauf vorbereitet, mit neunzehn Vater zu werden? Im August dreiundneunzig liegt seine große Zukunft als Künstler plötzlich hinter ihm, weil er bald ein Kind wird ernähren müssen. Also wollte er sich absetzen.«

Kate schüttelte den Kopf. »Was hat seine Mutter über ihn gesagt? Er sei ein *anständiger* Junge gewesen.«

»Ja, klar. Was soll eine Mutter anderes sagen?«

Julian sah seine Kollegen an. »Vielleicht war Buchanan der Vater?«

»Haben Sie nicht gehört, was ich gesagt habe?«, fuhr Bernie ihn an. »Troy ist der wahrscheinlichste …«

Die Tür ging auf, und Whittaker erschien auf der Schwelle. »Er ist bereit, DS Watts, Lieutenant.«

Kate beobachtete, wie Bernie Unterlagen zusammensuchte. Er sah auf und bemerkte ihren Blick, während er nach dem Phantombild griff. Er schwenkte es in ihre Richtung. »Davon weiß Roderick Levitte noch nichts. Kommst du mit?«

»Was ist mit Cassandra?«

Er stand mit einem Stapel A4-Blätter in der Hand auf. »Wir können nicht mehr tun, als wir bereits tun. Roderick Levitte muss wegen des Übergriffs auf Bradley Harper im vergangenen Jahr befragt werden, und wir glauben, dass er vielleicht den Mord an seinem Vater gestehen wird. Halten wir uns nicht ran und müssen ihn wegen Fristüberschreitung entlassen, kann er aus vorläufig nicht absehbaren Gründen seiner Schwester gefährlich werden. Kommst du also *jetzt*?«

Kate folgte ihnen aus dem KUF-Dienstzimmer. »Weshalb ist er in Haft? Nur wegen Trunkenheit am Steuer?«

»Vorerst«, sagte Joe.

Bernie nickte, als sie zur Treppe gingen. »Nach eigener Aussage ist er hergekommen, um ein ›Geständnis‹ abzulegen. Wir reden mit ihm, zeigen ihm das Phantombild und bringen das Gespräch dann auf den Mord an seinem Vater. Äußert er sich auch nur im Geringsten zweifelhaft, behalten wir ihn da. Wir wollen nicht, dass er herumläuft, mit Leuten redet und Informationen verfälscht, die wir von seiner verdammten Familie erhalten könnten. Henry Levitte ist von keinem zufällig vorbeikommenden Psycho ermordet worden, und die Morde an Troy und Harper waren auch kein Zufall. Hören wir uns also an, was Roderick zu sagen hat.«

Kate begutachtete Roderick Levitte kritisch durch das verspiegelte Glas, während Bernie die vor einer Vernehmung übliche Belehrung herunterleierte. Die farbigen Lämpchen des Tonbandgeräts zeigten, dass es seine Worte aufnahm. Levitte hatte auf sein Recht verzichtet, einen Anwalt hinzuziehen. Bisher hatte es nicht viel aufzunehmen gegeben. Er sah grausig aus.

Joe und Bernie saßen Levitte an dem Tisch gegenüber. Bernie funkelte ihn an, während er Levitte verbal herausforderte. »Bei Ihrer Festnahme wegen Trunkenheit am

Steuer haben Sie gesagt, Sie wollten uns etwas erzählen. Sie haben sogar von einem ›Geständnis‹ gesprochen. Dies ist Ihre Chance. Legen Sie los.« Levitte sah weiter nur die Tischplatte an.

Kate beobachtete, wie Bernie Joe fast unmerklich zunickte. »Sir? Möchten Sie uns vielleicht etwas erzählen?« Weiterhin keine Reaktion.

»Los jetzt!«, verlangte Bernie energisch.

Sie wartete gespannt darauf, dass er sprechen oder sich bewegen würde. Jetzt tat er beides. Levitte setzte sich auf, sah Joe und Bernie an. »Ich war betrunken. Ich habe nicht gewusst, was ich sage.«

Ihre Kollegen wechselten einen Blick, dann beugte Bernie sich nach vorn. »Betrunken, aber trotzdem sehr klar in der Wortwahl. ›Geständnis‹ ist eines der Wörter, die jeder versteht – vor allem in einer Umgebung wie *dieser.* Und vor Polizeibeamten.«

Levitte hob eine zittrige Hand ans Gesicht. »Ich muss hier raus. Muss nach Hause. Ich bin jetzt das Familienoberhaupt. Sie braucht mich.«

Kate fuhr leicht zusammen. *Will er hier raus, um Cassandra zu erledigen?* Die beiden Kriminalbeamten beobachteten ihn schweigend.

Sein Gesicht lief rot an, und er wirkte jetzt ärgerlich. »Hören Sie, ich stehe unter erheblichem Stress. Das gilt für die ganze Familie. Das wissen Sie. Okay, ich war ziemlich blau, als ich hier aufgekreuzt bin. Ist das überraschend?« Wie Kate schon in der Margaret Street erlebt hatte, verlor er rasch die Beherrschung. »Sie können mich nicht hierbehalten. Ich habe *nichts* getan. Ich hatte bloß etwas zu viel getrunken. Das tut jeder mal. Das tun auch *Sie.* Ich habe nicht gewusst, was ich tue oder sage. Und ich habe Ihnen weiß der Teufel nichts weiter zu sagen.« Er lehnte sich schweratmend zurück, ohne die beiden Kriminalbeamten anzusehen.

Kate sah ihre Kollegen einen Blick wechseln, bevor Bernie in den Umschlag griff, das einzelne Blatt herauszog und es ihm hinlegte. »Fürs Tonband: DS Watts zeigt Mr. Roderick Levitte ein Phantombild. Irgendein Kommentar dazu, Sir?«

Levitte betrachtete es, wobei sein blasses Gesicht aschfahl wurde. Als er die Beamten und dann wieder das Bild anstarrte, glänzten auf seiner Stirn winzige Schweißperlen. Die zitternden Hände griffen danach, als das Phantombild vor ihnen weggezogen wurde. Nun lief ihm Schweiß übers Gesicht, und sein Mund war schlaff.

Bernie legte das Phantombild vor sich hin und tippte mit dem Finger darauf. »Wir haben einen Zeugen, der *diesen* Mann als denjenigen identifiziert hat, der letztes Jahr im Woodgate Country Park einen Fünfzehnjährigen überfallen hat. Die Personenbeschreibung stimmt mit der damaligen Aussage des Opfers überein.« Er griff nochmals in den Umschlag, holte dieses Mal ein Foto heraus. »DS Watts zeigt Mr. Roderick Levitte eine Aufnahme von Bradley Harper. Wollen Sie uns davon erzählen?«

Levitte schien gegen Übelkeit anzukämpfen. »Nein!«

»Haben Sie diesen Jugendlichen jemals gesehen, Sir?«, fragte Joe ruhig. Während Levitte die Lippen zusammenkniff, ging sein flackernder Blick von einem zum anderen.

»Los, reden Sie schon. Wir haben einen Zeugen, der gesehen hat, wie dieser Mann, der Ihnen sehr ähnlich sieht, sich an diesen Jungen herangemacht hat. Ein Junge, der vor Kurzem im Woodgate Country Park tot aufgefunden worden ist.« Bernie zeigte mit dem Finger auf Levitte. »Aber das wissen Sie schon lange, nicht wahr? Weil Sie ihn ermordet haben. Sie haben Bradley Harper ermordet.«

Kate beobachtete Roderick Levittes Gesicht. Er war leichenblass, atmete schwer und legte eine Hand an seine schweißnasse Stirn. »Wie kommen Sie *darauf*? Das ist nicht, was … ich war durcheinander. Ich hatte Gewissensbisse, weil ich meinem Vater oft den Tod gewünscht hatte … Das habe ich mit ›Geständnis‹ gemeint. Und ich war betrunken.« Er starrte erst das Phantombild, dann wieder Bradley Harpers Gesicht an. »Okay. Ja. Ich hab ihn ein paarmal dort gesehen, vor endlos langer Zeit. Ich wollte bloß mit ihm reden. Ich hab ihm nichts *getan*. Ich hab ihm *nie* was getan, das *schwöre* ich Ihnen!«

Kate sah, wie Bernie die Schultermuskeln anspannte, während er langsam rot anlief, sodass Levitte noch blasser wirkte. »Roderick Levitte, ich verhafte Sie wegen des dringenden Verdachts, Bradley Harper im Woodgate Country Park überfallen zu haben …«

»Was soll der Scheiß?«, kreischte Levitte empört.

»… und wegen des Verdachts, in die Morde an Nathan Troy und Bradley Harper verwickelt zu sein.«

»*Nein! Nein!* Ich will hier raus!«

Drei stämmige Polizeibeamten waren nötig, um ihn aus dem Vernehmungsraum zurück in seine Zelle im Keller zu bringen.

58

Sie kehrten ins KUF-Dienstzimmer zurück. Kate setzte sich an den Tisch, stützte den Kopf in beide Hände und starrte die Glaswand an. »Ich kann es nicht glauben. Ich kann nicht glauben, dass er Bradley Harper oder sonst jemanden ermordet haben soll.«

Bernie wandte sich ihr zu. »Was ist mit dem Phantombild? Was ist mit seinem jetzigen Zustand? Was ist mit dem, was er gesagt hat? Wir haben gerade erst angefangen, ihn uns vorzuknöpfen. Er bleibt in Haft. Sobald er sich beruhigt hat, vernehmen wir ihn weiter.«

Joe sah zu, wie sie aufstand. »Er hat von ›Geständnis‹ gesprochen, und du weißt, wie unberechenbar er ist.«

Kate winkte ab. »Seine Ankündigung, etwas gestehen zu wollen, kann sich auf Schuldgefühle in Bezug auf seinen Vater oder den Überfall auf Bradley Harper bezogen haben. *Das* kann ich glauben.«

»Wohin willst du?«, fragte er.

»Ich habe in gut einer halben Stunde ein Seminar. Ruft Ihr Crystal oder mich an, falls es Neuigkeiten über Cassandra gibt?«

Kate hatte ihr Büro kaum betreten, als Crystal erschien. Kate erschrak über den Gesichtsausdruck der jungen Frau. »Was ist los? Was ist passiert?«

Mit einer rosa Telefonnotiz in der Hand starrte Crystal

sie an. »Ich bin froh, dass Sie da sind. Jemand hat angerufen.« Kate griff mit wachsendem Unbehagen nach dem Zettel. »Sie hat angerufen, aber sie wollte Sie nicht sprechen, sondern nur eine Nachricht hinterlassen.« Crystal las vor, was sie notiert hatte. »›Richten Sie Kate bitte aus, dass ich jetzt in der Hölle bin, wo ich hingehöre.‹ Sie hat *echt* verwirrt geklungen, und dann hat sie angefangen, ein merkwürdiges Lied zu singen, irgendwas mit ›Ohren‹, und das hat grausig geklungen.«

Kate ließ sich die Telefonnotiz geben. Sie kannte nur einen Menschen, zu dem diese Details passten: Cassandra Levitte. Ihre kurzzeitige unreflektierte Erleichterung verflog, als sie den Satz noch mal las. »Hat sie eine Nummer angegeben, unter der sie zu erreichen ist?«

»Nein. Aber ich habe die Nummer notiert, die auf dem Display angezeigt worden ist – steht hinten drauf.«

Kate drehte den Zettel um und erkannte die Telefonnummer des Hauses in der Hyde Road, die Bernie an die Glaswand im KUF-Dienstzimmer geschrieben hatte. *Cassandra.*

Sie trat hastig an den Schreibtisch, griff nach einem hohen Stapel Papier und drückte ihn Crystal in die Hand. »Bitte teilen Sie diese Unterlagen aus, wenn meine Studenten kommen, und entschuldigen Sie meine Abwesenheit.« Sie riss die Tür auf, blieb dann noch mal stehen. Bernie und Joe waren damit beschäftigt, Roderick Levitte zu vernehmen. »Vorher rufen Sie in der Rose Road an und lassen der KUF ausrichten, dass Cassandra angerufen hat und ich unterwegs bin, um sie zu holen.«

»Kate?« Sie drehte sich um, weil die junge Stimme besorgt klang. »Sie haben mir gesagt, dass Sie nicht wollen, dass ich jemandem Ihre Handynummer gebe, aber …

diesmal habe ich es doch getan. Ich habe sie *ihr* gegeben. Ich dachte, sie würde vielleicht … mit Ihnen reden müssen.«

»Das war völlig richtig.«

Crystal sah zu, wie die Tür sich hinter Kate schloss.

59

Kate parkte am Straßenrand und stellte den Motor ab. Sie war dabei, sich wieder mal in eine schlimme Situation hineinzumanövrieren. Cassandra hatte nicht mit ihr sprechen wollen, als sie angerufen hatte. Hatte sie nicht aufgefordert herzukommen. Sie stand in keiner beruflichen Verbindung zu ihr. Theda Levitte würde empört sein, wenn Kate in ihr Haus kam, ohne eingeladen zu sein. Aber das war ihr egal. Sie musste kommen. Sie musste sich vergewissern, dass Cassandra in Sicherheit war.

Sie stieg aus und ging die kurze Strecke bis zu der düsteren, weitgehend überwachsenen Einfahrt weiter. Sie folgte ihr, bekam das Haus aber wegen des dichten Baumbestands nur zeitweise zu sehen. Vor dem Eingang parkte der dunkelblaue Mercedes. Theda Levitte war zu Hause.

Plötzlich ausbrechendes, explosives Schluchzen, das irgendwo aus Richtung Haus kam, erschreckte Kate. Sie schlich weiter, bog Äste beiseite, um sehen zu können, woher die Laute kamen. Sie war da: Cassandra Levitte, die Hände vor der Brust verkrampft, das Haar wild zerzaust, das Gesicht so traurig und verwirrt wie an jenem Tag, an dem Bernie und sie Henry Levitte aufgesucht hatten. Irgendwas musste geschehen.

Mit ruhigen Schritten, um sie nicht zu erschrecken, trat Kate unter den Bäumen hervor, zeigte sich und achtete darauf, freundlich zu lächeln. Das Schluchzen war verstummt, aber jetzt drangen andere Laute an ihr Ohr. Sie merkte, dass Cassandra etwas besang, das sie in der Armbeuge hielt. Ihre klagende Stimme stand in merkwürdigem Gegensatz zu den wenigen Worten, die Kate hören konnte: *»Do your ears hang low … can you tie them … in a bow?«* Als Kate sprach, senkte sie ihre Stimme, bis sie kaum lauter als ein Flüstern war. »Cassandra? Ich bin's, Kate. Ich bin hergekommen, um Ihnen zu helfen.«

Das verzweifelte Schluchzen ging weiter. Kate glaubte, noch nie ein so gequältes, so blutleeres Gesicht gesehen zu haben. Die nackten, bestimmt eiskalten Arme sanken kraftlos herab, und was Cassandra in der Armbeuge gehalten hatte, fiel zu Boden. Kate beobachtete, wie sie sich herumwarf und auf dem am Haus vorbeiführenden Weg davonlief.

»Cassandra! Bitte nicht weglaufen! *Warten* Sie!« Als Kate die Stelle erreichte, wo sie gestanden hatte, bückte sie sich und hob einen in langen Jahren abgewetzten braunen Plüschhasen auf. Sie zog ihr Smartphone aus der Tasche. Sie musste The Hawthornes anrufen, um zu melden, dass Cassandra einen Rückfall erlitten hatte und abgeholt werden musste. Aber die Frau, die den Anruf entgegennahm, teilte ihr kühl mit, The Hawthornes könne unmöglich intervenieren. Mrs. Levitte habe die Verantwortung für Cassandras Wohlbefinden übernommen, und eine neuerliche Aufnahme könne nur von der Familie beantragt werden.

Nachdem Kate das Gespräch frustriert beendet hatte, ging sie weiter auf das zwischen Bäumen sichtbare Haus zu. Als sie näher herankam, machte sie plötzlich halt. Die Haustür stand offen – nicht sehr weit, aber doch deutlich erkennbar. Cassandra hatte sie offenbar nur angelehnt gelassen. Kate sah sich noch einmal nach den Bäumen um.

Sie konnte das Haus nicht offen stehen lassen. Sie musste Theda Levitte – oder wer sonst zu Hause sein mochte – auf die offene Tür aufmerksam machen.

Sie erreichte die Haustür, stieß sie auf und trat in absolute Stille: ein Eindringling in einem Chaos aus gemaltem Laub. »Hallo? … *Hallo?* … Ist jemand da?«, rief sie, während sie die Luftqualität und die Stille auf sich wirken ließ. Das Haus fühlte sich leer an.

Kate schloss die Haustür hinter sich, ging durch die Diele, blieb an der Treppe stehen und sah unsicher nach oben. Sie rief nochmals laut: »Hallo? Ist jemand da?« Als keine Antwort kam, ließ sie den Plüschhasen auf einer Stufe zurück, stieg die Treppe hinauf und hatte oben einen Flur mit mehreren Türen vor sich, von denen eine halb offen stand. Dies war die einzige Tür mit einem Schloss, in dem ein Schlüssel steckte. Das machte Kate so neugierig, dass sie über die Schwelle trat.

Der saalartige Raum, dessen Fenster hinter schweren Samtportieren verschwanden, war mit burgunderrotem, hochflorigem Teppichboden ausgelegt, aber völlig unmöbliert. Kate, die ganz vergessen hatte, dass sie hier unbefugt eingedrungen war, blieb in der Mitte stehen und sah nach oben. Der riesige Raum war durch die Zusammenlegung von drei Zimmern entstanden. Im mittleren Drittel waren an der Decke Spiegel angebracht. Während sie diese Eigentümlichkeit registrierte, fiel ihr auf, wie merkwürdig gedämpft hier alles klang. Sie trat an eines der Fenster, schob den schweren Vorhang beiseite und stellte fest, dass das Fenster dahinter doppelt – oder sogar dreifach? – verglast war.

Kate drehte sich wieder nach dem Raum um und begutachtete ihn nachdenklich. *Warum so groß? Warum so …*

anonym? Welchen Zweck erfüllst du? Sie ging auf dem burgunderroten Teppichboden zur Rückwand des Raums und blieb davor stehen. In diese Wand waren zwei massive Türen eingelassen. Sie legte beide Hände flach darauf, starrte die Türgriffe an. Dann holte sie tief Luft, packte die Griffe und zog daran.

Die Türen schlugen an gutgeölten Scharnieren nach außen auf. Kate hatte tiefe Schrankfächer vor sich, die jedoch alle leer waren. Wozu dieser große Wandschrank, wenn er nichts enthält? Sie schloss die Türen wieder und war auf dem Rückweg durch den riesigen Raum, als ein gleißend heller Strahl Wintersonne ihr Auge traf und wieder verschwand. Kate blieb stehen, sah zur Längswand hinüber und bewegte langsam den Kopf hin und her, bis der Lichtstrahl wieder ihr Gesicht traf. Dann durchquerte sie den Raum, wobei sie einen bestimmten Punkt neben der Tür im Auge behielt, und stellte fest, dass das Licht durch ein hohes Fenster im Treppenhaus und ein Loch in der Wand einfiel. Sie fuhr mit einem Finger über das Loch. Es hatte einen klar definierten Rand. Also kein Loch, sondern eine Öffnung wie ein Türspion. Die Öffnung gab Aufschluss über die Funktion dieses Raums, weil Kate ihren Doppelzweck erkannte: voyeuristisch für jeden, der vom Treppenhaus aus hineinsah; zu Warnzwecken für jemanden, der wachsam hinaussah.

Kate ging wieder die Treppe ins Erdgeschoss hinunter, blieb unten stehen und sah zu dem Treppenabsatz auf. Wer war routinemäßig diese Treppe zu dem saalartigen Raum hinaufgestiegen? Einen der Männer kannte sie bereits. Ihm gehörte dieses Haus. Sie lehnte sich im Erdgeschoss an die Wand, ohne die leicht geöffnete Tür im ersten Stock aus den Augen zu lassen. Die Wand hinter ihr bewegte sich.

Ihr Herz jagte, als sie einen Satz machte und sich herumwarf. Aber es gab nichts zu sehen. Nichts außer Laub in verschiedenen Grüntönen, dazwischen grelle, wachsartige Blüten. Sie legte eine Hand auf das Laub und drückte versuchsweise dagegen. Die üppige tropische Masse gab etwas nach. Während ihr Verstand auf Hochtouren arbeitete, glitt ihre Hand tiefer und entdeckte den versenkten kleinen Griff einer nach außen schlagenden Tür, die nicht ganz geschlossen gewesen war, als sie sich dagegengelehnt hatte. Hätte der letzte Benutzer die Tür wieder geschlossen, hätte Kate nie etwas von ihrer Existenz geahnt.

Kate zog sie auf.

60

Vor ihr lag ein Lagerraum, klein und kalt, durch ein schmales Fenster mit farbigem Glas in der Stirnseite schwach erhellt. Kate stieg drei flache Stufen hinunter, stand dann zwischen Aufbewahrungsboxen aus Karton und horchte auf irgendein Geräusch, während sie abgestandene Luft atmete. Um sie herum war nur tiefe Stille. Sie nahm den Deckel der am nächsten stehenden Box ab. Leer. Der nächste Deckel. Diese Box war voller Schuhe in allen Formen und Größen – von Herrenschuhen mit aufgesetzten Kappen bis zu mit einem Riemen zu schließenden Lackschuhen für Kinder. Vor sich an der Querwand des Lagerraums sah sie einen vollgepackten fahrbaren Kleiderständer, aus dem seitlich ein cremeweißer Ärmel herausragte. Sie trat an den Ständer und befühlte das dünne, grobe Material. Renforcé. Daneben hing ein schweres schwarzes Jackett. Wozu unmoderne alte Kleidung in einem versteckten Lagerraum aufbewahren?

Kate wandte sich einer weiteren Box zu, deren Deckel schief aufgelegt war. Ihr Inhalt ließ sie wie gelähmt innehalten: eine Unmenge von Ledermasken in allen Arten und Ausführungen, teils mit Reißverschlüssen, teils reich mit Ziernägeln geschmückt. Zwischen ihnen steckten Peitschen mit aus Holz geschnitzten Griffen und Peitschenschnüren aus Leder. Kate ließ den Deckel fallen, nahm den nächsten ab. Diese Box enthielt unzählige kleine Plastiktüten mit weißen Tabletten – viele mit dem eingeprägten stilisierten

Katzenkopf, den sie in ihrer eigenen Küchenschublade gesehen hatte. Sie glaubte, Joes Stimme zu hören: »Der Katzenkopf bezeichnet Mephedron. Auch als ›M-Cat‹ bekannt.« Hier gelagert, wo es sicher war. Geheim. Bis es gebraucht wurde.

Sie trat wieder an den übervollen Kleiderständer und sah dahinter niedrige, staubige Regale voller alter Spielsachen. Cassandra war in diesem Raum gewesen – vermutlich auch in dem im ersten Stock. Als Kate weitergehen wollte, glitt ihr Fuß aus. Sie sah einen auf der Seite liegenden offenen Schuhkarton, der Fotos enthalten hatte, die jetzt auf dem Fußboden verstreut waren. Sie ließ sich auf die Knie sinken, griff nach dem ersten Foto und starrte mit wachsendem Entsetzen die blasse, jugendlich schlanke Gestalt zwischen erwachsenen Männerkörpern an …

Klapper … klapper … klapper … klapper.

Kate sah sich mit schreckhaft geweiteten Augen ruckartig nach der Tür um. Hier war jemand. Mit ihr im Haus. Während sie die fast geschlossene Tür fixierte und angestrengt nach draußen horchte, stellte sie sich dickliche Füße vor, die in High Heels die Diele durchquerten. Zu hören war nichts mehr. Kein Laut. Nur die Tür bewegte sich ein, zwei Zentimeter weiter vom Rahmen weg.

»Soll ich sie gleich reinbringen, Lady?«

Kate zuckte zusammen, als auf diese laute Männerstimme aus der Diele sofort eine vertraute Stimme antwortete, deren Besitzerin ganz in der Nähe der Tür zu dem Geheimraum stehen musste. »Stellen Sie sie gleich dort ab – aber *vorsichtig*! Eines ist verglast. Wie viel bekommen Sie?«

»Neunzehn Pfund.«

Sie horchte, als Absätze davonklapperten. Schwerere

Schritte verhallten, dann fiel die Haustür ins Schloss, bevor draußen mit gedämpftem Rattern ein Dieselmotor ansprang. Kate atmete nur noch ganz flach. Sie saß in der Klemme, das wusste sie. Sie kannte die Dame des Hauses gut genug, um Theda Levittes Reaktion auf ihr unbefugtes Eindringen vorhersagen zu können. Sie würde hier versteckt warten müssen. Wenn sie dann ging, würde sie einige dieser Fotos als Beweis für das Gesehene mitnehmen.

Während sie weiter die Tür im Auge behielt, tastete sie mit den Händen den Fußboden ab und raffte einige Fotos zusammen, um sie einzustecken.

»Komm raus, komm raus, wo immer du bist …«

Kate erstarrte bei diesem Singsang, ohne zu merken, dass ihr die Fotos aus den Händen glitten. *Sie weiß, dass ich hier bin. Wie kann das sein? Sie hat den Plüschhasen gesehen! Sie hat erraten, dass etwas passiert ist. Sie kommt gleich hier rein.*

»Roderick? Ohhh, Ro-de-*rick*? Haben sie dich laufen lassen?« Die Stimme aus der Diele wurde schärfer. »Komm schon, du Waschlappen. Ich will hören, was die Polizei zu dir gesagt hat. Was du ihr gesagt hast.«

Kate stand steif da und horchte angestrengt, als das Klappern der Absätze verhallte. *Was macht sie? Geht sie nach oben? Dann kommt sie bestimmt bald wieder runter. Oder ist das nur ein Trick?* Kate fühlte sich vor Anspannung leicht schwindlig, aber sie zwang sich dazu, noch zu warten. Nach weiteren zwei Minuten wurde die Warterei unerträglich. Sie konnte unmöglich länger bleiben. Theda Levitte musste nicht nur den Plüschhasen gefunden, sondern auch gesehen haben, dass die Tür des großen Raums offen war. Sie war schon vorhin in der Nähe der Tür zu diesem Lagerraum gewesen, und Kate konnte sich den lauernden Ausdruck auf ihrem breiten Gesicht vorstellen, als sie nach der Klinke griff. Sie würde zurückkommen.

Kate wusste, dass sie etwas tun musste. Sie war ohne bestimmten Plan auf halbem Weg zur Tür des kleinen Raums, als das Klappern der Absätze erneut begann. Sie verharrte mit angehaltenem Atem und hörte sie näher kommen und vorbeigehen. Dann wurde die Haustür erneut zugeknallt, und draußen verhallte das Brummen eines starken Motors. Sie runzelte die Stirn. Der Mercedes. Theda Levitte fuhr weg. Nachdem Kate noch eine Minute lang nervös gewartet hatte, trat sie in die Diele hinaus. Im Eingangsbereich war niemand. Alles war so still wie zuvor. Sie musste zurückgehen und möglichst viele Beweise zusammenraffen – vor allem einen Gegenstand, den sie gesehen hatte und den ihr Verstand nun als Schlüssel erkannt hatte. Sie durchquerte rasch den Raum, blieb an dem Kleiderständer stehen und berührte die Schulter der schwarzen Jacke. Schwer, zweckmäßig, preiswert – ein Stil, der zu niemandem in diesem Haus passte. Sie fuhr mit der Hand darüber. Nathan Troy war in diesem Haus in Lebensgefahr gewesen. Und Cassandra hatte heute seine Jacke und alles andere in diesem Raum gesehen.

Kate schluckte nervös, als gedämpfte rasche Schritte die Diele durchquerten und draußen haltmachten. Sie drehte sich mit der Jacke in den Händen nach der Tür um, die jetzt aufging. Die schwarze Jacke glitt zu Boden.

61

Sie beobachtete die Bewegung der Tür wie gelähmt, mit hämmerndem Herzen. »Kate? Kate!«

Sie stürmte durch den kleinen Lagerraum und aus der Tür. »Julian!« Julian hatte die Fäuste abwehrbereit hochgerissen. Als sie herausstürmte, ließ er sie sinken und torkelte rückwärts, bis er am Treppengeländer lehnte. »*Jee-sus,* Kate! Ich bin zu jung für einen Herzanfall!«

Sie stieß händeringend einzelne Worte hervor: »Tut … mir … *leid.* Ich wollte Sie … nicht erschrecken, aber ich bin noch nie so froh gewesen, jemanden zu sehen. Woher haben Sie gewusst, dass ich hier war?«

Sie beobachtete, wie er tief durchatmete und sich dann aufrichtete. »Ich habe Ihre Mitteilung gelesen, bin rübergekommen und habe Ihren Wagen geparkt gesehen. Dann habe ich gesehen, wie ein Taxi angekommen ist. Während der Fahrer die Einkäufe reingetragen hat, bin ich ihm nachgeschlichen und habe mich drüben im Wohnzimmer versteckt.« Eine kurze Pause. »Los, wir müssen weg, Kate! Vielleicht fährt sie nicht weit.« Er sah, dass sie sich abwandte. »Was haben Sie vor?«

»Ich habe eine Menge Zeug gefunden, Beweise für …«

Julian packte sie am Handgelenk. »*Nein,* Kate. Wenn sie zurückkommt und uns erwischt, sind wir erledigt. Wir haben kein Recht, hier zu sein, deshalb wären alle mitgenommenen ›Beweise‹ wertlos.«

»Wir könnten es wenigstens versuchen!«

Er blieb in Bewegung, zog sie mit sich. »Nein, das ist es *nicht*. Kommen Sie schon!«

Als sie aus der Haustür stürmten und übers Rondell rannten, um in Deckung der ersten Bäume zu gelangen, kam der Mercedes eben bei nachlassendem Tageslicht wieder die Einfahrt entlang zurück.

Sie saßen im Auto, und Kate ließ ihren Kopf an der Kopfstütze ruhen. »Ich war noch *nie* so erleichtert, jemanden zu sehen.«

»Nachdem ich Ihre Nachricht bekommen hatte, hat der Journalist angerufen, der Bernies Kumpel ist. Er hatte ungefähr die gleichen Informationen wie wir über die Familie Levitte gesammelt. Dann bin ich mit dem Rad hergefahren.«

Kate zog ihr Smartphone heraus und rief die Rose Road an, um zu melden, welche Unmengen von Belastungsmaterial sie in dem Haus in der Hyde Street gesehen hatte. Als Julian ausstieg, ließ sie den Motor an. »Wohin fahren Sie jetzt?«, erkundigte sie sich noch.

»Zurück in die Rose Road.«

»Dann sehen wir uns dort … und vielen Dank.«

Er legte eine Hand an die Schläfe, als ob er salutieren würde.

Kate las die Informationen an der Glaswand über Theda Levitte, geborene Barr, nun schon zum zweiten Mal, dann lief sie nachdenklich auf dem Flur der KUF hin und her. Joe und einige Polizisten hielten sich in der Nähe des Hauses in der Hyde Road auf und warteten darauf, dass Bernie mit dem Durchsuchungsbeschluss erschien. Sobald er diesen hatte, würden sie das Anwesen stürmen.

Julian beobachtete sie. »Es ist gut, dass wir rechtzeitig abgehauen sind.«

Kate nickte nur kurz, während sie daran dachte, was sie dort alles gesehen hatte, und sich fragte, inwieweit Theda Levitte in die Geschehnisse verstrickt war. Aber am meisten Sorgen machte sie sich darüber, dass Cassandras Aufenthaltsort nach wie vor unbekannt war.

Das Telefon auf ihrem Tisch klingelte. Kate nahm den Hörer ab. »KUF, Kate …«

»Hallo Red.«

»Joe! Wo bist du?« Sie konnte Sirenen hören. »Was ist passiert?«

»Theda Levitte hat eine Menge Zeug im Garten verbrannt. Das meiste ist schon Asche, der Rest ist verkohlt und unkenntlich.«

Mit dem Hörer noch in der Hand ließ Kate ihren Kopf auf den Unterarm fallen.

»Kate?«

Ihre Stimme klang dumpf. »Ich kann es nicht fassen …« *Und Cassandra ist immer noch ganz allein irgendwo da draußen.*

Später an diesem Abend humpelte Kevin eben durch die Diele, als das Telefon klingelte. Er erreichte es beim sechsten Klingeln und nahm den Hörer ab. »Ja?« Dann folgte eine kurze Pause, in der er die Lippen zusammenpresste, während er Kate auf sich zukommen sah. »Wer ist am Apparat?« Sie nahm ihm den Hörer aus der Hand.

»Sie wissen genau, wer ich bin«, antwortete Joe.

Kate sprach in den Hörer. »Ich bin dran, Joe.«

»Was hat er eigentlich für ein Problem?«, fragte die tiefe Stimme in ihrem Ohr.

Sie sah Kevin, der sich ins Arbeitszimmer zurückzog, empört nach. »Da würde jede Erklärung zu lange dauern.«

Er kam sofort zu dem Grund seines Anrufs. »Ich habe nachgedacht. Wir haben nichts, was beweist, dass Troy jemals in diesem Haus war. Wir müssen uns wieder darauf konzentrieren, wohin er gegangen ist, was er in den letzten Tagen vor seinem Verschwinden getan hat. Meinem Eindruck nach gibt es nur einen verlässlichen Zeugen, der ihn vorher noch mal gesehen hat: seinen Tutor John Wellan. Ich habe mit ihm vereinbart, dass ich ihn morgen Vormittag im Woolner aufsuche.«

Sie ging ihre Termine für den folgenden Morgen durch. »Um welche Zeit?«

»Halb elf.«

Kate runzelte die Stirn, als auf der Treppe Füße mit leuchtend orangerot lackierten Fußnägeln erschienen. Sie nahm den Hörer vom Ohr und sah zu Maisie auf. »Der Anruf ist für mich. Wird Zeit, dass du ins Bett gehst.« Maisie machte schmollend kehrt, und Kate drückte den Hörer wieder ans Ohr. »Ich habe von halb zehn bis halb elf eine Vorlesung – obwohl du mich natürlich noch überhaupt nicht gefragt hast.«

»Das wollte ich gerade. Willst du dabei sein? Und bis wann könntest du es schaffen?«

»Dreiviertel elf?«

»Klingt gut. Schön, dann bis morgen.«

»Warte, Joe!« Sie sah zu der halb offenen Tür des Arbeitszimmers hinüber. »Aus welchem speziellen Grund willst du ihn sprechen?«

»Wir müssen genau wissen, wie Troy sich in der kurzen Zeit bis zu seinem Verschwinden verhalten hat. Auf Buchanans Aussage gebe ich nichts. Der Kerl ist unzuverlässig.

Aber wir haben John Wellan, und ich möchte direkt von ihm hören, was genau er gesehen hat. Glaubst du, dass du es schaffst, seinem Gedächtnis mit ein paar geschickten Fragen auf die Sprünge zu helfen?«

»Durch eine Befragung auf der kognitiven Ebene, meinst du, mit dem Ziel, sein Erinnerungsvermögen …«

Sie hörte einen tiefen Seufzer. »Red, du bist die einzige Frau, die ich kenne, die so reden kann, dass jeder normale Mann …«

Sie lachte. Es fühlte sich an, als wäre es das erste Mal seit Tagen.

»Wie fühlst du dich?«

»Mir geht's gut. Ich bin morgen da. Irgendwas Neues von Cassandra?«

»Leider nicht.«

Kate seufzte, während ihr wieder etwas durch den Kopf ging, was sie in der Hyde Road flüchtig wahrgenommen hatte. Eines der vielen Details, an die sie sich nicht genau erinnern konnte, weil sie dort, in dem Moment, eine extreme Angst empfunden hatte. Es war etwas, das sie in diesem Haus gesehen oder gehört hatte … »Okay, dann bis morgen.«

»Schlaf gut, Red.«

Oben traf sie Maisie an, wie sie im Schneidersitz, von Büchern und Ausdrucken umgeben, auf ihrem Bett saß. »Ist es nicht ein bisschen spät, um noch zu arbeiten? Was hast du denn noch zu tun?«

Maisie deutete auf einige Ausdrucke. »Das ist mein Bürgerrechtsprojekt über Martin Luther King. Schon mal von ihm gehört?«

»Vage«, sagte Kate mit schiefem Blick, als sie Bücher beiseiteschob, um sich zu setzen.

»Dann weißt du, dass er ein *begnadeter* Redner war, der viel über Gerechtigkeit und Freiheit gesprochen hat.«

Kate nickte, während ihr Blick auf einen Text fiel, den sie wiedererkannte. Sie griff nach dem Ausdruck von Kings berühmter Rede *Ich bin auf dem Gipfel des Berges gewesen* und las darin: »… Ich werde vor niemandem weglaufen … Es soll aber das Recht offenbart werden wie Wasser und die Gerechtigkeit wie ein starker Strom …« Sie legte das Blatt zurück. »Du musst jetzt wirklich schlafen.« Sie sah auf ihre Uhr. »Oh, sieh nur! Meine kinderfreie Zeit hat längst begonnen.«

»Ja, klar, aber ich bin kein Kind mehr.« Maisie sprang vom Bett und ging ins Bad. »Weißt du eigentlich, Mom, dass du immer das letzte Wort haben musst? Daddy nennt dich ›letztwortig‹.«

Kate sah ihr nach. *Wie die Mutter, so die Tochter.*

62

Am nächsten Morgen klopfte Kate um 10.46 Uhr an John Wellans Ateliertür. Drinnen saßen Joe und er in geselligem Schweigen: Wellan rauchend, Joe mit einem Kaffeebecher in der Hand und vor sich ausgestreckten langen Beinen, während Rupe unter seinem Sessel schlief. Wellan sah sich nach ihr um. »Kommen Sie nur rein. Wir haben uns ein bisschen unterhalten, um die Wartezeit zu überbrücken. Hier.« Er stand auf und rückte ihr einen Sessel zurecht. »Kaffee?« Sie nickte, dann sah sie fragend zu Joe hinüber.

»Ich habe unseren Plan erwähnt, und John ist bereit, es damit zu versuchen«, sagte er.

»Aber nur unter der Voraussetzung, dass keine Daumenschrauben angelegt werden.«

Kate lächelte. »Sie haben Glück. Dienstags nie.« Sie sah sich in dem schwach beleuchteten Raum um. »Diese Umgebung ist ideal, weil Ihr letztes Tutorium mit Nathan Troy hier stattgefunden hat. Ich werde ein paar Techniken anwenden, um Ihr Gedächtnis anzustoßen und Ihr Erinnerungsvermögen zu befeuern. Meine Fragen werden Ihnen zum Teil trivial erscheinen, aber wenn Sie dranbleiben, befördert das den Prozess. Sollen wir anfangen?«

»Sie sind der Boss.«

Sie musterte ihn. »Sitzen Sie bei Tutorien dort? In diesem Sessel?« Wellan nickte. »Gut. Vielleicht können Sie sich besser konzentrieren, wenn Sie die Augen schließen …

Hören Sie nur auf das, was ich sage. Ignorieren Sie alles andere.« Sie war mit aufgeschlagenem Notizbuch schreibbereit, als sie mit ruhiger Stimme begann. »Sie warten an dem bewussten Nachmittag hier darauf, dass Nathan zu seinem Tutorium kommt. Beschreiben Sie das Atelier.«

Wellan hatte die Augen geschlossen und wirkte ganz entspannt. »Es war hier so warm wie jetzt. Es war ein Tag, an dem Schnee in der Luft lag … und … ich hatte noch weniger Licht gemacht, sodass … hier war es sehr ruhig … damals hatte ich noch einen anderen Sessel. Einen dieser schwedischen Sessel aus gebogenem Holz.« Sie beobachtete, wie sein Zeigefinger die Form nachzeichnete. »Er hat genau dort gestanden, wo Sie jetzt sitzen.« Unter Joes Sessel gähnte Rupe laut, und er streckte eine Hand aus, um die weichen Ohren zu kraulen. Wellan grinste mit weiterhin geschlossenen Augen.

Kate wartete. Als er nicht weitersprach, fragte sie: »Wie haben Sie sich an diesem Nachmittag gefühlt?«

Seine Lider zuckten. »Gut, gut.« Er runzelte die Stirn. »Augenblick! Nein, das stimmt nicht …«

»Lassen Sie sich Zeit«, sagte Kate leise. Sie hielt ihren Kugelschreiber bereit.

Wellan nickte. »Jetzt erinnere ich mich wieder. Ich hatte an diesem Nachmittag einen kleinen Zusammenstoß mit Henry. Eine unserer regelmäßigen Auseinandersetzungen. Wegen meiner ›populistischen Neigungen‹, wie er sie nannte.«

»Wie haben Sie darauf reagiert?«

»Ich war sauer. Aber das hatte ich schon weggesteckt. Ich konnte es kaum erwarten, mit Troy zu reden. Ich wollte ihn einladen, sich mit einem Werk an der Ausstellung zu beteiligen, die das Woolner im Januar in der Royal

Society veranstalten wollte. Es war eine große Chance für ihn …«

»Und dann ist Troy gekommen«, sagte Kate, als ihr die Pause zu lang wurde.

»Mmmm …«

»Erzählen Sie mir davon.«

Sie beobachtete, wie er mit den Schultern zuckte. »Er war nur … Troy, wissen Sie.«

»Bleiben wir noch mal bei seiner Ankunft. Wie ist die abgelaufen?«

»Na ja, er ist reingekommen und …«

»Er hat nicht angeklopft?«

»Doch, doch natürlich. Ich habe ›Herein!‹ gerufen. Er ist reingekommen und hat in dem Sessel Platz genommen … Wir haben uns ein paar Minuten unterhalten …«

»Worüber?«

Wellan runzelte die Stirn. »Oh, über alles Mögliche … ich kann mich an kein spezielles Thema erinnern. Ich habe ihm einen Kaffee angeboten. Troy hat seine Mappe herausgeholt und …«

»Woher?«

»Woher …? Oh, ich verstehe. Aus seinem Rucksack. Wir haben über seine Arbeit seit dem letzten Tutorium gesprochen …« Sein schwach beleuchtetes Gesicht zeigte, dass er sich konzentrierte.

»Wie hat er ausgesehen?«

Er zuckte mit den Schultern. »Gut. Vielleicht ein bisschen müde. Er hat seine Jacke ausgezogen.«

Kate wechselte einen raschen Blick mit Joe. »Können Sie die beschreiben?«

»Seine Jacke? Eine Art Anorak … Mattschwarz mit glänzendem Material im Schulterbereich …« Als er mit einer Handbewegung andeutete, was er meinte, war Kate in Gedanken wieder in dem geheimen Lagerraum von Levittes Villa in der Hyde Road. Sie glaubte, das Material der schwarzen Jacke unter den Fingern zu spüren.

»Wie ist das Tutorium verlaufen?«

»Eigentlich ganz normal … aber Troy war abgelenkt. Als sei er in Gedanken woanders … Das hatte ich vergessen …«

»Hat er sich darüber geäußert?«

Er schüttelte den Kopf. »Nein, und ich habe nicht danach gefragt. Aber er hat von dem geplanten Tagesausflug nach London mit seinem Vater gesprochen. Er hat mir sogar die Fahrkarte gezeigt, die sein Vater ihm geschickt hatte. Das war überraschend, weil ich dachte, die beiden kämen nicht gut miteinander aus.« Er öffnete die Augen. »Ich hatte den Eindruck, Troy würde nur widerstrebend mitfahren.«

Kate blieb ihrem Vorsatz treu und nahm das schweigend zur Kenntnis. »Wie hat das Tutorium geendet?«

Wellan räkelte sich, bewegte die Schultern. »Wir haben den nächsten Termin festgelegt, und er ist gegangen.«

»Wissen Sie, wohin er wollte?«

Er schüttelte den Kopf. »Ich glaube, davon hat er nichts gesagt.«

Kate fasste nach. »Versuchen Sie bitte, sich zu erinnern. Es kann nicht allzu viele Möglichkeiten geben.«

Wellan schwieg einige Sekunden lang. Dann nickte er. »Doch, ich erinnere mich. Er wollte nach Hause; in das Haus, das er mit mehreren Kommilitonen bewohnte. Er hat mir erzählt, dass er auf eine wichtige Postsendung warten würde, die vormittags nicht gekommen sei, und er wollte nachsehen, ob sie inzwischen eingetroffen sei.«

Irgendetwas zupfte an Kates eigenem Gedächtnis. »Worauf hat er gewartet?«

Wellan zuckte mit den Schultern »Keine Ahnung. Das hat er nie erwähnt.«

Sie war bei ihrer letzten Frage angelangt. »Hatten Sie irgendeine Idee oder einen Verdacht, was Troy zugestoßen sein könnte, als Sie von seinem Verschwinden gehört haben?«

Er zögerte. »Sie erinnern sich an die Fahrkarte, die ich erwähnt habe? Ich weiß noch, wie ich mir bei der Nachricht von seinem Verschwinden gesagt habe: ›Das hat er gemacht. Er hat sich abgesetzt. Er ist nach London.‹« In dem nun folgenden Schweigen zuckte er mit den Schultern.

Sie klappte ihr Notizbuch zu und lächelte. »Danke, John. Ich habe versucht, mich möglichst kurz zu fassen.«

Er setzte sich im Sessel auf, blinzelte und sah von ihr zu Joe hinüber. »Ich bin ganz erledigt. Nur gut, dass das nicht das volle Programm war.«

Sie gingen miteinander zu ihren Wagen zurück.

»John Wellan ist nicht von hier, was?«, fragte Joe.

»Er ist aus Nordengland. Warum?«

Er zuckte mit den Schultern. »Diesen Akzent habe ich schon mal irgendwo gehört.«

Kate wandte sich ihm zu. »Ich bin verwirrt – ein Zustand, der mir nicht gefällt. Alles, was ich in diesem Fall tue, scheint den Fundus an offenen Fragen, auf die es keine Antwort gibt, nur noch zu vermehren.« Sie sah zu Joe auf. »Wer hat mal gesagt, es sei besser, einige der Fragen zu kennen, als alle Antworten zu wissen?«

»James Thurber.«

Sie öffnete die Fahrertür ihres Wagens. »Aber er hatte unrecht. Ich gebe keine Ruhe, bis wir *alle* Antworten haben, die wir brauchen.«

63

Kate saß in ihrem Arbeitszimmer in der Universität vor den Notizen, die sie sich am Tag zuvor bei dem Gespräch mit John Wellan gemacht hatte. Sie hatte das Kinn in dem stillen Raum auf die Hände gestützt und starrte ihre Schrift so lange an, bis die Buchstaben verschwammen. Die kognitive Methode hatte einige Informationen zutage gefördert – unter anderem das Detail, dass Troy an diesem Tag seine schwarze Jacke getragen hatte. Kate war sich sicher, dass sie die in der Hyde Road gesehen hatte. Während sie John Wellans Aussagen überflog, wurde ihr immer klarer, dass sie dringend mit Bill Troy sprechen musste. Dann klingelte das Telefon auf ihrem Schreibtisch. »Kate Hanson.«

Bernies Stimme hallte in ihren Ohren. »Wir haben Stuey Butts gefunden.« Kates Herz sank. Weitere schlechte Nachrichten. »Er sitzt in Haft.«

Kate beobachtete Stuart Butts durch das Spiegelglas. Er hockte zusammengesunken auf seinem Stuhl und kaute an einem Daumennagel, während Bernie und Joe ihn ansahen. Eine Frau, die Kate nicht kannte, saß – noch im Mantel – in der Nähe des Jungen. Sie war vom Team für Jugendkriminalität abgeordnet worden, um als »Vertrauensperson« bei der Vernehmung anwesend zu sein.

Der Jugendliche studierte angelegentlich seinen Daumennagel. »Ich sage nichts.«

Bernie starrte ihn stirnrunzelnd an. »Du täuschst dich mal wieder, mein Junge. Du sitzt tiefer in der Scheiße als jemals in deinem Leben. Wie ich schon gesagt habe, war deine DNA an der Taschenlampe, und wir haben in dem Haus, in das eingebrochen wurde, einen Handabdruck von dir gesichert.«

»Von 'nem Einbruch weiß ich nichts, aber das mit der Lampe kann ich Ihnen erklären. Als ich in dem Haus am See war, hab ich mir 'nen Splitter eingezogen. Seh'n Sie?« Er hielt einen Zeigefinger hoch. Bernie streifte die Finger mit den fast ganz abgekauten Nägeln mit einem flüchtigen Blick, ohne etwas zu erkennen. »Es hat keinen richtigen Kampf gegeben. Bloß 'ne kleine Rangelei. Ich hab Harper nichts getan. Mehr sag ich nicht. Aus mir kriegen Sie nichts raus.« Er sank noch weiter in sich zusammen, verschränkte die Arme und vergrub den Kopf bis zu den Ohren in seiner Daunenjacke.

»Du hast lange genug Zeit gehabt, um über diese Sache nachzudenken, und jetzt wird es Zeit, darüber zu reden, ob du in Untersuchungshaft bleiben sollst.«

Stuey beobachtete ihn lauernd. »Wissen Sie was? Ich rede mit dieser Frau.«

Bernie zeigte auf die Vertrauensperson. »Mit ihr?«

Stuey winkte ab. »Nö, nicht mit *ihr*. Mit der anderen. Mit der Rothaarigen, die mit euch zusammenarbeitet.«

Kate hob ruckartig den Kopf. Sie musterte den Jungen forschend, als Bernie demonstrativ nickte, um ihr ein Zeichen zu geben. Eine Minute später saß sie dem Jugendlichen allein gegenüber, während Bernie und Joe sich nach nebenan zurückgezogen hatten. Stuart Butts starrte sie an, ohne zu blinzeln. »Ich weiß, dass sie uns beobachten. Ich kann die Bullen und die Kriminaler nicht leiden. Aber Sie sind *keine* von ihnen, stimmt's?« Sie schüttelte den Kopf. Er sank noch tiefer auf seinen Stuhl zusammen. »Es gibt zu viele Leute, die glauben, alles über mich zu wissen: Lehrer, Sozialarbeiter, Bewährungshelfer.« Er nickte zu dem Spiegelglas hinüber. »Dieser fette Kerl, mit dem Sie zusammenarbeiten. Alle beobachten mich, bilden sich ein, mich zu kennen. Entscheiden, was ich bin und was mit mir geschehen soll. Lauter Wichser!«

Die Vertrauensperson ergriff das Wort. »Stuart, die gegen dich erhobenen Anschuldigungen sind ernst, und du musst die dir gestellten Fragen beantworten. Ich bin hier, um deine Interessen zu wahren und dafür zu sorgen, dass du …«

Er verdrehte die Augen. »Ja, klar doch.«

Kate hatte zu allem genickt, was die Frau gesagt hatte. »DS Watts hat aber recht. Du musst auspacken. Zu deiner eigenen Sicherheit kann ich dir nur raten, uns alles zu sagen, was du weißt.«

Der Finger, der einen Backenzahn betastet hatte, wurde aus dem Mund genommen. »Ich kann für mich selbst sorgen. Tu ich schon seit Jahren.« Stuart erwiderte Kates Blick. »Mir kann nichts passieren, mit dem ich nicht fertigwerde.«

Sie beobachtete sein Gesicht. »Was ist mit deiner Familie? Deinen Eltern?«

Stuey winkte ab. »Mit *denen*? Die haben nie was für mich getan.« Er starrte stirnrunzelnd die Tischplatte an, während er mit einer Fußspitze wippte. »Soll ich Ihnen mal was sagen? Ich will nicht heim. Ich geh *nicht* heim. Ich hab kein Zuhause. Ich hab nicht mal ein eigenes Zimmer. Mein früheres Zimmer ist voller Zeug, das mein Alter geklaut hat.«

Kate runzelte die Stirn. »Wo schläfst du also?«

Er zuckte mit den Schultern. »Auf dem Sofa, wenn mein Alter nicht drauf liegt und einen Rausch ausschläft. Im Sessel … oder sonst irgendwo. Ich wär echt lieber im Jugendknast als dort.«

Sie dachte über eine zukünftige Möglichkeit nach. »Was wäre, wenn du nur mit deiner Mutter zusammenleben würdest? Wäre das besser?«

Er lachte rau. »Sind Sie übergeschnappt? Sie macht nie was ohne seine ausdrückliche Erlaubnis. Früher hätte sie sich noch wehren können, aber jetzt nicht mehr.« Kate schwieg, als sein Blick verschwamm und sein Gesicht weicher wurde. »Als ich noch klein war, hat mein Alter mal ein Spiel geklaut, und sie hat es mir gegeben. Welches Spiel das war, weiß ich nicht. Ich hab mir nur das Bild auf dem Deckel angeseh'n. *Echt* angeseh'n. Stundenlang. Es war gemalt und hat zwei Kinder irgendwo draußen auf dem Land gezeigt. Mit Wiesen und Feldern. Alles in kräftigen Farben: Die Jacke des Jungen war rot, das Gras leuchtend grün und der Himmel strahlend blau. Nach oben hin, wo kleine weiße Wolken standen, wurde er blasser. Und die beiden Kinder haben glücklich ausgesehen. Ich weiß noch, wie ich mich gefragt habe, wie ihr Haus wohl aussehen mochte … wie es wäre, dort zu leben, wo es solche Farben gibt und alle Kinder glücklich sind.« Er setzte sich auf. »Abends ist er heimgekommen, hat mir das Spiel weggenommen, und ich hab's nie mehr zu sehen gekriegt.« Er blickte Kate ins Gesicht. »Jetzt müssen Sie mich auffordern, genau zu erzählen, was alles daheim passiert. Das tun die Leute vom Jugendamt.«

»Erzählst du es ihnen?«

Er winkte verächtlich ab. »Wo denken Sie hin? Denen erzähl ich nichts.«

»Was du mir erzählen willst, liegt ganz bei dir.« Sie wusste längst, dass er verlogen, bösartig und grausam war. Aber das war er nicht immer gewesen.

Der Zeigefinger tastete erneut den Zahn ab. Stuey zog ihn heraus, wischte ihn an der Jacke ab. »Kann ich in den Jugendknast, wenn ich Ihnen was erzähle? Wenn Sie die beiden nebenan wegschicken, erzähl ich Ihnen was, was Sie aber für sich behalten müssen. Aber sehen Sie zu, dass Sie mir einen Platz im Jugendknast verschaffen.«

»Dafür bin ich nicht zuständig, und ich darf keine Geheimnisse haben. Aber wenn du nicht wieder nach Hause willst und uns den Grund dafür sagst, dann musst du dort auch nicht mehr hin, denke ich.« Sie sah zu der Vertrauensperson hinüber, die kaum merklich nickte.

Er setzte sich aufrecht hin. »Okay, richtig. Mein Dad ist zu geschickt mit den Fäusten, klar? Und mit dem Gürtel.« Als er den Kragen seiner Jacke und den Hemdkragen zur Seite zog, sah Kate eine grün-blaue Prellung an der rechten Halsseite. Stuart bedeckte sie wieder. »Die hab ich dafür gekriegt, dass ich die Glotze eingeschaltet und ihn aufgeweckt hab. Ich will, wie gesagt, weg.« Sein linker Fuß wippte jetzt rasend schnell.

Als Kate das sah, wusste sie, dass er im Begriff war, etwas Unangenehmes zu gestehen. Sie wartete.

»Aber ich kenne einen Kerl, der schlimmer ist als er. Der mir viel Schlimmeres angetan hat als mein beschissener Vater. Jahrelang. Ungefähr seit meinem dreizehnten Lebensjahr. Und nicht bloß mir.«

»Erzähl mir davon.«

»Ich will nicht ins Detail gehen, okay?« Während er Kate weiter starr ansah, sprudelten die Worte nur so aus ihm hervor. »Aber eines will ich festhalten: Ich bin kein Strichjunge, klar? Das war's schon.« Er sah weg. »Ich bin kein Abfall.«

»Nein, das bist du nicht. Wer hat das getan?«

»Er war in den Nachrichten. Jetzt ist er tot, aber das ändert nichts. Ich hasse ihn *noch immer*. Sogar noch mehr, weil er damit durchgekommen ist. Ich wollte ihn persönlich umlegen. Hätte ich's bloß getan! Er heißt Henry. Henry Levitte.«

Sekunden verrannen. Kate wusste, was sie sagen musste: »Hättest du das irgendwem erzählt …«

»Das hab ich getan.« Er legte den Kopf mit geschlossenen Augen in den Nacken, beugte sich dann nach vorn und sah Kate an. »Ich war damals erst dreizehn, glaub ich. Kein Mensch hat mich beachtet.«

Kate erwiderte seinen starren Blick. »*Wer* nicht?«

»Die Cops.« Er beobachtete ihr Gesicht. »Nein, nicht hier. Das war im Polizeirevier bei uns, aber dort kannten sie mich bereits, wissen Sie? Ich hatte schon mehrmals mit den Cops zu tun gehabt. Als ich gesagt habe, wie der alte Mistkerl heißt und wo er wohnt, haben sie sich vielsagend zugeblinzelt, als wollten sie sagen: ›Ja, klar‹. Sie haben sogar aufgeschrieben, was ich gesagt habe, aber ich wusste, dass daraus nichts werden würde. Ein richtiges Protokoll hat's nie gegeben. Sie dachten, dass ich lüge: Levitte hingegen war so ein vornehmer reicher Kerl.« Er zuckte mit den Schultern und nahm sich den anderen Daumennagel vor.

Bernie war verschwunden, nachdem er Stuart Butts Aussage gehört hatte. Kate war mit Joe auf dem Rückweg ins KUF-Dienstzimmer. Sie schüttelte den Kopf. »Henry Levitte: inzestuöser Kinderschänder, Frotteur, Sexualtäter, Pädophiler.«

Joe sah auf sie hinunter. »Du hattest also recht. Aber wer hat ihn ermordet? Stuart wollte es tun. Er ist jung und kräftig, aber ich traue ihm nicht zu, Levitte zu erdrosseln und die Leiche aufzuhängen, auch wenn Levitte fast gebrechlich war.«

»Das kann ich mir auch nicht vorstellen««, stimmte Kate zu. »Und wie hätte er dazu in die Galerie gelangen sollen?«

Als sie den Raum betraten, sahen sie Bernie am PC sitzen. »Es gibt keinerlei offizielle Informationen über eine Anzeige gegen Henry Levitte – weder von Butts noch sonst jemandem.« Er setzte sich auf. »Bei Butts Vorstrafen müssen wir überlegen, ob er vielleicht lügt.«

»Kennst du jemanden auf seinem Polizeirevier?«, fragte Kate. Sie beobachtete, wie er aufstand, ans Telefon ging und erneut Platz nahm. »Stuart Butts hat sein Leben lang Pech gehabt, wisst ihr. Ist ohne Liebe bei gleichgültigen Eltern aufgewachsen. Ist schüchtern, hat wenig Selbstbewusstsein. Und dann kommt sein Stiefvater: ist kritisch, herrschsüchtig, gewalttätig.«

Bernie schüttelte den Kopf. »Nur kein falsches Mitleid, Doc. Du darfst nicht ignorieren, was wir über Stuart Butts wissen. Hast du schon vergessen, dass er bei dir eingebrochen ist?« Er wählte eine Nummer, sprach kurz in den Hörer, wartete und legte dann auf. »In den dortigen Unterlagen findet sich auch nichts. Wir können uns, wie gesagt, nicht darauf verlassen, dass Butts die Wahrheit sagt.«

Kate stand auf und trat an die Glaswand. »Nach allem, was Stuart gesagt hat, glaubt er, dass es eine Menge Leute gibt, die ihn scharf im Auge behalten, um ihn tadeln und herabsetzen zu können.«

»Wahrscheinlich zu Recht«, murmelte Bernie. »Kein vernünftiger Mensch würde ihm über den Weg trauen.«

Sie begann zu schreiben. »Er ist sechzehn und hat sich schon eine Biografie zurechtgelegt, in der er stark ist, das Leben auf der Straße kennt und für sich selbst sorgen kann.« Kate seufzte, ohne den Blick vom Glas zu nehmen. »Sein persönlicher Mythos wird ihn in Situationen bringen, in denen er – unabhängig davon, wie gerissen er zu sein glaubt oder für wie manipulierend und bösartig ihn die Leute halten – sich nicht mehr selbst schützen kann. Um noch eine Chance zu haben, bräuchte er wenigstens einen Erwachsenen in seinem Leben, der sich dafür interessiert, was aus ihm wird.«

Bernie zog die Augenbrauen hoch, während er erneut nach dem Telefonhörer griff. »Wer hat dir das alles erzählt?«

Kate trat von der Glaswand zurück, nahm Mantel und Umhängetasche mit und ging zur Tür. Über die Schulter hinweg sagte sie: »Das weiß ich von Piaget.«

»Wer ist das schon wieder? Falls er einer deiner Kumpels an der Uni ist, sollte er vielleicht dabei sein, wenn wir Butts noch mal befragen. Vielleicht kann *er* Butts eher zum Reden bringen als wir.«

Kate hörte Joe antworten, als sie die Tür öffnete: »Piaget war ein Schweizer Entwicklungspsychologe. Hat viel beachtete Theorien über die Denkprozesse von Jugendlichen aufgestellt. Ist vor über dreißig Jahren gestorben.«

»Na, großartig!«

Furman kam Kate entgegen, als sie zum Empfangsbereich unterwegs war. Sein Blick zeigte, dass er mit ihr reden wollte. Sie blieben auf dem ziemlich schmalen Korridor stehen. Kate wartete, erwiderte seinen Blick und wusste, dass ihm einiges durch den Kopf ging, das nur teilweise mit den laufenden KUF-Ermittlungen zu tun hatte. »Sie haben den Strichjungen also befragt. Was hat er gesagt?«

Kate bemühte sich, nüchtern zu sprechen. »Nichts, was ich wiederholen kann, bevor wir geprüft haben, ob seine Aussagen verlässlich sind.« Dann wartete sie. Als Furman stehen blieb und sie weiter anstarrte, fauchte sie: »Machen Sie mir Platz – *sofort*!«

Sekunden später trat er beiseite, um sie vorbeizulassen, rief ihr aber nach: »Sie und ich müssen uns zu einem wichtigen Gespräch zusammensetzen, wenn Sie mal Zeit dafür haben. Es geht um unbefugtes Stöbern in Krankenakten.«

64

Sie waren im KUF-Dienstraum. »Mutter Levitte ist hierher unterwegs und weiß, dass wir keine handfesten Beweise haben.« Nachdem Bernie das gesagt hatte, sah er zu Kate hinüber. Sie war vor Kurzem aus der Universität zurückgekommen und hatte in der Hoffnung, Cassandra sei gefunden worden, viel herumtelefoniert. »Schade, dass du sie nicht angesprochen hast, als du in ihrem Haus warst.«

Kate hob ruckartig den Kopf. »Was redest du da? Wir wissen, dass sie das Beweismaterial vernichtet hat. Kannst du dir vorstellen, wie gruselig es war, in diesem Haus zu sein und sie vor der Tür herumstiefeln zu hören?«

»Nur nicht aufregen. Ich sage ja nur, dass es hilfreich hätte sein können. Wir haben drei Morde – Troy, Harper und jetzt auch Levitte –, aber keinen Beweis dafür, dass sie zusammenhängen. *Und* den im Woodgate Park aufgefundenen Unbekannten, von dem Connie uns hoffentlich bald mehr erzählen wird.«

Sie bedeckte ihr Gesicht mit den Händen. »Ich halte es nicht mehr aus!«

Bernie sah zu Joe hinüber, dann fragte er: »Was hast du jetzt wieder?«

Kate ließ die Hände sinken. »Wie ihr, wie die Polizei arbeitet! Wir wissen nie genug. Ich habe in dem Haus klare Beweise für organisierte Pädophilie *gesehen*. Ich habe Nathan Troys Jacke *gesehen*.«

»Das behauptest *du,* aber wir *haben* sie nicht. Der Staatsanwalt verlangt gute Chancen, bevor er Anklage erhebt. Gute Chancen heißt Tatsachen plus handfeste Beweise.« Kate schwieg verbissen. »Ich weiß, wie dir zumute ist, Doc, aber damit musst du dich abfinden: Fälle mit eindeutigen Beweisen kommen vor Gericht. Fälle mit schwachen Beweisen? Die kannst du vergessen. Oder, wenn es doch zur Verhandlung kommt, enden sie als Pleite.«

»Wie wär's, wenn der Kronanwalt mit weniger Beweisen vor Gericht ziehen und aufs Geschworenensystem setzen würde?«, blaffte sie.

»In einem Fall wie unserem, in dem es viel um Sex geht, helfen solide Beweise den Leuten, das Gesagte zu verstehen. Damit meine ich die Geschworenen. Die sind anders als du, Doc. Das ist deine Welt, in der kennst *du* dich aus.«

Kate sank mit geschlossenen Augen auf ihrem Stuhl zurück. *Das* brauchte nicht ihre Welt zu sein. Sie konnte allem Stress, aller Unfairness und Ungerechtigkeit den Rücken kehren und sich um den Lehrstuhl an der Universität bewerben. Keine ungelösten Fälle, keine Leichen, keine Auseinandersetzungen mit Furman mehr …

»Das Gericht würde nur hören, was du *angeblich* in der Hyde Road gesehen hast«, fügte Bernie hinzu.

»Was ich *ganz sicher* gesehen habe.«

Bernie sah zu Joe und dann wieder zu Kate hinüber. Er hatte sichtlich Mühe, sich zu beherrschen. »Versuch mal, dich in die Lage der Geschworenen zu versetzen. Sie hören nicht nur von organisierter Kriminalität mit Minderjährigen, sondern erfahren auch, wer der Hauptverdächtige war, der dann ermordet wurde. Ein bekannter, angesehener Collegeprofessor, den sie einige Male in der Glotze gesehen haben und der sich Hoffnung auf den Ritterschlag machen konnte.« Kate schien etwas sagen zu wollen, aber er sprach weiter. »Und wer ist dein Starzeuge? Stuey Butts. Du weißt so gut wie ich, wie ein Verteidiger wie dein Ex ihn charakterisieren würde: als ›unzuverlässigen Kleinganoven, der mit Sex nicht schlecht verdient‹.«

Sie öffnete langsam die Augen, sah wieder Bernie an. »Das weiß ich alles. Trotzdem ist es nicht richtig. Es ist einfach nicht fair. Wir betrachten Stuart Butts und sehen nur, was *er* getan hat, aber nicht, was andere *ihm* angetan haben. Er ist genauso ein Opfer wie Nathan Troy.« In der Stille des KUF-Dienstraums erinnerte Kate sich wieder an die Vernehmung von Stuart Butts. Sie setzte sich auf. »Woher hat er gewusst, dass ich eure Kollegin bin?«

Bernie und Joe wechselten einen Blick, dann sahen sie wieder Kate an.

»Stuart Butts. Er hat verlangt, mit mir zu sprechen – ›mit der Rothaarigen, die mit euch zusammenarbeitet‹, hat er gesagt.«

Bernie zuckte mit den Schultern. »Er war nicht zum ersten Mal hier und weiß, dass du zur KUF gehörst.«

Kate schüttelte den Kopf. »Nein, nein. Denk mal nach. Als ihr beiden ihn erstmals befragt habt, war ich nicht dabei. Ich habe das gesamte Verhör von nebenan verfolgt. Er hat mich nie zu Gesicht bekommen. Ich bin erst in den Vernehmungsraum gekommen, als sie fort waren.« Nun entstand eine kurze Pause. »Woher kann er wissen, dass ich hier arbeite und wie ich aussehe?«

Sie stand auf, trat an die Glaswand. »Seht ihr das hier?« Sie deutete auf eine Notiz in ihrer Handschrift. »Als ich ihn am See gesehen habe, hat er gerade mit dem Handy telefoniert.« Sie tippte mit dem Finger auf das Glas. »Sein unbekannter Gesprächspartner hat ihm gesagt, wer ich bin.

Stuart hat mit jemandem telefoniert, der *mich* kennt. Zumindest vom Sehen.« Kate griff nach dem Markerstift und begann eine Namensliste, während sie weitersprach. »Dies sind alle Beteiligten, mit denen ich persönlich Verbindung hatte: Nathan Troys Eltern, Bradley Harpers Mutter und Schwestern. Alastair Buchanan, Matthew Johnson, John Wellan, Henry und Theda Levitte und die drei Kinder Levittes – Cassandra, Miranda und Roderick. Und jetzt auch Stuart Butts.«

Bernie starrte sie an. »Willst du etwa behaupten, dass irgendwelche Eltern in diesen Fall verwickelt sind – und wie hilft uns das weiter? Nathan Troy ist unser Mordfall. Philip Noonan könnte ihn ermordet haben. Der alte Levitte, der unser Hauptverdächtiger war, ist tot. Buchanan mag ich nicht, aber nichts weist darauf hin, dass er irgendwen ermordet haben könnte. Der gesamte Levitte-Clan ist nicht ganz dicht, wenn ihr mich fragt. Bradley Harper liegt unten in einem Kühlfach, und wir wissen noch immer nicht, wer im Park ausgegraben worden ist. Als Täter könnte wieder Noonan in Frage kommen. Kurz gesagt: ein riesiges Durcheinander.« Er wandte sich ab und machte noch mal kehrt, um einen Nachsatz anzubringen: »Und jedes Wort, das Leute sagen, unters Mikroskop zu legen, hilft uns nicht, Troys Mörder zu identifizieren, was unsere wichtigste Aufgabe ist.«

Kate hörte gar nicht zu. Sie betrachtete die Namen, die sie hingeschrieben hatte, dachte an einen Mercedes-Motor und den sportlichen Klang des Wagens am See. »Ich denke, wir können die Liste kürzen.«

Joe stand auf, als wolle er sich die Namen aus der Nähe ansehen.

»Ich habe Theda Levittes Mercedes gehört, als ich in ihrem Haus war.«

»Lass mich raten«, sagte Joe. »Du hattest ihn schon mal gehört – als du Stuart am See gesehen hast.«

Kate nickte, dann zeigte sie auf die Namen. »Welche von all diesen Leuten könnten Zugang zu dem Mercedes gehabt haben und …«

Das KUF-Telefon schrillte. Kate hörte zu, wie Bernie den Hörer abnahm und mit gemurmelten Dankesworten wieder auflegte. »Der Knochenfund im Woodgate Park. Connie ist soweit.«

Connie sah auf, als Igor sie in den Autopsieraum führte, und wartete, bis sie an dem Untersuchungstisch aus Edelstahl mit den sterblichen Überresten aus dem Park standen. Kate begutachtete sie einige Sekunden lang konzentriert, bevor sie zu Connie hinübersah, die sofort zur Sache kam. »Jung und männlich. Er ist erdrosselt worden.« Bernie ächzte vernehmlich, und Kate schloss kurz die Augen. *Noonan.* »Und weil ihr immer so scharf auf Details seid, kann ich euch sagen, dass er zum Tatzeitpunkt etwas über einen Meter siebzig groß und Anfang bis Mitte dreißig war.«

Kate starrte sie an. »Du hast *jung* gesagt!«

Connie zuckte mit den Schultern. »›Jung‹ ist für mich jeder unter vierzig.«

»Todesursache?«, fragte Joe ruhig, während Kate den Atem anhielt.

»Tod durch Erdrosseln. Hier, seht euch das an.« Sie hielt einen durchsichtigen Asservatenbeutel mit einer starken Kordel hoch, die dem Muster, das sie schon einmal vorgezeigt hatte, sehr ähnlich sah. Diese hier war schmutzig erdbraun. »Früher mal weiß. Das sieht man, wenn man sie im Beutel ein bisschen aufdreht.«

Das tat Kate, dann sah sie wieder zu Connie hinüber.

»Sonst noch etwas? Weitere Beweise wie DNA-Spuren oder …«

Die Pathologin bedachte sie mit einem milden Blick. »Sogar ziemlich viele, wenn ihr mich reden lasst – allerdings wenige, die euren Hunger nach harten Fakten stillen können.«

»Sorry«, murmelte Kate mit einem irritierten Blick zu Bernie hinüber.

»Wir haben seine DNA ins System eingegeben. Er war als vermisst gemeldet: ein gewisser Joel Smythe.« Bernie öffnete den Mund, aber sie brachte ihn mit einem Blick zum Schweigen. »Fang jetzt nicht wieder mit Fragen an. Zu denen komme ich später.« Die drei standen schweigend da. »Seine Kleidung liegt dort drüben.« Connie zeigte auf den Nebentisch und hielt ein Schreibbrett hoch, um eine Liste vorzulesen: »Ein kurzärmliges Polohemd, ursprünglich weiß, beige Chinos, Sandalen ohne Socken, knapper Slip. Das war alles. Alles ziemlich abgetragen.«

Kate hatte die Informationen verarbeitet. »Er ist im Sommer ermordet worden – oder zumindest bei warmem Wetter?«

Connie nickte. »Eine logische Vermutung, die durch das gestützt wird, was ich in seinen Hosenaufschlägen gefunden habe: Reste kleiner Blütenpflanzen, nämlich …« Sie sah wieder auf ihre Liste. »… *Vicia sativa,* Futter- oder Saatwicke, und *Ranunculus acris* – den du und ich als Scharfen Hahnenfuß kennen. Beide blühen im Sommer bis etwa September und unterstützen so die Vermutung, dass die Tat in der warmen Jahreszeit verübt wurde.«

Joe räusperte sich. »Er hatte nichts bei sich? Eine Tasche, Schlüssel, eine Geldbörse?«

»Nicht, als er aufgefunden wurde.«

Bernie, der die Hände in den Hosentaschen vergraben hatte, starrte die sterblichen Überreste an, während er verarbeitete, was Connie ihnen erzählt hatte. »Er hatte also nichts bei sich – auch keinen Kleinkram in den Taschen?«

Connie zog die Augenbrauen hoch. »Das habe ich nicht gesagt«, lächelte sie milde, drehte sich nach den Kleidungsstücken um und hielt dann etwas in einer Klarsichthülle hoch. »Wer seine Taschen geleert hat, hat dies hier übersehen.«

Die drei drängten näher heran, um den Gegenstand zu betrachten. »Schlimmer Fehler«, murmelte Joe. »Der Täter muss es eilig gehabt haben.«

Connie nickte rasch, während sie die Klarsichthülle herumgehen ließ. »Ich konnte nicht gleich sagen, *wem* das hier gehört: es ist ein alter Führerschein ohne Foto aus der Zeit vor 1998. Er trägt die Adresse, unter der sein Inhaber zuletzt gemeldet war. Ich habe die Nummer eingegeben und den Namen Joel Smythe bestätigt bekommen. Der Führerschein enthält zwei Eintragungen aus den Jahren 2001 und 2004.«

Kate betrachtete den Führerschein, danach die sterblichen Überreste. »Also steht unwiderlegbar fest, dass dies Joel Smythe ist?«

Connie strahlte sie an. »Lobenswert, dass du so auf Beweisen bestehst, Kate.« Bernie schniefte gekränkt. »Ja, weil die DNA-Übereinstimmung eindeutig war; ja, weil der Führerschein dazu passt; und ja, weil ich mit Joel Smythes Vater telefoniert und erfahren habe, dass Joel sich mit sechzehn Jahren beim Skilaufen den rechten Arm gebrochen hat.« Sie deutete auf den rechten Arm des Körpers. »Ich habe ihn geröntgt und einen verheilten alten Bruch gefunden, der genau zu dem von seinem Vater geschilderten Unfall passt. Und falls das jemandem noch immer nicht genügt, hat der Führerscheininhaber nach seiner zweiten Trunkenheitsfahrt eine DNA-Probe abgeben müssen. Dies *ist* Joel Smythe.«

Kate ging den Tisch entlang, blieb am unteren Ende stehen. »Zwei junge Männer sind aufs Woolner College gegangen«, sagte sie nachdenklich. »Einer hat es nie mehr verlassen. Der andere schon – aber er ist nach Jahren zurückgekommen.« Sie betrachtete das wenige, was von Joel Symthe übrig geblieben war. Sein Leben nach dem Studium schien nicht sehr glatt verlaufen zu sein. *Was hat dich wieder hergeführt, Joel?* Das Pulsieren des Ventilators, der Luft absaugte, erzeugte einen Rhythmus in ihrem Kopf: *Wo ist Cassandra … wo ist Cassandra … wo ist …*

Bernies Handy schrillte überlaut. »Ja? … Gut.« Er beendete das Gespräch. »Mutter Levitte ist da.«

65

Theda Levitte drehte sich mit wütender Miene auf dem Stuhl um, auf dem sie mit gespreizten Beinen saß. »Wozu hat man mich hergeschleift? Ich will gehen.«

Kate nahm in einer Ecke des Vernehmungsraums Platz, während Bernie und Joe sich ihr am Tisch gegenübersetzten. »Sie sind *aufgefordert* worden, zu einer Befragung zu kommen«, stellte Bernie richtig, »und haben jetzt die Wahl: Sie können auf Ihren Rechtsanwalt warten oder sich mit unserer Pflichtverteidigerin begnügen, die bereits hier ist. Was hätten Sie gern?«

Sie wandte sich ihm sichtlich aufgebracht zu. Bernie stand auf. »Also gut. Ich lasse Ihnen eine Arrestzelle zuweisen, bis Ihr eigener Anwalt …«

»Weiter!«, blaffte sie. »Ich habe nichts getan und will keine Minute länger hierbleiben, als ich muss.« Bernie nickte dem jungen Polizeibeamten an der Tür zu, der daraufhin den Raum verließ. Sie warteten in aggressivem Schweigen, bis die diensthabende Anwältin erschien und neben Theda Levitte Platz nahm.

Bernie schaltete das Tonband ein und begann damit, dass er die Namen der Anwesenden nannte und Mrs. Levitte über ihre Rechte belehrte. »Sie brauchen nichts auszusagen, aber es kann Ihrer Verteidigung schaden, wenn Sie bei dieser Befragung etwas nicht erwähnen, worauf Sie sich später vor Gericht berufen …«

»Ich scheiß auf Sie!«

»… alles, was Sie sagen, wird aufgezeichnet und kann gegen Sie …«, sprach Bernie ungerührt weiter, während die Kontrollleuchte des Tonbandgeräts flackerte. Als er fertig war, saßen die vier sich im Licht der Deckenbeleuchtung schweigend gegenüber. Eunice Wilton, die diensthabende Pflichtverteidigerin, machte ein Gesicht, als lasteten alle Sorgen der Welt auf ihr. Kein Wunder, dass sie in der Rose Road den Spitznamen »Miesmacherin« bekommen hatte.

Ein Blick aus Theda Levittes kleinen schwarzen Augen streifte Kate, die fast im Halbdunkel saß. Dann sprach Bernie weiter. »Aufgrund von Informationen, die der West Midlands Police zugegangen sind, beabsichtige ich, Sie zu befragen und diese Befragung aufzuzeichnen.«

Sie funkelte ihn an, lehnte sich zurück und spreizte dabei wieder ihre dicken Beine. Kate beobachtete, wie an Eunices Hals über dem Kragen ihrer Bluse hektische rote Flecken erschienen.

»Sie sind verhaftet worden, weil Sie verdächtigt werden, in den Mord an Nathan William Troy, neunzehn, am oder um den zehnten November 1993 verwickelt zu sein und einschlägiges Beweismaterial absichtlich beseitigt zu haben. Durchgeführt wird diese Vernehmung nach vorheriger Belehrung im Präsidium der West Midlands Police, Rose Road, Harborne, Birmingham. Wir haben jetzt …« Er sah auf seine Uhr und setzte in dem dichten Schweigen fort: »Bei dieser Vernehmung anwesend sind …« Mrs. Levitte beobachtete ihn die ganze Zeit starr. »Wollen Sie bitte Ihren Namen nennen und bestätigen, dass sonst niemand …«

»Kein Kommentar.«

Eunice wand sich wie in Krämpfen. »Nein, nein. Sie müssen tun, was DS Watts …«

»Die *wissen*, wer ich bin, blöde Kuh.«

Bernies dicker Zeigefinger schien sie durchbohren zu wollen. »Schluss damit! Wir warten einfach.«

Steif vor Zorn machte Theda Levitte die gewünschten Angaben. Kate fiel auf, dass ihr nordenglischer Akzent stärker wurde, wenn sie wütend war.

Dann fuhr Bernie fort: »… und alles, was Sie aussagen, kann gegen Sie verwendet werden …«

»Kein Kommentar.«

Eunice wand sich erneut. »Pssst! Noch nicht.«

Kate studierte Theda Levittes breites Gesicht.

»Mir können Sie den Mund nicht verbieten!« Sie funkelte erst Bernie, dann Joe an. »Sie halten Roderick noch immer fest. Was hat er über mich gesagt?«

Bernie betrachtete sie angewidert. »Bitte befolgen Sie den Rat Ihrer Anwältin. Wir sind nicht hier, um Auskünfte zu geben, sondern um Informationen zu erhalten.«

Im nächsten Augenblick fuhren alle zusammen, als Theda Levitte gellend laut kreischte: »Der Kerl lügt, wenn er den Mund aufmacht!«

»Mrs. Levitte, *bitte.*« Eunices Blick schien Bernie und Joe um Entschuldigung zu bitten.

»Benehmen Sie sich gefälligst, sonst sperren wir Sie ein, bis Sie zur Vernunft kommen!«, knurrte Bernie.

»Wenn er Ihnen irgendwas erzählt hat, bestreite ich alles.« Sie wandte sich halb ab und verschränkte die Arme vor ihrem üppigen Busen.

Kate beobachtete die bedauernswerte Anwältin, die abwechselnd rot und blass wurde. »Bitte, Mrs. Levitte. Sie *müssen* zuhören …«, meckerte Eunice.

Bernie blätterte in seinen Unterlagen, fand das gesuchte Blatt, ließ den Zeigefinger über eine Liste der Gegenstände gleiten, die Kate in der Hyde Road gesehen hatte. »In Ihrem Haus haben sich Hinweise auf sexuelle Aktivitäten zwischen erwachsenen Männern und Minderjährigen befunden. Sie haben das besagte Material vernichtet, weil Sie wussten, dass auf richterliche Anordnung eine Hausdurchsuchung bei Ihnen stattfinden würde. Was sagen Sie dazu?« Als er keine Antwort bekam, hielt er einen vor ihm liegenden Ausdruck hoch. »Versuchen wir es hiermit. Anfang der Achtzigerjahre haben Sie als Krankenschwester in einer Nervenklinik in Sheffield gearbeitet. Damals noch unter Ihrem Mädchennamen Barr. Diese Stelle haben Sie aufgegeben, als Patienten sich über Misshandlungen beschwert haben. Unter dem gleichen Namen sind Sie wegen Betrugs und Diebstahls vorbestraft …«

»Das ist alles Geschichte«, fauchte sie.

Bernie kniff die Augen zusammen. »Ja. *Ihre.* Dies ist Ihre Chance, sich selbst einen Gefallen zu tun. Sagen Sie uns, was Sie über Henry Levittes sexuelle Aktivitäten in Ihrem Haus wissen, sonst breche ich diese Vernehmung mit der Begründung ab, dass Sie feindselig und unkooperativ sind.« Er funkelte sie an. »Wie hätten Sie es also gern?«

Eunice hatte Theda Levitte während Bernies Monolog sorgenvolle Blicke zugeworfen. »Es liegt in Ihrem Interesse, zu tun, was Detective Sergeant …«

Als hätte sie überhaupt nicht gesprochen, konzentrierte Theda Levitte sich jetzt auf Bernie. »Darüber kann ich Ihnen nichts erzählen, weil ich nichts *weiß.*«

Bernie starrte sie ungläubig an. »Sie waren über zwanzig Jahre mit Henry Levitte verheiratet. Sie haben mit ihm in *diesem* Haus gelebt.«

»Na und? Ich weiß trotzdem nichts über … diese Seite seines Lebens.«

Kate machte große Augen. Sie konzentrierte sich auf Joe, der jetzt das Wort ergriff. »Fürs Tonband: Lieutenant Corrigan spricht. Mrs. Levitte, gehört dazu auch der sexuelle Missbrauch eines oder mehrerer seiner Kinder, wenn Sie von ›dieser Seite‹ des Lebens Ihres Mannes sprechen?« Kate hielt den Atem an.

»Als ich Henry kennengelernt habe, war sie schon ein Teenager. Ich wusste nichts davon.«

»Aber Sie haben später davon erfahren», sagte Joe, der ihr weiter in die Augen sah.

»Nein, das habe ich nicht.«

»Sie müssen gemerkt haben, dass Henry Levitte seinen Sohn Roderick oft wüst beschimpft und gedemütigt hat«, fuhr Joe fort.

Theda Levitte sah zu Bernie hinüber, dann starrte sie wieder Joe an. »Was *soll* dieser Scheiß? Nichts von all diesem Zeug hat das Geringste mit *mir* zu tun. Das sind nicht meine Kinder.«

Kate beobachtete, wie Joe Bernie kaum merklich zunickte, der sofort wieder einsetzte. »Sie wussten, dass Henry Levitte während Ihrer Ehe minderjährige Jungen sexuell missbraucht hat …«

»Davon weiß ich nichts. Sie können mir nichts anhängen, weil ich nie dabei war.« Kate sah, wie die kleinen schwarzen Augen zwischen Bernie und Joe hin- und herblickten.

»Was erzählen Sie uns da? Dass Sie *nie* zu Hause waren, wenn etwas, von dem Sie *nichts* wussten, passiert ist?« Bernie beugte sich nach vorn. »Hören Sie auf, uns zu verarschen. Packen Sie endlich aus!«

Kate und ihre beiden Kollegen warteten, während Theda Levittes Gesicht einen berechnenden Ausdruck annahm. Sie hatte eine Entscheidung getroffen. »Ich habe Henry kennengelernt, als er eine Ausstellung in einer Galerie in Sheffield hatte.« Sie verzog den Mund. »Das war keine große Romanze, und ich habe bald gemerkt, dass er nur eine Leidenschaft hatte: Sex. Was mir nur recht war, weil ich eine Leidenschaft für *Geld* habe.«

Kate merkte, dass sie nur flach atmete, als Bernie ernst fragte: »Soll das heißen, dass Sie wussten, was er getrieben hat?«

Theda Levitte schüttelte heftig den Kopf. »Nein, ich hab *nichts* gewusst. Ich *wollte* nichts wissen.« Sie sah die ungläubige Reaktion ihrer Zuhörer. »Überlegen Sie doch, was mir die Ehe mit ihm gebracht hat: eine Villa, Geld, einen Mercedes.« Sie zuckte mit runden Schultern. »Alles andere hat mich nicht interessiert. Es ist mich nichts angegangen.« Während die anderen betroffen schwiegen, fuhr sie fort: »Wir hatten ein Arrangement. Er hat mir die Termine genannt, an denen er das Haus für sich allein haben wollte. Immer zwei, drei Tage, ungefähr zweimal im Monat. An diesen Tagen bin ich weggefahren und hab mich in Wellness-Hotels in Birmingham einquartiert, um mich verwöhnen zu lassen. Ich kann Ihnen Details nennen und Hotelrechnungen vorlegen, damit Sie das überprüfen können.« Sie sah die beiden Kriminalbeamten an. »An diesen Terminen war ich nie im Haus. Er hat mir nicht erzählt, was sich dort abgespielt hat, und ich hab nie danach gefragt.«

Joe sah ihr ins Gesicht. »Sie wussten, dass in dem großen Raum im ersten Stock Ihres Hauses Orgien stattfanden und es eine Geheimkammer gab, in der die von DS Watts beschriebenen Objekte lagerten.«

Sie erwiderte seinen Blick unerschrocken. »Der Raum im ersten Stock war immer abgesperrt. Ich hatte nie einen

Schlüssel. Was die ›Objekte‹ betrifft, habe ich keine Ahnung, wovon Sie reden.«

»Wer hat Nathan Troy ermordet?«, fragte Kate plötzlich. Die kleinen schwarzen Augen wandten sich ihr zu.

»Woher soll ich das wissen? *Ich* war's nicht. Wozu sollte ich ihn ermorden? Oder sonst jemanden?«

Kate stand auf und ging zur Tür. Theda Levitte hatte nicht geleugnet, dass Nathan Troy in ihrem Haus gewesen war. Für Kate hatte sie damit praktisch gestanden, was Nathans Jacke in der Geheimkammer ihr gezeigt hatte: Nathan Troys Reise in den Tod hatte in der Hyde Road begonnen. An der Tür blieb sie noch mal stehen. »Wo ist Cassandra?«

Theda Levitte verdrehte die Augen. »Sie könnte überall sein, Geld ausgeben, Männer aufgabeln. Wer weiß?«

Kate ging hinaus. Joe sah ihr nach, während Bernie zu diktieren begann. »Fürs Tonband: Dr. Hanson verlässt den Raum. Theda Levitte, ich klage Sie jetzt offiziell an, Beweismaterial vernichtet zu haben, das für unsere Ermittlungen wegen des Todes von Nathan Troy wichtig gewesen wäre …«

Kate legte den Markerstift wieder auf die Ablage unter der Glaswand, setzte sich an den Tisch und starrte an, was sie geschrieben hatte, welche Namen sie durchgestrichen hatte. Schlagworte, die während der Ermittlungen gefallen waren, um Henry Levitte zu beschreiben. Berühmter Künstler. Ehrwürdig. Großartiger Kerl. Liebevoller Vater. Alter Furzer. Eitel. Egozentrisch. Sie dachte daran, wie sie ihn selbst erlebt hatte: theatralisch bis zur Lächerlichkeit, ganz auf seine praktisch veranlagte starke Frau angewiesen. Sie erinnerte sich daran, wie er seelenruhig in der Galerie gemalt hatte, während um ihn herum seine Retrospektive vorbereitet wurde. Kate schob die Unterlippe vor. Niemand hatte Henry Levitte als Faulpelz bezeichnet, aber er war einer gewesen. Er hatte seine große Werkschau nicht selbst organisiert. Die Verantwortung dafür hatte er auf Roderick abgeschoben, obwohl er wusste, dass das eine schlechte Wahl war. *Immer sein Mädchen für alles.* Und wenn Roderick wieder mal versagt hatte, hatte er darauf vertraut, dass John Wellan die Sache in Ordnung bringen würde. Sie war zu müde, um noch länger nachzudenken. Es wurde Zeit heimzufahren.

Joe, der die Schultern bewegte, um eine kleine Verspannung abzubauen, betrachtete die untersetzte, verbissen wirkende Frau ihnen gegenüber. »Henry Levitte hat in Ihrem Haus Partys gegeben, bei denen Sex mit Minderjährigen stattfand. Sie haben uns eben gesagt, dass er einen ›weiten‹ Freundes- und Bekanntenkreis gehabt habe. Ich werte das als Hinweis auf andere Männer, die an diesen Orgien teilgenommen haben.« Sein Blick ließ sie nicht los. »Was verdammt viel Organisation erfordert haben muss: Einladung der Gäste, Heranschaffen von ›Attraktionen‹ und so weiter.« Er starrte sie mit Widerwillen im Blick an. »Irgendwie kann ich mir nicht vorstellen, dass Henry Levitte das alles allein erledigt hat. Sie sagen, dass Sie es nicht getan haben. Was bedeutet, dass er einen Organisator gehabt haben muss. Wer war das?«

Weil er ihr Gesicht aufmerksam beobachtete, sah er, dass er ins Schwarze getroffen hatte. Sie fing sich mit einem Schulterzucken wieder. »Ich hab keine Lust, euch bei der Arbeit zu helfen … und es hat keinen gegeben.«

»Doch, es hat jemanden gegeben. Es gibt ihn noch, denke ich. Jemand, den Sie *wirklich* gut kennen.« Die Falte zwischen ihren dichten Augenbrauen vertiefte sich, während sie beobachtete, wie Joe aufstand, Bernie kurz zunickte und zur Tür ging.

In der Dreiviertelstunde seit ihrer Heimkehr hatte Kate mit Maisies Hilfe das Abendessen zubereitet. Jetzt saß sie am Esstisch und stocherte lustlos in ihrem Essen herum.

»Deine Mutter ist gerade irgendwo anders, Maus.«

»Mom?«

Kate sah auf, war im ersten Augenblick desorientiert, weil sie in Gedanken bei Theda Levittes Vernehmung gewesen war. »Was? Sorry, ich …«

»Daddy hat gesagt, dass er mir ein Ticket für …«

Stimmen. Ticket! Karten … Fahrkarten. Die Gabel klirrte auf den Teller. Kate lief aus der Küche ins Arbeitszimmer, wühlte ihr Smartphone aus der Umhängetasche und wählte eine gespeicherte Nummer. Am anderen Ende wurde sofort abgehoben. »Hallo, ist dort Bill Troy?«

»Ja … Dr. Hanson?«

»Entschuldigen Sie die Störung, Mr. Troy, aber ich *muss* etwas wissen. Als Lieutenant Corrigan und ich bei Ihnen waren, haben Sie uns erzählt, Sie hätten die Fahrkarten für den Ausflug mit Nathan nach London gekauft und ihm mit der Post geschickt.«

Die Antwort kam wie aus weiter Ferne. »Ja, das stimmt.«

Kate bemühte sich, ruhig zu sprechen. »Können Sie sich zufällig daran erinnern, wie und wann Sie die Fahrkarten verschickt haben?«

Am anderen Ende entstand eine kurze Pause, dann: »Ich erinnere mich genau. Wie sich gezeigt hat, war dies das Letzte, was ich für meinen Sohn getan habe.«

Kate biss sich auf die Unterlippe und wartete, als einige Sekunden lang nichts mehr kam.

»Ich habe angerufen und ihm gesagt, dass ich die Fahrkarten schicke. Ich habe sie am neunten November aufgegeben und am nächsten Tag wieder angerufen, um zu erfahren, ob die Sendung angekommen ist.«

»Und das hat er bestätigt?«, fragte Kate.

»Nein. Nathan war nicht da. Er war im College, aber einer der anderen Studenten hat sich gemeldet und gesagt, der Umschlag sei gekommen und warte in der Diele auf Nathan. Mein Name und meine Adresse standen hinten drauf.«

Kate legte eine Hand an die Stirn. »Mit wem haben Sie gesprochen?«

»Sorry, ich weiß nicht, welcher das war.«

»Danke, Mr. … *Nein*, Augenblick noch. Wann haben Sie in dem Haus angerufen?«

»Am späten Nachmittag. Kurz nach vier, denke ich.«

»Danke, Mr. Troy«, sagte Kate leise, bevor sie das Gespräch beendete.

Sie musste ganz sichergehen. Sie angelte ihr Notizbuch aus der Tasche, schaltete die Schreibtischlampe ein und beugte sich nach vorn, während sie in dem Buch blätterte.

Da war es. Die kognitive Befragung. Sie runzelte die Stirn. Was sie sich notiert hatte, war völlig unverständlich.

Sie kam im Mantel in die Küche, in der sie Kevin beim Käseschneiden antraf. Maisie war nirgends zu sehen, aber aus dem ersten Stock waren wummernde Bässe zu hören. »Ich muss noch mal weg.«

Kevins Stimme folgte ihr in die Diele. »Weg? Wohin? Ich bin hier wohl nur noch der Babysitter?«

66

Der kleine Campus war menschenleer, und das kaum beleuchtete Hauptgebäude hob sich undeutlich vor dem wolkenverhangenen Abendhimmel und den kahlen Bäumen ab. Kate sah auf die Uhr, während aus dem Autoradio die Nachrichten kamen: »... *wie eine heute veröffentlichte Untersuchung zeigt, werden in Großbritannien Tausende von Kindern von Banden als Sklaven gehalten und sexuell ausgebeutet* ...«

Mit einer Hand an der Stirn starrte sie mit dem Bewusstsein nach vorn, dass heruntergekommene Straßen und Schnellrestaurants nicht der einzige Hort von Verkommenheit und Ausbeutung waren. Es war kein Geheimnis, dass die Berühmten, die Prominenten, die Reichen ebenso korrupt sein konnten. In Vergangenheit und Gegenwart: das Haus Borgia; das Haus Levitte. Sie lehnte ihren Kopf an die Kopfstütze. Was hatten eine Bande und eine Gruppe gemeinsam? Um funktionieren zu können, brauchten beide eine Organisation, einen Anführer.

Sie schloss die Augen. Sie hatte herkommen müssen, weil die gemeinsame Geschichte dreier Opfer eng mit diesem klassizistischen Gebäude verknüpft war. Nathan Troy. Joel Smythe. Cassandra Levitte. *Wo bist du, Cassandra?* Kate spürte das vertraute Ziehen in den Schläfen, das immer auftrat, wenn sie sich diese Frage stellte. Sie sah wieder nach vorn, beobachtete den Campus, ohne etwas Bestimmtes zu suchen, und atmete mehrmals tief durch, während sie versuchte, aufkommende Zweifel zu unterdrücken.

Voll nervöser Anspannung schnallte Kate sich ab, stieg aus dem Auto und ging auf das Woolner College zu. Auf dem kleinen Parkplatz am Haupteingang stand ein dunkler Volvo, den sie erkannte. *Was macht Joe hier?*

Sie hatte die oberste Stufe vor dem Eingang erreicht, als es kam: eine einzelne dissonante Note, erst noch schwach, dann stärker werdend und in eine Serie schriller Glockenschläge übergehend. Kate wusste, woher sie kamen, und wandte sich dem schönen alten Gebäude mit dem Glockenspiel unter einer Kupferkuppel zu. Sie hatte es oft an Sommerabenden gehört, wenn sein zarter Klang über den Park von Bournville gehallt war. Aber nicht wie jetzt. Schrille Dissonanzen füllten ihren Kopf, als sie die Treppe hinunterlief und über den feuchten Rasen und durch eine Baumreihe zum Eingang des Gebäudes hastete. Die Tür war geschlossen. Weil sie zu wissen glaubte, wer in dem Gebäude war, rannte sie zu der Tür und warf sich dagegen. Die Tür war abgesperrt.

Kates suchender Blick fiel auf eine Rabatte mit niedrigen Sträuchern, die mit kopfgroßen Natursteinen eingefasst war. Sie rannte hin, kam mit dem größten Stein zurück, hob ihn mit beiden Händen und ließ ihn auf den Türgriff krachen. Er brach ab und fiel mit weiteren Teilen scheppernd zu Boden, während Kate den Stein fallen ließ und die Tür aufstieß. Ihr Körper war bis zum Äußersten angespannt, als weitere schrille Dissonanzen erklangen und um sie herum widerhallten. Sie stürmte durch den Eingang in den Tumult und machte schwer atmend halt.

Cassandra, deren langes blondes Haar ihr Gesicht einrahmte, saß am Spieltisch des Glockenspiels, das sie mit

Händen und Füßen erklingen ließ. Als sie Kate sah, hörte sie zu spielen auf. Die Dissonanzen verstummten, und Cassandras bloße weiße Arme sanken auf beiden Seiten herab. Kate blieb bewegungslos stehen: stumm, schwach vor Erleichterung, den Blick auf das vom hereinsickernden Widerschein der Straßenbeleuchtung undeutlich erhellte weiße Gesicht gerichtet. Die übergroßen, blicklosen Augen schienen sie zu fixieren.

»Wissen Sie es?«, flüsterte Cassandra. »Haben Sie die Antwort?«

Kate trat langsam vor, sprach ebenfalls leise. »Deshalb bin ich hier. Ich bin gekommen, um mit John Wellan zu sprechen. Ich habe mir große Sorgen um Sie gemacht.«

Das blonde Haar fiel nach vorn, als Cassandra den Kopf sinken ließ. »Ich wollte Sie anrufen, aber … ich hatte die Nummer verloren. Geben Sie ihm dies hier. Ich mag ihn nicht mehr. Ich dachte, er sei mein Freund. Aber das ist er nicht. Er hat mich hier eingesperrt. Er hat mich gezwungen, mein Baby zu töten.«

Kate betrachtete den in der ausgestreckten Hand liegenden weinrot-goldenen Füller von Montegrappa. Sie nahm ihn an sich und steckte ihn in die Hosentasche, dann zog sie ihren Mantel aus und legte ihn um die schmalen Schultern. »Cassandra, ich möchte, dass Sie hier bleiben. Tun Sie das? *Bitte.* Sie erinnern sich an meinen Freund Joe, mit dem ich bei Ihnen war? Er ist hier, und ich muss ihn suchen. Dann kommen wir und holen Sie ab, versprochen. Bis dahin *müssen* Sie hier drinnen bleiben, okay? *Bitte?*«

Als Cassandra leicht nickte, wandte Kate sich ab, verließ den Raum, zog die Eingangstür hinter sich zu und rannte den Weg zurück, den sie gekommen war.

67

Kate stürmte die Stufen zum Eingang des Hauptgebäudes hinauf. Die riesige Eingangshalle war menschenleer, aber unter einer Tür, auf deren Messingschild *Professor Matthew Johnson* stand, sah sie einen hellen Lichtstreifen. Sollte sie Antworten von ihm verlangen? Nein. Es gab jemand anderen, den sie sprechen musste.

Auf halbem Weg die Haupttreppe hinauf fiel ihr auf, welche Stille hier herrschte. Sie runzelte die Stirn. Wo war John Wellan? Wo war Joe? Wusste er, was sie wusste? Ein leises Stöhnen schickte Kates Herz in freien Fall, während ein Adrenalinstoß durch ihren Körper jagte und ihre Schultern vor Angst kribbelten. Ein Winseln, das zu einem unterdrückten Heulen wurde.

Sie stand auf der obersten Stufe und dachte daran, wie effektiv er eine labile junge Frau kontrolliert, zum Schweigen gebracht hatte. Sie glaubte zu hören, wie Cassandra »A-mu-lett« sagte. Wie ein Kind, das einem Lehrer nachspricht. Und genau das war er. Ihr wurde jetzt bewusst, dass sie viel zu leichtgläubig auf seine Selbstdarstellung hereingefallen war. Dass jemand, der exquisites Design schätzte und kaufte, Henry Levittes IWC-Armbanduhr nicht bemerkt oder begehrt haben sollte, war höchst unwahrscheinlich. Und die Rückfahrkarte nach London? Nathan Troy konnte sie bei seinem nachmittäglichen Tutorium niemandem gezeigt haben. Er hatte sie noch nicht gehabt. Er war aus dem Haus gegangen, bevor sie mit der Post gekommen waren. Die Fahrkarten hatten noch in der Diele gelegen, wo ein Mitbewohner sie für ihn zurückgelassen hatte.

Kate dachte an den Empfang in der Galerie White Box. Wozu der Mord an Henry Levitte? Weil er zu redselig war, unzuverlässig und leichtsinnig wurde und dadurch die fein austarierte Struktur des organisierten Missbrauchs und seiner Nutznießer gefährdete. Er hatte Levitte zum Schweigen bringen müssen, bevor Kate und ihre Kollegen ihm auf die Schliche kamen.

Sie sah den Korridor entlang. Sein Name hatte auf ihrer Liste derer gestanden, die von ihrer Verbindung zur KUF wussten. Kate hatte alle ausgestrichen, die vermutlich keinen Zugang zu Levittes Mercedes gehabt hatten. Sein Name und einige weitere waren übriggeblieben. Sobald sie rekapituliert hatte, was sie über ihn wusste, was er selbst gesagt hatte, wusste sie, dass *er* es gewesen war, mit dem Stuart im Park telefoniert hatte. Die Uhr. Der Füller. Das Auto. Es ging um Geld und Kindesmissbrauch in einem Umfang, der organisiert werden *musste*. Es musste einfach noch jemanden geben: einen Organisator. *Ihn*.

Das leise Heulen wiederholte sich. Kate ging den Flur entlang weiter, stieß die Tür auf und trat ein. Das Atelier war dunkel. Als ihre Augen sich an den durchs Oberlicht einfallenden schwachen Lichtschein gewöhnten, sah sie Rupe einige Meter entfernt vor etwas Dunklem, das auf dem Boden lag, hocken. Sie machte große Augen, als sie nähertrat und entdeckte, wovor der Hund winselnd saß.

Ihr Herz jagte, als sie zu der Stelle lief, wo er mit dem Gesicht zur Tür auf der Seite lag. »*Joe*. Joe!« Dann lag sie so auf den Knien, dass ihre Oberschenkel an seinen Rücken gepresst waren, beugte sich über ihn, betrachtete forschend sein Gesicht und fuhr mit einer Hand über sein dunkles Haar. Die Hand war nass, als Kate sie wegnahm. Mit der anderen Hand berührte sie sein Gesicht. Es fühlte sich feucht und kühl an. Ein Gedanke beherrschte sie: Er durfte nicht bewegt werden.

Rupe winselte erneut und leckte ihr das Gesicht. Als sie ihn unwillig wegschob, spürte sie plötzlich einen kalten Luftzug. Dann hörte sie leise Schritte auf Holz, als jemand hereinkam. Sie kniete wie gelähmt da, hatte den Kopf voller Gedanken an ihr bisheriges Leben und Maisie. Sie sah auf Joe hinab. Ihr blieb keine andere Wahl. Sie musste kämpfen. Kate griff in seinen Kaschmirmantel, fuhr mit der Hand unter ihn und machte kurz halt. Ihre Finger berührten den breiten Ledergurt seines Schulterhalfters. *Joe hat es gewusst.* Er war auf das Schlimmste gefasst gewesen. Während ihre Hand sich auf dem glatten Leder weiterbewegte, versuchte sie angestrengt, sich an seine Unterweisung vor einigen Wochen zu erinnern.

Kates Anspannung wuchs, als Rupes aufgeregtes Kläffen zeigte, dass er näherkam, obwohl die Vans auf dem harten Boden praktisch lautlos waren. Dass seine Sportschuhe von Adidas längst entsorgt waren, konnte sie sich denken. Jetzt kam Panik in ihr auf – erkennbar an leichtem Schwindel und trockenem Mund. Sie hörte seine Stimme über sich, die gespielte Überraschung. »Was machen *Sie* hier, Kate? Was ist passiert?« Schlagartig wurde ihr klar, dass sie ihn hasste. Für das, was er war – und was er so vielen Menschen angetan hatte. Auch Joe. Sie hatte das Gefühl, neben sich zu stehen. Er war jetzt nahe. Er kam noch näher. Er hatte es auf sie abgesehen.

Kate richtete sich kniend auf, spannte die Bauchmuskeln an, behielt das Ziel im Auge, legte die Hände zusammen und hob die Pistole mit leicht angewinkelten Armen, wie Joe es ihr gezeigt hatte. Das Gewicht der Waffe verursachte winzige Ausschläge nach unten und oben. Aber sie war sich sicher. Sie würde Maisie *niemals* verlassen, und er hatte Joe verletzt. Sie war bereit. Mit angespannten Muskeln und steifen Armen rief sie das eine Warnwort, das er sie gelehrt hatte: »Stopp!«

Er lachte leise, kam weiter auf sie zu. »Ach, machen Sie keinen *Unsinn*, Kate.«

Sie ließ ihn nicht aus den Augen, machte den Zeigefinger krumm, drückte ab. Er wurde herumgeworfen und brach zusammen.

Durch den Rückstoß der Waffe und ihre eigene ungeschickte Haltung wurde Kate nach hinten gekippt. Benommen setzte sie sich wieder auf. Obwohl sie von dem Knall halb taub war, hörte sie entferntes hysterisches Kläffen, Stöhnen, Geschrei und schwere Schritte auf der Treppe, als erst Bernie und dann Matthew Johnson laut rufend hereintrampelten. Sie beugte sich wieder über Joe, legte ihr Gesicht an seine Schulter und brach in Tränen aus.

Joe war ins Krankenhaus gebracht worden. Wellan war ärztlich versorgt und von Polizeibeamten abtransportiert worden. Cassandra war auf dem Weg nach The Hawthornes, und Kate saß mit Bernie in einem Notarztwagen. Sie hörte eine Stimme, die sie nicht kannte, und dann Bernies Antwort: »Ja, wir drei arbeiten zusammen. Er ist amerikanischer Kriminalbeamter. Sie ist Psychologin. Wir ermitteln wegen einer großen Sache und … na ja, jeder scheint die Lösung auf seine Weise gefunden zu haben.« Eine kurze Pause, dann: »Was denken Sie? Kommt er bald wieder auf die Beine?«

Der Sanitäter äußerte sich vage, unbestimmt. Kate riss sich zusammen und murmelte: »Sie müssen informiert werden.«

Sie hörte wieder Bernies Stimme. »Wer?«

»Joes Angehörige in Amerika. Wir müssen sie benachrichtigen, dass er ...« Sie hatte plötzlich einen Kloß im Hals und konnte nicht weiterreden.

Sie waren zu ihm ins Krankenhaus gefahren. Nach einer Stunde wurde ihnen mitgeteilt, Joe, der eine schwere Kopfverletzung hatte, sei noch immer bewusstlos.

Bernie wandte sich ab, um den Regen zu beobachten, der jetzt an die Fensterscheiben klatschte, während Kate eine Hand an die Glastür legte, die sie von Joe trennte. *Wie kommt es, dass ich nie den Richtigen gefunden habe? Bisher nicht. Verlass mich nicht.*

Eine Viertelstunde später wurde ihnen nahegelegt zu gehen. Als Kate heimkam, schliefen zu Hause schon alle. Sie stieg wie ein Roboter die Treppe hinauf, zog sich aus und ging ins Bett. Wenig später war sie wieder unten.

Von einer Sofaecke aus beobachtete sie, wie der Tag anbrach.

68

Am frühen Freitagmorgen saß Kate blass und übernächtigt im KUF-Dienstraum, als Bernie aus der Zelle für Untersuchungshäftlinge zurückkam. »Er will nicht mit uns reden, bevor er dich gesprochen hat. Aber das brauchst du dir nicht anzutun. Ich bin dafür, den Dreckskerl schmoren zu lassen.« Er beobachtete sorgenvoll, wie sie in den Regen hinausstarrte. Das Telefon klingelte. Kate fuhr zusammen, sah Bernie mit großen Augen an, als er den Hörer abnahm und sich meldete. »Bernie Watts … Ja … Gut, gut! … Okay, danke für die Mitteilung. Wir kommen dann.« Kate starrte ihn an, als er den Hörer auflegte. »Joe ist wieder bei Bewusstsein. Wir dürfen ihn heute Abend besuchen.«

Kate schloss die Augen, als eine Woge der Erleichterung sie durchflutete, dann stand sie auf und trat an die Glaswand, um zu lesen, was Joe über die beiden Stimmen geschrieben hatte, die er gehört und miteinander verknüpft hatte. Sie sah zu Bernie auf und fragte: »Du hast das hier gesehen? Hast du es verstanden?« Er nickte. Sie richtete sich auf und versuchte, erstmals seit Stunden wieder normal zu atmen. »Ich gehe zu ihm runter. Ich will, dass er redet.«

Der diensthabende Sergeant führte Kate in den Vernehmungsraum und bezog dann Posten neben der Tür. Wellan, der den linken Arm in einer Schlinge trug, war schon da.

Kate setzte sich ihm am Tisch gegenüber. Er sah sie an, während er seinen Verband berührte. »Vielen Dank auch.«

Sie musterte ihn kühl, weil sie wusste, dass er kaum mehr als einen Kratzer abbekommen hatte. »Was wollen Sie?«

Er setzte eine ironische Trauermiene auf. »Soll das heißen, dass wir nicht länger ›akademische Kumpel‹ sind?« Als Kate aufstand, hob er den gesunden Arm. *»Warten Sie!«*

»Was wollen Sie?«, wiederholte sie.

»Nehmen Sie Platz. Hören Sie, Sie müssen mir einen Gefallen tun.«

»Wie …« Sie presste die Lippen zusammen, starrte ihn durchdringend an, studierte ihn. »*Ich* will Antworten.«

Er schüttelte den Kopf. »Ich habe keine Antworten für Sie. Ich sage erst aus, wenn ich vernommen werde.«

Sie ließ ihn nicht aus den Augen. »Dann halte ich mich an meine eigenen Antworten, wie Bernie Watts es getan hat – oder Joe Corrigan.« Er beobachtete sie, als sie sich zurücklehnte und weitersprach. »Nathan war zornig, als er zu seinem Tutorium gekommen ist, nicht? Weil Cassandra ihm anvertraut hatte, was ihr Vater ihr angetan hatte.« Wellan saß unbeweglich da. »Nathan ist mit einem Plan in Ihr Atelier gekommen. Er wollte in die Hyde Road fahren und Henry zur Rede stellen. Ihm mit einer Anzeige drohen.« Kate beugte sich leicht nach vorn, senkte die Stimme. »Und als Sie das gehört haben, *mussten* Sie ihn stoppen.« Sie lehnte sich wieder zurück. »Womit? Mit einer hohen Dosis Lithium in heißer Schokolade, damit er nichts schmeckte? Damit er ein bisschen schläfrig wurde? Leichter zu kontrollieren? In der Hyde Road haben Sie dann versucht, ihn zu überreden, keine Anzeige zu erstatten.« Kate starrte ihn angewidert an. »Und als er nicht mitmachen wollte, haben

Sie ihn überwältigt und mit Henrys Hilfe ins Auto geschafft.« Sie schüttelte den Kopf. »Er hat bestimmt nicht viel Widerstand geleistet, weil er von dem Lithium in Verbindung mit Alkohol, den Sie ihm vermutlich eingeflößt haben, benommen gewesen sein muss.«

Wellan betrachtete ganz entspannt die Decke des Vernehmungsraums. Jetzt sah er Kate an. »Als er nach dem Tutorium gegangen ist, hat ihm nichts gefehlt.«

Sie setzte sich so rasch nach vorn, dass sie mit Vergnügen beobachten konnte, wie er zusammenzuckte. »Das stimmt vermutlich, wenn man das Lithium ausklammert – *aber* warum haben Sie uns belogen, wenn Sie ihn nicht ermordet haben? Als er gegangen ist, hat er Ihnen erzählt, dass er heimfahren und nachsehen wollte, ob ein Brief seines Vaters gekommen ist, stimmt's?« Kate sah Wellan an, dass er zu erraten versuchte, wie viel sie wusste. »Bevor Sie mit ihm in die Hyde Road gefahren sind, haben Sie ihm angeboten, bei ihm vorbeizufahren, damit er nachsehen konnte. Der Brief war da. Nathan hat ihn in seinem Zimmer zurückgelassen und ist wieder bei Ihnen eingestiegen. Er hat Ihnen nie gesagt, was er enthalten hat, richtig?« Wellan hörte ihr jetzt gespannt zu. »Es war eine Rückfahrkarte – genau die Fahrkarte, die er Ihnen angeblich nachmittags bei dem Tutorium gezeigt hatte.« Kate beobachtete, wie er die Lippen zusammenkniff, und schüttelte den Kopf. »Was Sie uns erzählt haben, konnte also unmöglich wahr sein! Nathan hatte die Fahrkarte noch gar nicht.«

Er bedeckte sein Gesicht mit den Händen, rieb es kräftig und ließ dann die Hände sinken. Kate sah sie auf der Tischplatte liegend zittern und vermutete, dass er eine Zigarette brauchte. Er sah sie wieder an. »Ich will Ihnen jetzt sagen, was Sie für mich …«

»Nein. Einer der wichtigsten Faktoren war, dass Nathan Troy einen stark entwickelten Gerechtigkeitssinn besaß. Den haben Sie ausgenutzt, um ihn zu vernichten. Und außerdem haben Sie einen Jungen ermordet, den Sie vermutlich nicht mal gekannt haben. Bradley Harper musste nur sterben, weil er etwas aus Henrys Besitz hatte, das Sie nicht finden konnten.«

»Ich habe nichts von Henry Levitte oder seinen Interessen gewusst.«

Kate nickte ihm zu, als sie diese glatten Worte hörte. »Darauf wollen Sie sich wohl bei Ihrer Vernehmung zurückziehen? Das war auch etwas, das ich von Anfang an nicht verstehen konnte. Weshalb Sie fast nichts über Henry Levitte zu wissen schienen, obwohl Sie und er seit vielen Jahren Kollegen waren.« Sie beobachtete seine Reaktion, als sie die klassisch schlichte Fliegeruhr aus der Tasche zog und an dem schwarzen Lederarmband baumeln ließ. »Und wie jemand, der offenbar Luxusartikel liebt, nicht bemerkt haben sollte, dass Henry Levitte eine IWC trug.« Er sah weg, zog die Schultern hoch. »Ich habe Sie gefragt, ob er ›einen Ring oder eine Uhr‹ getragen habe, und Sie haben behauptet, sich weder an ›eine Uhr noch einen Ring‹ erinnern zu können.«

Er wandte sich ihr stirnrunzelnd zu. *»Und?«*

Sie steckte die Uhr wieder ein. »Diese Satzumstellung hat mir verraten, welcher der beiden Gegenstände Ihnen am wichtigsten war: die *Uhr*. Die Armbanduhr, die *Sie* getragen haben, als Sie Nathan Troys Leiche unter dem Fußboden des Hauses am See versteckt haben.«

Wellan sah an Kate vorbei zu dem Sergeant hinüber. »Ich bin hier fertig.« Er stand auf, als der Uniformierte herankam.

»Sie wollten mich bitten, etwas für Sie zu tun?«, fragte Kate. »Ob ich irgendwas für Sie tun kann, ist zweifelhaft, aber ich *garantiere* Ihnen, dass ich es nicht mal versuche, wenn Sie jetzt diesen Raum verlassen.«

Er starrte schweigend auf sie hinab, dann setzte er sich wieder, ohne sie anzusehen.

»Gut«, sagte sie ruhig. »Ich komme jetzt nämlich zu Cassandra.« Er legte seufzend den Kopf in den Nacken und sah bewusst an ihr vorbei. »Als Sie ans Woolner gekommen sind, haben Sie nicht lange gebraucht, um die dortigen Verhältnisse zu durchschauen, Cassandras Verwundbarkeit zu erkennen und das darin liegende Potenzial für *Sie* zu entdecken. Ihr Hauptmotiv war Geldgier, aber Sie hatten auch nichts dagegen, sie zu benutzen. Als sie schwanger wurde, haben Sie sie angewiesen, Johnson als Kindsvater zu benennen, und eine Abtreibung erzwungen.« Als er sich ihr zuwandte und den Mund öffnete, fauchte Kate ihn an: »Versuchen Sie nicht, das zu leugnen! Sie hat es uns erzählt. Cassandra hat geredet, und wir haben *zugehört*. Wir wissen, wie Sie das Amulett eingesetzt haben, um sie zu beherrschen und zu ängstigen, damit sie sich niemandem anvertraut. Durch *Ihre* Schuld ist sie jetzt ein Musterbeispiel für jemanden mit einer posttraumatischen Belastungsstörung.« Kate machte eine Pause, weil sie spürte, dass sie nahe daran war, die Beherrschung zu verlieren.

»Das können Sie unmöglich alles *wissen*. Ich kann nicht glauben, dass Cassandra so was erzählt haben soll.«

»Doch, das hat sie.« Kate griff wieder in die Tasche und zog etwas anderes heraus, das sie auf den Tisch knallte. Er starrte den Montegrappa an. »Den soll ich Ihnen von ihr geben. Sie ist jetzt frei von Ihnen.« Sie steckte den Füller wieder ein, bevor er danach greifen konnte. »Johnson und

Buchanan haben ebenfalls ausgesagt. Sie hatten schon immer den Verdacht, Henry Levitte sei nicht ganz sauber, aber sie haben diesen Aspekt wie so viele Leute ignoriert, weil sie von einem anderen profitierten: Levitte übte gern Macht aus. Er hat es genossen, geachtet zu sein, wenn er Leuten ›half‹, ihnen seine Gunst gewährte. Buchanan und Johnson haben genommen, was im Angebot war: ein glatter Karrierepfad zu guten geschäftlichen Aufträgen für Buchanan und ein kometenhafter Aufstieg im Lehrkörper des Colleges für Johnson. Um alle Wege geebnet zu bekommen, musste Buchanan nur etwas tun, als er noch Student war: Er musste wider besseres Wissen behaupten, Nathan gesund und munter gesehen zu haben, als Sie ihn schon Tage zuvor ermordet hatten. Als jemand, der vor allem die eigene Karriere im Auge hatte, war er damit einverstanden, obwohl ihm die Tragweite seiner Aussage vermutlich nicht bewusst war. Johnson hat sich damals nützlich gemacht, indem er Cassandra überwachte. Ob er erkannt hat, dass diese Überwachung nicht zu ihrem Schutz diente, ist noch nicht völlig klar. Sie sollte verhindern, dass sie eine echte Beziehung zu jemandem aufbaute, mit dem sie reden konnte, der *zuhören* würde. Levitte hat Johnson ausgewählt, weil nicht zu befürchten war, dass ein Schwuler ein intimes Verhältnis mit ihr anfangen würde.« Während Kate sein Gesicht beobachtete, sah Wellan zu Boden. »In einem letzten Akt von ›Dankbarkeit‹ haben Buchanan und Johnson versucht, unsere Ermittlungen zu behindern.«

»*Diese* beiden«, sagte Wellan höhnisch. »Nutzlose Schnorrer, alle beide, und Roderick dazu. Sagen Sie bloß nicht, dass *er* ungeschoren davonkommt!«

»Er ist angeklagt, Bradley Harper im Park überfallen und missbraucht zu haben.«

Wellan sah weg, bedeckte den Mund mit einer zitternden Hand. Sie vermutete, dass er in Gedanken bei seiner bevorstehenden Vernehmung war.

»Ist das alles, was Sie haben?«

Kate schüttelte den Kopf. »Oh nein! Wir haben *Sie*. Sie interessiert anscheinend, wie es anderen Leuten in dieser Sache ergeht. Wollen Sie nicht wissen, wie Ihre *Schwester* dies alles aufnimmt?«

»Nein danke. Kein Interesse.«

Er wurde immer unruhiger, was Kate auf Nikotinentzug zurückführte. »*Sie* haben nicht allein rausgekriegt, was sich in der Hyde Road abgespielt hat. Sie hatten Hilfe. Jemand hat Ihnen Tipps gegeben. Jemand, der nicht direkt beteiligt war, aber vermutet haben muss, was dort lief. Lieutenant Corrigan hat eine entsprechende Notiz hinterlassen, bevor er zu *Ihnen* ins Woolner gefahren ist.«

»Und was soll das mit mir zu tun haben?«, fragte er matt.

»Sogar sehr viel. Es gibt etwas, das Sie über Joe Corrigan nicht wissen. Er ist nicht nur Kriminalbeamter, sondern auch ein guter Musiker. Mit fast absolutem Gehör.« Sie beugte sich nach vorn. »Nur jemand wie er, der die unterschiedlichen englischen Akzente bemerken würde, konnte den Klang von Thedas und Ihrer Stimme wirklich *wahrnehmen*, und er hat als Frage notiert: ›Aus demselben Ort?‹« Kate lehnte sich zurück. »Er hat vermutet, dass es eine Verbindung zwischen Ihnen gibt.«

»Können wir jetzt darüber reden, was Sie für mich …«

»Erst wenn Sie mir sagen, warum Joel Smythe sterben musste. Wir glauben, dass Troy ihm erzählt hat, was Henry Levitte Cassandra angetan hatte.«

Wellan lief rot an. »Das ist das Problem mit selbstgerechten Leuten wie Troy! Sie reden hier, sie reden dort, ohne jemals zu überlegen, welche Folgen ihr Geschwätz haben kann.« Er verstummte, fuhr sich mit dem Handrücken über den Mund. Während Kate ihre Gedanken ordnete, sah sie vorsichtiges Misstrauen in seinem Blick.

Sie nickte. »Ja, ich verstehe. Nathan hat Joel erzählt, was er wusste … ohne zu ahnen, welche Wirkung das auf ihn haben würde?« Wellan blieb stumm. »Vielleicht hatte Joel in seiner Kindheit ähnliche Erlebnisse, und Troys Erzählung hat bei ihm alles wieder aufgewühlt?« Kate wusste, dass er ihr das nicht bestätigen würde, aber sie wusste auch, dass dies eine mögliche Erklärung für den jähen Niedergang von Joel Smythes Leben war.

Sie wollte nur noch weg, aber es gab eine weitere Tatsache, die sie ihm mitteilen wollte. »Stuart Butts hat ausgesagt, dass …«

»Stuart Butts ist ein Lügner, der für Geld die eigene Mutter umbringen würde!« Er funkelte sie aufgebracht an. »Er haut ab, lange bevor der Prozess beginnt. Falls es überhaupt einen gibt.«

»Vorläufig ist er ziemlich sesshaft. Er ist bei Leuten, die sich um ihn kümmern wollen.«

Er lachte höhnisch. »*Klar* doch! Das bringt den kleinen Hundesohn auf den rechten Weg. Oder auch nicht. Hat er Ihnen erzählt, dass *er* kleinere Jungen angeworben hat?«

»Er hat uns von *Ihnen* erzählt. Sie haben alles für Henry Levitte organisiert. Sie waren sein Zuhälter. *Sie* haben Bürgerzentren nach Kindern abgegrast, haben sie mit Kunstkursen, dann mit Drogen, dann mit Geld angelockt.«

Kate beobachtete, wie Wellan von seinem Stuhl aufstand. Sie war mit ihm fertig, wollte ihn nie wiedersehen. Während sie beobachtete, wie er den Raum durchquerte, fiel ihr etwas ein, das er einmal gesagt hatte. »Wie haben

Sie das gemeint, als Sie gesagt haben, Sie bräuchten noch ein paar Jahre am Woolner? Wofür?« Er blieb stehen, drehte sich aber nicht um. Sie betrachtete stirnrunzelnd seinen Rücken. »Wollten Sie noch mehr Geld? Was Levitte Ihnen gezahlt hat und Sie von den ›Gästen‹ der Partys in der Hyde Street erpresst haben – die wir übrigens einzeln befragen werden –, war nicht genug?« Sie machte eine Pause, als er stehenblieb und sich nach ihr umdrehte. »Wo ist es also? Wo ist das viele Geld?«

»Von mir erfahren Sie nichts.«

Sie beugte sich leicht nach vorn, betrachtete ihn forschend und musste dabei plötzlich an das in seinem Atelier hängende Porträt einer mediterran anmutenden jungen Mutter mit Kind denken. Sie bezweifelte, dass es wirklich eine Studentin gemalt hatte. »Noch zwei Jahre … dann wären Sie ausgewandert. Hätten ein neues Leben begonnen.«

Wellans Miene verfinsterte sich. »Ich habe ein Team guter Anwälte auf meiner Seite, die für mich kämpfen werden.«

»Dann bedenken Sie Folgendes«, sagte Kate, wobei sie aufstand. »Sollte jemand auf Sie warten, eine Frau, eine Ehefrau in Griechenland – oder Italien, Spanien? –, wird sie sehr bald von diesem Fall hören … und mit all Ihrem Geld und sonstigem Besitz untertauchen.« Sie sah in sein starres Gesicht. »Glauben Sie, dass die Anwälte noch für Sie kämpfen, wenn Ihr Geld weg ist?«

Kate ging durch den Raum zur Tür. Als sie eine Hand auf die Klinke legte, sagte er plötzlich: »Ich wollte Sie um etwas bitten, erinnern Sie sich?«

»Zum Teufel mit Ihnen«, fauchte sie und drückte die Klinke herab, während der Sergeant vom Dienst Wellan eine Hand auf den Arm legte.

»Nicht für *mich*. Tun Sie es? *Kate!*«

Bernie hob den Kopf, als Kate hereinkam, stand auf, um den Wasserkocher einzuschalten, und behielt sie im Auge, als sie sich an den Tisch setzte und den Kopf in die Hände stützte. Er kam mit einem Becher Tee zurück, den er ihr hinstellte. Sie nickte dankend und trank einen kleinen Schluck, ohne ihn dabei anzusehen.

»Alles in Ordnung, Doc?« Sie nickte. »Was wollte er?«

Sie lehnte sich auf dem Stuhl zurück. »Er war sehr besorgt. Um das zukünftige Wohl seines Hundes.«

Nach kurzem Schweigen fragte Bernie: »Willst du mitkommen oder musst du heim?«

Kate sah auf ihre Uhr. »Kevin ist bei Maisie.« Sie sah zu ihm auf. »Wohin?«

»Um die Troys über die neuesten Entwicklungen zu informieren und Debbie Harper zu besuchen. Anschließend wird es Zeit, zu Joe zu fahren.«

Sie holte ihren Mantel.

69

Bill und Rachel Troy hörten zu, als Bernie ihnen den letzten Stand der Ermittlungen schilderte, ohne zu sehr ins Detail zu gehen. Als er fertig war, sahen die beiden Kate erwartungsvoll an.

»Die Schachtel, die Sie uns freundlicherweise mitgegeben haben, hat uns sehr geholfen. Aber wir müssen sie noch eine Zeit lang behalten.« Sie nickten, als Kate fortfuhr: »Wegen des bevorstehenden Prozesses können wir nicht so offen sprechen, wie wir möchten, aber es gibt etwas, das wir sagen wollen. Wir sind Ihnen für Ihre Hilfe bei unserem Besuch dankbar – und Ihnen, Bill, auch für die Auskunft, als ich angerufen habe.« Sie sah wieder zu Rachel hinüber. »Sie haben uns etwas sehr Wichtiges über Nathan erzählt – von einem Charakterzug, der sein Leben entscheidend geprägt hat. Das hat uns geholfen, ihn – und auch den Grund für seinen Tod – zu verstehen.« Kate machte eine Pause, um ihre Stimme wieder unter Kontrolle zu bringen. »Sie haben gesagt, Nathan sei ›ein aufrechter Charakter‹ gewesen. Sie hatten recht. Das war er.«

In dem folgenden Schweigen sah Rachel Troy zu ihrem Mann hinüber, lächelte und wandte sich wieder an Kate. »Wir haben unseren Sohn gekannt. Nathan und ich hatten ein besonders enges Verhältnis. Er hätte niemals zu irgendwelchem Unrecht geschwiegen.«

Zwanzig Minuten später waren sie in Debbie Harpers aufgeräumtem Haus und lernten ihre Schwester kennen. »Sie kommt öfter mal vorbei, hilft mir einkaufen und putzen.« Sie hatte neben ihrer Schwester gesessen und sich alles angehört, was Kate und Bernie über Bradley berichten konnten. Jetzt weinte sie, während die Hand ihrer Schwester auf ihrer Schulter lag. Nach kurzem Schweigen erholte sie sich wieder. »Danke, dass Sie gekommen sind, um mir das zu erzählen. Mein Bradley war ein guter Junge. Ich muss seinen Dad anrufen und ihm sagen, was ich erfahren hab.« Sie sah die beiden Besucher an. »Andererseits, vielleicht kann ich mir das auch sparen. Er lässt sich hier nicht mehr blicken.«

Bernie und Kate standen auf, und Debbie erhob sich, um sie hinauszubegleiten. »Ich bin Ihnen dankbar für alles, was Sie für uns getan haben. Der andere, mit dem Sie zusammenarbeiten, dieser Amerikaner, hat eine Sozialarbeiterin angerufen, die sich echt um uns gekümmert hat. Ich hab jetzt 'ne eigene Sozialarbeiterin, die viel geholfen hat – zum Beispiel, als es um die Besuchserlaubnis für den Vater der Kinder gegangen ist. Sie hat dafür gesorgt, dass die Jungen nach der Schule in die Nachmittagsbetreuung gehen, um Sport zu treiben, und Amber spielt in der Theatergruppe mit. Ab Montag kommt das Baby fünf Vormittage die Woche in den Hort, in dem ich mithelfen kann, wenn ich will.« Sie nickte nachdrücklich. »Das macht bestimmt Spaß.« Sie begleitete sie zur Tür hinaus. Der Vorgarten war von allem Müll befreit. »Sieht besser aus, was?«

Bernie wandte sich ihr zu, zog die Augenbrauen hoch. »Wer hat hier aufgeräumt?«

Sie sah ihn mit verschränkten Armen selbstbewusst an »Hab ich alles allein gemacht.«

Sie waren beide erschöpft, aber Kate setzte noch einen Besuch im The Hawthornes durch. Leila Jones empfing Kate sehr zurückhaltend, weil sie ihre unbefugte Lektüre der Krankenakte missbilligte, aber sie wurde freundlicher, als sie hörte, dass Kate Cassandra aufgefunden hatte.

»In der kurzen Zeit seit ihrer Ankunft hat ihr Zustand sich mehr oder weniger stabilisiert. Wir werden mit ihr vergangene und aktuelle Ereignisse in ihrer Familie aufarbeiten. Damit fangen wir morgen im Haus ihrer Schwester an. Miranda Levitte hat angeboten, Cassandra bei sich aufzunehmen, und The Hawthornes wird sie bei Bedarf auch weiterhin betreuen.«

Kate fragte sich, ob Leila Jones ihre Diagnose von Cassandras Schwierigkeiten hören wollen würde, und zuckte dann innerlich mit den Schultern. »Mit ihren Stimmungsschwankungen wird sie sicher leichter fertig, wenn sie auch wegen einer posttraumatischen Belastungsstörung behandelt wird und Gelegenheit bekommt, über ihre Abtreibung zu sprechen. Wenn sie das will.«

Die Geschäftsführerin nickte knapp. »Sie bekommt hier alles, was sie braucht.«

70

Am späten Montagnachmittag starrte Kate die Regentropfen an, die an den Fenstern ihres Büros in der Universität herabliefen. Bernie und sie hatten vorhin Joe im Queen Elizabeth Hospital besucht. Seine Genesung machte gute Fortschritte, und er würde in drei bis vier Tagen entlassen werden, wenn er keinen Rückfall erlitt. Sie hatte still an seinem Bett gesessen, als Joe eingeschlafen war, bis Bernie ihren Arm berührt hatte und mit ihr in den kalten Regen hinausgegangen war.

John Wellan war wegen dreier Morde angeklagt worden. Theda Levitte war als Mitwisserin einer kriminellen Vereinigung, die von ihrem Haus aus operiert hatte, angeklagt, weil sie davon gewusst, aber nichts dagegen unternommen hatte. Der Staatsanwalt hatte bereits signalisiert, dass er Stuart Butts für keinen sehr zuverlässigen Zeugen hielt. Kate seufzte. *Wie kommt es, dass die Gerechtigkeit oft unter die Räder gerät, wenn die Mühlen der Justiz zu mahlen beginnen?* Das Geräusch einer zufallenden Tür und Crystals gedämpfte Stimme brachten sie in die Gegenwart zurück.

»Ist die Sache wichtig? Dr. Hanson ist sehr beschäftigt und …«

»Wer ist da, Crystal?«

Die Assistentin steckte den Kopf zur Tür herein. »Eine Ihrer Studentinnen. Ashley Jenner.«

»Sie möchte bitte reinkommen.« Kate sah der jungen Frau entgegen. »Hi, Ashley. Was kann ich für Sie tun?«

Die Miene der Studentin war sorgenvoll. »Wir haben von Lieutenant Corrigan gehört. Wir haben diese Karte für ihn unterschrieben.« Sie hielt Kate einen großen quadratischen Umschlag hin. »Geht's ihm wieder besser?«

Kate nahm den Umschlag entgegen. »Das ist sehr nett von Ihnen. Vielen Dank. Er erholt sich gut, also wird er sich über die Karte freuen.«

Auf dem jungen Gesicht erschien ein Lächeln. »Ich habe etwas mitgebracht, das ich Ihnen zeigen möchte. Wenn Sie einen Augenblick Zeit haben?« Als Kate knapp nickte, stellte sie eine Plastiktüte auf den Schreibtisch. »Dies hier habe ich für meine Mutter zum Geburtstag gekauft. Es ist *so* cool. Ich zeig's Ihnen.« Sie holte zwei in Seidenpapier verpackte Gegenstände heraus, wickelte sie aus, reichte sie über den Schreibtisch und beobachtete, wie Kate sie hin und her drehte. »Wissen Sie noch, was Sie neulich gesagt haben, Dr. Hanson? Dass Wahrnehmung von der Sichtweise abhängt?«

Kate betrachtete die rätselhaften schwarzen Zeichen, mit denen die weiße Untertasse bedruckt war, runzelte die Stirn und begutachtete die silbern reflektierende Außenseite der Tasse. Als sie sie vorsichtig auf die Untertasse stellte, ergaben die scheinbar wirren Zeichen zwei Wörter, die auf die gewölbte glänzende Innenseite projiziert wurden: *Trink mich!* Sie lächelte, als sie an ihre Vorlesung über Wahrnehmung und das Gemälde von Holbein dem Jüngeren dachte, mit dem sie die Theorie illustriert hatte. Sie wusste nicht mehr genau, was sie gesagt hatte, aber Ashley hatte ihre Worte ungefähr richtig wiedergegeben: *Verstehen können wir Dinge nur vom richtigen Standpunkt aus.* Sie gab ihr

Tasse und Untertasse zurück. »Wirklich großartig. Ihre Mutter wird begeistert sein.«

Ashley war wieder gegangen, und Kate stand am Fenster, sah auf den regennassen Campus hinaus und dachte an die gewölbte glänzende Oberfläche der Tasse, die das Geheimnis der Untertasse enthüllte, wenn sie genau richtig stand – ein amüsantes Beispiel für eine besondere Art von optischer Täuschung: Anamorphose.

Kate, die noch immer das Gefühl hatte, neben sich zu stehen, durchquerte den Raum, nahm ihren Mantel vom Haken und ging zur Tür. »Crystal, ich fahre nach Hause«, rief sie. »Ich hab noch was zu erledigen.«

»Okay, Kate. Erholen Sie sich gut. Grüßen Sie Lieutenant Corrigan von uns, wenn Sie ihn wiedersehen.«

Sie sperrte die Haustür auf. Aus der halb offenen Tür ihres Arbeitszimmers fiel ein schwacher Lichtschein. Sie öffnete die Tür ganz, sah hinein. Kevin lag mit geschlossenen Augen auf dem Sofa, hatte Kopfhörer aufgesetzt und schnippte im Takt mit den Fingern. Sie trat ein und durchquerte den Raum, um zu Levittes *Land unter Sonne* aufzusehen. Ihre Distanziertheit verflog und machte kaltem Zorn Platz. Sie nahm das Gemälde von der Wand, hielt es von sich weg und trug es so durch den Raum. Sie lehnte es an den Schreibtisch und ging zu Nathan Troys Schachtel, die auf einem Stuhl stand. Sie nahm den Deckel ab, griff hinein, ertastete kühles Metall und nahm den glänzend verchromten Zylinder heraus. Nun verstand sie alles.

Mit weit ausholender Armbewegung wischte sie Bücher, Papiere und alles andere vom Schreibtisch und legte das Gemälde darauf. Der Krach ließ Kevin erschrocken hochfahren. »Maisie? Um Himmels willen, was …? *Kate?*«

Sie trat an den Lichtschalter, machte Licht, kam zurück und knipste auch die Schreibtischlampe an. Kevin beobachtete verständnislos, wie sie den glänzenden Zylinder auf die glühende Sonnenscheibe stellte und dann den Kopf senkte, um ihn seitlich zu betrachten. Ihr Blick glitt langsam nach oben über das Bild, das sich auf der polierten Oberfläche spiegelte: die kleinen zarten Füße, die langen schlanken Beine, die noch schmaleren Hüften, die knospenden Brüste, das Elfengesicht. Androgyn. Erkennbar. Cassandra Levitte.

Sie richtete sich auf, ließ den verchromten Zylinder zu Boden fallen und wegrollen. Sie erinnerte sich an andere, die sie gesehen hatte. In Wellans Atelier. Im Wohnzimmer von Levittes Haus. Hatte Nathan sie ebenfalls gesehen? Hatte Cassandra verstanden, wozu sie dienten, und ihm erklärt, was die Zylinder waren? Ein einfaches Mittel, um die in Henry Levittes »Kunst« verborgene Kinderpornographie genießen zu können.

»Kate?«

Sie verließ das Arbeitszimmer mit dem Gemälde, machte in der Küche kurz halt, um etwas einzustecken, zog dann einen Riegel zurück und öffnete eine Fenstertür. Draußen ließ sie bei gefrierendem Regen das Gemälde in eine Schubkarre fallen, während Kevin hinter ihr quengelnd fragte: »Was zum *Teufel* geht hier vor?« Sie trat an den Grill, öffnete ihn, nahm eine kleine Blechdose heraus, schraubte sie auf und ließ die farblose brennbare Flüssigkeit über das Gemälde laufen. Sie war dabei, Beweismaterial zu vernichten, aber das spielte keine Rolle. Mit ihrem jetzigen Wissen konnte sie ihre Kollegen zu weiteren Gemälden dieser Art führen.

Kevin hatte inzwischen die Tür erreicht – gerade rechtzeitig, um zu sehen, wie Kate ein einzelnes langes Streichholz aus der Zündholzschachtel zog. *»Jesus!«* Er griff sich an den Kopf, während er sie von der Tür aus entsetzt beobachtete. Auch wenn er schlecht zu Fuß war, war er geistig beweglich geblieben. Er senkte die Stimme. »Okay … okay … Irgendwas ist passiert und … du magst das Bild nicht mehr?« Er verfolgte ihre Bewegungen. »Nein, *nein.* Warte! Du magst es nicht mehr? Kein Problem. *Ich* nehme es. Du brauchst es nie mehr zu sehen. Versprochen! Es gehört sowieso zur Hälfte mir, hast du das vergessen?« Er kam ins Freie gehumpelt, als das Zündholz zwischen ihren Fingern aufflammte. »Nein, *Kate! Warte* … lass *mich* das Bild nehmen.«

Sie wandte sich ihm kühl zu. »Und Pornographie verbreiten?« Sie ließ das Zündholz fallen. »Nein.« Kevin sah hilflos zu, wie es langsam auf das Gemälde herabsank.

Wuuuuusch!

Kate beobachtete, wie die Leinwand blasig wurde und sich wellte. Als *Land unter Sonne* völlig verbrannt war, machte sie kehrt und ging in ihr Haus zurück.

71

Gander war bei der Kommission für ungeklärte Fälle, um ihr zu ihren Ermittlungserfolgen zu gratulieren. Er nickte Bernie und Kate zu, dann sah er zu Joe hinüber, dessen Platzwunde am Hinterkopf mit über einem Dutzend Stiche genäht war. »Sind Sie wirklich schon wieder dienstfähig?«

»Ja, Sir. DS Watts und ich haben noch viel zu arbeiten, bis der Fall ganz gelöst ist.«

Gander nickte und bedachte Kate und ihre Kollegen mit einem wohlwollenden Blick. «Erstklassiger Job! Erstklassig. Ich möchte, dass Sie sich in den kommenden Tagen Gedanken darüber machen, was die KUF brauchen könnte.«

Julian wirkte aufgeregt. »Eine neue Glaswand. Eines dieser massiven Dinger mit interaktivem Touchscreen und …«

Der Chief Superintendent hob zur Bescheidenheit mahnend die Hand, während Furman mit ausdrucksloser Miene zusah. »Im Augenblick ist nicht allzu viel Geld da. Sagen Sie Ihnen, wie viel verfügbar ist, Roger.«

Furmans Oberlippe kräuselte sich, während er die Zahlenliste in seiner Hand studierte. »Das sind … mal sehen … hundert Pfund – *höchstens.*« Als sein Blick kurz Kates begegnete, wusste sie, dass er sich über die Erbärmlichkeit dieses Betrags freute.

Gander nickte ihnen erneut zu. »Nicht viel, ich weiß, aber denken Sie trotzdem darüber nach. Ich habe mir auch überlegt, wie Sie bei zukünftigen Ermittlungen Hilfe bekommen können, wenn Sie sie brauchen. Ein paar zusätzliche Arbeitsstunden?« Er sah Kates Gesichtsausdruck, runzelte die Stirn und erriet dann, dass ihr Unmut wohl nicht seiner Ausdrucksweise galt. »Ich denke daran, Whittaker zu Ihnen abzukommandieren, wenn Sie mal wieder überlastet sind. Guter junger Beamter. Nur etwas … überaktiv. Braucht Anleitung. Sie können sich ihn holen, wenn Sie jemanden brauchen.«

Julian nickte dem Chief Superintendent zu. »Whittaker wird sich freuen. Er versucht schon seit Monaten, in die KUF zu kommen.«

Kate sah ihren Assistenten fragend an, weil ihr klar wurde, dass sie den Vornamen des jungen Constables nicht kannte. »Wie nennen Sie ihn, wenn Sie mit ihm allein sind?«

Julian zuckte mit den Schultern. »… Whittaker?«

Gander räusperte sich, bevor er sich an Kate wandte. »Wegen des Schusses auf Wellan wird es Ermittlungen geben.« Sie fuhr leicht zusammen. »Aber machen Sie sich deswegen keine Sorgen. Wir wissen, dass das Notwehr war, und … äh, die Sache mit der Krankenakte. Die Geschäftsführerin der Klinik hat sich bereit erklärt, das … nicht weiter zu verfolgen.« Er machte eine Pause, bevor er eindringlich fortfuhr: »Wir tun, was wir können, um Gerechtigkeit zu erreichen, Kate, wir halten uns an die *Regeln* und geben uns damit zufrieden.« Er sah ihr direkt ins Gesicht. »Ein wohlgemeinter Rat: Lassen Sie es gut sein.«

Kate spürte, wie ihre Anspannung abzuebben begann. Kevin war wieder fort, sodass sie etwas Freiraum hatte, um die Ereignisse der letzten Zeit zu verarbeiten. Sie wusste, dass sie sich um keinen der beiden frei werdenden Lehrstühle bewerben würde. Nicht, wenn das bedeutete, dass sie nie mehr in die Rose Road und zur KUF zurückkehren durfte. Sie sah über den Tisch zu Bernie hinüber. Er stand nicht auf der Liste derer, die als »überflüssig« ausgesondert werden sollten. Sie würden weiter zusammenarbeiten und sich öfter gegenseitig ärgern. Ein synaptisches Piepsen in ihrem Kopf erinnerte sie an Maisies Bürgerrechtsprojekt und die Rede, in der sie gelesen hatte. Sie sah zu Gander auf. »Es gibt etwas, das ich gern für die KUF hätte, und es wäre auch nicht teuer, aber wir müssten darüber reden, bevor wir uns entscheiden.«

Sobald Gander und Furman gegangen war, erklärte Kate ihnen, was sie wollte, und sah sich dann am Tisch um. Julian nickte lebhaft zustimmend, während Bernie ihr zuzwinkerte. Joe, der sich leicht den Hinterkopf rieb, grinste lässig. Sie griff nach dem Telefonhörer.

72

Sie wanderten bei eisigem Wetter über die Clent Hills und nickten anderen Winterharten zu, die hier ihren Sonntagsspaziergang machten. Das könnte man »verwegen« nennen, dachte Kate und legte eine Hand über die Augen, um sie vor der blendend hellen Sonne zu schützen. Jetzt konnte sie Maisie sehen, die vorauslief, in vollem Tempo dahinjagte, dass Haar und Jacke flogen. Sie hatte Maisie noch nicht erzählt, dass sie im Woolner geschossen hatte, und die Polizei hatte keine Details bekanntgegeben. Sie musste sich überlegen, wie sie ihr das erklären konnte. *Falls* sie es ihr überhaupt sagte. Geheimnisse. Sie schüttelte den Kopf. Sie musste es ihr sagen. Jetzt wandte sie sich Joe zu. »Beug dich nach vorn, damit ich die Wunde bei Tageslicht sehen kann.« Er nahm die Mütze ab und tat wie geheißen. Sie legte ihm sanft die Hände auf die Schultern und betrachtete die halbmondförmige Narbe. »Mmmm … heilt gut ab. Du hast verdammt Glück gehabt, weißt du? Er hat kräftig zugeschlagen.«

Er grinste nur. »Ein irischer Dickkopf aus Boston hält was aus.« Als sie aufsahen, kam Maisie auf sie zugerannt. »Um darauf zurückzukommen, was ich gesagt habe: Rupe und ich haben viel gemeinsam. Wir sind hier beide allein und brauchen jemanden, der sich um uns kümmert.«

Sie musterte ihn prüfend. »Und jetzt habt ihr anscheinend gefunden, was ihr braucht. Einander. Hab ich dir schon gesagt, dass du *schrecklich* leicht rumzukriegen bist?«

Er nickte. »Das hast du erwähnt, glaube ich.«

Sie gingen weiter. »Wie lange wohnst du bei Bernie, nachdem du dein Apartment gekündigt hast?«

Sein Blick blieb auf die sanften Hügel vor ihnen gerichtet. »Die Renovierungsarbeiten in der Regent Road dürften in ungefähr drei Monaten abgeschlossen sein. Bis dahin wohne ich bei ihm.«

»Klingt verlockend«, sagte sie lachend.

Er stimmte in ihr Lachen ein. »Julian hat sich auch schon eingelebt.« Kate wusste, dass Julian aus dem Wohnheim hatte ausziehen können, weil Bernie ihm zu günstigen Konditionen ein Zimmer in seinem Haus angeboten hatte. »Und gestern war Connie zu Besuch da …«

Kate legte ihm eine Hand auf den Arm, starrte ihn ungläubig an. »Augenblick! Soll das ein Witz sein?«

»Würde ich …«

»Ja, das *würdest* du!«

Joe bückte sich, um den Kopf des Bassets zu tätscheln, als Maisie sie erreichte. Sie hatte rote Wangen und war so außer Atem, dass sie kaum reden konnte. »Er … hat kaum Beine, aber er … *flitzt.*«

Sie gab Joe die rote Leine, die er an Rupes Lederhalsband klipste. »Komm, alter Junge.« Er senkte die Stimme. »Hör zu, mach dir keine Sorgen. Ich werbe für uns beide – und das verdammt gut.« Er richtete sich wieder auf.

»Träum weiter, Corrigan«, sagte Kate ebenso leise.

Er zog dichte Augenbrauen zusammen. »Das mache ich.«

Sie ging lächelnd neben ihm her, dann sah sie zu ihm auf und fragte betont beiläufig: »Sag mal, erinnerst du dich an *irgendwas* aus der Zeit, in der du bewusstlos warst?«

»An gar nichts. *Außer* …« Kates Herz schien einen Schlag

auszusetzen. »Ich weiß noch, dass ich Regen auf dem Gesicht gespürt habe.«

Sie schüttelte stirnrunzelnd den Kopf. »Der Regen hat erst angefangen, als du im Krankenhaus warst.«

Joe beobachtete, wie sie zu Maisie vorausrannte, dass ihre rote Mähne flog, während Rupe, den er wieder losgemacht hatte, sie mit schlabbernden Ohren umkreiste. Er rief ihr nach: »Es hat geregnet, Red, ich hab's gespürt …« Der kalte Wind verwehte seine Worte.

Die Abendschicht der Putzkolonne war in der Rose Road bei der Arbeit. Die Tür des Dienstraums der Kommission für ungeklärte Fälle wurde aufgestoßen, und ein Raumpfleger, der einen Staubsauger hinter sich herzog, kam vom Flur herein. Er saugte den Teppichboden ab, wischte flüchtig Staub und wusch mehrere Tee- und Kaffeebecher ab. Als er nach einer knappen Viertelstunde seine Utensilien wieder einsammelte und sich ein letztes Mal in dem großen quadratischen Raum umsah, lenkte irgendetwas seine Aufmerksamkeit auf die Wand gegenüber der Tür, deren breite Fenster auf eine Häuserzeile mit schicken kleinen Reihenhäusern hinausführte.

Sein Blick ging nach oben, zu der Wandfläche über den Fenstern. *Das* hatte gestern noch nicht dagestanden. Seine Lippen bewegten sich, während er die großen schwarzen Lettern las:

Es soll aber das Recht offenbart werden wie Wasser
und die Gerechtigkeit wie ein starker Strom.